MÉLANGES

SUR

L'ART CONTEMPORAIN

PARIS. — TYPOGRAPHIE RENNUYER ET FILS, RUE DU BOULEVARD, 7.

MÉLANGES

SUR

L'ART CONTEMPORAIN

PAR

LE Vᵗᵉ HENRI DELABORDE

CONSERVATEUR DU DÉPARTEMENT DES ESTAMPES A LA BIBLIOTHÈQUE IMPÉRIALE.

PARIS

Vᵉ JULES RENOUARD, LIBRAIRE-ÉDITEUR

6 — RUE DE TOURNON — 6

—

M DCCC LXVI

1866

MÉLANGES

SUR

L'ART CONTEMPORAIN

———◄—◇—►———

PEINTURE.

~~~

I

HORACE VERNET.

SES ŒUVRES ET SA MANIÈRE.

——•◦•——

1863.

Si l'on peut citer dans l'école française un artiste dont le talent ait été, depuis les débuts jusqu'à la fin, accueilli avec une faveur unanime et récompensé par tous les genres de succès, si jamais peintre a vu de son vivant la popularité s'attacher à ses œuvres et la gloire à son nom, cet homme privilégié, cet enfant gâté de la fortune est assurément M. Horace Vernet. L'histoire de l'art national, même dans le siècle où nous sommes, a conservé, elle conservera sans doute de plus grands noms : elle n'en saurait enregistrer de mieux famés auprès des contemporains, de plus chers à la foule, d'aussi universellement applaudis. Lebrun et David lui-même, malgré leurs succès exceptionnels et l'influence qu'ils exercèrent, n'ont pas obtenu de pareils triomphes, ni compté dans tous les rangs, dans toutes les classes, autant d'admirateurs ou d'amis. Leur réputation, si vaste qu'elle parût, ne s'étendait guère au delà des limites de notre pays : celle d'Horace Vernet a envahi jusqu'aux plus lointaines contrées. Il fallait le burin de Gérard Audran et la munificence de Louis XIV pour que les *Batailles d'Alexandre* dépassassent quelque peu, au dix-septième siècle, le cercle des curieux ou des connaisseurs ; à peine les estampes gravées par Morel ou par Massard d'après les meilleurs tableaux de David réussissaient-elles, en dehors de la France, à informer un petit nombre d'intelligences de la révolution accomplie dans notre école : tout au contraire, les moindres compositions du peintre de la *Smala*, reproduites tant bien que mal à mesure qu'elles sortaient de l'atelier, allaient répandre partout la renommée de ce talent prodigue de lui-même, ou plutôt incessamment rajeunir une gloire que les chaumières, comme les palais, avaient depuis longtemps appris à connaître.

Des souvenirs qui se rattachent aux tableaux de M. Vernet passe-t-on à l'examen des faits qui ont marqué sa vie ; comment ne pas admirer cette succession d'événements si obstinément favorables, ce don d'échapper pendant cinquante ans à tous les périls, depuis les combats aux barrières de Paris en 1814 et les accidents de voyages, jusqu'aux disgrâces officielles qui pouvaient punir une saillie imprudente ou une espièglerie un peu vive? Comment ne pas s'étonner que l'existence d'un seul homme ait été remplie à ce point d'œuvres et d'aventures si disparates, que tant de fatigues aient pu y trouver place, tant de contrastes s'y produire? Un volume suffirait à peine pour contenir l'énumération des villes et des déserts que M. Vernet a visités, des honneurs rendus sur tous les points du globe à sa personne, des amitiés illustres qui l'ont accueillie. Que serait-ce s'il fallait grossir le récit d'autres particularités biographiques qu'il ne se refusait guère, au surplus, à divulguer lui-même, et

mettre en regard des innombrables travaux qu'il a menés à fin
toutes les gaietés qu'il a faites ou dites, tous les hasards qu'il a
courus, toutes les fantaisies qui l'ont tenté? Ce récit compliqué
de tant d'épisodes divers, nous ne songeons pas à l'entreprendre.
Le moment, d'ailleurs, nous semblerait mal choisi. Ce n'est pas
devant une tombe à peine fermée, ce n'est pas au lendemain
d'une mort pressentie avec courage et chrétiennement reçue
qu'il conviendrait de chercher à provoquer le sourire en insistant sur des souvenirs aussi mondains. Mieux vaut borner notre
tâche à essayer d'indiquer quelques-uns des caractères de ce
brillant talent, et demander à ses œuvres mêmes des confidences
sans indiscrétion et des témoignages sans détours.

Lorsqu'on parcourt l'immense suite des travaux dus au pinceau ou au crayon de M. Vernet, il est impossible de ne pas
être ébloui, au premier aspect, de l'éclatante facilité, de l'adresse
d'esprit et de main, de toutes ces qualités étincelantes, qui, se
reflétant d'un bout à l'autre de la série, lui donnent une apparence et un charme presque magiques. L'habileté du peintre
est manifeste, l'action qu'il exerce sur le spectateur très-réelle,
l'admiration qu'il excite bien vive, certainement : d'où vient
pourtant que cette action si sûre soit en même temps si peu féconde, que cette admiration légitime semble un entraînement
qu'on subit, une dette si l'on veut, qu'on acquitte, plutôt qu'un
tribut de la confiance réfléchie, du dévouement profond, de la
foi? D'où vient que le plus populaire des artistes contemporains
n'ait réussi à faire école ni en France, ni ailleurs, tandis que
des peintres moins célèbres à coup sûr, quelquefois même inférieurs à lui par le mérite, ont groupé autour d'eux des élèves
convaincus ou suscité à distance des imitateurs? M. Vernet, il
est vrai, n'a jamais prétendu soumettre à une discipline fort
exacte, ni même à une discipline quelconque, les jeunes artistes
qui recherchaient ses conseils. Il a pu de loin en loin ouvrir
son atelier à quelques élèves, et, comme plusieurs de ses con-

frères à l'Institut, remplir pendant de longues années les fonctions de professeur à l'Ecole des Beaux-Arts ; mais, hormis ses
propres exemples, c'est-à-dire des leçons nécessairement stériles pour qui n'avait pas reçu en partage les mêmes dons que
lui, quels enseignements lui appartenait-il de fournir ? Quels
principes était-il en mesure de faire prévaloir, lui qui n'avait
en réalité d'autre doctrine que l'instinct naturel, d'autre besoin
que celui de produire vite, d'autre théorie que la confiance dans
sa prodigieuse mémoire ? Rien de tout cela ne pouvait se transmettre à autrui, et il eût été très-regrettable qu'à défaut d'une
assimilation impossible on essayât de recourir sur ce point à la
contrefaçon. On ne s'en est guère avisé heureusement, — car il
y aurait à peine lieu de mentionner certaines entreprises où
de prétendus imitateurs du peintre sont arrivés seulement à
prouver leur impuissance ; — mais les exemples donnés par
M. Vernet n'en avaient pas moins ce grave inconvénient d'inspirer à notre époque le goût des succès faciles, de l'habituer
au spectacle de l'improvisation pittoresque, et de diminuer
d'autant ou de compromettre le respect dû à un art plus sérieux,
à de plus sévères efforts.

La disproportion entre la renommée universelle de M. Vernet
et l'influence médiocre qu'il a eue sur les progrès de l'art
moderne s'explique donc par la signification toute personnelle et par les aspirations assez peu ambitieuses au fond,
par les coutumes mesurées de son talent. N'est-ce pas là ce
qui explique aussi la persistance des succès qu'il a obtenus,
la vogue extraordinaire dont il jouit depuis un demi-siècle, et
qui, chez nous, pourra bien lui survivre longtemps ? La société
française, en matière d'art et de littérature, a des goûts modé-
rés comme son génie, tempérés comme le climat du pays qu'elle
habite. Même dans le bien, les audaces l'effrayent, les innovations à force ouverte la trouvent ou railleuse ou facilement
rebelle. Elle s'accommode mieux des choses ingénieuses et pra-

tiques que des fières spéculations, du bon sens qui parle clair
que de la passion qui parle haut ; elle accepte les conseils de
meilleure grâce que les ordres, et ne se soumet sincèrement
qu'à l'éloquence qui ne prétend pas la subjuguer. Les talents
entiers, violents, pourront recruter çà et là des admirateurs
parmi nous, s'emparer de quelques intelligences, susciter
d'énergiques convictions ; ils pourront même, à force d'obstination ou de courage, triompher en apparence de nos répu-
gnances premières et s'installer par droit de conquête à un rang
où les épigrammes n'oseront plus les poursuivre, ni les hommages leur faire défaut : nos sympathies au fond resteront acquises à des talents moins impérieux, à ceux qui, s'exprimant à
peu près dans notre langue, nous auront d'autant mieux associés à leurs propres secrets et plus aisément séduits.

Or, où trouver un peintre qui ait eu au même degré que
M. Vernet ce don d'intéresser familièrement, d'amuser les regards du public ? Chacun de ses tableaux semble moins une
œuvre d'art préméditée qu'un entretien fortuit, une causerie où
les hasards de l'improvisation amènent à chaque instant sous
le pinceau du narrateur un trait spirituel, où les souvenirs du
fait sont reproduits et commentés séance tenante avec tout le
laisser-aller de la verve, avec la volonté pourtant et la science
de ne pas se répandre en discours superflus. Rien qui sente la
thèse, ni, à plus forte raison, le sermon ; rien non plus qui ne
suffise pour nous mettre au courant des choses et pour nous
enseigner nettement ou nous rappeler ce dont nous devons être
informés. La netteté, la clarté dans l'expression de la pensée
et dans les formes du récit, telle est, en effet, la qualité principale de la manière ou plutôt de l'organisation même de M. Vernet. C'est par là, par cette aptitude si éminemment française,
par cette prédilection innée pour le vraisemblable, qu'il se rattache à la famille des maîtres qui l'ont précédé dans notre pays :
pour le surplus, il ne procède que de lui-même ou de ses aïeux

directs, Antoine, Joseph et Carle Vernet. Encore, s'il a hérité
de ceux-ci le discernement rapide et la dextérité, quel surcroît
de ressources n'a-t-il pas ajouté sur ce point à son patrimoine !
Reste à savoir s'il ne lui est pas arrivé de dépenser le tout
d'une main un peu prodigue, et si, à force de compter sur son
heureuse fortune, il n'a pas mis trop souvent en oubli des
moyens de succès plus hauts et plus difficiles, des secours plus
studieusement préparés.

Nous disions tout à l'heure que, pour entrer de plain-pied et
pour demeurer jusqu'au bout en possession de la faveur publique, M. Vernet n'avait eu en quelque sorte à se donner que
la peine de naître, de laisser faire sa nature prédestinée, d'as-
sister enfin à l'éclosion ou au développement de son génie,
comme un arbre voit d'année en année ses fleurs s'épanouir
d'elles-mêmes, ses fruits se nouer et mûrir. Voilà certes un
merveilleux privilége, et nous ne savons rien de plus propre à
nous dénoncer la main de Dieu que ces mystérieuses injustices
en vertu desquelles certains élus reçoivent en abondance, dès
le berceau, des biens qui jusqu'au dernier jour seront refusés
à autrui ; mais Dieu ne veut-il pas aussi que les hommes qu'il
dote si largement achèvent et perfectionnent autant qu'il dépend d'eux son ouvrage, et que, sacrés pour le bienfait, ils ne
se contentent pas de jouir paisiblement de leurs richesses? Le
tort de M. Vernet, — nous ne parlons, bien entendu, que des
procédés extérieurs de son talent, — est d'avoir fait de ce talent
si rare un emploi un peu égoïste, de s'être voluptueusement
complu dans l'exploitation pure et simple du domaine qui lui
était échu tout d'abord. On l'a loué, et nous le louerons volontiers à notre tour, d'avoir laissé passer, sans vouloir s'enrôler
sous aucune bannière, les querelles et les partis qui ont divisé
notre école à partir des dernières années de la restauration ; on
lui a su gré de son attitude imperturbable tant qu'a duré la
guerre entre les *classiques* et les *romantiques*, comme on disait

alors, et de son habileté singulière à se ménager entre les deux camps une position à l'abri des attaques, quoique fort en lumière et en vue. Etait-ce une raison toutefois pour demeurer en apparence aussi indifférent à l'issue de la lutte? Fallait-il, tout en gardant son indépendance, tout en accomplissant sa tâche, ne se préoccuper pour cela de rien autre, ni de personne? Fallait-il, même dans l'intérêt de sa propre cause, se contenter de renouveler au jour le jour les preuves déjà faites, et ne pas tendre à élever au niveau des questions qui s'agitaient ses inspirations personnelles et ses visées?

Qu'on ne se méprenne pas, d'ailleurs, sur le sens des regrets que nous exprimons. Le droit qu'avait M. Vernet de s'en tenir à des thèmes et à une manière de son choix n'est pas plus en question ici que l'originalité de son talent n'est contestable. Il a voulu, il a su se faire le peintre de la bataille moderne, telle que nos yeux l'ont vue ou que notre esprit la devine; il a réussi le premier à retracer les faits d'armes contemporains avec une vraisemblance et une exactitude complètes. Cela est très-méritoire sans nul doute, et nous n'avons garde de méconnaître les services rendus par le peintre de la *Bataille de Montmirail*, du *Siége d'Anvers*, des campagnes d'Afrique, et de tant d'autres actions glorieuses qui revivent sur la toile, ou plutôt qui s'y réfléchissent comme dans un miroir. Ce que nous prétendons dire seulement, c'est que ces portraits, si fidèles à la surface, n'ont pas toujours au fond une majesté digne des modèles, digne de l'art lui-même dans l'acception la plus noble du mot. A force de se défier de l'exagération épique, M. Vernet perd parfois jusqu'à l'instinct de la grandeur, jusqu'au sentiment secret de la poésie; à force de ne vouloir écrire qu'en prose, il lui arrive de substituer au langage de l'histoire les formules et le style du procès-verbal. Aborde-t-il des sujets de pure invention : les côtés un peu humbles de son imagination et de sa manière apparaissent plus visiblement encore. Sa fantaisie ne

s'exerce qu'en plaine, son Pégase n'a point d'ailes, et ne visite
guère les hautes cimes. C'est plutôt un de ces animaux élégants
et agiles que l'artiste a si souvent et si vivement représentés,
un cheval de main bien dressé, dont la vigueur est toute dans
les jarrets, l'audace dans la coquetterie des allures, et qui ne
sait que parcourir avec une grâce et une aisance surprenantes
un espace familier d'ailleurs à nos regards.

Ces réserves une fois faites, il n'y a qu'une très-stricte justice
à reconnaître aux œuvres de M. Vernet une valeur d'autant
plus rare que les conditions pittoresques imposées ordinairement
par les sujets sont ici moins favorables, et les éléments d'effet
moins variés. Le moyen de trouver pour le coloris des ressources suffisantes dans la monotonie nécessaire des équipements
militaires et des uniformes? Comment, d'une autre part, diversifier beaucoup l'ordonnance des lignes et les intentions partielles là où il s'agit de nous montrer une fois de plus, soit des
hommes se ruant les uns sur les autres et échangeant de près
des coups de sabre ou des coups de fusil, soit des corps de
troupes échelonnés sur un champ de bataille comme des pions
sur un échiquier, et servant réciproquement de point de mire à des
volées de mitraille et de boulets? Le difficile, en pareil cas, sera
d'exprimer la mêlée sans tomber dans le désordre banal et dans
les redites, ou de conserver à l'action son caractère général sans
en délayer si bien l'image que le tableau ne soit plus qu'un plan
stratégique. Avant le siècle où nous sommes, les peintres français ne prenaient guère à tâche d'éviter de pareils écueils. Pour
eux, la plus terrible bataille n'était qu'une affaire d'avant-garde,
une escarmouche où quelques combattants se rencontraient,
suivant des procédés de composition immuables, derrière deux
ou trois cadavres étendus au bord du cadre, et en avant d'un
nuage de fumée destiné à faire ressortir la silhouette du groupe,
— ou bien, à l'exemple de Van der Meulen, ils rejetaient dans
le fond du tableau les deux armées aux prises, sauf à les noyer

l'une et l'autre dans les brumes de l'atmosphère ou dans l'étendue du paysage, pour ne mettre en évidence, au premier plan,
que le héros de l'affaire paisiblement tourné vers le spectateur
et lui indiquant d'une main complaisante la victoire que ses
gens sont en train de remporter.

Survint Gros, et avec lui une véritable révolution dans la
peinture des scènes de guerre, telle qu'on la pratiquait en
France depuis le Bourguignon et Jean-Baptiste Martin : nous
ne parlons pas de Lebrun, puisque ses *Batailles d'Alexandre*
et même ses *Conquêtes du roi*, dans la grande galerie de Versailles, appartiennent, malgré les souvenirs historiques qu'elles
consacrent, à la classe des œuvres toutes d'imagination. Sous
le noble pinceau du peintre de la *Bataille d'Aboukir*, l'allusion
allégorique fit place à la définition choisie, mais vraisemblable ;
la description diffuse se condensa en un résumé des faits essentiels, comme le récit purement anecdotique acquit les proportions et la dignité de l'épopée. Plus de conventions ni de mensonges d'aucune sorte ; plus de modifications systématiques à
la réalité, aux caractères particuliers de la scène, à la physionomie des lieux, des costumes. Le portrait, si solennelles qu'en
fussent les formes, était devenu avant tout un portrait ressem-
blant. Il faut dire toutefois que dans la *Bataille d'Aboukir,* dans
le *Champ de bataille d'Eylau,* dans les autres tableaux du
même genre peints par Gros avec tant de puissance et d'éclat,
ce portrait semble dédié à la gloire d'un homme plus encore
qu'à la mémoire des hauts faits accomplis par tous. L'action
d'ensemble retracée sur la toile ne sert qu'à encadrer, à envi-
ronner comme une auréole la figure d'Achille ou de César, à
en faire resplendir d'autant mieux la sérénité héroïque et la
grandeur morale. Dans les tableaux d'Horace Vernet, il y eut
tout d'abord l'expression de l'héroïsme indivis, une image col-
lective des efforts intrépides et des succès. Achille cessa de personnifier absolument la vaillance, César devint légion, ou du

moins tout en surveillant, tout en décidant la victoire, il ne s'installa plus si fort en vue, que l'espace manquât à ses lieutenants pour le seconder et à ses soldats pour agir. Ajoutons qu'ici la véracité de l'historien ne faisait nul obstacle à la verve du peintre, et qu'au point de vue de l'exécution proprement dite le progrès était évident, non pas sur l'ample manière de Gros, — un pareil maître demeure, cela va sans dire, hors de cause, — mais sur la manière plutôt maigre que délicate des Casanova, des Swebach et de Carle Vernet lui-même.

Les premiers ouvrages produits par Horace Vernet ont à cet égard un mérite qui ne laissera pas de s'amoindrir à mesure que l'artiste agrandira le champ de ses travaux et qu'il se préoccupera davantage des moyens d'étonner le regard. Qu'on se rappelle, par exemple, ce charmant tableau, la *Défense de la barrière de Clichy*, où tout est si finement et si vivement touché, où la pratique se montre si élégante sans ostentation, si libre sans incorrection ni négligence. Ailleurs la légèreté de ce pinceau pourra bien dégénérer parfois en agilité indiscrète, cette extrême dextérité ne sera plus que l'art d'esquiver les difficultés qui se présentent ou d'en escamoter la solution : ici rien que de précis, de facile avec mesure, de formulé avec une adresse de bon aloi. Sans doute les figures groupées autour du maréchal Moncey ou sur les premiers plans du tableau se meuvent dans une atmosphère un peu terne ; sans doute un coloriste, même pour reproduire fidèlement la réalité, eût trouvé sur sa palette des nuances moins absorbées, une gamme de tons plus lumineux ou plus riches : en revanche, parmi les dessinateurs expressément spirituels, on n'en citerait guère qui eussent mieux aperçu et indiqué la physionomie de chaque personnage, le côté probable de chaque mouvement, le rôle exact de chaque détail.

Cette clairvoyance en matière de proportions et d'harmonie linéaire qu'atteste la *Barrière de Clichy* est au reste un des mé-

rites distinctifs d'Horace Vernet, une des qualités le plus ordinairement sensibles dans ses œuvres. Il n'appartient pas à la
famille des dessinateurs souverains, parce qu'il ne sait donner
à l'expression de la forme ni l'accent d'une fierté magistrale, ni
cette délicatesse résultant d'un sentiment exquis ; il est de ceux
toutefois qui se méprennent le moins sur les apparences générales des choses et qui en apprécient avec le plus de certitude
la juste structure et les rapports. Jamais une figure peinte ou
crayonnée par lui ne pèche ouvertement contre la vraisemblance
anatomique, contre les lois de « l'ensemble, » pour nous servir
d'un mot emprunté à la langue des ateliers ; jamais l'image d'un
mouvement, si violent qu'il soit, n'aboutit à la confusion des
lignes, à la représentation de formes incorrectes. Dira-t-on
qu'il n'y a là qu'un mérite négatif, que les plus savants dessinateurs commettent, volontairement ou non, des erreurs aussi
éclatantes que les beautés qu'ils nous révèlent, qu'en un mot,
les grands esprits ayant le privilége des grandes fautes, la marque d'un esprit médiocre est, au contraire, cette infaillibilité
même dans l'imitation littérale ? Soit : c'est quelque chose pourtant, c'est beaucoup que de réussir à interpréter d'un bout à
l'autre un texte sans contre-sens, sans injure à la raison ni à la
grammaire, et, traduction pour traduction, mieux vaut après
tout cette fidélité, même un peu sèche, que l'abus des périphrases, des ornements d'emprunt et des grands mots.

Bien que la *Défense de la barrière de Clichy* ait été peinte à
une époque assez éloignée de nous (1820) pour qu'on puisse
ranger ce tableau parmi ceux qui résument, dans la carrière de
l'artiste, la période des débuts et des succès de jeunesse, il
n'est cependant ni l'un des plus anciens par la date, ni le premier gage sérieux de talent donné par le fils de Carle Vernet.
Nous ne parlons pas de certains essais antérieurs même à un
apprentissage régulier. Entouré dès l'enfance d'exemples d'autant plus attrayants qu'on ne songeait pas encore à lui faire un

devoir de les suivre, Horace, auprès de son père et de son aïeul maternel, Jean-Michel Moreau[1], s'était mis à dessiner et à peindre à l'âge où d'ordinaire on apprend à lire. Avant quinze ans, il avait acquis déjà une expérience du métier, sinon de l'art, assez sûre pour que les marchands et les libraires ne dédaignassent pas de s'adresser à lui et de lui commander, soit quelque tableau dont ils fixaient le prix à vingt francs, il est vrai, soit des vignettes destinées au *Journal des Modes* ou à des billets d'invitation. Tout cela pouvait n'être pas encore très-significatif; mais lorsque, après quelques années passées sous la discipline du peintre d'histoire Vincent, l'enfant, devenu jeune homme, se fut produit sur un plus vaste théâtre et devant des juges moins favorablement prévenus, il fallut bien reconnaître que cette vocation était réelle, ce commencement d'habileté assez voisin déjà du talent.

Cinq tableaux qu'Horace Vernet, alors âgé de vingt-trois ans, avait exposés au salon de 1812 annonçaient, en effet, quelque chose de plus qu'une simple imitation de la manière de Carle. Malgré l'analogie des sujets avec les sujets que traitait ordinairement celui-ci, — il s'agissait, outre la *Prise du camp retranché de Glatz en Silésie*, du *Portrait d'un jeune militaire*, d'un *Intérieur d'écurie cosaque*, d'un *Intérieur d'écurie polonaise* et de je ne sais quelle *écurie* encore, le tout en regard d'une *Charge de cavalerie*, de *Chevaux dans un haras*, et d'autres

---

[1] Outre Joseph Vernet, Carle et Moreau, célèbres tous trois à divers titres, Horace Vernet comptait parmi ses proches parents plusieurs artistes dont les noms ne sont pas tombés dans l'oubli : l'architecte Chalgrin entre autres, à qui l'on doit le projet primitif de l'arc de triomphe de l'Etoile, l'église de Saint-Philippe du Roule et le grand escalier du palais du Luxembourg, — le sculpteur Boizot, auteur de plusieurs bustes assez estimés et de cette *Victoire* en bronze doré qui surmonte la fontaine de la place du Châtelet, — et le peintre Callet, dont quelques tableaux, représentant des scènes mythologiques, sont conservés dans les galeries du Louvre.

scènes du même genre peintes par Carle, — malgré même une
certaine inconsistance dans le modelé et dans le ton, renouvelée
de fâcheuses traditions de famille, ces tableaux révélaient
assez d'originalité et de verve sincère pour qu'on n'hésitât
pas à saluer dans le débutant une des espérances de l'école.
Au salon suivant (1814), autre *Jeune militaire*, garde d'honneur cette fois, autre *Écurie polonaise*; rien par conséquent
qui démente les tentatives précédentes ni la bonne opinion
qu'elles avaient fait naître, rien non plus qui permette de constater, de pressentir même un progrès parfaitement concluant.
Ce n'est que lorsque trois ans se seront écoulés, et plus décidément encore après le salon de 1819, que le talent d'Horace
Vernet aura pleinement achevé de donner sa mesure et que le
nom du peintre de la *Mort de Poniatowski*, du *Massacre des
mamelucks*, du *Grenadier français sur le champ de bataille*,
du *Cheval du trompette*, de vingt autres toiles consacrées par
le succès, aura conquis, pour ne plus la perdre, une immense
popularité : succès d'autant plus ardent, popularité d'autant
plus sûre, que la réputation d'un homme et l'honneur de notre
école n'y étaient pas seuls intéressés. En applaudissant à l'habileté de l'artiste, on se vengeait du silence imposé ailleurs à
l'expression de l'orgueil national, aux souvenirs même que
chacun gardait des gloires récentes et des récents malheurs
de la patrie.

Dans cette tentative, pour donner une satisfaction publique à
des sentiments condamnés alors, ou tout au moins désavoués
par le pouvoir, un procédé importé depuis peu en France venait
merveilleusement en aide au pinceau. Un des premiers, Horace
Vernet avait su deviner et mettre à profit les ressources qu'offrait
ce procédé. Sous sa main deux fois adroite, la lithographie était
devenue vite un mode de reproduction pittoresque équivalant
presque à l'eau-forte, et en même temps un moyen de propa-
gande politique aussi puissant, aussi fécond dans les résultats,

qu'un refrain de Béranger ou qu'un pamphlet de Paul-Louis Courier. Qu'on se figure l'effet produit dans nos provinces, peuplées de tant d'anciens soldats, par l'éloquente image de ces drapeaux, de ces uniformes maintenant proscrits, naguère si fièrement portés! Quels mouvements d'impatience contre le présent, de partialité pour le passé, ne devaient pas susciter ou entretenir ces petites pièces satiriques sur les *voltigeurs* de Coblentz, ces complaintes sur les *grognards* de Waterloo, que le crayon d'Horace Vernet dédiait, comme celui de Charlet, aux souvenirs ou aux rancunes patriotiques de la foule! A Paris, l'intérêt qui s'attachait aux croquis héroï-comiques publiés par Horace Vernet était certes aussi vif et aussi général. Dans les salons comme dans les ateliers, comme dans les mansardes, on dévorait ces allusions à des événements et à des héros dont le dessinateur avait dû taire les vrais noms, mais qu'on ne reconnaissait pour cela ni moins sûrement, ni moins vite. On se passait de main en main ces lithographies, on encadrait pieusement ces estampes d'après quelques tableaux qui n'avaient pas figuré au Salon, et qui représentaient Napoléon à l'île d'Elbe, à Sainte-Hélène, ou presque aussi habituellement un *Soldat laboureur*, type un peu mélodramatique dans les formes, mais bien approprié aux arrière-pensées de l'époque, et qui, reproduit nombre de fois par le pinceau, par le crayon, par le burin, transporté ensuite dans le roman et sur le théâtre, n'arriva jamais à lasser la sympathie publique, ni à rencontrer des spectateurs indifférents.

Vers les premières années de la restauration, Horace Vernet, dans l'opinion du plus grand nombre, n'avait donc pas uniquement l'importance d'un très-habile artiste : on honorait encore en lui, et peut-être même de préférence au peintre, le défenseur de la cause nationale, l'avocat du malheur, le vengeur de nos gloires oubliées ou méconnues. Sans prétendre contester ni diminuer en rien les mérites et la générosité du rôle qu'il

prit à cette époque, n'est-il pas juste du moins de faire remarquer que ce rôle, si favorable à la popularité d'un grand talent,
n'en compromit nullement le crédit auprès des représentants
officiels du nouveau régime? Non-seulement l'administration
des Beaux-Arts s'était empressée d'acquérir les toiles qui pouvaient raisonnablement trouver place dans les palais royaux, —
la *Bataille de Toloza* entre autres et le *Massacre des mamelucks,*
— mais un prince du sang, le duc d'Orléans, se déclarait ouvertement le protecteur du jeune maître, et composait presque
exclusivement sa galerie d'œuvres dont il avait lui-même prescrit et suivi jour par jour l'exécution. Un peu plus tard, le roi
Charles X allait au-devant de ce talent, sans prétendre pour cela
le détourner de sa route accoutumée, ni le confisquer une fois
pour toutes à son profit. Il lui demandait, entre deux entreprises consacrées à de tout autres modèles et à des souvenirs
bien différents, son propre portrait équestre, — un des meilleurs ouvrages du peintre en ce genre, — et cette *Bataille de
Fontenoy* qu'on doit citer comme l'essai le plus heureux qu'Horace Vernet ait tenté en dehors des scènes contemporaines et
des sujets à figures de petites proportions. Enfin, lorsque le
moment fut venu de donner un successeur à Guérin dans les
fonctions de directeur de l'académie de France à Rome, le roi
choisit, parmi les noms qui lui étaient présentés, celui d'Horace
Vernet.

On le voit, rien en tout ceci qui ne soit, de part et d'autre,
fort étranger aux façons d'agir d'un persécuteur ou à l'attitude
d'une victime, et, s'il faut reconnaître les droits qu'avait Horace
Vernet aux encouragements de tous les genres, il convient aussi
de se rappeler que, ni alors, ni depuis, ces encouragements ne
lui furent marchandés par personne. Disons plus : la faveur
dont son talent a été l'objet a pu entraîner parfois d'assez fâcheuses conséquences. En accueillant avec trop d'empressement
ce talent, en général, un peu futile, on courait le risque d'en-

courager aussi et de propager dans l'art l'esprit d'aventure ou d'industrie, de même qu'en essayant de s'opposer à la publicité de certaines œuvres, on n'arrivait par là qu'à les rendre plus attrayantes encore en appelant sur elles un surcroît d'intérêt et de curiosité. Aujourd'hui heureusement, à la distance où nous sommes des faits, l'équité nous est facile ; il y a quarante ans, au milieu des intérêts et des passions en lutte, on pouvait, on devait même juger les choses avec moins d'impartialité. On pouvait, par exemple, attribuer à une petite tracasserie administrative la grave signification et la portée d'un coup d'Etat, s'insurger de la meilleure foi du monde contre une tyrannie absente ou simplement maladroite, opposer enfin un excès de zèle pour les libertés de l'art et de la pensée à des mesures prescrites, à tort ou à raison, en vue du bon ordre et de la pacification des esprits. Aussi quoi de plus naturel en 1822 que le parti, pris par Horace Vernet, d'en appeler à l'opinion de la décision du jury qui avait cru devoir interdire à deux de ses œuvres l'accès du Salon ? Quoi de plus légitime, de plus nécessaire même aux yeux de tout le monde que l'exposition publique ouverte, au lendemain de cet échec, dans l'atelier du peintre, et que le bruyant succès qui s'ensuivit ?

Les tableaux en question n'avaient pas été, cela va sans dire, exclus comme inférieurs en mérite à l'ensemble des tableaux admis ; mais le choix des sujets représentés, — l'un était la *Bataille de Jemmapes*, l'autre cette *Défense de la barrière de Clichy* que nous mentionnions tout à l'heure, — avait paru à la conscience un peu timorée des juges une menace pour la tranquillité publique ou tout au moins un choix intempestif. Bref, si l'on acceptait de grand cœur les autres toiles envoyées par l'artiste, on refusait l'hospitalité du Louvre à ces deux termes extrêmes de l'histoire militaire de la révolution et de l'empire, à cette double image du premier élan de notre gloire et de l'agonie de notre fortune. De là un refus non moins for-

mel, fait par Horace Vernet, de subir l'arrêt qui le condamnait
en partie, et la résolution, aussitôt exécutée que prise, d'exposer
sous son toit non-seulement les ouvrages qu'il avait soumis au
jury, mais encore des tableaux propres à rendre la protestation
plus énergique et plus complète ; de là aussi une émotion bien
autrement vive que celle qui se serait produite au Salon, un
empressement universel à venir admirer ces toiles proscrites,
dont deux membres de l'Académie française avaient publié la
description, — avec plus de lyrisme politique d'ailleurs que de
sagacité critique et avec une obstination singulière à découvrir
ici « la fougue et le coloris de Rubens, » là une « imitation
éloignée, » il est vrai, « de Giotto » (1). A quoi bon insister,
au surplus, sur ces enthousiasmes de l'esprit de parti ou sur
ces méprises de l'esprit littéraire ? Quelles qualités pittoresques
recommandent les tableaux peints par Horace Vernet à cette
époque ? Dans quelle mesure ces œuvres honorent-elles l'intelligence qui les a conçues et la main qui les a faites ? Qu'ont-
elles ajouté à la gloire de notre école ? Telles sont les questions
que nous avons surtout à examiner.

De toutes les scènes de guerre qu'Horace Vernet a retracées
sur la toile pendant un demi-siècle, celles qui résument le
mieux, à notre avis, les aptitudes naturelles et les caractères
de son talent sont, — outre la *Bataille de Jemmapes* et la *Barrière de Clichy*, qui figuraient l'une et l'autre à l'exposition
particulière de 1822, — les batailles de *Valmy*, de *Hanau* et
de *Montmirail*, c'est-à-dire des tableaux antérieurs à la plupart
des toiles signées de son nom qui ornent aujourd'hui le musée
de Versailles. Certes la seconde manière du peintre, — si tant
est qu'on puisse qualifier ainsi des modifications résultant
beaucoup moins d'un parti pris de transformation que des con-

---

[1] *Salon d'Horace Vernet. Analyse historique et pittoresque des quarante-
cinq tableaux exposés chez lui en 1822*, par MM. Jouy et Jay, p. 2 et 86.

ditions nouvelles imposées par les sujets et par les vastes dimensions des cadres, — certes cette habileté plus confiante en soi,
plus surprenante, si l'on veut, que par le passé, ne fait à bien
des égards que continuer les habitudes premières de ce talent
et en multiplier les témoignages. Au point de vue de l'exécution brillante, de la facilité, de l'entrain, il y a même ici plutôt
progrès que déchéance ; mais aussi quelque chose de plus arbitraire dans les intentions, de plus artificiel dans le style, vient
compliquer ce progrès et en compromettre l'autorité. Les éléments de chaque composition acceptés presque sans contrôle,
rapprochés chemin faisant et au hasard de l'heure présente,
l'ensemble de la scène et des lignes morcelé en une multitude
de groupes épisodiques, les combinaisons de l'art enfin rem-
placées par les procédés de la chambre claire, les formes d'expression propres à un tableau par l'éloquence diffuse d'un
panorama, — voilà ce qu'on rencontre souvent dans les œuvres
relativement récentes d'Horace Vernet. Celles au contraire qui
appartiennent à la première moitié de sa carrière se distinguent
par une recherche, sinon très-profonde, au moins suffisamment
attentive, des moyens de coordonner les intentions partielles,
de les faire tourner au profit de l'aspect général, d'en composer
un tout.

La *Bataille de Jemmapes*, entre autres, et la *Bataille de
Valmy* ont ce genre de mérite. Tout aussi empreintes de véracité, quant à la reproduction des détails, que les œuvres qui
vont suivre, elles l'emportent sur celles-ci par la disposition
pittoresque et peut-être faut-il ajouter par la certitude de l'exécution. Je m'explique : jamais sans doute le pinceau d'Horace
Vernet n'a manqué de décision ni de savoir-faire. A l'époque
en particulier où il courait si lestement sur les toiles destinées
aux galeries de Versailles, il était arrivé à donner à chaque
touche une apparence si nette que l'œil du spectateur devait, au
premier aspect, voir en action la main du peintre et, pour

ainsi dire, la prendre sur le fait ; mais cette touche propre, délibérée, sûre comme un paraphe, cette manière sans repentir et sans rature s'accusent avec une complaisance qui fait tort à l'expression intime, à la vraisemblance même des objets qu'elles prétendent définir. On se préoccupe trop des moyens employés pour s'intéresser beaucoup au reste ; on devine trop bien comment l'artiste s'y est pris pour être dupe de l'illusion qu'il a voulu produire, ou plutôt on lui accorde ce qu'il semble avoir eu seulement à cœur d'obtenir, une confiance superficielle comme son habileté même, une intention rapide comme le travail de sa pensée.

Au temps où il peignait les batailles de *Jemmapes*, de *Valmy*, de *Hanau* et de *Montmirail*, Horace Vernet avait probablement des ambitions plus hautes, une opinion plus sérieuse de l'art et de sa fonction. En tout cas, l'impression qu'on éprouve en face de ces quatre toiles ne s'arrête pas aux surfaces de l'esprit ; l'estime qu'inspire ici l'habileté de la pratique n'est pas seulement une réponse à des provocations adroites, à une sorte de calligraphie pittoresque ; c'est la récompense légitime et réfléchie d'un talent qui, tout en gardant ses coudées franches, ne s'étale pas pour le plaisir de s'imposer et de faire montre de lui-même. Dans la *Bataille de Montmirail* surtout, l'aisance avec laquelle les détails multiples sont indiqués n'usurpe ni ne contrarie l'attention due à l'effet général, à la signification dramatique de l'ensemble. Le moment choisi est celui où les chasseurs de la vieille garde, sous les ordres du maréchal Lefèbvre, se précipitent sur l'ennemi et décident par cet effort suprême le gain de la journée. L'horizon que les ombres du crépuscule ont déjà envahi, les restes d'une lueur blafarde qu'un triste soleil d'hiver, à demi caché derrière les nuages, répand sur la campagne et sur les derniers bataillons qui la couvrent, tout —jusqu'à cette croix que les balles des deux armées ont ébranlée sur sa base, jusqu'à cet arbre effeuillé dont les branches semblent s'agiter douloureusement sous les sifflements du vent et de la mitraille, — tout a une solennité mélancolique, une expression de grandeur sinistre conforme au caractère historique de la scène. C'est l'image d'une victoire encore, mais d'une victoire sans fête, d'une gloire sans ivresse, d'un triomphe sans lendemain. La joie est absente de tous ces cœurs héroïques qu'habitent seulement les souvenirs de la patrie outragée, comme la lumière radieuse manque au théâtre de la lutte, comme le soleil d'Austerlitz est absent du ciel de Montmirail.

Si jamais Horace Vernet s'est élevé, dans la représentation d'une action militaire, jusqu'au style poétique par la justesse même de son coup d'œil, par la sincérité des émotions qu'il traduit, si, contre les coutumes de son imagination plutôt active qu'étendue, il a réussi à embrasser et à rendre les conditions morales en même temps que les dehors d'un sujet, nul doute que la *Bataille de Montmirail* ne marque dans la vie du peintre ce moment privilégié, cette heure d'inspiration exceptionnelle. Aussi le tableau dont nous parlons nous semble-t-il promis à une célébrité durable. On pourra y constater certaines imperfections matérielles, reprocher quelque insuffisance, non pas à l'harmonie générale des tons, mais au coloris de telles parties, regretter que, suivant un terme du métier, « la pâte » soit aussi mince, la touche inconsistante parfois jusqu'à la fluidité : il est impossible, en revanche, qu'on méconnaisse les mérites qui compensent, et au delà, ces défauts. Le genre auquel appartient la *Bataille de Montmirail* une fois admis et toute proportion gardée entre des œuvres et des qualités bien inégales, c'est à côté des toiles qui honorent le plus l'art moderne qu'il faut placer l'œuvre d'Horace Vernet : œuvre véritablement nouvelle, puisqu'elle n'a de précédents ni dans notre école, ni ailleurs, qu'elle procède d'un bout à l'autre d'un sentiment aussi original que le mode d'exécution adopté, qu'enfin elle révèle chez l'artiste qui l'a peinte des facultés spéciales dont il ne fera plus tard ni un plus heureux usage, ni un aussi juste emploi [1].

A ne considérer que relativement les résultats, quelle que soit d'ailleurs la distance qui sépare la *Bataille de Montmirail*, et en général les *batailles* peintes par Horace Vernet vers cette époque, des tableaux qu'il a exécutés après 1830, il ne s'ensuit pas, tant s'en faut, que ceux-ci n'aient qu'une importance médiocre dans la vie de l'artiste et dans l'histoire de notre école contemporaine. Depuis les épisodes du *Siége d'Anvers* jusqu'à la *Prise de Rome* ou, plus récemment encore, jusqu'à la *Bataille de l'Alma* et la *Messe en Kabylie*, trop de compositions présentes à toutes les mémoires feraient justice d'une pareille assertion ; trop de preuves se sont succédé pour qu'il soit permis à personne de mettre en oubli ou en doute cette habileté de plus en plus manifeste, cette inépuisable fécondité. Ce que nous voulons dire seulement, c'est que, dans les travaux d'Horace Vernet, appartenant aux vingt ou trente dernières années, la pratique, à force d'affirmer sa promptitude et sa hardiesse, ne laisse pas d'étourdir le regard, qu'il importait de persuader. A force de s'escrimer à tout propos, de ferrailler avec les difficultés de la tâche, le pinceau arrive à produire une sorte de cliquetis pittoresque où les lignes se démentent, se

---

[1] La *Bataille de Montmirail* ornait encore la galerie du Palais-Royal au moment de la révolution de février 1848. On sait que, au lendemain de cette révolution, une horde de malfaiteurs envahit les appartements du palais, et qu'elle lacéra, détruisit ou vola presque tous les tableaux qui s'y trouvaient. Comme le *Gustave Wasa* d'Hersent, comme les deux chefs-d'œuvre de Robert, la *Femme napolitaine pleurant sur les ruines de sa maison* et l'*Enterrement*, comme tant d'autres toiles diversement regrettables, le tableau d'Horace Vernet disparut dans cette heure honteuse. Retrouvé un peu plus tard et mis en vente au mois d'avril 1851, il appartient aujourd'hui à M. le marquis d'Hertford, qui l'a fait restaurer sous la direction d'Horace Vernet, ainsi que les trois autres *batailles*, dont il est aussi le possesseur, — *Jemmapes*, *Valmy* et *Hanau*.

heurtent, s'interrompent, où le coloris naturel s'anéantit sous la violence des reflets, comme le sens primitif de la scène s'amoindrit ou se perd au milieu des commentaires et des explications accessoires. Certes l'agitation est bonne dans des sujets de cet ordre : oui, cela est évident, il n'y a de salut pour un peintre de batailles que dans la verve de l'exécution et dans la multiplicité des épisodes ; mais encore faut-il que cette verve ne dégénère pas en pur esprit d'aventure, que ces épisodes, si curieux, si intéressants qu'ils soient, laissent aux faits principaux leur relief et à l'aspect du tableau son unité. Un des torts d'Horace Vernet est d'avoir méconnu souvent cette loi essentielle, de s'être contenté de juxtaposer des figures et des objets inanimés, des formes et des tons, là où il avait le devoir de grouper ces divers éléments, de les combiner entre eux pour en déduire un effet général. Nous ne parlons pas de la *Smala d'Abd-el-Kader*, œuvre tout exceptionnelle par les dimensions, immense frise dont un seul coup d'œil ne saurait embrasser l'ensemble, et qu'il a été nécessaire par conséquent de diviser en une série de compositions correspondant chacune à un point de vue particulier. Il y avait là en réalité un tour de force à accomplir plus encore qu'un tableau à faire, et cette étrange tâche une fois donnée, personne, il faut le reconnaître, ne s'en fût acquitté avec autant d'aisance, d'adresse et de bonne grâce : mais dans d'autres cas où les règles ordinaires de l'art pouvaient et devaient être mieux observées, lorsqu'il s'agissait par exemple de représenter sur un champ moins démesurément vaste la *Bataille d'Isly*, pourquoi recourir à peu près au même mode de composition ? Pourquoi cette ordonnance morcelée, ces groupes éparpillés, ces mille détails qui se disputent les regards et déconcertent l'attention ? Pouvons-nous ne pas ajouter que le modelé des corps, quels qu'ils soient, est trop uniforme, le coloris trop invariablement cru ou lustré, et qu'il résulte de cette monotonie chatoyante, pour ainsi dire, je ne sais quelles aigres consonnances aussi étrangères à la vigueur des inspirations que contraires à l'harmonie?

Telles sont les imperfections qui déparent en général les ouvrages d'Horace Vernet, et plus particulièrement ceux qu'il a produits dans la seconde moitié de sa vie : imperfections très-notables assurément, mais à l'égard desquelles il faut craindre d'exagérer la justice. Depuis quelques années, les artistes et la critique ne se sont pas assez tenus en garde contre cet excès. On a jugé sévèrement les défauts, sauf à n'examiner qu'avec une extrême réserve, à dédaigner même des qualités tout aussi considérables, sinon plus considérables encore. Aux bruyants succès faits au peintre par le gros du public, les hommes du métier ont opposé parfois des protestations non moins énergiques, plus faciles d'ailleurs à résumer en paroles qu'à convertir en exemples pratiques, en actes parfaitement concluants. N'en va-t-il pas en effet des scènes militaires peintes par Horace Vernet, au grand scandale de certains puristes, comme des *libretti* que la plume de Scribe a livrés pendant tant d'années aux applaudissements de la foule et aux arrêts rigoureux des lettrés? Rien de plus aisé que de reconnaître et de signaler les côtés défectueux de pareils travaux ; rien de plus rare toutefois, même parmi les plus habiles, que l'art de se plier ainsi aux conditions du genre, et d'arriver, le cas échéant, à faire mieux ou seulement aussi bien. Les tableaux de bataille que nous ont donnés, sous le dernier règne, des peintres d'histoire ou de portraits démontrent assez la supériorité du talent d'Horace Vernet dans ce genre spécial. Quant aux meilleurs témoignages fournis à cette époque ou depuis par les peintres de batailles de profession, quelle valeur secondaire n'ont-ils pas, de quelles hésitations, de quelle froideur ne semblent-ils pas porter l'empreinte, lorsqu'on se rappelle les preuves, tout autrement significatives, qui s'étalent sur les murs de la *salle de Constantine*, dans le palais de Versailles ! Seul, Horace Vernet pouvait, en représentant l'*Attaque de la citadelle d'Anvers*, trouver le secret de nous intéresser à une scène presque sans action, à une sorte de conseil de guerre tenu entre les chefs de l'armée dans l'intérieur d'une tranchée, tandis que les bombes lancées contre la place font mystérieusement leur office, et que les événements qui amèneront la capitulation s'accomplissent loin de nos regards. Lui seul aussi, en traitant un sujet tout contraire, — *les Colonnes d'assaut gravissant la brèche de Constantine,* — était en mesure d'exprimer à souhait la tumultueuse énergie de ce rude effort, ce pêle-mêle de combattants et de débris, cette montagne vivante s'élevant sur une montagne de murs écroulés et de terrains glissants, cette vague humaine heurtant de toute son impétuosité, de toute sa furie, et les obstacles qu'elle a déjà renversés, et ceux qui protégent encore la proie qu'elle va conquérir. Jamais l'héroïque confusion d'un assaut n'a été rendue avec plus de vraisemblance ; jamais la turbulence d'une foule en armes décidée à vaincre et déjà au moment de saisir la victoire n'a été plus vivement, plus franchement reproduite. Qu'on ne trouve pas là un tableau, c'est-à-dire un ensemble de lignes et de couleurs se pondérant les unes les autres, une image auguste de l'idéal, une composition régulière ayant son centre principal et sa circonférence, son foyer de lumière et ses rayonnements, son origine et ses conséquences choisies, — je le veux bien : à coup sûr, on ne refusera pas d'y reconnaître un portrait saisissant de réalité et le bulletin militaire le plus véridique qu'il appartienne au pinceau de tracer.

Le tableau que nous venons de rappeler et quelques autres, au premier rang desquels il faut citer l'*Attaque de la porte de Constantine par le lieutenant-colonel de Lamoricière,* suffiraient pour attester l'insigne habileté d'Horace Vernet à figurer le mouvement, l'élan collectif, l'intrépidité en action. Une toile au moins aussi remarquable, — *l'Ouverture de la brèche de*

Constantine, — montre avec quelle sagacité il savait deviner et traduire les mâles émotions qui précèdent la lutte, avec quelle rare justesse dans le choix des attitudes, dans l'expression des physionomies il donnait à l'immobilité même les caractères de la vie. Ici encore l'intérêt dramatique résulte tout entier de l'uniformité des éléments ; seulement, au lieu d'une masse d'hommes courant simultanément au-devant du péril ou de la mort, on ne voit guère que des soldats au repos, attendant le moment d'aller les affronter l'une et l'autre. Déjà une partie de la première colonne s'ébranle et va escalader le monticule qui s'élève au pied de la brèche ; mais le reste des troupes n'a pas reçu encore le signal de l'assaut. Au second plan, le commandant en chef, le général Valée, assis sur l'affût d'un canon, donne aux officiers qui l'entourent les dernières instructions, tandis que le duc de Nemours, commandant du siége, indique de la main aux troupes les remparts de la ville et l'âpre chemin qui y conduit. Sur le devant du tableau et perpendiculairement à la ligne d'horizon, plusieurs compagnies d'infanterie semblent se recueillir dans un calme plein de glorieuses promesses pour nos armes, de menaces terribles pour l'ennemi. A voir ces braves gens qui acceptent le poids de l'attente d'un cœur si ferme, d'un front si virilement serein, on sent qu'ils ne seront pas plus troublés tout à l'heure. La minute qui les sépare du combat, de la mort peut-être, n'amènera ou ne fera que continuer, sous de nouvelles formes, le même dévouement au devoir. Et quelle vérité dans les types, quelle spirituelle exactitude dans l'imitation de la tournure et du costume militaires, quelle fine intelligence des habitudes particulières aux soldats de chaque arme ou de chaque campagne ! En cela comme en toute chose, Horace Vernet n'emprunte rien, ne doit rien qu'à lui-même et à ses propres souvenirs. Il a vu de ses yeux, compris sans le secours de personne, formulé sans l'intermédiaire d'aucune tradition ces différences caractéristiques. Après avoir peint, suivant leurs apparences variées et dans le sens expressif de leurs allures, les volontaires de 1792 et les grenadiers de la garde impériale, les gardes nationaux de Paris en 1814 et les artilleurs du siége d'Anvers, il a dégagé avec la même certitude la physionomie de notre nouvelle armée ; il s'est assimilé aussi facilement, aussi complétement le soldat d'Afrique ou de Crimée, depuis les plis de la guêtre jusqu'à la manière de porter le havre-sac et le képi, depuis les détails matériels et la lettre de la tenue d'ordonnance jusqu'aux modifications résultant de la pratique de la guerre, du climat ou de la coutume. Ce n'est donc pas simplement par la représentation des faits, mais encore par une fidèle image des mœurs, que l'histoire de notre temps vit et se perpétuera dans les tableaux d'Horace Vernet. La seule énumération des sujets qu'il a traités offrirait un sommaire exact de nos annales militaires depuis la fin du dernier siècle : la souplesse avec laquelle son talent s'est approprié aux caractères successifs, aux phases diverses de cette glorieuse histoire, achève d'accréditer les enseignements qu'il nous lègue et d'en assurer l'autorité pour l'avenir.

En essayant de caractériser ici la manière et les œuvres d'Horace Vernet, nous nous sommes attaché de préférence à un certain ordre de travaux. Nous reprochera-t-on pour cela d'avoir méconnu d'autres titres, d'avoir volontairement amoindri, en la réduisant au rôle d'un peintre de batailles, l'importance d'un artiste qui, depuis les sujets de genre, de chasse, de paysage et de marine jusqu'aux plus graves données de l'histoire, a tout envisagé, tout abordé, tout traduit? Sans doute il faut tenir compte de cette facilité singulière, mais à la condition de ne l'estimer qu'à son prix, et d'y reconnaître bien moins l'universalité absolue des aptitudes qu'une mobilité intellectuelle servie, inspirée même par l'extrême adresse de la main. N'est-ce pas au reste comme peintre de batailles qu'Horace Vernet mérite d'être compté parmi les maîtres de notre temps?

N'est-ce pas dans la peinture des scènes militaires telles que les a faites la civilisation moderne qu'il a le plus nettement accusé son originalité, le mieux réussi à exprimer sous des formes familières et complètes ce qu'on ne savait autrefois qu'écourter à l'excès ou revêtir d'une majesté de convention? Sur ce terrain, qu'il a occupé le premier et qui lui appartient en propre, il demeure à l'abri des revendications et des attaques, il défie toute comparaison : partout ailleurs on trouverait à lui opposer mieux que des rivaux. Que devient, par exemple, son habileté, très-incontestable pourtant, à peindre les chevaux, lorsqu'on rapproche cette manière élégante jusqu'à la recherche, du style large et de la robuste manière de Géricault? Il suffira pour apprécier cette différence, de se souvenir des *études* peintes ou lithographiées par celui-ci, en face de *Mazeppa* ou de telle autre scène du même genre retracée par Horace Vernet. Les paysans italiens qui lui ont servi de modèles ont-ils eu à ses yeux et sous son pinceau cette mâle beauté, cette grâce énergique qu'avaient su pressentir et rendre M. Schnetz et Léopold Robert? Il faudrait plus que de l'indulgence pour estimer à l'égal du *Vœu à la Madone* et des *Moissonneurs*, des toiles comme le portrait de *Vittoria d'Albano* et la *Confession d'un brigand*.

Dans le genre historique proprement dit, les œuvres qu'a laissées Horace Vernet autoriseraient des comparaisons plus redoutables encore et de plus sévères jugements. Quelques-unes, il est vrai, — et l'*Arrestation des princes* en 1650 est du nombre, — dissimulent en partie l'exiguïté des intentions sous les coquetteries de la mise en scène, sous un faux air de bonhomie dans le style qui peut jusqu'à un certain point faire illusion, et que les caractères anecdotiques du sujet peuvent d'ailleurs excuser ; mais là où il s'agit de sujets plus graves à tous égards et plus vastes, là où il faut à tout prix provoquer une émotion dramatique ou éveiller en nous l'idée du beau, de pareilles ruses ne sauraient suffire et sont facilement percées à jour. Qu'importent, dans *Judith et Holopherne*, le sommeil souriant de la victime, les regards étincelants du bourreau, si le contraste n'aboutit qu'à l'exagération et à la grimace? A quoi bon ce luxe d'ornements, ces minutieux détails de mœurs, ce geste violent et ce grand sabre, puisque le tout ne peut nous donner le change sur des inspirations absentes et nous montrer rien de plus qu'un jeu de scène entre deux acteurs? Même contrefaçon du théâtre, même impuissance à racheter par l'éclat des accessoires et des costumes les faiblesses du sentiment dans le plafond qui représente au Louvre *Jules II ordonnant les travaux de Saint-Pierre*, dans *Edith au col de cygne*, dans *le Pape Pie VIII* porté sur la *sedia* pontificale, ou, plus évidemment encore, dans la *Rencontre de Raphaël et de Michel-Ange au Vatican*.

De pareilles œuvres, au surplus, n'intéressent et ne sauraient compromettre que les conditions ordinaires, la dignité extérieure de la peinture d'histoire. Pourquoi faut-il que le talent d'Horace Vernet n'ait pas craint de s'aventurer plus haut encore et d'introduire ses habitudes de familiarité excessive jusque dans l'interprétation des livres saints? Nous voulons parler non pas d'un *Christ au roseau*, qui ne mérite en vérité que le silence et l'oubli, mais de ces nombreuses compositions sur des sujets bibliques où le peintre transcrit le plus littéralement qu'il peut les souvenirs de ses voyages en Afrique : innovations fâcheuses en vertu desquelles les patriarches et les prophètes, la mère d'Ismaël comme l'épouse d'Isaac, tous les personnages de l'Ancien Testament, toutes les figures consacrées par la tradition de tant de siècles se transforment pour nous en personnages contemporains, et nous apparaissent sous le burnous d'Abd-el-Kader ou sous les vêtements tramés d'or et de soie des femmes de *la Smala*.

Pour justifier la tentative d'Horace Vernet, objectera-t-on que les maîtres avaient défiguré la Bible, en privant les com-

mentaires pittoresques qu'ils en donnaient de tout caractère
ethnographique ; que, les Arabes ayant à peu près conservé les
habitudes des premiers peuples, ils doivent aussi en garder la
ressemblance dans leur costume ; qu'enfin, sous le rapport de
la vérité locale, il y a moins loin d'un Bédouin de nos jours à
un patriarche de l'ancienne loi que de celui-ci à telle image arbitraire qu'aura tracée quelque grand artiste de la renaissance ?
La question a été résolue, et à notre avis sans réplique, par un
écrivain à qui la délicatesse de son goût, aussi bien que son
expérience personnelle de l'art et du pays, assurent en pareille
matière une compétence parfaite. « Costumer la Bible, dit
M. Eugène Fromentin, c'est la détruire, comme habiller un
demi-dieu, c'est en faire un homme. La placer en un lieu reconnaissable, c'est la faire mentir à son esprit ; c'est traduire
en histoire un livre anté-historique. Comme à toute force il
faut vêtir l'idée, les maîtres ont compris que dépouiller la forme
et la simplifier, c'est-à-dire supprimer toute couleur locale,
c'était se tenir aussi près que possible de la vérité... Donc, hors
du général, pas de vérité possible dans les tableaux tirés de nos
origines, et bien décidément il faut renoncer à la Bible, ou
l'exprimer comme l'ont fait Raphaël et Poussin. » Et, un peu
plus loin, M. Fromentin ajoute, avec tout le sentiment et la clairvoyance d'un peintre : « Oui, ce peuple possède une vraie grandeur. Il la possède seul, parce que, seul au milieu des civilisés,
il est demeuré simple dans sa vie, dans ses mœurs, dans ses
voyages. Il est beau de la continuelle beauté des lieux et des
saisons qui l'environnent. Il est beau surtout parce que, sans
être nu, il arrive à ce dépouillement presque complet des en-
veloppes que les maîtres ont conçu dans la simplicité de leur
grande âme. Seul, par un privilége admirable, il conserve en
héritage ce quelque chose qu'on appelle biblique, comme un
parfum des anciens jours ; mais tout cela n'apparaît que dans
les côtés les plus humbles et les plus effacés de sa vie. Et si,

plus fréquemment que d'autres, il approche de l'épopée, c'est
alors par l'absence même de tout costume, c'est-à-dire en ces-
sant d'être Arabe en quelque sorte pour devenir humain. Devant la demi-nudité d'un gardeur de troupeaux, je rêve assez
volontiers de Jacob. J'affirme au contraire qu'avec le *burnous*
saharien ou le *mach'la* de Syrie on ne représentera jamais que
des Bédouins[1]. »

Les reproches qu'on a le droit d'adresser au talent et aux
travaux d'Horace Vernet sont donc de plus d'une sorte, et il
serait facile, sur ce point, de faire la part plus large encore à la
critique. Quelques mots suffiront toutefois pour compléter l'expression de notre pensée et pour tirer une conclusion des divers exemples que nous avons proposés. Horace Vernet, — nous
ne parlons ici que de sa vie publique et des faits qu'il appartient à chacun de juger, — Horace Vernet a pu commettre des
oublis, des imprudences, des fautes même. N'accusons pourtant pas plus sévèrement que de raison ces torts, où tout n'est
pas réel. Talent toujours dispos et prompt à agir, esprit plus
apte à saisir le côté extérieur et la physionomie des choses
qu'habile à en scruter la signification intime et le fond, Horace
Vernet, incessamment tourmenté du besoin de produire, n'a-
vait ni le loisir de se souvenir du passé et de s'émouvoir ailleurs qu'en face de la tâche présente, ni l'ambition de formuler
rien de plus que l'image textuelle d'un fait. Vainement on chercherait dans l'ensemble de ses œuvres l'expression continue
d'une doctrine, le développement de certains principes une fois
adoptés. Les sujets si divers qu'il a traités à tour de rôle, et toujours avec un parfait détachement de ses préoccupations antérieures ou prochaines, — ces emprunts alternatifs aux bulletins
de nos expéditions militaires et aux livres saints, à l'histoire de
nos révolutions politiques et aux chants des poëtes, — ces ca-

---

[1] *Un Eté dans le Sahara*, p. 61-63.

ricatures en regard de vignettes pour les *Fables de La Fontaine*
ou pour *la Henriade*, pour le théâtre de Molière ou pour les
tragédies de M. de Jouy, — cette longue série de portraits où
figurent des princes et des fonctionnaires de tous les régimes,
des hommes célèbres à des titres radicalement contraires, depuis les héros de nos champs de bataille jusqu'à des héros de
cour d'assises, — tout cela trahirait une singulière indifférence
en matière de thèmes pittoresques, s'il n'était plus juste d'y
reconnaître la mobilité naturelle et la curiosité d'une imagination facile à s'éprendre de ce qui a pour soi l'éclat, la renommée, ou seulement le bruit.

Au point de vue de l'art et de la pratique, la manière d'Horace Vernet s'explique ou s'excuse par des considérations analogues. Qualités et défauts, tout procède chez lui de facultés à
la fois rares et vulgaires, solides et frivoles, d'un mélange extraordinaire de bonne foi et de ruse, de précision et de prolixité,
de franche imitation du vrai et d'habileté factice. Le vrai dans
son expression absolue, l'imitation scrupuleuse de la réalité, voilà pourtant, suivant les propres paroles d'Horace Vernet,
le principe unique comme l'unique fin de l'art ; tels étaient les
termes où il résumait toute sa poétique, toutes ses croyances,
tous ses devoirs. « Quand je veux peindre un tableau, avait-il
coutume de dire, j'ouvre ma fenêtre et je regarde. » Or, cette
fenêtre qui devait fournir le plein jour à sa pensée et à ses yeux,
d'où vient qu'il se soit contenté si souvent de l'entre-bâiller ?
N'interrogeait-il pas sa mémoire plus assidûment encore que la
nature, et ne lui est-il pas arrivé nombre de fois de se fier à
l'adresse de sa main au moins autant qu'à l'autorité de ses
modèles ?

Non, quoi qu'on puisse prétendre à ce sujet, quoi qu'il ait
pu penser lui-même de son abnégation et de son respect pour
le vrai, la qualité distinctive du brillant peintre que notre école
vient de perdre n'aura été ni cette sincérité magistrale avec la-

quelle le génie s'approprie et met en relief les grands caractères de la réalité, ni même cette véracité plus humble qui résulte, — chez les *petits-maîtres* des Pays-Bas, par exemple, — de la contemplation patiente, de l'analyse impartiale. La véracité du pinceau d'Horace Vernet est toute relative et d'ailleurs aussi peu exempte de partialité que son habileté même. L'interprétation personnelle, l'intention ingénieuse avant tout, l'empreinte, dans chaque partie du travail, d'une pensée alerte et d'une science sans préméditation, mais non certes sans originalité et sans grâce, — voilà ce qui vivifie ce talent, voilà ce qui en constitue les principaux mérites : talent agile et souple plutôt que robuste, reluisant plutôt que fortement trempé, mais qui n'en a pas moins une valeur et un éclat considérables. Très-Français en ce sens qu'il sait découvrir dans un sujet les côtés les plus propres à séduire l'esprit, qu'il donne à l'image des choses l'accent de la vraisemblance morale et une signification presque littéraire, qu'en un mot il écrit ce qu'il a conçu avec une netteté que compromettraient peut-être des préoccupations plus strictement pittoresques, — l'auteur de tant de compositions très-honorables après tout pour notre école, le créateur d'un genre où il ne devait pas trouver d'égal, un tel peintre, quels que soient d'ailleurs ses défauts, mérite notre reconnaissance et commande nos hommages. Qu'il n'arrive pas à contenter pleinement les délicats, qu'on ait le droit de lui reprocher, même en face de ses meilleurs ouvrages, certaines lacunes dans l'invention et dans le sentiment, c'est ce que nous n'entendons nullement contester : il est impossible toutefois qu'on lui marchande une place parmi les artistes supérieurs, non pas au rang des maîtres qui ont le privilége de nous émouvoir profondément et de nous convaincre, mais à côté de ceux qui réussissent le plus facilement à récréer notre intelligence, et dont le lot est de plaire à première vue, d'avoir tout d'abord raison de nos scrupules et de nous intéresser en se jouant.

LA PEINTURE DES COUPOLES.

LA COUPOLE DE SAINT-ROCH.

1863.

Les vastes peintures que M. Roger vient de terminer dans l'église de Saint-Roch, à Paris, ont, entre autres mérites, celui d'être bien appropriées par le style au caractère général de l'édifice et, par l'ordonnance même, aux conditions toutes spéciales de l'art de décorer une coupole : art difficile pour lequel, le Corrége excepté, les maîtres souverains ne nous ont pas légué d'enseignement, et dont, à défaut de grands exemples, on ne peut rechercher les lois que dans la théorie ou dans des œuvres relativement modernes. Pour apprécier sous ce rapport la valeur du travail accompli par M. Roger, il convient donc de se rendre compte des conditions qui régissaient une pareille tâche, et de jeter un coup d'œil sur les entreprises analogues successivement tentées dans notre pays.

Une coupole, c'est-à-dire une voûte hémisphérique ou engendrée soit par deux courbes se coupant au sommet, soit par une demi-ellipse posée sur un plan circulaire ou polygonal, — une coupole n'emprunte pas sa raison d'être des principes les plus naturels, des nécessités les plus générales de la construction. Au lieu de correspondre directement, comme le comble à pans droits ou comme le plafond, à des besoins de conservation à l'extérieur et d'abri au dedans, elle exprime une inten-

3

tion de décoration tout artificielle, une fantaisie de l'imagination inutile au point de vue pratique, propre seulement à éveiller dans l'esprit du spectateur des idées indéfinies de conquête sur l'espace et de mouvement. Aussi l'architecture grecque, logique par excellence, n'a-t-elle pas consacré par ses œuvres ce mode de construction sans signification précise, cette sorte de fastueux caprice.

Bien qu'assez enclin, on le sait, à faire prévaloir l'élément grandiose en toute occasion et à tout prix, l'art romain lui-même s'est préservé sur ce point de l'ostentation et de l'excès. Il lui est arrivé parfois de couronner d'une coupole une rotonde comme le Panthéon d'Agrippa, déduisant ainsi la forme de la toiture de la forme figurée par les murs de l'édifice : il n'a pas commis cette faute, ou tout au moins ce pléonasme architectonique, dont devait s'accommoder l'art moderne, d'élever un second monument sur le premier, et, celui-ci une fois enraciné dans le sol, de le recommencer en l'air, pour ainsi dire, sur la croisée des lignes du comble.

Enfin, malgré les exemples donnés par les architectes byzantins de Sainte-Sophie à Constantinople et de Saint-Vital à Ravenne, — exemples renouvelés au neuvième et au dixième siècle à Aix-la-Chapelle et à Venise, — la coupole, pendant tout le moyen âge, demeure à peu près hors d'emploi. On pourrait relever çà et là les témoignages de quelques efforts pour continuer à cet égard la tradition byzantine ; mais, en général, l'architecture gothique cherche et trouve ses inspirations ailleurs. Les édifices qu'elle construit, au lieu d'être, comme les monuments grecs, assis sur des horizontales, se dressent en perpendiculaires, et ce mouvement d'ascension, si vivement exprimé par de minces colonnes jaillissant du sol jusqu'aux voûtes, n'a rien de commun avec la souplesse un peu laborieuse, avec l'élan, sans point de départ fixe et sans but, des lignes d'un dôme. Pour remettre en honneur ou plutôt pour introduire les courbes dans l'architecture comme élément de décoration principal, il faut la science hardie de Brunelleschi au quinzième siècle, et dans le siècle suivant le génie de Michel-Ange. Le dôme de Sainte-Marie des Fleurs à Florence et le dôme de Saint-Pierre à Rome sont, à vrai dire, les premiers termes de cette révolution ou de ce progrès. Ils constituent deux types dont les formes, diversement imitées à partir de la renaissance, se reproduiront à tout propos et deviendront, particulièrement en France, l'ornement presque obligé des églises et des palais. Depuis Philibert Delorme jusqu'à Lemercier, Levau et Mansart, et depuis ceux-ci jusqu'à Soufflot, les architectes qui se succèdent dans notre pays adoptent, à cet égard, et se transmettent un programme dont l'exécution ne varie guère qu'en proportion des talents personnels. Qu'il s'agisse de bâtir les Tuileries ou de travailler à l'achèvement du Louvre, de donner des plans pour la Sorbonne ou pour le château de Vaux, pour le Val-de-Grâce ou pour l'église de Sainte-Geneviève, un dôme devra inévitablement s'élever au centre de chaque édifice et annoncer, non pas la destination particulière de celui-ci, mais la volonté qu'on aura eue de le faire somptueux avant tout, en se conformant, quant aux moyens, à la règle commune.

Nous n'avons pas à examiner ici, au point de vue de l'architecture, les mérites ou les défauts des nombreux spécimens en ce genre que nous ont légués les trois derniers siècles. Le mode de construction étant admis et la majesté qui peut en résulter pour l'effet extérieur une fois constatée, reste à savoir quelles ressources ces formes hémisphériques offrent au dedans à l'ornementation, de quels procédés il conviendra de faire usage pour que la magnificence des détails n'appesantisse ni ne fausse le caractère des lignes générales ; reste à savoir enfin comment l'œuvre du décorateur réussira à compléter ici l'œuvre de l'architecte, et dans quelle mesure il sera permis à un art auxiliaire d'agir en vertu de ses inspirations propres et de sa fantaisie.

Il semble que la surface intérieure d'un dôme soit un champ naturellement promis au pinceau. Ces vastes murs, cintrés à l'imitation de la voûte du ciel, appellent des teintes sereines qui en allégeront le poids et en peupleront harmonieusement l'étendue, bien plutôt qu'elles n'autorisent l'emploi d'ornements sculptés dont la multiplicité même et le relief surchargeraient l'aspect de l'ensemble et en diviseraient l'unité. Toutefois, entre ces deux partis à prendre, on a le plus souvent opté pour le second. Des séries de compartiments renouvelés de ceux qui dans le Panthéon, à Rome, rompent continuellement la belle courbe du cintre, des caissons quadrangulaires dont les renfoncements profonds ajoutent par le contraste à la saillie, déjà inutile, des rosaces qu'ils encadrent, — voilà les ornements traditionnels au moyen desquels on n'est guère arrivé qu'à démentir l'idée qu'il s'agissait de faire prévaloir, et à convertir une châsse aérienne, pour ainsi dire, en un épais couvercle emprisonnant le regard qui s'y heurte, comme il arrête et refoule la pensée. Le premier, parmi les artistes italiens, le Corrége entreprit, en pareil cas, de les affranchir absolument l'une et l'autre. En décorant de fresques la coupole de San-Giovanni à Parme, et un peu plus tard celle de la cathédrale, son pinceau pratiquait à travers les murs une immense ouverture sur le ciel et supprimait ainsi en apparence le champ même où il s'exerçait. Plus audacieux encore que Michel-Ange, qui, en peignant le plafond de la chapelle Sixtine, n'avait figuré sur cette surface solide que des percements symétriques, encadrés dans des ornements d'architecture simulés, le Corrége ne craignait pas d'anéantir jusqu'à l'architecture réelle : il la remplaçait par le vide et suspendait, au sein de cet espace sans limites, des groupes aux lignes irrégulières, multipliées à l'infini et s'enroulant les unes dans les autres, conformément aux lois les plus difficiles de la perspective verticale.

Certes la tentative était hardie, et le merveilleux talent avec lequel elle a été menée à fin la justifie suffisamment. Les deux coupoles de Parme sont au nombre des plus beaux ouvrages qu'ait produits le pinceau. N'est-il pas permis néanmoins, en ayant pour ces grandes œuvres la profonde admiration qu'elles commandent, de confesser qu'elles ne satisfont pas à toutes les conditions exigées par le goût ? Gustave Planche a dit à ce sujet avec sa franchise accoutumée : « J'admire, comme tous les hommes de bonne foi, l'abondance et la variété qui éclatent dans la coupole de la cathédrale, je reconnais avec tous les esprits éclairés qu'un génie de premier ordre a pu seul enfanter une telle composition ; mais... il y a dans les raccourcis une ostentation qui frappe tous les yeux. » Et il ajoute : « Le parti adopté par Antonio à l'égard de l'architecture, en agrandissant le champ de la peinture, réduit l'architecture à néant. Pour tous ceux qui ont pris la peine de méditer sur ce problème délicat, il est aujourd'hui hors de doute qu'il vaut mieux, en pareille occasion, respecter les divisions de l'architecture et ne pas trouer la surface offerte au pinceau [1]. » Ces derniers mots caractérisent bien la nature des innovations introduites par le Corrége dans la peinture monumentale, et en signalent clairement les dangers. Trouer, comme il l'a fait, dans toute leur étendue les voûtes qu'il s'agissait seulement de revêtir de teintes lumineuses et de nous montrer voisines du ciel, sans pour cela les isoler du monument qu'elles couronnent ; prétendre produire une illusion absolue, en présentant au spectateur des figures strictement vues de bas en haut, des raccourcis que ses yeux ignoraient, des formes ramassées qui déconcertent sa mémoire, c'est en effet pécher contre le goût et courir le risque d'aboutir à l'invraisemblance par la recherche excessive, par l'expression outrée du vrai. Que le Corrége ait pu

---

[1] *Revue des Deux Mondes* du 15 décembre 1854, *Études sur l'Art en Italie*, — le Corrége.

commettre impunément une pareille faute, ou plutôt qu'il l'ait rachetée à force de verve et de fécondité dans l'invention, de certitude dans la science, de puissance dans le coloris, — voilà ce que personne ne songera sans doute à contester. Toujours est-il que ces deux chefs-d'œuvre léguaient à l'avenir une tradition périlleuse, et que, sans les rendre responsables de toutes les erreurs qui ont suivi, on y trouvera la consécration d'un faux principe dont quelques successeurs du maître devaient s'autoriser, comme d'une excuse, pour leurs propres écarts.

Ainsi, lorsqu'au bout d'un demi-siècle Vasari et après lui Frédéric Zuccaro couvraient de leurs peintures pédantesquement tumultueuses les parois intérieures du dôme de la cathédrale à Florence, que faisaient-ils, sinon pratiquer à leur manière, sinon paraphraser la doctrine professée par le Corrége? Les moyens d'expression et le talent avaient bien dégénéré, il est vrai. Dans les fresques de Parme, les audaces du style, la bizarrerie même de certaines apparences procèdent d'une imagination aussi sincère que puissante; on y sent, bien que sous des formes parfois tourmentées, des inspirations faciles, une abondance naturelle jusque dans l'exagération. Les fresques de la cathédrale de Florence, au contraire, semblent le produit d'une extravagance voulue et calculée, de je ne sais quels laborieux efforts pour simuler les emportements de la pensée et de la main. Ce serait donc faire injure aux nobles œuvres du Corrége que de les confondre avec ces emphatiques travaux dont les contemporains d'ailleurs ne paraissent pas avoir été les dupes plus que nous-mêmes, et qu'un poëte de l'époque, le fondateur de l'académie de la Crusca[1], proposait tout uniment

---

[1] « Ne nous lassons pas de gémir, dit Grazzini dans un de ses petits poëmes satiriques, tant que le jour ne sera pas venu où le blanc aura fait justice de ces peintures qui gâtent, aux yeux du peuple florentin, la coupole de Brunelleschi. »

de recouvrir de badigeon ; mais, sauf l'immense différence entre les résultats, le principe qu'avait adopté le Corrége est aussi l'élément décoratif employé par Zuccaro comme par Vasari. D'autres imitateurs survinrent qui achevèrent de populariser cette méthode et de lui donner force de loi. La peinture des coupoles ne fut dès lors en Italie que l'occasion de figurer le désordre, une sorte de tempête de lignes et de tons. On ne représenta plus les anges et les bienheureux que déformés à plaisir en vertu de la *perspective curieuse*, se culbutant les uns les autres et tournoyant pêle-mêle dans l'espace, comme ces damnés dont parle Dante que tourmente « sans trêve l'ouragan infernal ; » si bien que lorsque de nos jours M. Benvenuti eut achevé les médiocres peintures qu'abrite le dôme de San-Lorenzo à Florence, on dut, à défaut d'autres mérites, lui savoir gré de sa réserve, et qu'il parut presque avoir fait acte de réformateur parce qu'il s'était simplement abstenu de la turbulence pittoresque et des violences accoutumées.

En France, l'influence du Corrége et de ses imitateurs ne fut pas d'abord aussi absolue, ni l'entraînement aussi général. Dès les premières années du dix-septième siècle, il est vrai, Martin Fréminet avait fait de son mieux pour convertir notre école au culte de la manière italienne, pour lui inspirer le goût des raccourcis à outrance, des lignes entortillées, de tous ces problèmes pittoresques dont les voûtes de la chapelle de Fontainebleau exposent intrépidement les formules plutôt qu'elles n'en déterminent la solution ; mais auprès du plus grand nombre Martin Fréminet avait heureusement perdu ses peines, ou si, comme au temps du Primatice, on s'était un moment laissé séduire par cet étalage du « grand style, » le bon sens national et les doctrines maintenues par les *portraitistes* n'avaient pas tardé à avoir raison d'un engouement parfaitement contraire en réalité aux instincts de ceux-là mêmes qui l'affichaient. Lorsqu'on examine les œuvres qui résument le mieux les inclinations et les habitudes de l'art français à cette époque, — depuis les *portraits* peints anonymes jusqu'aux *crayons* de Dumoustier, jusqu'aux estampes de Léonard Gaultier et de Thomas de Leu, — on comprend quelle force de résistance secrète notre école était en mesure d'opposer aux envahissements de l'art étranger. On voit du moins que, lorsqu'il lui arrivait d'accepter les exemples d'autrui, elle se les assimilait avec autant de prudence que de sagacité, et dans les cas seulement où ces exemples pouvaient aider au développement de ses propres aptitudes : témoin le profit qu'elle tire en ce sens des importations de l'art des Pays-Bas, vers la fin du règne de Henri IV, et l'habileté avec laquelle nos dessinateurs et nos graveurs en particulier interprètent dans leurs ouvrages la méthode des Porbus et des Wierix. Dira-t-on qu'il ne s'agit ici que de travaux et de maîtres secondaires, qu'à l'heure où ils s'inspiraient en aussi modeste lieu, les artistes français ignoraient encore les grands modèles et les enseignements souverains ? Les choses ne changèrent pas pourtant, même après la venue de Rubens à Paris, même après l'achèvement de la *Galerie de Médicis*. On admira les éclatants tableaux du maître d'Anvers sans songer le moins du monde à les contrefaire, sans être ébranlé dans cette foi traditionnelle qui avait survécu au schisme suscité par les disciples du Rosso et du Primatice, aussi bien qu'à la prétendue réforme plus récemment tentée par Fréminet. On crut, comme par le passé, au bon droit de la peinture nationale, à ses ressources naturelles, à la légitimité de ses conditions ; tout en s'inclinant devant les maîtres nés au delà des Alpes ou sur les bords de l'Escaut, on attendit avec confiance le jour prochain où notre pays trouverait parmi ses enfants des rivaux à leur opposer, et dans le grand Poussin un exemplaire achevé du génie même de l'art français.

Cependant l'usage de confier les tâches les plus importantes à des peintres étrangers était trop bien consacré en France depuis

le seizième siècle pour que les protecteurs officiels des beaux-
arts osassent encore s'affranchir de la tradition. Aussi, lorsque
la reine Marie de Médicis eut bâti dans la rue de Vaugirard
l'église qu'elle destinait aux carmes déchaussés, s'adressa-t-elle,
pour la décoration de ce monument, à un artiste des Pays-Bas,
comme elle l'avait déjà fait pour la décoration de son propre
palais. Bertholet Flemael, de Liége, reçut la mission d'orner la
coupole de la nouvelle église, et d'initier ainsi les Parisiens à
un genre de peinture que leurs regards n'avaient jusqu'alors
pas plus connu que les formes architectoniques de ces murs
livrés au pinceau.

Il semble pourtant qu'en choisissant, non plus un génie intraitable, un chef d'école comme Rubens, au-dessus des concessions et des sacrifices, mais un homme dont le talent avait
fait ses preuves de souplesse, la reine ait voulu concilier avec
la coutume qui l'obligeait les justes exigences du goût public.
La méthode mixte, éclectique, dirait-on aujourd'hui, de Bertholet Flemael, cette manière où se résumaient à la fois les enseignements de Jordaens et les souvenirs des œuvres étudiées par
le peintre en Italie, n'était pas de nature à blesser ici aucune
conviction, à démentir ouvertement aucune habitude. Elle pouvait même se modifier à Paris comme elle s'était appropriée
déjà, sur les murs du palais ducal à Florence, aux coutumes de
l'art toscan, et emprunter d'un nouveau milieu des formes d'expression nouvelles. C'est ce qui arriva en effet. Les peintures
de l'église des Carmes ont presque l'apparence d'une œuvre
française. Un peu oubliées aujourd'hui, elles n'en demeurent
pas moins un spécimen très-intéressant de la peinture monumentale avant la seconde moitié du dix-septième siècle. Dans
la question qui nous occupe, elles ont d'ailleurs une importance particulière, puisqu'elles offrent chez nous le premier
exemple de la décoration pittoresque d'une coupole proprement dite.

La partie centrale de l'église que Bertholet avait été chargé
de peindre imposait au pinceau deux tâches différentes, en
raison de la diversité des surfaces et des conditions mêmes de
la construction. Des murs en rotonde, percés vers le haut d'é-
troites fenêtres et s'élevant verticalement sur un entablement
circulaire au-dessous duquel se dessinent quatre grands arcs et
quatre pendentifs, puis au sommet de cette rotonde, dont le
diamètre est bien moindre que la hauteur, une calotte portant
sur ces murs, supportés eux-mêmes par les pendentifs, — voilà
le double champ qu'il s'agissait d'orner en variant, conformément à l'architecture, l'ordonnance des compositions, mais en
maintenant néanmoins entre celles-ci une certaine connexité.
Qu'on se figure un tube surmonté d'un couvercle bombé, et
l'on aura une idée assez exacte des proportions relatives et des
formes attribuées au *clair-étage*, — pour nous servir d'un terme
technique, — et à la coupole du monument. Or ce clair-étage,
destiné, comme le mot l'indique, à donner accès à la lumière,
et par conséquent troué çà et là, ne pouvait, sans une invraisemblance manifeste, être revêtu de peintures simulant une
scène en plein air. Le moyen d'encadrer dans un ciel figuré
des fenêtres au travers desquelles on aperçoit le ciel véritable
et de convertir ainsi en une image du vide ce qui implique
nécessairement l'idée d'un corps solide et d'un support? Dans
des cas analogues, quelques peintres italiens, Romanelli entre
autres, se sont laissés aller à commettre ce contre-sens : Bertholet eut le bon esprit de s'en préserver en tournant adroitement une difficulté qu'il ne se sentait pas assez fort pour
vaincre de haute lutte.

Le thème à développer était *Élie enlevé au ciel sur un char
de feu*. En pareil lieu et pour de pareils hôtes, rien de plus
aisément explicable que le choix de ce sujet. On sait que les
carmes faisaient remonter très-haut leur généalogie, et que,
sur la foi d'une tradition vivement critiquée d'ailleurs par les

bollandistes, ils considéraient le prophète Élie comme le fondateur de leur ordre ; mais aussi rien de moins facile, quant à l'exécution, que de concilier avec les caractères surnaturels de la scène l'expression de réalité inhérente à la conformation même des murailles. Bertholet divisa sa composition en deux parts. Sur la surface intérieure de la calotte, il représenta le char du prophète emporté à travers l'espace et roulant sur les nuées que des anges environnent. Dans la partie inférieure du dôme, au-dessus de cet entablement circulaire dont nous avons parlé, il groupa les disciples d'Élie, au milieu desquels Élisée élève les bras pour recevoir le manteau détaché des épaules de son maître, manteau de couleur blanche, bien entendu, comme celui que portent les carmes, et qui, se développant à cette place, exprimait une allusion au fait présent aussi bien qu'un souvenir du fait biblique. Ajoutons que, sous le rapport purement pittoresque, l'emploi du moyen était bon. Sans cette draperie flottante qui relie les deux compositions l'une à l'autre, l'espace compris entre la figure d'Elisée et la base de la coupole, où apparaît Elie, serait nécessairement resté un peu vide, bien que des pilastres et d'autres ornements peints d'architecture aient eu préalablement pour objet d'en vêtir la nudité. Enfin, malgré l'agitation des lignes qu'entraînait avec soi la représentation de la scène générale ou plutôt de la double scène, une certaine symétrie règne dans l'ordonnance, en installe et en pondère les formes, comme elle établit entre les tons cet équilibre qui est la condition indispensable de la peinture décorative.

Le groupe des anges et les nuages environnant le char d'Elie sont disposés de telle sorte qu'ils paraissent graviter autour de ce point central, et, sous quelque aspect qu'on les envisage, confirmer en le répétant le mouvement orbiculaire des lignes de la coupole. La même harmonie se retrouve, dans la décoration du clair-étage, entre les combinaisons pittoresques et les

données de l'architecture. Ces convenances d'ailleurs étaient
ici plus faciles à observer. Une fois le parti pris de figurer avec
le pinceau une rangée de balustres au-dessus de l'entablement
réel et d'orner seulement de pilastres peints ou de niches les
murs s'élevant verticalement derrière ces balustres, l'unité du
plan existait pour les personnages à placer dans l'intervalle.
Ceux-ci par conséquent, à moins de se hisser les uns sur les
autres ou d'enfoncer le mur, ne pouvaient ni déranger le niveau résultant du fait même de leur réunion sur cette sorte de
terrasse, ni interrompre la circonférence du cercle que dessinent les pierres du monument. Quant au coloris, les qualités
qui le distinguent procèdent, comme les éléments de l'ordonnance, de calculs ingénieux plutôt que d'un sentiment très-
hardi. Le fond d'architecture blanchâtre sur lequel se détachent
les figures des disciples forme une transition adroite entre les
tons, naturellement solides, de ce groupe et les teintes transparentes de l'atmosphère qui enveloppe Élie et les anges. La
figure d'Élie à son tour ou, pour mieux dire, l'ensemble de la
scène céleste que représente la coupole, contraste bien, par la
limpidité de l'aspect, avec les caractères de la scène retracée
sur les murs inférieurs du dôme. Tout enfin, dans ces peintures sagement composées, sagement faites, révèle un esprit et
une main bien informés ; tout émane d'une science sans arrogance, mais non pas sans certitude, et qui, sous les dehors de
la simplicité, de la bonhomie même, si l'on veut, a au fond sa
valeur propre et son genre d'autorité.

La bonhomie, la modération dans l'invention et dans la pratique, ce n'est pas là sans doute ce qui recommande d'ordinaire
le talent de Pierre Mignard, et la *Coupole du Val-de-Grâce* en
particulier ne continue guère sous ce rapport la tradition que
Bertholet Flemael avait essayé de fonder. Si fastueuse pourtant
que nous paraisse cette immense *machine*, si recherché qu'en
soit le style, elle acquiert presque de la vraisemblance et de la

mesure lorsqu'on la compare aux ouvrages italiens de même espèce appartenant au dix-septième siècle. Ni le Joseppin, ni Lanfranc, ni les autres fabricants de ces allégories banales qui marquent en Italie la dernière phase de la décadence, n'auraient pris la peine que Mignard s'est donnée de subordonner à un effet général, à une composition préconçue, les formes et les intentions de détail. Leur pinceau leste et stérilement fécond se serait promené d'un groupe à l'autre, d'une figure à la figure voisine, tant qu'il y aurait eu quelque espace à couvrir, sauf à laisser ensuite au spectateur le soin d'interpréter le tout à sa guise et de démêler une signification d'ensemble dans ce pêle-mêle d'épisodes pittoresques, de fragments accolés au hasard.

L'œuvre de Mignard a du moins le mérite d'exprimer des intentions réfléchies, des calculs en vue de l'harmonie et de l'unité. Que cette expression soit souvent emphatique ou embarrassée, que dans cette multitude d'hôtes des cieux faisant accueil ou cortége à la reine Anne d'Autriche, plus d'une figure apparaisse affublée d'une majesté factice, sinon même d'un costume d'opéra, c'est ce qu'il faut bien reconnaître ; mais l'idée première de la composition ne perd pour cela ni sa justesse, ni sa grandeur ; l'enchaînement des groupes et l'importance relative qui leur est attribuée n'en attestent pas moins chez le peintre une habileté remarquable. Peut-être oublie-t-on un peu trop de nos jours les qualités qui distinguent en ce sens l'œuvre de Mignard, pour se souvenir surtout de ce qu'elle a de laborieusement pompeux dans les formes ; peut-être aussi lui faisons-nous, sans y songer, porter la peine des louanges excessives dont on l'avait saluée à son apparition. Tout le monde connaît les vers que Molière a consacrés à *la Gloire du Val-de-Grâce* et les hyperboles au moins imprudentes par lesquelles le poëte, associant le nom de son ami aux noms de Raphaël et de Michel-Ange, « ces Mignards de leur âge, » transformait un

travail au-dessus du médiocre à coup sûr, mais certainement
aussi au-dessous de l'excellent, en

> . . . . Fameuse merveille,
> Qui des bouts de la terre en ces superbes lieux
> Attirera les pas des savants curieux.

Les gens que les peintures du Val-de-Grâce attirent aujourd'hui n'arrivent sans doute pas de si loin. Peu d'entre eux, en tout cas, s'en retourneraient sans déconvenue, s'ils avaient pris à la lettre ce qu'a dit Molière ; ils pourraient même être d'autant plus sévères pour Mignard qu'ils auraient eu d'abord plus de confiance dans les paroles de son panégyriste. Telle était du moins l'opinion d'un homme dont on ne contestera pas la haute compétence, opinion qu'il traduisait en quelques lignes où il jugeait à la fois le travail de Mignard et le commentaire poétique que ce travail avait inspiré. « Si Molière, écrivait en 1826 le peintre de *Marcus Sextus* et de *Clytemnestre,* Pierre Guérin, si Molière se fût contenté de présenter cette production comme un bel ouvrage et de la louer comme tel, tout le monde en tomberait d'accord ; mais personne aujourd'hui ne voudra la regarder comme une *merveille,* et je doute fort que, même de son temps, en ayant sous les yeux les ouvrages de Poussin, de Lesueur, de Lebrun, le public connaisseur approuvât sans restrictions des éloges auxquels l'amitié de notre illustre auteur ne sut point mettre de bornes. » Et Guérin, revenant sur ces exagérations du poëte, ajoutait un peu plus loin : « La composition de Mignard est grande et imposante ; mais on peut y reprendre la faiblesse du dessin, le défaut d'énergie dans les figures qui en demandent, et souvent de la manière dans les formes, de l'affectation dans les poses. Le style est plus répréhensible encore, et c'est la partie la plus faible. Je dois dire cependant que ces critiques ne sont aussi sévères qu'à raison de l'extension des éloges de Molière, qu'il faut réduire à leur juste valeur. »

Guérin n'aurait-il pas pu dire aussi, sans excès de rigueur envers Mignard, que le coloris n'est pas de nature à racheter ici les faiblesses ou les lourdeurs du style ? Cet Olympe chrétien peuplé de bienheureux, d'archanges et de séraphins, cette *Gloire* qui devait, — le mot l'indique, — apparaître comme un foyer de lumière et de tons radieux, n'offre qu'un assemblage de couleurs blanchâtres et froides, dégradées, dans les figures aussi bien que dans les nuages, depuis la teinte bise jusqu'au blanc laiteux. Le tout ne manque pas d'une certaine harmonie, puisque, la gamme une fois donnée, ces nuances se déduisent les unes des autres sans soubresaut ou se marient entre elles sans dissonance ; mais cette harmonie même a quelque chose d'inerte : elle résulte d'une succession d'acords négatifs, de formules monotones, et ce n'est pas à ces apparences plus ou moins crayeuses, à cette terne atmosphère que le regard devra s'adresser pour pressentir la lumière céleste et s'enivrer, comme dit Dante, des « visions dorées » du paradis.

A n'envisager d'ailleurs dans les peintures du Val-de-Grâce que le procédé matériel et les principes de la mise en scène, on conçoit que la nouveauté du spectacle ait pu donner le change aux contemporains sur la valeur réelle et le caractère des inspirations. Les travaux de décoration monumentale avaient été jusqu'alors exécutés en France au moyen de la peinture à la détrempe ou de la peinture à l'huile, ou, si quelques-uns des artistes étrangers appelés par François Ier s'étaient servis de la fresque proprement dite, aucun d'eux n'avait fondé à cet égard une tradition durable, des enseignements dont on songeât à profiter. Pendant le long séjour qu'il avait fait en Italie, Mignard au contraire s'était laissé gagner à la doctrine des *frescanti*, et, par une familiarité quotidienne avec les grands modèles, il s'était initié assez sûrement aux secrets de la pratique pour avoir bonne envie de les divulguer à son tour. « Devenu tout romain, » comme dit Molière, il rapportait dans son pays des ambitions généreuses, le goût des hautes entreprises, et probablement aussi, quant aux moyens de les accomplir, un vif désir de faire pièce à ses confrères, à Lebrun en particulier, avec qui il était depuis longtemps en hostilité ouverte. Or Lebrun avait échoué dans quelques essais de peinture à fresque, et il s'était empressé, en homme habile, de renoncer sur ce point à des prétentions qui n'allaient pas à moins qu'à compromettre sa réputation et son crédit. Aussi, sous prétexte de dédain pour un procédé suranné, avait-il invariablement employé la peinture à l'huile dans l'exécution de ses innombrables travaux à Paris et à Versailles. Quel triomphe pour Mignard s'il réussissait, par ses propres exemples, à avoir raison des préférences intéressées de son rival, à en dénoncer la vraie cause, à restaurer la tradition des maîtres là où Lebrun n'avait su qu'accommoder une méthode plus humble à ses convenances personnelles et aux secrètes incertitudes de son talent ! Choisir, pour peindre la coupole du Val-de-Grâce, les procédés matériels qu'avaient employés aux plus belles époques de l'art Raphaël, Michel-Ange et tant d'autres, c'était déjà promettre au public une œuvre méritoire ; c'était s'emparer d'avance de l'opinion, complétement inexpérimentée en pareille matière, et lui interdire, au nom des précédents historiques, le droit de hasarder quelque critique ou de concevoir quelque scrupule. D'ailleurs, l'entreprise une fois achevée, Mignard et ses amis n'étaient pas gens à s'immobiliser dans l'attente du succès qui devait la récompenser. On parla tant et si haut, les membres de l'académie de Saint-Luc, faisant cause commune avec leur chef, c'est-à-dire avec le principal ennemi de l'académie royale de peinture, applaudirent si bruyamment à cette victoire de la fresque sur ce que Molière appelle « la paresse de l'huile » et sa « traitable méthode, » que l'on crut de la meilleure foi du monde être entré en possession d'un irréprochable chef-d'œuvre parce qu'un mode de peinture inusité avait été introduit dans notre pays.

Les innovations, au surplus, ne se bornaient pas au fait même de cette importation. Tout en renouvelant le procédé technique des exemples de l'Italie, Mignard avait entendu les pratiquer aussi quant à l'ordonnance générale et aux formes de la composition. La coupole du Val-de-Grâce en effet ne diffère pas seulement de la coupole de l'église des Carmes par les dimensions immenses de la surface qu'il s'agissait de couvrir et par la multitude des figures que le pinceau avait à représenter ; elle en est le démenti en ce sens qu'elle se sépare ouvertement de l'architecture, et que le travail du peintre, au lieu de suivre et de confirmer les lignes du monument, a pour objet, au contraire, de les détruire, en y substituant d'un bout à l'autre un simulacre d'ouverture sur le vide. Par là, comme par le respect un peu exagéré de la perspective verticale dans le dessin des figures, Mignard se rapprochait des doctrines qui prévalaient au delà des monts depuis la venue du Corrége. Il les continuait avec une bien moindre autorité sans doute, avec une science beaucoup plus suspecte que la science ou l'habileté du maître parmesan, mais, nous l'avons dit, sans cette facilité pédantesque qui avait fait de l'art italien au dix-septième siècle l'expression de la verve factice et du faux goût.

Les peintures du Val-de-Grâce eurent, entre autres résultats, celui d'assurer à l'artiste qui les avait conçues aussi bien qu'à la méthode qu'il avait adoptée le monopole des succès à venir et une influence immense. La décoration des appartements de l'hôtel d'Hervart, celle de la *Galerie* principale au palais de Saint-Cloud, les plafonds de la *Petite Galerie* de Versailles et des salons qui en dépendaient, d'autres travaux encore, exécutés par Mignard vers la même époque, achevèrent de mettre en honneur une manière que vingt imitateurs divers travaillaient aussi de leur mieux à propager. Lebrun étant mort, par surcroît, et Mignard ayant été revêtu de toutes les dignités, de toutes les charges qu'avait possédées son rival, rien ne se fit

4

plus dans le domaine de la peinture, et surtout de la peinture monumentale, que le peintre du Val-de-Grâce n'eût inspiré, approuvé tout au moins, et en quelque façon contre-signé. L'habitude était si bien prise de subir à cet égard son empire, que lorsqu'il fut question, en 1691, de faire décorer le dôme des Invalides, Louvois s'empressa de soumettre le projet à Mignard, en lui demandant de choisir l'artiste auquel il conviendrait de confier cet important travail. Bien qu'il fût alors âgé de quatre-vingt-un ans, Mignard n'hésita point à se désigner lui-même. Aux premiers mots de Louvois, il répondit par l'offre, acceptée sans objection, bien entendu, de présenter très-incessamment ses esquisses, et de se mettre à l'œuvre sur place aussitôt qu'elles seraient agréées. Au bout de deux mois en effet, l'ensemble de la composition était tracé sur le papier, et l'on préparait déjà les échafaudages, lorsque la mort de Louvois vint retarder le commencement de l'entreprise. D'autres difficultés se produisirent dont il fallut attendre longtemps la solution, si bien que, d'ajournement en ajournement, on laissa se passer quatre années, au bout desquelles Mignard mourut à son tour, et que quatre autres années durent s'écouler encore avant que le peintre successeur de celui-ci pût s'installer sous le dôme de l'église des Invalides.

Charles de Lafosse, à qui revenait cette tâche, confiée primitivement à Mignard, semblait mieux qu'aucun autre artiste de l'époque en mesure de s'en acquitter à souhait. Ce n'était pas un maître sans doute, bien que la mort de Mignard l'eût élevé hiérarchiquement au premier rang à l'Académie et parmi les peintres de la cour ; mais Lafosse était un praticien remarquablement habile, accoutumé de longue main aux grandes entreprises, et ayant, notamment dans la peinture à fresque, fait ses preuves de brillant coloriste. L'*Assomption* qui orne encore le sommet de la coupole dans l'église de ce nom, à Paris, suffirait pour assurer ses titres à cet égard. Elle pourrait en outre four-

nir des enseignements utiles à tels peintres contemporains trop
peu soucieux de l'harmonie, ou trop enclins à la chercher dans
l'effacement systématique, dans l'extrême faiblesse des tons. A
plus forte raison la coupole de l'église des Invalides serait-elle
pour eux d'un bon exemple et d'un bon conseil. Qu'on nous
permette, à ce propos, d'abriter notre opinion derrière celle
d'un juge bien expert dans de pareilles questions, d'un véritable maître en matière de coloris. Eugène Delacroix professait
une haute estime pour l'œuvre de Lafosse, et nous l'entendions
un jour déclarer que beaucoup de peintures bien autrement
célèbres n'avaient pas autant que celle-là la vertu d'exhorter, de
secourir son propre talent. A l'époque où il parlait ainsi, Delacroix travaillait à la décoration de la coupole qui s'élève au
centre de la bibliothèque, dans le palais du Luxembourg. Si
différents que soient les sujets traités par les deux artistes, peut-
être ne serait-il pas impossible de reconnaître dans l'œuvre
du peintre moderne les traces de cette influence qu'il s'honorait de subir. Toute proportion gardée entre les ressources
limitées de la fresque et l'étendue des moyens dont la peinture
à l'huile permet de disposer, peut-être retrouverait-on un souvenir de la méthode pratiquée par Lafosse dans le choix et
l'enchaînement de certains tons, dans ce qu'on pourrait appeler l'échelle harmonique des couleurs qu'a employées Delacroix.

Quoi qu'il en soit de cette analogie, les peintures du dôme
des Invalides ont par elles-mêmes une importance dont il serait
d'autant plus injuste de faire bon marché qu'elles ne se recommandent pas seulement par la franchise et par la souplesse du
coloris. L'ampleur de l'ordonnance dans la scène qui orne le
faîte de la coupole et qui représente *Saint Louis déposant sa
couronne et son épée entre les mains de Jésus-Christ et de la
sainte Vierge*, — le goût judicieux avec lequel les divisions
de l'architecture sont respectées dans la partie du dôme dont
les ornements correspondent aux arêtes qui semblent, à l'exté-

rieur, en agrafer la courbe au pied de la lanterne, — tout
accuse chez le peintre une aptitude particulière à concilier avec
les devoirs du pinceau les devoirs imposés par la forme et les
caractères du champ qui lui est dévolu. Tout exprime la volonté
de ne percer les voûtes qu'à des intervalles symétriques, sur
des points déterminés par l'ossature même de l'édifice, et sans
que celui-ci semble s'écrouler pour faire place à une image
capricieuse de ce qu'on suppose se passer au dehors : mérite
rare, nous l'avons vu, dans les œuvres de cette sorte, et que,
depuis le Corrége jusqu'à Mignard, peu d'artistes avaient eu,
ou que même ils avaient cherché à avoir.

Les peintures du dôme des Invalides furent achevées en 1705,
sous les yeux du duc d'Orléans, qui, suivant le témoignage
d'un contemporain[1], ne dédaignait pas, vers la fin du travail,
de « monter sur l'échafaud de cette coupole pour regarder
peindre M. de Lafosse et voir par lui-même la manufacture des
couleurs à fresque. » Il ne semble pas toutefois que le prince,
dans les années qui suivirent, soit demeuré fort touché de ce
souvenir, ou que, en fait de peinture décorative, le régent de
France ait eu à cœur de justifier les inclinations du duc d'Orléans. Pendant la minorité de Louis XV, on peignit, non plus
à fresque, mais à l'huile, force chapelles, force plafonds dans les
églises et dans les palais : les tâches analogues à celles qu'a-
vaient accomplies Mignard et Lafosse n'en étaient pas moins
passées de mode. Le goût régnant dans la seconde moitié du
dix-huitième siècle ne devait pas, on le sait de reste, encourager
ceux qu'auraient pu tenter par hasard les traditions de l'art
« héroïque » et les exemples du passé. Si l'on construisit encore
des coupoles, ce ne fut plus pour embellir la maison de Dieu,
mais pour ajouter à la magnificence d'un salon ou à l'élégance
d'un boudoir ; si le pinceau fut employé à la décoration de ces

[1] *Mémoires sur la vie et les ouvrages des membres de l'Académie royale
de peinture*, t. II, p. 4.

voûtes profanes, il n'eut plus, il ne pouvait plus avoir d'autre tâche que de les enjoliver à l'imitation de Boucher et de ses pareils, d'y suspendre des guirlandes d'Amours, de fleurs, ou des trophées de galants attributs. Quant aux dômes des édifices publics que le dix-septième siècle avait laissés nus à l'intérieur, les murs en restèrent tels sans que personne songeât à s'en étonner ou à s'en plaindre. A l'exception des peintures confuses et théâtrales dont Pierre revêtit, en 1762, la coupole de la chapelle de la Vierge dans l'église de Saint-Roch à Paris, on ne trouverait guère à citer, parmi les monuments de l'art français sous les règnes de Louis XV et de Louis XVI, un travail en ce genre de quelque importance, une œuvre ayant, à défaut d'autre mérite, celui de compléter tant bien que mal l'architecture et de meubler ce qui ne saurait après tout rester vide sans perdre la moitié de sa signification. On s'était peu à peu habitué à voir les coupoles dénuées de leur complément pittoresque, comme nos yeux sont accoutumés encore à voir inhabitées des niches faites tout exprès pour loger des statues. Aussi lorsque après un bien long intervalle Gros eut essayé de renouer la tradition du dix-septième siècle, lorsqu'il eut découvert en 1824 la coupole qu'il venait de peindre dans le Panthéon redevenu l'église de Sainte-Geneviève, bon nombre de spectateurs accueillirent comme une innovation formelle ce qui n'était en réalité qu'un retour à d'anciens usages. Il nous reste à examiner jusqu'à quel point la réforme était heureuse dans les termes et quel surcroît d'honneur elle pouvait ajouter au glorieux nom du peintre de *Jaffa* et d'*Aboukir*.

Bien que les peintures de la coupole de Sainte-Geneviève, achevées sous la restauration, représentent une scène conforme aux idées officielles et à la politique de l'époque, on sait que les premiers linéaments en avaient été tracés sous l'empire, et que cette composition primitive, dont Napoléon lui-même avait prescrit le sujet, devait consacrer les origines des dynasties

royales et impériales ayant successivement régné sur la France.
Une lettre adressée par Gros, en 1811, au comte de Montalivet,
nous a conservé le programme pittoresque qu'il s'agissait alors
de remplir et le résumé des conditions imposées à l'artiste.
« Je m'engage, écrivait Gros, envers Son Excellence le ministre
de l'intérieur, à peindre la calotte du dôme du Panthéon et à y
représenter, dans la proportion de figures de quatre mètres,
une gloire d'anges emportant au ciel la châsse de sainte Geneviève ; au bas, Clovis et Clotilde, son épouse, fondateurs de la
première église ; plus loin, Charlemagne, saint Louis, et à la
partie opposée Sa Majesté l'empereur et Sa Majesté l'impératrice
consacrant la nouvelle église au culte de la sainte. » Ces derniers mots méritent d'être remarqués. Ils prouvent que, dans
la pensée de Napoléon, l'institution païenne d'un Panthéon
avait fait son temps, et que le moment était proche où le temple souillé d'abord par les reliques infâmes d'un Marat, ouvert
ensuite à plus d'un héros suspect, à plus d'une gloire contestable, n'abriterait plus que des autels chrétiens et ne conseillerait
plus que la prière.

Le temps manqua toutefois pour que les intentions de l'empereur reçussent leur entier accomplissement. Il fit aussi défaut
à l'artiste pour l'achèvement de sa tâche. Ce grand travail, suspendu en 1814, repris et suspendu de nouveau en 1815 afin
d'aviser, suivant les ordres contraires des gouvernements qui
se succèdent, tantôt aux moyens d'installer « à la quatrième
place, après Clovis, Charlemagne et saint Louis, Sa Majesté le
roi Louis XVIII accompagné de son auguste nièce la duchesse
d'Angoulême, et remettant le royaume sous la protection de la
sainte[1], » tantôt aux moyens de réintégrer la figure de « l'empereur Napoléon dans un des quatre groupes qui accompagnent

---

[1] Dépêche, en date du 16 avril 1814, du commissaire provisoire au
département de l'intérieur.

l'apothéose de sainte Geneviève[1], » — ce travail tant de fois
interrompu, modifié, transformé dans son principe comme dans
ses caractères extérieurs, ne put suivre régulièrement son cours
et acquérir une signification immuable que peu d'années avant
l'avénement de Charles X. Il fut terminé dans les premiers
mois du nouveau règne, et l'on vit alors, comme nous les
voyons encore aujourd'hui, Louis XVIII et la duchesse d'Angoulême en possession de cette « quatrième place » si souvent
disputée, la figure du duc de Bordeaux substituée à celle du roi
de Rome, ou plutôt le cordon de l'ordre du Saint-Esprit sur la
poitrine nue du petit prince suffisant pour débaptiser celui-ci
du nom que lui avait attribué autrefois le grand cordon de la
Légion d'honneur. Tout en se résignant aux changements et
aux mutilations commandés par les circonstances, tout en con-
sentant même, — ce qui était pousser bien loin la docilité, —
à reléguer les emblèmes guerriers de la république et de l'empire derrière les couronnes murales du Trocadéro, de Cadix et
de Madrid, Gros tint avec une obstination singulière à laisser
subsister la couleur verte du coussin sur lequel le royal enfant
est posé. « C'est, disait-il à l'un de ses élèves, l'extrait d'un
acte de naissance : on a changé le nom, j'ai conservé la date. »

Hormis ce petit détail historique, rien d'ailleurs ou presque
rien ne survit dans l'œuvre définitive des intentions et de l'ordonnance auxquelles Gros s'était arrêté dans l'esquisse tracée
en 1811. Au centre de la composition, ce n'est plus la châsse
de sainte Geneviève que le peintre nous montre, c'est la sainte
elle-même, présidant, pour ainsi dire, au lieu de l'assemblée
des chefs de dynasties, la réunion des personnages qui résument les principales époques et les faits les plus importants de
l'histoire religieuse dans notre pays. Clovis, ayant revêtu la
tunique blanche du baptême, étend la main sur le livre des

[1] Dépêche du ministre de l'intérieur, 31 mars 1815.

Évangiles, à côté de l'autel renversé des druides. Charlemagne, qu'il était assez malaisé de convertir absolument en héros pacifique, a gardé, il est vrai, cet entourage de Saxons captifs qui personnifiait dans l'ancien projet la soumission au génie guerrier du monarque; mais un ange parle au nom de Charlemagne, et, présentant aux Saxons le symbole de la régénération chrétienne, il leur commande de renoncer à leurs dieux pour adorer celui de leur vainqueur. Saint Louis s'agenouille devant la couronne d'épines qu'il a conquise sur les infidèles. Enfin, Louis XVIII invoque pour la France l'intercession de sainte Geneviève auprès de Dieu, tandis que la duchesse d'Angoulême lève des yeux baignés de larmes vers une gloire où l'on entrevoit réunis Louis XVI, Marie-Antoinette, Louis XVII et Madame Élisabeth.

Quels que soient les mérites des détails et les qualités partielles de l'exécution, la coupole de Sainte-Geneviève a dans l'ensemble un défaut capital : elle ne s'empare pas du regard par la netteté de l'aspect, par la simplicité des lignes générales, par l'unité du coloris. Je sais quelles difficultés s'opposaient à l'issue tout à fait satisfaisante d'une pareille entreprise. Sans doute il eût été presque déraisonnable de prétendre faire voir distinctement une peinture placée à 70 mètres au-dessus du sol, et d'un autre côté, s'il faut, pour en juger l'effet, monter jusqu'au point où il sera possible de l'envisager face à face, à quoi bon avoir relégué aussi loin ce qui exigeait un examen à courte distance? Mieux aurait valu de beaucoup adopter l'avis de Gros lui-même, qui proposait, à un certain moment, de peindre isolément dans les angles de la coupole inférieure les quatre groupes qu'il a dû réunir sur la calotte même du monument, et de consacrer toute la surface de celle-ci à l'image unique de sainte Geneviève apparaissant au milieu des nuages. Pourtant, la tâche une fois donnée dans les termes où elle a été accomplie, n'y avait-il pas moyen de procéder plus résolûment, de préciser davantage les caractères tout exceptionnels de l'œuvre, d'en mieux déterminer les rapports avec l'architecture ? Aperçue d'en bas, la composition a quelque chose d'incertain et de vacillant, non-seulement à cause des couches d'atmosphère interposées entre l'œil du spectateur et la peinture, mais aussi par le trouble que jettent dans la silhouette des groupes les lignes accidentelles et dans le coloris la multiplicité des tons. Examinée à la hauteur du plan sur lequel elle a été exécutée, cette décoration monumentale n'est plus qu'un tableau gigantesque, au modelé vide en raison de la dimension même des figures, aux couleurs délayées et presque aussi ardentes que les couleurs d'un vitrail. Pour un point de vue comme pour l'autre, Gros a fait trop ou trop peu. Malgré la somme de talent dépensée par l'illustre peintre dans cette besogne équivoque, dans une entreprise qui d'ailleurs était en désaccord avec les inclinations naturelles de son génie, on peut dire que de toutes les grandes coupoles peintes en France jusqu'au commencement du dix-neuvième siècle, la coupole de Sainte-Geneviève satisfait moins qu'aucune autre aux conditions nécessaires de ce genre de travail.

Dans l'intervalle qui sépare l'époque où Gros eut terminé ses peintures à Sainte-Geneviève de l'époque où M. Roger fut chargé de décorer la nef de Saint-Roch, plusieurs tâches analogues avaient été exécutées à Paris. A l'exception toutefois de la coupole peinte par Eugène Delacroix dans la bibliothèque du Luxembourg, — œuvre considérable que nous mentionnions tout à l'heure, — aucun témoignage vraiment remarquable, aucun effort sérieux ne se produit durant ces trente-cinq années dans un ordre de travaux bien propre pourtant à stimuler le zèle et à développer le talent. Le mieux est donc de passer sous silence ces œuvres insignifiantes dont la coupole peinte par M. Delorme, dans le chœur de Notre-Dame de Lorette, résumerait, s'il fallait citer un exemple, les inspirations négatives et les formes banales. D'ailleurs, par l'étendue des surfaces que le pinceau avait à couvrir, par l'importance de la donnée aussi bien que par les difficultés de l'exécution, les peintures récemment achevées dans l'église de Saint-Roch méritent une attention particulière. N'eussent-elles d'autre titre à la curiosité ou à l'intérêt que la grandeur même de la tâche, elles appelleraient encore par là les regards de tous ceux que préoccupe l'honneur de notre école en dehors des menues entreprises et des faciles succès.

L'ensemble du travail de M. Roger se compose de la coupole proprement dite et des quatre pendentifs compris entre les arcs qui s'ouvrent sur les bras de la croix, sur la nef et sur le chœur. A ne considérer que la disposition architectonique et l'élévation médiocre des piliers supportant la coupole, les conditions matérielles étaient ici plus favorables qu'elles ne l'avaient été dans les cas précédents. Point d'espace démesuré entre l'œil du spectateur et la peinture ; point d'exiguïté non plus dans les lignes environnantes, ni de ces formes étranglées qui, dans l'église des Carmes, par exemple, gênent l'aspect général et font des murailles inférieures d'un dôme une sorte de télescope dont la calotte est l'objectif. En revanche, si l'on tient compte de l'entre-croisement de la lumière directe et des reflets, des jours en sens opposés que répandent sur la coupole de Saint-Roch les fenêtres percées pour éclairer d'autres parties de l'église ; si, en se plaçant soit dans la nef, soit dans l'un des bras de la croix, on promène ses regards des murs blancs, qui s'élèvent de tous côtés, aux verrières ou aux tableaux dont les couleurs scintillent çà et là et compromettent d'autant l'unité de l'effet, — on appréciera les obstacles que l'artiste avait à vaincre pour assurer à son œuvre un relief suffisant sur le reste, sans l'isoler pourtant plus que de raison de ces voisinages contraires et de ces différents milieux. Ajoutons que, par la distribution même et l'éloignement des fenêtres d'où le jour vient glisser aujourd'hui sur la coupole débarrassée de ses échafaudages, le travail a dû s'accomplir dans une demi-obscurité ou tout au moins avec le secours d'une lueur furtive, d'autant plus équivoque qu'elle arrivait de bas en haut, et que par conséquent la palette sur laquelle les couleurs étaient étendues ne recevait rien des rayons qui en éclairaient le dessous. Nous insistons sur ces détails, non pour y trouver des excuses à des erreurs commises, mais pour indiquer au contraire la justesse des calculs en vertu desquels les erreurs ont été évitées. Sans doute, dans l'examen d'une œuvre d'art, la valeur intrinsèque des résultats importe bien autrement que le souvenir des peines que cette œuvre a pu coûter, et là aussi la durée des efforts préalables, « le temps ne fait rien à l'affaire. » A mérite égal du moins, deux tableaux exécutés dans des conditions différentes autoriseront une égale estime, et la préférence sera légitime pour celui qu'il aura fallu peindre en dehors des facilités ordinaires et des ressources que procure l'atelier.

Au surplus, toutes les difficultés ne venaient pas des incertitudes auxquelles le pinceau se trouvait condamné, quant au coloris, par l'insuffisance de la lumière. Le mouvement surbaissé des courbes de la coupole et l'aplatissement qui en résulte pour la partie supérieure de celle-ci prescrivaient dans l'expression de la forme, dans le dessin, des combinaisons non moins délicates. Il fallait, en traçant les figures, avoir égard à la différence des plans sur lesquels ces figures se développeraient et opérer de telle sorte qu'une surface presque verticale à la base, presque horizontale au sommet, ne faussât ni la vraisemblance des attitudes, ni l'exactitude des proportions ; il fallait que tel personnage debout, dont les contours suivent la courbure de la voûte, gardât cependant son aplomb, ou que tel autre, se présentant en raccourci dans la composition, ne se modifiât pas jusqu'à prendre un aspect tout contraire et à se déformer, à s'allonger en raison de la concavité ou de l'inclinaison du champ.

M. Roger a-t-il toujours réussi dans ses efforts pour maintenir cet équilibre entre l'apparence et la réalité ? S'est-il montré aussi habile à combiner des proportions et des formes de détail qu'à déterminer l'effet, l'harmonie de l'ensemble par l'association des couleurs ? Nous ne le pensons pas. La figure agenouillée de saint Roch, entre autres, nous semble, dans le mouvement, dans la structure même, manquer de précision et de fermeté. Peut-être la faute en est-elle aux accidents de la perspective, mais le corps paraît trop long pour la tête : il a quelque chose de fléchissant, d'insuffisamment installé qui inquiète le regard, au lieu de le convaincre tout d'abord. Ailleurs, dans plusieurs figures d'anges par exemple, les parties nues, modelées avec quelque mollesse, trahissent, non pas les négligences du pinceau, — il fait de son mieux partout et obéit à une main invariablement zélée, — mais une certaine hésitation secrète à interpréter même ce qui a été examiné de plus près et le plus attentivement étudié. En général, on peut dire de l'œuvre de M. Roger qu'elle a moins de valeur au point de vue de la forme pure que sous le rapport de l'ordonnance et du coloris. Le dessin y est le plus souvent correct, sans être pour cela très-savant, de cette science du moins supérieure à la connaissance de la syntaxe pittoresque. Il témoigne de recherches soigneuses, d'une louable application à ne rien omettre comme à ne rien exagérer : il ne résulte pas assez ouvertement d'une émotion personnelle en face de la nature, d'une aptitude particulière à dominer le fait, à ne se l'assimiler que pour en dégager la signification distinctive ou imprévue. Il reste en un mot un peu dépourvu de ce que, dans le langage des arts, on nomme « le caractère, » c'est-à-dire l'expression vivement accentuée de la physionomie des choses et du sentiment éprouvé par l'artiste à propos de celles-ci.

Là est, à notre avis, le côté faible des peintures de la coupole de Saint-Roch. A d'autres égards, elles sont véritablement méritoires. Elles attestent chez celui qui les a faites une intelligence exacte des conditions décoratives de la tâche et des conditions morales inhérentes au sujet; elles justifient aussi bien, par les idées qu'elles traduisent, leur place dans une église, qu'elles s'approprient, par le style, aux formes de l'architecture et à l'âge du monument. Nulle exagération archaïque toutefois, pas d'affectation ni de ruse pour vieillir plus que de raison le travail, pour en dissimuler la vraie date, et d'un autre côté, tout en se comportant en peintre du dix-neuvième siècle, M. Roger a su ne pas abuser de l'hospitalité offerte à son talent. Loin de consentir à une usurpation du présent sur le passé, il s'est appliqué à établir entre l'un et l'autre une réciprocité d'influence. Moins libre ici de se donner carrière que lorsqu'il décorait la *chapelle des Fonts* dans l'église de Notre-Dame de Lorette, il n'a pas abdiqué toute indépendance pour cela, ni renoncé au droit de parler la langue de son temps dans ce milieu consacré par les souvenirs d'une autre époque.

Les scènes que représente la coupole de Saint-Roch sont au nombre de quatre, comprises chacune entre des Termes et d'autres ornements d'architecture figurés qui, partant de l'entablement circulaire placé au-dessus des arcs et des pendentifs, divisent l'ensemble de la surface en portions égales et viennent se rattacher à une vaste rosace qui s'épanouit au centre de la coupole. Ces divers ornements, habilement agencés par l'architecte actuel de l'église, M. Baltard, ces *entre-deux* dorés, et par conséquent nettement détachés des peintures qu'ils encadrent, donnent à l'aspect général une apparence rationnelle, cette signification logique dont nous avons plus haut constaté l'absence dans les travaux du même genre exécutés autrefois en Italie ou à Paris. On n'a plus ici en face de soi une image complètement isolée des lignes monumentales, une *Gloire*, comme celle du Val-de-Grâce, imposant à l'esprit et aux yeux l'oubli de la réalité, et substituant à celle-ci une fiction, un pur mensonge : on entrevoit bien le ciel encore, mais par échappées; sans que ce simulacre des régions éthérées envahisse partout l'architecture et en supprime la fonction. Les divisions qui partagent la coupole en compartiments formant chacun un tout, une composition distincte, suffisent pour impliquer une idée de stabilité, en même temps qu'elles avertissent le regard et le conduisent d'un point à un autre, sans le laisser incertain et comme éperdu devant l'étendue de l'ensemble ou la multiplicité des détails.

Séparés conformément aux lois de la symétrie et aux caractères mêmes de la construction, ces quatre compartiments ne s'en relient pas moins entre eux par l'homogénéité des sujets. Le *Triomphe du Christ*, c'est-à-dire la traduction par le pinceau des paroles d'Isaïe : « Il sera législateur, sauveur, roi et juge, » tel est le thème qu'a choisi M. Roger et qu'il a développé avec autant de clarté dans les termes que de grave bonne foi dans les intentions. Le premier de ces tableaux, celui qui fait face à la nef, réunit dans une association mystique les figures du Christ, de l'église et de saint Roch ; le second, consacré à l'image des miséricordes du *Sauveur*, personnifie le mystère de la rédemption dans la figure de Jésus montrant ses plaies, tandis que des anges portant des attributs symboliques promettent la vie et les récompenses éternelles à ceux qui auront cru et aimé. Dans les troisième et quatrième tableaux enfin, le *Roi*, le vainqueur de la mort, va s'asseoir à la droite du Père éternel, et le *Juge*, entouré des ministres de sa clémence ou de sa colère, appelle le monde au divin tribunal.

Pour compléter le sens des compositions qui ornent la coupole et aussi afin d'en mieux déterminer l'effet pittoresque, quatre groupes d'anges placés dans les pendentifs correspondent aux intentions que chaque sujet résume, et donnent une base solide à ces images presque immatérielles. Les fonds d'or sur lesquels se dessinent les figures dont nous parlons, les tons vigoureux ou éclatants des draperies qu'elles portent, et qui, alternant d'un pendentif à l'autre, assurent d'autant l'équilibre du coloris, — cette zone de couleurs concentriques, pour ainsi dire, et de représentations voisines de la réalité ajoute par le contraste à la diffusion de la lumière et des teintes, à la sérénité idéale des apparences dans la partie supérieure du travail. Supprimez telle draperie verte ou bleue dont la nuance un peu âpre, mais violente à dessein, étonne peut-être au premier aspect, et le ciel qu'on aperçoit à quelques mètres plus haut perdra certainement de sa limpidité ; les figures auxquelles il sert de fond prendront, pour la place qu'elles occupent, ou trop de saillie ou trop d'intensité dans le ton. Grâce aux oppositions ou aux rapports ménagés, tout se tient, toutes les parties se relient entre elles, et si quelques-unes peuvent être préférées à d'autres, si l'on éprouve par exemple une juste prédilection pour la figure de femme personnifiant la religion, — figure excellente dont l'attitude, l'ajustement et le coloris ne dépareraient pas le tableau d'un maître, — ce n'est pas que les morceaux environnants aient au fond un rôle moins nécessaire : c'est seulement que le peintre en a volontairement diminué l'importance pour mettre d'autant mieux en relief et en vue les points principaux de sa composition.

Sans doute, en dehors de ces combinaisons légitimes, on pourrait noter dans les peintures de Saint-Roch des inégalités, des imperfections. Nous avons déjà signalé l'insuffisance du dessin dans la figure du saint, patron de l'église. Il serait permis encore de critiquer le geste trop humain, trop familier, avec lequel Dieu le Père accueille le Christ ressuscité, ou plutôt nous regrettons qu'en traitant ce sujet, M. Roger n'ait pas craint de faire intervenir Dieu en personne, qu'il ait essayé de définir matériellement l'infini. C'était renouveler bien imprudemment une entreprise dans laquelle Raphaël et Michel-Ange eux-mêmes avaient échoué, malgré leur merveilleux génie ; c'était tenter l'impossible et se condamner d'avance à ne nous

montrer qu'un vieillard majestueux, un patriarche, un homme,
là où il aurait fallu faire pressentir à notre imagination ce que
nous ne saurions ni concevoir, ni saisir avec le secours de nos
sens. A quoi bon insister et relever dans les détails des fautes
qui, à tout prendre, n'altèrent pas plus la signification morale
de l'ensemble qu'elles n'en compromettent la valeur au point
de vue pittoresque ? Par les formes qu'elle présente aux regards, par les sentiments ou les idées qu'elle éveille dans l'esprit, la coupole de Saint-Roch commande mieux qu'une minutieuse analyse : en face de cette œuvre avant tout bien pensée,
le plus opportun comme le plus juste sera de s'en tenir à l'examen général des mérites qui lui appartiennent et des graves
intentions qu'elle traduit.

Le nouveau travail de M. Roger est donc très-honorable à la
fois pour l'artiste qui s'en est acquitté et pour notre école, un
peu désaccoutumée aujourd'hui des grandes tâches, des entreprises de longue haleine. N'exagérons rien toutefois. Peut-être
ce qu'il conviendrait d'accuser en ceci plutôt que la disette des
talents ou la rareté des occasions, c'est notre propre indifférence. Quel que soit le nombre des artistes éminents que nous
avons perdus depuis le peintre de l'*Hémicycle de l'École des
Beaux-Arts* jusqu'au peintre du *Plafond de la Galerie d'Apollon*, quelques préférences que témoignent la plupart de ceux
qui ont survécu pour la peinture de genre ou pour la représentation des faits anecdotiques, des petites curiosités de l'histoire,
plus d'un talent nous reste encore qui continue dans une
sphère moins humble les traditions de l'art français ; plus d'un
effort sérieux se produit pour défendre, pour féconder, pour
renouveler au besoin le domaine de la peinture sacrée et celui
de la peinture décorative. Pour ne citer que ces exemples, les
peintures de MM. Flandrin et Périn dans les églises de Saint-
Vincent de Paul, de Saint-Germain des Prés et de Notre-Dame
de Lorette, les deux hémicycles que le pinceau de M. Lehmann

a décorés dans la salle du trône au palais du Luxembourg, les *cartons* de M. Chenavard, les voussures et les plafonds peints par M. Gendron dans le vestibule de la Cour des comptes et au ministère d'Etat, — de telles œuvres prouvent assez que la source des hautes inspirations ne s'est pas tarie, que la vie d'un art supérieur au métier ne s'est pas éteinte dans notre école. Les applaudissements de la foule ne récompensent pas toujours, il est vrai, des travaux de cette sorte. Ceux qui les ont accomplis doivent le plus souvent se contenter des suffrages de quelques bons juges, de l'estime discrète des experts et des esprits studieux, tandis que les faveurs et les bruyants éloges s'adressent en général beaucoup plus bas et se détournent, en matière de peinture comme ailleurs, des poëmes pour aller aux vaudevilles. Il y a là une injustice sans doute, mais qu'y faire, et qu'importe, après tout? Bien malavisé serait l'artiste qui, consultant de trop près ces signes du temps, sacrifierait à la recherche d'une popularité éphémère la confiance dans l'avenir et dans les droits de son propre talent. Le succès n'est pas tout, en pareil cas, du moins le succès immédiat, accaparé du jour au lendemain, et par cela même sujet à révision. Les modes passent, les œuvres restent, et quand celles-ci portent, comme les nouvelles peintures de Saint-Roch, l'empreinte d'une habileté consciencieuse, d'une pensée étrangère aux petites préoccupations de l'heure présente et aux petites ambitions de parti, le moment vient tôt ou tard où la justice se fait pour elles, où elles héritent en quelque sorte de l'attention qui s'était égarée sur des objets plus futiles, plus séduisants en apparence et d'abord mieux recommandés. Qui sait s'il n'en sera pas de la coupole peinte par M. Roger comme de la coupole peinte autrefois par Bertholet Flemael, et si, lorsqu'on aura oublié bon nombre de tableaux contemporains aussi complétement que nous avons oublié nous-mêmes tant d'œuvres secondaires appartenant au dix-septième siècle, quelqu'un ne se rencontrera pas un jour pour penser et pour dire des peintures de Saint-Roch ce que nous disions tout à l'heure des peintures de l'église des Carmes et de l'estime qu'elles méritent? C'est, en attendant, le devoir de la critique d'avertir sur ce point l'opinion et de lui proposer au moins l'examen de ce qu'il serait juste dès à présent de regarder. Elle a ce devoir surtout, — et c'est le cas ici, — lorsqu'il ne s'agit pas seulement d'une œuvre bonne en soi, mais d'un genre de travail dont les caractères particuliers intéressent l'histoire de notre art national, et qui, se rattachant au passé par les comparaisons qu'il suscite, tend à remettre en mémoire les lois de l'art lui-même, les modèles qu'il convient de suivre et les exemples qu'il faut éviter.

III

LE SALON DE 1853.

Un des caractères de l'art français est la mobilité de sa physionomie. Lorsqu'on étudie l'histoire des phases qu'il a traversées, on ne peut y suivre, comme dans l'histoire des écoles étrangères, le développement continu de principes une fois adoptés. A peine a-t-on applaudi en France aux innovations, qu'on essaye déjà de réagir contre la méthode des novateurs, tandis qu'en Italie, dans les Pays-Bas, en Allemagne et en Espagne, chacune des réformes introduites par les maîtres demeure, pour les générations qui surviennent, un progrès qu'elles s'efforcent de compléter. La foi s'use vite dans notre pays ; le beau auquel nous avions cru à un moment donné nous laisse bientôt indifférents, sinon incrédules, et la vérité telle que nous la comprenions hier court grand risque de devenir à peu près le faux aujourd'hui. De là le manque d'unité dans l'ensemble des œuvres, l'instabilité des réputations et le caractère contradictoire des talents de notre école.

Ces oscillations continuelles du goût, cette succession de travaux qui se démentent les uns les autres, sont l'histoire même de la peinture française à toutes les époques ; mais l'époque actuelle a cela de particulier, qu'elle accepte simultanément les essais en sens opposés, les systèmes qui ne se seraient produits autrefois qu'à tour de rôle et suivant les revirements divers de l'opinion. Le temps n'est plus où, certains principes venant à perdre leur empire, on pratiquait avec un zèle unanime une doctrine nouvelle, où l'on n'osait renier que ses devanciers, quitte à subir leur sort quelques années plus tard. Depuis le commencement du siècle, bien des changements se sont opérés dans notre école de peinture ; chacune de ses transformations trouvait du moins sa raison d'être dans les abus d'une méthode qui avait eu le temps de vieillir, et la réaction, qu'elle fût académique ou romantique, s'accomplissait à son heure et avec le concours de tous. Aujourd'hui il n'y a plus, à vrai dire, de mouvement général de l'art ; il n'y a que des croyances ou des fantaisies individuelles, des tentatives qui se heurtent : l'anarchie la plus complète règne, sous couleur de liberté, dans notre école, en attendant que le despotisme d'un Lebrun ou d'un David vienne la rejeter violemment dans l'excès de la soumission. Peut-être est-il permis de pressentir dès à présent ce retour à un régime dont nous nous croyions bien affranchis. Il serait possible que dans un avenir prochain le conflit de tant de prétentions rivales nous inspirât par lassitude la passion de la règle et de l'uniformité. En tout cas, le spectacle que présente le salon de 1853 ne laissera dans l'esprit de personne aucun doute sur les développements regrettables de la volonté individuelle, et, — ce qui est plus fâcheux encore, — sur les tendances matérialistes de la peinture contemporaine.

De pareilles tendances sont nouvelles dans notre école, et l'on doit, en s'autorisant du passé, espérer qu'elles ne s'y perpétueront pas, parce qu'elles sont radicalement contraires au génie de l'art national. Qu'on examine les œuvres des peintres antérieurs au temps présent, ne reconnaîtra-t-on pas qu'en dépit de la diversité des formes, les inclinations sont au fond les mêmes, et que ces œuvres dérivent toutes d'un principe éminemment spiritualiste? Tout en procédant par voie de négations successives quant à la manière, les artistes français se reliaient entre eux jusqu'ici par la communauté des intentions

morales. Depuis Jean Cousin jusqu'à Prud'hon, depuis Watteau jusqu'à Granet, tous, selon la mesure de leurs forces et le
genre de leur talent, se proposaient avant tout de traduire avec
le pinceau, soit une pensée profonde, soit une idée ingénieuse.
L'esprit, sinon la poésie, était l'élément principal de leurs travaux, et les tableaux produits pendant plus de trois siècles attestent, sauf la dissemblance des moyens employés, ce caractère
essentiel de la peinture dans notre pays. Jamais, avant le temps
où nous sommes, on n'aurait consenti à montrer ou à voir dans
une œuvre d'art la vérité sans idéal ; jamais on ne se serait
avisé de substituer à cette « haute délectation de l'intelligence »
dont parle Poussin — je ne sais quelle sensation superficielle
et fugitive résultant de l'imitation brute de la réalité ou des artifices de la brosse. Un si mince plaisir nous suffit aujourd'hui,
et lorsqu'un tableau, quel qu'il soit, a éveillé en nous cette sensation, nous faisons bon marché du reste. La signification morale du sujet, la justesse de la pantomime et de l'expression, la
précision du dessin et du style nous touchent maintenant assez
peu. Le relief des objets représentés, l'éclat ou la multiplicité
des tons, l'audace ou les stratagèmes de l'exécution, voilà ce
qui nous séduit, ou plutôt voilà ce que nous feignons d'aimer,
contrairement à nos habitudes passées, à nos préférences secrètes, aux instincts qui nous dirigeraient encore, si nous avions
le courage ou le bon goût de ne pas les refouler.

Rien de plus douteux en effet que la sincérité de notre conversion. Peut-être la mode a-t-elle une part principale dans
l'enthousiasme qui nous a saisis ; peut-être aussi cette langue,
tirée du vocabulaire des ateliers, que les théoriciens de « l'art
pour l'art » ont transportée dans la critique, est-elle en somme
la seule conquête qui ait été faite. Tout cet étalage de doctrines
agressives, de théories creuses et de néologismes oiseux ne
saurait ébranler la conviction des hommes qui respectent à bon
escient l'art et les chefs-d'œuvre. Ils laissent dire, tout en ap-

préciant à leur juste valeur les prétendus progrès et les innovations encouragées par les éloges de gens qui prennent volontiers le jargon des écoles pour la définition des principes; mais
en se taisant ainsi, ils font acte de timidité plus encore que de
réserve. Ils ont l'air d'accepter la défaite de leur parti, la ruine
de leurs croyances les plus chères. On dirait qu'eux aussi ils
répudient le noble passé de la peinture française, ses traditions,
son génie même. Et quand, s'enhardissant de ce silence qui
devient presque une lâcheté, les apôtres de l'art matérialiste
crient hautement victoire, quand on voit, comme au salon de
cette année, l'hérésie s'étendre, l'admiration se porter sur des
objets indignes ou secondaires, il est impossible de demeurer,
même en apparence, complice de pareils écarts; on s'irrite, il
faut parler, ne fût-ce que pour protester au nom de la gloire
des maîtres contre la notoriété de ceux qui usurpent leur place,
au nom des principes élémentaires de l'art contre les envahissements du métier.

I

PEINTURE D'HISTOIRE.

Le moyen le plus efficace de ramener le public, les artistes
et la critique à des opinions plus saines serait sans doute un
exemple donné par les maîtres eux-mêmes. La comparaison
entre leurs œuvres et celles qui les avoisineraient au salon ferait
aisément justice des exagérations et des erreurs. Malheureusement les peintres les plus éminents de l'école actuelle ont pris
l'habitude de se tenir à l'écart et de laisser le champ libre à des
disciples que le plus souvent ils désavouent. A peine quelques-
uns de leurs lieutenants entrent-ils en lice, quitte à se retirer
aussi après peu d'années de combats. Le nom, illustre entre
tous, de M. Ingres, celui de M. Delaroche ont cessé de figurer
dans les livrets des salons depuis près de vingt ans. M. De-

camps, M. Scheffer, n'ont, durant cette période, exposé leurs
ouvrages qu'à de rares intervalles. Ces abstentions systématiques sont un fait regrettable. Ne serait-il pas plus heureux
pour tout le monde que des artistes de cette valeur donnassent
au public, en retour de la réputation qu'il leur a faite, une
marque de déférence et de souvenir, aux talents de bonne volonté ou aux talents qui s'égarent, un encouragement ou une
leçon? Que résulte-t-il de ces témoignages persévérants de dédain pour les expositions annuelles, et de cet exil volontaire de
quelques chefs de l'école contemporaine? C'est que des artistes
qui pourraient avoir aussi leur part d'autorité s'arrogent les
mêmes droits, et à leur tour refusent la lutte. Au salon qui
vient de s'ouvrir, outre l'absence des peintres dont nous avons
rappelé les noms, on remarque, sans la sentir aussi vivement
il est vrai, celle des hommes qui à tort ou à raison ont acquis
dans leur art une haute position hiérarchique. Sauf MM. Heim
et Robert Fleury, il n'est pas un seul des quatorze membres de
la section de peinture à l'Institut qui ait consenti à nous donner la mesure de son habileté actuelle. L'exposition, au lieu
d'être comme autrefois un grand concours entre les talents
éprouvés ou déjà mûrs pour le succès, n'est plus ainsi qu'une
sorte de gymnase où viennent s'exercer des artistes fort près
encore de leurs débuts, et le public, n'ayant le plus souvent
sous les yeux que des œuvres d'un ordre secondaire, s'habitue
à prendre pour le dernier mot de l'art contemporain ce qui
n'en est que le spécimen incomplet. L'administration des
Beaux-Arts, il faut le dire, s'efforce, avec un zèle vraiment
louable, de restituer aux expositions annuelles leur ancien éclat
et leur légitime importance. Les réformes introduites dans les
conditions d'admission, les moyens employés pour déterminer
la juste sévérité du jury, le mode de placement des tableaux et
la lumière égale qui leur est accordée à tous sont, à quelques
détails près, des améliorations sérieuses dont on doit lui sa-

voir gré ; mais elle ne peut prétendre régénérer l'école par sa seule influence. C'est aux maîtres surtout qu'il appartiendrait de la diriger, en opposant l'autorité de leurs exemples à l'invasion d'un art sans portée et sans fond.

De tous les artistes placés depuis longtemps au premier rang, M. Delacroix est le seul qui ne dédaigne pas de mêler ses œuvres aux essais de la jeune école. Il y a lieu de le remercier de cette persévérance à accepter une publicité qui n'est plus nécessaire à sa réputation ; mais les trois tableaux qu'il a exposés cette année peuvent-ils avoir cette autorité magistrale dont nous parlions tout à l'heure ? Serait-il juste, par exemple, de ne voir en M. Delacroix que le peintre des *Pèlerins d'Emmaüs*, et le tableau qu'il a intitulé ainsi n'accuse-t-il pas avant tout les imperfections de sa manière ? Sans doute on aurait mauvaise grâce à exiger de M. Delacroix une transformation impossible : il aurait grand tort de ne plus mettre en œuvre ses belles qualités de coloriste pour rechercher des qualités d'un autre ordre qui échapperaient probablement à sa poursuite ; mais serait-ce se montrer trop exigeant que de lui demander mieux que ce qu'il nous donne ici ? Sont-ce des disciples pénétrés d'un respect religieux à la vue de leur maître, ou des convives en appétit, que ces deux hommes attablés, la serviette sur les genoux, le verre fort près de la main, comme ces joyeux compères que Jordaens aimait à peindre ? Cette figure aux traits et à l'attitude vulgaires peut-elle passer pour le Christ se révélant aux yeux de ses compagnons et trahissant tout à coup sa nature divine ? Que dire enfin des accessoires de la scène, de l'ajustement et du costume moderne des personnages, de cet escalier à balustres de bois, comme on en voit dans les vieilles maisons du dix-septième siècle ? On sait de reste que les grands maîtres, et Rembrandt entre autres, ne se faisaient nul scrupule de multiplier ainsi les anachronismes, lorsqu'ils traitaient des sujets sacrés ; mais les peintres de notre époque ne doivent pas

s'autoriser de pareils précédents et tomber sciemment dans des
erreurs qui ne paraissent excusables, chez les anciens peintres,
que parce qu'elles sont ingénues. Le mérite d'exécution qui
distingue certaines parties du tableau des *Pèlerins d'Emmaüs*
ne rachète pas le goût qui l'a inspiré. C'est peu pour un artiste
comme M. Delacroix de colorier savamment un fond, de disposer habilement l'effet de quelques tons : c'est une faute très-
grave que de sanctionner par son exemple les tentatives de l'art
matérialiste, et de rabaisser la grandeur d'une scène des Evan-
giles au niveau d'une scène d'hôtellerie flamande.

Qui sait d'ailleurs si M. Delacroix est en ceci le vrai coupable,
et si le zèle inconsidéré de ses admirateurs ne l'a pas amené à traiter dans ce style la composition des *Pèlerins d'Emmaüs?* On a
tant répété que tout atteste chez lui l'infaillibilité du goût, on a tant
applaudi même aux erreurs de ce talent, qu'on a pu lui faire perdre en partie la conscience de ses défauts. En général, le malheur
de M. Delacroix est beaucoup moins d'avoir eu des adversaires
injustes que des panégyristes compromettants ; on l'a loué et
on le loue encore à faux. Qu'on le proclame un coloriste très-
habile, le plus habile même qu'ait produit l'école française depuis
le dernier siècle, il n'y qu'à souscrire à ce jugement ; qu'on
signale hautement dans ses œuvres le geste passionné des figures et cette mélancolie singulière, cette poésie lugubre qui s'exa-
lent parfois des toiles qu'il a signées, — rien de mieux ; mais
nous donner pour des signes de puissance ce qui trahit les défaillances du savoir ou les infirmités du goût, c'est dépasser la
mesure des éloges, ce n'est pas appeler la lumière sur les côtés
vraiment louables d'un talent qu'on honorerait mieux en acceptant franchement comme telles ses inégalités et ses erreurs.
Ainsi est-il à propos d'admettre, avec certains admirateurs de
M. Delacroix, qu'aucun peintre ne possède aussi bien que lui
la science du mouvement? Rien ne serait plus excusable, plus
légitime, si l'on veut, qu'une certaine exagération de dessin,

pourvu qu'elle fût conforme au principe même de la nature et qu'elle servît à mettre ce principe en relief; mais M. Delacroix n'exagère pas la réalité, il la transforme; il déplace ou brise les os et chiffonne les muscles comme les draperies. Les deux scènes de mouvement placées à côté des *Pèlerins d'Emmaüs*, et qui représentent, l'une *des Pirates africains enlevant une jeune femme*, l'autre *des Disciples et des saintes femmes relevant le corps de saint Étienne,* fournissent des preuves suffisantes à l'appui de cette assertion. Pour justifier M. Delacroix et les peintres qui, à son exemple, négligent de préciser la construction des figures supposées en mouvement, dira-t-on qu'ils procèdent en cela comme la nature, et que les formes d'un homme qui s'agite, d'un cheval lancé au galop, ne sont pas distinctement appréciables à l'œil? Il faudrait alors qu'un tableau exécuté en vertu de ces théories fût seulement entrevu, que le spectacle eût la durée d'un éclair. Puis où s'arrêter dans cette voie d'imitation confuse et de négation du dessin? Un peintre qui adopterait un pareil système devrait, pour être logique jusqu'au bout, anéantir absolument dans son ouvrage les contours et le modelé, afin de mieux indiquer le caractère mobile de l'effet : on pourrait le comparer à un écrivain qui, au lieu de traduire sa pensée par des mots, se contenterait de placer des accents sur des lettres absentes. Nous voudrions donc qu'on louât les tableaux de M. Delacroix à titre d'œuvres fort remarquables sous le rapport du coloris, de l'harmonie et de l'imagination, qu'ainsi on vantât dans les *Pirates* la richesse des tons du paysage, dans le *Saint Étienne* l'invention dramatique de la scène, et surtout l'effet sinistre des murailles et du ciel qui servent de fond ; mais nous voudrions aussi qu'on ne prît pas l'agitation des lignes pour l'expression du mouvement, et d'étranges vices de construction pour des témoignages de verve. Un pareil talent a assez de droits au respect : il peut se passer des admirations aveugles et des flatteries.

Le tableau peint par M. Hébert appartient, comme le tableau des *Pèlerins d'Emmaüs,* à l'histoire du Christ, et, sous ce rapport, mais sous celui-là seulement, il peut être rapproché de l'œuvre de M. Delacroix. M. Hébert, dans son *Baiser de Judas,* n'a cherché à nous étonner ni par la fougue de l'exécution, ni par l'énergie des mouvements, et quelle que fût, à certains égards, la violence inhérente à l'esprit d'un tel sujet, il l'a envisagé seulement au point de vue de l'émotion intime. Ce nouveau tableau de l'auteur de *la Mal'aria* confirme les espérances que l'on avait pu concevoir il y a deux ans, sans révéler encore un progrès significatif dans la manière du peintre. Même goût incertain, même méthode d'exécution prudente jusqu'à la timidité, même correction à peu près négative. Dessin, coloris, effet, tout se trouve dans *le Baiser de Judas,* mais à l'état d'intention ; tout dénonce les scrupules d'une conscience soigneusement interrogée, rien n'accuse un esprit bien convaincu, une volonté tout à fait personnelle ; rien n'est affirmé, pour ainsi dire. Il semble que M. Hébert, embarrassé de son premier succès, ait craint d'en compromettre les conséquences, et qu'il ait prétendu à un surcroît d'estime plutôt qu'à un surcroît de renommée. Peut-être ce style tempéré et de *mezzo carattere,* comme disent les Italiens à propos d'un autre art, peut-être cette modération dans le faire, qui séduisaient la foule et la retenaient devant *la Mal'aria,* ne suffisent-ils pas, en effet, pour assurer au *Baiser de Judas* une popularité fort grande. En tout cas, une œuvre aussi sérieusement conçue et exécutée appelle l'attention de quiconque honore les efforts patients et les aspirations studieuses.

La scène que M. Hébert a entrepris de représenter est d'ailleurs bien faite pour effrayer la pensée et la main d'un peintre. Sans parler des conditions particulières de l'effet, du peu de ressources qu'il offre au point de vue de la couleur, l'expression à donner à toute la figure du Christ est un des problèmes

les plus difficiles que l'art puisse se proposer. Ce problème,
bien des maîtres de toutes les écoles ont essayé de le résoudre;
mais la plupart d'entre eux n'ont su ou voulu montrer dans
cette expression, nécessairement complexe, que ce qui impli-
quait l'idée de la résignation. Seul, un disciple de Giotto, en
peignant un admirable petit tableau placé aujourd'hui dans
l'église de San-Miniato, près de Florence, a supérieurement
indiqué ce mélange de pureté angélique et de mépris, de calme
sans indifférence et d'indignation sans surprise, que nous nous
figurons sur le visage de l'Homme-Dieu recevant le hideux
baiser. Certes on ne saurait comparer le Christ de M. Hébert à
ce Christ de San Miniato, figure de génie moins parfaitement
belle peut-être que n'a dû être la figure peinte par Léonard
dans la *Cène,* mais aussi profondément significative; il faut reconnaître toutefois que le peintre français a rendu avec une
singulière intelligence une partie des sentiments qu'il s'agissait
de traduire, et que, s'il ne s'est pas élevé jusqu'à la puissance
pathétique, il a très-bien compris le sens moral et la noble mélancolie de son sujet. Dans la composition de M. Hébert, le
Christ tourne vers Judas des yeux plutôt tristes qu'irrités; une
sorte d'affliction sereine se peint sur son visage, sur ses lèvres,
qui ne s'ouvrent ni pour la plainte, ni pour le reproche. Le
moment n'est pas venu encore où il dira : « Judas, trahis-tu
ainsi le Fils de l'homme par un baiser? » Son bras, déjà saisi
par la main criminelle du disciple, subit immobile cette première et outrageante étreinte; il attend les liens qui vont le
charger, tandis que les hommes dont Judas s'est fait suivre,
pressés et comme en arrêt autour de leur proie, l'examinent à
la lueur d'une lanterne que porte l'un d'entre eux. La figure
du Christ se détache ainsi du groupe qui l'environne, et grâce
à cette disposition de la lumière, elle a dans l'aspect général du
tableau l'importance et l'éclat nécessaires. Néanmoins n'eût-il
pas été mieux d'élever un peu le foyer lumineux, et de le placer

à la hauteur de la tête du Christ, au lieu de le placer au niveau de sa poitrine ? M. Hébert a été séduit en ceci par le piquant d'un effet qui serait à sa place dans un tableau de genre, mais que comporte peu un aussi grave sujet, et il s'est laissé aller à oublier que le visage du Christ, siége principal de l'expression et centre de la scène, devait tout d'abord attirer les regards. Pourquoi ne s'est-il pas rappelé non plus une autre loi pittoresque que les peintres anciens ont toujours observée ? pourquoi a-t-il donné au vêtement du Christ sur terre la couleur blanche qui n'appartient qu'au vêtement du Christ transfiguré ? Si le ton rouge de la robe avait dû contrarier l'effet choisi par M. Hébert, c'était son droit de modifier ce ton au point d'en indiquer seulement l'espèce ; mais il fallait respecter une tradition qui a, comme toutes les traditions de ce genre, son sens symbolique et sa raison d'être. Malgré ces imperfections de détail et d'autres encore qu'il serait facile de relever, *le Baiser de Judas* a des titres sérieux à l'estime. Ce n'est pas une œuvre de maître, tant s'en faut, mais il s'en faut de beaucoup aussi que ce soit une œuvre sans mérite. Elle a d'ailleurs une supériorité incontestable sur tous les tableaux religieux qui figurent au salon de cette année.

Parmi les autres toiles représentant des scènes tirées de l'Evangile ou de l'histoire des premiers chrétiens, quelques-unes se recommandent par la convenance des intentions et du style, à défaut d'originalité. Telles sont : la *Mort de la Sainte Vierge*, par M. Lazerges, composition sage, *ragionevole*, comme dit Vasari de certains ouvrages sans qualités et sans défauts considérables ; la *Conversion de Marie Madeleine*, que M. Job a ingénieusement exprimée ; les deux tableaux où MM. Dumas et Maison nous montrent l'un la *Séparation de saint Pierre et de saint Paul*, l'autre *le Pape saint Sixte II et saint Laurent surpris dans les catacombes de Rome ;* enfin *l'Annonciation*, par M. Jalabert, sujet difficile, mille fois traité, et que le peintre a su rajeunir en donnant à la figure de la Vierge un mouvement qui ne manque ni de grâce pudique, ni de nouveauté. A l'apparition de l'envoyé céleste qui, soit dit en passant, est d'un type faiblement conçu, la Vierge tressaille et se réfugie dans l'angle formé par le mur et le prie-dieu sur lequel elle est agenouillée. La figure est vue de dos ; le geste de son bras gauche accuse un étonnement craintif, et son visage, dont on n'aperçoit que le profil, va se dérober sous l'épaule, on oserait presque dire sous l'aile, car tout, dans cette jolie figure, rappelle la grâce et la timidité d'une colombe. Jolie est le mot qui convient à la *Vierge* de M. Jalabert, et ce mot est à la fois un éloge et une critique. Il est bien, il est très-méritoire sans doute d'avoir si délicatement rendu l'innocence et la candeur dont le nom seul de Marie implique l'idée, mais il ne fallait pas que, au costume près, cette figure fût de celles que nous rencontrons dans la vie réelle. Le pinceau de M. Jalabert a fidèlement traduit le charme accoutumé de la naïveté et de la jeunesse, il n'a pas réussi à faire pressentir dans la vierge craintive la sainte femme de l'Ecriture, la mère future d'un Dieu.

Les divers tableaux que nous venons de citer se recommandent à l'attention par des qualités plus ou moins sérieuses, et ne sauraient être confondus avec les compositions religieuses quant au sujet, assez peu édifiantes quant au sentiment et au style, que l'on rencontre çà et là dans les galeries de l'exposition. Il semble qu'une *résurrection,* une *assomption* ou un *martyre* soient des sujets qui ne tirent pas à conséquence et que peut aborder quiconque sait grouper tant bien que mal quelques figures. Il n'est si mince artiste qui ne suffise à cette besogne, et si l'on ne se sent pas toujours capable d'exécuter un portrait ou une bataille, on est toujours de force à peindre Dieu, la Vierge ou les saints. De là cette quantité d'œuvres qui, chaque année, vont s'emmagasiner dans les églises, après avoir passé presque inaperçues au salon ; de là aussi, en bonne par-

tie, l'abaissement du goût public et le déclin de la grande peinture en France. Faute d'objets sérieux proposés à notre admiration, nous nous tournons vers des objets qui nous amusent ;
à force de rencontrer des noms obscurs ou des talents secondaires là où devraient briller les noms des maîtres et les talents
d'un ordre élevé, nous nous accoutumons à croire que ce que
l'on appelle la peinture d'histoire n'est plus bon qu'à défrayer
les médiocrités, et que l'art véritable consiste désormais dans
l'expression de la fantaisie ou dans l'imitation d'une réalité
vulgaire.

Quelques tableaux, appartenant par la nature des sujets à
la classe des tableaux religieux, révèlent cependant des tendances particulières et caractérisent, au salon de 1853, une
des innombrables sectes qui divisent notre école : nous voulons
parler de ces compositions où les éléments de la peinture d'histoire et les éléments de la peinture de genre entrent dans des
proportions à peu près égales, où la transcription scrupuleuse
de la réalité s'allie à une certaine recherche de l'idéal. Une pareille méthode a ses dangers : il n'est pas rare de voir les peintres qui l'adoptent tomber, à force d'éclectisme, dans l'indécision et la langueur ; mais il arrive aussi que des œuvres
conçues en vertu de ces modestes principes plaisent par leur
modération même. *La Prière à l'Hospice*, que M. Pils a peinte
dans les dimensions d'un tableau d'histoire, tout en conservant
fidèlement aux détails leur vraisemblance et leur simplicité,
peut être considérée comme un des meilleurs échantillons de
cet art à la fois sérieux et familier. Des enfants malades et en
costume d'hôpital, agenouillés à côté de deux religieuses hos-
pitalières, telle est la donnée pittoresque, un peu chétive, choisie par M. Pils, mais traduite par lui avec goût et sincérité. Il
semble qu'un reflet de la lumière sereine et du chaste sentiment de Lesueur éclaire cette humble scène, et le peintre, sans
pousser jusqu'à la curiosité minutieuse l'étude des objets in-

animés, s'est très-habilement conformé aux conditions d'imitation textuelle que comportait un pareil sujet. Celui que M. Bénouville a traité exigeait dans l'agencement et dans l'exécution matérielle un goût plus sévère. Pour nous montrer *Saint François mourant bénissant la ville d'Assise*, il ne suffisait pas en effet de grouper autour de la figure principale quelques figures naïvement copiées sur la nature : il fallait encore qu'une impression de grandeur résultât de la reproduction précise de la réalité, et que les détails vrais laissassent à l'ensemble de la scène sa physionomie et sa signification austères. C'est ce que M. Bénouville a fort bien compris. Depuis l'expression des têtes jusqu'à l'apparence des draperies, depuis les lignes majestueuses du paysage jusqu'à l'effet des plus simples accessoires, tout révèle dans son tableau une alliance heureuse du style héroïque et du style littéral. L'attention accordée à l'imitation de chaque objet ne diminue pas la part qu'il convenait d'attribuer à l'imagination, et, malgré les dimensions assez restreintes de la toile, le *Saint François mourant* mérite d'être rapproché des œuvres de la grande peinture.

II

PEINTURE DITE RÉALISTE ET SUJETS DE FANTAISIE.

Les tableaux de M. Gallait, *le Tasse* et *les Derniers moments du comte d'Egmont*, semblent être du genre le plus sérieux, à ne considérer que le caractère des sujets, et d'un mérite peu ordinaire, à ne tenir compte que de l'habileté matérielle : pourtant ce ne sont au fond ni des tableaux d'histoire, ni des tableaux dignes de forts grands éloges. Ici, la part faite à la transcription des détails dépasse une juste mesure. Dans *le Tasse*, par exemple, l'étroite lumière qui n'éclaire que les mains et le genou d'une figure dont il convenait surtout de nous montrer la tête, l'attitude pour le moins familière de cette figure, la silhouette des barreaux de la fenêtre se dessinant sur le terrain, d'autres accidents pittoresques du même ordre, attestent une vive préoccupation des effets réels, mais ils ne témoignent pas d'un instinct très-profond des conditions les plus graves de l'art. M. Gallait, dont on s'obstine bien à tort à comparer le talent au talent de M. Delaroche, n'a ni le sentiment ingénieux, ni l'invention dramatique, ni la finesse d'esprit du peintre de *Jane Grey* et de *la Mort du duc de Guise*. Il serait plus exact de le comparer à M. Robert Fleury, car l'habileté de l'artiste belge consiste, comme celle de l'artiste français, dans l'extrême fidélité du pinceau et ne dépasse guère les limites de l'imitation littérale. M. Gallait s'entend très-bien à rendre l'effet et la saillie d'un morceau, à copier une main ou une tête et surtout une étoffe ou une armure, mais il ne sait pas dominer son modèle et en tirer quelque chose de plus que ce que celui-ci lui donne. Pourquoi alors ne pas mettre ces qualités d'exécution dans leur vrai jour et leur relief, en les appliquant à des sujets qui intéressent moins directement l'imagination? Un tableau de Mlle Rosa Bonheur, placé assez près du *Tasse*, ne donne-t-il pas la mesure de ce que le talent peut gagner à rester dans ses bornes naturelles et à suivre simplement la route qui lui est tracée? Il serait injuste peut-être de réduire le rôle de M. Gallait à celui d'un peintre de genre, mais il n'est pas hors de propos d'engager un artiste qui pourrait exceller dans un certain ordre de peinture à mieux consulter ses forces; sous ce rapport l'exemple de Mlle Rosa Bonheur ne serait pas pour M. Gallait sans opportunité et sans profit. *Le Marché aux Chevaux de Paris* se recommande d'ailleurs par des qualités assez solides, par un goût de composition et de dessin assez sérieux, pour que, même au point de vue de l'art pur, on étudie le tableau inspiré par un sujet si peu épique. Il y a une grandeur véritable dans les lignes du groupe de chevaux placé au centre de la composition,

6

une rare énergie dans l'exécution de chaque partie ; et quand
on songe que c'est la main d'une femme qui a si vigoureusement déterminé ces contours et accusé ce modelé, on s'étonne
à bon droit et des caractères d'un pareil talent et de la résolution avec laquelle il est mis en œuvre. Le nombre des
femmes peintres qui figurent dans l'histoire de l'art français est
fort restreint, on le sait : il en est peu parmi elles qui se
soient élevées même au rang des artistes secondaires. Une
seule, Mme Vigée-Lebrun, mérite d'être comptée parmi nos
plus habiles peintres de portraits ; mais, lors même que l'on
ferait abstraction de la différence des genres, le moyen de rapprocher cette manière, tout empreinte de délicatesse et de
grâce, de la manière hardie de Mlle Rosa Bonheur ? Mlle Rosa
Bonheur est la première entre les femmes peintres qui se soit
distinguée par une touche complétement virile, et s'il fallait
trouver une sorte d'analogue à cet âpre talent, ce serait dans
notre école de gravure qu'il conviendrait de le chercher. Le
burin de Claudine Stella a presque la même puissance que le
pinceau de Mlle Rosa Bonheur, mais le peintre du *Marché aux
Chevaux* sait allier la correction à la force, et cette harmonie
manque le plus souvent aux œuvres du graveur.

Le tableau de Mlle Rosa Bonheur obtient un grand succès,
et il le mérite : suit-il de là que l'art n'ait rien d'autre à nous
dire, qu'il consiste seulement dans la reproduction formelle de
la réalité ? Doit-on s'autoriser de ce succès pour donner raison
à des doctrines manifestement contraires aux doctrines pratiquées par les maîtres de tous les temps et de toutes les écoles?
Certes, ce n'est pas nous qui dirons oui. L'école qui s'intitule
réaliste aurait tort au surplus de réclamer *le Marché aux Chevaux* comme un ouvrage absolument inspiré par les principes
qu'elle professe. Nul doute que ce tableau ne tire de la vérité
matérielle une grande partie de sa signification ; mais ce n'est
pas seulement parce qu'il nous représente avec fidélité quelques

arbres rabougris; des hommes en blouse et des chevaux, qu'il
y a lieu d'en vanter le mérite ; c'est encore et surtout parce
que la fermeté du style, ennoblissant des détails d'une nature
fort peu relevée, nous intéresse à une scène qui, vulgairement
exprimée, nous laisserait indifférents. Or, si l'idéal a sa raison
d'être même dans un pareil sujet, à plus forte raison est-il
nécessaire là où il s'agit d'exprimer les passions ou les misères
humaines, et de faire prévaloir une pensée ou un sentiment.
En aucun cas d'ailleurs, quel que soit le modèle qu'on se
propose, il ne faut se contenter de rendre les attributs et les
caractères matériels de ce modèle : il faut que l'imitation des
objets laisse entrevoir l'intention secrète de celui qui les a reproduits et le sens dans lequel ils l'ont particulièrement affecté.
Qu'est-ce qu'une œuvre d'art, sinon une idée rendue sensible
par une image ? Qu'un peintre ait à représenter des ouvriers :
doit-il simplement copier des types dégradés par le travail ?
Cela ne serait que laid et oiseux au point de vue de l'art. Belle
avance si des artistes dressent avec amour le signalement de la
laideur physique ! Parce qu'ils l'auront peinte à peu près resem-
blante, faudra-t-il nous tenir pour satisfaits ? Qu'ils nous laissent
pressentir une âme au lieu de nous montrer une enveloppe,
qu'ils nous intéressent à une pensée au lieu de nous livrer l'effigie d'un fait : à ce prix seulement nous accepterons leurs
œuvres et nous leur pardonnerons cette préférence pour les
haillons qu'accusent tant de *terrassiers, tondeurs de moutons,
faucheurs, batteurs en grange*, exposés au salon de cette année.
Quant à certaines toiles, où la méthode réaliste est appliquée à
des scènes d'un autre ordre, nous ne croyons pas, malgré le
bruit qui se fait autour d'elles, que ce soit pour nous un devoir
de nous y arrêter et de les décrire. Bien qu'il soit possible
peut-être, en y regardant de fort près, d'y reconnaître quelque indice d'habileté matérielle, elles sont à tous autres égards
si contraires aux lois essentielles de l'art, que nous ne voulons

pas contribuer, même par la juste sévérité de nos critiques,
à leur donner une importance qu'en somme elles ne sauraient
avoir.

En regard de l'école réaliste, ou plutôt côte à côte avec elle,
— car le fond des tendances et le but sont à peu près les mêmes, — l'école *fantaisiste* continue à marcher dans la voie ouverte par M. Diaz et par ses premiers imitateurs ; mais, à force
de recourir à un genre de séductions bien souvent employé,
elle commence à ne plus entraîner personne et en arrive déjà
à n'étaler aux yeux de la foule que des charmes douteux et une
coquetterie surannée. Le nombre des disciples de la fantaisie
pittoresque, telle qu'on la comprenait naguère, est aujourd'hui
assez restreint, et il faudrait voir dans ce fait un progrès du
goût, s'il ne convenait surtout d'y observer l'excès du mouvement matérialiste de l'art. Sauf quelques guirlandes de figures
enlacées, comme de coutume, dans une végétation confuse,
sauf quelques odalisques et quelques nymphes obstinées, les
sujets d'imagination qui figurent au salon trahissent une
assez vive préoccupation des nouvelles doctrines *naturalistes*.
Voyez plutôt le tableau que M. Célestin Nanteuil a intitulé *la
Vigne*. Au centre de la composition est assise une femme à
demi nue, une bacchante si l'on veut, quoique l'extrême pauvreté de ses formes accuse l'étreinte habituelle des vêtements
modernes. Elle renverse la tête pour écouter l'Amour, dont
deux figures placées au second plan semblent avoir déjà reçu
les conseils, tandis que des paysans groupés dans un autre
coin du tableau songent simplement à remplir et à vider leurs
verres. Etait-ce là toute la poésie du sujet, et suffisait-il, pour
célébrer les bienfaits du vin, de raconter dans ce style l'action
qu'il peut avoir sur les sens ? Ne fallait-il pas exprimer à côté
de l'influence physique l'influence plus noble exercée sur l'esprit, nous montrer la lyre à côté de l'amphore, la coupe plutôt
que le gobelet, et se souvenir de l'ode antique au moins autant

que des couplets de la chanson? L'erreur de M. Nanteuil
nous surprend d'autant plus, que ce talent, si incomplet qu'il
soit sous le rapport du dessin, ne manque ordinairement ni
d'élégance ni de grâce. On n'a pas oublié *un Rayon de Soleil*
exposé au salon de 1848 : nous en appelons du peintre mal
inspiré de *la Vigne* à l'auteur de ce joli tableau.

Une allégorie traitée avec un goût plus délicat et dans un
style plus sérieux que *la Vigne* de M. Nanteuil est *la Renaissance*
peinte par M. Landelle. Ce n'est pas que ce style ait une grande
puissance, mais il atteste de studieux efforts et une recherche
soigneuse de la correction. Rude tâche d'ailleurs que la tâche
acceptée par l'artiste! Personnifier l'art de Raphaël et de Jean
Cousin, celui de Michel-Ange et de Jean Goujon, l'art de Bra-
mante et de Pierre Lescot ; résumer dans l'expression et l'attitude d'une seule figure les caractères si divers des chefs-
d'œuvre créés au seizième siècle par les maîtres de la peinture,
de la statuaire, de l'architecture en Italie et en France ; fondre
enfin dans l'unité de la composition une foule d'éléments complexes et de nuances, voilà, certes, de quoi inspirer des craintes
au talent le plus sûr de lui-même et le plus expérimenté.
M. Landelle, qui jusqu'ici n'avait pas abordé des travaux de
cet ordre et dont le talent en général a moins de portée que
d'élégance, s'est donc trouvé un peu au dépourvu en face de
difficultés si graves. Ne pouvant les résoudre de haute lutte, il
a pris le parti de les tourner en envisageant surtout le côté pittoresque de l'œuvre. La signification morale de sa *Renaissance*
ne dépasse guère celle des figures de pure ornementation, et,
bien que les noms de quelques grands artistes français s'unis-
sent sous la main qui les inscrit aux noms des maîtres italiens, il serait malaisé de reconnaître l'expression de notre
art national dans le caractère de cette figure. Elle ne rappelle
pas beaucoup plus la vraie renaissance italienne ; elle en reflète
seulement la dernière phase, l'époque inférieure de Primatice,

et les deux petits génies que M. Landelle a introduits dans sa
composition contribuent médiocrement à en déterminer le
sens. La grandeur et, jusqu'à un certain point, la justesse des
intentions ne sont pas, on le voit, les qualités distinctives du
tableau de M. Landelle; son mérite principal consiste dans
l'exécution, et, sous ce rapport, on ne saurait lui refuser les
éloges. L'ajustement de la figure, sans révéler un goût fort
original, témoigne d'un goût fin et d'un pinceau habile. La
tête, d'une beauté trop moderne sans doute, est délicatement
modelée, et, n'étaient quelques imperfections de dessin, quelques proportions d'une exactitude au moins douteuse, les bras,
la partie découverte du torse et la draperie jetée sur les genoux
soutiendraient la comparaison avec les plus agréables morceaux de la peinture contemporaine : nous parlons ici, il faut
le répéter, de l'exécution matérielle, et non du sentiment. Le
sentiment large des maîtres est, en effet, ce qui manque absolument à M. Landelle, talent souple, adroit, séduisant, mais
au fond dénué de force et d'ampleur. *La Renaissance*, à ne
prendre cette figure que comme une élégante figure de jeune
femme, est une œuvre où tout plaît au regard et caresse l'esprit : elle réussit beaucoup moins à le satisfaire quand on se
rend compte des hautes conditions du sujet.

Cette recherche à peu près exclusive de l'agrément qu'il est
permis de reprocher au tableau de M. Landelle est au reste le
défaut aussi bien que la qualité d'une jeune école à laquelle
appartiennent entre autres MM. Hamon et Gérôme. Les artistes
qui la composent, et dont les œuvres procèdent à la fois des
exemples de M. Delaroche et des exemples de M. Gleyre, semblent avoir pris pour but une sorte d'idéal familier. A mesure
que le réalisme se généralise, ils s'attachent de plus en plus à
la poursuite de l'élégance et de la grâce; à mesure que la forme
se dégrade sous le pinceau des Valentins de notre âge, ils travaillent plus obstinément chaque jour à l'épurer, à la dégager

de tout détail impliquant une idée d'énergie ou d'altération quelconque, et ils enjolivent jusqu'à l'antique pour en mettre la grandeur sévère d'accord avec leur goût un peu précieux. M. Hamon avait exposé au salon dernier un tableau, *la Comédie humaine*, qui laissait entrevoir une idée ingénieuse plutôt qu'il ne formulait clairement une pensée, mais dans lequel on louait à juste titre la délicatesse du style. Celui qu'il nous donne cette année mérite les mêmes éloges ; il a de plus l'avantage de ne laisser dans l'esprit du spectateur aucun doute sur le sens expressif et la probabilité de la scène. Lors même que M. Hamon ne l'aurait pas intitulée *Ma Sœur n'y est pas*, il ne serait pas possible de se méprendre un instant sur les sentiments qui animent les quatre personnages groupés sur cette toile. L'importance que cherchent à se donner les deux enfants et leurs ruses naïves pour dérober leur sœur aux regards de l'adolescent, l'incrédulité souriante de celui-ci et la coquetterie de la jeune fille complice de ce gentil mensonge, tout est senti et rendu avec vérité et avec une rare finesse. Il n'est pas jusqu'aux humbles objets dont le désordre atteste les jeux récents des deux bambins qui ne parlent à l'imagination et la séduisent. Certain scarabée retenu par un fil intéresse presque autant qu'une figure, et cet ensemble de joies enfantines et d'amour, de tendresse du cœur et de fantaisies puériles, rappelle pour le fond comme pour la forme quelque chose de la délicieuse idylle ébauchée par André Chénier sous le titre de *Pannychis*. Faut-il ajouter que dans le tableau de M. Hamon l'extrême précision des contours dégénère parfois en sécheresse, que le ton général ne s'élève guère au-dessus de la gamme adoptée d'ordinaire par les peintres qui veulent exprimer un rêve, et que ce ton, admissible dans un sujet fantastique, ne suffit plus lorsqu'il s'agit de traduire une scène de la vie réelle ? Ces critiques seraient fondées ; et pourtant les imperfections qu'on signalerait ainsi se lient si étroitement aux qualités de l'artiste, qu'il com-

promettrait peut-être une bonne part de son talent en essayant
de se corriger. Le mieux est donc d'accepter ce talent tel qu'il
est, incomplet à bien des égards, mais au fond distingué, et de
lui savoir gré surtout de ses inclinations poétiques.

Les tendances de M. Gérôme ne sont pas sans analogie avec
celles de M. Hamon, mais elles sont peut-être d'un ordre moins
élevé. Depuis le *Combat de coqs*, qui commença la réputation
du jeune peintre, jusqu'aux tableaux qu'il a exposés cette année,
il n'est pas un ouvrage de M. Gérôme qui accuse rien de plus
que le goût de la forme raffinée et l'étude attentive des détails.
Ce style, tout plein d'archaïsme et comme surchargé de correction, a quelque chose de pénible et de fluet en même temps qui
sent l'érudit plus que le poëte ; sans contester d'ailleurs le goût
et le savoir de M. Gérôme, on peut reprocher à ses œuvres leur
froideur intime et en quelque sorte leur perfection. Que l'on
examine par exemple, — nous ne dirons pas l'*Idylle*, qui est
vraiment trop dépourvue de signification et d'intérêt, — mais
la *Frise destinée à être reproduite sur un vase commémoratif* :
on ne trouvera à y relever ni des fautes ni même des inégalités
d'exécution ; on n'y trouvera pas non plus l'empreinte d'un sentiment franc et individuel. Cette longue suite de figures représentant les nations dont les produits industriels ont enrichi l'exposition de Londres est disposée conformément aux règles de
l'art le plus pur. Chaque personnage est très-correctement dessiné, peint et ajusté, — soit ; mais montrez-moi dans cette
multitude de types si convenablement reproduits un seul geste,
une seule tête qui porte l'accent de l'invention ? Vous ne choi-
siriez pas à coup sûr comme spécimen d'originalité les trois
figures allégoriques assises au centre de la composition, et qui
ne sont que les nouvelles épreuves d'ouvrages déjà tirés à bien
des exemplaires. Là comme ailleurs, M. Gérôme prouve qu'il a
la mémoire ornée, le goût exercé, la main sinon très-sûre, au
moins fort scrupuleuse : il ne prouve pas aussi clairement qu'il

joigne de grandes qualités d'imagination à ces qualités acquises.
On dirait qu'il n'envisage dans l'art que ses conditions gramma-
ticales, et qu'en consultant incessamment l'antique, il cherche moins à s'inspirer de la poésie d'un texte qu'à retenir les
mots d'un dictionnaire.

M. Gendron semble procéder tout autrement. S'il se rattache, par les habitudes antiréalistes de son talent, à la même
école que MM. Hamon et Gérôme, il est loin de s'associer à la
méthode archaïque de ces deux artistes et de partager leur
système d'abnégation. Ajoutons que son pinceau, moins fin
que celui de M. Hamon, moins bien informé que le pinceau de
M. Gérôme, indique parfois avec une véritable négligence la
pensée qu'il devrait définir; mais cette pensée n'est jamais absente. Peu de peintres contemporains, — et même trouverait-
on à en citer un seul? — ont autant que lui le sentiment de la
grâce élégiaque et de la poésie fantastique; bien peu aussi ont
au même degré le sentiment juste et délicat du mouvement.
Tout empreintes de suavité et de rêverie, les compositions de
M. Gendron s'adressent principalement à l'imagination, et
l'impression qu'elles produisent ressemble à une sensation
musicale plutôt qu'à une satisfaction réfléchie de l'intelligence.
La scène d'amour qu'il intitule *Idylle*, la figure de jeune femme
voluptueusement endormie dans un nid de végétation, à laquelle il a donné, sans doute parce qu'il lui fallait un nom, le
nom de *Titania*, paraîtraient d'un caractère assez peu précis,
si on les jugeait avec la raison et si on les prenait l'une et l'autre
pour des commentaires des poëtes grecs et de Shakspeare. Il
est à propos d'y voir, au lieu d'une traduction fidèle, l'expression d'une pensée indépendante, et, comme dans les autres
œuvres de l'artiste, l'allure libre de la fantaisie; seulement ici
la fantaisie est sincère et féconde, tandis qu'ailleurs elle est trop
souvent le déguisement prétentieux de l'impuissance.

C'est aussi par l'originalité du sentiment que se distingue

M. Chassériau en dépit des préoccupations que lui causent les
exemples de M. Delacroix. M. Chassériau a beau faire, il n'appartient pas à l'école des coloristes. Au surplus, appartient-il à
une école quelconque? Il doit peut-être aux leçons de M. Ingres
ce dessin large et ce style dont les plus étranges incorrections
ne sauraient anéantir l'ampleur; mais il doit bien certainement
à lui-même la hardiesse des intentions, l'abondance des idées,
et les inégalités mêmes de sa manière attestent qu'il se soumet
avec une docilité aveugle aux seuls conseils de son imagination.
L'imagination! tel est le principe, tel est aussi le vice de ce
talent, l'un des plus remarquables et en même temps l'un des
plus incomplets qui se soient révélés depuis quelques années.
A ne considérer que les fortes et belles facultés de M. Chassériau, il faut reconnaître en lui l'organisation d'un maître; mais
quand on voit avec quelle intempérance, avec quelle foi dans
sa propre infaillibilité il met ces facultés en œuvre, on est forcé
de convenir qu'il manque à un artiste si richement doué le sentiment de la proportion et de la mesure. C'est démesurément
aussi qu'il est, en général, critiqué ou loué, et ses ouvrages
n'ont guère réussi jusqu'à ce jour qu'à passionner l'opinion en
sens contraires. Pour nous qui tenons en haute estime les qualités de M. Chassériau, nous ne voulons ni fermer les yeux sur
ses défauts, ni les signaler pour le simple plaisir de paraître
clairvoyant. Si nous l'engageons à lutter contre les entraînements auxquels il obéit d'ordinaire, c'est que son dernier tableau laisse voir un effort et un progrès : le moment est bon
pour se montrer sévère, et une critique en pareil cas peut avoir
le caractère d'un encouragement.

Le sujet traité cette année par M. Chassériau est un sujet
antique; mais, contrairement à la coutume de beaucoup de
peintres contemporains qui, faute d'autre muse, n'invoquent
que l'archéologie, le peintre du *Tepidarium* semble avoir attaché une médiocre importance aux particularités de costume et

aux vérités de détail. Il est assez peu méritoire de transporter
sur la toile des statues copiées dans les musées, des accessoires
tirés de la collection des vases d'Hamilton ; en revanche, il est
malaisé de donner à des figures grecques ou romaines le mouvement et la vie, de leur conserver la grandeur, la beauté nécessaires, tout en y ajoutant une physionomie détendue pour
ainsi dire ; rien de plus difficile, en un mot, que de faire acte
de peintre là où nous sommes habitués à ne voir que des contrefaçons coloriées de l'œuvre du sculpteur. Les scènes antiques
d'ailleurs, si indispensable que soit l'élévation du style, n'exigent pas toutes, pour être bien rendues, la même sévérité et les
mêmes formes. M. Chassériau, qui se proposait simplement de
nous montrer des femmes de Pompéi réunies après le bain,
aurait donc eu grand tort de convoquer l'Olympe dans ce chauf-
foir et de grouper, sur la foi de la statuaire, des Vénus et des
Junons quand il s'agissait de représenter des créatures humaines ; il aurait commis une erreur non moins grave, s'il s'était
contenté d'imiter la réalité lorsqu'il fallait à tout prix l'ennoblir.
C'est entre ces deux écueils que l'artiste a louvoyé avec des
efforts d'attention qui ne semblent pas lui être familiers, mais
qui doivent à coup sûr tourner au profit de son talent. Depuis
que ce talent agressif a essayé de se faire plus humble, ne voit-
on pas mieux déjà ce qu'il vaut ? Le sentiment grandiose du
geste et de la tournure est la qualité qui domine dans le *Tepidarium* comme dans les œuvres précédentes de M. Chassériau ;
mais ici cette qualité devient plus évidente par cela même qu'elle
est plus sobrement exploitée. La majesté des têtes est moins
souvent déparée par les négligences affectées de la touche ; le
modelé n'est plus indiqué avec cette hardiesse brutale du pinceau qui parodiait la sûreté magistrale, et, — condition difficile
à remplir en un pareil sujet, — les formes et les attitudes de
toutes ces femmes à demi nues n'ont qu'une grâce sérieuse et
un charme de bon aloi. Comparez ce tableau à celui qu'ont

inspiré à M. Winterhalter quelques vers, bien discrets pourtant, d'un aimable poëte contemporain ; rapprochez les figures du *Tepidarium* des figures de *Florinde* et de ses compagnes, — et vous apprécierez aisément la distance qui sépare l'élégance de la gentillesse, la grâce sans voile de la coquetterie en jupon court, et les charmes sévères du gynécée des mignonnes séductions du boudoir. Pourquoi faut-il que M. Chassériau n'ait pas accompli sa tâche jusqu'au bout, et que tous les détails de la composition ne soient pas traités dans le goût qui caractérise l'ensemble ? Pendant qu'il était en voie de réforme, pourquoi n'a-t-il pas renoncé, par exemple, à son dédain accoutumé de la perspective, à ces violences de coloris dont il semble s'être fait une habitude, et qui rompent l'harmonie générale sans renforcer la gamme des tons ? Plus d'un personnage placé au fond a des proportions presque égales à celles des figures placées au second plan, et l'éclat exagéré de certaines couleurs introduit la turbulence dans un effet qu'il fallait surtout laisser calme. Ces imperfections et quelques autres prouvent que l'artiste ne sait pas encore se modérer et se contenir parfaitement, elles compromettent une fois de plus le succès qu'il allait peut-être définitivement conquérir ; mais les qualités qui les rachètent doivent rallier dès à présent au talent de M. Chassériau des partisans nombreux. Le *Tepidarium* n'est pas un des tableaux les plus complets du salon : il mérite toutefois d'être remarqué l'un des premiers, parce qu'il en est peu qui dénotent autant de séve, de vraie force et de franchise dans le sentiment.

Nous ne voulons pas quitter le champ de l'invention sans signaler encore les cartons de M. Chenavard, quoique ces belles et savantes compositions aient beaucoup perdu à être isolées de la série à laquelle elles appartiennent : — *le Simoun*, de M. Maréchal ; — *l'Orgie*, par M. Eugène Lami, élégante aquarelle où l'on appréciera, outre l'esprit et la finesse qui distinguent ordinairement ce talent, une fermeté de coloris toute nouvelle ; —

les petits tableaux de M. Meissonnier, bien qu'ils doivent ajouter assez peu à la réputation du peintre, et que l'exiguïté des proportions semble dégénérer chez lui en manie de l'imperceptible ; — enfin un très-beau dessin de M. Bida, *le Convoi de Recrues en Egypte*. Il est impossible de voir sans émotion ce groupe de jeunes gens cheminant, les mains liées, sous les derniers regards de leurs familles, et détournant la tête pour donner ou pour recevoir un dernier baiser. La sombre résignation des hommes, la désolation des femmes, l'indifférence ou l'ébahissement des enfants, tout est senti et rendu avec une justesse qui fait le plus grand honneur au talent de M. Bida. Une pareille composition ne reproduit pas seulement une scène de mœurs caractéristique, un épisode de la vie en Orient envisagée, comme elle l'est d'ordinaire, au point de vue exclusivement pittoresque : elle a une signification plus haute et tout humaine ; elle est une œuvre d'art dans l'acception la plus spiritualiste du mot, et nous ne croyons pas que, sous le rapport du sentiment, de l'expression, de la vérité intime, beaucoup de toiles exposées au salon puissent être comparées sans désavantage à cet humble dessin.

III

PEINTURE DE PORTRAIT ET DE PAYSAGE.

La peinture de portrait, qui fut pendant si longtemps une des gloires de l'école française, et même, à certains moments, sa gloire principale, n'a plus dans l'art contemporain qu'une importance médiocre et un rôle accessoire. Ce n'est pas, tant s'en faut, que le nombre des portraits soit aujourd'hui moins considérable que de coutume ; mais les peintres éminents semblent dédaigner un genre qui tenta cependant les pinceaux de leurs plus illustres devanciers, ou s'ils consentent de temps à autre à

quitter les sujets d'histoire pour s'attacher à l'imitation de la
nature contemporaine, ils apportent dans l'exécution de leur
tâche je ne sais quelles arrière-pensées de grandeur assez peu
en harmonie avec la simplicité des vêtements modernes, et
presque toujours avec le caractère et les habitudes des personnages qu'il s'agit de représenter. Quant aux *portraitistes* de
profession, le plus souvent ils tombent dans l'excès contraire.
Qu'ils aient à peindre un souverain ou le syndic d'une compagnie, une princesse ou une simple bourgeoise, ils se contente-
ront de copier fidèlement la forme des traits, les détails d'ajustement et les réalités de toute sorte, sans essayer de préciser,
par la différence du style, la différence hiérarchique ou morale
qui existe entre leurs modèles. Le *Portrait en pied de l'Empereur*, par M. Lépaulle, révèle-t-il d'autres préoccupations que
la recherche de la ressemblance matérielle et l'étude des brode-
ries, des décorations, de tous les détails du costume? Sans le
secours du livret et l'ornementation du cadre, distinguerait-on
tout d'abord le *Portrait de l'Impératrice*, par M. Dubufe, des
agréables portraits de femmes qu'il a coutume de nous montrer? M. Vidal a su du moins donner à son *Portrait de l'Impératrice* un charme d'expression et une grâce plus dignes du
modèle ; pas plus que M. Lépaulle cependant, pas plus que
M. Dubufe, il ne semble s'être rendu compte des conditions sérieuses de sa tâche, et l'on peut dire que, comme le portrait de
l'empereur, le portrait historique de l'impératrice est encore à
faire. Deux portraits de femmes, par MM. Cabanel et Bénouville, sont de très-bons morceaux de peinture que l'on peut
mettre, ainsi que le *Portrait de M. Guizot*, par M. Mottez, au
premier rang des ouvrages en ce genre exposés au salon. Toutefois l'œuvre de M. Mottez, à force de prétendre à la gravité et
à l'élévation du style, n'est pas exempte de quelque froideur.
Rien de plus légitime, rien de plus nécessaire même, que de
chercher à rendre, par le calme de la pose, la sévérité des lignes

et la sobriété de la couleur, la figure de M. Guizot, et certes les agréments de l'exécution ou l'exactitude matérielle eussent été ici plus insuffisants que partout ailleurs ; mais, sans altérer la physionomie de son modèle, M. Mottez pouvait mettre plus d'animation dans le regard, plus de souplesse dans le corps et dans les muscles de la face. Nous aurions souhaité enfin qu'il laissât circuler la vie là où il n'a fait qu'exprimer noblement l'impassibilité.

S'il est difficile de trouver parmi les portraits envoyés au salon quelques toiles dignes d'éloges, en revanche les paysages qui mériteraient d'être cités se rencontrent à chaque pas. La peinture de paysage a fait, on le sait, de grands progrès depuis un quart de siècle, et, dans le cours des dernières années surtout, elle a été traitée en France avec une éclatante supériorité ; mais à aucune époque les talents n'ont été moins rares qu'aujourd'hui, jamais les œuvres n'ont présenté un caractère aussi uniformément remarquable, jamais elles n'ont plus clairement attesté la communauté des tendances et des efforts. Envisagée comme ensemble de doctrines homogènes, l'école actuelle de paysage est, à vrai dire, toute l'école française, puisqu'il n'y a plus, dans les autres parties de l'art, que tentatives isolées, contradiction et anarchie. Faut-il pourtant se féliciter bien haut du développement qu'a pris dans notre pays, non pas l'art de Poussin et de Claude le Lorrain, mais l'art de Van den Velde et de Wynants, et ne doit-on pas reconnaître encore dans ces progrès du paysage les progrès du système réaliste? Là aussi, la réalité, qui devait servir de thème, est devenue l'objet d'une imitation littérale ; on a fait du moyen le but, et au lieu d'exprimer un sentiment à propos d'une nature choisie, on a seulement rendu, par d'habiles procédés de palette, les caractères matériels de tel site qui s'offrait aux regards. Tout sera-t-il dit parce qu'on aura reproduit avec justesse l'effet d'un rayon de soleil sur un marais ou sur quelques huttes, et n'eût-il pas mieux valu faire tomber ce rayon sur des objets dignes de sa lumière? Sans renouer la tradition des paysagistes de l'empire, qui auraient cru déshonorer leur art s'ils n'avaient construit, en quelque lieu que ce fût, des temples et des pyramides, ne saurait-on trouver d'autres modèles que les hameaux de la Sologne ou de la basse Bretagne? L'art du paysage, tel qu'il est maintenant compris et pratiqué en France, est avant tout un art de portrait, l'expression du fait plutôt que la traduction d'une impression poétique : tout en rendant pleine justice au mérite de ces portraits si parfaitement ressemblants, il est permis de dire qu'ils n'intéressent guère que nos yeux.

Les paysagistes contemporains n'obéissent pas tous cependant avec la même docilité au mouvement qui entraîne l'école. Plusieurs d'entre eux heureusement n'ont pas renoncé à poursuivre l'idéal, et *les Sources de l'Alphée*, de M. Edouard Bertin, le *Saint Sébastien*, de M. Corot, le *Coucher de soleil*, de M. Cabat, prouvent que, même au salon de cette année, les envahissements de l'art matérialiste ne s'accomplissent pas sans résistance. *Les Sources de l'Alphée* surtout, composition pleine de grandeur et traitée dans un style sévère, sont en désaccord formel avec le goût et la méthode des disciples du réalisme. D'autres artistes, tels que M. Aligny et M. Desgoffe, refusent plus ouvertement encore toute concession aux doctrines régnantes, toute complicité avec les enthousiastes de la couleur. Par un parti pris violent et en quelque sorte philosophique, ils ne cherchent que la majesté du dessin, quitte à rencontrer souvent la convention; ils s'opiniâtrent dans leur amour exclusif pour la forme, sans s'apercevoir qu'à force d'épurer et d'ennoblir la structure d'un arbre ou les lignes d'un rocher, ils donnent aux œuvres de la nature l'aspect aride des figures géométriques. L'*Oreste en Tauride*, de M. Desgoffe, le *Souvenir des Environs de Corinthe*, de M. Aligny, sont loin d'être des ouvrages sans valeur; mais l'estime qui leur est due a quelque analogie avec la sympathie assez froide qu'inspirent certains morceaux de musique savante : ces tableaux manquent de mélodie, et le mérite dont ils sont empreints semble procéder beaucoup moins des révélations de l'art que des efforts de la volonté et des calculs laborieux de la science.

Le talent de M. Français n'a pas, il s'en faut de beaucoup, cette allure compassée et cette physionomie austère. Par le fond et le caractère de ses tendances, il appartient à la nouvelle école; par la finesse du goût et le choix délicat des effets, il se distingue de la masse des talents voués au culte de l'imitation textuelle. M. Français se préoccupe peut-être assez peu du style, et le style de ses ouvrages est cependant d'une rare élégance. Ce qui chez d'autres artistes accuse un système témoigne chez lui d'une habitude naïve, d'une tournure d'esprit naturelle, et nulle part la grâce ne paraît moins apprise que dans ses agréables tableaux. *La Fin de l'Hiver*, le *Ravin de Nepi*, l'*Effet d'Automne* ont, comme toutes les productions de son pinceau, un caractère de simplicité sans niaiserie, de vérité sans affectation, qui leur assigne le premier rang dans la classe des paysages familiers et qui les isole, d'autre part, des paysages inspirés par l'étude de la nature vulgaire.

A l'exception des artistes que nous venons de citer et de quelques autres, parmi lesquels il ne faudrait oublier ni MM. Paul Flandrin et Bellel, ni M. Lanoue, ni M. Eugène Flandin, qui cette année encore a interprété avec talent la nature et l'architecture orientales, les paysagistes de l'école actuelle se proposent tous pour but unique la reproduction de la réalité. Sans doute il existe bien des différences de détail entre la manière de M. Troyon et celle de M. Rousseau, entre le coloris de M. Dupré et le coloris de M. Coignard, mais les tableaux de ces artistes et de leurs disciples attestent au fond la dévotion aux mêmes principes et la même ardeur révolutionnaire. Je me trompe : la révolution est désormais bien accomplie, et le temps

7

est loin où elle effrayait encore quelques esprits. Les réformateurs n'ont plus besoin de se faire accepter ; ils règnent, non
sans s'exagérer peut-être l'étendue des services rendus, non
sans s'abuser sur l'importance de leur rôle, et le public, habitué
de longue main déjà à les croire sur parole, n'essaye même plus
de se demander si le beau ne saurait être ailleurs que dans la négation de l'idéal. Il admire la *Vallée de la Touque*, de M. Troyon,
— et il a raison, je le veux bien, d'admirer ce tableau en tant que
portrait énergiquement tracé ; — mais il ne songe pas à remarquer qu'un pareil site et les animaux qui le peuplent ne rappellent en somme que des réalités d'un ordre bien secondaire, d'un
caractère bien humble ; que la poésie n'a guère affaire en
tout cela, et qu'il n'était pas besoin, pour peindre avec succès
une prairie et quelques bêtes à cornes, de choisir une toile au
moins aussi grande que les toiles où Poussin nous montre la
Mort d'Eurydice ou les *Funérailles de Phocion*. — *Le Chêne de
Henri IV*, au pied duquel M. Coignard a groupé *le troupeau de
Chailly*, — les *Menons en tête d'un troupeau de la Camargue*,
peints par M. Loubon, n'exigeaient pas non plus les vastes dimensions que les deux paysagistes ont cru devoir donner à leurs
ouvrages, et quel que soit d'ailleurs le talent dont ils ont fait
preuve, on peut reprocher à MM. Loubon et Coignard d'avoir
méconnu, à l'exemple de M. Troyon, une des lois de l'art et du
goût.

M. Rousseau n'est pas tombé dans la même erreur. Le tableau qu'il a exposé, et qui représente *un Marais dans les Landes*, est d'une dimension conforme au caractère du sujet : hâtons-nous d'ajouter que c'est là le moindre mérite de cette
toile, et que la finesse de l'effet, la vérité et la force du coloris,
la précision du dessin, — qualité rare dans les tableaux de
M. Rousseau, — lui assurent tous les genres de supériorité sur
les autres paysages de l'école réaliste. Pendant quinze ans à peu
près, on a beaucoup plus parlé du talent de M. Rousseau que

de ses œuvres mêmes. Assez peu de gens connaissaient celles-ci, mais on savait qu'elles étaient invariablement exclues des expositions annuelles. Il n'en fallait pas davantage pour que chacun criât au scandale et que l'on acceptât de confiance comme des iniquités commises envers un maître ce qui pouvait n'être qu'un conseil maladroitement donné à un talent encore incomplet. La presse avait-elle à signaler à l'administration et au respect publics les chefs de l'école contemporaine : le nom de M. Rousseau figurait même à côté de celui de M. Ingres, et tel écrivain ou tel artiste que les ouvrages du paysagiste enthousiasmaient peut-être médiocrement ne mettait souvent ce nom en si haut lieu que pour l'élever au niveau de ses rancunes personnelles. Survint, il y a quatre ans, une réforme radicale dans la constitution du jury de peinture : les tableaux de M. Rousseau purent enfin se produire aux regards de la foule. Il faut avouer qu'ils déconcertèrent quelque peu l'opinion. On s'étonna, sans trop oser le dire, de cette manière brusque et vague en même temps ; chacun fit mine d'admirer cette confusion de tons simulant très-imparfaitement les tons riches et variés de la nature, ces formes tourmentées ou anéanties sous la multiplicité des touches ; chacun au fond se consola de n'avoir pas vu plus tôt ces œuvres si bruyamment vantées, et M. Rousseau, tout en restant en possession de sa réputation, perdit beaucoup auprès de bien des gens à ne plus être avant tout une victime de l'injustice. Son talent, il est vrai, semble avoir grandi depuis lors. Il y avait loin déjà des paysages exposés l'année dernière aux paysages qui figuraient aux salons précédents ; le *Marais dans les Landes* atteste un progrès plus significatif encore. L'exécution, autrefois embarrassée et pesante, a pris ici de la souplesse et de la légèreté ; la manie des tons de détail et ce qu'on pourrait appeler le pédantisme de la clairvoyance ont fait place à un sentiment plus sobre de la couleur. Enfin, au lieu de ces contours informes où quelques-uns prétendaient reconnaître le rayonnement qui unit les corps à l'atmosphère, on ne voit plus que des silhouettes délicatement baignées d'air et de lumière. Il serait difficile de trouver quelque chose à reprendre dans le tableau de M. Rousseau, et cet ordre de peinture une fois admis, on ne peut que louer l'extrême vérité de l'ensemble et des détails. Peut-on rendre plus exactement les vapeurs qui s'exhalent, sous l'action du soleil, d'une terre humide, et se condensent en nuages d'un ton uniformément plombé? La lueur pâle et voilée qui laisse seulement entrevoir l'horizon, la dégradation infinie des plans qui se succèdent, depuis la base du tableau jusqu'aux montagnes servant de fond, tout concourt à donner au *Marais dans les Landes* l'aspect même de la nature. Ce n'est encore que de la peinture réaliste sans doute, mais cette peinture est excellente, et comme elle n'est, à proprement parler, qu'une *étude*, il serait injuste de lui reprocher l'absence des qualités nécessaires aux œuvres d'imagination. On peut en dire autant d'un petit paysage de M. Haussoullier, *le Mont Saint-Jean aux environs d'Honfleur*. Si, au lieu de représenter simplement une habitation entourée d'un jardin le long duquel s'étend une allée de pommiers, le tableau de M. Haussoullier prétendait nous montrer quelque scène grandiose de la nature, à coup sûr ce tableau devrait être exécuté tout autrement : il s'agissait seulement ici de préciser jusqu'aux moindres accessoires, de laisser à chaque objet son caractère familier, et de tirer toutes ses ressources de la justesse du coup d'œil et de la fidélité de la main. Ces modestes conditions, M. Haussoullier les a remplies avec exactitude : *le Mont Saint-Jean* semble l'œuvre d'un daguerréotype intelligent, et il figurerait sans désavantage à côté des tableaux les plus fins et les plus achevés de Delaberge.

Il est impossible, nous le répétons, de mentionner dans un examen du salon tous les paysages diversement recommandables envoyés par les nombreux disciples ou imitateurs de

MM. Troyon et Rousseau. Bornons-nous à constater que dans
cette multitude de vues, d'études, de paysages de tout genre, il
en est bien peu qui ne révèlent plus de talent qu'il n'en fallait
au commencement du siècle pour arriver à la célébrité. Quelle
pauvre mine feraient aujourd'hui les toiles de Demarne, de Du-
mouy et des peintres de même force qu'admiraient nos pères,
à côté des tableaux de MM. Achard, Daubigny, Jules Noël et
vingt autres paysagistes qui n'ont réussi à obtenir qu'une réputation indivise, parce que les progrès généraux de l'école se
résument à peu près également dans leurs ouvrages!

IV

SCULPTURE, GRAVURE ET ARCHITECTURE.

Les conditions de la statuaire sont devenues, on le sait de
reste, à peu près inconciliables avec les éléments de notre civilisation actuelle et nos habitudes. La peinture, si immuables
qu'en soient au fond le principe et l'objet, peut au moins se
modifier dans la forme, descendre au niveau de nos besoins ou
de nos goûts, essayer, à défaut de l'autorité du beau, les séductions de la grâce, du joli, de l'esprit; elle peut se rapetisser
sans s'anéantir, et vivre même dans un milieu social où le caractère des idées n'est rien moins qu'héroïque. La statuaire n'a
pas les mêmes ressources et ne saurait se prêter aux mêmes
transformations : en dehors du beau, elle n'existe pas. Or,
qu'est-ce que le vêtement moderne et la nature des modèles
que nos sculpteurs ont devant les yeux, sinon la négation même
de ce principe de l'art? Et d'un autre côté suffit-il, pour que
cet art conserve parmi nous une importance sérieuse, de le
traiter à l'état de souvenir mythologique, de reproduire invariablement des types empruntés à la statuaire antique, et de se
conformer en tous points à des traditions qui ne peuvent plus

avoir pour nous qu'un sens poétique suranné, un intérêt de
convention ? Les artistes capables de modeler honnêtement un
Apollon, un faune ou toute autre académie de ce genre, sont
nombreux dans notre école; en revanche, les hommes d'imagination y sont rares, et les statuaires contemporains même les
plus renommés ne s'élèvent guère au-dessus de la classe des
habiles praticiens.

M. Cavelier mérite d'être excepté du jugement qu'il est permis de porter sur l'ensemble de l'école. Tout en procédant des
exemples de l'antiquité, le talent de M. Cavelier garde une physionomie personnelle et sincère; sans révéler encore une rare
puissance d'invention, il exprime du moins un sentiment particulier et un instinct profond de la grandeur. On se souvient de
l'éclatant succès qui accueillit au salon de 1849 la *Pénélope* du
jeune artiste : la figure qu'il a exposée cette année n'obtiendra
probablement ni les mêmes applaudissements ni la même una-
nimité d'éloges, parce que le sujet manque ici de nouveauté et
ne comporte pas cette grâce un peu familière qui séduisait dans
l'autre statue; mais elle se recommande par des qualités d'exécution au moins égales et par une élévation de style plus remarquable encore. Sauf la tête, dont les traits un peu trop
romains donnent quelque caractère positif à un être avant tout
idéal, les diverses parties de cette figure de *la Vérité* sont traitées avec un goût excellent. On ne retrouve dans la statue de
M. Cavelier ni une froide copie de l'antique, ni l'imitation servile du modèle vivant; les formes sont vraies sans être trop
réelles, nobles sans affectation de purisme, et le jet de toute la
figure a beaucoup de force et d'ampleur. Debout, et le bras droit
armé de son miroir, *la Vérité* s'avance vers le spectateur comme
impatiente de se manifester. De son bras gauche ployé en arrière, elle soutient les voiles qu'elle vient de rejeter, et qui, en
glissant le long des contours du corps, affermissent les lignes
générales et en complètent l'harmonie. Cette draperie est à elle

seule un morceau de maître. D'autres artistes peut-être eussent
pu l'exécuter avec la même délicatesse de ciseau : en citerait-on
beaucoup qui l'eussent aussi largement ajustée sans lui ôter de
sa souplesse ? La statue de *la Vérité* place M. Cavelier aux premiers rangs parmi les sculpteurs de notre époque, et, pour ne
parler que de ceux qui ont exposé leurs ouvrages au salon, il
n'en est pas dont le talent autorise d'aussi sérieuses espérances.

Si la noblesse du goût et la forte manière de M. Cavelier ne
se rencontrent pas dans les différents morceaux de sculpture
qui remplissent les galeries de l'exposition, quelques-uns cependant ne sont dépourvus ni d'élégance ni de charme. *L'abandon*, par M. Jouffroy, est une œuvre consciencieusement étudiée, à laquelle il n'a manqué peut-être, pour devenir tout à fait
belle, qu'un peu plus de grandeur dans le style. La *Bacchia*, de
M. Barre, l'*Enfant jouant avec une tortue*, par M. Hébert, les
Groupes de MM. Jean Debay et Lequesne, un très-bon *Buste
de Dalayrac*, par M. Jaley, et deux bustes de femmes par M. Dié-
bolt, méritent à des degrés divers d'être remarqués ; mais en
général on ne voit que des études plus ou moins habilement
exécutées là où l'on s'attendrait à trouver des compositions.
Parfois même, — et les bustes sculptés par MM. Leveel et Clesinger en font foi, — la sculpture s'inspire des exemples de
Coysevox, et cherche à se passer du calme et de l'harmonie linéaires, indispensables pourtant à toute œuvre du ciseau. Un
seul ouvrage, *le Printemps*, par M. Loison, ressort au milieu
de tant de travaux d'un ordre ou d'un mérite secondaires, et
s'il n'est pas empreint, comme le marbre de M. Cavelier, de
force et de *maëstria*, il respire plus qu'aucun autre la grâce, la
finesse et la pureté du style. *Le Printemps*, tel que l'a personnifié M. Loison, est une jeune fille ajustée comme la plupart
des figures antiques de Psyché ou de Vénus, c'est-à-dire ayant
le torse nu et le bas du corps couvert d'une draperie qui vient
se nouer à la hauteur des hanches ; la main gauche soutient

cette draperie et des fleurs sur lesquelles s'est posé un papillon
que la main droite va saisir. L'invention de la figure n'est, on
le voit, ni très-neuve ni très-significative, et cette statue repré-
senterait à la rigueur l'Innocence ou la Candeur tout aussi bien
que le Printemps; mais à la prendre seulement comme un gracieux type de jeune fille, on ne peut que louer la suavité des
lignes, la délicatesse du modelé et ce caractère de beauté ado-
lescente que chaque forme exprime. La tête, un peu baissée et
dans un mouvement souple qui laisse voir toute l'élégance du
col, rappelle la tête charmante de la *Psyché* de Naples, sans que
l'analogie accuse un parti pris d'imitation. Les épaules, les
bras, la poitrine, sont exécutés avec une exquise sobriété de
ciseau ; nulle trace de négligence, nulle ostentation d'habileté.
Le Printemps nous montre clairement tout ce qu'il y a de distinction et de grâce dans le talent de M. Loison. Puisse ce
talent respecter ses limites naturelles et ne pas chercher, à
l'exemple de tant d'autres, la majesté et le style sévère, au
risque de tomber dans la convention académique! Quant à
l'influence réaliste, nous croyons qu'il serait le dernier à la
subir.

M. Ottin, au contraire, accepte un des premiers cette influence, et il ne craint pas de mettre un talent, jusqu'ici mieux
inspiré, au service de doctrines que la statuaire répudie plus
hautement encore que la peinture. Un groupe qu'il a intitulé
délibérément *le Coup de hanche*, comme pour mieux préciser
le vrai sens et la portée de l'œuvre, représente deux athlètes
aux prises, non pas tels qu'on se figure les lutteurs de la Grèce
ou de Rome, mais tels que peuvent être des hommes de notre
temps et de notre pays débarrassés de leurs vêtements. Quel
intérêt, même au point de vue de la plastique, peut exciter un
pareil spectacle? Il faudrait au moins que ces formes fussent
belles et que rien n'accusât en elles l'altération. M. Ottin, en
modelant son groupe de lutteurs, a fait preuve d'habileté maté-

rielle et d'une certaine verve d'exécution; mais à quoi bon dépenser ainsi les qualités que l'on possède dans une entreprise
au moins inutile? Quelques personnes accueilleront peut-être
comme un progrès cette nouvelle usurpation du réalisme; quiconque voudra se rendre compte des conditions de la statuaire
ne pourra voir qu'une erreur dans la tentative de M. Ottin.

Depuis que M. Barye a introduit dans notre école un élément
nouveau, ou plutôt un ordre d'art renouvelé des monuments
de l'art antique, le nombre des sculpteurs d'animaux n'a cessé
d'augmenter d'année en année. Aujourd'hui ce nombre est
presque égal à celui des artistes voués à l'étude de la figure humaine, et de même que l'on compte plus de talents parmi les
paysagistes que parmi les peintres d'histoire, on compterait
aussi plus de gens qui excellent à modeler des chevreuils, des
chats ou des perdrix, que d'artistes capables de bien exécuter
un buste ou une statue. L'exposition ouverte aux Menus-Plai-
sirs est riche, trop riche même en quadrupèdes et en sujets de
chasse, puisque, — depuis le Cheval à Montfaucon, de M. Fré-
miet, jusqu'à l'Hallali, de M. Rouillard, — on ne trouve pas
moins de trente sculptures ou groupes d'animaux, sans parler
d'une quantité raisonnable de tableaux inspirés par la contemplation des mêmes modèles. La plupart de ces morceaux ont, il
faut l'avouer, de la vérité et de la finesse; mais ce qui a pu
tenter quelques talents doit-il devenir l'objet des études de
tous? Et notre école, au lieu de se souvenir surtout de Jean
Goujon, de Puget, de Houdon, finira-t-elle par ne plus reconnaître d'autre chef que M. Barye? On peut le craindre en voyant
les développements excessifs d'un genre au fond si secondaire.
Dans la statuaire, comme ailleurs, le succès n'appartient plus
guère qu'aux œuvres dépourvues d'idéal.

Au milieu de cet abaissement général de l'art contemporain,
les graveurs en taille-douce se maintiennent avec une louable
persévérance dans la voie qu'ont tracée les maîtres, et, par le

choix des modèles comme par le caractère du travail, leurs ouvrages protestent contre nos entraînements et nos erreurs. Plusieurs pièces récemment publiées, et que l'on retrouve au salon,
prouvent que, malgré la défaveur attachée maintenant aux
œuvres du burin, l'école française de gravure reste encore
digne de son passé. Nous ne reviendrons pas sur l'examen de
ces diverses planches, dont nous avons essayé déjà d'analyser le
mérite; mais il n'est pas permis de passer sous silence quelques
ouvrages distingués qui apparaissent pour la première fois, de
ne pas mentionner au moins *le Sommeil de Jésus,* d'après Raphaël, par M. Martinet, *l'Heureuse Mère,* par M. Jules François,
d'après M. Delaroche, quoique les chairs et certaines draperies
aient dans cette planche une apparence un peu métallique;
Faust et Marguerite, par M. Blanchard, d'après M. Scheffer,
malgré la pâleur du ton et la précision un peu sèche du dessin;
enfin la *Fuite en Égypte,* par M. Grébert, d'après M. Watelet,
planche de paysage traitée en général avec conscience et, dans
quelques parties, avec une véritable habileté. Il serait bien
moins permis encore de ne pas rendre hautement hommage au
rare talent que M. Henriquel-Dupont a déployé dans son dernier ouvrage. Le beau travail de M. Henriquel-Dupont, d'après
l'Hémicycle du palais des Beaux-Arts, peint par M. Delaroche,
est le plus important d'un œuvre déjà si considérable et si bien
rempli : on y retrouve toutes les qualités qui depuis longtemps
ont placé l'artiste au premier rang des graveurs contemporains;
on y remarque aussi l'empreinte de qualités nouvelles. A côté
de la grâce et de la souplesse familières à ce savant burin, une
puissante résolution dans le faire signale un progrès inespéré et
comme une seconde manière. On savait de reste que la planche
de M. Henriquel-Dupont serait un modèle de correction, de
goût et de délicatesse : avait-on le droit de s'attendre à tant de
fermeté et d'ampleur? Les modifications mêmes apportées par
le graveur dans l'effet de la peinture originale témoignent de

cette franchise de sentiment. Veut-on un exemple? Le parti de demi-teinte adopté pour les marches derrière la figure qui lance les couronnes, le ton relativement clair de cette figure sont précisément en sens inverse de l'effet indiqué par le pinceau; mais de pareilles infidélités n'ont rien que d'heureux et de louable, et M. Delaroche les aura sans doute approuvées le premier, parce qu'elles tournent au profit de l'aspect et de la simplicité de l'ensemble.

Bien que les estampes admises au salon n'excitent pas en général un intérêt fort vif, et que les tableaux ou les sculptures attirent à peu près seuls les regards de la foule, on peut dire cependant que la gravure a sa part d'importance dans les expositions annuelles. Quiconque voudra examiner les diverses planches d'histoire, de portrait ou de genre envoyées par les graveurs au burin, à l'eau forte ou à l'aqua-tinte, pourra se former une idée exacte de l'état de la gravure dans notre pays: quelle idée incomplète n'aurait-on pas au contraire de l'état de l'architecture en France, si on en jugeait par les rares travaux exposés! On croirait, à vrai dire, que ce bel art n'existe plus, ou que les hommes qui le pratiquent encore n'ont rien de mieux à faire qu'à enregistrer soigneusement les témoignages du passé, à recueillir les débris de toutes les époques, les reliques de tous les styles. La passion des recherches archéologiques et la science des restaurations semblent seules donner quelque vie à notre école d'architecture; mais de style qui lui soit propre, elle n'en a pas; d'efforts pour déduire un type architectonique de nos idées et de nos mœurs, elle n'en tente guère: tout se borne à quelques projets conçus dans des formes inconciliables avec les besoins de notre civilisation, à quelques essais d'imitation de l'art grec, de l'art du moyen âge, de la renaissance franco-italienne, ou à des études d'après des édifices en ruines. — Voilà ce que pourrait penser tout homme qui ne connaîtrait d'autres spécimens du talent de nos architectes que les dessins exposés,

et cependant rien ne serait plus faux qu'une opinion fondée
seulement sur de telles preuves. La plupart des architectes qui
envoient leurs travaux au salon sont ou des débutants ou des
érudits ; les artistes plus éminents refusent de concourir avec
eux, et pour ne parler que du salon de cette année, on n'y voit
figurer ni le nom d'un seul membre de l'Institut, ni les noms
de MM. Duban, Labrouste, Duc et autres architectes dont les
talents honorent à divers degrés notre école.

Ainsi, dans presque toutes les branches de l'art, nous avons
eu à constater l'abstention des artistes dont les ouvrages pourraient donner aux expositions l'éclat qui leur manque, au public les leçons dont il a besoin. Ce dédain des maîtres en tous
genres pour un mode de publicité qu'ils devraient au contraire
être les premiers à accepter est un fait qui ressort malheureusement de l'examen du salon de 1853 ; le caractère en général
matérialiste de l'art contemporain est un fait plus malheureux
encore, et qui ne se produit pas avec moins d'évidence. Les
seuls talents qui essayent de lutter contre l'esprit d'erreur ne
sont ni autorisés par de très-longs succès, ni tout à fait en mesure de conquérir une influence, tandis que les innombrables
paysages de la nouvelle école et les sculptures d'animaux deviennent en réalité l'honneur principal de la peinture et de la
statuaire. Ici les mêmes tendances se manifestent, les mêmes
intentions se trahissent, les mêmes efforts se poursuivent pour
faire triompher dans l'art français des principes qui sont un
outrage à son génie même, à sa vieille gloire comme à sa gloire
d'hier. Là, il n'y a d'autre résistance que quelques entreprises
individuelles, des efforts tentés sans ensemble, et ceux mêmes
qui n'ont abjuré ni le respect du passé, ni leur foi dans les vraies
conditions de l'art, semblent plus occupés de guerroyer entre
eux que de combattre l'ennemi commun. Jamais, dira-t-on, une
plus grande somme d'habileté n'a été dépensée en œuvres de
toute espèce, jamais d'ailleurs les artistes n'ont été plus magni-

fiquement protégés par l'État : est-il donc à propos de crier à
la décadence et de se plaindre? Oui, c'est le moment d'accuser
cette habileté, parce qu'elle n'atteste qu'un rapetissement de
l'idée de l'art et de l'art lui-même; c'est maintenant surtout
qu'il convient de rappeler que toute école est menacée de ruine
lorsque l'office du talent se réduit à l'imitation des caractères
extérieurs de la nature, que toute œuvre est défectueuse ou inutile lorsque, en désespoir d'invention, elle ne fait qu'exprimer
le réel. Quant aux nombreuses faveurs accordées aux artistes,
elles ont leurs avantages sans doute, mais elles ont aussi leurs
dangers. Que peut-il arriver en effet? C'est que ces faveurs si
facilement dispensées ne réussissent le plus souvent qu'à encourager la médiocrité, et que tout homme maniant bien ou
mal une brosse ou un ciseau en vienne à se regarder comme le
créancier naturel de l'État. Or l'État ne saurait être tenu de
fournir du travail à quiconque s'intitule peintre ou statuaire ; sa
mission est seulement de rechercher et de récompenser les plus
dignes : il ne suscitera pas des maîtres en multipliant ses lar-
gesses. Dépend-il au reste de qui que ce soit d'anticiper sur
l'avenir et de hâter à son gré l'éclosion des talents? On ne peut
qu'être prêt à applaudir à ceux qui se produisent, à réprouver
en tout temps les mauvais ouvrages et les mauvaises doctrines,
à rassurer enfin les vrais artistes, en leur rappelant que les erreurs du goût public sont passagères, tandis que l'art et les
principes de l'art sont permanents.

IV

LE SALON DE 1859.

Toutes les fois qu'on a devant les yeux un ensemble d'œuvres appartenant à l'art français du dix-neuvième siècle, on ne peut se défendre d'un mouvement d'orgueil national, sauf à éprouver ensuite un certain sentiment de tristesse. En face de tant de témoignages d'activité, d'intelligence et d'habileté technique, on se dit qu'une école animée d'une vie aussi générale laisse loin derrière elle les autres écoles contemporaines, que même dans notre pays les talents n'ont été à aucune époque plus nombreux qu'aujourd'hui ; mais, lorsqu'on examine de près ces talents et qu'on en scrute la foi intime, il faut bien reconnaître qu'ils sacrifient trop souvent à la recherche du charme extérieur le sérieux et l'élévation de la pensée, l'expression profonde, toutes les conditions morales qui, depuis l'origine, ont été l'inspiration principale et le génie même de l'art français. Le Salon de 1859 accuse une fois de plus, et plus clairement peut-être qu'aucune des expositions précédentes, cette habileté pratique, presque universelle dans notre école, mais en même temps cette fécondité un peu stérile, cet abaissement du goût et des principes traditionnels. Cherchez parmi les trois mille tableaux qui garnissent les salles du palais des Champs-Élysées ceux où le talent, à prendre ce mot dans un sens matériel, fait complétement défaut, vous n'en découvrirez qu'un bien petit nombre. En revanche, quelques rares ouvrages exceptés, où la forme pit-

toresque est l'enveloppe sensible de la pensée et non un vêtement sans corps, vous ne surprendrez partout que l'intention de
séduire le regard, ou tout au plus d'amuser l'esprit.

Il serait injuste sans doute de se prononcer absolument sur
l'état de la peinture en France d'après les spécimens réunis au
Salon, car ces produits de l'art contemporain n'en résument
pas les caractères sans plus d'une lacune considérable. Les
entreprises de décoration monumentale que l'usage a consacrées
depuis plusieurs années, et que nous souhaiterions, dans l'intérêt du progrès sérieux, voir se multiplier encore, les peintures
exécutées sur place expliquent à la fois l'absence des œuvres
importantes et l'abstention ou l'avarice apparente de certains
talents. Si M. Delacroix par exemple n'a exposé que quelques
petites toiles qui ne sauraient ajouter beaucoup à sa réputation,
si MM. Flandrin et Lehmann n'ont envoyé au Salon que des
portraits ou des compositions de dimension restreinte, les vastes travaux que ces artistes ont achevés récemment, ou qu'ils
poursuivent dans les édifices publics, nous donnent le secret
de cette représentation incomplète. Que l'on tienne compte
aussi de l'éloignement volontaire des maîtres qui pourraient le
mieux par leurs exemples restaurer le goût de l'art et de la
beauté véritables, on comprendra ce qui laisse à l'ensemble des
œuvres exposées une physionomie secondaire, et aux meilleures
d'entre elles une valeur de pur agrément.

La peinture d'histoire, pour nous servir du terme consacré,
c'est-à-dire l'image du fait dans son acception épique, n'est pas
représentée au Salon, ou du moins elle y tient si peu de place,
elle y apparaît de loin en loin sous des formes si modestes, qu'à
peine semble-t-elle participer à la vie commune et réclamer
une part d'attention. Que les choses ont marché vite depuis
les trente premières années du siècle, puisqu'un genre de peinture qui, avec le portrait, n'avait cessé jusqu'alors d'occuper
toutes les forces de l'école et d'en résumer l'esprit, est réduit

aujourd'hui à ce rôle subalterne, à cet état de délaissement presque absolu !

Moins rares au Salon que les scènes strictement historiques, les sujets religieux n'y figurent que pour attester aussi cette obstination à demi découragée, ces restes de foi dans l'art sérieux qui survivent tant bien que mal chez quelques artistes à la décadence des coutumes et des doctrines générales. Ici d'ailleurs l'insuffisance des œuvres est plus excusable et l'infidélité aux traditions moins sensible, car ces traditions, glorieuses pour notre pays dans le domaine de la peinture d'histoire, n'ont pas, au point de vue de l'inspiration chrétienne, une autorité aussi sûre. On peut dire même qu'à partir du seizième siècle, c'est-à-dire depuis l'époque où notre école de peinture s'est constituée et définie, l'art religieux n'a jamais été le fait des maîtres français, non qu'ils aient, tant s'en faut, refusé de s'y essayer, mais parce que la nature de leur génie même ne leur permettait pas d'en remplir à souhait toutes les conditions, Leurs inclinations graves, mais d'une gravité sans rêverie, leur habitude de se renfermer dans les limites du fait ou d'en idéaliser si discrètement l'apparence que la raison se trouvât satisfaite au moins autant que l'imagination, tout faisait obstacle au plein succès lorsqu'ils abordaient des sujets dont la signification doit résulter d'une expression de poésie abstraite plutôt que de l'image fidèle d'un événement humain. Aussi ne pourra-t-on citer, dans tous les tableaux qu'a produits notre école, une figure du Sauveur véritablement émouvante, et, Lesueur excepté, n'avons-nous pas un seul peintre de sujets religieux à opposer aux grands artistes italiens. L'Évangile et surtout l'Ancien-Testament ont inspiré à Poussin des compositions admirables, dans lesquelles toutefois la majesté des intentions, l'ampleur et l'énergie du style l'emportent de beaucoup sur la piété du sentiment. Philippe de Champagne, talent bien français, en dépit de son origine flamande, a eu quelquefois de l'onction, mais le plus souvent une dévotion compassée. Jouvenet a fait preuve de force, M. Ingres de sévérité et de noblesse. Si différentes, quant aux formes, que soient les œuvres de ces maîtres, elles ont cela de commun, qu'elles nous laissent pressentir assez peu au delà de ce qu'elles nous montrent : nulle part l'effusion, l'entraînement, les tremblements de la ferveur, — partout une main calme, un esprit maître de soi, un goût exact, solennel, réglé, même jusqu'à la froideur. A défaut d'équivalents, veut-on trouver dans les écoles étrangères quelques éléments de comparaison, quelques symptômes analogues : la manière majestueuse et le sentiment ordonné de Fra Bartolommeo se rapprocheraient bien plus des tendances de l'art français en pareil cas, que les intentions profondément pathétiques de Rembrandt, ou la tendresse d'âme de Fra Angelico, de Raphaël et de Léonard.

Assez récemment, il est vrai, d'honorables efforts ont été tentés en France pour renouveler les conditions de la peinture religieuse et pour lui imprimer ce caractère d'émotion intime dont elle avait été trop souvent dépourvue. Les travaux d'Orsel et de ses amis, MM. Perin et Roger, les derniers ouvrages de Delaroche, de Scheffer, et surtout les peintures murales de M. Flandrin, accusent une aptitude imprévue, un développement remarquable du sentiment chrétien chez quelques artistes contemporains ; mais ce progrès tout personnel est demeuré sans conséquences, sans influence fort sensible sur les habitudes de l'école. Si le doute pouvait exister à cet égard, il suffirait d'examiner un instant les tableaux religieux exposés au Salon. Telle toile signée d'un nom pourrait l'être tout aussi bien d'un autre ; telle scène de la Passion que nous voyons en réalité pour la première fois semble avoir déjà passé sous nos yeux, tant les procédés de composition sont uniformes et les moyens d'exécution surannés. Plus d'une production sans doute se recommande par une certaine expression de conve-

8

nance, on dirait presque d'honnêteté, dans le style ; mais il en
est des principes en vertu desquels de pareilles œuvres sont
conçues et exécutées, comme des recettes fournies par la rhétorique en matière littéraire. Rien de plus légitime que de profiter de celles-ci, à la condition pourtant de ne pas en substituer
l'emploi au travail même de la pensée. Dans beaucoup de tableaux religieux les images sont à peu près exactes, les lois de
la syntaxe respectées ; nulle faute considérable, nul indice
absolu d'ignorance, mais aussi nulle trace d'inspiration. On ne
saurait parler plus correctement : le malheur est seulement
qu'on parle pour ne rien dire, et qu'en menant à fin ces sortes
de sermons pittoresques, les artistes semblent avoir songé bien
plutôt à s'acquitter d'une tâche oratoire, qu'à plaider avec une
foi sincère la cause de Dieu et de la religion. De là l'indifférence
où nous laissent à chaque salon les compositions sur des sujets
sacrés, de là aussi certaines injustices involontaires envers
quelques œuvres perdues au milieu de ces œuvres banales,
dont elles s'isolent cependant par la loyauté des intentions et
l'expressive simplicité de la manière.

Les tableaux de M. Timbal appartiennent à cette classe d'ouvrages bien pensés vers lesquels la foule ne se sent pas attirée,
parce qu'elle n'est séduite ici ni par la nouveauté des sujets, ni
par l'éclat de la pratique, mais qui n'en ont pas moins une importance véritable, une valeur plus sérieuse que bon nombre
de toiles auxquelles s'attache tout d'abord le succès. *L'Eglise
triomphante*, reproduction d'une frise peinte dans l'église de
Pierrefitte, et surtout les *Funérailles d'un chrétien martyrisé
sur la voie Latine*, font honneur au talent de M. Timbal, et
témoignent chez le peintre d'un respect peu commun pour les
hautes conditions de l'art. Il y a, dans le second de ces tableaux,
une expression générale de deuil et de recueillement bien conforme à l'esprit de la scène. N'étaient quelques ajustements trop
prévus, quelques tons dont le choix semble avoir été trop direc-

tement conseillé par des traditions ou des habitudes d'atelier,
rien de conventionnel ne déparerait une toile qui, mieux qu'aucune autre à notre avis, représente au Salon le sentiment et
l'art religieux. Ajoutons que les portraits peints par M. Timbal
achèvent de donner la mesure de ce talent, retenu dans la
forme, mais au fond convaincu et bien muni. Un portrait de
femme vêtue de noir se distingue, entre autres, par la sobriété
de l'exécution, par la vérité du dessin et du modelé, par l'expression naturelle de la physionomie.

En mentionnant les tableaux de M. Timbal de préférence à
tous les tableaux du même genre exposés au Salon, nous
n'avons pas entendu condamner absolument ceux-ci, ni exagérer la distance qui sépare quelques-uns d'entre eux de deux
œuvres dignes seulement d'une sérieuse estime. Assez près,
bien qu'au-dessous, de *l'Eglise triomphante* et des *Funérailles
d'un chrétien*, il convient de placer non pas *le Pressentiment de
la Vierge*, par M. Landelle, — composition singulièrement
mondaine, où la coquetterie des types et du style est en complet
désaccord avec la grandeur du sujet, — mais une *Vierge de
douleur* de M. Pina, *le Souper libre* de M. Lévy, le *Saint Benoît*
de M. James Bertrand, quelques autres toiles ou dessins signés
des noms de MM. Dumas, Léon Job et Laville, parce que ces
ouvrages, à défaut d'originalité très-franche, portent au moins
l'empreinte d'une pensée studieuse et d'un louable bon vouloir.
Ne faut-il pas honorer, d'ailleurs, cette persévérance d'un petit
nombre d'artistes à rechercher, en dépit de la mode, ce qu'il
y a de plus difficile, de plus élevé dans l'art? Le succès, quoi
qu'on en dise, n'est pas tout, en pareil cas, et quiconque aime
véritablement la peinture, quiconque en prend au sérieux
l'objet et la fonction, doit tenir plus de compte des entreprises,
même incomplètes, tentées en vue d'une haute vérité, que des
aventures heureuses dans le domaine de la réalité ou de la
petite fantaisie.

Parmi les ouvrages qui commandent à ce titre, sinon les éloges formels, au moins l'attention de la critique, le *Combat dans la gorge de Malakof*, peint par M. Yvon, mérite mieux qu'aucun autre d'être cité. Nous ne voulons pas surfaire la valeur de ce travail, dans lequel l'énergie du style est bien près de dégénérer en violence excessive et l'expression de la grandeur en emphase. C'est quelque chose pourtant, que de chercher à combiner dans le sens de l'unité et de l'ampleur pittoresques les éléments d'une scène aussi compliquée. Il est bien de vouloir imprimer à l'image d'un fait le caractère de la vraisemblance, sans pour cela lui attribuer la modeste signification d'un procès-verbal. Des préoccupations de cet ordre, ces efforts pour élargir l'esprit et les formes d'un sujet, sont si peu ordinaires aujourd'hui, qu'on serait presque tenté d'accepter les bonnes intentions comme un résultat suffisant et les semblants du bien pour le bien véritable. L'élévation du sentiment ne se manifeste nulle part avec autorité : il faut donc se contenter d'en relever quelques tracés, quelques symptômes, même confus, là où l'on peut les surprendre. Un *Retour de chasse*, par exemple, fragment de peinture murale exécuté par M. Puvis de Chavannes, laisse percer à travers bien des incorrections, bien des témoignages d'inexpérience, une lueur de ce sentiment qui fait défaut à tant d'œuvres matériellement moins imparfaites : cela suffit pour que l'auteur de ce tableau ait droit à des encouragements. Évidemment M. de Chavannes a encore beaucoup à apprendre ; mais quelques parties de son *Retour de chasse* semblent indiquer chez l'artiste un certain instinct de la grandeur. Peut-être, avec du travail et une étude plus sévère de la forme, ce que l'on entrevoit ici à l'état de promesse se résoudra-t-il en qualité positive.

Nous avons dit que la peinture d'histoire, en tant qu'interprétation vraiment épique des événements et des actes humains, est à peu près absente du Salon. En revanche, s'il faut entendre

par ce mot la chronique pittoresque, la restitution archéologique
des mœurs et des choses, les spécimens de la peinture d'histoire ne manquent pas à l'exposition de 1859. Le fait, au surplus, n'est pas nouveau. On sait que depuis quelques années
une petite église s'est constituée, dont le culte se résume non
pas dans la dévotion à l'art antique, — c'est-à-dire à l'expression
suprême du naturel et du beau, — mais dans l'adoration des
formules extérieures, des usages, des costumes de l'antiquité.
Sous le pinceau des uns, cette nouvelle foi esthétique s'est traduite dans des compositions ingénues souvent jusqu'à la pué-
rilité ; le style grec ou romain a servi surtout à rajeunir les
mignardises surannées du dix-huitième siècle, et l'art sévère
retrouvé à Athènes ou sous les cendres du Vésuve est devenu
une sorte de vêtement à la taille des héros de Berquin : le pinceau des autres nous a rendu avec un soin minutieux, avec une
rigueur officielle, des détails inconnus de mœurs, d'ajustement,
d'ameublement et d'architecture. Rien de mieux, si, à force
d'insister sur l'exactitude de ces restaurations, on n'avait fini
par substituer absolument le fait matériel à l'image, l'archaïsme
au style personnel, et le résultat des recherches curieuses à
l'expression de la pensée.

Le plus distingué, comme le plus radical de ces peintres an-
tiquaires, M. Gérôme, qui, entre autres ouvrages un peu plus
historiques que de raison, exposait, il y a quelques années,
certain *intérieur* où les particularités les moins édifiantes de la
civilisation grecque étaient beaucoup trop résolûment mises en
lumière, M. Gérôme avait paru récemment vouloir se départir
de ses habitudes d'érudition à outrance. La *Sortie du bal masqué*, le moins savant dans un certain sens, mais jusqu'ici le
meilleur de ses ouvrages, prouvait que le talent de l'artiste ga-
gnait beaucoup à se produire en dehors de l'archéologie. Par
malheur, au lieu de continuer à prendre conseil de son imagination, M. Gérôme est revenu aux investigations scienti-

fiques. Il a de nouveau compulsé les textes, interrogé les monuments de préférence à la nature et procédé avec la sagacité patiente d'un bénédictin, là où il convenait surtout de faire acte de peintre.

Des trois tableaux que M. Gérôme a exposés, un seul, *César*, offre quelque chose de plus qu'un intérêt de pure curiosité, bien que, même ici, l'accessoire l'emporte sur le principal, et que la prédilection excessive avec laquelle les objets secondaires sont étudiés et rendus amoindrisse la signification essentielle de la scène, l'impression dramatique que devait produire le cadavre sanglant de César gisant abandonné. Lorsqu'on examine isolément cette figure, nul doute qu'on n'apprécie l'exactitude du dessin et l'habileté avec laquelle le raccourci des membres s'exprime sous la draperie qui les enveloppe ; mais au premier aspect ce mérite disparaît presque, tant la figure du héros est sacrifiée et comme perdue dans le tableau. Le choix de l'effet, aussi bien que l'ordonnance des lignes, semble avoir pour objet d'en diminuer l'importance. L'étendue déjà trop vaste du fond s'exagère encore par l'éclat du jour qui l'éclaire, tandis que le corps de César, dont les pieds seulement reçoivent la lumière, est plongé dans une ombre épaisse, si épaisse même que le peu qu'on entrevoit des chairs a l'apparence et la couleur du bois. Il y a dans cette disproportion entre la figure et le champ de la toile une faute grave de composition qu'on s'étonne de voir commise par un artiste dont la qualité principale est le goût. Le côté expressif du sujet apparaîtrait bien plus nettement, l'effet dramatique serait plus puissant et plus sûr, si, au lieu d'être ainsi délayée, la composition se trouvait resserrée dans des limites étroites. Deux toiles, bien que fort différentes quant à la manière, nous serviront d'exemples : l'une, sorte d'*ex-voto* peint par Velasquez, orne depuis plusieurs années la galerie Pourtalès ; elle représente un homme assassiné dans la campagne et étendu à terre, à peu près de la même façon que le *César* de M. Gérôme; l'autre est le *Christ mort* de Philippe de Champagne, que possède le musée du Louvre. Dans ces deux tableaux, le peu d'espace laissé au-dessus et autour des figures ajoute à l'impression de terreur, au sens lugubre de la scène : elles semblent l'une et l'autre d'autant mieux envahies et vaincues par la mort, qu'elles sont comme opprimées par l'exiguïté du champ pittoresque. Nous regrettons que M. Gérôme n'ait pas cru devoir adopter en ceci la méthode de Velasquez et de Philippe de Champagne, et que, dans le sujet choisi par lui, dans cette grande scène de l'histoire, il ait trouvé surtout l'occasion de nous montrer une salle vide et quelques siéges renversés.

On peut rapprocher du *César* de M. Gérôme le *Junius Brutus* de M. Ulman, non certes que l'attention publique se partage également entre ces deux ouvrages, mais parce qu'ils la méritent l'un et l'autre à des titres à peu près égaux. Qui sait même? peut-être ne manque-t-il au tableau de M. Ulman, pour être plus généralement apprécié, qu'une place moins défavorable et la recommandation d'un nom dès longtemps connu; peut-être y a-t-il en réalité autant de certitude de dessin et de pinceau dans les deux corps des fils de Brutus que dans le cadavre de César. En tout cas, la science de la forme nue est beaucoup moins contestable ici que dans le petit tableau où M. Gérôme a peint, à grand renfort de documents archéologiques, un fait médiocrement digne de mémoire, l'acte d'imprudence, pour ne rien dire de plus, commis par le roi Candaule à l'égard de sa femme et de Gygès. Passons du reste condamnation sur le sujet. La beauté de Nyssia, motif principal du tableau, était une donnée pittoresque suffisante, et d'ailleurs les formes nues d'une Lydienne mythologique, ou peu s'en faut, peuvent être acceptées comme un thème plus chaste pour le pinceau que les bergères à demi vêtues et les galanteries renouvelées de Boucher. Malheureusement cette figure, dont l'apparence devait résumer toutes les perfections de l'art antique et élever le fabliau à la hauteur du poëme, M. Gérôme l'a traitée avec une indécision, une incorrection même, fort éloignées de la finesse qu'il avait su montrer ailleurs, dans le *Combat de coqs*, par exemple. Il faut que, depuis l'époque où il exécutait son premier tableau, M. Gérôme se soit bien désaccoutumé de l'étude du nu, pour en venir à dessiner des morceaux aussi faibles que le bras droit de la femme de Candaule, à modeler aussi pauvrement le dos et les jambes, et à promener sur le tout un ton aussi complétement inerte. A côté de cette figure vague et invraisemblable, tous les détails de l'architecture sont minutieusement définis. Le plus petit ornement, les moindres moulures ont une précision et une netteté qui font ressortir d'autant mieux l'insuffisance de l'imitation dans les formes animées. Objectera-t-on, comme un précédent ou comme une excuse à cette faute, la *Stratonice* de M. Ingres? L'exemple ne serait pas concluant. Avec quelque rigueur que soient rendus les objets qui entourent Antiochus et Stratonice, ces objets ne préoccupent pas si bien le regard que le dessin et l'expression des figures, et perdent toute importance, tout accent de prééminence et de vie. Qu'il eût été opportun de sacrifier ici quelque chose des réalités secondaires, je ne le conteste pas ; mais rien de plus facile qu'une telle besogne : au moyen de quelques glacis, un peintre, même médiocre, s'en acquitterait à souhait, et réparerait aisément les fautes, si l'on veut, de M. Ingres ; en revanche, qui eût été capable de donner au tableau ce caractère de grandeur pathétique et d'élévation dans le style, que M. Ingres a su lui imprimer? Dans l'œuvre de M. Gérôme, au contraire, ce que l'artiste, mieux qu'un autre, était en mesure de déterminer, c'est la physionomie tout extérieure des choses, la couleur locale, comme on disait autrefois ; ce que d'autres eussent pu formuler, ce qui manque à ce travail de restauration curieuse, c'est le sentiment et l'expression de la vie. *Le roi*

Candaule est un tableau intéressant, en ce sens qu'il nous initie à certains secrets des mœurs gréco-asiatiques, qu'il nous ouvre la chambre à coucher d'un Héraclide, telle qu'elle a pu être décorée et meublée sept cents ans avant l'ère chrétienne ; mais un mérite de ce genre participe moins directement de l'art personnel que de l'érudition, de l'instinct pittoresque que de la dissertation scientifique.

Le troisième tableau de M. Gérôme, *Ave, Cæsar imperator, morituri te salutant*, n'a pas une valeur d'un autre ordre. Jamais, sans doute, la peinture n'avait reproduit avec une exactitude aussi littérale les armures et les ajustements bizarres des gladiateurs ; jamais la disposition intérieure du cirque, les ornements du *velarium*, les places réservées aux différentes classes de spectateurs n'avaient été aussi scrupuleusement restitués. Nos yeux ne connaissaient pas encore ces vans où l'on puisait du sable pour étancher le sang répandu dans l'arène, ces longs crochets avec lesquels on happait les cadavres pour les entraîner hors du cirque : mais nous avions vu ailleurs, et dans les œuvres de M. Gérôme lui-même, des morceaux mieux dessinés que le bras nu de Vitellius, des figures modelées et coloriées avec plus de souplesse que le groupe des gladiateurs. A force de transcrire textuellement les documents antiques, le pinceau de M. Gérôme immobilise et nie en quelque sorte, dans l'image du corps humain, les accidents de la vie et du ton. Il donne aux chairs l'apparence métallique des monuments qu'il a consultés, et l'expression naturelle se trouve ainsi sacrifiée à la recherche exagérée du style. Le peintre de *César*, du *Roi Candaule* et des *Gladiateurs* est un artiste trop distingué, il a souvent fait preuve d'un talent trop réel pour qu'on puisse voir sans de vifs regrets ce talent se dépenser en efforts secondaires, en tentatives de plus en plus étrangères aux vraies conditions de la peinture. Nous ne prétendons nullement prescrire à M. Gérôme l'abandon des sujets qu'il a préférés jusqu'ici ; nous lui demandons seulement de se corriger, dans une certaine mesure, de ses habitudes archéologiques, et, même en traitant des sujets antiques, de se souvenir davantage des qualités qui assurent à sa *Sortie du bal masqué* une portée pittoresque plus grande, une originalité plus sérieuse que n'en ont les œuvres qu'il produit aujourd'hui.

Les recherches érudites dans lesquelles M. Gérôme nous paraît compromettre l'avenir de son talent ne sont pas, tant s'en faut, ce qui préoccupe M. Hébert. Il semble, au contraire, que le peintre de la *Mal'aria* se soit fait une loi de ne transporter sur la toile que des scènes actuelles, des types qu'il aurait habituellement sous les yeux. Une seule fois, il s'est départi de cette règle en peignant, il y a quelques années, son *Baiser de Judas*. Encore l'exécution de ce tableau, recommandable d'ailleurs, révélait-elle des intentions médiocrement conformes aux traditions sévères de la peinture religieuse ; elle trahissait surtout le désir d'ajuster un aussi grand sujet aux proportions du goût moderne. Si M. Hébert doit se prémunir contre une tendance dangereuse pour son talent, c'est précisément contre un sentiment timide, contre des inclinations flottantes qui pourraient dégénérer en scepticisme formel. M. Hébert appartient à cette classe d'artistes dont l'intelligence, plutôt délicate que puissante, plutôt prudente qu'inspirée, craint à la fois de se fourvoyer en s'aventurant dans les innovations, et de tomber dans les redites en procédant comme les maîtres. De là, dans les ouvrages du peintre de la *Mal'aria* une manière un peu effacée, des expressions un peu chétives : grâce de l'à-peu-près, charme équivoque, qui résulte d'une correction presque négative et d'une adroite indécision.

On sait que le pinceau de M. Hébert s'est voué exclusivement à la peinture des sujets italiens modernes, ou plutôt à la représentation de certaines pastorales italiennes où les femmes seules doivent figurer ; car ce pinceau, agréable avant tout, n'oserait

guère aborder les formes viriles. Il n'a garde même d'interpréter dans le sens de la grandeur et de la force les types spéciaux qu'il a choisis. Ne cherchez ici ni la beauté robuste des
paysannes peintes par M. Schnetz, ni la noblesse et l'élévation
de style que Léopold Robert savait rencontrer en face des mêmes
modèles. Tout en respectant pieusement le caractère des ajustements, des haillons même qu'il a sous les yeux, tout en s'efforçant de conserver aux filles d'Alvito ou de la Cervara quelque
chose de la physionomie sauvage qui leur est propre, M. Hébert travaille avec un soin non moins scrupuleux à donner au
tout une signification en rapport avec nos habitudes civilisées.
Il *francise*, si l'on peut ainsi parler, ses modèles, non pas en les
travestissant à la manière des peintres du dix-huitième siècle,
qui enjolivaient les scènes rustiques avec des coquetteries empruntées au théâtre, mais en les mettant au niveau de notre
goût pour une autre sorte de joli : — la menue mélancolie et
la grâce maladive. Suit-il de là que le talent de M. Hébert soit
sans valeur et sans portée sérieuses ? Telle n'est pas notre pensée. Ce talent n'eût-il d'autre mérite que d'attester une sincère
aversion pour les intentions vulgaires, pour les formes d'expression banales, il faudrait en tenir compte dans l'histoire de l'art
contemporain, et lui reconnaître, à défaut d'autorité magistrale, une véritable opportunité. D'ailleurs, bien que les tableaux exposés cette année par M. Hébert n'offrent encore que
des compromis entre la volonté personnelle et les influences
extérieures, bien que l'élégance du style n'y soit que trop souvent achetée au prix de la franchise et du naturel, on y trouve
çà et là plus de fermeté que dans les travaux précédents de l'artiste. Nous ne croyons pas que M. Hébert ait peint jusqu'ici des
morceaux d'un caractère aussi net que la tête de la petite fille
dans *les Cervarolles*, d'un dessin aussi précis que le bras
gauche et la main de la jeune femme représentée dans le même
tableau portant un vase de cuivre sur la tête. Pourquoi faut-il

que le visage de cette femme soit modelé avec une indécision
telle, qu'il ne laisse rien pressentir de la construction intérieure,
et que la mollesse du pinceau et du coloris vienne, là comme
ailleurs, appauvrir l'expression? L'aspect général du tableau est
au reste attrayant, quoique la recherche du procédé matériel,
trop évidente dans quelques parties, dans les rochers par
exemple, nuise au relief d'objets plus intéressants. Peut-être
aussi n'était-il pas bien nécessaire de traiter dans des dimensions aussi vastes ce sujet, qui n'en est pas un ; peut-être la
familiarité même d'une scène composée seulement de trois
figures en devoir de puiser ou de porter de l'eau excluait-elle
ces proportions héroïques. On ne saurait toutefois faire de cette
question un reproche formel à l'adresse de M. Hébert. Une petite toile, véritablement faible, que l'on voyait au salon dernier,
les Fienarolles, et cette année même un autre petit tableau,
Rosa Nera à la fontaine, prouvent que le pinceau de M. Hébert
a besoin de s'exercer sur un champ un peu large pour donner
la mesure de son habileté.

Les qualités et les défauts du peintre des *Cervarolles* se retrouvent dans le *portrait de femme* qu'il a exposé. Tout dans cet
ouvrage laisse soupçonner des aspirations studieuses : rien de
définitif n'y apparaît, rien de tout à fait voulu ni d'affirmé. Le
style a de l'élégance, mais une élégance molle qui avoisine la
langueur ; le dessin est souple et le ton harmonieux, mais on ne
reconnaît là ni la main convaincue d'un dessinateur, ni la main
passionnée d'un coloriste. On peut dire en général du talent de
M. Hébert que, s'il est loin de manquer de charme, il manque
d'accent et de caractère, et que ce charme même, suffisant pour
assurer à l'artiste une place d'élite parmi les talents contemporains, est à la savante grâce des maîtres ce que l'agréable est
à l'exquis, ou l'adresse de la mise en œuvre à l'expression d'un
sentiment profond.

La mort enlevait récemment un artiste qui avait, comme

M. Hébert, rencontré de bonne heure et presque au début le succès populaire. M. Bénouville, le peintre de *saint François d'Assise bénissant sa ville natale*, était, lui aussi, l'un des mieux intentionnés entre ceux qui s'efforcent de résister aux entraînements matérialistes de l'art moderne. S'il n'avait pas la forte organisation d'un maître, il avait le goût pur, la main savante et ferme d'un disciple de la bonne école. Quoique les tableaux signés de son nom, qui figurent au Salon de 1859, nous semblent devoir laisser au *Saint François* une importance principale dans la trop courte carrière de l'artiste, de telles œuvres n'en sont pas moins de nature à légitimer les regrets qu'a excités cette fin prématurée. Le premier de ces tableaux, — portrait de famille doublement funèbre, puisque l'exécution en a été interrompue par la mort de l'un des modèles et par la mort du peintre lui-même, — n'est dépourvu ni de grâce dans la composition, ni d'une certaine élévation dans le style. Le second, représentant *Sainte Claire recevant le corps de saint François*, atteste une fois de plus ce qu'avaient révélé déjà les autres travaux de M. Bénouville, une manière sobre, consciencieuse, exempte de pédantisme, sinon de quelque froideur. Enfin, le plus important à tous égards de ces trois ouvrages posthumes, *Jeanne d'Arc* au moment où elle entend les *voix* qui l'appellent à la délivrance de son pays, montre sous un aspect assez neuf une figure et un sujet bien souvent abordés par le pinceau.

Que de fois, dans notre siècle surtout, cette noble figure de la Pucelle n'a-t-elle pas séduit l'imagination des peintres et des sculpteurs ! Il semble que l'art ait tenu à honneur de venger la sainte héroïne des injures de la poésie, et que les sarcasmes proférés par Voltaire, en soulevant la conscience publique, n'aient servi qu'à rendre plus respectable et plus chère cette mémoire un moment outragée. Et cependant, malgré tous les efforts tentés jusqu'ici, le type classique de Jeanne d'Arc est en-

core à déterminer. Il y a deux manières de concevoir cette
figure. On peut ou faire prédominer l'élément héroïque en donnant aux traits, à l'attitude, à toute la personne de Jeanne d'Arc
une physionomie robuste qui exprimera la virilité de l'âme, ou
bien ne nous laisser voir que la colombe séraphique, peindre la
résignation d'une martyre docile aux ordres de Dieu, mais
d'autant plus digne de vénération qu'elle sera physiquement
plus délicate, et que le rôle accepté par elle sera moins conforme à sa faiblesse. De ces deux modes d'interprétation, le second est le plus vraisemblable peut-être, c'est en tout cas le
plus poétique, aussi les artistes l'ont-ils habituellement préféré. La princesse Marie d'Orléans, dans sa statue du musée de
Versailles, M. Ingres, M. Saint-Evre, dans un joli tableau que
possède le musée du Luxembourg, M. Mottez, dans une de ses
peintures à fresque qui décorent le portail de Saint-Germain
l'Auxerrois, beaucoup d'autres encore, ont envisagé Jeanne
d'Arc à ce point de vue de la candeur et de la grâce mystique.
Sans rompre complétement avec les traditions de ses prédécesseurs, M. Bénouville a tenté de les modifier dans un sens plus
passionné. Tout en conservant à l'humble *pastoure* le caractère
de jeunesse et d'innocence nécessaire à cette chaste figure, il a
voulu, dans la physionomie comme dans le geste, faire près-
sentir la ferveur et l'enthousiasme. Malgré son attitude énergique, malgré l'animation de ses traits, Jeanne d'Arc, telle
qu'il nous la montre, n'est ni une pythonisse en délire, ni une
muse violemment inspirée; c'est une pauvre fille, une enfant
presque, à demi exaltée, à demi terrifiée par les ordres mira-
culeux qu'elle reçoit. Elle relève la tête et regarde le ciel comme
pour protester hautement de son obéissance, mais peut-être
aussi pour puiser la force d'obéir sans regret et d'accomplir
jusqu'au bout sa mission. Il y a dans cette expression complexe, dans ce mélange d'exaltation et d'étonnement craintif,
quelque chose d'imprévu et de bien senti, quoiqu'un coloris un

peu lourd, une méthode d'exécution un peu froide, desservent et contredisent jusqu'à un certain point l'intention morale du tableau. A quoi bon insister toutefois? Comment avoir le triste courage de donner des avis à qui ne peut plus les entendre, de reprocher à cette main pour jamais inactive ses dernières défaillances? Mieux vaut en saluer les derniers efforts et accepter avec une pieuse sympathie les reliques d'un talent que la mort vient de consacrer.

La génération à laquelle appartenait M. Bénouville compte plusieurs artistes dont l'habileté, incomplète à quelques égards, résume cependant aujourd'hui les espérances les plus sérieuses de notre école : artistes zélés pour le bien, mais indécis encore quant aux moyens de le formuler; talents courageux au fond, mais en apparence dépourvus de volonté ferme et de fixité. M. Cabanel est un de ces talents que semblent travailler à la fois l'esprit d'indépendance et le doute. Une *Mort de Moïse*, qu'il envoyait de Rome il y a quelques années, un remarquable *portrait de femme* exposé en 1853, ses peintures à l'Hôtel de ville et les tableaux de sa main qui figuraient à l'Exposition universelle, accusent, à travers beaucoup de savoir et de goût, des hésitations, des contradictions même, qui ne permettent pas de prononcer sur les caractères de ses aspirations et de son style un jugement définitif. Le dernier tableau de M. Cabanel, *la Veuve du maître de chapelle*, ne peut qu'augmenter notre embarras sur ce point. C'est assurément un ouvrage distingué, mais peu significatif encore, une peinture agréable, mais d'un agrément assez vague, où toutes les conditions de l'art sont recherchées sans qu'aucune qualité prédomine et s'impose à l'attention. L'artiste capable de produire un pareil tableau est sans contredit un homme habile, une intelligence pleine de ressources. M. Cabanel, pourtant, a-t-il donné toute la mesure de son talent? Il lui reste non pas à prouver son expérience technique et la souplesse de sa pensée, mais à se défier davantage

de cette souplesse même, à dégager dans une œuvre franchement personnelle l'originalité de ses tendances.

M. Gendron, malgré l'inachevé de sa manière, a, en général,
des allures moins sceptiques. Il possède une qualité très-positive,
l'instinct de la grâce dans la composition et dans la ligne, un
genre d'habileté particulier, l'agencement correct et facile des
formes en mouvement. Personne ne sait mieux que lui séduire
le regard par le charme de l'ordonnance pittoresque et caresser
l'esprit par une fantaisie discrète jusque dans l'image des faits
surnaturels. Depuis le tableau des *Willis* jusqu'aux sujets allégoriques qu'il a peints sur les murs du vestibule de la cour des
comptes et plus récemment dans l'hôtel de M. Péreire, M. Gendron a multiplié les témoignages de cette aptitude spéciale. Le
meilleur des trois tableaux qu'il a exposés cette année, et que le
livret intitule *la Délivrance*, en fournit une preuve nouvelle,
sans attester pour cela un progrès. Il y a de la grâce sans doute,
et une délicate expression de tendresse, dans la figure de cette
jeune fille s'attachant au cou de son libérateur, tandis que celui-ci, sorte de Persée ou de Roger anonyme, à cheval sur un
monstre fantastique, laisse flotter les rênes, et répond à cette
douce étreinte par un demi-sourire, précurseur du baiser;
mais, malgré plus de fraîcheur dans le ton peut-être, plus de
finesse dans l'exécution de certaines parties, il n'y a rien là que
les précédents ouvrages de l'artiste n'aient laissé suffisamment
deviner. Est-ce assez, d'ailleurs, que de procurer à l'imagination
un vague plaisir, une sensation fugitive de poésie, au lieu d'informer nettement notre esprit de ce qu'il doit apercevoir et
sentir? Nous ne demandons pas, tant s'en faut, à la peinture de
ne représenter que des faits absolument réels, de ne mettre en
scène que des personnages ayant une histoire et un nom : nous
croyons toutefois qu'il ne lui suffit pas d'exprimer, dans un
sens pour ainsi dire musical, les rêves de la pensée; nous
croyons que la peinture doit avoir aussi une signification plus

pratique, plus humaine, et que, même dans le domaine de
l'idéal, il lui appartient encore de parler à la raison. M. Gendron se contente, la plupart du temps, d'effleurer les surfaces
de notre intelligence ; il a, lui aussi, quelque chose de ce sentiment moderne qui tendrait à déconsidérer le beau pour y
substituer le joli. Si les intentions de son pinceau sont toujours
ingénieuses et élégantes, elles semblent souvent s'évaporer dans
le vague de cette élégance même et de ce charme un peu indéfini.

Moins expérimenté que M. Cabanel, moins bien doué que
M. Gendron, M. de Curzon a de commun avec ces deux artistes l'ambition du bien ; seulement cette ambition, assez in-
constante dans la forme, se traduit ou plutôt se dissipe en tentatives de toute espèce. Mythologie, scènes de mœurs, paysages,
M. de Curzon aborde tous les sujets, et il les traite, sinon avec
un plein succès, au moins avec une délicate habileté. Sa manière ne manque ni de grâce ni de finesse, mais cette grâce
est parfois bien près de dégénérer en mignardise ou en faiblesse, principalement dans les tableaux de grande dimension,
dans la *Jeune Mère, souvenir de Picinesca*, par exemple. Aussi
préférons-nous à cette composition, où l'élégance est comme
délayée, des toiles plus petites, celle entre autres qui représente
des *Femmes de Mola di Gaëta*. Ici, du moins, la pâleur du ton,
l'inconsistance du modèle et du dessin, semblent des imperfections plus pardonnables, bien qu'une scène de ce genre
doive intéresser surtout par les caractères de la vérité, et qu'il
soit assez étrange de voir réduites à peu près à l'état d'apparitions des figures dont on peut en Italie coudoyer les modèles.
Que M. de Curzon y prenne garde : il ne suffit pas de faire
preuve de goût dans le choix des lignes et des ajustements, il
ne suffit pas d'indiquer subtilement l'expression et la forme,
d'établir une harmonie générale en décolorant chaque objet, en
supprimant presque la valeur relative de chaque ton. On peut,

en procédant ainsi, plaire quelque temps au regard, mais on
arrive bientôt à le lasser. On s'use soi-même et l'on s'anéantit
dans la pratique de cette méthode débile. L'exemple de M. Hamon, qui, après avoir peint le joli tableau *Ma Sœur n'y est pas*,
en est venu si vite à produire des œuvres aussi fâcheuses que
l'Amour en visite, — cet exemple doit donner à réfléchir à
M. de Curzon et à quiconque serait tenté d'ériger en système
esthétique l'exiguïté de l'idée, l'amoindrissement de la forme
et la négation de la couleur.

Le scepticisme, qui de nos jours nuit au développement de
tant de talents bien nés, n'est nulle part plus apparent que
dans les ouvrages de M. Baudry. En quelques années, ce jeune
artiste a eu le temps de gagner le prix de Rome en satisfaisant
aux exigences académiques, de peindre un grand tableau dans
le goût des artistes de l'extrême décadence italienne, une autre
toile à l'imitation d'un tableau de Titien, d'autres enfin, — et
ce sont celles-là qu'il a envoyées au Salon, — reproduisant le
style des peintres français du dix-huitième siècle, compliqué
des ruses de métier, des stratagèmes d'outil mis à la mode par
certains peintres de genre contemporains. Nous attendrons,
pour avoir une opinion sur le talent de M. Baudry, que ce talent consente à se produire sous des formes personnelles. Aujourd'hui nous ne pouvons que mentionner les témoignages les
plus récents de ses hésitations ou de ses erreurs, une *Madeleine
pénitente*, *la Toilette de Vénus*, plusieurs *portraits*, et quelque
chose de moins qu'une ébauche, le commencement d'une étude
d'enfant, renouvelée d'ailleurs de Velasquèz et intitulée *Guil-
lemette*.

Si, au lieu de suivre, dans cette revue du Salon, la marche
que semblait prescrire la nature des sujets traités, nous n'a-
vions tenu compte que du mérite même des travaux, il nous
aurait fallu citer en première ligne les tableaux peints par
M. Breton, — *le Rappel des Glaneuses*, la *Plantation d'un*

Calvaire et *le Lundi*, — car ces tableaux portent l'empreinte d'un talent véritablement supérieur. Hormis les beaux portraits peints par M. Hippolyte Flandrin, œuvres appartenant d'ailleurs à un tout autre ordre d'art et de doctrines pittoresques, y a-t-il parmi toutes les toiles exposées rien qui accuse aussi ouvertement l'intelligence et la main d'un peintre? Les disciples de la triste école qui s'intitule *réaliste* ne manqueront pas de réclamer comme un des leurs le peintre de ces scènes rustiques, et peut-être, à l'aspect des paysans qu'a représentés M. Breton, une partie du public prendra-t-elle d'abord pour la confirmation du système de M. Courbet ce qui en est au contraire le plus concluant démenti. Il y a en effet entre les tableaux de l'école réaliste et les tableaux de M. Breton la différence qui existe entre l'effigie brute du fait et la vérité poétique, entre la transcription littérale d'un patois et le style d'une églogue. Personne, à coup sûr, n'attribuera le même genre d'exactitude aux scènes populaires photographiées, pour ainsi dire, par la plume de M. Henry Monnier et aux scènes champêtres que la plume de George Sand a décrites. Les peintures de M. Breton peuvent être rapprochées de celles-ci : c'est dans la classe de celles-là qu'il faut reléguer les violents essais réalistes. Ne saurait-on, par exemple, en face du *Rappel des Glaneuses*, avoir présent à l'esprit le début de *la Mare au Diable*, et retrouver dans l'œuvre peinte quelque chose de cette ample harmonie, de ce calme majestueux de la nature que l'écrivain a su traduire en quelques pages excellentes ? C'est la première fois, d'ailleurs, que le pinceau réussit à représenter des villageois de notre pays sans en calomnier les types ni les idéaliser outre mesure ; c'est la première fois qu'il nous les montre dans leur vrai cadre, sans coquetterie comme sans pauvreté de style, sans fausse noblesse comme sans laideur outrée. Nous avions jusqu'ici bien des portraits tracés avec plus ou moins d'habileté, bien des scènes rustiques empruntées aux mœurs de nos provinces ; mais la fidélité de ces portraits ne dépassait pas les limites d'une ressemblance toute physique. Les costumes, les détails pittoresques, étaient soigneusement étudiés et transcrits : l'esprit intime, le côté poétique des sujets ne nous étaient pas révélés. Aussi véridique dans la traduction du fait matériel qu'aucun de ses devanciers, M. Breton sait de plus définir la signification des choses, renouveler et compléter par l'expression de son propre sentiment les émotions que nous avons pu éprouver nous-mêmes en face de la nature, en un mot, nous expliquer ce que nous avons vu, et dans quel sens il fallait le voir. Peut-être, — toute proportion gardée entre la diversité des manières et surtout des modèles, — M. Breton est-il appelé à devenir le Léopold Robert de nos campagnes. C'est là une belle place à prendre : puisse-t-il se rendre tout à fait digne de l'occuper !

Des différents tableaux que M. Breton a exposés, le plus séduisant est sans doute *le Rappel des Glaneuses* ; mais il ne suit pas de là que la somme de talent soit moindre dans la *Plantation d'un Calvaire*, ni même dans *le Lundi*. A ne considérer que le nombre des figures, les éléments particuliers de la composition et du coloris, nous croyons au contraire que le second de ces tableaux l'emporte sur le premier. Dans les *Glaneuses*, la fin du jour, si bien exprimée d'ailleurs par le ton du ciel et par la lueur qui glisse sur les terrains depuis l'horizon jusqu'aux premiers plans du tableau, le parti d'ombre qui dessine en silhouettes vigoureuses les figures marchant le dos tourné à la lumière, tout offrait des ressources pittoresques et de sûrs moyens d'effet. L'écueil à éviter était un contraste trop violent entre les parties claires et les parties obscures ; mais ce contraste, même tempéré comme il l'est ici par des reflets, tournait au profit de l'aspect général et en simplifiait les conditions. Dans la *Plantation d'un Calvaire*, point d'oppositions de ce genre, point d'ombre ni de lumière en quelque sorte. Le soleil est absent de ce ciel de novembre sur lequel se dessinent, au fond, quelques pauvres maisons, quelques arbres dépouillés de leurs feuilles, et, à droite, les murailles blanchâtres d'une église. Une longue procession où n'apparaissent que des gens misérablement vêtus, des habits aux couleurs effacées, défile parallèlement à la base du tableau jusqu'au point où la tête du cortége se détourne et se dirige, vue en raccourci, vers le fond. Sur le devant, quelques femmes agenouillées dont l'une porte une ample mante de couleur claire, — problème pittoresque difficile à résoudre et précisément contraire aux traditions d'atelier, qui prescrivent comme *repoussoirs* nécessaires les tons vigoureux, — d'autres femmes, accompagnant la procession sans entrer dans les rangs, rompent l'uniformité des lignes générales et enrichissent suffisamment la composition. On le voit, nulle intention conventionnelle dans la mise en scène, nulle précaution même en apparence pour se réserver des moyens d'effet et de coloris. Et cependant comme ces tons éteints au premier aspect ou confondus dans une harmonie tranquille ont chacun leur physionomie et leur accent ! Avec quelle vraisemblance chaque forme se relie à la forme voisine sans rien perdre du caractère qui lui est propre, sans trahir un calcul d'agencement, une ruse pour combler un vide ! Dira-t-on que l'instinct de la beauté fait défaut à ce pinceau sincère, mais sincère à la façon de certains artistes florentins du quinzième siècle, qui trouvaient dans l'expression de la vérité même le secret du style noble et de la grandeur ? Nous recommandons aux moins clairvoyants, entre autres morceaux remarquables, la figure tout entière de la femme qui, au premier plan, donne la main à une petite fille, les profils des religieuses et des franciscains et les jeunes filles en costume de pénitentes marchant devant le crucifix. Pas d'artifice ; mais un art profond, une rare fermeté de sentiment, une complète indépendance dans la manière, en un mot une véracité aussi éloignée de la servilité que de la jactance : telles sont les qualités qui donnent une importance considérable à ce simple tableau de genre, l'une des œuvres les plus sérieuses au fond et le plus franchement originales qui aient paru depuis longtemps.

Le Lundi ne ressemble au tableau dont nous venons de parler que par la justesse des expressions et l'extrême netteté du style : tout d'ailleurs diffère dans ces deux toiles. Il s'agit ici d'une scène de cabaret. Nous avons en général peu de goût pour les sujets de ce genre, et nous avouons même que toute la science pittoresque des *petits maîtres* hollandais et flamands ne les absout pas à nos yeux du tort grave d'avoir avili la peinture et leur propre talent. Chez Ostade, il est vrai, comme chez Teniers, les bizarreries, les vilenies même de la débauche sont reproduites avec une entière complaisance et sans autre dessein apparent que l'intention de les célébrer : M. Breton, du moins, a envisagé un sujet bas et fâcheux en soi à un point de vue plus digne de l'art. L'élément comique a une large part sans doute dans la composition de son tableau, et les figures du garde champêtre endormi, du buveur qui, en souriant d'un air bénin, cherche à protester de sa tempérance, révèlent à la fois trop d'indulgence pour des vérités de cet ordre et une habileté singulière à les exprimer ; mais, à côté de ces figures, celle de la femme qui, le bras étendu, le reproche dans les yeux et sur les lèvres, indique à son mari le chemin du logis, n'a-t-elle pas dans le geste, dans l'expression des traits, dans la physionomie générale, un caractère de fermeté, on dirait presque de grandeur, qui rachète ce que la scène en elle-même a de vulgaire ou d'inutile ? Nous regretterions cependant que M. Breton se laissât de nouveau séduire par quelque sujet appartenant à la classe des faits représentés dans son *Lundi*. Le charmant tableau qu'il exposait au Salon dernier, *la Bénédiction des Blés*, présage d'un talent aujourd'hui manifeste, les *Glaneuses*, le *Calvaire*, et même cette simple figure, une *Cou-*

turière de village, où il a personnifié la jeunesse honnête, la solitude paisible et le travail : voilà les thèmes qui conviennent à son pinceau. La moitié du talent consiste dans la connaissance exacte de ses aptitudes, dans la poursuite constante des vérités qu'on est le mieux en mesure de saisir et de s'approprier. Après les épreuves déjà subies, M. Breton doit savoir à quoi s'en tenir sur ses facultés personnelles et les succès qui lui sont expressément réservés. Son habileté peut grandir encore, son sentiment se développer et s'affermir, mais à la condition de respecter la foi et les inspirations originelles, et de ne rechercher le progrès que dans la voie naturellement tracée.

De tous les peintres, — et le nombre en est grand, — qui ont exposé au Salon des scènes rustiques, M. Brion mérite d'être nommé le premier après M. Breton. Son *Jeu de Quilles*, ses *Bretons à la porte d'une église pendant la messe*, surtout son tableau représentant *un Enterrement* (*bords du Rhin*), révèlent une véritable finesse d'observation, des intentions neuves et un goût délicat. L'*Enterrement* en particulier fait honneur au talent de M. Brion. La morne tristesse des villageois qui demeurent immobiles sur le rivage, tandis qu'une barque emporte les restes de l'être qu'ils ont aimé, la douleur amère, mais silencieuse, des deux vieillards assis à côté du cercueil, le désespoir de la jeune femme debout en face d'eux : tout dans ce petit tableau est rendu avec justesse et avec une simplicité touchante ; tout résulte d'une émotion vraie, fort contraire à la fausse sensibilité dont il n'est pas rare de rencontrer des traces en pareil cas. Ajoutons que la lueur blafarde répandue sur le ciel et sur les eaux complète l'expression lugubre des figures et la signification morale de la scène ; mais il faut dire aussi que les tons manquent parfois de solidité, que quelque négligence se trahit dans l'exécution de certaines parties, des plantes aquatiques, par exemple, qui garnissent le premier plan, et où l'on reconnaît les touches rapides et les accidents du pinceau bien plutôt que les formes strictement imitées de la nature. En général, il y a dans les tableaux de M. Brion une sorte de diaphanéité, de coloris vitreux qui nuit au modelé des corps et en compromet la vraisemblance. Quelques efforts pour combattre ce défaut, moins sensible déjà dans les *Bretons à la porte d'une église* que dans l'*Enterrement* et dans le *Jeu de Quilles*, quelque défiance un peu plus habituelle de la facilité, et M. Brion achèvera de s'assurer un rang très-honorable parmi les peintres de genre, si nombreux d'ailleurs et si habiles qu'ils se montrent aujourd'hui.

Il serait impossible au surplus, même dans un examen du Salon plus détaillé que celui-ci, de mentionner tous les ouvrages de quelque mérite appartenant soit à la peinture de genre proprement dite, soit à un ordre d'art plus relevé, bien qu'en dehors des conditions et du style de l'histoire. Le talent, mais un talent secondaire, il est vrai, est devenu le privilége de tant de gens, l'habileté se trouve si bien aux mains de tout le monde, qu'on est forcé de s'en tenir sur ce point aux appréciations collectives et aux aperçus généraux. Nous ne saurions toutefois passer sous silence une très-agréable composition, l'*Hosanna* de M. Roux, talent chaste et fin auquel il ne manque peut-être, pour entrer décidément en faveur, qu'une fécondité plus continue. Il nous faut citer encore une gracieuse figure de femme, la *Rêverie*, peinte par M. Aubert dans le goût antique, mais un peu aussi dans le goût de MM. Gérôme et Hamon; les *Espagnols malades* de M. Guillaume, et *les Marais Pontins* de M. Rodolphe Lehmann, deux tableaux dont le tort principal est d'avoir eu pour précédent la *Mal'aria* de M. Hébert; enfin, dans un tout autre ordre de sujets, *le Marabout de Sidi-Brahim*, fait d'armes héroïque reproduit par M. Devilly avec une verve remarquable, mais aussi avec quelque exagération parfois, avec quelque emportement du pinceau.

Le tableau de M. Devilly nous servira de transition entre les compositions de différents genres que nous avons examinées jusqu'ici et les scènes exclusivement empruntées aux pays ou aux mœurs de l'Orient. On sait que dans l'art contemporain une place considérable appartient à quelques peintres qui ont été chercher en Asie ou en Afrique des modèles et des inspirations. L'un des plus distingués d'entre eux, qui est aussi un écrivain d'un rare mérite, M. Fromentin, résumait, il y a peu de temps, les développements successifs de « ce que la critique moderne, disait-il, a nommé la peinture orientale, » et il en personnifiait les progrès dans trois talents diversement caractéristiques, — Marilhat, M. Decamps et M. Delacroix [1]. Ce sont ces maîtres en effet qui ont ouvert la voie, ou plutôt ils l'ont si bien parcourue d'un bout à l'autre, que ceux qui y marchent après eux inclinent tous plus ou moins, malgré leurs efforts et leur volonté d'indépendance, vers des traces qu'ils retrouvent à chaque pas. M. Fromentin lui-même, quelles que soient d'ailleurs ses aptitudes et sa clairvoyance personnelles, réussit-il pleinement à s'affranchir des souvenirs et de l'autorité de M. Delacroix? Ces préoccupations, involontaires ou non, sont, il est vrai, de moins en moins sensibles dans les œuvres de M. Fromentin, et les progrès accomplis par l'artiste depuis quelques années témoignent des ressources de son talent. L'Audience chez un khalifat se distingue par la largeur de l'aspect, par une ordonnance des plus heureuses, et si les Bateleurs nègres, une Rue à El-Aghouat, n'ont pas la même importance, ces toiles n'en laissent pas moins pressentir l'élévation de la pensée et la singulière délicatesse du style qu'attestent les écrits de M. Fromentin.

Il faudrait presque reprocher l'excès de la netteté dans le dessin et de la précision dans le faire aux travaux de MM. Gustave Boulanger et Bida. Le premier de ces artistes a peint des

[1] Une année dans le Sahel.

Pâtres arabes avec un fin sentiment de la forme et de la physionomie, mais aussi avec une tranquillité de pinceau voisine de la froideur; le second, en étudiant de trop près et trop séparément chaque groupe dans son grand dessin, la *Prédication maronite*, a donné à l'aspect de la composition quelque chose de pénible et de morcelé. La disproportion entre quelques figures, placées en réalité presque au même plan, contribue à fausser l'harmonie de l'ensemble; il y a là un nouvel indice de cette propension de l'artiste à considérer le détail comme un objet isolé, et non comme un simple élément de la vérité générale. Disons aussi que, même dans *la Prière*, le meilleur, à notre avis, des récents ouvrages de M. Bida, l'expression, l'intention secrète, sont à peu près sacrifiées à l'adresse de la pratique. M. Bida a prouvé ailleurs qu'il sait rendre sous des formes ingénieuses, émouvantes même, les actions et les passions humaines. Il serait fâcheux qu'un talent aussi bien inspiré parfois se réduisît à la traduction de certaines données purement pittoresques. Est-ce assez de copier scrupuleusement des costumes, de formuler pièce à pièce les caractères extérieurs de ses modèles, lorsqu'on est capable d'en exprimer la physionomie intime, et de faire ressortir une pensée, un fait moral de l'image même de la réalité?

Bien que les diverses *Vues d'Egypte* qu'a peintes M. Belly, et les tableaux de MM. Pasini et Tournemine appartiennent, par la nature des sujets, à la classe des paysages, on peut les rapprocher des toiles de M. Fromentin et des dessins de M. Bida. Ces paysages attestent en effet l'activité et aussi l'habileté d'une fraction assez notable de notre école, de ce groupe d'artistes dont nous parlions tout à l'heure, qui se sont voués à l'étude de la nature orientale. En outre, ces souvenirs des contrées lointaines ont une portée tout autre que les nombreux portraits reproduisant des sites de notre pays. La majesté des lieux que nous fait visiter le pinceau de M. Belly, l'aspect étrange de ces plaines de la Perse qui s'étendent à perte de vue dans le *Départ pour la Chasse* de M. Pasini, tout ici nous repose des gentillesses trop souvent en usage dans les œuvres de nos paysagistes. Les tableaux de M. Belly. et de ses rivaux n'eussent-ils, — et ce n'est point le cas, — d'autre mérite que d'exprimer la grandeur par le choix même des sujets, il faudrait encore en tenir compte comme d'une exception heureuse à la coutume générale, et apprécier l'opportunité de cette protestation implicite contre les aspirations trop peu ambitieuses de notre école.

On sait en effet dans quelle humble acception la peinture de paysage est prise aujourd'hui en France ; on sait quels progrès se sont accomplis au point de vue de la vérité matérielle, mais aussi à quels sacrifices on s'est résigné d'autre part. Ce que l'on appelait autrefois le paysage historique est dès longtemps passé de mode, et il faudrait le regretter médiocrement, si, à force de réagir contre le style académique, on n'en était venu à supprimer à peu près le style lui-même ; si, après avoir relégué parmi les vieilleries hors d'emploi les sites et les héros de la Grèce ou de Rome, on n'avait singulièrement exagéré l'intérêt que méritent d'autres sites et d'autres héros. Notre école de paysage avait grand besoin de se retremper dans l'étude du vrai et dans l'imitation loyale ; le moment était arrivé de renoncer aux patrons traditionnels pour tailler soi-même sa besogne en face de la nature : rien de mieux ; mais maintenant que la révolution est achevée, maintenant que nous voilà bien dégagés de l'art factice et conventionnel, est-il fort nécessaire d'insister autant sur la poétique modeste qu'il s'agissait d'abord de faire prévaloir ? Assez de campagnes héroïques, de temples et de dryades ! s'écriait-on il y a trente ans. On aurait le droit de répondre aujourd'hui : Assez de pâturages normands, de cours de ferme et de gardeuses de dindons ; assez de ces motifs de rencontre qui n'ont d'autre objet, d'autre signification, d'autre charme que la reproduction littérale de la réalité ! Ceci soit dit d'ailleurs pour quelques disciples obstinés de cette théorie matérialiste de « l'art pour l'art » que l'on prêchait vers 1830, et non pour ceux qui, tout en copiant fidèlement la nature, ne se croient pas dispensés du devoir d'en choisir les aspects.

Les témoignages sont nombreux, au Salon, de cette manière tempérée, où l'imitation du fait s'allie à l'expression du goût personnel. Nous ne parlons pas des paysagistes dont le talent est depuis longtemps apprécié ; nous ne nous arrêterons pas même aux erreurs actuelles de quelques-uns d'entre eux, — de M. Troyon par exemple, qui traite aujourd'hui les sujets les moins grandioses dans le style et presque dans les dimensions de la peinture de décors, — de M. Rousseau, qui, à force de se préoccuper des tons de détail, en est venu à procéder invariablement par petites touches, juxtaposées comme des points de tapisserie. Ce qu'il importe surtout de rechercher, ce sont les talents nouveaux, les œuvres décelant des tendances originales, tout en conservant le caractère de véracité commun aux productions de l'école moderne.

Parmi les tableaux de paysage qui se recommandent à ce titre, *les Landes* de M. Busson méritent certes d'être signalées. Rien que de parfaitement conforme à la nature dans cette scène paisible où le jour bas et venant du fond glisse sur les terrains et en éclaire doucement les saillies ; mais aussi rien que d'imprévu dans le choix d'un pareil effet et dans l'habileté peu commune avec laquelle il a été rendu. Malgré la simplicité de l'ordonnance et du ton général, une véritable élégance linéaire, une harmonie épurée dans le coloris, donnent une valeur toute spéciale à ce tableau comme à la toile, représentant aussi des *Landes*, qui lui sert de pendant. — Un grand paysage, les *Bords du Tibre dans la Sabinie*, révèle chez M. Berthoud un sentiment assez large de l'effet, quelques bonnes intentions de style, d'ailleurs un peu trahies çà et là par l'insuffisance du dessin. Plusieurs toiles signées des noms de MM. Deshayes, Desjobert, Lavieille, expriment une observation approfondie de la nature, une science sans pédantisme, mais non sans force. D'autres, comme l'*Etang de la forêt du Mans*, peint par M. Allongé, attestent le goût et la recherche de la vérité, une aptitude particulière à en étudier certains côtés, dédaignés ou inaperçus jusqu'ici ; d'autres enfin, et le *Viatique en Bretagne* de M. Baudit est du nombre, introduisent un élément nouveau, qu'on pourrait appeler le dramatique familier, dans la peinture de paysage. Quelles que soient cependant les qualités propres à chacun de ces tableaux, elles n'ont pas, à notre avis, le caractère de certitude, la franchise qui distinguent la manière de M. Busson, et qui assurent à ces deux paysages des *Landes*, à ces études si l'on veut, une place d'élite parmi les œuvres du même genre exposées au Salon.

C'est aussi en dehors des autres paysages qu'il faut classer les deux toiles peintes par M. Haussoullier : une *Vallée du Mont-Saint-Jean, près d'Honfleur*, et un *Chemin dans la forêt de Toucques*, car ici l'originalité du sentiment est positive, et le parti pris de véracité sans merci. Au premier aspect, le regard, un peu déconcerté par la crudité apparente du coloris, hésite et se prend peut-être à soupçonner une certaine arrogance là où il n'y a en réalité qu'une entière bonne foi. Généralement en matière de paysage notre éducation s'est faite devant les tableaux plutôt qu'en face de la nature. A force de voir l'harmonie pittoresque résulter de tons rompus et de formes sacrifiées, nous nous sommes exagéré à nous-mêmes la nécessité des concessions et des mensonges, nous avons fini par oublier à peu près le modèle pour ne considérer que le portrait. La *Vallée* peinte par M. Haussoullier s'adresse à des regards sans préjugés, et lors même qu'on serait tenté d'accuser ici l'extrême intensité ou l'uniformité des tons, on apprécierait la finesse avec laquelle chaque contour est dessiné,

chaque forme de détail étudiée et rendue. Ce talent de dessinateur, l'artiste l'apporte d'ailleurs dans l'exécution d'œuvres
d'un tout autre ordre. Deux profils de jeunes filles qu'il a exposés sont modelés avec une délicatesse et une sobriété de
moyens aussi peu conformes à la manière habituelle des
peintres de portrait, que la façon dont il traite le paysage
est contraire aux recettes d'atelier et aux procédés de convention.

Dans la peinture de portrait, notre école toutefois est-elle si
bien déshéritée de sa vieille gloire qu'elle ne compte plus aujourd'hui que des talents factices ou des œuvres secondaires?
Sans parler de quelques morceaux dus au pinceau de M. Ingres
et plus récemment au pinceau de M. Delaroche, les beaux portraits peints par M. Hippolyte Flandrin suffiraient pour conserver de nos jours à l'école française son importance dans un
genre où elle a de tout temps excellé. D'autres artistes, issus
comme lui de l'atelier de M. Ingres, ont produit dans cet
ordre de peinture des ouvrages très-distingués; mais la manière de M. Flandrin a cela de particulier et de vraiment supérieur qu'elle est à fois sincère et savante, très-ample dans
l'intelligence des vérités d'ensemble, très-fine dans la perception des vérités et des caractères de détail. Les portraits exposés
au Salon par M. Flandrin, et surtout celui d'une jeune fille à
la carnation un peu brune, attestent une fois de plus cette habileté sans ostentation, ce mélange de largeur et de précision
dans le style que nous avaient révélés déjà, mais avec moins
d'éclat peut-être, les travaux précédents de l'artiste. En tout
cas, si ces nouveaux portraits n'ajoutent rien à une réputation
dès longtemps établie, ils la justifient et la confirment; ils
maintiennent l'autorité du talent de M. Flandrin dans un
genre de peinture que personne, M. Ingres excepté, ne serait
en mesure de traiter aujourd'hui avec cette aisance magistrale
et cette sûreté de goût.

Après les portraits peints par M. Flandrin, les portraits
peints par MM. Amaury-Duval et Lehmann ont été le plus généralement et le plus justement remarqués, aux divers salons
qui se sont successivement ouverts depuis vingt-cinq ans. Nous
regrettons que le premier de ces deux artistes ne nous ait pas
donné cette année quelque toile digne de celles qu'il exposait
autrefois, et qu'il se soit contenté de nous rappeler dans de
simples dessins les qualités délicates qui caractérisent son talent. M. Lehmann a été plus fécond. Sans compter plusieurs
petits tableaux sur des sujets d'histoire ou de fantaisie, et la
répétition, dans des dimensions réduites, des remarquables
peintures qu'il a exécutées dans les deux hémicycles de la salle
du trône au palais du Luxembourg, il a envoyé au Salon sept
portraits. Deux de ces toiles, le portrait d'une jeune femme
vêtue d'une robe bleue et le *portrait de M. l'abbé Deguerry*,
expriment des intentions de composition que nous aimerions à
rencontrer plus souvent dans les œuvres des artistes contemporains, et que les maîtres portraitistes français, depuis la fin
du seizième siècle jusqu'au commencement du dix-neuvième,
se sont traditionnellement appliqués à formuler. Au lieu de
détacher, suivant l'usage actuel, la figure de ses modèles sur un
champ de convention, sur ce fond aux formes et à la couleur
indéterminées dont M. Flandrin lui-même ne dédaigne pas
assez l'emploi, M. Lehmann a cherché à compléter l'expression
d'une physionomie personnelle, d'un caractère moral, par l'i-
mage de certaines habitudes extérieures et le choix de certains
accessoires. De même qu'il avait peint une jeune femme entourée dans son salon d'objets propres à faire pressentir un
luxe élégant, il a représenté M. l'abbé Deguerry en chaire, non
pas au moment de l'action et du geste oratoire, — cela eût ôté
à l'œuvre le calme pittoresque nécessaire, et compromis la vraisemblance, sinon choqué le goût, — mais dans une attitude à
demi animée qui concilie heureusement les exigences de l'art

et les conditions de la vérité. Le mouvement général de la figure, l'expression du visage sont bien saisis, et l'exécution de chaque partie, des mains spécialement, prouve que M. Lehmann sait apercevoir et reproduire la vie sans violence, l'imprévu de la forme sans bizarrerie. Cette habileté à peindre des mains et à les faire concourir à la signification d'un portrait est au reste un mérite qu'on retrouve dans les autres ouvrages de l'artiste. Ainsi, dans le portrait d'une jeune fille vêtue d'une robe noire, la main a une extrême élégance, une souplesse toute particulière. Ajoutons qu'il y avait là, en raison de l'étrangeté de la pose, un problème de dessin et de modelé difficile à résoudre. Peu de peintres eussent osé sans doute aborder un raccourci aussi parfaitement inusité : il en est peu, en tout cas, qui l'eussent compris et rendu avec autant de finesse.

On peut ranger dans la classe des portraits, et à côté d'ailleurs d'un portrait d'homme signé aussi du nom de Mme Browne, les *Sœurs de Charité* soignant un enfant malade. Ce qui constitue en effet le mérite de cette toile, c'est bien moins, à nos yeux, l'invention morale ou pittoresque, qu'une certaine naïveté dans l'imitation des traits et des costumes de ces deux saintes filles, dont l'une soutient sur ses genoux le petit malade, tandis que l'autre prépare quelque médicament. A vrai dire, il n'y a pas ici de très-fortes qualités : ordonnance des lignes, modelé, coloris, tout est un peu faible ; mais cette faiblesse même n'est pas dépourvue de charme : quelque chose de limpide dans le ton, de facile dans le dessin, une apparence de vérité plutôt que l'empreinte de la vérité profonde, voilà ce qui distingue le tableau de Mme Browne et ce qui en explique ou en excuse le succès, succès fort général d'ailleurs, et le plus populaire peut-être qu'il y ait lieu de constater au Salon.

Nous accusions tout à l'heure le goût mondain dans lequel M. Landelle traite les sujets religieux, et *le Pressentiment de la Vierge* autorise suffisamment nos reproches ; on ne saurait être aussi sévère pour les mignonnes séductions de ce pinceau lorsqu'il retrace l'image de quelque personnage contemporain, et qu'il prend pour modèles non pas des paysannes italiennes, comme *les Deux Sœurs,* — ici la coquetterie est assez inopportune encore, — mais des femmes parisiennes. Les portraits qu'a peints M. Landelle se recommandent par l'agrément et, dans un certain sens, par le charme de l'exécution. Comme les portraits de M. Edouard Dubufe, ils ont une élégance qu'on sera d'autant moins tenté de méconnaître, que cette élégance est d'un caractère tout actuel ; mais aussi M. Landelle est bien près quelquefois de confondre l'afféterie avec la grâce, l'adresse de la pratique avec la science, et l'intelligence de la mode avec le véritable bon goût.

On ne refusera pas assurément à M. Ricard l'habileté matérielle ni la volonté de varier l'aspect et la signification de ses portraits : il faut avouer toutefois que cette habileté dégénère souvent en dextérité pure ; que cette application à rechercher la nouveauté des procédés et de l'effet, aboutit en plus d'une occasion à la méprise et à la bizarrerie. Le portrait en pied d'un jeune homme en costume de chasse est un exemple, entre autres, des erreurs où M. Ricard peut tomber sur ce point. — Rendons, en finissant, la justice qu'ils méritent aux agréables portraits peints par MM. Barrias et Bouguereau, et aux remarquables portraits dessinés par M. Tourny.

Dans cette revue des tableaux et des dessins que renferme le Salon, nous n'avons pas prétendu citer tous les travaux dignes d'éloges. Nous n'avons rien dit par exemple des spirituelles aquarelles de M. Eugène Lami pour *l'illustration* des œuvres d'Alfred de Musset ; nous n'avons parlé ni du *Moïse secourant les filles du sacrificateur de Madian,* par M. Lenepveu, ni des *intérieurs* de M. Bonvin, ni de beaucoup d'autres toiles estimables à divers titres. Le plan de ce travail nous commandait de choisir les spécimens les plus significatifs, soit par leurs

10

qualités, soit par leurs défauts, des doctrines diverses qui partagent l'école contemporaine, et de résumer en quelques exemples l'état présent de l'art français. C'est pour cela que nous avons passé sous silence certaines œuvres tout aussi bonnes, quelquefois même meilleures intrinsèquement, que telles autres dont nous nous sommes occupé, parce que celles-ci peuvent faire pressentir les caractères d'un talent nouveau ou des tendances communes à tout un groupe. C'est pour cela aussi que nous avons cru devoir nous abstenir d'appréciations sur les tableaux appartenant aux écoles étrangères, bien que plusieurs de ces toiles aient leur genre de mérite et leur valeur. Ainsi l'on ne saurait méconnaître les intentions pathétiques qu'exprime, à travers une certaine exagération dans le style, la *Mort de Juliette*, peinte par M. Leighton. Il serait à coup sûr très-injuste de dénier à M. Knaus, le peintre de *la Cinquantaine*, beaucoup d'esprit et de finesse, — à M. van Muyden, auteur, entre autres jolis tableaux, d'une *École de petits enfants à Albano*, beaucoup de grâce dans le sentiment et dans la pratique, — à M. Heilbuth enfin un goût ingénieux de composition et une habileté véritable à restituer la physionomie pittoresque d'un personnage ou d'une époque. Néanmoins les qualités qui distinguent ces divers ouvrages n'ont pas un caractère national si décidé, elles ne diffèrent pas si bien des qualités propres à l'école française, qu'il ne soit permis de confondre presque avec les artistes de notre pays les peintres nés au-delà de nos frontières : j'entends ceux dont les tableaux figurent au Salon, et qui d'ailleurs sont venus pour la plupart compléter leurs études en France. Par l'influence qu'elle exerce, par le nombre et l'activité des talents qu'elle compte, notre école représente, en quelque sorte, l'art contemporain tout entier; elle a du moins plus d'importance qu'aucune autre. Reste à savoir jusqu'à quel point il y a lieu de se féliciter de cette importance relative, et quelles garanties elle offre pour l'a-

venir. Un coup d'œil sur les œuvres de la sculpture achèvera
de nous préparer à l'examen de cette question.

Ce qui apparaît d'abord lorsqu'on examine l'ensemble des
sculptures exposées au Salon, c'est une expression générale
d'abnégation, une sorte de convention tacite de répudier toute
originalité personnelle pour rechercher des moyens de succès
dans l'imitation d'autrui. Il semble que les statuaires contemporains aient pris à la lettre le mot de La Harpe, « imaginer,
c'est se souvenir, » et qu'au lieu de s'inspirer des exemples légués par les maîtres, ils se soient imposé le devoir d'en copier
simplement les formes. Les souvenirs varient, il est vrai, suivant les inclinations ou les calculs de chacun. Tandis que
M. Clesinger reproduit le style de Coysevox dans sa *Zingara*,
et même dans un sujet antique, *Sapho terminant son dernier
chant,* M. Franceschi s'efforce de simuler la puissance de Michel-Ange, et de donner à son *Andromède* les formes admirablement extravagantes, la majesté sauvage des figures sculptées
sur les tombeaux des Médicis à Florence. M. Becquet agite les
lignes de son *Saint Sébastien*, et en accuse le modelé, non sans
vigueur, mais avec une préoccupation évidente de la manière
de Puget. Jean Goujon et Germain Pilon sont au contraire les
modèles dont M. Prouha prétend s'assimiler la manière dans
Médée égorgeant ses enfants, dans la *Muse de l'inspiration* et
dans une *Diane au repos*, — Diane de Poitiers, apparemment.
D'autres artistes contrefont les statues antiques suivant les procédés d'académie, et rééditent, avec une imperturbable banalité de goût, des types déjà tirés à des milliers d'exemplaires ;
d'autres enfin demandent quelque chose de plus que des conseils aux monuments du moyen âge, de la renaissance italienne, ou même aux morceaux les plus renommés de l'école
moderne, et se contentent de reproduire, sauf quelques variantes, ceux-ci les *jeunes pêcheurs* de Rude et de M. Duret, ceux-
là les figures légendaires de nos cathédrales ou les bas-reliefs

des *quattrocentisti* florentins. Partout l'absence non pas de
talent, mais d'invention; partout une volonté systématique
d'interpréter, de préférence à la nature, les œuvres d'un maître
ou d'une époque. De là l'intérêt médiocre que présentent les
sculptures exposées au palais des Champs-Elysées. Si plusieurs
se recommandent par la correction et le goût, aucune n'a une
signification assez sérieuse, une valeur assez incontestable pour
s'isoler tout à fait du reste et mériter le succès à plus juste titre
que telle œuvre voisine. L'abstention des statuaires les plus éminents de notre école explique au reste cette insuffisance de
l'exposition actuelle. On n'y voit rien de la main de M. Barye.
A l'exception de M. Jaley, qui d'ailleurs n'a envoyé que deux
bustes, aucun des membres de la section de sculpture à l'Académie des Beaux-Arts n'a pris part au concours. Il n'est pas
jusqu'aux révolutionnaires, dont les témérités faisaient jadis
scandale et réussissaient du moins à alimenter la controverse,
à passionner l'opinion, — il n'est pas jusqu'aux athlètes les
plus résolus autrefois à combattre, qui ne déclinent aujourd'hui
la lutte. M. Préault lui-même montre pour le Salon autant
d'indifférence qu'en témoignent les membres de l'Institut;
comme eux, il laisse la place libre aux entreprises modestes ou
aux honnêtes médiocrités.

Les statues, les groupes et les bas-reliefs réunis au Salon
n'expriment donc en général que des convictions à peu près
négatives et, comme les tableaux et les dessins, un fâcheux
éparpillement de forces et de doctrines. Comme l'école de peinture aussi, l'école de sculpture tend à faire prévaloir l'agréable
sur le beau, l'adresse de la pratique sur l'habileté savante, et,
là même où le talent est le moins équivoque, il se ressent encore de cette propension universelle à rabaisser les conditions
de l'art. Une très-jolie figure en bronze, *la Fileuse* de M. Moreau, est un spécimen, accompli dans ce sens, des inclinations
et de la foi modernes. Joli est bien le mot qui convient à cet

ouvrage, où il ne faut chercher ni l'élévation de la pensée, ni la vigueur de l'exécution, mais où il n'y a non plus ni afféterie dans le style, ni grâce ouvertement empruntée ; ce qu'on y trouve, c'est l'expression d'un éclectisme discret, d'une conciliation ingénieuse entre les exigences du goût actuel et certaines traditions sinon plus sévères, au moins plus pures. L'invention générale de la figure n'a au reste rien de fort imprévu. Assise et faisant tourner de la main droite le fil qui s'enroule autour du fuseau, tandis que le bras gauche s'élève pour supporter la quenouille, *la Fileuse* est vêtue d'une robe d'étoffe légère glissant sur la poitrine et mettant à nu l'épaule du côté où s'abaisse la main qui agite le fuseau ; ses jambes sont recouvertes d'une draperie à la manière des statues antiques et de bien d'autres. L'ajustement, on le voit, n'a pas beaucoup plus de nouveauté que la pose, mais le tout est finement compris et rendu avec une véritable élégance. Le choix des formes, le caractère de la tête, qui, sans être une copie servile des types consacrés, n'est pas non plus le simple portrait d'un modèle de rencontre, le style de chaque partie, en un mot, prouve que M. Moreau sait éviter la gentillesse en recherchant la grâce, et se préserver aussi bien des vérités mesquines que des beautés de convention.

Un autre ouvrage du même artiste, *l'Avenir,* nous semble beaucoup moins heureux. La signification de ce morceau est d'ailleurs assez équivoque, et, sans le secours du livret, on pourrait facilement prendre pour une tête de vestale cet *Avenir* au visage voilé, dont les traits se laissent entrevoir à travers la draperie légère qui les recouvre : artifice d'outil un peu puéril et renouvelé de certain trompe-l'œil qui fait l'admiration des touristes dans la chapelle de Sainte-Marie *della pietà de' Sangri* à Naples. On sait qu'un sculpteur de l'extrême décadence italienne, Corradini, imagina de représenter dans cette chapelle la mère de Raimondi Sangro enveloppée de la tête aux pieds d'un long voile, et de travailler le marbre de manière à lui donner un simulacre de transparence. Ce tour d'adresse du ciseau, bien souvent répété depuis lors en Italie, particulièrement à Milan, dans la première moitié de notre siècle, a tenté les artistes français à leur tour; il semble aujourd'hui les préoccuper un peu trop, puisque, indépendamment de *l'Avenir* de M. Moreau, *une Vestale* de M. Carrier de Belleuse, et l'*Agrippine portant les cendres de Germanicus*, statue sculptée par M. Maillet, sont conçues et exécutées à l'imitation de l'œuvre napolitaine.

On se rappelle la charmante figure, *le Printemps,* que M. Loison avait exposée au Salon de 1853. La grâce, l'expression de jeunesse qui caractérisaient cet ouvrage et qui lui valurent alors le succès, se retrouvent en partie dans la *Sapho sur le rocher de Leucade* que M. Loison nous montre cette année; mais ces qualités apparaissent ici sous des formes un peu contraintes, et jusqu'à un certain point en désaccord avec la scène et le personnage représentés. Un tel sujet comportait dans l'attitude, dans l'expression du visage, dans le style général, la grandeur pathétique et la force; on dirait que l'artiste s'est trouvé dépaysé en face des conditions, assez nouvelles pour lui, qu'il s'agissait de remplir. La tête de la *Sapho* est d'un caractère indécis; les bras, finement modelés d'ailleurs, se crispent avec une sorte de passion timide et d'ostentation en même temps; il semble que dans cette figure, plutôt agréable qu'énergique, tout procède d'une agitation voulue, tout fasse effort pour exprimer le désespoir. Nous ne croyons pas que les sujets violents puissent convenir au talent de M. Loison, talent délicat comme celui de M. Moreau, et dont le sens et la valeur se définissent bien mieux au Salon dans une statuette de *Jeune fille portant un vase sur l'épaule*, que dans cette statue de *Sapho.*

Le *Moissonneur* de M. Gumery appartient à la même école,

accuse à peu près les mêmes tendances que les travaux de
MM. Moreau et Loison. Peut-être y a-t-il dans cette figure de
jeune garçon au visage gracieusement viril, aux formes sveltes,
mais non dépourvues de force, quelque chose de plus franc et
de plus original que dans les figures de jeunes filles sculptées
par les deux artistes que nous venons de nommer. En tout cas,
M. Gumery a de commun avec eux l'élégance du style, le goût
des vérités choisies. Son *Moissonneur* est, à cause de cela même,
une des meilleures statues de l'exposition, et si l'on ne peut y
admirer des qualités très-hautes, on ne saurait y méconnaître
des intentions heureuses et une manière ingénieuse sans subtilité. Nous regrettons qu'un autre ouvrage de M. Gumery, *la
Fontaine de l'Amour*, soit de nature à diminuer un peu la confiance que nous inspirait ce talent. Ici, en effet, la recherche de
la grâce aboutit à l'affectation, la finesse à l'exiguïté du style,
et la préoccupation de l'élégance à une coquetterie de madrigal. Dans un ordre de sujets différent et sous des formes tout
autres, cette jeune fille qui se détourne en souriant pour préserver son visage de l'eau qu'un petit Amour lui jette, manque
aussi bien de naturel et satisfait aussi peu aux conditions de la
statuaire que *la Chute des Feuilles* sculptée par M. Schroder,
ou la *Résignation* par M. Chatrousse. Ce n'est pas, d'ailleurs,
que ces deux dernières compositions soient sans mérite à quelques égards ; mais elles procèdent l'une et l'autre d'inspirations
si parfaitement quintessenciées, que les moyens ordinaires de
l'art se trouvent à peu près réduits ici à l'état d'intentions littéraires, on dirait presque d'abstractions métaphysiques. A force
de viser à l'expression spiritualiste, Ary Scheffer est tombé
quelquefois dans des erreurs pareilles ; mais les méprises de
cette sorte sont plus graves encore lorsque c'est un sculpteur
qui les commet, parce que le ciseau ne saurait en aucun cas
s'exempter de la précision matérielle, et que l'inflexibilité
même du marbre ou du bronze semble en contradiction

formelle avec tout ce qui n'est pas net et résolûment senti.

Parmi les œuvres qui, à défaut de mérite absolu, ont du moins une valeur relative et un caractère conforme aux lois essentielles de la statuaire, on peut citer la *Tendresse maternelle* de M. Gruyère, le *Moïse sauvé des eaux* de M. Allasseur, la *Lyssia* de M. Lepère et *le Semeur d'ivraie* de M. Valette. Sans doute, ces divers groupes ou statues et quelques autres signés des noms de MM. Garnier, Millet et Lanzirotti, ne se distinguent pas très-ouvertement par l'originalité du sentiment ou de la manière ; mais on n'y reconnaît pas non plus ces partipris de servilité que nous accusions tout-à-l'heure, cette volonté obstinée d'abdiquer toute indépendance personnelle pour reproduire, comme le fait M. Klagmann entre autres, les types et les formes d'expression appartenant aux siècles passés.

Si, au point de vue de l'invention et de l'élévation du style, les travaux qui figurent au Salon n'autorisent que de loin en loin les éloges, en revanche l'exposition est assez riche dans le domaine de l'imitation pure, dans la sculpture de portrait. On sait au reste avec quelle supériorité l'école française a traité de tout temps ce genre de sculpture, et quels innombrables monuments subsistent encore de l'habileté de nos anciens *portraitistes*, depuis les figures du treizième siècle qui ornent les portails de la cathédrale de Chartres jusqu'aux bustes sculptés par Houdon. Les artistes de notre siècle, il est vrai, se sont d'abord écartés quelque peu de ces habitudes traditionnelles ; sauf les bustes et les médaillons modelés par David et quelques morceaux de la main de Pradier, les spécimens contemporains sont rares d'un art qui, pendant si longtemps, avait été pratiqué dans notre pays avec plus de succès que dans aucun autre. Il semble aujourd'hui que la tradition se renoue et que notre école rentre en possession de sa vieille aptitude, car les bustes habilement sculptés sont nombreux au Salon ; quelques-uns même pourraient être rapprochés sans désavantage des meilleurs ouvrages de nos maîtres. En est-il beaucoup parmi ceux-ci qui eussent désavoué le buste de femme, le buste d'*Ary Scheffer*, et surtout celui de *M. Henriquel-Dupont,* sculptés par M. Cavelier avec une science si sûre de la forme et une intelligence si fine de la physionomie? M. Clesinger lui-même, ouvertement coupable d'affectation et de faux goût dans ses statues, n'a-t-il pas prouvé, en faisant le portrait d'une *Romaine transtévérine,* que son ciseau savait être parfois habile sans ostentation et véridique sans pauvreté de style? Pourquoi faut-il que le progrès qu'atteste cette tête de Romaine se trouve démenti par une malencontreuse *Napolitaine des montagnes,* dont la grâce factice et l'expression forcée rappellent ces bustes de *bergères* qui ornent les chaumières de théâtre construites dans les jardins du Petit-Trianon?

Rien de théâtral au contraire, rien que de simple et de vrai, dans le portrait que M. Oliva nous a donné du général Bizot. M. Oliva est aussi l'auteur d'un très-bon buste en bronze du père Zibermann et d'un buste en marbre de M. de Mercey, ouvrage finement modelé, mais dans lequel la délicatesse du travail dégénère quelquefois en exagération d'adresse et en ruse d'outil. Il faut laisser à la sculpture les moyens d'imitation qui lui appartiennent, la mesure de vérité qu'elle comporte ; il ne faut pas détailler, par exemple, les poils de la barbe, comme l'a fait M. Oliva, en perforant le marbre de part en part, parce que, sous prétexte d'ajouter à l'expression de la réalité, on n'arrivera ainsi qu'à en appauvrir le simulacre, et que d'ailleurs, quoi qu'on fasse, il y aura toujours en matière d'art une part laissée au mensonge et à la convention. Une vérité matérielle absolue dans telle partie, au lieu de confirmer la vraisemblance du reste, ne pourra au contraire que compromettre cette vraisemblance, et mettre d'autant mieux en lumière l'apparence forcément incomplète, le caractère nécessairement abstrait de telle autre partie. Aussi ne voyons-nous pas sans regret que l'usage se généralise, non-seulement de colorier certains détails, mais encore de substituer dans certains cas la réalité même au travail du ciseau, l'objet qu'il s'agissait de représenter à l'image de cet objet. Plusieurs bustes de femmes exposés au Salon et ornés soit de véritables camées incrustés dans la coiffure, soit de boucles d'oreilles fabriquées par le joaillier, témoignent sur ce point de préoccupations peu conformes à la dignité de l'art et aux exigences d'un goût sévère. Je sais qu'on peut invoquer à l'appui de pareilles tentatives quelques exemples de l'antiquité : sont-ce toutefois ceux-là qu'il importe de préférer et de suivre ? Et puis où s'arrêter dans cette voie ? Pourquoi les bijoux d'ornement auraient-ils seuls le privilége d'être associés à la sculpture ? Pourquoi ne pas mettre sur la poitrine d'un officier les plaques mêmes des ordres qui lui ont été conférés, ou ne pas suspendre à son côté l'épée qu'il portait sur les champs de bataille ? En s'abandonnant ainsi à la fantaisie, on arriverait bientôt à la négation de l'art, à la contrefaçon barbare ; en prétendant animer un portrait, on ne ferait qu'exagérer la vie des accessoires, et, en vertu du contraste même, immobiliser la physionomie et la forme humaines. Veut-on apprécier par un exemple l'expression d'inertie cadavérique à laquelle peut aboutir, dans une œuvre de sculpture, le mélange des éléments réels et des procédés d'imitation : que l'on examine au palais de Versailles le portrait en cire de Louis XIV modelé par Antoine Benoist, où l'on voit à côté du travail de l'artiste une perruque véritable, des fragments d'habits, de dentelles et de cordon bleu ; on sentira de reste que l'art doit, sous peine d'abdication ou d'anéantissement, dédaigner l'effigie pour l'image, le fait brut pour la traduction du vrai, et que, s'il lui appartient de nous faire pressentir la vie, il ne lui convient point de la parodier.

La sculpture de portrait, représentée d'ailleurs au Salon par

un grand nombre de bustes remarquables, dûs pour la plupart
au talent d'anciens élèves de Rude ou de David, compte encore quelques morceaux dignes d'éloges dans un ordre de travaux plus importants. Il faut citer, entre autres, la statue du
maréchal de Saint-Arnaud par M. Lequesne, et le Napoléon
Bonaparte en uniforme d'élève de Brienne, par M. Rochet.
Cette figure du jeune héros, à l'attitude grave sans affectation,
aux formes délicates ingénieusement exprimées, est un nouveau témoignage du genre d'habileté propre aux artistes de
notre époque. Ici encore on reconnaît ce sentiment fin de la
nature, mais de la nature prise dans une acception secondaire,
ce goût pour les vérités plutôt séduisantes que profondes, cette
science de l'agrément en toutes choses qui, dans les œuvres de
la sculpture et de la peinture, semble jusqu'à présent la qualité
la plus claire et le progrès le plus positif de l'école française
contemporaine.

Lorsque, après avoir examiné les tableaux et les sculptures
qui figurent au Salon, on cherche à résumer ses impressions
et à tirer de cet examen une conclusion sur la situation actuelle
de l'art en France, on se voit forcé de constater d'abord ce double fait, que jamais l'habileté n'a été plus générale, mais aussi
qu'elle ne s'est jamais produite sous des formes plus humbles.
Rien de moins rare que le talent aujourd'hui ; toutefois, en
considérant l'emploi qui en est fait, on peut, on doit même dire
que ce talent grandit en raison inverse du caractère sérieux des
travaux et de l'importance des genres. Plus la tâche choisie
implique l'instinct ou l'étude des hautes vérités, moins l'exécution répond aux conditions qu'il s'agissait de remplir. Plus
ces conditions s'abaissent au contraire, moins le sentiment et
la science des artistes sont équivoques. C'est aux portraits en
buste, aux statuettes et aux groupes d'animaux que notre école
de sculpture doit son animation principale et ses succès les plus
habituels. Il n'en va pas autrement de la peinture. Les tableaux

d'histoire ont presque toujours une valeur bien moindre que les tableaux de genre historique, et ceux-ci le cèdent à leur tour en mérite aux scènes décidément familières, aux sujets de genre proprement dits. Enfin l'ordre de peinture où se sont accomplis les progrès les plus significatifs n'est-il pas le paysage, c'est-à-dire la forme pittoresque qui exige le moins d'efforts d'imagination et de combinaisons personnelles? Encore ici même le talent se manifeste-t-il avec d'autant plus d'évidence que l'objet de l'imitation aura été plus modeste. La vue d'un champ ou d'une lisière de forêt aux portes de Paris est un thème qui inspirera mieux le pinceau de nos paysagistes, que ne sauraient le faire les montagnes de la Sabinie et les majestueuses solitudes de la campagne de Rome.

Il y a donc à la fois dans l'état présent de l'art français des symptômes de décadence et des témoignages de progrès : progrès tout extérieurs, il faut le redire, et par cela même dangereux, puisqu'ils peuvent fausser chez les artistes comme dans le public la notion du bien, dégrader la fonction du talent, et substituer partout un charme et des vérités de surface à la vérité morale, à cette « haute délectation de l'esprit » dont a parlé Poussin. Voilà le péril. Qui possède les moyens de le conjurer? Personne en particulier, chacun de nous cependant dans sa sphère d'action et dans la mesure de ses forces. C'est à nous tous, à cette grande abstraction qu'on appelle tout le monde, d'opposer un effort collectif de bon sens à l'invasion du mal. Ne cherchons ailleurs ni remède ni palliatif. On aurait grand tort, en pareil cas, de tout attendre de la direction administrative, et de compter, suivant une erreur assez commune, sur l'action régénératrice, sur l'omnipotence de l'Etat en matière d'art. L'Etat ne peut et ne doit que seconder le progrès ; il ne lui appartient ni de le décréter ni de le déterminer à sa guise. Laissons donc, une fois pour toutes, les requêtes banales, les lamentations oiseuses et les souvenirs traditionnels de l'influence exercée par les Médicis et les Colbert. Cette influence avait non-seulement pour auxiliaire, mais pour principe, le mouvement général de l'opinion au quinzième et au dix-septième siècle. Si nous savons à notre tour reprendre goût aux grandes choses et nous détourner des petites, nous aurons donné un exemple fécond, et adressé à qui de droit des avis qui seront bientôt entendus; mais si nous continuons de nous accommoder des gentillesses ou des jactances du pinceau, si nous ne demandons aux tableaux admis au Salon rien de plus qu'aux tableaux qui figurent aux montres des boutiques; si enfin, au lieu de faire sévèrement justice de la verve factice et du faux talent, nous nous obstinons à confondre la brutalité avec la force, les gladiateurs avec les conquérants, et les comédiens avec les poètes, l'art secondaire ou infime s'encouragera chaque jour de notre tolérance, et finira, d'usurpation en usurpation, par absorber toute la vie, toutes les ambitions, toute la foi de notre école.

A cette complicité du goût public se joint une autre cause d'affaissement et d'anarchie dans les doctrines. Quelques artistes supérieurs sont encore l'honneur de l'école française; mais ils ont cessé d'en être les chefs actifs, les conseillers influents, ou plutôt il n'y a plus d'école, en ce sens qu'il n'y a plus ni empire directement exercé sur des disciples, ni apprentissage progressif sous le regard des maîtres. L'éducation professionnelle se fait vite et au hasard. Les jeunes peintres, il est vrai, fréquentent quelque temps un atelier, sauf à passer bientôt dans un autre où ils n'apporteront pas des dispositions plus dociles, parce que l'occasion les y aura conduits plutôt qu'une ferme confiance dans l'autorité des enseignements. Ils pourront s'intituler élèves de tel ou tel maître; mais cette origine toute nominale n'impliquera ni l'idée d'engagements une fois pris, ni le respect de certains principes. Il suffit d'ouvrir le livret du Salon pour savoir jusqu'où peut aller l'infidélité sur ce point, et quelles étranges anomalies existent entre les allures actuelles d'un talent et les premiers exemples qui lui ont été proposés. D'autres, plus indépendants encore, n'essaieront même pas de demander un semblant de leçons à l'expérience de leurs devanciers. Après quelques essais, quelques efforts poursuivis sans témoin, ils entreront en lice, et prétendront faire acte de peintres avant d'avoir eu le temps d'étudier. De cette direction momentanément acceptée par les uns, ouvertement répudiée par les autres, ou, pour mieux dire, de l'absence de toute vraie direction, résultent l'esprit d'aventure, l'ambition prématurée du succès, le besoin de surprendre l'attention publique en étalant quelque paradoxe pittoresque, ces empressements et cette fécondité enfin dans lesquels on serait autorisé à voir un signe de déchéance intellectuelle plutôt qu'un témoignage de vigueur.

Notre époque, dans le domaine de l'art, est une époque de production exubérante ; mais à quoi bon tant d'activité et tant d'œuvres, si le tout ne doit aboutir qu'à la gloire de quelques vérités subalternes ? Les talents abondent, soit : combien en citera-t-on qui attestent une conviction profonde, une volonté ferme, une foi au-dessus de la mode et des succès passagers ? Les uns se gaspillent en futiles réminiscences du dernier siècle, les autres s'immobilisent dans une prétentieuse imitation de la naïveté primitive ; d'autres encore cherchent à conquérir leur part de notoriété, soit en exagérant les laideurs et les misères de la réalité, soit en enjolivant outre mesure les élégances de la vie actuelle. Il semble que l'art contemporain n'ait pour principe que la dextérité, pour fin que la surprise ou l'amusement des yeux, et que, préoccupé uniquement des côtés extérieurs de sa tâche, il ne sache pas s'imposer une fonction morale et un devoir.

Que les artistes y songent pourtant. En acceptant comme leur seule mission ce rôle d'artisans habiles, ils se donnent un tort grave et se préparent sans doute d'amers regrets. Qu'ils s'interrogent dès à présent sur l'emploi de leurs talents ; qu'ils se demandent quels sentiments généreux ils ont réussi à stimuler, quelles nobles passions ils ont éveillées en nous. Pour beaucoup, la réponse sera telle, qu'ils sentiront le besoin d'élever le but de leurs efforts. Il est temps de renoncer à ces fantaisies au jour le jour, à ces artifices d'exécution qui tendraient à réduire la peinture aux proportions d'une industrie futile. Encore quelques progrès dans la voie où l'on marche, et les produits de l'art français, au lieu d'être comme par le passé l'expression éloquente de la raison, n'exprimeront plus que l'adresse et le luxe inutile, à peu près comme ces *articles Paris* qui assurent à notre pays la supériorité dans les questions de fabrication et de mode, mais qui ne sauraient ni honorer fort sérieusement le génie national, ni en définir pleinement le caractère et les ressources. Est-ce calomnier l'école contemporaine que de signaler un fonds d'irréflexion et de scepticisme sous les dehors séduisants qu'elle affecte? Est-ce outrager les talents qu'elle compte que d'exhorter ceux-ci à se défier de leur habileté même, et à remettre en honneur les lois qui ont autrefois prévalu parmi nous ? Dieu nous préserve de l'esprit de dénigrement et des rigueurs systématiques; mais qu'il nous préserve aussi des concessions à l'erreur, des complaisances pour ce qui menace de dégrader les beaux-arts, ou seulement d'en amoindrir la portée! Rien de plus salutaire ni de plus noble qu'une œuvre d'art, quand elle suscite l'élan de la pensée ; rien de plus vain lorsqu'elle n'a pour objet que de concentrer les regards sur un fait. « L'homme, a dit Platon, en apercevant la beauté sur la terre, se ressouvient de la beauté première. » En ayant devant les yeux le spectacle du joli, il n'aperçoit rien au-delà ; ses souvenirs s'arrêtent au moment actuel, ses émotions à la sensation superficielle que ce moment lui donne. Les descendants de Poussin et de Lesueur, les héritiers de tant de maîtres aux

mains de qui le pinceau a été un instrument d'expression morale, commettraient plus qu'une faute, ils se rendraient coupables d'impiété envers l'art français et les traditions qui en
sont la gloire, s'ils consentaient à circonscrire leur foi dans les
limites de l'habileté technique et de la simple imitation matérielle.

V

LE SALON DE 1861.

Lorsqu'on voit, à chaque exposition nouvelle, le flot des œuvres secondaires envahir de plus en plus le terrain, et le succès se prendre, faute de mieux, aux paradoxes, aux coquetteries, parfois même aux niaiseries pittoresques, on est tenté de se demander si, tel que nos mœurs l'ont fait, le Salon ne sert pas avant tout à entretenir un malentendu entre les artistes et le public. Sur ce théâtre qu'ont déserté les maîtres, et d'où les disciples d'élite tendent à s'éloigner à leur tour, qui ne sait la place qu'usurpent les vétérans de la médiocrité ou les débutants à peine capables de balbutier un rôle, les impuissances vieillies ou les ambitions hâtives? Ne les voit-on pas occuper presque entièrement la scène et s'y prélasser en sûreté de conscience, comme s'ils exerçaient une fonction principale? On ne s'explique ainsi que trop bien ce nombre croissant d'année en année de tableaux de genre et de paysages, cette somme considérable d'habileté dépensée en menue monnaie, et cette transformation du Salon, qui devrait être le sanctuaire de l'art contemporain, en un entrepôt où se succèdent périodiquement les produits de l'industrie pittoresque. La foule, de son côté, s'accommode du spectacle qu'on lui donne, si peu solennel qu'il soit : elle l'accepte comme un fait consacré par l'usage, oubliant d'ailleurs le sens et les caractères primitifs de ce fait traditionnel, oubliant même que, dans la première moitié du siècle

11

où nous sommes, les expositions publiques résumaient encore tous les efforts, toutes les aspirations, toutes les forces vives de notre école, et que, s'il y avait place dès lors pour les succès et les talents secondaires, ceux-ci du moins faisaient cortége au triomphe des grands talents.

Aujourd'hui qui pourrait prétendre que le Salon représente l'art français contemporain dans son expression la plus éloquente, dans sa physionomie complète? L'adresse de la main, les ruses du métier, l'imitation succincte ou minutieuse des vérités vulgaires, voilà ce qu'expriment la plupart des toiles exposées, voilà ce qui semble définir et proclamer la foi esthétique de notre école. Suit-il de là que notre école n'ait rien de mieux à nous montrer ou à nous dire, que toutes les ressources dont elle dispose se trouvent concentrées ici, et qu'en dehors de ces murs où s'affichent les témoignages de la dextérité, rien ne se rencontrerait où l'on pût lire les preuves d'une inspiration plus haute et d'un savoir plus sérieux? Il n'en est pas ainsi, grâce à Dieu. Les descendants de tant de savants maîtres, les artistes qui travaillent au temps de M. Ingres, n'ont pas si bien renié leur origine ou méconnu les vivants exemples, qu'ils se soient tous réfugiés dans le culte des doctrines mesquines, dans la pratique des faciles devoirs ; tous ne croient pas que la peinture n'ait d'autre tâche que d'enjoliver la réalité ou de la transcrire sans commentaires. La recherche du beau et de l'idéal préoccupe encore quelques esprits supérieurs aux tentations mondaines ; d'autres, sans rompre absolument avec les inclinations du siècle, sans s'élever jusqu'aux régions où cessent les bruits de la terre, se tiennent toutefois à une juste distance des faits, et n'en acceptent l'influence qu'avec une docilité mesurée. Dans la sphère tempérée qu'ils habitent, l'art demeure sain encore, sinon parfaitement robuste ; tout y est calme, mais non pas inerte, sobrement expressif, mais non équivoque ni rebattu.

Les murailles des églises et des monuments publics fourniraient sur ce point des renseignements que l'on ne saurait demander aux toiles exposées ailleurs. Sans parler d'œuvres
d'une importance et d'un mérite exceptionnels, comme les
peintures de M. Flandrin dans la nef de Saint-Germain-des-
Prés, on pourrait citer, parmi les travaux de décoration monumentale achevés dans le cours des deux dernières années, plusieurs spécimens remarquables de cette aptitude à concilier le
respect de la tradition avec une préoccupation légitime du style
et du sentiment modernes. Dans l'ordre des sujets religieux,
les scènes de la Passion que M. Signol a peintes à Saint-Eus-
tache, et dont une surtout, *Jésus-Christ porté au tombeau,* se
recommande par la vraisemblance pathétique en même temps
que par les caractères imprévus de l'aspect ; — la *Chapelle de
Saint-François de Sales* à Saint-Sulpice, où M. Alexandre Hesse
a su très-habilement élargir sa manière, sans renoncer à ce
goût pour la variété des éléments pittoresques, pour les formes
épisodiques, qui est dans les habitudes et dans les conditions
mêmes de son talent ; — les peintures exécutées dans la cathédrale d'Agen par M. Bézard, esprit loyal, artiste bien informé,
auquel il ne manque peut-être qu'une confiance plus ferme et
les excitations plus accoutumées du succès ; — d'autres compositions religieuses encore prouvent qu'une très-notable partie
de notre école, tout en demeurant éloignée du Salon, ne reste
pour cela ni étrangère au mouvement actuel de l'art français,
ni infidèle aux souvenirs qui l'obligent.

Dans le domaine de la peinture purement décorative, les
mêmes faits se produisent, la même harmonie tend à s'établir
entre les lois immuables de la tâche et les exigences du goût
particulier à notre temps. Je sais qu'à côté des progrès accomplis en ce sens, on pourrait signaler quelques méprises regrettables, que la décoration, par exemple, du grand salon dans le
nouveau ministère d'Etat accuse, au point de vue de l'invention,

du style, de la perspective même, des ressources bien insuffisantes ou de singulières distractions ; mais il ne serait pas difficile de rencontrer ailleurs la grâce d'imagination et la science
qui font défaut ici. Sans sortir même du palais du Louvre, il
suffirait de jeter les yeux sur le plafond où M. Gendron a groupé
quelques figures aériennes et déroulé, avec un fin sentiment de
la cadence des lignes et des tons, une de ces guirlandes animées qui participent à la fois de la fantaisie pittoresque et de
la symétrie architectonique. Si l'on visite certaines habitations
particulières, l'hôtel entre autres où M. Cabanel a personnifié
sur les voûtes d'un salon *les Cinq Sens*, on reconnaîtra que les
peintres de notre temps savent en pareil cas allier une élégance
sans afféterie à une correction sans pédantisme. Des travaux
de ce genre toutefois, en raison de leur destination même et de
la place fixe qu'ils occupent, sont comme non avenus pour le
public, accoutumé de longue main à n'interroger l'art français
qu'au Salon. L'habitude est donc invétérée chez nous de réduire l'étude de l'art contemporain à l'examen des expositions
périodiques ; malgré les symptômes les moins douteux de déchéance, ces expositions nous trouvent façonnés à l'usage et
confiants dans des priviléges qui n'existent plus.

Après l'abstention des artistes éminents, soit qu'ils refusent
systématiquement leur participation, soit que leur temps soit
pris par des travaux de peinture monumentale, un fait doit être
signalé comme tendant aussi à compromettre l'importance et
l'autorité du Salon. Nous voulons parler de ces expositions particulières qu'il est d'usage de multiplier depuis quelques années.
D'abord il s'agissait seulement de nous faire revoir des ouvrages
déjà connus, de nous montrer, à côté des tableaux de l'ancienne
école française, quelques-unes des toiles auxquelles les maîtres
de l'école contemporaine avaient dû leurs premiers succès ; ou
bien encore une exposition posthume, consacrée tout entière à
l'histoire d'un talent, représentait dans leur ensemble les tra-

vaux, les progrès successifs de l'artiste que la mort venait de frapper. Les choses ont changé depuis lors : ce sont des œuvres toutes récentes, des tableaux envoyés directement de l'atelier où ils ont été peints, de la galerie où ils entraient hier, qui viennent maintenant peupler ces succursales du Salon, parfois même les enrichir de telle sorte qu'il y a là, non plus un danger de rivalité, mais un désavantage manifeste pour les expositions officielles. Celle qui attire la foule aujourd'hui au palais des Champs-Élysées aura beau étaler ses quatre mille toiles, dessins ou morceaux de sculpture : le grand événement de l'année 1861 dans le monde des arts n'en restera pas moins l'apparition des dessins et du tableau que M. Ingres a exposés ailleurs. Si, au lieu du demi-jour, le maître avait voulu accepter la pleine lumière et s'emparer des regards de tous, si cette figure exquise, *une Source*, si ces admirables *portraits* dessinés, au lieu de consacrer des murs affermés à une entreprise particulière, avaient récompensé l'hospitalité offerte par l'Etat, le succès n'aurait pas été mieux mérité sans doute, mais il aurait acquis une signification moins personnelle. Il se serait plus utilement confondu avec le mouvement du goût, avec les progrès mêmes de notre école.

De deux choses l'une en effet : ou les enseignements qui ressortent d'un chef-d'œuvre doivent, soit par l'autorité du contraste, soit par une certaine analogie avec les ouvrages environnants, faire justice des tentatives mauvaises et encourager les efforts sérieux, alors la publicité ne saurait être trop vaste, ni le secours donné de trop près ; ou bien ce chef-d'œuvre empruntera du silence de tous un surcroît d'éloquence, et persuadera d'autant plus sûrement le regard qu'il lui parlera seul. Alors pourquoi ne pas l'isoler complétement? Pourquoi le laisser s'aventurer en compagnie, moins nombreuse il est vrai, mais non pas mieux choisie que celle qui l'avoisinerait au Salon? Pourquoi cette demi-publicité, dont les inconvénients seront tout aussi réels et les bons résultats forcément plus restreints que les inconvénients ou les avantages de la publicité qu'on rencontrerait ailleurs? Les expositions de tableaux modernes ouvertes en dehors du Salon ont ce double défaut, de donner aux travaux supérieurs une popularité insuffisante et d'exagérer au contraire, par la facilité même du spectacle, l'importance des travaux secondaires. Elles promettent un abri aux artistes médiocres, dont elles stimulent la fécondité, elles nous intéressent surtout aux petits talents et aux petites choses; elles achèvent ainsi de nous désaccoutumer du beau, ou quand, par hasard, une œuvre d'élite vient à résider en pareil lieu, qu'y a-t-il dans ce choix, sinon une opposition implicite aux anciens usages et le dédain pour un autre séjour?

Le salon n'est donc plus un champ de lutte privilégié, une arène où ceux qui ont vaincu déjà viennent chercher de nouveaux applaudissements : c'est un gymnase où s'exercent sans grand danger de chute les talents moyens, et trop souvent les talents inexpérimentés ou invalides. Qui sait même? pour beaucoup d'entre nous, ce n'est peut-être qu'un champ de foire où, le sort aidant, on peut acquérir à bas prix telles denrées pittoresques qu'on revendra plus tard dans de meilleures conditions. On n'ignore pas que, cette année comme il y a deux ans, une loterie a été organisée pour faciliter aux artistes le placement de leurs ouvrages, et qu'une commission a même accepté la tâche de choisir, parmi les objets exposés, ceux qui mériteront d'être offerts comme lots aux souscripteurs. Il faut honorer en ceci la générosité des intentions et le zèle de ceux qui se sont dévoués à l'entreprise; mais, en s'efforçant de servir la cause des beaux-arts, ne court-on pas le risque de favoriser les progrès de l'esprit mercantile? N'est-il pas à craindre que le résultat ne trompe en ce sens la pensée qui a dicté la mesure, et que les artistes eux-mêmes, au lieu de voir dans ce nouveau mode de récompense une exhortation aux efforts difficiles, n'y trouvent surtout une occasion d'écouler des produits appropriés aux goûts, aux exigences peu éclairées de la foule ?

Nous n'avons point à insister sur ces réflexions qu'éveille impérieusement le premier aspect du Salon de 1861 : il nous aura suffi de les indiquer. Ce n'est pas à dire assurément qu'il faille supprimer le Salon comme ayant perdu sa raison d'être. Nous regretterions qu'on interprétât en ce sens des paroles, tendant au contraire à la défense de cette institution nationale et au respect des principes qui peuvent la vivifier de nouveau. Par quel moyen toutefois ressusciter le passé, contraindre les maîtres à reparaître au Salon, prohiber les expositions rivales, ou tout au moins les soumettre à un contrôle qui sauvegarde des intérêts supérieurs et assure une importance exceptionnelle à l'exposition ouverte par l'Etat ? On peut déjà, sans s'aventurer beaucoup, proposer comme mesures urgentes la suppression absolue de la loterie et l'obligation pour les artistes de n'exposer chacun que deux ou trois morceaux. En outre il ne nous semble pas impossible de séduire et de ramener les talents qui ont déserté le Salon par la certitude d'un voisinage plus digne d'eux, par certaines garanties données à de justes exigences. On a fort souvent reproché au jury d'admission ses rigueurs ; on serait mieux autorisé, selon nous, à accuser son indulgence et à lui demander compte, bien moins de quelques exclusions qu'il a pu prononcer dans un moment de distraction ou de fatigue, que de tant d'ouvrages médiocres trop complaisamment accueillis. Il serait temps qu'une séparation s'établît entre les essais qui sollicitent l'attention et les travaux achevés qui la commandent, entre les apprentis et les maîtres, entre une hospitalité de hasard et celle qui confère déjà en soi un honneur et une récompense. Le Salon, quoi qu'on en puisse dire, n'est pas plus fait pour abriter les produits de toute valeur et de toutes mains, que l'Institut n'est fait pour les ébauches littéraires ou scientifiques, le Théâtre-Français pour les vaudevilles ou l'Opéra pour les chansons. Il n'appartient pas à l'administration, cela va sans dire, de le peupler invariablement de chefs-d'œuvre : elle a le pouvoir toutefois d'en interdire l'accès aux faux talents, d'y réunir, faute de mieux, des œuvres estimables, et, ne fût-ce que par la fixation d'une quotité légale, de réduire au moins de moitié le chiffre des admissions fâcheuses ou inutiles.

Le Salon de cette année, où le nombre des objets exposés équivaut, le croirait-on? au total des œuvres que comprenaient, au commencement de ce siècle, cinq expositions successives, le Salon de cette année démontre de reste l'opportunité d'une mesure qui, en limitant les droits de chaque artiste, épargnerait au jury une besogne stérile et aux spectateurs la satiété. Parmi les peintres dont les noms sont inscrits au livret, beaucoup ont fourni un contingent qui varie de six à huit tableaux; plusieurs ont envoyé dix ou douze ouvrages : à quelques-uns même ce chiffre n'a pas suffi. Sans examiner si la fécondité n'est pas le plus souvent ici en raison inverse du mérite, on peut affirmer qu'aucun talent n'a besoin, pour nous initier à ses secrets, de multiplier à ce point les aveux. Il serait donc oiseux de s'arrêter, en examinant le Salon, devant cette multitude de toiles sans signification propre, sans formes d'expression imprévues, œuvres honnêtes, convenables, mais dont on croit se souvenir même en les rencontrant pour la première fois. Ce qu'il importe seulement de rechercher, ce sont les gages ou les promesses d'une habileté sérieuse et personnelle : ce sont aussi les erreurs qui peuvent séduire par leur audace même, et susciter pour les esprits un péril là où il n'y a en réalité qu'une aventure pour les yeux et un défi. Telle est la préoccupation qui dominera notre examen.

Parmi les tableaux d'histoire proprement dits qui figurent au Salon, — encore ce mot « peinture d'histoire » a-t-il perdu aujourd'hui la signification qu'on lui attribuait autrefois, et n'exprime-t-il le plus souvent que la simple narration d'un fait, — *la Bataille de l'Alma,* par M. Pils, mérite d'être citée comme le meilleur ouvrage et comme un honorable spécimen du talent de l'artiste. Pendant longtemps M. Pils a hésité entre les souvenirs que lui imposaient ses premières études et certains instincts secrets d'indépendance ; mais depuis quelques années il a trouvé sa voie. Renonçant à l'idéal mythologique aussi bien qu'à la peinture des sujets sacrés, — et son dernier essai en ce genre, la décoration d'une chapelle dans l'église de Sainte-Clotilde, ne laisse pas de justifier une pareille résolution, — il s'est franchement donné pour tâche l'étude et la représentation des choses actuelles. Dans le beau fait d'armes que son pinceau reproduit aujourd'hui, le récit est digne de l'action, l'image très-vraisemblable, on le sent, mais, on le sent aussi, tracée d'une main émue. Il y a de l'orgueil national sous ces dehors de stricte exactitude, une saine partialité du cœur dans ces informations de la mémoire, partout enfin quelque chose de plus que l'abnégation d'un annaliste ou l'avare éloquence d'un bulletin. Pourquoi faut-il que ce qui vivifie le tableau de M. Pils fasse défaut à la plupart des scènes du même genre que l'on a rassemblées dans le salon principal de l'exposition ? La vaste toile, par exemple, où M. Yvon a représenté *la Bataille de Solferino,* n'exprime-t-elle pas avec plus de soin que de passion, avec une réserve bien voisine de la froideur, les caractères extérieurs de cette glorieuse affaire et les portraits au repos de ceux qui en ont décidé le succès ? Le pinceau a eu beau couvrir de poussière les uniformes et de sueur les flancs des chevaux, l'animation n'est nulle part. On pourra reconnaître dans les termes de ce procès-verbal les postes stratégiques assignés à chacun : on n'y devinera guère l'énergie inspirée de la lutte et le moment venu d'une grande victoire.

Au point de vue de l'exécution purement pittoresque, le tableau de M. Pils n'a pas une supériorité moins réelle sur les

autres tableaux de bataille qui lui font face ou qui l'avoisinent.
Le coloris, pesant ou équivoque ailleurs, est ici net et agile.
La touche, rapide sans négligence, accentue le mouvement
dans le sens exprès de la forme : mérite peu commun chez les
peintres de notre temps, qui tantôt suppriment, sous prétexte
de verve, la vraisemblance du dessin, tantôt l'immobilisent ou
la surchargent, sous prétexte de correction. N'exagérons rien
cependant. *La Bataille de l'Alma* est une toile digne d'é-
loges, mais dont le succès, en d'autres circonstances et en regard d'autres ouvrages, perdrait beaucoup de son éclat. Nous
avons entendu sacrifier, très-injustement à notre avis, la brillante manière de M. Horace Vernet à la manière de M. Pils, la
vieille renommée du peintre de toute notre histoire militaire
depuis un demi-siècle, à la notoriété présente du peintre de
l'Alma. La comparaison seule entre ces deux talents serait un
acte d'ingratitude ou un paradoxe. On peut, — et l'on a bien
largement usé de ce droit depuis quelques années, — on peut
reprocher à M. Vernet son goût pour les intentions et les
formes épisodiques, sa confiance trop habituelle dans sa dextérité : il n'est permis à personne de faire bon marché de cette
facilité singulière, de dédaigner la rare clarté de ce style, et
d'oublier, les conditions inférieures du genre étant données,
que M. Vernet s'est cent fois comporté en maître là où M. Pils
n'a réusssi encore qu'à conquérir le premier rang parmi les
disciples.

Si, le tableau de M. Pils excepté, la peinture des événements
contemporains n'a produit au Salon que des œuvres insuffisantes, y a-t-il, dans un ordre de sujets appartenant au passé,
des témoignages plus sûrs d'inspiration? Il nous faut à peu
près garder le silence sur les scènes empruntées aux livres
saints. La peinture religieuse n'est pas, à vrai dire, représentée
dans les galeries du palais des Champs-Elysées, bien que les
tableaux d'église n'y manquent pas, et qu'à côté d'exem-

plaires tirés une fois de plus du moule académique, certaines compositions continuent de populariser, à propos de l'Evangile, les mœurs extérieures et les costumes de l'Orient. A peine rencontrera-t-on çà et là quelque morceau sagement expressif, comme la *Mater Dolorosa* de M. de Rudder, ou agréablement peint, comme le *Saint Etienne* de M. Quantin ; à peine pourra-t-on surprendre, sous l'exiguïté du style, une arrière-pensée ingénieuse comme dans les *Captives à Babylone* de M. Landelle, dans le *Jésus chez Simon* de M. Chazal, ou une intention dramatique comme dans les *Saintes Femmes* de M. Chamerlat. Partout ailleurs la médiocrité de l'exécution est d'accord avec la banalité du sentiment, avec cette impuissance à éprouver, à rechercher même une émotion personnelle, dont les peintres de sujets religieux semblent s'accommoder aujourd'hui comme d'une condition de bienséance. Arrive-t-il qu'un effort soit tenté, qu'un acte de volonté propre se produise dans ce champ livré d'ordinaire aux entreprises de l'esprit d'imitation : les innovations résulteront bien plutôt du désir de rajeunir les formes, que du besoin de nous ouvrir sur le fond une vue plus large ou plus pénétrante. Elles s'arrêteront à la surface, à certaines particularités de paysage, d'architecture ou d'habillement ; elles auront, elles ont eu déjà ce très-grave inconvénient d'enjoliver la majesté de l'Evangile, de substituer en pareille matière l'anecdote à l'histoire, l'ethnographie à l'enseignement moral, et de réduire aux proportions d'un roman pittoresque la traduction des faits sacrés.

En ce qui concerne l'antiquité païenne, ces tendances anecdoctiques sont moins rares et moins déguisées encore. On sait que, depuis quelques années, une petite école s'est formée qui prétend faire revivre les souvenirs de la Grèce et de Rome, non par l'image restaurée du beau, mais par la représentation minutieuse des singularités de mœurs, non par la noblesse des sujets et des moyens d'expression choisis, mais par des révé-

lations au moins familières sur les coutumes de la vie domestique, sur les secrets de la chambre nuptiale, parfois même des
lieux où l'amour se vendait. On sait aussi qu'un autre groupe
d'artistes a pris à tâche d'habiller à la mode grecque les idées
et les gens de notre temps, ou de mettre en circulation de maigres moralités sous un costume mi-parti antique, mi-parti moderne. Les chefs de ces deux sectes, M. Gérôme et M. Hamon,
ont vu cette année le nombre de leurs adhérents grossir, et,
comme pour activer encore le progrès, ils ont l'un et l'autre
multiplié les exemples. M. Gérôme a envoyé au Salon six tableaux, dont trois au moins traités dans un goût franchement
archaïque ; M. Hamon en a envoyé cinq. Ce sont ces œuvres
qu'il nous suffira d'interroger, parce qu'elles expliquent, en la
résumant, une doctrine dont les tableaux de MM. Gustave
Boulanger, Brun, Humbert, Froment et plusieurs autres ne
sont guère que la paraphrase.

Il semble qu'en choisissant pour thèmes des sujets bizarres
en eux-mêmes, M. Gérôme soit séduit moins encore par l'attrait d'une scène à composer que par le caractère des détails,
des curiosités accessoires qu'il aura l'occasion d'introduire
dans cette scène et dont il fera souvent un moyen de succès
principal. *Le Roi Candaule,* l'*Ave Cæsar* accusaient assez clairement déjà ces préférences archéologiques : les tableaux que
M. Gérôme a exposés cette année prouvent qu'elles sont devenues chez lui une habitude de l'esprit, et comme un point de
foi esthétique. Quelques-uns même autorisent un reproche plus
grave, en prétendant surprendre et intéresser les yeux , ces
toiles font appel aussi à des arrière-pensées indignes de l'art et
du talent de l'artiste. L'*Alcibiade chez Aspasie* et surtout
Phryné devant le tribunal renouvellent cette faute contre le
goût que M. Gérôme avait commise une première fois lorsqu'il
nous ouvrait les portes de certain *intérieur grec,* où les mœurs
intimes de la débauche étaient prises sur le fait et retracées

avec une stricte fidélité, avec bonhomie, pourrait-on dire. Je
me trompe : cette sorte de candeur du pinceau en face d'une
pareille scène, cette transcription pure et simple de la réalité
n'excusent même pas la regrettable composition où M. Gérôme nous montre Phryné entourée de ses juges. Rien d'im-
partial ici, ni d'expressif à demi. Les choses, minutieusement
étudiées, sont commentées avec plus de complaisance encore.
La convoitise à ses degrés divers, et se traduisant, suivant l'âge
et le tempérament de chacun, en sourires hébétés ou égril-
lards, en caresses du regard ou en violences, voilà le genre
d'intérêt que présente la nouvelle œuvre de M. Gérôme, voilà
l'enseignement qu'elle nous propose et l'élément comique
dont on a prétendu la pourvoir : triste leçon, triste gaieté,
qu'on souffrirait à peine dans un croquis improvisé en quelques minutes, mais qui choque et devient absolument impar-
donnable là où l'on sent les calculs de l'esprit et la patience de
la main !

Peu de gens, il est vrai, seraient en mesure de dépenser dans
les entreprises qui tentent le pinceau de M. Gérôme autant de
sagacité, d'adresse et de savoir. Je reconnais que, dans cette
Phryné même, la figure principale rachète, par la grâce du
mouvement et (le dessin des jambes excepté) par la chaste élégance des contours, les intentions toutes contraires qu'expriment les figures groupées autour d'elle ; j'avoue enfin que si
le second couplet de cette chanson grivoise sur le triomphe de
la beauté, — l'*Alcibiade chez Aspasie*, — continue les allures
et le ton pris au début, il y a dans la combinaison des détails,
dans l'exécution de certaines parties, une délicatesse remarquable : raison de plus pour relever les erreurs de ce talent
plein de ressources, pour lui demander compte des qualités
qui lui appartiennent et dont il a fait un mauvais emploi.

Esprit ingénieux, ami de la précision et des vérités caractéristiques, M. Gérôme réussit souvent, et quelquefois il excelle,

à interpréter la nature dans un style élégamment familier. Les *Musiciens russes*, la *Prière chéz un chef arnaute*, le *Duel après un bal masqué*, plusieurs autres scènes de ce genre qu'il a peintes dans le cours des dernières années, prouvent de reste sa clairvoyance et son goût en face des modèles que la réalité lui fournit. Cette année encore, une très-agréable petite toile, le *Hache-paille égyptien*, atteste l'habileté de l'artiste à détailler la physionomie d'un sujet. Mais convenait-il d'user de cette habileté pour grouper autour de Phryné vingt satyres habillés en juges ou pour développer, à grand renfort de volonté, ce thème malencontreux : *deux augures n'ont jamais pu se regarder sans rire?* Ceux qui regardent à leur tour ces deux joyeux compères ne sont guère tentés en tout cas de partager leur hilarité, et lors même, ce qui n'est pas, que la vraisemblance de l'expression justifierait le choix du sujet, il n'y aurait pas moins quelque chose de faux, de mal équilibré, de contradictoire, entre la futilité d'un pareil succès et les longs efforts accomplis pour l'obtenir.

Il est temps que M. Gérôme prenne un parti, qu'il définisse nettement son ambition. Veut-il seulement égayer l'histoire grecque ou romaine de quelques traits de mœurs, de quelques menus propos, appliquer à la peinture des sujets antiques la poétique pratiquée ailleurs par M. Biard, et consacrer à l'inventaire des curiosités ou des ridicules les facultés d'analyse qui recommandaient son talent? ou bien se résignera-t-il à exploiter ses aptitudes en vue de succès moins populaires peut-être, mais au fond plus sérieux, plus dignes aussi de l'école française et du rang qu'il y tient? Nous ne demandons à M. Gérôme ni de changer pour cela sa manière, ni de prétendre à une ampleur dans la pensée et dans le style qu'il ne saurait probablement acquérir : nous lui demandons, au contraire, de se souvenir davantage de son passé, d'attribuer aux leçons de l'antiquité le sens qu'il y attachait autrefois. Sans sortir même du

cercle des sujets archaïques, il nous suffira d'en appeler du
peintre mal inspiré de *Phryné*, d'*Aspasie* et des *Augures* au
peintre du *Combat de coqs* et d'*Anacréon*.

Très-inférieur à M. Gérôme par le sentiment pittoresque,
par la science et la sûreté de l'exécution, par toutes les qualités
qui font le peintre, M. Hamon transporte sur la toile quelque
chose des intentions littéraires, ou plutôt des rêveries mêmes,
des caprices indéfinis de la pensée. Idéales jusqu'à l'effacement
de la forme, délicates jusqu'à la subtilité, les images qu'indique
son pinceau demeurent, pour les yeux comme pour l'esprit, à
l'état d'apparitions flottantes; et, si l'on peut ainsi parler, de
vapeurs. Tel est le charme, tel est aussi le défaut radical de ce
talent : talent gracieusement débile, auquel l'haleine manque
pour aller jusqu'au bout de ses propres inspirations, pour atteindre ce qu'il a entrevu, et qui, en poursuivant la poésie, ne
réussit qu'à ramasser en chemin les éléments mignons d'un
madrigal ou les termes énigmatiques d'une charade.

Le nouveau tableau de M. Hamon, *l'Escamoteur*, est, comme
la Comédie humaine, comme d'autres toiles exposées précédemment par l'artiste, une de ces formules à double sens, un
de ces petits poëmes ébauchés pour lesquels la peinture n'a pas
de nom précis, où elle n'intervient même qu'à un titre vague et
conventionnel. Le moyen d'apprécier le dessin, le coloris, là
où l'on semble avoir pris à tâche d'anéantir à peu près le dessin
et le modelé, de colorier le moins possible, et de réduire l'imitation de la nature à quelques apparences insaisissables? Comment, d'autre part, mesurer la portée morale d'une scène où se
heurtent les intentions contraires, où les personnages représentés n'appartiennent ni à la même époque ni à la même civilisation? Qui sait? Peut-être M. Hamon lui-même éprouverait-
il quelque embarras à résumer en termes clairs ce qu'il a
entendu exprimer ; peut-être, en essayant de rapprocher ainsi
le passé et le présent, en voilant sous ces formes équivoques une

moralité déjà indécise, n'a-t-il voulu que caresser les surfaces de notre intelligence.

L'Escamoteur, la Volière, et les autres toiles que M. Hamon a exposées, n'accusent pas un progrès, une modification même, dans les habitudes de son talent. Le tout ne fait que continuer, sauf à les amoindrir quelquefois, les intentions, dont le joli tableau *Ma Sœur n'y est pas*, reste jusqu'à présent, dans l'œuvre du peintre, le spécimen le plus significatif. Le tout, au moins, a ce mérite d'être conçu en haine des plates réalités, des effigies vulgaires. C'est ce qu'on peut dire aussi du tableau que M. Schutzenberger a appelé *Terpsychore*, et de quelques ouvrages inspirés d'assez près par les exemples de M. Hamon. La *Confidence*, entre autres, et une *Tête de jeune fille* par M. Aubert, sont d'agréables morceaux, où l'on retrouve, avec des procédés d'exécution un peu chétifs, une imagination élégante et ce fin sentiment de la ligne qui avait valu, il y a deux ans, à la *Rêverie* du même peintre, un très-honorable succès.

L'école néo-grecque, pour nous servir d'un mot à peu près consacré, peut-elle réclamer comme un des siens M. Cabanel; ou plutôt les titres que s'est acquis depuis quelques années cet artiste distingué, lui assurent-ils la place et le rôle d'un des chefs du mouvement? Si l'on considère la variété des entreprises abordées par M. Cabanel, la diversité des sujets et des styles qui l'ont tenté successivement, il est difficile de rattacher à un groupe et à une tradition déterminés un peintre qui, après s'être souvenu des maîtres italiens dans la *Mort de Moïse*, de M. Ingres dans sa *Glorification de saint Louis*, de Paul Delaroche dans sa *Veuve du Maître de chapelle*, a su ailleurs faire acte d'indépendance et n'exploiter que ses propres ressources. Le *Martyr chrétien*, que l'on a vu au Salon de 1855, ce plafond des *Cinq Sens* dont nous parlions plus haut, et plusieurs beaux *portraits* prouvent que M. Cabanel est en mesure de vivre sans s'aider d'emprunts. A notre avis même, de tous les peintres

d'histoire dont les débuts ne remontent pas au-delà d'une quinzaine d'années, aucun n'est aussi bien pourvu que lui, aucun
ne possède au même degré les moyens de bien faire et le droit
de parler net. D'où vient donc qu'il use si souvent de circonlo-
cutions, qu'il s'abandonne et se rétracte, qu'il donne ici un gage
de sa volonté, là un témoignage de son attention à écouter ses
voisins et à consulter les signes du temps? Sans les préoccupations que lui causent les idées actuelles de coquetterie pittoresque, sans les succès de M. Gérôme, compliqués d'autres succès
dont le résultat a été de remettre en honneur certaines traditions du dix-huitième siècle, M. Cabanel par exemple aurait-
il été si ménager de sa verve, de l'énergie de l'expression, dans
sa *Nymphe enlevée par un Faune?* C'est là certes l'œuvre d'un
talent décidé à plaire et n'omettant rien pour y réussir : est-ce
l'œuvre d'un talent fortement ému et bien résolu à tout nous
dire de ce qu'il a personnellement senti? La correction élégante,
mais un peu ténue du dessin, les combinaisons seulement ingénieuses du coloris, la marque en toutes choses de la recherche
et du calcul, refroidissent ici ce que la passion devait expressément vivifier, et laissent presque sans accent une scène dont
l'esprit était tout entier dans la puissance et dans la fermeté du
faire. Hâtons-nous d'ajouter que, dans une scène fort différente,
où l'énergie eût été aussi inopportune qu'elle nous semblait nécessaire ici, M. Cabanel s'est acquitté de sa tâche avec un plein
succès. *Le Poëte florentin* est un charmant tableau, d'une ordonnance très-neuve, d'une exécution parfaitement conforme à
la délicatesse de l'invention. Parmi les œuvres de même sorte
qui figurent au Salon, on ne saurait en citer une où se trouvent
aussi bien résumées les conditions de ce genre qui en peinture
participe à la fois de l'histoire et de l'anecdote, et qu'on pourrait, en empruntant un mot à la langue musicale, appeler de
mezzo carattere. Sans avoir cette valeur exceptionnelle, les portraits qu'a exposés M. Cabanel méritent au moins d'être comp-

12

tés parmi les meilleurs. Ils attestent des qualités que l'artiste
laisse seulement entrevoir ailleurs, et, contrairement à *la
Nymphe*, où les périphrases ne laissent pas d'embarrasser le
style, ils se recommandent par la simplicité de la manière, par
la franchise de l'expression.

En regard de l'école à laquelle se rattachent plus ou moins
directement les peintres que nous venons de nommer, une autre phalange d'artistes, aussi nombreuse peut-être, représente
au Salon des doctrines et un genre d'archaïsme auxquels les
souvenirs de l'antiquité et même les exemples étrangers n'ont
aucune part. Nous voulons parler de ces disciples de la tradition
française au dernier siècle, de ces réformateurs mal avisés qui,
en s'efforçant de la restaurer, n'arriveront dans un temps donné
qu'à susciter, sinon les sages colères d'un autre David, au
moins les vertus hypocrites et les froides violences de l'esprit
ultra-classique. La mode s'est faite complice de ce faux progrès,
bien qu'elle l'encourage plus encore par une admiration exagérée pour les modèles, que par une sympathie avouée pour les
imitateurs. On sait quelle faveur systématique rencontrent aujourd'hui les monuments, quels qu'ils soient, de l'art appartenant aux règnes de Louis XV et de Louis XVI. A ne parler que
de la peinture, le nombre est grand parmi nous des hommes à
la dévotion facile, qui s'arrêtent pieusement devant Pater ou Fra-
gonard, qui s'inclinent devant Natoire et s'agenouillent devant
Boucher. Pourquoi les artistes de notre temps se mettraient-ils
sur ce point en guerre ouverte avec nos goûts? Puisque nous pre-
nons au sérieux tout ce qui vient d'une époque, où l'on trouvait
piquant de représenter les princesses d'Orléans en *pèlerines* et
Mlle de Charolais en *frère quêteur*, pourquoi M. Baudry se serait-il refusé la fantaisie de déguiser en *saint Jean-Baptiste* un
petit garçon dont il avait à peindre le portrait? Travestissement
peu compliqué d'ailleurs, dont une peau de chèvre fera les frais,
et qu'une croix aux mains de l'enfant achèvera de caractériser.

Nous l'avouerons pourtant, cette austère livrée du précurseur transformée en ajustement mignard, cette croix jetée comme un jouet dans les plis d'un sayon qu'encombrent des cerises, ce fond de taillis remplaçant le désert, tout nous semble, au point de vue de l'intention morale et du goût, plus malséant encore que tel tableau du dix-huitième siècle, où du moins on n'a pas affaire aux souvenirs formels et aux personnages de l'Évangile. Objectera-t-on que les maîtres italiens eux-mêmes ont eu parfois de ces caprices, que fra Carnevale, entre autres, imagina un jour de tenter, à propos du portrait d'un fils du duc d'Urbin, l'entreprise que M. Baudry a renouvelée aujourd'hui? Malgré l'analogie des données, la différence est grande entre les intentions d'où procèdent les œuvres anciennes et celles que traduit l'œuvre moderne. Par les caractères de l'expression, par la gravité de la physionomie et du geste, les maîtres italiens attribuaient à ces images profanes une signification pieuse, une certaine majesté naïve. Ce n'est pas l'un d'eux sans doute qui se serait avisé, pour personnifier saint Jean, de nous montrer un enfant se grattant la tête, comme un écolier pris en faute; mais passons condamnation là-dessus. Y a-t-il dans l'exécution de cette figure une excuse aux erreurs qui l'ont inspirée? Révèle-t-elle la main d'un dessinateur? Les contours des bras, du torse, des jambes, le modelé faible ou effacé du tout, ne permettent pas de répondre affirmativement. Le coloris a-t-il ce qui manque au dessin en vérité ou en force? Il n'est harmonieux qu'à la condition de dépouiller chaque ton de la valeur qui lui est propre et de délayer l'apparence des chairs, de l'ajustement, du paysage, dans une sorte de lavis dont l'uniformité n'est rompue que par l'épaisseur inégale des couches, par les égratignures de la brosse, par les petits artifices de la pratique et de l'outil. Ce mode de peinture éraillée, ces compromis entre les hasards de la touche et l'expression précise de la forme et de la couleur, sont au surplus ce qui caractérise la manière même de M. Baudry. C'est là ce qu'on retrouve dans deux sujets mythologiques, *Cybèle* et *Amphitrite*, dans le portrait de *M. le baron Charles Dupin*, le meilleur néanmoins des quatre ouvrages en ce genre exposés par l'artiste, et surtout dans un portrait de *M. Guizot*, où l'adresse avec laquelle les mains sont traitées ne saurait racheter les négligences ou les incorrections du reste, l'inertie des traits du visage, et ce coloris blafard qui, à force de prétendre à l'unité, n'arrive qu'à immobiliser la vie.

Si le *Saint Jean-Baptiste* et le portrait de *M. Guizot* n'autorisent guère que le reproche, une autre toile de M. Baudry, *Charlotte Corday* au moment où elle vient d'assassiner Marat, permet de mêler des éloges aux critiques que légitimeraient d'ailleurs, dans la représentation d'un pareil drame, certains raffinements pittoresques, certaines coquetteries de l'effet. La *Charlotte Corday* est un des tableaux les plus remarqués au Salon. Sans compter l'intérêt inhérent au sujet lui-même, ce succès s'explique et se justifie par l'aspect imprévu de la scène, par l'effroi finement rendu de l'héroïne en face du meurtre accompli, par l'expression en toutes choses d'une pensée délicate et d'un goût ingénieux. La délicatesse, le goût, voilà des qualités pour le moins inattendues dans une scène de cet ordre, d'étranges mots à accoler à ces souvenirs terribles et au nom de Marat. Nous ne saurions toutefois en employer d'autres pour louer le travail de M. Baudry et pour en indiquer les mérites. Tout dépend, d'ailleurs, du point de vue auquel l'artiste s'est placé et de la façon dont il a envisagé son sujet. Il n'a prétendu ni engager la lutte avec le chef-d'œuvre où David a représenté l'impure victime ennoblie par la majesté de la mort, ni peindre une Judith aux membres et à la foi robustes sous le costume d'une jeune fille du dernier siècle. Il a voulu nous faire pressentir plutôt que nous montrer le cadavre, et mettre en pleine lumière, non pas un acte d'héroïsme biblique, mais l'expression d'une émotion humaine, non pas la vengeance satisfaite d'elle-même et se contemplant dans son œuvre, mais une femme chancelant au spectacle de son propre courage et de ce sang qu'avait voulu sa main. La *Charlotte Corday* est donc, jusqu'à présent, une exception et, nous nous empressons de le reconnaître, une exception heureuse dans la manière de M. Baudry. Bien qu'ici encore on remarque quelque abus du moyen, bien que certains détails d'exécution trop recherchés amaigrissent le style ou l'enjolivent mal à propos, les intentions ont au fond plus de justesse et en tout cas plus de nouveauté, que dans les tableaux où l'artiste prétend nous séduire à la façon des peintres du dix-huitième siècle et prouver seulement sa dextérité.

L'ambition de M. Chaplin et sa foi dans les exemples que nous a légués l'art français au temps de Louis XV, ne paraissent pas avoir varié, même légèrement, comme les doctrines de M. Baudry. Pour lui, les secrets de la grâce, du goût, de l'imagination dans le dessin et dans le coloris, demeurent tout entiers aux mains des maîtres qu'il avait consultés d'abord. Aujourd'hui, comme à l'époque où il peignait ces *Premières roses* et ces *Roses d'automne* que la lithographie n'a que trop popularisées, M. Chaplin se montre le disciple convaincu d'une tradition au moins futile, et, sans parler de plusieurs peintures allégoriques récemment exposées ailleurs, les toiles qu'il a envoyées au Salon, — un *Groupe de trois enfants* surtout — attestent sur ce point la fixité de ses croyances. Avouons toutefois qu'il ne lui était pas arrivé encore de les formuler aussi adroitement. Si chiffonnés qu'en soient les formes et le style, le portrait d'une jeune femme debout, enveloppée d'une mante noire, a dans la physionomie, dans le ton, de l'agrément et de la finesse. Ce n'est pas là, tant s'en faut, l'œuvre d'un talent informé du beau, ni même curieux d'en étudier les conditions : c'est au moins la preuve d'une aptitude particulière à s'assimiler le joli.

Le *Réveil du Printemps* par M. Faustin-Besson, la *Nymphe du Printemps* par M. Voillemot, bien d'autres *Printemps*, d'autres *Nymphes* achèvent de représenter au Salon ces fantaisies calculées, ces contrefaçons d'une ancienne manière très-conventionnelle, mais à laquelle on pourrait trouver une excuse dans les goûts généraux du dix-huitième siècle, dans la parfaite bonne foi des premiers coupables. Il est difficile d'avoir la même indulgence pour l'école qui prétend ressusciter ce passé. Ceux qui se sont voués à une pareille tâche, pèchent sciemment. Ils ne subissent pas en dépit d'eux-mêmes l'influence de l'atmosphère où ils vivent, ils s'isolent volontairement de tout progrès, ferment les yeux aux bons exemples qu'on leur donne, et se confinent dans un milieu où ils travailleront de parti pris à s'approprier des erreurs. De là cette facilité factice, cette forfanterie préméditée que respirent la plupart des œuvres conçues et exécutées aujourd'hui en vertu de ce système. On dirait volontiers que les négligences y sont pénibles et que l'extravagance du style y est un effort de la volonté. Tout se passait d'une autre façon au dernier siècle. Nous ne parlons même pas d'un franc inventeur comme Watteau, ni d'un vrai maître comme Chardin, ni de tant de *portraitistes* habiles qui se sont succédé en France depuis la mort de Rigaud jusqu'à celle de Duplessis : nous n'opposons aux imitateurs que les modèles qu'ils ont choisis eux-mêmes, Boucher, Natoire et leurs pareils. Chez ceux-ci du moins, l'habitude du mensonge, si impudente ou si invétérée qu'elle soit, n'exclut pas une sorte de bonne grâce naturelle, d'innocence pour ainsi dire. A les voir si lestes dans leurs allures, si confiants en apparence et si souriants, on sent qu'ils ont, malgré tout, la conscience en repos, et qu'en agissant comme ils agissent, ils croient presque faire acte de vertu. Chez les Bouchers de notre temps au contraire, le sourire est bien près de n'être qu'une grimace, l'extérieur de la confiance, qu'une affectation ou une hypocrisie.

Qu'ils fassent mine d'oublier ce que leur ont appris les révolutions survenues dans l'art français depuis cent ans, qu'ils profitent d'un caprice de la mode pour nier les progrès accomplis de nos jours par de bien autres maîtres que ces jongleurs pittoresques qu'ils prétendent réhabiliter, — libre à eux! pourvu toutefois que l'expérience nous vienne vite, et qu'au lieu de voir dans ce retour vers le passé un mouvement juste et utile, nous sachions y reconnaître ce qu'il exprime en réalité, une stérile agitation de l'esprit et un accident.

Où donc trouver, à défaut de témoignages manifestes, des symptômes d'originalité? Faut-il les chercher dans le *Dante* de M. Doré, dans le tableau vigoureusement peint, trop vigoureusement même, où M. Cermak nous montre une *Femme de l'Herzégovine* se débattant entre les bras de deux *bachi-bouzouks*, — dans cette suite de compositions sur les amours de *Faust* et de *Marguerite*, que M. Tissot a traitées, non sans talent assurément, mais avec une préoccupation excessive de la couleur et du style légendaires, — ou jusque dans l'étrange scène que M. Lambron a représentée sous ce titre : *Une Réunion d'amis*, et qui nous montre des cochers de corbillard dans le jardin d'un cabaret? Cette originalité, que quelques-uns voudraient attribuer aux violentes idylles où le pinceau de M. Millet célèbre la réalité contemporaine sans réticences d'aucune sorte, où une *Tondeuse de Moutons*, une *Femme faisant manger son enfant* affectent des brutalités de style auprès desquelles la manière d'un Valentin paraîtrait presque apprêtée et précieuse, — cette originalité, que nous ne rencontrons nulle part à l'état de qualité formelle et de fait, en trouvera-t-on le pressentiment ou la promesse dans les deux grandes toiles que M. Puvis de Chavannes a intitulées *Concordia* et *Bellum?* L'importance et l'apparence exceptionnelle de ces œuvres, le bon vouloir au moins qu'elles accusent, tout nous ordonne d'examiner attentivement la question.

Si M. de Chavannes est encore un nouveau venu sur la scène, il n'est pas tout à fait un débutant, comme l'ont cru quelques personnes prises un peu à l'improviste par le bruit de son succès. Au dernier Salon, il avait exposé un tableau assez peu remarqué, il est vrai, assez incorrect dans les formes, mais où l'on pouvait discerner, sous l'insuffisance de la pratique, des instincts élevés et le goût, fort rare aujourd'hui, de la grandeur. A ce titre, nous avions cru devoir mentionner ce tableau, et, tout en espérant mieux de l'artiste, prendre acte de ses premiers efforts. Les progrès accomplis par M. de Chavannes confirment aujourd'hui ce qu'avait révélé déjà l'essai dont nous parlons. Et cependant ces deux vastes compositions sur la paix et sur la guerre ne sont que des essais encore : essais brillants, ambitieux sans jactance, mais non sans d'étranges défaillances de pinceau, œuvres à la fois hardies et timides, où les intentions ont une ampleur presque magistrale et les moyens d'expression une irrésolution voisine souvent de la faiblesse. Il semble que, de peur de mal dire, M. de Chavannes se décide à passer à peu près sous silence les vérités qu'il avait tenté d'abord de formuler, ou qu'impuissant à subordonner la nature aux exigences de son sentiment personnel, il entre en accommodement avec sa propre défaite et se rattrape sur des efforts d'adresse pour faire bonne contenance. C'est là le vrai défaut de cette manière, équivoque au fond, malgré les dehors systématiques qu'elle affecte ; c'est là ce qui explique, aussi bien que les pâleurs du coloris, les négligences ou la mollesse du dessin, et en général ces subterfuges de l'exécution en regard d'inspirations vraiment heureuses, d'un goût élevé dans l'ordonnance et d'une noblesse naturelle dans la pensée.

Des deux tableaux que M. de Chavannes a exposés, celui qui exprime le mieux ces ressources de l'imagination, est aussi celui qui met le plus clairement en lumière ces tendances à ruser avec la pratique. *La Guerre* a ce grand mérite d'offrir une

composition très-neuve sur un sujet cent fois traité, et de concilier le désordre avec la majesté des lignes, l'unité de l'aspect
avec la variété des intentions partielles. Il y a quelque chose
d'imprévu et de réglé en même temps dans la silhouette générale des groupes, quelque chose d'épique dans l'audacieuse
simplicité avec laquelle l'artiste a découpé, sur les tons clairs du
fleuve qui sert de fond, ces trois figures d'hommes à cheval
ébranlant l'air de leurs fanfares, tandis qu'à leurs pieds s'étend
la moisson de la mort, que les captives pleurent, qu'un laboureur renversé auprès de ses bœufs lance l'imprécation aux
vainqueurs et se tord enchaîné sur ce sol que ses sueurs avaient
fécondé. Au second plan, l'incendie parcourt la campagne, et
les noirs tourbillons de fumée qui annoncent la dévastation
achèvent, au point de vue pittoresque, d'affermir l'ordonnance
des lignes et d'en faire ressortir l'autorité. Si le crayon résumait en quelques traits cette belle composition, la grandeur de
la donnée et l'harmonie des formes générales permettraient de
croire, au premier aspect, qu'elle émane de la main d'un maître.
A la voir telle que M. de Chavannes l'a peinte, on sent qu'elle
est l'œuvre d'un talent bien intentionné, mais mal approvisionné
encore; que l'artifice y supplée souvent à la science, la vérité
superficielle à l'intime expression du vrai, et que le goût d'exécution succincte, dans lequel chaque morceau est traité, tient
moins à la sobriété du style qu'à l'insuffisance du pinceau. En
encadrant dans des ornements symboliques, son sujet et la scène
qu'il lui a donnée pour pendant, M. de Chavannes, je le sais, a
voulu prévenir le reproche et justifier l'invraisemblance matérielle des détails par l'aspect ouvertement décoratif de l'ensemble. Que cette représentation de la guerre soit, non pas un tableau à proprement parler, mais l'équivalent d'un carton pour
une tapisserie ou d'un fragment de peinture murale, — rien de
mieux. Cela peut expliquer le peu de saillie des objets et le caractère abstrait du coloris, délicat d'ailleurs dans sa faiblesse :

cela ne suffit pas pour excuser certaines impossibilités de construction anatomique dans le groupe des captives, dans celui
des cavaliers et ailleurs, certaines indécisions dans la valeur
relative des chairs et des draperies, des corps privés de lumière
et des corps dont le jour éclaire les tons vigoureux. Le système
de peinture purement décorative une fois admis, on aurait mauvaise grâce sans doute à rechercher ici l'imitation exacte, la
définition complète de chaque chose. Tout, dans le modelé
comme dans la couleur des figures et des accessoires, ne doit
être exprimé qu'à moitié, ne donner qu'un aperçu du vrai, sous
peine de matérialiser le caractère idéal de l'œuvre et d'en fausser le sens. Encore faut-il que cette vérité détournée ne dégénère pas en négation ; encore faut-il que ces partis pris de tempérance dans le faire n'aboutissent pas à un régime d'abstinence
formelle.

Les reproches et les éloges que nous semble mériter *la Guerre*
de M. de Chavannes, on peut les adresser aussi à son tableau de
la Paix ou de *la Concorde*, bien qu'ici les imperfections de la
manière soient moins sensibles et les principes de la composition moins imprévus. Je m'explique : il y a beaucoup de nouveauté encore dans l'agencement de cette scène, beaucoup d'invention et une certaine sérénité grandiose dans la tournure,
dans le geste des personnages qui participent à ce repas champêtre ou, plus loin, à des jeux renouvelés de l'âge d'or ; mais
l'ensemble des lignes manque de plénitude. Quelque chose
d'interrompu et de morcelé agite l'aspect de cette idylle héroïque, tandis que dans *la Guerre* la silhouette générale s'affirme
et se continue sans dommage pour l'expression du sujet. En
revanche, chaque partie du tableau, chaque figure est étudiée
de plus près et plus précisément indiquée que ne l'est sur
l'autre toile telle partie, même principale. On pourrait relever
ici bien des incorrections encore, bien des témoignages de cette
hardiesse décevante dont nous parlions tout à l'heure, et qu'on

aurait le droit d'accuser d'autant plus, qu'en prétendant donner le change sur des défauts, elle court le risque de déguiser aussi de très-belles et de très-sérieuses qualités. A quoi bon insister toutefois? Qu'il nous suffise de recommander M. de Chavannes à ses propres sévérités, de l'exhorter à la défiance par sympathie pour ses qualités mêmes, pour ses nobles aspirations, pour ses récents progrès. Il y a en lui l'étoffe d'un peintre d'histoire : qu'il laisse à d'autres les petites ambitions. En s'opiniâtrant davantage dans la lutte avec le beau, qu'il achève de donner la mesure de ses forces, de marquer sa place dans l'école contemporaine, et de résister aussi bien à ses tentations personnelles qu'aux dangereux exemples qui l'entourent.

Quitter les tableaux de M. de Chavannes pour les *portraits* de M. Hippolyte Flandrin, c'est passer d'un talent qui se cherche encore au talent en pleine possession de lui-même ; c'est opposer les gages certains aux promesses, la science consommée aux inquiétudes et aux tâtonnements du pinceau. Les *portraits* de M. Flandrin sont le chef-d'œuvre de l'esprit de discipline et de méthode. Il est impossible d'étudier plus attentivement et de rendre avec plus de précision les caractères particuliers, la physionomie de chaque type ; il est impossible d'apporter, en face des variétés infinies de la nature, une probité plus sûre, une volonté plus sincère de ne rien sacrifier au hasard et de poursuivre le vrai dans ses manifestations multiples sans arrière-pensée vaniteuse, sans désir secret d'afficher l'habileté. Autant que personne, nous rendons hommage à l'admirable bonne foi de l'artiste, à sa science si parfaitement exempte de pédantisme. Qu'il nous soit permis, néanmoins, de constater quelque excès d'abnégation parfois dans cette sobre manière, et d'y regretter, non pas une expression plus exacte de la vie morale ou physique des modèles, — car ceux-ci pensent et respirent sous le pinceau de M. Flandrin, — mais la vie plus apparente de l'art personnel, du sentiment qui a guidé la main. Les *portraits* de M. Flandrin sont des œuvres trop belles à tous égards, ils attestent une habileté trop haute pour qu'il vienne à l'esprit de qui que ce soit d'en discuter la valeur. On peut seulement se demander si, tout en défiant la critique, ces irréprochables ouvrages ont une excellence absolue, une autorité tout à fait magistrale. Il n'est que juste de les classer immédiatement après les portraits peints par M. Ingres : pour mériter d'être mis au même rang, il faudrait qu'ils portassent plus ouvertement l'empreinte de la verve, cet accent de fierté qui donne aux intentions une signification définitive, aux formes du style l'animation suprême et le relief.

Cette placidité dans la manière, cette aptitude à comprendre et à traduire la nature dans un sens plutôt exquis que puissant, se révèlent surtout, et avec le plus d'à-propos, là où le calme et la jeunesse de la forme constituaient les éléments mêmes du travail. Aussi les portraits de femmes peints par M. Flandrin sont en général préférables à ses portraits d'hommes ; et, parmi ceux-ci, les meilleurs reproduisent des modèles que leur âge ou les caractères de leur physionomie rapprochaient plus ou moins de la grâce propre à l'autre sexe. Il nous suffira de citer comme exemple une toile représentant le peintre lui-même à l'époque de ses débuts, et une autre toile, — deux jeunes frères appuyés l'un sur l'autre, — exposée dix années plus tard. Quant aux portraits de femmes dus à ce doux et fin talent, depuis celui de *Madame Oudiné*, peint en 1840, jusqu'à cette *Jeune fille à l'œillet rouge*, objet, au Salon dernier, d'une admiration unanime, il n'en est guère qui ne nous semblent confirmer l'opinion que nous exprimions tout à l'heure. Cette année encore, si beaux que soient les quatre portraits d'hommes exposés par M. Flandrin, aucun, à notre avis, ne résume aussi bien les qualités de sa manière qu'un portrait de femme, où l'harmonie est complète entre la vraisemblance et la délicatesse du style, entre la précision du dessin et la souplesse du coloris :

œuvre profondément savante sous les dehors de la simplicité, familière dans l'attitude, dans l'ajustement, dans les détails de la physionomie, mais ennoblie partout par l'expression d'une vérité d'élite et par ce goût pittoresque, qui ne s'annihile pas plus devant le fait qu'il n'en récuse imprudemment l'autorité.

Le portrait du *prince Napoléon* est un témoignage de plus de cette rare habileté à concilier avec les exigences de l'art les conditions du vrai et à formuler fidèlement la ressemblance sans se complaire dans l'imitation mesquine. Rien de moins emphatique, mais aussi rien de moins aride que l'apparence de cette toile ; rien qui compromette la gravité nécessaire de l'aspect ou qui transforme une représentation de la réalité contemporaine en une image de convention. Le portrait du *prince Napoléon*, malgré la simplicité du costume, laisse deviner le haut rang du modèle, comme l'attitude choisie et le modelé des formes que recouvrent les vêtements, révèlent les habitudes du corps et les caractères du tempérament. Peut-être même le mérite principal de l'œuvre consiste-t-il dans cette justesse du mouvement, dans ce dessin général qui convainc tout d'abord le regard ; peut-être, en comparaison des autres ouvrages de M. Flandrin, l'exécution partielle n'a-t-elle ici qu'une finesse un peu inachevée, une précision un peu incomplète. Vu à une certaine distance, le tableau est d'une vérité saisissante : examinés de près, les traits du visage semblent attendre encore quelques travaux qui achèveraient, non d'en installer les contours, mais d'en développer ou d'en assouplir l'expression. — Dans le portrait d'un jeune homme vu de face, dans celui de *M. Gatteaux*, et surtout dans le portrait de *M. le comte Duchâtel*, — morceau supérieurement dessiné, auquel on pourrait reprocher seulement quelque défaut d'harmonie entre le ton des accessoires et ce ton vert du fond que M. Flandrin étend trop invariablement derrière ses modèles, — rien ne se retrouve de cette imitation sommaire, de ces procédés d'exécution un peu hâtifs. Tous les détails de la physionomie y sont rendus sans minutie, mais avec une netteté parfaite ; tout y annonce la clairvoyance, l'étude consciencieuse, et cette imperturbable loyauté qui est la qualité distinctive et la marque du talent de M. Flandrin ; qualité de famille, d'ailleurs, plutôt que privilége, et qu'à l'exemple de son aîné, M. Paul Flandrin apporte dans l'accomplissement de toutes ses tâches, soit qu'il combine les lignes d'un paysage, soit, comme il l'a fait cette année avec plus de succès qu'à aucune autre époque, qu'il interprète la nature en face d'un modèle animé.

Un charmant portrait de *Mademoiselle Emma Fleury*, par M. Amaury-Duval ; — un profil de jeune fille, par M. Timbal ; l'*Étude*, où l'on retrouve, sous une forme à la fois plus aisée et plus pure, les intentions qui recommandent la *Sainte Rose de Viterbe* du même peintre ; — quelques têtes dessinées par MM. Tourny et Soumy, auteurs l'un et l'autre de belles copies au crayon et à l'aquarelle d'après les maîtres italiens : tels sont à peu près les travaux qu'il convient de citer à la suite des ouvrages de M. Flandrin, parce qu'avec une autorité moindre, sans doute, ils expriment ou laissent pressentir les mêmes croyances, la même foi dans la sévère éloquence du vrai. Les principes qui inspirent le talent de M. Edouard Dubufe n'ont pas cette austérité assurément. Ce que M. Dubufe cherche n'est pas la simplicité du style ; ce qu'il rencontre est moins habituellement la vérité absolue que l'élégance : élégance un peu superficielle, j'en conviens, mais conforme, après tout, à la physionomie de notre époque et très-préférable aux afféteries de pinceau de M. Winterhalter, ou à la manière, mélancolique jusqu'à l'engourdissement, dans laquelle M. Hébert a traité le portrait de la *princesse Clotilde*. Il y a de la part des artistes quelque excès de sévérité envers M. Dubufe. Ceux-là mêmes qui l'accusent le plus haut de sacrifier l'art au culte de la mode seraient, le cas échéant, assez embarrassés de faire mieux ou aussi bien que lui. Nous en savons plus d'un qu'eût déconcerté, par exemple, la multiplicité des détails d'ajustement dans un portrait comme celui de *la princesse Mathilde*, ou comme celui de *la duchesse de Medina-Cœli*, et qui, au lieu de ce discernement et de cette convenance, n'eût réussi à formuler que l'exagération de la magnificence ou une mensongère simplicité.

Si les *Intérieurs de Harem* peints par Mme Henriette Browne n'ont, au point de vue de l'art, qu'une assez médiocre importance, un portrait d'homme, dû au même pinceau, se recommande par des mérites beaucoup plus sérieux et par une franchise dans l'exécution qui honorerait une main virile. Ce portrait, l'un des meilleurs du Salon, est aussi le meilleur ouvrage que nous connaissions de l'artiste. Bien mieux que les *Sœurs de Charité*, dont le succès pouvait s'expliquer surtout par le choix du sujet, mieux même qu'un autre portrait qui figurait à ce même Salon de 1859, il donne la mesure du talent de Mme Browne, talent supérieur à celui de Mme de Mirbel, et que, depuis Mme Lebrun et Mme Benoist, aucune femme en France n'avait aussi nettement prouvé dans des travaux de cet ordre.

Pour mentionner, à côté des œuvres de Mme Browne, *la Jeune Veuve* et le *portrait* peints par M. Jalabert, nous nous autoriserons à la fois de la grâce un peu féminine dans la manière et de l'habileté que révèlent ces deux toiles. *La Jeune Veuve* est une scène adroitement composée, — trop adroitement peut-être, car on y sent quelque excès de recherche, — un groupe finement expressif par le charme langoureux des attitudes, des contours, du coloris, et, la tête du plus petit des deux enfants exceptée, par la délicatesse du modelé. La seconde toile, avec plus d'énergie dans le ton, a la même douceur, la même harmonie dans le style. Moins résolûment traité que chacun des *portraits* de M. Cabanel, moins savant, à plus forte raison, que le portrait peint par M. Flandrin, ce portrait de femme mérite d'être compté parmi les plus agréables ouvrages en ce genre exposés au Salon, et, n'était une erreur assez grave dans l'attache et dans le dessin du bras droit, il trouverait place à côté des plus corrects. C'est aussi à un rang fort honorable qu'il convient de classer un *portrait d'homme* judicieusement posé et exécuté par M. Émile Lecomte, et plusieurs travaux de même sorte, où MM. Dumas, Lenepveu, Roller et Durangel ont fait preuve, soit d'une habileté déjà mûre, soit d'un bon vouloir auquel les encouragements sont dus.

S'il fallait, en regard des efforts tentés dans le domaine de la peinture d'histoire, énumérer tous les essais, toutes les œuvres de quelque valeur dans l'ordre de la peinture de genre et de paysage, il est peu de toiles qui légitimeraient le silence parmi cette multitude de scènes d'intérieur ou de sujets rustiques. Combien y en a-t-il, toutefois, qui méritent d'être isolées du reste? Comment faire un choix entre ces travaux, où la différence du bien au mieux est presque insensible, où les témoignages d'habileté sont à peu près équivalents? Tous les peintres de genre aujourd'hui, tous les paysagistes, savent parler et écrire la langue pittoresque sans injure sérieuse à la grammaire; tous savent orthographier, pour ainsi dire, le récit d'une anecdote ou les termes consacrés d'une églogue. Les plus prudents, comme M. Vetter, dans son *Bernard Palissy*, procéderont par allusions à quelque œuvre connue aussi bien qu'aux exemples de la réalité; les plus hardis, comme M. Rousseau, dans son *Chêne de la Forêt de Fontainebleau*, concentreront, sur une *étude* à outrance d'après nature, des efforts qui eussent abouti autrefois à la composition d'un tableau. Nulle trace d'invention, d'ailleurs, dans la plupart de ces représentations soigneuses ou adroites des faits empruntés aux chroniques, à la vie familière ou aux champs. A part la ressemblance matérielle des portraits, — mérite essentiel assurément en pareil cas, mais qui ne saurait pourtant résumer toutes les conditions de l'art, — quel intérêt peuvent exciter au fond tant d'images serviles, tant d'effigies de la vérité brute? Nous avons bien assez de la photographie pour nous prémunir contre l'idéal: à quoi bon renouveler à tout instant la leçon? N'est-il pas temps, par exemple, que M. Meissonier et ses imitateurs rajeunissent quelque peu leurs titres au succès, et ces types déjà tirés à bien des exemplaires, *un Peintre, un Musicien, un Amateur de Curiosités?* Ne faudrait-il pas, au moins, que le choix d'un effet imprévu, une intention neuve dans la pratique, cette aisance et cette souplesse de pinceau qui relèvent, dans les petits tableaux hollandais ou flamands, l'humilité des inspirations et en corrigent la monotonie, vinssent racheter ici ce que le sujet a en soi d'insignifiant ou de banal? Même là où il s'agit seulement de figurer sur la toile une scène domestique ou une scène d'estaminet, un coin de champ ou un groupe d'animaux, l'imitation littérale est aussi loin de suffire que, dans le domaine littéraire, la transcription textuelle du fait. Terburg, Ostade, Ruysdaël, Paul Potter et tant d'autres, nous intéressent bien moins aux objets qu'ils nous montrent, qu'au sentiment éprouvé par eux à propos de ces objets; c'est un assez mince mérite, c'est, en tout cas, un stérile enseignement, que celui qui consiste tout entier dans la représentation des choses, telles que nous avons su déjà les voir nous-mêmes et les apprécier de nos yeux.

Quelles que soient en général ses habitudes plus humbles que de raison, notre école compte pourtant plusieurs talents, chez lesquels l'étude assidue de la réalité n'exclut pas l'expansion du sentiment personnel et la recherche d'un art au-dessus des contrefaçons mécaniques. Le Salon de 1859 nous révélait ce qu'il y a dans la manière de M. Breton de sincérité profonde et de goût en même temps. Bien que les tableaux exposés cette année par l'artiste n'aient pas la même importance que les toiles auxquelles il avait dû, il y a deux ans, un si honorable succès, ils n'en confirment pas moins ce que nous avaient appris déjà *les Glaneuses* et *là Plantation d'un Calvaire.* M. Breton est vérita-

blement un peintre, un peintre de bonne race, en ce sens que
l'instinct a autant de part au moins que la science à l'éloquence
de ses ouvrages. Sans nulle prévention systématique, mais avec
une très-ferme volonté de se consulter lui-même et de traduire
ses impressions dans la langue qui lui est propre, il étudie la
nature assez attentivement pour ne rien ignorer des détails qui
préciseront la ressemblance, assez librement toutefois pour
ajouter à cette ressemblance extérieure l'intention morale, la
vie secrète d'où résultera la physionomie du portrait. *Les Sar-
cleuses* surtout expriment ce mélange d'imagination et de véracité qui donne aux œuvres de M. Breton une signification particulière, bien qu'elles ne prétendent en apparence éveiller en
nous qu'un souvenir.

On ne saurait non plus confondre les tableaux de M. Fromentin avec ceux des peintres qui, en reproduisant un fait, se
dispensent de nous proposer en même temps une explication
et un commentaire. Dans le genre spécial qu'il traite, dans ces
scènes empruntées aux pays qu'il a si bien décrits, M. Fromentin nous révèle les inclinations délicates, l'extrême sagacité
de son talent. Peut-être même, à force de raisonner ses impressions, l'artiste se laisse-t-il entraîner à une certaine subtilité;
peut-être, en se préoccupant si assidûment des origines intimes
et des particularités de l'effet, paraît-il sacrifier à cette analyse
quelque chose des études que réclameraient la forme même et
la netteté du dessin. De là ces détails de modelé assez vagues à
côté de tons soigneusement déterminés; de là cette indécision
dans les contours où l'on pourrait au premier aspect soupçonner quelque négligence involontaire, et qui est au contraire le
résultat d'un calcul pour exprimer le mouvement et la vie. Nous
ne parlons pas ici de l'agitation nécessaire que comportaient
des sujets aussi turbulents en eux-mêmes que *les Courriers* ou
le *Retour d'une fantasia;* nous voulons parler de cette vie purement pittoresque, de ce mouvement dans le calme pour ainsi

dire qui anime jusqu'aux objets inertes, jusqu'à l'ombre répandue sur un paysage, et que M. Fromentin, avant de peindre
le *Lit de l'Oued-Mzi* ou son *Berger de la Kabylie*, avait défini en
quelques lignes, comme pour justifier par anticipation sa manière et pour nous préparer à ses tableaux : « Cette ombre des
pays de lumière, écrivait-il... [1], elle est inexprimable ; c'est
quelque chose d'obscur et de transparent, de limpide et de co-
loré ; on dirait une eau profonde. Elle paraît noire, et quand
l'œil y plonge, on est tout surpris d'y voir clair. Supprimez le
soleil, et cette ombre elle-même deviendra du jour. Les figures
y flottent dans je ne sais quelle blonde atmosphère qui fait éva-
nouir les contours. « Ces contours assouplis et presque supprimés
par l'atmosphère qui les enveloppe, ces formes dont l'apparence
résulte de la valeur relative des tons plutôt que de la précision des lignes, voilà ce que M. Fromentin nous fait pressentir,
trop systématiquement parfois, mais le plus souvent avec une
remarquable finesse. Dans un domaine visité déjà par plusieurs
maîtres, il a su trouver une veine neuve à exploiter, un ordre
de beautés, de grâces imprévues au moins à faire prévaloir. De
même que M. de Curzon réussit à rajeunir, par l'élégance du
style, ces types italiens dont le pinceau de M. Schnetz et celui
de Léopold Robert avaient popularisé la majesté robuste, M. Fromentin interprète à son tour la nature et les types arabes sans
copier pour cela ni M. Delacroix, ni Decamps, ni Marilhat. Là
où d'autres avaient été séduits tout d'abord par le côté héroïque
des choses, il est particulièrement curieux du charme qu'elles
recèlent, du sens intime qui peut s'en dégager : talent ingénieux et tendre, dont la délicatesse même intimide un peu les
allures, mais auquel aussi elle prête une physionomie d'élite et
un attrait tout personnel.

A côté de MM. Breton et Fromentin, qui, chacun dans son

---

[1] *Un Été dans le Sahara*, p. 6.

genre, personnifient les plus récents progrès de ce qu'on pourrait appeler la peinture ethnographique, il n'est que juste de
nommer en première ligne M. Brion, que son *Repas de noce en
Alsace* et le *Bénédicité* maintiennent au rang où l'avaient élevé
précédemment ses *Bretons à la porte d'une église* et ce très-
touchant tableau, *un Enterrement sur les bords du Rhin;* —
MM. Achenbach, Tidemand, Israëls et van Muyden, bien que
les talents de ces quatre artistes étrangers n'intéressent qu'assez indirectement l'honneur de notre école ; enfin, parmi les
peintres de sujets orientaux, MM. Belly et Bida, — le premier
à cause des progrès qu'attestent les *Vues d'Egypte* qu'il a exposées, et surtout son tableau des *Pèlerins allant à la Mecque;*
— le second moins peut-être en souvenir de son *Champ de
Booz à Béthléem,* composition d'une ordonnance indécise et
d'une exécution trop morcelée, qu'à l'occasion d'une tentative
heureuse dans un ordre de travaux que son crayon n'avait
pas abordé encore. Le dessin dans lequel M. Bida a représenté
Condé à Rocroy, ou plutôt l'armée française agenouillée sur le
champ de bataille, et remerciant Dieu de la victoire, est une
œuvre véritablement inventée, en dépit de la symétrie obligée
des lignes et de la fidélité historique imposée par le sujet, une
scène pleine d'émotion qu'on pourrait, sans y rien changer,
transporter sur une vaste toile, et qui, malgré ses proportions
restreintes, a une signification plus ample, un aspect plus sérieux que tel tableau d'histoire exposé à quelques pas de là.
— Puisque les dessins de M. Bida nous ont attiré dans la galerie où l'on a réuni tous les ouvrages du même genre, nous ne
la quitterons pas sans avoir mentionné au moins les commentaires un peu mesquins dans la forme, mais au fond pleins
d'imagination, que le crayon de M. Doré a tracés en regard
de la *Divine Comédie*, et les spirituelles vignettes à l'aquarelle
où M. Eugène Lami a entrepris de donner un corps aux fantaisies exquises et à la poésie d'Alfred de Musset : tâche difficile,

presque inexécutable même en plus d'un cas, mais qui, une fois acceptée, ne pouvait être poursuivie, ni au besoin modifiée avec plus d'adresse.

Les symptômes d'habileté purement matérielle que révèle, à quelques exceptions près, l'ensemble des travaux appartenant à la peinture de genre se retrouvent plus accusés encore dans les tableaux de paysage proprement dits, dans ces innombrables *vues, études, lisières de bois* ou *pâturages* qui peuplent les salles du palais des Champs-Elysées. Nulle part autant qu'ici une certaine science n'est générale ; les perfectionnements introduits depuis quelques années dans la pratique ne permettent plus à personne d'empâter timidement un terrain ou une muraille, d'hésiter quant aux moyens techniques de figurer un tronc d'arbre ou le toit d'une chaumière. Les secrets du coloris eux-mêmes sont aujourd'hui si bien divulgués, qu'on ne songe guère à distinguer entre ceux qui les ont devinés les premiers et ceux qui ont profité de la découverte, entre les prédécesseurs de M. Daubigny, par exemple, et ses rivaux actuels dans l'art, assez modeste d'ailleurs, d'affirmer les rapports des tons sans se préoccuper du reste, — poésie ou banalité du site, finesse ou incorrection du dessin. D'autres, moins indifférents, il est vrai, à ces conditions, choisiront dans la nature quelque thème où le charme de l'effet suppléera à l'indigence des lignes, et, les souvenirs de M. Corot aidant, ils peindront agréablement, comme M. Chintreuil, un *Champ de pommes de terre*, ou, comme M. Lavieille, *une matinée des premiers jours de mai dans la campagne de Villers-Cotterets*. D'autres enfin, — M. Bataille dans son *Crépuscule*, M. Blin dans un paysage intitulé *Solitude*, M. Nazon dans deux paysages en hauteur, et M. de Knyff dans son *Barrage du Moulin de Champigny*, — laisseront pressentir certaines velléités de style, tout en se conformant d'ailleurs aux humbles doctrines qui régissent notre école de paysage. Bien peu chercheront à subordonner au sentiment les progrès accomplis dans le mode d'exécution ; bien peu s'interrogeront en face de la nature sans avoir une réponse toute prête dans leur mémoire, dans les habitudes générales de l'art moderne, dans les recettes fournies par autrui.

Parmi ces rares paysagistes qui s'efforcent de donner à leurs travaux une signification et un intérêt au-dessus de l'imitation littérale ou des artifices de la pratique, MM. Français, Busson et Desjobert nous semblent à la fois les mieux inspirés et les plus habiles. En choisissant des thèmes pittoresques aussi simples que les deux vues, entre autres, qu'il a intitulées *Sous les pommiers* et *une Prairie au bord de la Marne*, M. Desjobert n'a prétendu, certes, ni afficher le dédain des réalités familières, ni s'armer d'un pinceau héroïque pour peindre les arbres d'un verger ou l'herbe d'un pâturage ; mais il n'a eu garde non plus de méconnaître les conditions qui pouvaient donner à ces modestes idylles un charme particulier et un sens. Dans le premier tableau, la distribution ingénieuse de la lumière, la délicatesse de l'effet répandent sur l'ensemble une grâce souriante, je ne sais quelle gaieté sereine, qui affecte le regard d'une manière assez abstraite pour qu'il en résulte une sorte de sensation musicale, d'une manière assez nette toutefois pour qu'on puisse apprécier les intentions personnelles de l'artiste et la finesse de ses calculs. Comme M. Desjobert, mais avec plus d'ampleur dans le sentiment et plus d'aisance dans la manière, M. Busson affectionne les effets radieux sans violence, les sites que le soleil éclaire avant l'heure du plein midi, les lignes plutôt calmes qu'austères, plutôt en souple contact qu'en provocation ouverte et en lutte. Les remarquables *Vues des Landes* qu'il avait exposées il y a deux ans, annonçaient, chez M. Busson une aptitude particulière à comprendre la nature dans ce sens tempéré. Cette année, un sujet à peu près semblable, le *Souvenir des environs de Tartas*, et deux très-agréables toiles, *Après les pluies d'automne* et l'*Eté de la Saint-Martin*, tiennent tout ce

que promettaient les travaux précédents de l'artiste. Quant à
M. Français, si nous le nommons le dernier, ce n'est nullement que nous entendions sacrifier son talent à celui de M. Busson ou à celui de M. Desjobert. Non-seulement M. Français a,
de plus que ces deux paysagistes, une expérience déjà longue
et le mérite d'avoir frayé la voie qu'ils parcourent l'un et
l'autre aujourd'hui ; mais, de tous les peintres qui traitent le
même genre, nous n'en savons pas un qui apporte dans l'exécution de ses ouvrages un goût plus judicieux, un plus
sincère amour de l'art et de la vérité choisie. En ce sens, les
trois tableaux qu'a exposés M. Français, et dans lesquels, suivant sa coutume, il a représenté, non sans en corriger finement l'insuffisance pittoresque, des sites empruntés aux environs de Paris, ces tableaux n'ont rien à nous apprendre. Ils
achèvent du moins de justifier l'opinion que l'on s'est faite depuis longtemps du talent de M. Français. Aussi ne saurions-
nous plus convenablement terminer cette appréciation des
travaux de nos paysagistes, qu'en inscrivant le nom qui personnifie les plus vrais mérites de l'école et qui en résume le mieux
les progrès.

Beaucoup d'autres noms sans doute pourraient ou devraient
trouver place dans une étude plus détaillée que celle-ci. S'il
s'agissait d'un examen des œuvres exposées au Salon plutôt que
d'un aperçu général sur les tendances que ces œuvres expriment, si l'on suivait par exemple l'ordre alphabétique adopté
cette année pour le classement des tableaux, — mesure fort
critiquée, soit dit en passant, mais qui selon nous a le double
avantage de faciliter singulièrement les recherches et d'ôter tout
prétexte aux accusations de partialité administrative, — rien ne
serait plus facile que de relever presque à chaque pas des indices
d'adresse ou d'habileté. A ne parler même que de la peinture
de paysage et d'un genre qui y tient de près, — la peinture
d'animaux, — bien des œuvres plus ou moins estimables méri-

riteraient d'être mentionnées, depuis les *Vues d'Hyères* de M. Allongé jusqu'au *Paysage* de M. Zund, depuis les *Troupeaux* de M. Auguste Bonheur et le *Combat de cerfs* peint par M. Courbet, jusqu'au *Chien criant au perdu* peint par M. Stevens. A quoi bon toutefois cette longue nomenclature? Elle ne servirait qu'à multiplier les preuves à l'appui d'une vérité déjà manifeste, d'un fait que nous constations au début et que nous rappellerons ici en forme d'épilogue. Il y a au Salon une diversité d'œuvres infinie, mais où est l'originalité véritable? Le talent même, sauf dans un très-petit nombre de tableaux, se réduit à peu près au témoignage de la dextérité. Les travaux de nos statuaires diffèrent-ils en cela des travaux de nos peintres? le ciseau se montre-t-il plus ambitieux ou mieux conseillé que le pinceau? Un coup d'œil sur les morceaux de sculpture exposés dans le palais des Champs-Elysées suffira pour résoudre négativement la question.

S'il fallait en effet juger de l'état actuel de la sculpture en France sur les spécimens qui figurent au Salon, on serait autorisé à dire qu'à aucune époque l'inspiration n'a été plus rare dans notre école, ni l'ensemble des doctrines soumis à un plus humble niveau. Un pareil jugement néanmoins ne saurait être porté sans injustice, puisque la plupart des talents qui soutiennent l'honneur de l'art national ne sont pas représentés au Salon, ou qu'ils n'y paraissent que sous des formes insuffisantes. MM. Dumont, Duret et leurs confrères à l'Académie des Beaux-Arts se sont, aussi bien que M. Barye, complétement abstenus. Plusieurs statuaires qui devaient leurs premiers succès, il y a dix ou quinze années, à des ouvrages diversement importants, MM. Lequesne et Pollet, par exemple, n'ont exposé que quelques bustes. D'autres, dont les débuts appartiennent à une époque plus récente encore, discontinuent déjà la lutte comme M. Alasseur, ou n'y participent, comme M. Gumery, que munis, pour toute arme de combat, d'un modeste médaillon en

plâtre. Quant aux athlètes accoutumés de longue main à succomber sans que personne s'aperçoive même de leur défaite,
quant à ces artistes, ces praticiens plutôt, dont l'indifférence
publique ne lasse pas plus la fécondité qu'elle ne semble blesser
l'amour-propre, ils sont en grand nombre comme toujours.
Peu s'en faut même qu'ils n'aient pris partout cette année la
place des artistes d'élite. Quelques-uns de ceux-ci seulement
n'ont voulu ni céder ce terrain qui leur appartient, ni l'occuper
plus timidement qu'il ne convenait à leurs antécédents, à leur
réputation, à leurs droits de plus d'une sorte. Soit qu'ils aient,
comme M. Guillaume dans sa statue de *Napoléon I*, fait une
œuvre nouvelle, soit que, comme MM. Maillet et Moreau, ils
aient reproduit en marbre des figures dont les modèles en
plâtre ou en bronze étaient exposés au dernier salon, ils ont du
moins acquitté sans marchander leur dette vis-à-vis du public.
M. Cavelier y a mis moins de parcimonie encore. Indépendamment d'un très-beau buste de *M. Horace Vernet* et d'une statue
de *Napoléon I* qu'il est intéressant de rapprocher de l'œuvre
de M. Guillaume, il a taillé dans le marbre un groupe de trois
figures, *Cornélie et les Gracques*, qui, avec le *Désespoir* de
M. Perraud et le *Virgile* de M. Thomas, mérite d'être cité
comme résumant à peu près toute l'importance, tous les mérites de l'exposition de sculpture en 1861.

Le groupe de M. Cavelier, j'entends le modèle en plâtre,
avait paru déjà, il y a six ans, à l'exposition universelle. En le
revoyant aujourd'hui modifié d'un bout à l'autre et amélioré
dans tous les détails avec une rare sûreté de goût et de ciseau,
on peut dire que, sauf les lignes générales de la composition,
rien ne subsiste des formes primitives. Les traits de Cornélie,
si nous avons bonne mémoire, étaient loin d'exprimer aussi
bien l'orgueil maternel et la majesté. Le corps du plus petit des
deux enfants n'avait pas cette beauté robuste, la tête cette
fierté toute romaine, la chevelure même cette apparence de vie

énergique et de séve. Les draperies enfin, bien que très-heureusement disposées dès l'origine, ont acquis dans le travail définitif une vraisemblance et en même temps une pureté de style qui rappellent l'exécution magistrale d'un autre morceau dû au ciseau de M. Cavelier, — le voile servant de fond et de support à la figure de la. *Vérité.* Comment se fait-il toutefois qu'en révisant sa pensée avec tant de soin, en corrigeant avec tant de clairvoyance et d'habileté les imperfections qui déparaient le modèle en plâtre, M. Cavelier ait oublié de préciser davantage, d'expliquer par l'ajustement le mouvement de la figure de l'aîné des Gracques? Dans la partie inférieure de cette figure, les draperies dissimulent si complétement l'attitude, qu'il est difficile au premier aspect de deviner à laquelle des deux jambes appartient le pied que l'on entrevoit. La jambe droite reployée sous la jambe gauche n'existe et ne devient compréhensible que lorsqu'on examine le groupe par derrière : elle disparaît tant qu'on le regarde de face, et cette incertitude dans la structure embarrasse d'autant plus les lignes, que celles-ci, par le volume même de la draperie, sont plus multipliées et plus saillantes.

Quel que soit ce défaut partiel, l'ensemble des qualités qui distinguent l'œuvre de M. Cavelier est considérable. Tout en se souvenant des exemples de l'antiquité, ainsi que le lui prescrivaient les lois immuables de la statuaire et les exigences particulières du sujet, l'artiste a su obéir aussi à ses inspirations propres, à son désir de nous montrer autre chose qu'une contrefaçon de l'art et des formes classiques. Fort différent en cela de la plupart des sculpteurs contemporains, qui, interprétant à contre-sens le mot d'André Chénier, se dispensent des « pensers nouveaux » pour s'assimiler seulement les habitudes extérieures de leurs modèles, il ne se contente pas de copier « des vers antiques » et de les rééditer au bout de vingt siècles. Il ne répudie pas, comme tant d'autres, la langue et les idées de son temps pour se condamner à l'imitation mécanique, à la fabrication archaïque d'un texte. Que dirait-on de poëtes français qui prétendraient n'écrire qu'en latin, et renouveler en plein dix-neuvième siècle l'entreprise tentée au dix-septième par les René Rapin et les Commire? C'est là pourtant, ou peu s'en faut, ce que font les sculpteurs de notre époque. Ils s'affublent de *classicisme*, ils étalent une érudition banale, espérant déguiser ainsi l'impuissance de leur imagination ou en justifier la paresse. Ils ne réussissent en définitive qu'à nous fatiguer de leurs redites, et à remplacer par des formules pédantesques l'expression du vrai et du beau.

Comme M. Cavelier, M. Perraud est du petit nombre des statuaires qui s'appliquent à concilier la sincérité avec la science, le respect des traditions avec l'intelligence de nos besoins actuels. La figure que lui a inspirée un vers de Pétrarque :

Ahi ! null' altro che pianto al mondo dura.

cette figure qui semble personnifier à la fois la méditation et la douleur, procède très-évidemment de l'antique par les caractères des formes et du style. Par le sentiment même, par la portée morale des intentions, elle a une signification neuve et vraiment moderne. Tout n'est pas complétement imprévu, sans doute, dans cette figure de jeune homme assis la tête basse, les bras immobilisés par les doigts qui s'entre-croisent, la jambe gauche reployée sous la jambe droite, tandis que celle-ci, portée un peu en avant, diversifie les lignes générales sans leur ôter une expression de simplicité morne et d'affaissement. L'idée même de représenter le Désespoir sous ces dehors plutôt attendris qu'irrités n'appartient pas tout entière au sculpteur, et l'on pourrait en retrouver les premiers symptômes dans les travaux de quelques peintres contemporains; mais ce que M. Perraud ne doit certainement qu'à lui-même, c'est l'habileté singulière et le goût avec lesquels il a su approprier cette donnée élégiaque aux conditions épiques de la statuaire, ce sentiment chrétien des misères humaines aux exigences païennes d'un art qui, en dehors du beau, n'existe pas. Nul excès dans l'expression compromettant la majesté nécessaire de la forme, nulle inertie non plus, nulle fausse grandeur où la vie s'anéantisse, où la vérité se dérobe. Les traits du visage, pensifs et attristés sans grimace, sont exempts aussi de cette régularité impassible dont on a coutume de faire l'enseigne d'un goût sévère ou le masque officiel de la beauté. Dans les contours et dans le dessin intérieur du corps, même discernement, même adresse savante à combiner l'étude de la nature avec la mémoire des grands monuments de l'art. En modelant cette figure nue dont aucun accessoire ne détermine le caractère individuel ou national, dont le type même n'est expressément ni grec, ni romain, et où les souvenirs de l'antique n'interviennent qu'à titre de renseignements généraux et de secours, M. Perraud a voulu nous montrer et nous montre en effet, au lieu d'une curiosité archaïque, une image vraisemblable, au lieu d'une académie, un homme; mais cet homme n'est pas seulement un beau corps, c'est un corps que l'âme habite, un cœur souffrant des maux qui nous sont communs à tous, des pensées qui sont à la fois le privilège et le tourment de l'humanité. Il y a un sérieux mérite à élever ainsi l'imitation de la réalité à la dignité d'une image idéale. Dans le temps où nous vivons surtout, ce n'est pas un médiocre honneur pour un artiste que d'avoir osé aborder une pareille entreprise, et de l'avoir aussi heureusement menée à fin.

La statue sculptée par M. Thomas diffère de l'œuvre de M. Perraud en ce sens qu'il s'agissait ici, non plus de nous faire pressentir une idée, mais au contraire de nous représenter un personnage ayant son nom et son histoire. Elle se rapproche du travail dont nous venons de parler par la noblesse sans emphase et par la pureté du goût. Le *Virgile* de M. Thomas rappelle un peu, quant à l'attitude et à l'effet général de l'ajuste-

ment, la figure du poëte dans l'admirable composition de ·
M. Ingres : *Tu Marcellus eris ;* mais, tout en constatant le fait,
nous ne prétendons pas y puiser un argument contre la valeur
de l'œuvre du statuaire. Nous serions tenté plutôt de reprocher
à celui-ci une certaine aridité dans l'expression de la tête de
Virgile, et aussi quelque exagération dans la saillie des plans
du front entre les deux sourcils. Ce seraient là au surplus des
chicanes plutôt que des critiques. Il convient d'autant moins
de s'y arrêter que l'examen des autres parties de la statue n'autorise que l'éloge, et que l'élégance virile de l'ensemble, la fine
correction du style dans les détails de cette figure et jusque
dans les accessoires jetés à ses pieds, en mémoire des *Géorgi-
ques* et de *l'Énéide*, annoncent un talent déjà sûr de lui-même
et qui, s'il doit se perfectionner encore, n'a pas besoin des
avis d'autrui.

En dehors du groupe de M. Cavelier et des statues sculptées
par MM. Perraud et Thomas, qu'y a-t-il dans l'exposition de
sculpture qu'on ne puisse rigoureusement passer sous si-
ence? Un groupe, *Hora aurea,* ingénieusement composé par
M. de Vauréal, — une *Nyssia au Bain,* une *Femme ornant de
peintures un vase étrusque*, ajustées avec goût par MM. Aizelin
et Symian, — une *Pandore,* que le nom de l'auteur, M. Loison,
recommande plutôt que le mérite de l'exécution même, — une
Suzanne où M. Cabet prouve son adresse à travailler le marbre, mais où il ne laisse pas de révéler aussi ces inclinations
à la coquetterie que M. Clesinger ne songe nullement à dissimuler dans une *Cornélie avec ses enfants*, placée en regard de
la *Cornélie* de M. Cavelier ; — quelques figures encore où
l'habileté de la main se fait sentir, à défaut d'imagination ou
de science très-profonde ; dans la sculpture de portrait, plusieurs morceaux sagement traités par MM. Crauk, Oliva, Ise-
lin, Dieudonné, Roubaud jeune et quelques autres, un agréable buste de femme par M. Adam Salomon, et le portrait de

· *M. Barrias* par un sculpteur portant le même nom que le modèle. Il y a dans ce dernier ouvrage, dans cet essai probablement d'un débutant, un très-vif sentiment de la physionomie, quelque chose aussi de la manière toute française dont Houdon et les sculpteurs *portraitistes* du dernier siècle nous ont légué la tradition. — Faut-il enfin, dans une autre série de travaux, citer, accepter même, les bizarreries de type ou de costume que M. Cordier et ses imitateurs nous offrent avec une libéralité déjà prodigue, — *nègres* et *négresses, capresses, palikares, chefs indiens,* et bien d'autres curiosités du même ordre, — sans compter les étranges personnages de l'Amérique du Sud que M. Rochet a groupés au pied de sa statue colossale de *Dom Pedro Ier?* La mode est maintenant à ces laideurs humaines comme elle était, il y a quelques années, à l'imitation des œuvres de M. Barye, avec cette différence toutefois, que celui-ci choisissait dans la nature des modèles dignes de l'art, qu'il les interprétait en maître, et que les novateurs actuels ne prétendent apparemment qu'étonner le regard sans se préoccuper d'ailleurs du soin de le charmer.

Au moment de terminer cette revue du Salon de 1861, avant de clore une étude que nous avons écrite sans parti pris de pessimisme, mais avec une tristesse véritable, car l'abaissement des tendances est partout sensible, résumons en peu de mots les souvenirs que laissent dans l'esprit ces quatre mille objets d'art, et les jugements qu'ils autorisent à porter. Un seul maître ou, si l'on veut, un seul talent achevé, M. Flandrin; quelques talents au moins en péril, comme MM. Gérôme et Hébert, ou en lutte, comme M. de Chavannes, avec l'insuffisance du savoir; des espérances trompées ou des promesses incertaines; ailleurs des contrefaçons de l'art au dix-huitième siècle, les jongleries du pinceau substituées aux travaux sincères, aux loyaux efforts, — voilà, dans l'ordre de la peinture d'histoire et de la peinture de portrait, ce qui ressort de l'examen

du Salon. Dans la peinture de genre et de paysage, une habileté pratique universelle, un nombre infini d'œuvres adroitement exécutées ; chez quelques artistes seulement, la volonté
ou le pouvoir de faire de cette expérience un auxiliaire pour la
pensée, de cette adresse matérielle un simple moyen d'expression ; — parmi les sculpteurs enfin, trois ouvrages vraiment
remarquables et quelques morceaux dignes d'estime à côté
d'une multitude de formules surannées, de redites banales ou
de nouveautés en contradiction flagrante avec les lois de la
statuaire : y a-t-il là de quoi nous rassurer beaucoup sur l'état
présent de l'art, sur les forces de notre école, sur la vie ou sur
la santé des talents ?

Sans doute, nous le disions en commençant et nous n'hé-
sitons pas à le redire, l'art français n'est pas tout entier au
Salon ; mais le Salon, tel qu'il est aujourd'hui, avec l'abstention
systématique où s'obstinent les artistes éminents, avec les encouragements presque officiels promis par la loterie aux petites entreprises du savoir-faire, et surtout avec le chiffre illi-
mité des admissions, le Salon, au lieu de stimuler le progrès,
est devenu pour le goût public une menace ou un leurre. Que
nous apprennent en effet et que peuvent nous apprendre ces
milliers de tableaux dont toute la valeur résulte du maniement
plus ou moins adroit de l'outil ? Ils ont, entre autres inconvénients, celui de multiplier à l'infini le nombre des faux connaisseurs, d'entretenir cette habitude ridicule que nous avons
prise depuis quelques années de n'attacher de prix qu'à l'écorce
des choses, de sens qu'aux combinaisons des couleurs, aux hardiesses, sinon aux impertinences de la touche, aux aventures
ou aux subtilités de la pratique. Sommes-nous bien sûrs d'ailleurs d'être parfaitement de bonne foi dans l'estime où nous
tenons des mérites de cet ordre ? Qui sait s'il n'en va pas de
notre crédulité apparente sur ce point comme des façons d'agir
de certains malades qui, sans croire à la médecine, font mine

d'en respecter pieusement les avis ? Notre confiance dans l'empirisme pittoresque n'a peut-être pas plus de sincérité ; peut-être n'est-elle autre chose qu'un symptôme du malaise moral où nous laisse la privation des aliments qui conviendraient le mieux à notre esprit. Nous aurons beau en effet essayer de nous duper nous-mêmes, nous n'arriverons pas à nous passer, dans les œuvres de l'art, des qualités qui nous intéressent surtout, des seules même qu'il nous soit donner d'apprécier sans effort. On ne sait guère en France juger de la peinture au point de vue des conditions qui lui sont propres, des moyens qui lui appartiennent expressément. Tous, plus ou moins, nous sommes tentés d'y voir simplement une forme de la pensée littéraire, un langage écrit avec le pinceau comme d'autres l'écrivent avec la plume, et ayant pour objet unique la révélation du beau moral. Cette façon d'envisager l'art peut, il est vrai, avoir ses dangers ; mais comme elle est au fond conforme au génie même de notre école, comme, depuis Poussin jusqu'à David, jusqu'à des talents plus près de nous, les artistes français ont réussi principalement à persuader notre raison, le mieux serait de ne pas chercher à réagir contre ces inclinations nationales et de nous résigner à sentir naïvement la peinture dans le sens de nos propres instincts. Le mieux serait de faire une bonne fois justice de nos prétentions matérialistes et de notre fausse science, pour demander à l'école contemporaine ce qu'il nous appartient en réalité de comprendre, et ce qu'elle-même, si nous le voulons sérieusement, se retrouvera bientôt en mesure de nous donner.

Pour nous consoler de la faiblesse que révèlent la plupart des œuvres exposées au Salon de 1861, on dira peut-être que cette exposition n'en présente pas moins un ensemble de travaux plus recommandables encore que ce qu'on rencontrerait dans d'autres pays. Qu'importe, si le fait nous donne tort vis-à-vis de nous-mêmes ? Les fautes du prochain font-elles notre

vertu, la ruine d'autrui nous enrichit-elle, ou la maladie qui
sévit à notre porte nous garantit-elle la santé ? Au lieu de nous
complaire dans la sécurité que nous procure le spectacle de ce
qui se passe ailleurs, nous ferions bien de choisir auprès de
nous des termes de comparaison. Sans remonter même au
commencement du siècle, sans aller au-delà d'une période de
trente années environ, on trouverait dans un rapprochement
entre ce récent passé et l'état actuel de l'art français des avis
plus significatifs et plus utiles que dans les défaillances de l'art
étranger. Où sont aujourd'hui les héritiers de Léopold Robert
et de Paul Delaroche, de Scheffer et de Decamps, de Pradier,
de Rude, de David d'Angers, de Simart ? A quels lieutenants
les peintres et les sculpteurs placés encore à la tête de notre
école abandonnent-ils dès à présent l'influence et l'action ?
A quelles mains transmettront-ils l'empire qu'ils ont exercé, la
tradition qu'ils auront cru fonder ? Il faudrait être pourvu d'un
bien robuste optimisme pour juger ces questions superflues,
ou pour y trouver une réponse satisfaisante dans le Salon
de 1861.

VI

LES DESSINS DE PAYSAGE DE M. ÉDOUARD BERTIN.

———————

1864.

Si les doctrines implantées dans notre école vers la fin de la Restauration ont quelque part porté leurs fruits, s'il est un point qu'on ait, dans le domaine de l'art, exploité sans relâche et avec un incontestable succès, ce terrain fécond, ce champ privilégié n'est-il pas celui où travaillent les peintres paysagistes? Quelles que soient les conquêtes faites ailleurs, on ne saurait les tenir pour absolues, ni passer aisément condamnation sur tous les sacrifices qu'elles ont coûtés, sur tous les expédients dont on s'est servi pour se procurer un moment la victoire. La peinture d'histoire dont l'école *romantique*, pour parler le langage d'un autre temps, avait d'abord entrepris la régénération, — sauf à confondre dans les mêmes intentions de réforme les lois essentielles et les abus, — la peinture d'histoire, après quelques violents essais d'émancipation, est entrée de bonne heure en accommodement avec les traditions qu'elle s'était promis d'anéantir. Peu à peu elle est revenue à ces coutumes à demi littéraires plutôt que strictement pittoresques, qui sont depuis des siècles la condition même et le génie de l'art national ; ou bien, sous l'influence de M. Ingres, elle s'est renouvelée par une étude et une expression de la forme d'autant plus sévères que les efforts dans un sens tout opposé avaient été, pendant quelque temps, plus menaçants et plus hardis. Un seul talent, vrai-

ment considérable, mais considérable, il faut le dire, par l'éclat
de ses défauts autant que par le prestige de ses qualités, Eugène
Delacroix a persévéré jusqu'au bout dans la voie qu'il s'était
frayée au début. Seul il n'a rien abjuré de sa foi première, rien
effacé de son programme. Aussi ses œuvres représentent-elles
à peu près tout ce qui survit aujourd'hui de la révolution romantique dans le domaine de la grande peinture. Elles servent
bien plutôt à prouver la fière opiniâtreté de l'artiste, qu'à réveiller des souvenirs ou à signaler des progrès en dehors de ces
mérites tout personnels.

Il n'en va pas ainsi, j'en conviens, de la peinture de genre, où
les influences combinées de Paul Delaroche, de Decamps, de
Delacroix lui-même et de quelques autres artistes appartenant à
la même génération, ont suscité un mouvement assez général,
des efforts de zèle assez constants, pour qu'ici le présent semble
se relier au passé et continuer quelque chose des doctrines qu'on
essayait de faire prévaloir il y a trente ans. Ces doctrines toutefois, à cause de leur diversité même, ne pouvaient produire et
elles n'ont pas produit en effet des résultats d'un caractère iden-
tique. Elles ont inspiré un grand nombre d'œuvres remarquables, sans pour cela constituer une école, c'est-à-dire un ensemble de talents en parfaite communauté d'origine et de
principes. Dans les tableaux de paysage, au contraire, que nous
avons vus se succéder en France depuis les premiers essais de
MM. Cabat, Delaberge, Marilhat et Français, jusqu'aux toiles
de vingt autres artistes qui figuraient au dernier Salon, l'unité
des tendances est manifeste. Tout exprime le respect de certaines croyances dont il appartient à chacun de diversifier seulement les termes, en raison de ses inclinations propres et de sa
manière; tout accuse, chez les paysagistes contemporains, une
volonté unanime de maintenir la scission complète entre les conditions de l'art moderne et les formules du vieil *idéalisme* académique.

Suit-il de là que le paysage, tel qu'il est traité de nos jours et dans notre pays, ait pour fin unique l'imitation littérale de la réalité? Parce que la nature est étudiée de plus près et reproduite avec plus de fidélité qu'autrefois, faut-il en conclure que l'ambition ou l'habileté des peintres s'arrête à cette simple transcription du fait? Parce que, enfin, nos paysagistes ont rompu avec la tradition de Valenciennes, les accusera-t-on de méconnaître les exemples que leur ont légués Poussin, Claude le Lorrain et quelques autres parmi leurs plus nobles ancêtres? Rien ne serait moins juste, et, pour notre part, nous n'avons garde d'attribuer aux travaux de la nouvelle école une signification et des mérites purement matériels. Ce que nous voulons dire seulement, c'est que les paysagistes de notre temps, quels que soient les thèmes qu'ils choisissent, s'abstiennent avec les mêmes scrupules, des intentions et des moyens d'effet convenus. Ceux-là mêmes dont la manière est le plus solennelle en apparence, gardent dans la composition un sentiment de la vraisemblance, dans le style une sincérité qu'on aurait crus, au commencement du siècle, incompatibles avec la dignité de l'art.

Parmi les artistes qui réussissent ainsi à observer une juste mesure entre la majesté systématique et l'expression vulgaire ou servile, M. Édouard Bertin a depuis longtemps marqué sa place. Lorsque, dès l'année 1827, il exposait au Salon la *Rencontre de Cimabue et de Giotto*, il entreprenait l'un des premiers de soustraire le paysage historique au despotisme des traditions imposées et subies depuis la fin du dix-huitième siècle. Quatre ans plus tard, une seconde toile fort remarquée alors et que pendant longtemps on a pu voir dans la galerie du palais du Luxembourg, — le *Souvenir de la forêt de Fontainebleau*, — venait confirmer le succès de cette tentative et, comme les tableaux contemporains de MM. Aligny et Corot, assurer en matière de paysage les droits du sentiment et du style aussi bien que l'autorité du vrai. Enfin, après s'être progressivement dé-

gagée dans une série d'œuvres exposées, jusqu'en 1848, aux
Salons annuels, — œuvres sévères, largement peintes, parmi
lesquelles il nous suffira de citer les *Vues de la Vernia*, le *Christ
au mont des Oliviers*, les *Carrières de la Cervara* et la *Tentation
de Jésus-Christ*, — la manière de M. Bertin achevait de se formuler et se résumait, en 1853, dans trois sujets traités avec une
complète certitude de goût et de pinceau : les *Sources de l'Alphée*, une *Vue près d'Olevano* et une autre *Vue d'anciens tombeaux sur le bord du Nil*. A partir de cette époque, M. Bertin
cessa de prendre part aux expositions publiques. Il ne nous appartient pas de rechercher les causes d'une abstention qui ne
saurait, en tous cas, s'expliquer par la lassitude du talent de l'artiste. Les toiles qui, depuis dix ans, se sont succédé dans l'a-
telier de M. Bertin, prouveraient au contraire que ce talent n'a
jamais été mieux inspiré ni plus robuste : nous regrettons seulement qu'au lieu de se produire au grand jour il ne s'adresse
maintenant qu'aux regards de quelques privilégiés, et qu'à l'estime dont il jouit parmi les artistes le succès public ne s'ajoute
plus, faute de moyens de contrôle faciles et d'occasions.

Si légitimes d'ailleurs que puissent être les regrets sur ce
point, c'est avec moins de résignation encore qu'il faut accepter,
pour les dessins de M. Bertin, la publicité restreinte, la demi-
obscurité à laquelle il condamne aujourd'hui ses travaux. A défaut des toiles qu'il pourrait envoyer au Salon et qui, certes, y
figureraient avec honneur, les œuvres peintes par MM. Paul
Flandrin et Desgoffe, par MM. de Curzon, Lanoue, Bellel et plusieurs autres, représentent du moins quelque chose de sa doctrine, de sa manière même, et continuent, dans le bon sens du
mot, les traditions, très-françaises après tout, du paysage historique. Quelque habiles pourtant que se montrent les artistes que
nous venons de nommer, aucun d'eux, à notre avis, ne serait en
mesure de se servir du crayon avec autant d'autorité que M. Bertin, avec un sentiment aussi large et en même temps aussi

ingénu des vérités nobles, des belles lignes, des formes caractéristiques ; aucun non plus, parmi les paysagistes dont la réputation a des origines plus anciennes, ne réussirait à établir une aussi juste harmonie entre des moyens d'expression forcément succincts et des intentions qui ne sauraient être significatives qu'à la condition de nous transmettre une image vraisemblable de la réalité.

Les dessins de M. Aligny, par exemple, ont dans l'aspect général une incontestable grandeur. Ils offrent en quelques traits le résumé savant et comme la synthèse des divers éléments qui constituent la beauté d'un site ou qui en déterminent les caractères ; mais, à force de se complaire dans l'étude et dans l'exposé des principes, M. Aligny oublie un peu trop de nous initier aux conséquences. De peur de compromettre la dignité de l'art, il en exagère les conditions didactiques et réduit presque à l'état d'une formule abstraite, d'une épure mathématique, la transcription des faits pittoresques. On dirait que, pour ce crayon dont les procédés rigides rappellent les opérations du tire-ligne et du compas, pour ce talent aux allures si obstinément réglées, la nature est moins un modèle à suivre qu'un problème dont il s'agit de dégager les termes et de donner scientifiquement la solution. De là sans doute un juste dédain des détails vulgaires ou inutiles, une louable application à définir le sens principal de chaque scène, à se garder, dans l'expression, des redites ou des équivoques ; mais de là aussi une certaine insuffisance pittoresque, en raison de cette sobriété même, et, dans le style, une tension qui accuse une méthode inflexible, l'esprit de système et le parti pris.

Beaucoup moins austères à tous égards, beaucoup plus voisins de la nature par l'imitation sincère de l'effet, des formes entremêlées ou interrompues, de cet harmonieux désordre où se révèle la main de Dieu et que le crayon de M. Aligny essaye de remplacer par une ordonnance et des combinaisons tout humaines, les paysages dessinés par M. Français attestent le goût le plus délicat, l'art le moins entaché de pédantisme. Ici, comme dans ses tableaux, M. Français développe avec une singulière élégance le thème qu'il a choisi : il en traduit la lettre et en fait ressortir l'esprit avec une grâce poétiquement familière qui est, en général, la qualité dominante, l'essence même de sa manière. Cette élégance pourtant n'est-elle pas raffinée parfois jusqu'à la coquetterie ? Les formes de cette poésie, si bien appropriées à l'églogue, ne trahissent-elles pas ailleurs un peu de gêne et d'incertitude ? Une toile exposée au dernier Salon et représentant *Orphée au tombeau d'Eurydice*, permettrait de penser que l'aimable talent de M. Français ne saurait s'aventurer sans quelque imprudence dans le domaine de l'élégie héroïque et de l'archéologie, ni même s'écarter du champ où il a marché jusqu'ici. Ce qu'il lui convient surtout de reproduire, ce qui l'inspire ou le conseille plus heureusement, selon nous, qu'aucun autre talent contemporain, c'est le ciel à demi voilé, le paysage aux lignes moyennes, la végétation sans orgueil de nos climats ; c'est la nature souriante plutôt que s'épanouissant dans l'éclat radieux de sa beauté ou déployant ses magnificences sinistres ; c'est, en un mot, la physionomie tempérée des choses. Même parmi les dessins que l'habile paysagiste a exécutés en Italie, les études qui nous semblent préférables sont précisément celles où, par le caractère des modèles, il avait moins à se préoccuper de la grandeur proprement dite, que d'un certain charme analogue à celui que recèlent les vallées ou les bois de notre pays. Ajoutons que, jusque dans cet ordre de travaux, la couleur est pour M. Français un moyen d'expression nécessaire. Il ne rend tout à fait bien ce qu'il a senti qu'à la condition de raffermir ou d'atténuer, de compléter ou d'assouplir les indications premières par des touches au pinceau, par des teintes successives d'aquarelle ou de gouache. En face d'aussi agréables résultats, peu importent sans doute les essais et les procédés préalables. N'est-il pas permis pourtant de faire remarquer que ces procédés complexes tendent quelquefois à substituer les recherches ou les hésitations de la pratique aux définitions formellement inspirées et les périphrases au mot propre ?

Les anciens maîtres avaient coutume de parler plus franc et plus net. Si le crayon, la plume, ou, à la rigueur, un peu de bistre suffisaient à Poussin, à Claude le Lorrain, à Francisque Millet, pour traduire leur pensée, ce n'est pas que ces grands artistes songeassent à exclure de leur travail ce qui, dans la nature, emprunte sa signification de la valeur respective des tons, de la grâce ou de l'énergie des accords : ils s'attachaient, au contraire, à démêler les conditions secrètes, la raison d'être, la logique, pour ainsi dire, de ces harmonies ou de ces contrastes. Moins touchés, et à juste titre, de la coloration isolée des objets que du rôle assigné à chacun d'eux dans ce concert d'ombre et de lumière d'où résulte en réalité l'effet, ils ne visaient qu'à établir la proportion et l'équilibre entre les tonalités inégales des diverses parties de l'ensemble. Voilà pourquoi ils s'accommodaient d'un moyen monochrome, d'un moyen de convention, si l'on veut, mais qui avait du moins cet avantage d'affirmer les principes, de simplifier les déductions et d'assurer la prédominance du sentiment et du style sur l'expression, facilement diffuse, des faits accessoires, des menues vérités matérielles.

Par le fond des intentions comme par la concision des formes, les dessins de M. Edouard Bertin rappellent les œuvres de notre ancienne école, sans arrière-pensée d'archaïsme toutefois. Ces dessins appartiennent bien à notre époque, en ce sens qu'ils expriment certaines tendances communes à plusieurs paysagistes contemporains et une recherche du vrai en dehors des théories préconçues, à laquelle, assez récemment encore, on n'aurait guère osé se livrer. Ils n'en méritent pas moins une place à part dans l'histoire de l'école actuelle, parce que, tout en résumant mieux que les autres travaux du même genre nos inclinations et nos habitudes nouvelles, ils démentent aussi ce que celles-ci peuvent avoir d'excessif ou d'un peu humble, de trop timide ou d'imprudemment contraire aux exemples du passé.

La manière de M. Bertin n'affiche pas cette partialité sans merci pour la ligne, qu'on aurait le droit souvent de reprocher à la manière de M. Aligny ; elle n'a rien non plus de ces formes d'expression compliquées qui émoussent quelquefois, sous la main de M. Français, l'intention incisive, la vive arête du style. Exempte d'aridité aussi bien que d'emphase, large sans être vide, exacte sans aboutir à l'imitation littérale, cette méthode a je ne sais quelle sérénité dont l'esprit ressent aisément l'influence et qui séduit tout d'abord le regard. Sans doute le crayon de M. Bertin ne veut nous donner, et il ne nous donne en effet, qu'une traduction abrégée du texte qu'il a choisi, un aperçu des beautés ou des phénomènes que la nature lui a offerts ; mais le sens de ce texte est si nettement saisi et rendu, il y a dans l'image de ces beautés une telle sûreté de goût et de pratique, que plus d'insistance sur les indications partielles semblerait ici superflue et que peut-être, en étant mieux informés des détails, nous courrions le risque de comprendre moins bien la signification de la scène générale, on dirait presque la moralité qui en ressort.

Je m'explique : l'art du paysage, on le sait de reste, n'a nullement pour objet, — comme ce qu'on est convenu d'appeler la peinture d'histoire, — de nous émouvoir par des allusions à quelque événement dramatique, par une seconde vie donnée aux idées, aux passions ou aux actes qui intéressent directement l'humanité. Puisque c'est à la nature inanimée qu'il demande ses modèles, il va de soi que le champ où il s'exerce n'est pas, à proprement parler, celui du vrai ou du beau moral ; on serait donc mal venu à n'y pas chercher avant tout une représentation fidèle du fait involontaire et passif : suit-il de là que l'idéal ne doive avoir aucune part à l'accomplissement du travail ? Des conditions indispensables de ressemblance imposées à l'image faudra-t-il conclure que l'artiste n'a, en quelque sorte, qu'à disparaître de son œuvre, à s'annihiler devant les réalités qu'il retrace, à taire soigneusement ce qu'il a senti en face ou à propos de celles-ci ? Autant vaudrait réduire la tâche de la poésie à l'office d'un procès-verbal, ou condamner la main intelligente d'un peintre de portrait à la niaise véracité d'un appareil photographique. Non, le paysagiste n'est ni un fabricant d'effigies, ni un greffier enregistrant sans commentaire les faits à mesure qu'ils surviennent. Ce serait plutôt un juge, dont le premier devoir est de constater la vérité, mais à qui il appartient aussi d'en déduire les conséquences. A quoi bon insister, au surplus ? Nous ne ferions qu'essayer de démontrer l'évidence ou répéter ce que tant d'autres ont dit, si nous prétendions justifier davantage des idées d'où résultent pour tout le monde les lois nécessaires et la juste fonction de l'art. Qu'il nous suffise d'avoir rapporté en passant quelque chose de ces opinions admises, de ces vérités banales, mais d'une banalité saine, et d'avoir rappelé une fois de plus que, dans le paysage comme dans tout autre ordre de travaux pittoresques, comme dans toute œuvre d'art, quelle qu'elle soit, le sentiment doit garder sa part d'indépendance, le talent ses droits et ses franchises, l'inspiration son rôle et son crédit. Un coup d'œil sur les dessins de M. Bertin instruirait d'ailleurs chacun de nous, à ce sujet, beaucoup mieux qu'une longue dissertation théorique. Le plus sûr comme le plus court sera donc de recourir au *Paysage* reproduit par la gravure en regard de ces lignes et d'y chercher, en même temps que les témoignages d'une manière personnelle, des renseignements généraux sur l'art lui-même, sur l'intervention légitime de l'imagination et du goût en matière d'imitation.

La plupart des dessins exécutés par M. Bertin ont le caractère d'études, c'est-à-dire de documents recueillis sur place, soit pour demeurer à l'état de simples souvenirs, soit à titre de *motifs* que l'artiste se réservait d'utiliser un jour et de convertir en tableaux. D'autres, — et le *Paysage* que publie la *Gazette des Beaux-Arts* est un de ceux-là, — représentent des sites composés où des fragments de vues réelles, des morceaux dessinés d'après nature, ont pu au besoin trouver place, mais en se groupant dans un ordre arbitraire, en se modifiant plus ou moins, suivant les données de la scène générale et les exigences de l'effet. On sait le danger de ces combinaisons : rien de plus facile, en pareil cas, que de dépasser la limite des révisions ou des inventions permises et d'arriver, en poursuivant l'idéal, à ne rencontrer qu'une majesté factice, des lignes invraisemblables en raison même de leur excessif équilibre, l'inertie enfin au lieu du calme, ou l'enflure dans le style au lieu de l'expression de la grandeur. Nous n'avons pas besoin de rappeler les méprises commises en ce sens par les paysagistes français appartenant à la fin du dernier siècle ou au commencement de celui-ci. Si quelques-uns d'entre eux, Didier Boguet, Péquignot et, un peu plus récemment, Chauvin, réussissaient, dans leurs compositions, à ennoblir le vrai sans pour cela le travestir, combien d'autres, sous prétexte d'en épurer ou d'en enrichir les formes, tantôt l'émondaient jusqu'à l'exténuer, tantôt l'affublaient d'une opulence pédantesque ! Des plans correspondant des deux côtés les uns aux autres, comme les coulisses d'un théâtre, ou se succédant jusqu'à l'horizon, avec les ondulations régulières d'un océan de ravins et de collines, — des arbres ne s'élevant verticalement qu'à la condition d'être aussitôt pourvus d'un arbrisseau, de quelques pampres au moins, dont le mouvement en sens oblique ou la souplesse corrigera l'inflexibilité des lignes voisines, — plus ou moins de colonnes brisées, d'autels rustiques, de tombeaux, pour meubler l'ombre des devants, et, au fond de la scène, des fabriques s'étageant en bon ordre le long d'une montagne qui n'aura garde d'apparaître autrement qu'en pleine lumière, — voilà les éléments prévus, les moyens traditionnels que les contemporains de Valenciennes léguaient, il y a cinquante ans, à leurs disciples, et que ceux-ci devaient, pendant quelque temps encore, mettre en œuvre avec une imperturbable docilité.

Il y a loin, fort heureusement, de ce dogmatisme suranné, de ces ruses percées à jour, à la doctrine et aux formules adoptées par M. Édouard Bertin. Si, dans les paysages qu'il compose, les lignes se contre-balancent ou se relient entre elles avec une harmonie soigneusement calculée, si la recherche de la symétrie pittoresque y est sensible au premier aspect, un vif souvenir de la nature n'en vit pas moins sous ces dehors apprêtés. Ce ne sont plus ici des fragments étiquetés d'avance pour s'ajuster selon certaines règles invariables, des pièces de rapport tirées du magasin banal où puisaient, sous le règne de Victor Bertin et de Bidault, tous les entrepreneurs de paysage héroïque. En combinant des éléments choisis suivant les cas et non admis une fois pour toutes, M. Édouard Bertin ne confond pas les moyens de composition suggérés par le goût avec les recettes faciles et les vulgaires conseils de la routine. Son crayon, sans ostentation comme sans fausse honte, n'exprime que des inspirations directes, et dédaigne aussi bien de s'approprier les inventions d'autrui, que de contrefaire matériellement une manière. De là, même dans les paysages imaginaires qu'il retrace, l'accent de la loyauté, de la bonne foi; de là l'empreinte d'une fantaisie raisonnable qui semble, en regard des œuvres taillées sur l'ancien patron académique, réfuter les erreurs d'où celles-ci procèdent et opposer le vrai savoir à la fausse érudition, l'éloquence du bon sens à la rhétorique du sophisme.

Gardons-nous néanmoins d'exagérer l'originalité du talent.

de M. Bertin, si personnels, à certains égards, qu'en soient les
caractères. M. Bertin, nous l'avons dit, n'emprunte rien, ne
continue rien, dans ses paysages composés, de la méthode consacrée au temps du premier Empire; mais, en remontant plus
haut dans l'histoire de notre école, on retrouverait sans doute
des précédents dont il a dû s'autoriser, des traditions qu'il a
consultées de près et assez ouvertement suivies. Il nous suffira
de rappeler le grand nom de Poussin et de mentionner le *Dio-*
gène, le *Polyphême* ou le *Phocion*, pour indiquer, en dehors
des instincts et des facultés innées, à quelle source le paysagiste
moderne a puisé le goût et la science de l'ampleur dans l'ordonnance, de la fermeté dans le style. Faut-il le lui reprocher, après
tout? Bien malavisé serait celui qui prétendrait, en pareil cas,
se passer de ces exemples augustes, de ces incomparables leçons. Autant vaudrait, en matière de poésie champêtre, répudier les avis de Théocrite et de Virgile, ou, par excès d'indépendance, sinon de vanité, se condamner à n'écrire des églogues
ou des idylles qu'en se détournant, à cet égard, du spectacle de
l'excellent. Qu'un artiste fasse tout autre chose que ce qu'ont
fait les maîtres, je le veux bien; mais à la condition qu'il fera
mieux : sans quoi l'on aura le droit de juger aussi stérile qu'impertinente la confiance qu'il aura eue en lui-même, et de préférer les travaux où nous retrouvons du moins un reflet des
beautés consacrées aux œuvres qui, pour démentir l'éclat de
celles-ci, n'ont d'autre vertu que l'audace, d'autre lustre que le
vernis de la licence.

De même que, dans le domaine de l'invention, on peut rester
vrai, tout en exprimant des intentions au-dessus du réel, et
concilier le souvenir des chefs-d'œuvre avec les suggestions
spontanées du sentiment, de même, dans l'imitation de la réalité,
la part laissée à l'expression idéale est aussi légitime que la part
faite à la reproduction exacte. Les nombreuses études d'après
nature que M. Bertin a dessinées en France, en Italie, en Grèce

et en Egypte, résument avec une remarquable précision ces droits de l'intelligence et ces devoirs de la main. Peut-être même est-ce dans ces études, dans ces portraits variés en raison de la physionomie des modèles, que la manière du savant paysagiste a le plus de certitude et de valeur. Rien de trop convenu dans les formes, rien qui sente la prédominance de la volonté ou du système sur le respect de la vérité : rien non plus de copié à outrance ni de servilement transcrit. Ici, les indications sont à la fois explicites et sommaires, très-significatives quant aux caractères qu'il s'agissait de définir, très-simples pourtant quant au procédé. Nous regrettons, à ce propos, qu'en reproduisant, il y a quelques années, une partie des *Souvenirs de voyage* de M. Bertin, certains dessinateurs lithographes aient cru devoir enjoliver cette simplicité et réduire presque à l'apparence de vignettes des œuvres dont le mérite résulte surtout d'un juste dédain pour les petites coquetteries du métier[1]. Ceux qui, sur de pareils spécimens, prétendraient juger le talent de M. Bertin, n'en prendraient qu'une idée assez incomplète, et nous devons ajouter qu'ils ne trouveraient guère des informations plus sûres, s'ils demandaient le secret de ce talent à une *Vue de la vallée de Lauterbrünnen,* lithographiée par le paysagiste lui-même, dans un jour de complicité apparente avec ses traducteurs et d'infidélité à ses habitudes.

Le crayon de M. Bertin choisit de préférence dans la nature, et il excelle à rendre les masses pittoresques largement installées, les terrains ou les roches à la végétation austère, aux contours pleins et fermes, aux plans brusquement accusés. On dirait au contraire qu'il hésite et se dépayse, lorsqu'il prend pour modèles des sites compliqués de détails, de formes accidentelles, de pures curiosités topographiques. La Suisse, par

---

[1] *Souvenirs de voyage en France, Suisse, Italie, Sicile, Grèce, Turquie et Egypte*, par Édouard Bertin, avec un texte explicatif par Laurent Pichat. — Paris, Goupil, 1852.

exemple, avec ses lignes aiguës, ses vallons encombrés ou ses
horizons trop vastes, la Suisse l'a rarement bien inspiré ; tandis
que le moindre coin de l'Italie ou de l'Orient a suffi pour lui
fournir une moisson de motifs heureux, d'intéressants croquis.
Que ne fait-il pas, à plus forte raison, lorsque le modèle donné
est par lui-même d'une beauté achevée, ou que, à la majesté
naturelle du site, s'ajoute l'éloquence de quelque grand débris
de l'art, de quelque noble édifice antique ! Pour juger de la
rare sagacité de ce talent, en pareil cas, pour en apprécier l'aisance vraiment magistrale, il faudrait voir dans les portefeuilles
de M. Bertin les études qu'il a rapportées des ravins de Ronci-
glione ou des Latomies de Syracuse, des montagnes du Latium
ou des plaines de l'Attique, du sol qu'honorent les ruines du
temple d'Égine ou des bords du Nil, en face de cette île de
Philæ où tant de beaux monuments sont encore debout. Si ces
études et bien d'autres du même genre venaient à être mises
en lumière, elles rendraient superflu sans doute ce que nous
essayons d'en dire aujourd'hui. Il convenait toutefois de les
mentionner pour justifier au besoin, pour excuser, si l'on
veut, nos éloges, pour indiquer enfin sur quelles preuves se
fonde l'opinion des amis de M. Bertin, — et, parmi ceux-ci,
depuis M. Ingres jusqu'à Paul Delaroche, nous pourrions en
citer plus d'un dont personne assurément ne récuserait le
témoignage.

Nous avons parlé d'excuse à propos des sentiments que nous
inspire le talent de M. Bertin. Laissons le mot, mais en l'expli-
quant. La critique a, en général, mauvaise grâce à solliciter
sur parole la confiance du lecteur, à vanter des mérites auxquels,
pour une cause ou pour une autre, une vaste publicité fait défaut. C'était le cas ici, et nous ne devions pas nous dissimuler
les côtés périlleux, les inconvénients au moins, de notre tâche.
Fallait-il pour cela renoncer à l'entreprendre, et, de peur de
rencontrer le scepticisme, ne pas se hasarder à dire ce qu'on

croit être la vérité ? Qui sait, d'ailleurs ? Peut-être ceux qui
professent hautement leur estime pour les dessins de M. Bertin
ne font-il que devancer le jugement de l'avenir ; peut-être ces
œuvres, encore ignorées de la foule, sont-elles destinées à figurer un jour en meilleur lieu et à inspirer plus de respect que
les reliques de tels talents beaucoup mieux famés à l'heure où
nous sommes et bien autrement en vue. Dans l'histoire des
arts, aussi bien que dans l'histoire des lettres, rien de moins
rare que de pareils revirements. Sans remonter au delà des
premières années du siècle, que devait-il rester de certains artistes célèbres, de tant de poëtes bruyamment fêtés ? Comme
les succès qui avaient accueilli un moment les tableaux d'Hen-
nequin ou de Meynier, de Demarne ou de Michalon, les noms
et la réputation de Chênedollé, d'Esménard, de Fontanes lui-
même, ne sont plus guère pour notre génération que des éti-
quettes sur le vide, de purs souvenirs historiques ; tandis que
d'autres noms, d'autres travaux, d'abord inconnus du public,
sont entrés de notre temps en possession d'une autorité durable.
Qui, d'entre nous, a coutume de lire *le Génie de l'homme, la
Navigation* ou *le Verger ?* En revanche, qui ne lit, qui ne goûte
les *Pensées* de Joubert, le modeste ami de ces beaux esprits
qu'il devait si vite et si bien supplanter ? Toute réserve faite d'ailleurs et toute proportion gardée, quelque chose d'analogue pourra
se passer à l'égard des dessins de M. Bertin et de bon nombre
d'œuvres un peu trop en faveur aujourd'hui. Dira-t-on que ces
dessins ne sont, à tout prendre, que de simples études, que,
par le caractère des modèles comme par la nature des moyens
employés, ils ne sauraient avoir la même importance que des
ouvrages achevés, des créations absolues de l'imagination ?
Soit : mais dans l'ordre de travaux auquel ils appartiennent, ils
méritent d'être classés au premier rang, et s'il était permis
d'évoquer à ce propos un souvenir bien solennel, nous ajoute-
rions que le mo ïde César ne trouve pas uniquement son appli-

cation en matière d'ambition politique. Dans le domaine des arts aussi, ne vaut-il pas mieux se comporter en maître sur une scène secondaire que de remplir le second rôle là même où le théâtre est beaucoup plus vaste, l'action plus difficile en apparence et le succès plus éclatant ?

VII

LA PEINTURE DE PAYSAGE EN SUISSE.

—◦—

ALEXANDRE CALAME.

1865.

On s'étonne quelquefois que les sites de la Suisse n'inspirent
pas plus habituellement les paysagistes. — D'où vient, dit-on,
qu'un pays aussi digne d'admiration, aussi fécond pour les
voyageurs en émotions et en surprises, demeure le plus souvent
auprès des artistes dans un état apparent de disgrâce et d'abandon? — Rien de plus facile à s'expliquer pourtant, rien de plus
judicieux au fond que ces réserves ou ces abstentions du pinceau.
La nature en Suisse est une nature toute d'exception et d'accident, une nature sans mesure dans ses audaces, sans vraisemblance pour ainsi dire : or l'art ne saurait se proposer d'autres
thèmes que ceux qui expriment, même sous des formes imprévues, une idée d'ordre, d'harmonie, une certaine vérité à la
fois limitée et générale. Il ne lui appartient pas plus de reproduire la chute du Rhin à Schaffouse que la cataracte du Niagara;
il prétendrait aussi vainement figurer les glaciers des Alpes
que les steppes sans horizon de la Russie, parce qu'ici l'énor-
mité du spectacle écrase ou déconcerte le sentiment de la proportion pittoresque, parce qu'en face de pareils modèles, toute
volonté personnelle se paralyse, tout désir d'invention s'anéantit, parce qu'enfin le fait à représenter exclut également le droit

d'en modifier les termes et le pouvoir de le rendre au vrai sans aboutir à la difformité.

Les phénomènes naturels les plus propres sur place à étonner le regard sont donc, par cela même, les moins favorables à l'œuvre du peintre et à la fonction de la peinture. En s'aventurant dans le domaine des pures curiosités géologiques, l'artiste court le risque de perdre la notion pittoresque du beau, pour n'acquérir que l'intelligence scientifique des choses, pour n'en savoir plus découvrir et nous en révéler que les côtés bizarres, la signification exceptionnelle. A ne considérer que la difficulté des informations et, la tâche une fois donnée, les efforts d'attention qu'elle exige, cela peut être jusqu'à un certain point méritoire. Si l'on tient compte au contraire de l'art proprement dit, des lois qui le régissent, de l'influence qu'il lui appartient d'exercer, cela est inutile et même foncièrement défectueux : car l'impression produite ne saurait ni équivaloir à l'émotion causée par le simple aspect de la réalité, ni se substituer si bien au souvenir de celle-ci qu'elle s'explique par la seule vertu des moyens d'exécution employés. A quoi bon dès lors se vouer à une besogne en dehors des conditions du portrait par l'étrangeté même et les caractères intraduisibles des types, en dehors aussi de l'interprétation idéale, puisque la physionomie de ces modèles n'a plus de sens et disparaît, si l'on essaie de la réviser ?

De notre temps néanmoins, l'épreuve a été tentée, et quelquefois avec un remarquable talent, par deux peintres suisses, MM. Diday et Alexandre Calame. En se faisant, il y a plus de trente ans, le chef de ce que l'on appelle un peu ambitieusement aujourd'hui « l'école du paysage alpestre, » et qu'il suffirait de nommer un groupe d'hommes en quête d'un certain progrès, le premier avait le mérite de donner à l'art du paysage en Suisse une allure propre, un caractère national, et de lui inspirer le dégoût des contrefaçons ou des emprunts dont il avait si humblement vécu jusqu'alors. Le second, en poursuivant l'entre-

prise avec une habileté plus sûre et plus audacieuse en même
temps, réussit à devenir le représentant principal des doctrines
nouvelles et à les accréditer auprès de la foule, sinon à les justifier complétement. Calame, mort il y a quelques mois, a joui
de son vivant d'une grande réputation ; même en dehors de la
Suisse, il a obtenu des succès qui n'accueillent d'ordinaire que
les talents tout à fait supérieurs. Reste à savoir quelle part revient dans les causes de cette popularité au milieu d'où l'artiste
était issu, quel surcroît d'importance ses œuvres ont pu emprunter du contraste avec la faiblesse des travaux antérieurs,
quelle place enfin il convient de leur assigner, non-seulement
dans l'histoire de l'art local, mais dans l'histoire de la peinture
contemporaine. Ce qu'il faut reconnaître tout de suite, c'est que
si les tableaux qu'a laissés Calame permettent à la critique de faire
ses réserves, de distinguer entre la célébrité acquise et la valeur
intrinsèque des ouvrages qu'elle a récompensés, les souvenirs qui
se rattachent à la vie et au caractère de l'homme n'autorisent
rien d'autre que le respect. Dans cette vie laborieuse et digne,
consacrée tout entière à l'étude, aux graves devoirs, à la pratique
des vertus sévères, nulle incertitude, nul démenti. Peut-être,
au premier aspect, ne paraît-elle pas exempte de quelque rai-
deur ; mais cette inflexibilité, après tout, est celle de la ligne
droite, et l'on aurait mauvaise grâce, en face du chemin par-
couru, à y relever, comme une singularité regrettable, l'absence
d'une interruption ou d'un détour.

Parler des premières années et des premiers essais d'un artiste, c'est le plus souvent se condamner à redire l'histoire bien
connue d'une vocation contrariée, d'efforts entravés par les résistances d'autrui ou par la pauvreté de celui qui les tente ; c'est
rappeler, après tant d'exemples de même sorte, les obstacles
qu'opposent à l'essor d'un jeune talent les exigences de la famille ou les difficultés de la vie. Les débuts de Calame ne feraient que remettre une fois de plus sous nos yeux ce spectacle

prévu d'une enfance riche en promessses, et bientôt inquiétée
dans ses espérances, d'une volonté qui ne se manifeste de bonne
heure que pour entrer en lutte avec l'adversité. C'est d'abord
l'expression naïve d'un goût inné, d'une aptitude qui se traduit
aussitôt que la mémoire et la main peuvent agir, dans des essais
à tout propos de représentation pittoresque ; puis viennent, avec
les progrès de l'âge, les déceptions et les épreuves, les nécessités matérielles auxquelles il faut s'efforcer de pourvoir, les malheurs qu'il faut bien accepter. Né près de Vevey en 1810, et fils
d'un entrepreneur de maçonnerie, Calame avait à peine quatorze ans lorsqu'il vit son père, ruiné du jour au lendemain par
la mauvaise foi, dit-on, d'un associé, tomber malade de chagrin
et perdre peu à peu ce qui lui restait de courage et de forces.
Deux ans plus tard, il était l'unique soutien de sa mère devenue
veuve. Adieu donc, au moins pour le moment, aux rêves de talent et de gloire, adieu à la liberté de continuer de chères études et de travailler en vue des succès futurs ! Ce qu'il s'agit de
se procurer, ce n'est plus dans l'avenir une place parmi les artistes, c'est maintenant, aujourd'hui même, les moyens de vivre
et de faire vivre celle dont la maladie du chef de la famille a
épuisé les dernières ressources ; ce qu'il faut conquérir, ce n'est
plus la renommée, c'est du pain. Le pauvre jeune homme se mit
résolûment à l'œuvre. Admis, comme employé, dans les bu-
reaux d'un agent de change à Genève, il y passa quatre années
et réussit, avec les chétifs appointements qui rétribuaient son
travail, à préserver à peu près sa mère de la détresse, sauf, bien
entendu, à faire bon marché de ses propres besoins, et à se réduire souvent à quelque chose de moins que le nécessaire, pour
alléger d'autant des souffrances qui auraient eu raison de son
courage, par cela même qu'elles n'étaient pas les siennes.

Le moyen cependant de se renfermer absolument dans des
occupations si contraires aux espérances premières, de ne rien
donner à la passion secrète, à l'instinct ! Calame essaya de tout

concilier. Ses journées ne lui appartenaient pas, aussi n'eut-il garde d'en distraire une minute au préjudice de la besogne que lui imposaient ses humbles fonctions de commis; mais le soir venu, ne lui était-il pas permis de substituer sans scrupule un crayon ou un pinceau à la plume dont il s'était pendant tant d'heures consciencieusement servi pour aligner des chiffres? Qui sait, d'ailleurs, s'il ne trouvera pas dans ces travaux de son choix un surcroît de ressources pour secourir sa mère, et, — désir qui n'était chez lui ni moins ardent ni moins habituel, — pour éteindre les dettes que son père avait laissées en mourant? Des notes écrites par Calame lui-même nous apprennent quels furent alors ses efforts en ce sens et les arrière-pensées de son amour-propre, ou plutôt de son amour opiniâtre de l'art. « Je songeai, dit-il, à tirer parti de mon goût passionné pour le dessin, qui, depuis mon enfance, occupait tous mes loisirs. J'avais fait quelques progrès, sans avoir jamais reçu ni conseils ni direction. Mon excellent patron, qui était mon tuteur [1], m'encouragea et me recommanda à quelques marchands d'estampes. Je m'essayai à colorier de petites vues de la Suisse qui se vendaient assez bien, et me donnaient l'espoir de gagner par ce moyen, plus dans mes goûts que le commerce, de quoi subsister, ma mère et moi. » Et plus loin : « Ayant réussi à faire quelques aquarelles et quelques sépias que je vendais un peu mieux que les coloriages de mes vues suisses, je voyais avec espoir un tout petit pécule augmenter de semaine en semaine. J'entrevoyais la possibilité d'acquitter dans un temps peu éloigné les dernières dettes de mon père. J'étais aussi, il faut le dire, poussé par mon désir d'être artiste un jour moi-même. Tous ces motifs m'engageaient à prendre la palette, pour essayer ce qu'il me serait possible de faire. »

Prendre une palette, travailler non plus à l'enluminure de

[1] M. Diodati de Morsier.

petites vues gravées ou dessinées tant bien que mal, mais à la
représentation directe de la nature ; s'informer sans détour des
secrets de l'art, telle est donc l'ambition qui croît au fond du
cœur de Calame à mesure que l'essai du métier lui réussit. Ces
vœux se trouvèrent en partie exaucés lorsque le chef de la maison où le futur paysagiste faisait depuis quatre ans son apprentissage commercial lui eut permis de prélever, pour les passer
dans l'atelier de M. Diday, deux heures par jour sur le temps
dû aux affaires. En s'enrôlant parmi les élèves d'un artiste de
profession, Calame néanmoins hésitait encore à se confesser à
lui-même son intention de sacrifier bientôt tout le reste de son
temps à la peinture, son espoir de devenir un peintre à son
tour. « Bien que j'eusse, écrivait-il en remontant à cette époque
de sa jeunesse, bien que j'eusse le pressentiment que là était
ma véritable vocation, je n'osais aborder cette pensée, et la seule
ambition que j'avouasse était de faire mieux que mes confrères
les colorieurs des petites images de glaciers destinées aux étrangers. Au bout de trois mois, c'est-à-dire de quatre-vingt-dix
heures chez mon maître, j'avais fait assez de progrès dans le
dessin pour espérer une meilleure position que celle d'employé
dans un bureau. Avec le consentement de M. Diodati, et avec
son appui, je quittai le *doit et avoir*... pour vivre désormais,
non point en artiste, mais en ardent travailleur. J'étais levé au
point du jour, et mes veilles se prolongeaient souvent après
minuit, afin de regagner les quelques heures que j'employais à
l'étude sérieuse chez M. Diday, qui m'encouragea à fréquenter
son atelier au-delà des trois mois dont M. Diodati avait fait les
frais. » Calame, est-il besoin de le dire? n'hésita pas à s'imposer de nouvelles privations pour mettre à profit les exhortations
et le bon vouloir de son maître. Il abandonna de grand cœur
les outils de l'enlumineur, ne songea plus à manier que les
crayons et les pinceaux du paysagiste, et le voilà, il est vrai,
encore plus pauvre qu'auparavant, mais du moins libre de se

donner tout entier à des études qu'il n'avait pu tenter jusqu'alors qu'à la dérobée. Bientôt il en savait assez, il avait fait assez de progrès pour intéresser utilement à sa cause quelques protecteurs, quelques artistes, le père de Rodolphe Töpffer en particulier, et pour retirer à peu près de ses esquisses peintes d'après nature ou dans l'atelier de M. Diday le gain que lui procurait naguère la vente de ses petites vues coloriées.

Tandis que Calame s'efforçait ainsi d'obtenir d'un travail acharné un commencement de talent et la promesse d'un avenir, un autre apprenti de l'art, qui l'avait à peine précédé dans la vie, et qui devait le suivre dans la mort à quelques jours seulement d'intervalle, Hippolyte Flandrin, engageait obscurément à Paris une lutte semblable et aussi vaillamment soutenue. Certes, au point de vue du talent et de l'importance relative des œuvres accomplies, les noms des deux peintres ne sauraient être rapprochés l'un de l'autre. Autant vaudrait confondre dans une admiration égale Lesueur et le peintre hollandais Everdingen, ou attribuer aux poèmes bretons de Brizeux la même valeur qu'aux *Nuits* d'Alfred de Musset ou aux *Méditations* de Lamartine[1]; mais, à ne considérer que les rudes épreuves et les courageuses vertus de la jeunesse, les habitudes recueillies de l'âge mûr, la dignité de la vie tout entière, la distance cesse, à beaucoup près, d'être aussi grande. Comme le maître français, le peintre génevois ne connut, en dehors de l'art, que deux passions, l'amour pieux du devoir et l'amour de la famille. Une fois en possession du succès, il sut, comme lui, résister aux séductions de tout genre qui environnent les artistes devenus célèbres, dérober sa personne aux applaudisse-

---

[1] Hippolyte Flandrin, d'ailleurs, professait une grande estime pour le talent de Calame. Dans une lettre adressée à son frère à propos du Salon de 1842, il mentionne parmi les morceaux les plus remarquables de l'Exposition « un beau Calame. » Le tableau que Flandrin n'hésitait pas à qualifier ainsi, représente un *Site des environs du lac des Waldstetten*, canton de Schwitz.

ments qui accueillaient chacun de ses travaux, et se confirmer de plus en plus, se continuer, pour ainsi dire, dans le respect de son passé, dans ses affections, dans sa foi.

Lorsque, vers la fin de sa vie, Calame interrogeait les années écoulées, il y retrouvait bien moins la mémoire et l'orgueil de ses conquêtes personnelles, que les occasions de saluer et de bénir les influences bienfaisantes qui s'étaient exercées sur lui. Se rappelle-t-il par exemple ce qui advint du premier tableau qu'il exposa, — un paysage envoyé à Zurich et acquis par la Société des Arts de cette ville pour la modique somme de 140 francs, — il se souvient surtout de la joie que cet humble succès avait donnée alors à sa mère, et c'est à la tendresse, à la sainte protection de celle-ci, qu'il attribuera, plutôt qu'à son propre mérite, tous les avantages, tous les biens qui ont suivi. « Quelles actions de grâces, écrit-il dans ces notes dont nous avons déjà transcrit quelques lignes, quelles prières elle adressa à Dieu pour son enfant bien-aimé ! O chère et excellente mère, tes prières sont montées au ciel, elles sont redescendues sur moi en bénédictions multipliées ! Ton souvenir, tes bénédictions, m'ont suivi, m'ont protégé ; elles ont attiré sur moi les grâces d'en haut, et m'ont conduit comme par la main dans tout le cours de ma vie. » Enfin que Calame, chef de famille à son tour, heureux du bonheur qu'il reçoit des siens et qu'il leur donne, sous le toit qu'il s'est acquis par son travail et que le respect de tous environne, que cet homme, à qui la fortune a depuis longtemps souri, voie s'approcher le moment où il lui faudra quitter tout ce qu'il aime, il se préparera, sans plainte comme sans forfanterie, à cette séparation suprême, il l'envisagera en face, et, peu de jours avant de mourir, il écrira à l'un de ses amis ces paroles stoïques, mais d'un stoïcisme chrétien : « Je ne reçois plus d'autres visites que celles du pasteur et du médecin. Pour être limités à ces deux hommes, le médecin de l'âme et celui du corps, mes rapports, en dehors de la

famille, suffisent parfaitement à un homme dans ma position.
A moins que Dieu n'y mette la main, il ne s'agit plus pour moi
de caresser de chimériques projets d'avenir ici-bas, mais bien
de mettre le peu de forces qui me restent à la recherche de *la
seule chose nécessaire* et d'en faire l'unique objet de mes pensées. Je ne voudrais pourtant pas vous laisser croire que je me
tiens pour définitivement condamné. Non, j'espère toujours.
Malgré mes souffrances, j'aime la vie, je demande à Dieu de
me la conserver ; mais je puise dans la ferme assurance de sa
miséricordieuse sagesse la certitude entière qu'il disposera de
moi pour le plus grand bien de mon âme, de ma chère compa-
gne et des enfants qu'il m'a donnés. Celui qui mesure le vent
aux petits agneaux mesurera l'épreuve à la force de mes bien-
aimés. Cette pensée me console de tout. » On connaît maintenant la trempe morale et le caractère de l'homme. Jusqu'à quel
point les œuvres de l'artiste reflètent-elles ces inclinations ou
ces coutumes ? Quels sont les mérites et la physionomie de son
talent ? en quoi diffère-t-il des talents que nous avons vus se
développer ailleurs, et surtout de ceux qui l'ont précédé dans le
pays où il s'est produit ? C'est ce qu'il reste à examiner.

Avant notre siècle, l'école suisse de peinture, à vrai dire,
n'existait pas. Aujourd'hui même, si l'on peut, à la suite des
noms de Léopold Robert et de M. Charles Gleyre, citer les noms
de plusieurs peintres distingués nés en Suisse, — ceux entre
autres de M. Lugardon, des frères Girardet, de M. van Muyden,
— ce petit groupe d'artistes en communauté d'origine, mais
isolés les uns des autres par la diversité des doctrines qu'ils
professent ou des enseignements qu'ils ont reçus, est plutôt un
ensemble de talents individuels qu'une école. M. Lugardon, de
Genève, un des rares peintres d'histoire de son pays, a étudié
à Paris dans l'atelier de Gros, et plus tard dans l'atelier de
M. Ingres. Sa manière correcte, mais un peu froide, sa pensée
habituellement élevée, mais souvent aussi dépourvue dans l'ex-

pression de précision et de finesse, n'ont rien de commun assurément avec les intentions et le faire, délicats parfois jusqu'à la
subtilité, qui caractérisent les petites scènes italiennes dues au
pinceau de M. van Muyden. On croirait que celui-ci, peintre
éminemment spirituel, mais trop préoccupé du désir de se montrer tel, se défie de ce qui est simple autant que de ce qui est
vulgaire. Comme son compatriote Rodolphe Töpffer dans l'ordre
littéraire, il ne consent à exprimer le vrai qu'à la condition d'en
aiguiser à tout propos le sens et les termes, de raffiner sur toutes
choses, de choisir, pour persuader notre intelligence, ou les
voies détournées d'une allusion, ou les formes sommaires et
ambiguës d'une énigme. M. van Muyden, d'ailleurs, ancien
élève du peintre allemand Kaulbach et depuis longtemps fixé à
Rome, n'appartient guère à la Suisse que par le lieu de sa naissance. C'est ce qu'on peut dire aussi de MM. Girardet, du sculpteur Pradier, de M. Forster le graveur, de quelques autres artistes diversement habiles dont la France a vu se succéder tous
les progrès, tous les travaux, et qui, après être venus se former
à l'école de nos maîtres, ont continué d'en appliquer les principes, d'en respecter les traditions, tout en s'y créant une place
brillante et distincte.

Seul parmi les peintres suisses qui depuis le commencement
du siècle ont étudié et pratiqué l'art loin de leur pays, Léopold
Robert a conservé dans les habitudes de son talent quelque
chose d'obstinément caractéristique, de foncièrement conforme
au goût, au tempérament national. Certes, on serait mal venu,
— en face des *Moissonneurs*, des *Pêcheurs* ou de *l'Enterrement*,
— à contester le profond sentiment du beau et la science de
composition admirable qu'attestent de pareils ouvrages ; mais
ne saurait-on, sans manquer à la vénération qu'ils commandent,
relever dans l'exécution les traces de plus d'un effort laborieux,
d'une correction souvent pesante, d'une fermeté qui semble résulter de l'exactitude intraitable d'un instrument mécanique

autant que de la précision spontanée de la main? Quelle que
soit la distance qui sépare les belles toiles de Robert des tableaux à la fois emphatiques et précieux de M. Hornung ou de
tel autre artiste suisse invariablement établi dans son pays, ces
chefs-d'œuvre eux-mêmes se ressentent, à quelques égards, du
milieu d'où était sorti celui qui les a faits. Jusque dans l'art du
peintre, et du grand peintre, certains témoignages subsistent
qui ne laissent pas d'accuser les arrière-pensées dogmatiques
et, qu'on nous permette de le dire, la méthode un peu gourmée
du docteur sous les procédés patients de l'horloger.

A l'exception de Léopold Robert, les peintres de figures nés
en Suisse, qui, de notre temps, sont allés au dehors chercher
des inspirations ou des leçons, peuvent donc être considérés
sans injustice comme les descendants directs de chaque race
étrangère à laquelle ils se sont alliés. Il n'en va pas ainsi des
paysagistes appartenant à l'école que le nom de Calame résume
et personnifie. Beaucoup plus casaniers d'ailleurs que leurs
confrères les peintres d'histoire ou de genre, ils se sont contentés d'exploiter leurs talents sur place, de prendre pour modèle la nature même de leur pays, ou, s'il leur est arrivé parfois de visiter d'autres régions, ils n'ont rapporté de leurs
voyages qu'un amour plus vif de la contrée natale et une volonté plus ferme d'en reproduire tous les aspects. N'est-ce pas
pendant un court séjour à Paris, en 1838, et à la vue d'un
diorama représentant un *Éboulement de rochers dans les Alpes*,
que Calame, par exemple, conçut le projet, réalisé l'année suivante, de peindre une scène semblable? En parcourant un peu
plus tard les galeries de la Hollande, de l'Allemagne et de l'Angleterre, il ne songeait, — ses lettres l'attestent, — qu'au parti
que les maîtres auraient pu tirer de cette nature de la Suisse,
dont le souvenir le suivait partout et à la gloire de laquelle il
devait vouer sa vie. « Si les grands artistes des temps passés,
écrivait-il, eussent vécu dans nos Alpes, la peinture alpestre

serait créée; elle aurait ses adeptes... Tout ce qui est grand,
noble, poétique, est compris par des artistes d'élite pour lesquels les difficultés de l'entreprise ne sont qu'un appât de plus. »
— Soit : à cela pourtant ne pourrait-on répondre que les maîtres, en recherchant ici « le grand et le noble, » eussent couru
le risque de rencontrer surtout le colossal et l'extraordinaire ;
que, dans la représentation des objets naturels, ils entendaient
bien plutôt dégager de leur propre pensée le beau et la poésie,
que laisser ces objets figurer comme signes d'eux-mêmes et nécessairement envisagés comme beaux ; qu'enfin, s'ils comprenaient tout, ils n'avaient garde de tout rendre? En reculant
sagement devant des difficultés que l'art n'a ni le devoir d'a-
border, ni le pouvoir de vaincre, ils eussent prouvé une fois de
plus la sûreté de leur goût, la légitimité de leurs préférences.
Toujours est-il qu'après s'être imposé une tâche au moins périlleuse, Calame eut le mérite de la poursuivre avec un succès
relatif, avec un zèle dont il convient d'honorer l'énergie patriotique et la constance.

Il semble au surplus que l'entreprise tentée par Calame ait
eu en Suisse, et particulièrement à Genève, le caractère d'une
révélation, si l'on compare à l'enthousiasme qu'elle excita de
nos jours l'indifférence des époques précédentes pour les principes qui devaient l'inspirer. Au seizième siècle, sous la sombre
influence de Calvin, le silence des lettres et des arts en face de la
nature, le désintéressement, l'oubli même, chez tout le monde,
des grands spectacles qu'elle donne, sont des faits aisément
explicables. Le temps n'était alors ni aux contemplations paisi-
bles ni à l'amour des belles réalités. De bien autres passions
possédaient les cœurs dans ces jours sinistres où Genève voyait
se dresser l'échafaud de Jacques Grüet ou le bûcher de Michel
Servet. D'où vient pourtant qu'à des époques moins tourmentées,
au dix-septième siècle et dans la première moitié du siècle suivant, les plus admirables paysages de la Suisse paraissent tout

aussi étrangers aux inspirations des écrivains et des savants, tout aussi muets pour l'imagination de ceux dont ils frappent les yeux chaque jour? Qui sait même si les regards ne sont pas alors plutôt fatigués que distraits? On a remarqué que la plupart des maisons de plaisance bâties autrefois sur les bords du lac de Genève, c'est-à-dire dans un des lieux du monde où la vue est le plus inévitablement étendue et belle, sont comme emprisonnées au fond de quelque pli de terrain, ou situées de telle sorte qu'elles se dérobent à elles-mêmes le spectacle dont on jouit à quelques pas de là. Ce qui manque aussi aux lettrés et aux érudits contemporains ou successeurs des Casaubon et des Leclerc, c'est le goût des vastes échappées, de l'espace, des horizons baignés de lumière. Il ne fallut pas moins que le génie de Rousseau pour avoir raison à cet égard des coutumes générales ou des préjugés. La renommée des paysages qui encadrent le lac de Genève date du jour où les pages de la *Nouvelle Héloïse* et des *Confessions* vinrent pour ainsi dire les dénoncer à l'admiration publique et introduire dans les mœurs, comme dans le champ de l'imagination, le progrès que l'ample méthode et les découvertes de Saussure allaient bientôt déterminer aussi dans le domaine des sciences naturelles.

Quant à la peinture de paysage, elle ne reçut qu'un contre-coup assez faible de ce mouvement *naturaliste* imprimé aux idées de l'époque. Si, dans la seconde moitié du dix-huitième siècle, les paysagistes de profession devinrent plus nombreux en Suisse, ou s'ils se montrèrent plus féconds que par le passé, les œuvres qu'ils produisirent n'exprimèrent pour cela ni des intentions plus sincères, ni des habitudes moins conventionnelles. La grâce doucereuse ou la fausse majesté de leurs compositions renouvelées des pires traditions académiques, l'archaïsme prétentieux de leur style dont les efforts tendent constamment à transformer le plus humble site en vallée de Tempé, tout, jusqu'à la molle facilité de la pratique, exclut assurément l'idée d'une bien forte influence exercée sur de pareils artistes par l'aspect même des lieux où ils vivaient. Ils pouvaient croire de la meilleure foi du monde qu'ils réalisaient dans leurs fades idylles les inventions poétiques de Théocrite ou de Virgile : on ne saurait en tout cas supposer qu'ils songeassent à peindre les choses comme Rousseau les avait décrites, c'est-à-dire avec la volonté d'être vrais, de rendre ce que leurs yeux avaient vu, ce que leur cœur avait senti. S'il fallait donc trouver dans la littérature contemporaine des œuvres analogues à ces menues contrefaçons pittoresques, à ces prétendues églogues inspirées par l'art d'une autre époque et par les livres bien plutôt que par la contemplation de la nature, les pastorales de Salomon Gessner fourniraient les témoignages d'une doctrine semblable, et, quant à l'exécution, des procédés à peu près équivalents.

Le souvenir de Gessner mériterait à plus d'un titre d'être évoqué ici. On sait en effet que l'auteur de *Daphnis* et de *la Mort d'Abel* ne se contenta pas de la plume pour retracer les scènes qu'il avait imaginées. A partir de sa trentième année, — c'est lui-même qui nous donne la date, — il entreprit de confirmer le sens de ses poëmes champêtres, d'en compléter l'expression avec le pinceau. De là cette série de gouaches pour la plupart reproduites par la gravure, et représentant, sous les titres modestes de *solitude*, de *pont rustique* ou de *fontaine*, force bocages peuplés de sylvains et de dryades, force ruisseaux au bord desquels Apollon poursuit Daphné ; de là aussi ces *Lettres sur le Paysage* écrites par Gessner en manière de profession de foi, et pour résumer, avec les principes qui l'avaient guidé, les enseignements les plus profitables aux jeunes artistes. Or quels exemples conseille-t-il à ceux-ci d'interroger ? quels modèles leur propose-t-il ? Les tableaux des maîtres, il est vrai, mais surtout les descriptions des poëtes. « Que je plains, s'écrie-t-il, que je plains le paysagiste insensible que les chants de Thompson ne peuvent inspirer ! On pourrait transporter sur la toile et réaliser ce qu'il décrit dans ses scènes variées. » Et, en parlant d'un autre poëte, l'Allemand Brockes, dont il recommande aussi à la peinture de traduire littéralement les vers, il ajoute : « Une plante couverte de rosée et vivement éclairée par le soleil, un oiseau inquiet du sort de ses petits, excitaient dans son âme l'enthousiasme ou la pitié. » A merveille ! mais le paysagiste « sensible» ne recevra-t-il pas de meilleures leçons encore s'il les demande directement à la nature, si, au lieu de s'enquérir d'abord des émotions d'autrui à propos d'une plante que le soleil illumine ou d'un oiseau qui passe, il commence par se demander à lui-même ce qu'il éprouve en face d'un pareil spectacle. L'art de peindre, tel que l'entendait Gessner, tel qu'il le pratiquait ou qu'on le pratiquait autour de lui, n'était donc en réalité qu'une des formes de l'érudition littéraire. Rien de moins naïf que ces dehors apprêtés de la naïveté, de moins simple que cette simplicité d'emprunt, que ces images d'autres images et ces traductions de seconde main ; rien non plus qui satisfasse moins aux strictes exigences pittoresques, et qui, sous le prétexte d'épurer la vérité, n'arrive plus complétement à en fausser le sens, à en farder les termes et l'aspect.

Cependant, vers la fin du dix-huitième siècle, un peintre génevois, de La Rive, essayait de restituer à l'art du paysage quelque chose de ses conditions nécessaires, de représenter avec une certaine sincérité les apparences naturelles d'un bois ou d'une prairie. De La Rive, toutefois, avait séjourné longtemps en Italie ; il y avait cherché les moyens de développer son talent en consultant les tableaux des musées plus assidûment encore que la campagne. Aussi lorsque, après son retour dans son pays, il voulut rendre les scènes rustiques ou les sites qui l'environnaient, demeura-t-il, malgré lui, un peu trop préoccupé de ses souvenirs et des règles de composition qu'il s'était faites ailleurs. Il osa bien peindre des clairières sans les meubler, suivant l'usage, de termes et d'autels antiques, il ne craignit pas de remplacer sur les bords d'un étang le cygne de Léda par des canards, et Léda elle-même par une vachère ; mais il n'aurait eu garde, quant à l'ordonnance des lignes et des plans, d'admettre un accident franchement imprévu, une forme, si vraie qu'elle fût, sans consécration classique, sans un précédent quelconque dans les œuvres qu'il avait étudiées. N'importe : de La Rive avait eu le mérite de débarrasser en partie le paysage de l'attirail pédantesque et des ornements mensongers sous lesquels l'art, en Suisse, disparaissait pour ne laisser de place et de rôle qu'à l'artificiel. Encore un effort dans le même sens, encore un pas pour s'éloigner d'un *purisme* aussi suranné que factice, et la voie que Calame devait parcourir était, sinon ouverte, au moins assez sûrement pressentie pour qu'on en pût reconnaître déjà les entours et les abords.

Il était réservé à Töpffer, le père de l'auteur si connu des *Nouvelles génevoises* et des *Menus Propos*, de préparer, d'assurer même ce progrès décisif. Plus ingénument inspiré que de La Rive, de qui il avait été l'élève, plus hardi aussi et plus spirituellement habile dans le choix comme dans l'interprétation de ses modèles, Töpffer est de tous les peintres suisses antérieurs à notre époque celui qui a le moins sacrifié à l'esprit de système, le moins servilement accepté le joug des traditions et des écoles. Il y a de l'originalité, un mélange particulier de bon sens et de verve, et comme un parfum du terroir, dans ces nombreuses scènes familières où le peintre nous montre *une Noce de village, une Sortie de l'église,* un groupe de *Paysans se rendant au marché,* d'autres épisodes encore, tantôt joyeux, tantôt à demi satiriques ou délicatement attendrissants, de la vie des hameaux et des montagnes. Avec moins de science, il est vrai, avec moins de précision dans le faire, les tableaux de Töpffer ont quelque chose des intentions fines que, de nos jours, M. Knaus a si bien réussi à exprimer, sauf cette différence pourtant que, à force de prétendre intéresser l'intelligence, le peintre de Wiesbaden ne laisse pas de lui imposer trop souvent une certaine fatigue, tandis que le peintre de Genève la séduit tout d'abord par le franc exposé des faits, par le caractère simplement vraisemblable des choses.

A ne considérer les œuvres de Töpffer qu'à titre de paysages, et sans le surcroît de valeur qu'elles empruntent du rôle qu'y jouent les figures, elles méritent, il faut le redire, d'occuper une place en dehors et au-dessus des ouvrages du même genre produits en Suisse vers la fin du dernier siècle ou au commencement de celui-ci. Sans doute on serait mal venu à y chercher l'accent de la grandeur, l'empreinte d'un sentiment puissant, qui d'ailleurs n'eût guère été de mise dans l'ordre de sujets choisi et devant les modèles qu'il s'agissait de reproduire. En revanche, on y reconnaîtra facilement les témoignages d'un goût à la fois ingénieux et naïf, la volonté et le pouvoir chez le peintre d'étudier de près la nature, d'en rendre les aspects familiers sans ostentation de véracité comme sans fausse honte, la faculté enfin de garder exactement la mesure entre les élégances de convention qui avaient prévalu jusqu'alors et les brutalités tout aussi niaises de ce qu'on appelle aujourd'hui le réalisme.

Tandis que Töpffer faisait ainsi acte d'artiste et de réformateur dans ce domaine de l'idylle, paré de grâces captieuses et de coquetteries puériles par Gesner et par les siens, tandis qu'il se confinait dans la contemplation des réalités aimables et dans les vallées, l'industrie, une industrie banale, s'emparait des hautes cimes pour en reproduire non l'image, mais l'effigie, pour spéculer sur l'abstention de l'art et sur la curiosité accommodante des voyageurs. Déjà les fabricants de gravures et les enlumineurs travaillaient activement à multiplier ces vues de glaciers, de pics, de cascades, tous ces vulgaires *fac-simile* qui aujourd'hui encore suffisent pour contenter la mémoire des touristes revenus chez eux, comme les gouaches représentant les éruptions du Vésuve répondent, dans les magasins de Naples, aux exigences du goût ou aux besoins d'autres voyageurs. Parfois cependant le talent, sans s'aventurer encore ni très-hardiment ni très-loin, s'était laissé séduire par l'espoir d'un certain succès et par la nouveauté même de la tâche. Deux graveurs établis à Genève, Aberli et le Prussien Charles Hackert, un peintre de Neufchâtel, Maximilien de Meuron, avaient essayé de soustraire les régions supérieures des Alpes à la domination exclusive des ouvriers graveurs et des marchands ; mais en général l'art était demeuré absent de ces entreprises topographiques. Importé en pareil lieu par M. Diday et par Calame, il allait donc s'implanter dans un sol vierge, le féconder, si tant est que la chose fût possible, et en tout cas donner à la tentative un caractère assez sérieux pour exciter légitimement l'intérêt.

On a vu qu'avant de devenir l'élève de M. Diday, Calame s'était condamné pendant quelque temps à la besogne d'enlumineur, et que ses désirs même n'allaient pas d'abord au delà du succès que cet humble métier procurait à ses confrères. Est-ce alors qu'il prit le goût des modèles promis un peu plus tard à son pinceau ? Est-ce, comme on l'a dit, l'influence de Rodolphe Töpffer qui le détermina dans son choix, ou bien les premières courses qu'il fit vers les âpres sommets lui révélèrent-elles sa véritable vocation ? Les notes et les lettres que Calame a laissées sont muettes à ce sujet ; mais elles témoignent en toute occasion d'une passion si vive pour ce que l'artiste appelle quelque part « des trésors de sauvagerie, des motifs de pages admirables, » que de ces trois suppositions la dernière paraît la mieux fondée. Il y a tout lieu de croire qu'en adoptant le genre de peinture auquel il a su attacher son nom, Calame se créait bien moins un système qu'il n'obéissait à des suggestions spontanées et à la voix de l'instinct. Que les exemples de son maître aient contribué à lui épargner les recherches ou les incertitudes, cela est probable. Ces secours toutefois furent promptement mis à profit, ces exemples bien vite dépassés. Dès ses débuts publics, Calame avait réussi à s'élever au premier rang, à définir nettement son programme, à faire pressentir en un mot l'objet et les mérites de ses travaux futurs par les caractères mêmes de ses travaux actuels.

Une toile conservée aujourd'hui dans le musée de Genève et autrefois exposée à Paris (Salon de 1839), l'*Orage à la Handeck*, montre assez quelles franches intentions de réforme animaient le jeune peintre, avec quel zèle il entreprenait de démentir le passé et d'installer la foi nouvelle sur les ruines du vieux dogme pittoresque. Que subsiste-t-il ici des mièvreries pastorales de l'autre siècle ? Qu'y a-t-il de commun entre l'aspect de cette nature en désordre, de cette végétation tourmentée et comme éperdue sous la tempête, et la régularité compassée, la symétrie placide des plans et des horizons dans les paysages peints en Suisse, même depuis de La Rive ? Qu'on ne s'exagère pas pourtant l'audace des innovations introduites par Calame. Si, par le caractère du site et le choix de l'effet, l'*Orage à la Handeck* atteste chez celui qui l'a représenté la volonté formelle de ne reculer ni devant le mouvement convulsif des lignes, ni devant les proportions immenses d'objets plus propres peut-être à défrayer l'habileté d'un peintre de panoramas que l'art d'un peintre de tableaux, les moyens d'exécution employés pour rendre cette scène de violence expriment l'assiduité bien plutôt que la verve, l'étude patiente des parties accessoires au moins autant que la préoccupation de l'ensemble.

En ce qui concerne le dessin et le modelé, la touche, les particularités même du faire, la manière de Calame ne rappelle rien, tant s'en faut, des entraînements pittoresques et de la pratique impétueuse d'un Salvator Rosa. Elle ne se ressent pas davantage de certains progrès accomplis par nos paysagistes modernes dans le sens de la souplesse et de l'ampleur. Aussi ne saurait-on, sans préjudice pour cette manière un peu grêle, en rapprocher les spécimens des œuvres que nous avons vues se succéder depuis les paysages d'Orient si largement peints par Marilhat jusqu'aux toiles où le pinceau de M. Français se montre si délicat, mais d'une délicatesse sans minutie. Contraste singulier : pour traiter des sujets majestueux jusqu'à l'apparat, pour rendre la grandeur à outrance, Calame a recours à des procédés que justifieraient à peine des thèmes d'une portée restreinte et d'un caractère inhérent à la précision des détails. C'est par ces habitudes de fidélité rigoureuse dans la pratique, par cette patience de l'outil et de la main, qu'il se rattache aux inclinations et aux coutumes de l'esprit national ; c'est ainsi qu'en dépit de son rôle de novateur il continue à quelques égards des traditions invétérées, et que, comme Léopold Robert, mais avec moins de retenue encore, il laisse percer l'instinct et le goût de la mécanique jusque dans les témoignages de l'art et d'un art poétiquement inspiré.

Lorsque les premiers tableaux de Calame parurent à Genève et dans quelques autres villes de la Suisse, de pareilles imperfections, rachetées d'ailleurs par les preuves d'un talent incontestable, risquaient assez peu de compromettre le succès du peintre auprès de gens naturellement enclins à l'indulgence. Aussi, ni parmi les artistes, ni dans le public, personne ne songea-t-il à lui reprocher des torts de détail que chacun se fût involontairement donnés à sa place. On ne vit pas ce qui, dans l'exécution, pouvait en partie démentir les conditions implicites et les caractères généraux des sujets ; on se contenta d'admirer que ces sujets eussent été traités et qu'un artiste se fût rencontré pour dire tout haut ce que M. Diday n'avait encore que timidement murmuré, pour regarder en face et pour rendre sans hésitation des vérités que celui-ci avait entrevues et pressenties plutôt qu'affirmées. Bref, aux yeux de tout le monde, le paysage alpestre avait trouvé son peintre : il eut bientôt son théoricien.

Dès l'année 1843, Rodolphe Töpffer publiait dans la *Biblio-thèque universelle de Genève* un véritable manifeste où, après avoir fulminé contre « les doctrines conventionnelles du feuilleton et les traditions d'école ou d'atelier, » il proclamait l'avénement du nouveau dogme, en définissait les principes, en célébrait un peu emphatiquement les vertus, sauf à condamner sans marchander les obstinés ou les incrédules à se morfondre en dehors de « cette enceinte nouvelle où, s'écriait-il, l'art pressent des moissons à faire et des palmes à cueillir. » Et il ajoutait : « Artistes, mes compatriotes, ne le perdez pas de vue, ce domaine ; faites-en la garde, profitez des beaux jours pour vous y introduire un à un, guettant, regardant, observant, étudiant ; puis, le moment venu, jetez-vous-y en foule sur la trace du plus habile, et que la gloire de votre conquête illustre la patrie ! »

La foule ne se précipita point dans le champ de l'art, comme Topffer le lui recommandait avec quelque excès de confiance peut-être dans les aptitudes du génie national ; mais elle avait reconnu déjà, elle continua de saluer dans Calame « le plus habile, » et les plaidoyers, on dirait presque les prédications esthétiques de l'écrivain aidant, la cause du paysage alpestre se trouva à peu près gagnée, même au delà des frontières de la Suisse. Il y eut bien çà et là quelques résistances. En France, par exemple, la critique, tout en louant unanimement le talent du paysagiste génevois à mesure que les preuves de ce talent se succédaient au Salon, la critique ne laissa pas d'hésiter quelquefois sur l'excellence de la doctrine et même d'en signaler en passant les côtés défectueux ou les dangers ; mais on tint moins de compte, en général, des principes que Calame entendait faire prévaloir que de la manière dont il savait les mettre en œuvre. Quelques années s'étaient écoulées à peine depuis les débuts du peintre, que celui-ci avait déjà conquis une renommée universelle, et que les commandes de tableaux pour les palais de la France, de la Russie ou de l'Allemagne, aussi bien que pour les collections particulières dans plusieurs autres pays, les distinctions honorifiques, les récompenses et les succès de toute sorte lui étaient venus pour se renouveler ensuite et se multiplier de plus en plus.

A aucune époque néanmoins, l'importance attachée aux œuvres qu'il avait signées n'inspira à Calame la pensée, la tentation même de spéculer sur sa réputation et d'exploiter le passé au profit de l'heure présente. Avide de progrès, passionnément épris de son art, jamais il ne se reposa dans la situation qu'il s'était faite ; jamais il ne prit conseil de la célébrité acquise pour s'épargner de nouveaux efforts, s'accommoder de travaux faciles ou s'abaisser jusqu'à vendre son nom. A la fin de sa vie comme au commencement de sa carrière, il abordait chaque tâche avec un tel emportement de zèle, il la poursuivait avec une application si opiniâtre, qu'il en perdait même le sentiment du besoin ou de la fatigue, et que bien souvent, le soir venu, le repas du matin se retrouvait intact dans l'atelier, sur la table où il était déposé depuis bien des heures. Peut-être les mœurs simples et invariablement laborieuses de Calame ne réussirent-elles pas toujours à écarter de lui les accusations de hauteur et d'orgueil ; peut-être cette existence partagée tout entière entre l'étude et les joies tranquilles du foyer domestique servit-elle quelquefois de prétexte à des allégations malignes que le monde porte d'ordinaire contre les gens qui se passent trop volontiers de lui. Certains bruits parvenus jusqu'en France donneraient du moins à penser que ces petites tracasseries, assez communes dans la société génevoise, ne furent pas épargnées à Calame, et que, même parmi ceux qui avaient fait profession d'abord d'être ses admirateurs ou ses amis, quelques-uns essayèrent, en dénigrant le peintre, de se venger de l'homme, de ses apparentes froideurs, de sa célébrité grandissante, et aussi de l'accroissement de sa fortune.

S'agissait-il d'autres ennuis à subir, d'autres fatigues à braver ; fallait-il entreprendre de pénibles courses dans ces montagnes tant de fois visitées, mais qui pouvaient révéler quelque secret encore, fournir l'occasion de quelque progrès : nous voyons dans les lettres de Calame avec quelle ardeur il court, malgré l'extrême délicatesse de sa santé, à la recherche de ces beautés nouvelles, avec quel enthousiasme il les rencontre et les décrit, ou bien quels pieux efforts il lui faut faire pour se résigner, le cas échéant, à l'inaction. « Pendant l'orage, écrivait-il dans une de ses courses à la Handeck, ces montagnes sont d'une sauvagerie effrayante, laissant apercevoir par moments des abîmes sans fond, des sapins suspendus sur le vide, les uns déracinés par la tempête, les autres pleins de vie encore et de vigueur, mais frappés de la foudre et déjà inclinés au-dessus de ces profondeurs que l'œil ne peut sonder. Ce spectacle m'émeut, il me transporte ; la passion me vient de m'approprier toutes ces belles choses ; mais, après avoir tenté un travail fiévreux, je me trouve n'avoir exprimé qu'une pâle image de cette sublime et saisissante nature. La faiblesse de l'homme me surprend, et je me demande s'il lui est donc impossible de scruter ces mystérieuses beautés. » Une autre fois, ce n'est pas la difficulté même du travail qui préoccupe et tourmente l'artiste, c'est l'impossibilité absolue de travailler, c'est l'oisiveté à laquelle le condamnent le mauvais temps et la maladie. — « Toujours la pluie ! Je sens le dépit m'arriver au galop, et, malgré toute ma philosophie, je ne parviens à le maîtriser qu'imparfaitement... Depuis trois jours, le soleil avait reparu, mais j'ai dû gémir dans un mauvais lit ; l'air âpre de la montagne m'oblige à descendre dans la plaine. Ah ! n'oublions pas que nous sommes sous la main de Dieu et qu'il dispose de nous selon sa sainte volonté ! » Que le ciel vienne à s'éclaircir toutefois, et que les souffrances physiques diminuent un peu, Calame oubliera bien vite ses mécomptes de la veille, et il écrira, à la fin d'une journée consacrée à un « voyage de reconnaissance » au mont Pilate : « Ici la nature est merveilleusement belle, depuis ces pics gigantesques perdus dans les nues, dont on aperçoit de tous côtés une étendue immense, jusqu'à ces riches pâturages tout mouchetés de vaches, de moutons, qui ressemblent, dans les bas-fonds où ils circulent, à des grains de sable doués de mouvement... Je suis amoureux de cette scène magnifique ; mon cœur déborde d'admiration. L'air est si léger que je sens ma tête se dégager ; je suis à une hauteur de deux mille six cents pieds, je me sens de l'appétit, le baromètre monte, et je suis tout plein d'espoir. ».

Au retour de chacun de ces voyages à la vérité, il fallait que le courageux artiste expiât par quelques semaines de repos forcé ses excès récents de travail et de fatigue ; il fallait qu'il allât demander à des eaux thermales la vigueur nécessaire pour mettre en œuvre les documents recueillis. Qu'importe ? Il possédait maintenant ces documents, il s'était approvisionné d'études, de souvenirs, il avait enfin le plus précieux et le plus difficile : avec la volonté, avec la ferme résolution d'obtenir le reste, ce qui manquait encore ne ferait pas longtemps défaut. Un moment vint pourtant où la volonté ne suffit plus. Privé d'un œil dès sa jeunesse et à la suite d'un accident, Calame avait pu lutter victorieusement contre les obstacles insurmontables en apparence qu'une pareille infirmité oppose au développement du talent, sinon même aux travaux d'un peintre ; il avait, au mépris des fatigues ou de la maladie, réussi à produire plusieurs centaines d'œuvres dans un espace de temps qu'un artiste valide eût jugé trop court pour en accomplir la moitié. Tout ce que l'énergie morale peut soumettre des résistances de la complexion, il l'avait combattu sans relâche et à peu près réduit pendant quelques années ; mais la nature finit par se venger de cette contrainte, de cette domination à outrance. Une maladie de poitrine étant venue achever la ruine de forces presque complétement épuisées déjà, Calame, âgé de cinquante-quatre ans, expirait le 17 mars 1864 à Menton, où sa famille l'avait conduit dans l'espoir d'une guérison à laquelle lui-même ne croyait plus, bien avant le jour où il quittait pour jamais son pays [1].

Dans les dernières années, Calame avait cessé d'envoyer ses tableaux aux expositions publiques, non pas que son talent eût faibli ou que l'activité de son pinceau se fût ralentie, mais parce que l'amère douleur qu'il éprouvait de la perte de trois enfants lui avait inspiré le besoin d'une retraite absolue en même temps que celui d'une vie plus studieuse que jamais. Peut-être aussi l'injustice ou la vivacité de certaines attaques ne fut-elle pas sans influence sur la détermination qu'il prit de dérober désormais ses œuvres à la publicité. Très-sensible de tout temps aux éloges ou au blâme, Calame en effet était devenu, en matière de critique, d'une extrême susceptibilité, bien que, de son côté, il ne se fît pas faute de malmener quelque peu les adversaires de ses opinions, témoin ce passage d'une lettre, écrite en 1856 et depuis lors imprimée, à l'adresse de ceux qui ne travaillaient, selon lui, qu'à « propager des théories de l'autre monde, imaginées par des esprits d'une autre planète, théories que l'on publie à son de trompe, ni plus ni moins que les édits des empereurs. » Quoi qu'il en soit, si Calame ne rechercha plus les occasions de succès publics, si le bruit ne se fit plus autour de ses tableaux, comme à l'époque où il exposait cette *Vue du mont Rose*, conservée aujourd'hui au musée de Neuchatel, et qu'il dut répéter jusqu'à quatre fois en réponse

[1] Calame pressentait sa fin dès l'été de 1863, à l'époque où il faisait, dans la haute région des Alpes, un voyage qui devait être, en effet, le dernier. Une des études qu'il peignit alors porte inscrits sur le dos de la toile quelques vers touchants dans lesquels l'artiste adresse ses adieux à la nature qu'il est venu revoir, à ces chers modèles qui l'avaient si souvent inspiré.

à des sollicitations qu'on lui adressait de toutes parts [1], les toiles qui sortaient de son atelier pour aller directement prendre place dans des collections privées ne rencontraient ni une admiration moins fidèle ni des suffrages moins empressés.

La *Vue du mont Rose* que nous venons de rappeler mérite d'être citée parmi les œuvres les plus remarquables de Calame, tant à cause de l'importance de la donnée primitive, qu'en raison des modifications apportées à celle-ci dans les divers exemplaires qui la reproduisent. Bien que les cinq *Vues du mont Rose* présentent à peu près la même ordonnance générale, et que la chaîne de montagnes occupant l'horizon se dessine dans chacun de ces tableaux sans variantes considérables, les différences sont essentielles entre les détails qui garnissent les premiers plans, entre les éléments de composition successivement choisis pour mettre en relief par le contraste les formes rudes ou tourmentées qui se dressent au fond de la scène. Afin d'accuser d'autant mieux les lignes aiguës de ces pics s'élançant à perte de vue vers le ciel, afin d'accentuer l'aspect sinistre de ces masses travaillées par des forces mystérieuses, Calame s'est attaché, avec un surcroît d'application, à définir dans le sens de la grâce les intentions épisodiques, à mesure que les répétitions du tableau de Neuchatel se multipliaient sous son pinceau. Tantôt des pentes couvertes de gentianes en fleur s'arrondissent sur les devants, où s'épanouissent d'autres richesses, d'autres témoignages de la vie faits pour consoler le regard des images d'aridité et de mort qui s'étagent jusqu'aux glaciers et aux cimes neigeuses ; tantôt de vertes prairies s'é-

[1] La première idée de ce tableau avait été suggérée à Calame par son ami Rodolphe Topffer. Il exécuta d'abord en petit, pour M. le professeur Auguste de La Rive, la scène qu'il développa ensuite sur la toile que possède le musée de Neuchatel. Deux répétitions du *mont Rose* appartiennent, l'une à M. Schletter à Leipzig, l'autre à M. Kunkler du Vallon. Une troisième répétition du même paysage se trouve aujourd'hui en Hollande.

tendent au pied des roches d'où la terre végétale a glissé comme pour venger sa fécondité inutile et pour porter les germes qu'elle recèle dans des lieux dignes de les voir éclore. Il y a dans la fermeté et la délicatesse avec lesquelles ces oppositions sont ménagées et rendues les preuves d'une vive intelligence des conditions poétiques inhérentes au sujet. Quant à la peinture proprement dite, si elle offre encore ici quelque chose de cette exiguïté dans la pratique qu'on doit reprocher à l'*Orage à la Handeck*, elle atteste du moins une expérience plus sûre, un sentiment plus souple du coloris ; malgré l'insuffisance de l'art, même le plus habile, en face de pareils thèmes, les diverses compositions que le mont Rose a inspirées à Calame justifient la renommée de celui qui les a conçues.

Parmi les ouvrages successivement envoyés à Paris par Calame, depuis la *Vue de la vallée d'Anzasca*, achetée pour la maison du roi en 1841, jusqu'au *Lac des Quatre-Cantons*, acquis par l'Empereur à la suite de l'exposition universelle de 1855, — la dernière à laquelle le peintre génevois ait pris part dans notre pays, — plusieurs ornent aujourd'hui des habitations particulières. Nous citerons, entre autres, un *Paysage* appartenant à Mme Jameson, morceau d'une facture un peu pesante, mais d'une belle ordonnance, — une jolie *Vue du lac de Lucerne*, à M. Théodore Vernes, — et surtout une toile (peinte aussi pour un des membres de la famille Vernes) représentant une *Vue du mont Blanc, prise des hauteurs entre Genève et Lausanne.* Dans les premiers plans de ce tableau, il est vrai, quelque chose se retrouve des défauts ordinaires de Calame. Un groupe d'arbres à droite est traité avec une certaine dureté dans le ton, avec une certaine mesquinerie de pinceau ; les terrains enveloppés d'ombre qui s'étendent parallèlement à la base du tableau ne sont exempts ni de sécheresse au point de vue de l'exécution, ni de lourdeur sous le rapport du coloris. En revanche, toute la partie qui apparaît de l'autre côté du lac de Genève, c'est-à-dire la chaîne des montagnes entourant le mont Blanc, et éclairées par les rayons du soleil couchant, est modelée avec une ampleur et coloriée avec une souplesse dont on trouverait difficilement dans les autres travaux du peintre des témoignages aussi concluants. Si l'*Orage à la Handeck* du musée de Genève et le *mont Rose* du musée de Neuchatel peuvent être regardés comme les spécimens principaux du talent de Calame, dans l'ordre des sujets terribles ou des scènes compliquées, la *Vue du mont Blanc* mérite d'être proposée comme le meilleur exemple des inspirations sereines qu'il est arrivé parfois à ce talent de rencontrer.

Un autre tableau également à Paris[1] et très-propre aussi à donner la mesure des aptitudes et de l'habileté de Calame est celui où il a représenté le Wetterhorn, une des plus hautes montagnes de la chaîne des Alpes Bernoises. Dans cette œuvre peinte en 1863, et la dernière que l'artiste ait signée, l'exécution matérielle a une aisance et une fermeté qui, loin de faire pressentir la décadence, attestent plutôt les progrès du talent. L'effet, triste suivant la coutume, le coloris, plombé comme dans la plupart des tableaux précédents, sont du moins en exacte harmonie avec les caractères de la scène, avec la poésie lugubre que respirent ces montagnes dénudées, ces lieux où rien ne vit que quelques arbres rabougris et quelques mousses malingres. Au fond s'élève le Wetterhorn, dont les aiguilles semblent sortir d'un océan de neige pour aller déchirer les sombres nuages que l'orage est venu amonceler autour d'elles et en arracher un pâle rayon reflété au premier plan dans les eaux bouillonnantes d'un torrent. Sauf cette sinistre éclaircie, pas un jeu, pas un écho de lumière. Le groupe de sapins placé au centre de la composition, les deux masses de rochers qui la

---

[1] Cette toile a été envoyée de Genève pour figurer dans la vente des tableaux et des études laissés par Calame et appartenant à sa famille.

limitent à droite et à gauche, tout est envahi par l'ombre, tout, excepté le torrent qui se précipite avec fureur, est immobile, inerte, et comme oppressé sous le poids des lourdes nuées d'où va s'échapper la foudre. Il est difficile de mieux rendre ce recueillement inquiet, ces angoisses silencieuses de la nature au moment qui précède le déchaînement de la tempête ; il est difficile aussi de se jouer plus hardiment des obstacles qu'opposent à l'exécution d'un tableau l'extrême aridité des éléments pittoresques, la monotonie d'un site sans végétation, d'un ciel sans lumière, d'un sol partout dépouillé. Si, comme le pensait Calame, en matière de paysage, toute vérité est bonne à dire, nul doute qu'en formulant celle-ci il n'ait fait preuve d'une éloquente franchise et d'une rare force d'expression.

On ne saurait mentionner ici ni analyser une à une toutes les œuvres produites par Calame avec le pinceau, la pointe ou le crayon ; ce serait tomber dans des redites et multiplier à l'excès les témoignages supplémentaires là où quelques exemples principaux suffisent. Quelles que soient ces œuvres, en effet, tableaux ou dessins, lithographies ou eaux-fortes, elles procèdent de principes invariables, d'une constante unité de sentiment et de doctrine. Objectera-t-on comme des infidélités à la manière habituelle du peintre certains tableaux exécutés par lui lorsqu'il eut visité l'Italie, — les *Ruines de Pœstum* entre autres, et, dans la série qui représente les *quatre saisons* de l'année, ce *Printemps,* aux apparences un peu surchargées d'ailleurs, où toutes les magnificences d'une villa des environs de Rome s'étalent à côté des richesses renaissantes de la végétation ? Même en traitant de pareils sujets, Calame garde le goût et le souvenir des paysages de sa patrie. En face des lignes austères, du calme majestueux des plaines de la Grande-Grèce, comme en face de la beauté radieuse des montagnes et des bois de la Sabinie, il se préoccupe encore des lignes saccadées et des effets tumultueux que ses regards étaient accoutumés à étudier.

S'agit-il, par exemple, dans le recueil de lithographies publié, en 1847, sous ce titre : *Sites variés de paysages*, de donner place à une étude de la *Campagne de Rome*, Calame s'empressera d'appeler un orage à son aide pour transformer les éléments de la scène, en quereller la simplicité, en bouleverser l'effet. Une autre fois, la donnée choisie est-elle une *Vue du lac d'Albano*, c'est-à-dire d'un lieu dont le charme principal consiste dans la précision élégante, dans la limpidité de l'aspect, — un voile de brume viendra envelopper les seconds plans, et dérober sous une physionomie d'emprunt les traits les plus significatifs de cette nature méridionale. Partout et toujours la recherche et l'amour des faits en dehors de l'ordinaire, le besoin de la vérité, mais d'une vérité insolite, presque indiscrète ; partout l'expression d'une émotion vive, mais un peu systématiquement ressentie, et par cela même uniforme, malgré l'étrangeté des types et la diversité des sites reproduits.

Nous le disions en commençant, l'entreprise tentée par Calame n'est pas de celles qui marquent dans l'histoire de l'art un progrès absolu, l'ère d'une découverte féconde, parce que, si brillamment qu'elle ait été menée, cette entreprise n'en demeure pas moins erronée dans son principe. Elle ne nous semble avoir abouti à rien de plus qu'à des preuves, une fois données, de volonté et de talent personnels. Même parmi les élèves du maître, bon nombre n'ont pas tardé à se détourner de la voie où ils étaient entrés à sa suite, pour se réfugier, comme le plus habile d'entre eux, M. Castan, dans l'étude de la nature paisible et de la vérité sans bizarrerie. Le mérite de Calame est d'avoir travaillé avec une énergique bonne foi à se créer une méthode neuve, de n'avoir pas spéculé, pour arriver au succès, sur des combinaisons d'idées anciennes, de s'être proposé enfin un idéal particulier, et d'en avoir poursuivi la réalisation sans s'effrayer des obstacles ni des périls. Son tort est de n'avoir pas assez compris que le courage pouvait ici dé-

générer facilement en imprudence, que beaucoup de ces difficultés ne devaient pas même être abordées, et qu'en voulant
s'approprier les plus rares curiosités de la nature, l'art courait
le risque de forcer ses ressources, de compromettre ou d'exagérer
sa fonction.

« Telle scène des Alpes, a écrit Calame, peut, aussi bien que
la mer et les lointains les plus fuyants d'un pays plat, donner
l'idée de l'infini. Ce n'est donc pas dans la configuration des
Alpes qu'il faut chercher la cause du peu d'attrait, de la froideur qu'on remarque dans les reproductions qu'on en fait; ce
n'est pas non plus dans la couleur qui leur est propre, et qui,
aussi bien que dans tout autre pays, a ses splendeurs et ses
harmonies. Il faut la voir dans le peu de sérieux et de persévérance qu'on met à les étudier, dans les partis pris et les systèmes d'école qui s'accommodent mieux d'une nature où ils
trouvent leur application, que de celle qui rejette tout préjugé,
tout système, et devant laquelle un grand maître en plaine
n'est qu'un enfant, s'il ne l'aborde avec l'attention qu'elle ré-
clame. » Est-ce bien, en effet, à des préjugés, à l'irréflexion ou
à la paresse qu'il convient d'attribuer l'impuissance ou l'abstention formelle des artistes en pareil cas? Nous croyons, au
contraire, que, là où il y a eu tentative, l'insuccès tient aux conditions mêmes de la tâche, et qu'ailleurs, en récusant les modèles que devait se proposer Calame, le talent obéissait à de
sages défiances, à un sentiment judicieux de ses propres forces.
Sans doute, comme tout autre genre de peinture, la peinture
de paysage a le droit de se prendre même à ce qui est irrégulier
pour nous faire pressentir le beau et l'infini; sans doute il lui
appartient de traduire autre chose que des réalités en bon
ordre et de nous dénoncer la main de Dieu jusque dans les témoignages apparents de ses caprices; mais il ne faut pas qu'en
prétendant relever l'empreinte de cette main divine, elle s'ar-
roge le privilége d'en contrefaire toutes les œuvres; il ne faut

pas qu'à force d'humilier notre imagination devant les inconcevables prodiges, elle la désintéresse de la beauté simple, des
phénomènes à notre taille, du vrai dans ses rapports avec
nous. Au point de vue de l'art, les objets naturels ne sauraient
comporter seulement la signification qui résulte du fait même de
leur existence, si éloquent, d'ailleurs, que soit ce fait : ils recèlent encore une vie indépendante en quelque sorte de leurs apparences. C'est à l'artiste d'accepter celles-ci, non pas comme
les manifestations d'un beau formel et une fois exprimé, mais
comme les éléments et les signes d'un autre beau correspondant
aux besoins de la pensée humaine, à ses facultés, à ses habitudes même, et permettant au sentiment personnel d'intervenir
dans l'imitation de la réalité. Or, comment des types sans proportion d'aucune sorte avec les moyens d'analyse et d'assimilation pittoresques autoriseraient-ils cette intervention ? Pourquoi essayer de développer un thème déjà trop vaste en soi ou
d'en corriger la lettre au point d'en anéantir l'esprit ? De deux
choses l'une, ou les glaciers et les rochers énormes de la Suisse
devront être transportés sur la toile à l'état de pures effigies, et
alors le rôle du peintre se réduira à celui d'un appareil photographique, ou bien les modèles donnés serviront de prétexte à
je ne sais quelles fantaisies où l'imagination pittoresque se
compromettra par ses licences et ne laissera rien subsister du
vrai. Il faudra opter entre l'abandon et l'abus de l'art, entre la
véracité niaise du daguerréotype ou de l'imagerie et ces mensonges fantasmagoriques dont les compositions de l'Anglais
Martin ont popularisé l'emploi. Dans un cas comme dans
l'autre, les résultats demeureront en dehors des exactes conditions de la peinture. Le mieux eût donc été de ne pas s'attaquer
à des scènes qu'on ne peut ni rendre littéralement sans rester
en deçà du but, ni essayer de reviser ou d'embellir sans s'aventurer fort au delà.

Faut-il conclure de ces observations que Calame mérite des

17

reproches pour avoir préféré aux lointains exemples les modèles
fournis par la contrée natale? Une pareille conclusion serait
une injustice et une erreur. Qu'un artiste suisse étudie et reproduise la nature de la Suisse, comme les Carrache et le Do-
miniquin se sont, dans leurs paysages, inspirés de la nature
italienne, comme Ruysdaël a représenté les environs d'Amsterdam et de Harlem, ou Bakhuysen les eaux du Zuyderzée, —
rien de mieux. C'est par une contemplation familière des objets
qu'on arrivera sûrement à en faire revivre la physionomie et à
en dégager le sens ; mais il n'est pas nécessaire pour cela de se
réfugier dans des lieux ignorés du vulgaire, de se faire l'hôte
des déserts ou des sommets. Il suffit de savoir bien choisir et
de bien voir là même où les yeux d'autrui sont le plus accoutumés à regarder. Les *motifs* qui ont défrayé tous les paysages
de Poussin et de Claude le Lorrain se retrouvent dans un rayon
de quelques milles autour de Rome. Plus récemment, parmi
les maîtres paysagistes français qui se sont fixés en Italie depuis
Didier Boguet jusqu'à Chauvin, aucun ne s'est avisé d'aller à
grand'peine demander aux pentes bouleversées de l'Etna ou au
cratère du Vésuve les secrets d'un beau qui se révélait de lui-
même dans les campagnes du Latium et sur les coteaux de Ti-
voli. Si, à l'époque où Poussin habitait l'Italie, la merveilleuse
grotte d'azur à Capri eût été découverte, il est au moins probable qu'il se fût bien gardé d'en faire le sujet d'un de ses tableaux : comme, s'il eût vécu en Savoie ou en Suisse, il eût
admiré sans les peindre la Mer de glace ou la Jungfrau pour
s'emparer des sites plus restreints, mais plus dignes de l'art,
qui s'échelonnent à la base.

Dira-t-on que Poussin, lui-même, n'a pas refusé toujours
d'entrer en lutte avec les scènes de désolation et de violence,
qu'il a entrepris, par exemple, de représenter le Déluge, et que
la peinture d'un pareil drame ne laisse pas apparemment d'autoriser les successeurs du maître à traiter des sujets moins

vastes et à tous égards moins terribles ? Qu'on ne s'y méprenne pas toutefois. Pour exprimer l'immensité du désastre ou plutôt pour la faire pressentir, Poussin s'est contenté de réduire à des formes épisodiques, mais significatives, le spectacle des ravages universels. Ce qu'il montre à nos yeux n'est pour lui qu'un moyen de stimuler l'essor de notre imagination, d'associer si bien celle-ci à sa propre pensée et à ses intentions secrètes, qu'elle en complète l'expression au delà du cadre tracé, et qu'elle devine avec certitude les caractères d'un ensemble absent, sur la foi que lui inspire l'énergique vraisemblance de quelques détails. C'est à l'aide de semblables réticences qu'un peintre de batailles satisfera aux conditions épiques de sa tâche. Une poignée d'hommes aux prises, dans toute la fureur du combat, comme *les Cavaliers* de Léonard ou comme les soldats que Gros a groupés sur le rivage d'Aboukir, nous donnera mieux l'idée d'une action générale que si le peintre, à l'exemple de Carle Vernet dans *la Bataille de Marengo*, en avait signalé les divers mouvements stratégiques et retracé tous les aspects. En nous représentant telle scène grandiose de la nature, un paysagiste à son tour produira sur nous une impression d'autant plus sûre, qu'il aura plus scrupuleusement évité d'en délayer les éléments, et plus sobrement résumé en quelques traits caractéristiques la physionomie compliquée ou les apparences démesurées de son sujet.

Le paysage, tel que l'a compris et pratiqué Calame, a ce défaut de prétendre tout embrasser et tout dire, même l'incommensurable, même l'indicible, au lieu de s'appliquer seulement à la représentation de certaines vérités saillantes et strictement conformes aux ressources de la langue pittoresque. Il a aussi ce danger d'exposer le talent à se dépenser dans des entreprises dont les résultats seront plus propres à étonner le regard qu'à l'intéresser au beau et à lui en révéler les secrets. Voilà pourquoi, malgré les aspirations élevées et l'habileté considérable qu'ils attestent, les tableaux du peintre génevois n'ont, le plus

souvent, qu'une valeur relative et des mérites insuffisants.
N'insistons pas, au surplus, sur les imperfections ou les périls
des théories qui avaient séduit Calame, sur certaines difficultés
insurmontables de la tâche qu'il s'était imposée. Le moment
ne nous semble pas bon pour cela. Maintenant qu'une étrange
esthétique travaille à expliquer le beau par l'expression de
la foi matérialiste et le talent par la perception irréfléchie du
fait, ce serait favoriser malgré soi les progrès de ces tristes erreurs, ce serait presque s'en faire le complice, que d'accuser
trop sévèrement la doctrine et la méthode contraires, même
dans ce qu'elles peuvent avoir d'excessif. Si les ambitions de
Calame ont, quant à l'application, dépassé quelque peu la limite
des audaces permises, si le peintre des gigantesques solitudes
de la Handeck et du mont Blanc s'est laissé aller à confondre
parfois, avec les scènes faites pour encourager le pinceau, les
merveilles qui le déconcertent par l'immensité des proportions,
ces efforts imprudents ou ces méprises n'en avaient pas moins
pour point de départ une croyance noble en soi, un ardent
amour de la nature et de l'art dans leur signification idéale. Il
n'y a donc que justice à saluer d'aussi respectables convictions,
lors même qu'elles ne réussissent pas à rencontrer leur exacte
formule, lors même qu'elles accusent, comme ici, un excès de
confiance du peintre dans son art et dans les beautés qu'il n'a-
pas complétement le pouvoir d'exprimer. C'est principalement
en pareil cas qu'il convient d'apprécier le caractère des intentions. Pour un artiste, après tout, l'honneur est plus sérieux
d'avoir entrevu et décrit quelque chose de la majesté infinie
que d'avoir su rendre en perfection, mais avec une perfection
servile, les détails de la vérité palpable et les muettes apparences
de la réalité.

VIII

HOMÈRE DÉIFIÉ,

DESSIN DE M. INGRES.

———

1865.

L'illustre chef de notre école de peinture vient de terminer une œuvre non-seulement digne de figurer à côté de ses plus beaux travaux, mais digne aussi d'être comptée parmi les témoignages les plus importants que l'art du dix-neuvième siècle aura légués à l'avenir. Je n'exagère rien. Bien qu'il ne s'agisse ici ni d'une vaste peinture monumentale, ni même d'un tableau, bien que les moyens d'exécution choisis par M. Ingres se réduisent à l'emploi du crayon et de l'encre de Chine, l'invention grandiose et les détails ingénieux de la scène où il nous montre *Homère déifié*, l'alliance, dans les formes, d'une énergie et d'une finesse dont il semble que le génie grec ait seul possédé le secret, tout concourt à relever l'importance de ce simple dessin qui ne mesure peut-être pas plus d'un mètre dans un sens et plus de quatre-vingts centimètres dans l'autre ; tout lui donne, au milieu de nos déclamations ou de nos bavardages pittoresques, une éloquence d'autant plus sûre qu'elle est plus sobre dans les termes, plus indépendante des procédés ordinaires de la rhétorique.

On sait de reste ce que vaut, au double point de vue de l'invention et du style, le tableau représentant l'*Apothéose d'Homère* que M. Ingres peignait, en 1827, pour la décoration d'une des salles du Musée Charles X. Même après l'*Ecole d'Athènes* et le *Parnasse* de Raphaël, cette assemblée des héros de l'intelligence humaine était retracée par le pinceau avec une dignité à la hauteur d'un pareil thème ; même après les chefs-d'œuvre de l'antiquité et de la Renaissance, l'œuvre moderne réussissait à mettre en lumière quelques côtés encore inaperçus du beau et du vrai. En entreprenant de reviser, à près de quarante ans d'intervalle, cette composition célèbre, en désavouant, pour ainsi dire, la gloire d'un ouvrage consacré par le temps et par l'admiration de tous, M. Ingres ne semblait-il pas entrer bien imprudemment en lutte avec lui-même et courir le risque d'affaiblir par des redites ou par des développements inutiles ce qu'il avait une fois si nettement défini ? Le plus rapide coup d'œil sur cette seconde édition de la pensée du maître suffit néanmoins pour en faire comprendre l'opportunité et pour nous révéler, non-seulement d'insignes améliorations dans le texte, mais, dans le fond des inspirations même, un surcroît d'abondance et de certitude.

Et d'abord l'ordonnance générale des figures groupées autour d'Homère, ce qu'on pourrait appeler l'aspect architectonique de ces groupes, a pris dans le dessin une aisance et un caractère de vraisemblance qui, sans compromettre la majesté nécessaire du sujet, achèvent d'en vivifier et d'en assouplir les dehors. Quoique le nombre des personnages représentés primitivement ait été ici presque doublé, les quatre-vingts figures environ dont se compose la nouvelle scène forment, dans l'ensemble, des lignes moins compactes, moins étroitement enchevêtrées, que les lignes qui réunissent les unes aux autres les figures tracées autrefois sur la toile. Tout en exprimant la foule, elles gardent chacune un rôle et une importance propres, parce que l'espace où elles se meuvent, plutôt occupé que rempli, permet aux attitudes de s'affirmer davantage, aux

gestes de se développer, aux contours de se continuer sans
excès d'envahissement sur les objets voisins ou de se rapprocher de ceux-ci sans qu'il en résulte ni choc violent, ni conflit.
Partout, en un mot, l'air circule mieux, l'équilibre pittoresque
se constitue plus naturellement, grâce au parti qu'a pris le
maître d'élargir relativement son cadre et d'adopter, pour la
distribution des divers groupes, deux plans parfaitement distincts rappelant à peu près les dispositions du théâtre antique.
L'un, sorte de *proscenium* entouré d'un pœcile dont les murs
sont ornés de peintures reproduisant les compositions de
Flaxman sur l'*Iliade* et sur l'*Odyssée*, sert à la fois de soubas-
sement au temple dédié à Homère, de piédestal au trône sur
lequel « le divin aveugle » est assis, de plate-forme pour les
deux chœurs rangés de chaque côté de ce trône et représentant,
dans l'ordre chronologique, les aînés de la race homérique ;
l'autre, réservé aux derniers descendants du poëte, correspond à la place qu'occupait l'orchestre et, comme dans cette
partie du théâtre antique, un autel s'élève du centre, portant
le nom du dieu auquel il est consacré. A la droite et à la gauche
de la scène, des personnages appartenant aux époques intermédiaires s'étagent sur des degrés qui mettent en communi-
cation le plan supérieur et le plan inférieur, et conduisent
ainsi le regard des figures qui résument la tradition homérique
dans l'antiquité, aux figures qui en perpétuent le souvenir
jusque dans les temps modernes. Enfin, aux quatre angles du
champ que peuple cette foule illustre, quatre groupes principaux rappellent et personnifient les siècles glorieux entre tous
dans l'histoire des lettres et des arts. Au-dessous de Périclès,
debout auprès de Phidias, de Socrate et d'Aspasie, Louis XIV,
assis au milieu d'un cortége de grands hommes, s'efface presque
pour faire place à Bossuet, à Colbert, à Racine, et surtout à
Molière dont la figure, dominant toutes les autres, forme le
sommet de la pyramide que les lignes dessinent dans cette

partie de la composition. En regard du roi de France, les trois
Médicis, — Côme, Laurent et Léon X, — ont à leurs côtés
les érudits et les artistes que le quinzième siècle vit naître pour
l'honneur éternel de l'Italie, tandis que, faisant face aux philo-
sophes et aux artistes grecs qui accompagnent Périclès, les
poëtes latins du siècle d'Auguste attestent la gloire littéraire de
Rome avant l'ère que le christianisme allait ouvrir.

Si la nouvelle œuvre de M. Ingres avait eu pour objet de
nous donner le résumé complet des progrès intellectuels de
l'humanité, s'il s'était agi de représenter Homère comme le
fondateur d'une dynastie à laquelle appartiennent, par droit de
génie, tous ceux que la postérité a classés parmi les penseurs
ou les artistes souverains, sans doute on pourrait remarquer
plus d'une omission dans les noms, plus d'une lacune dans les
exemples proposés à notre vénération. Ainsi comment Shakspeare et Pascal, comment Léonard de Vinci et Mozart, se
trouveraient-ils exclus de ce Panthéon où siégent, entre autres
hôtes infiniment moins dignes d'y être admis, Pope, l'abbé
Barthélemy et Mme Dacier? En s'imposant la tâche qu'il vient
de mener à fin, M. Ingres toutefois n'a nullement entendu
dispenser l'immortalité à tous les grands hommes, ni célébrer
tous les genres de mérite. Il a voulu seulement proclamer, en
même temps que la gloire incomparable d'Homère, l'autorité
des enseignements que celui-ci a laissés au monde et l'influence
que, depuis près de trois mille ans, ces leçons n'ont cessé
d'exercer ; il a voulu, en groupant autour du poëte grec par
excellence les écrivains, les artistes de tous les âges que les
souvenirs de la Grèce ont le plus habituellement inspirés, indiquer à sa source le flot de ces traditions qui, depuis tant
de siècles, portent la fécondité avec elles et qui seules, à ses
yeux, peuvent épancher encore dans le domaine de l'art la vie
et le progrès. Le dessin de M. Ingres est donc, à vrai dire, un
manifeste en l'honneur de l'art antique et de ceux qui en ont

été les sectateurs fidèles ; c'est, aussi bien qu'un hommage à des talents d'élite, l'affirmation formelle d'une doctrine et un acte de foi. Il convient de l'accepter comme tel, sans demander compte au maître de certains choix trop indulgents que lui auront dictés ses prédilections personnelles, ni de quelques évictions sévères peut-être jusqu'à la rigueur. Parmi celles-ci pourtant il en est une à laquelle il semble bien difficile de se résigner et plus difficile encore de souscrire : dans cette assemblée des plus pieux disciples de l'art antique, André Chénier ne figure pas. Qu'elle soit, ainsi qu'il faut le croire, le résultat d'un oubli, l'absence en pareil lieu d'un pareil homme n'en a pas moins de quoi nous étonner, et, sans parler des titres qui recommandent en général une aussi noble mémoire, comment s'expliquer que le chantre du *Jeune malade* ait pu échapper au souvenir du peintre de *Stratonice* [1] ?

Quant à l'exécution matérielle, — si tant est que le mot soit applicable à des formes d'expression sous lesquelles perce partout un sentiment exquis du beau, un amour passionné du vrai, mais du vrai dans son acception la plus haute, — quant au rôle du dessin proprement dit, du modelé, de la physionomie extérieure des choses, dans cette œuvre si fortement pensée et, moralement, si éloquente, il faudrait, pour en signaler les mérites, analyser chaque figure, s'arrêter à chacun des détails qui précisent l'âge ou le tempérament d'un homme, les habitudes d'un corps ou les caractères d'un vêtement, les mœurs et jusqu'aux modes d'une époque. Quel art varié, en raison des différents types qu'il s'agissait de reproduire ! Quelle souplesse de style dans l'interprétation des apparences les plus contraires et, en même temps, quelle habileté à faire tourner ces éléments en désaccord au profit de l'harmonie générale ! Un autre que

[1] M. Ingres a consenti à réparer cet oubli, en ajoutant récemment la figure d'André Chénier, ainsi que trois autres figures, aux groupes qui résumaient d'abord dans sa composition les époques modernes.

le peintre qui avait su jadis rapprocher sans invraisemblance
les draperies épiques d'une muse des habits bourgeois de
Chérubini, un autre aurait-il trouvé le secret de contenter le
regard et de persuader l'esprit en réunissant dans le même
cadre, en représentant côte à côte, avec leurs allures propres
et leurs costumes disparates, les habitués des portiques
d'Athènes et les hôtes du palais de Versailles, les amis de Mécène
et les néo-platoniciens, amis de Laurent de Médicis ? Nulle part
mieux qu'ici, M. Ingres n'a usé du don qu'il a reçu et qu'aucun
maître avant lui n'avait possédé au même degré, de s'assimiler
tous les exemples du passé, d'en ressusciter toutes les formes,
comme s'il avait coudoyé les hommes dont il retrace les images
et vu de ses yeux ce que son imagination devine.

Jamais non plus cet instinct de la vérité historique ne s'était
concilié, sous la main du maître, avec une docilité plus sincère
aux enseignements directs de la nature. Telle petite tête rappelant par la fermeté et la délicatesse des contours l'exécution
d'un camée a reçu, dans le modelé intérieur, certains accents
de vie, certaines touches décisives qui laissent la réalité se faire
jour et palpiter sous la correction idéale des apparences ; telle
figure, solennelle au premier aspect comme une statue antique,
a, dans les détails, une grâce simple, vraisemblable, presque
familière qui anime cette majesté en l'assouplissant, et définit
un individu, là où quelque talent moins franc ou moins sagace
se serait contenté de reproduire une fois de plus les formules
consacrées d'un type. Que l'on examine par exemple, entre
bien d'autres dignes d'admiration au même titre, deux figures,
Aspasie et *Anacréon*, qui n'existaient pas dans le tableau primitif, ou le groupe si heureusement développé dans la composition
nouvelle que forment les trois tragiques grecs, *Eschyle*, *Sopho-
cle* et *Euripide*. Quoi de plus noble, mais aussi quoi de moins
académique que cette jeune femme enveloppée de draperies dont
l'immobilité sans caprice, sans inconséquence, pour ainsi dire,

semble se souvenir du mouvement qui a précédé et faire pressentir le mouvement qui va suivre ! Et dans ce vieillard souriant
de sa défaite sous le poids, encore léger pour ses épaules, des
tourments que lui inflige l'Amour, dans chacun de ces trois
poëtes au torse nu comme celui d'un Dieu de l'Olympe, mais
d'une nudité tout humaine par la flexibilité des muscles ou les
dépressions que l'âge y a creusées, ne verra-t-on qu'une pure
imitation de la statuaire, qu'une contrefaçon érudite des monuments anciens ? Non : indépendamment de certaines beautés
renouvelées des traditions de l'art grec, il y a là quelque chose
d'imprévu, de pris sur le vif, de personnellement trouvé ; il y a
là l'expression d'une véracité sans peur, aussi bien que l'empreinte d'un goût et d'un savoir dus à une longue familiarité
avec les grands modèles.

Ce mélange de science profonde et de bonne foi est, au reste,
ce qui caractérise en général la manière de M. Ingres ; c'est ce
qui en constitue le mérite supérieur et la principale originalité.
Avant le peintre de l'*OEdipe*, de *Romulus vainqueur d'Acron*, de
Virgile lisant l'Enéide et de tant d'autres scènes du même
ordre, où l'antique est comme rajeuni par des traits hardis de
vérité, les maîtres appartenant à notre école avaient ou sacrifié
les enseignements de la nature à l'étude absolue de l'antiquité,
ou défiguré l'antiquité en essayant d'en accommoder les souve -
nirs aux exigences de l'art moderne. Le grand Poussin lui-
même, malgré sa raison souveraine, malgré la clairvoyance et
la vigueur de sa pensée, Poussin quelquefois semble s'être
préoccupé outre mesure de la crainte d'avilir son style en y
introduisant certains tours empruntés du fait immédiat. La
recherche de l'expression majestueuse ne laisse pas de faire
tort, sous son pinceau, à l'expression vive ou naturelle, tandis
que Puget, ou, vers le milieu du siècle suivant, Doyen et
quelques autres gens habiles élargirent si bien dans leurs ouvrages la part de la réalité contemporaine, que l'antique n'y eut

plus que la place d'un élément accessoire et la signification d'une étiquette. Survint David, qui, à force de réagir contre les profanateurs de la beauté classique, exila presque du domaine de l'art tout ce qui n'avait pas exclusivement pour objet la glorification de celle-ci,—jusqu'au jour où un mouvement d'idées tout contraire entraîna, au nom de la vérité, la peinture française dans le champ des innovations à outrance et des aventures. Il était réservé à M. Ingres d'associer pour la première fois avec une équité parfaite, de réconcilier deux principes jusqu'alors en divorce complet dans notre école. Non-seulement le dessin d'Homère s'ajoute comme un témoignage de plus aux témoignages successivement produits sur ce point ; mais, tout en confirmant l'autorité de ces preuves, il porte en soi je ne sais quel rayonnement, je ne sais quelle séve de poésie qui, moins qu'ailleurs peut-être, permettent à l'admiration d'hésiter et à l'esprit du spectateur de se méprendre sur l'ample sérénité, sur la force intime des inspirations.

Est-il besoin de dire après cela que, loin de paraître lassée par les travaux qu'elle n'a cessé d'accomplir depuis le commencement du siècle, la main qui vient de tracer ce nouveau chef-d'œuvre n'a jamais été ni plus déliée, ni plus ferme? Faut-il regarder avec surprise, faut-il même mesurer le long intervalle qui sépare, dans la vie du peintre d'*Homère*, l'époque des débuts, de celle où il achève d'attester ainsi sa fécondité et sa vigueur? Autant vaudrait s'étonner de voir un chêne dès longtemps enraciné dans le sol dont il est l'honneur croître encore et reverdir d'année en année. L'âge qui pour d'autres talents serait celui de la vieillesse n'est pour le talent de M. Ingres que l'âge de la maturité. Oublions donc les quatre-vingt-quatre ans du maître, puisque ses œuvres n'en dénoncent rien, ou, s'il nous arrive de nous les rappeler en dépit d'elles, que ce soit pour saluer avec un surcroît d'admiration et de respect les preuves de l'éternelle jeunesse, de l'inaltérable santé de son génie.

Qu'il nous soit permis toutefois en terminant d'exprimer un regret. Une œuvre de cette importance et de ce caractère, une protestation aussi fière contre les humbles inclinations ou les erreurs auxquelles nous cédons trop souvent, une telle œuvre aurait dû apparaître en face même des témoignages suspects dont il lui appartient de faire justice, en face surtout des talents de bonne volonté qu'elle peut si bien achever de convaincre, si puissamment encourager. Ce que nous aurions souhaité pour elle, pour l'honneur de notre école, pour les progrès du goût dans notre pays, c'est le grand jour du Salon, c'est une publicité sans limites, au lieu de cette lumière restreinte qui l'éclaire aujourd'hui et de cette hospitalité domestique dont quelques privilégiés seulement sont appelés à recevoir la faveur. Quelle plus opportune et plus utile leçon qu'un pareil exemple, s'il était donné sur la place publique en quelque sorte, au milieu ou plutôt au-dessus de la mêlée où s'entre-choquent les intérêts et les partis, au milieu de tant d'efforts en sens contraire pour tirer à soi un lambeau de succès, pour conquérir vaille que vaille une notoriété éphémère? Quel plus sûr moyen de ramener ceux qui s'égarent, de faire vraiment acte de maître, c'est-à-dire d'assurer le triomphe des grands principes qu'on représente et la défaite des petites doctrines, des petites ambitions qui s'agitent ou se prélassent là où elles trouvent le champ libre et l'opinion disposée à les accueillir, faute de mieux ? Certes, au degré de gloire où il est depuis longtemps parvenu, M. Ingres n'a que faire d'un nouveau succès personnel. Une victoire de plus remportée au Salon ne saurait rien ajouter aux respects unanimes qui environnent son nom; mais, en dehors d'un surcroît de célébrité inutile ou impossible, cette victoire pourrait avoir des conséquences fécondes. Elle enseignerait aux uns, elle rappellerait aux autres à quelles conditions et en vertu de quelles lois l'art s'élève au-dessus d'une industrie futile. En réduisant à leur juste valeur, par l'éloquence du contraste, les tours d'adresse ou les fantaisies pittoresques dont nous consentons parfois à être les dupes, elle en anéantirait l'influence présente et en discréditerait l'imitation pour l'avenir. Les bons exemples en matière d'art ont leur contagion, comme les exemples décevants ou malsains. Il ne suffit pas, je le sais, d'un chef-d'œuvre pour en susciter d'autres, il ne suffit pas qu'un grand artiste se produise pour que des rivaux à sa taille surgissent instantanément autour de lui. Toutefois, que ce chef-d'œuvre apparaisse et que ce maître vienne à nous, c'en est assez pour que les usurpations soient par cela même combattues et démasquées, pour que le courage soit rendu à ceux qui n'osaient s'engager ou qui faiblissaient dans la lutte ; c'en est assez pour que les esprits en quête du bien trouvent un guide, les croyances qui se forment un élément de conviction, et les opinions qui chancellent un point d'appui.

IX

M. AMAURY-DUVAL.

1865.

Il y a trente ans environ, à l'époque où les élèves de M. Ingres commençaient à prendre rang parmi les artistes connus du public et à propager les nobles principes qu'ils avaient puisés auprès du maître, un des mieux informés d'entre eux et aussi l'un des mieux accueillis, M. Amaury-Duval, annonçait déjà cette élégance dans le style, cette fine sobriété dans la manière qui devaient plus tard caractériser son talent et achever d'en préciser la physionomie. Lorsque le jeune peintre exposait au Salon de 1833 ses premiers *Portraits,* et au Salon suivant cette figure d'*Un berger grec* où se résumaient à la fois les enseignements reçus à l'atelier et les souvenirs d'un récent voyage en Morée, il n'était encore qu'un disciple intelligent et convaincu, le pieux sectateur d'une doctrine dont il s'attachait à reproduire sans modification sensible les termes et l'esprit. Sous cette abnégation toutefois, sous ce zèle d'un initié tout entier au désir de convertir les gens et de leur transmettre la foi qu'il a rapportée du sanctuaire, quelque chose de très-personnel se faisait jour ; l'originalité involontaire du sentiment se trahissait là même où les procédés étaient le plus conformes à la méthode prescrite et aux exemples qu'il s'agissait de consacrer. C'est, au reste, ce qu'on pourrait dire avec une égale justesse d'autres débuts appartenant à la même époque, d'autres talents issus de

la même école et décelant chacun, aussi bien que la communauté des origines, l'indépendance des inclinations, la diversité
des visées.

Singulier reproche, en effet, que cette accusation de despotisme qu'on a essayé quelquefois de porter contre le maître
en s'autorisant de la servilité prétendue des disciples! Singulière erreur, commise encore aujourd'hui par plus d'un juge à
courte vue, que ce parti pris de ne reconnaître aux élèves de
M. Ingres qu'un mérite de copistes, qu'une habileté plus ou
moins grande à contrefaire les inspirations ou la manière du
peintre d'*Homère* et de *Stratonice!* Qui ne le sait d'ailleurs, qui
le nie? Tous ont beaucoup dû à leur maître, beaucoup appris
auprès de lui ; tous, heureusement, se ressentent et se souvien-
nent de la forte discipline à laquelle ils ont été soumis ; mais
les plus éminents d'entre eux n'ont répudié pour cela ni le respect de leurs propres instincts, ni la volonté d'en combiner
l'expression avec la fidélité aux traditions qui avaient nourri
leur jeunesse. Sans parler d'Hippolyte Frandrin, le plus chrétien des peintres français modernes formé par le plus fervent
des continuateurs de l'art grec, M. Lehmann n'a-t-il fait acte
que d'imitateur dans l'ordonnance et dans l'exécution de ses
peintures à l'institution des Jeunes-Aveugles, à l'Hôtel de
ville, au palais du Sénat? Là, comme dans les portraits signés
du même nom, n'y a-t-il pas à côté de certaines habitudes, à
côté de certaines croyances acquises une fois pour toutes, les
preuves d'une imagination et d'un goût très-indépendants des
leçons du maître? Lorsque, au sortir de l'atelier de M. Ingres,
Ziegler peignait son *Giotto*, ou lorsqu'il exposait, quelques
années plus tard, son *Saint Georges* et son *Saint Luc*, il ne
renonçait pas, que je sache, à l'ambition de se donner carrière
et de révéler l'ampleur de ses intentions, au risque même d'en
accuser le caractère trop souvent emphatique et théâtral. La
pensée si hautement philosophique de M. Paul Chenavard a-

t-elle été gênée dans son essor par les entraves de l'éducation
pittoresque, par les coutumes imposées d'abord à la main?
MM. Comairas, Alexandre Lafond, d'autres encore dont le
talent consiste surtout dans l'énergie du faire, peuvent-ils être
confondus avec MM. Cornu, Balze, Dumas, c'est-à-dire avec
des artistes plus érudits à tous égards, et dont le mérite résulte
de la réflexion et des calculs, plutôt que des suggestions spontanées de la verve? Enfin, l'un des mieux partagés à l'origine,
sinon le plus richement doué des élèves de M. Ingres, Théodore
Chassériau, en exécutant son tableau des *Troyennes*, ses belles
études peintes ou dessinées et ses peintures murales dans l'é-
glise de Saint-Merry, Chassériau montrait assez que la pratique des enseignements du maître ne compromettait chez lui ni
le développement des facultés natives, ni le progrès dans le
sens de la vocation personnelle. Qu'il se soit ensuite étrangement mépris sur cette vocation, qu'il ait tenté, au grand dommage de son talent, je ne sais quelle conciliation entre les doctrines si radicalement ennemies de M. Ingres et d'Eugène
Delacroix, c'est ce que prouvent de reste l'*Escalier de la Cour*
des comptes et l'*Hémicycle* de Saint-Philippe du Roule. Jusque
dans ces témoignages d'égarement toutefois, quelque chose
apparaît d'assez naturellement senti, d'assez noble encore,
pour autoriser les respects aussi légitimement que les regrets
de la critique. Ce qui survit des qualités premières s'affirme
avec assez de fierté et de vigueur pour dénoncer à ceux-là
mêmes que décourageraient les violentes témérités de ce pinceau la secrète puissance de la main qui l'a tenu, et l'élévation
instinctive de la pensée dont il traduit à la fois les inspirations
et les sophismes.

Les œuvres successivement produites par M. Amaury-Duval
n'ont rien, on le sait, de ces emportements et de ces audaces.
S'il fallait, au contraire, y relever quelque excès, ce serait, pour
ainsi dire, l'exagération de la réserve; ce serait — je ne parle

18

ici que des compositions du peintre sur des sujets historiques
ou religieux — une tendance trop habituelle à réduire, à supprimer presque, dans l'ordonnance d'une scène, la part de l'invention, pour n'y laisser de place qu'à des éléments consacrés,
à des intentions choisies et reproduites avec goût plutôt que franchement imaginées, au souvenir enfin de certains exemples de
l'art plutôt qu'à l'expression d'une émotion immédiate, d'une
idée spontanément conçue. Aussi, quelque louables que soient,
au point de vue de l'élégance et de la correction du style, les
peintures dont M. Amaury-Duval a décoré la *Chapelle de
Sainte-Philomène* à Saint-Merry, la *Chapelle de la Vierge* à
Saint-Germain l'Auxerrois, et plus récemment l'église de Saint-
Germain en Laye, avec quelque délicatesse que soit pratiqué le
système archaïque adopté ici par l'artiste, il ne nous semble pas
qu'il faille chercher dans de pareils travaux les titres principaux
et les preuves les plus sûres de son talent. Je me souviens qu'il
y a quelques années, un écrivain des plus compétents en matière de beaux-arts caractérisait ce talent par une comparaison
entre le charme un peu subtil de sa physionomie et l'éclat
amoindri, le parfum sans montant d'une rose du Bengale. Faut-
il ajouter qu'un peintre célèbre en définissait plus rudement la
naïveté recherchée et voulue, lorsqu'il accusait celle-ci de res-
sembler à « l'ingénuité d'une veuve de quarante ans demandant si les enfants se font par l'oreille? » La science dépensée par
M. Amaury-Duval pour simuler, dans ses peintures murales,
l'absence d'expérience et de savoir, ses efforts d'adresse pour
paraître maladroit ou timide, comme si l'art en était encore à
ses débuts et l'artiste lui-même au temps des *maîtres imagiers*,
toute cette affectation de simplicité justifierait peut-être le second des deux jugements que nous venons de rapporter. En
tout cas, le premier a cet avantage de ne pas nous révéler seulement les côtés insuffisants ou défectueux de la manière de
M. Amaury-Duval, et de rappeler, en même temps que les qua-

lités dont elle est dépourvue, les mérites qui la recommandent et la grâce qui lui appartient.

La grâce, et quelquefois une grâce charmante, telle est, en effet, la marque distinctive de ce talent, là où il n'est ni déconcerté par les proportions trop vastes de la tâche, ni préoccupé outre mesure des exemples anciens. Il s'accommode difficilement, nous l'avons dit, des scènes compliquées, des sujets qui exigent dans l'expression morale une certaine abondance, une certaine force d'invention, et, dans la disposition pittoresque, quelque chose de plus que la symétrie architectonique. De là, sans doute, son empressement à se réfugier en pareil cas sous l'autorité des traditions, à abriter ses incertitudes secrètes sous les dehors du sacrifice volontaire et du parti pris. En revanche, lorsqu'il s'agit simplement d'agencer dans un cadre restreint les lignes d'une figure entourée de quelques accessoires, lorsqu'il s'agit soit d'interpréter la nature dans un portrait, soit de l'idéaliser dans la représentation de quelque type chastement nu, comme la *Vénus* exposée au Salon de 1863, ou comme la *Jeune Fille* dont la *Gazette des Beaux-Arts* publie aujourd'hui une reproduction gravée, M. Amaury-Duval prend conseil avant tout de lui-même et de son propre goût. Il écoute et met à profit ces avis de la voix intérieure qui le portent à revêtir d'élégance la vérité sans la déguiser pour cela, à en épurer les apparences, non plus en raison d'un système préconçu d'archaïsme, mais en vertu de ses aspirations personnelles et de son fin sentiment des choses. Ici, ni abandon de soi ni insuffisance ; nulle prétention à immobiliser l'art dans l'imitation sans merci d'un passé dont cinq siècles nous séparent ; nul excès de docilité non plus aux souvenirs de l'atelier de M. Ingres, j'entends en ce qui concernerait une pure contrefaçon matérielle. Dans ses *portraits* et dans ceux de ses tableaux qui appartiennent à la classe des *études*, M. Amaury-Duval ne récuse ni l'époque où il vit, ni les justes exigences de l'art qu'elle comporte. Son style, à la fois très-sincère et très-raffiné, son pinceau véridique et ingénieux tout ensemble, traduisent la réalité contemporaine avec une délicatesse d'autant plus méritoire qu'elle correspond mieux aux caractères un peu complexes des modèles et à ce mélange de simplicité et de recherche qui, dans un certain monde, constitue ce qu'on appelle « la distinction. »

Par ses aptitudes naturelles, comme par les coutumes de son talent, M. Amaury-Duval réussit surtout à peindre les femmes, et, parmi les femmes, celles que parent les agréments de la physionomie ou les élégances de la jeunesse, plutôt que les traits de la beauté proprement dite. Ce n'est pas qu'il n'ait su rendre parfois avec une très-remarquable habileté les formes et l'expression viriles. Il suffirait de citer l'excellent portrait de *M. Amaury-Duval père*, exposé au Salon de 1838, ceux de *MM. Alexandre Duval* et *Barre*, exposés deux ans plus tard, pour rappeler ce que, dans cet ordre de travaux, il s'est montré capable de faire ; mais, en général, c'est devant d'autres modèles qu'il a trouvé ses meilleures inspirations, — témoin un de ses premiers ouvrages et, à notre avis, un des plus significatifs, le portrait de la nièce du peintre, qui figurait au Salon de 1839.

Rien de plus pur et de plus placide que l'attitude de cette jeune fille debout, vue de face, les bras tombants et les mains posées l'une sur l'autre, comme si elle s'oubliait elle-même dans la contemplation ingénue des objets ou des gens que ses yeux rencontrent ; rien de plus naïvement assuré que ce regard presque enfantin, de plus chaste que cette franchise avec laquelle les contours d'un corps adolescent se laissent deviner sous les habits de fête qui en rehaussent la grâce, moins encore qu'ils n'en accusent la souplesse. Ne cherchez pas ici la douceur un peu attristée, la poésie tout élégiaque que respirent certains portraits peints par Hippolyte Flandrin, la *Jeune Fille à l'œillet* entre autres. Dans le portrait dont il s'agit, l'innocence et la jeunesse s'expriment en termes plus souriants, avec une sorte de vivacité sereine que Flandrin n'aurait pas aperçue ou sentie, et, malgré l'irrégularité des traits du modèle, avec un charme irrésistible. Sous le rapport de l'exécution matérielle, l'œuvre n'est ni moins originale, ni moins finement traitée. Le modelé sans relief excessif, la silhouette précise sans sécheresse du visage, des épaules et des bras, la limpidité du ton général, — depuis la couleur rose et transparente de la robe jusqu'à l'éclat discret des fleurs placées dans la chevelure, jusqu'à la couleur claire du lambris sur lequel l'ensemble de la figure se dessine, — tout concourt à établir une harmonie complète entre les diverses parties du travail, et à faire de cette toile charmante, non-seulement un des plus aimables spécimens de la manière du peintre, mais un des meilleurs morceaux dans cet ordre d'art qu'ait produits la peinture contemporaine.

Deux autres portraits appartenant à peu près à la même époque, — le portrait de *M*me *Lesourd* et celui de *M*me *Ménessier-Nodier*, — nous montrent, en raison du genre de beauté particulier aux modèles, le talent de M. Amaury-Duval sous des apparences plus amples, plus somptueusement élégantes, sans aucun sacrifice toutefois de sa délicatesse accoutumée. Le portrait de *M*me *Lesourd* qu'on pourrait, pour la dignité de l'aspect et l'aisance dans la pratique, comparer au beau portrait de *M*me *Lehmann* que M. Lehmann devait peindre et exposer quelques années plus tard, est, à d'autres égards, une œuvre très-personnelle, très-distincte des travaux de même sorte qui l'ont précédée ou suivie. Il fallait la sûreté du goût de M. Amaury-Duval pour donner à la coiffure, en forme de turban, qui orne la tête, ou à la coupe de la robe, un caractère supérieur à la signification tout artificielle, à l'élégance toute futile d'ajustements que la mode prescrit aujourd'hui et qu'elle répudiera demain ; il fallait aussi la souplesse et, en même temps, la rare sobriété de son pinceau pour coordonner avec autant de vraisemblance et de mesure des éléments qui, sous une main moins judicieuse ou moins déliée, auraient pu facilement aboutir à l'expression pesante ou à la confusion. C'est par des mérites analogues que se recommande le portrait de *Mme Ménessier*. Vêtue d'une robe noire qui laisse découverts le haut du buste et les bras, assise sur un fauteuil le long duquel tombe un châle de couleur jaune, les cheveux entremêlés de quelques rangs de perles, la figure se présente à peu près de face et se détache sur un fond grisâtre dont les teintes absorbées, presque négatives, ajoutent au coloris du visage un accent de lumière et de vie, au ton vigoureux des vêtements un surcroît de solidité. Nulle exa-gération pourtant dans les contrastes; point d'affectation dans l'effet, ni de recherche à outrance du modelé saillant, de la vé-rité palpable, de tout ce qui tendrait à substituer aux formes d'une œuvre d'art les niaiseries ou les brutalités d'un trompe-l'œil. Ici comme ailleurs, le peintre exprime ce qu'il a senti à propos de la nature, tout en reproduisant fidèlement celle-ci; il interprète ce qu'il a eu devant les yeux avec une habileté égale à la bonne foi qu'il met à en transcrire les dehors : il nous révèle enfin le secret de sa pensée, de ses prédilections, de sa science, aussi bien que la rigueur de ses scrupules, et il ne méconnaît pas plus les droits de la vérité qui l'obligent que les franchises du talent qu'il lui appartient de maintenir.

Nous n'entreprendrons pas de mentionner et d'examiner une à une les diverses œuvres du même genre sorties de l'atelier de M. Amaury-Duval, depuis le portrait d'une jeune femme vue de profil et vêtue d'une robe de soie bleue, si justement re-marqué lorsqu'il parut, il y a vingt ans, jusqu'au gracieux por-trait de *Mlle Emma Fleury*, exposé en 1861, jusqu'à deux autres portraits de femmes qui figuraient, l'un au Salon de 1863, l'autre au Salon de l'année suivante. Ce serait vouloir tomber dans des redites oiseuses et recommencer, en face de chaque nouveau témoignage, l'analyse ou l'éloge des qualités qui dis-

tinguent la manière du peintre en général. Qu'il nous suffise
d'indiquer quelque chose des modifications que cette manière a
subies, non quant au fond même des intentions et des principes,
mais dans l'emploi des moyens matériels.

Les portraits les plus récents de M. Amaury-Duval diffèrent
des portraits antérieurement exécutés par lui, en ce sens qu'ils
ne sont pas, comme ceux-ci, peints, dans les carnations, à
l'aide de tons clairs ou vigoureux simultanément déposés sur la
toile; ils ne sont pas, — pour parler la langue des ateliers, —
modelés dans la pâte où, si l'on veut, préparés dès le commencement en vue de toutes les conditions de la tâche, sauf à recevoir ensuite de quelques frottis ou d'une série de retouches l'accent définitif et l'achèvement. Afin de conserver aux résultats
de son travail un aspect plus frais et plus limpide, M. Amaury-
Duval a imaginé de procéder du clair à l'ombre, c'est-à-dire
d'établir et de déterminer tout d'abord la masse des lumières,
de couvrir d'une teinte plate les formes générales d'un visage
par exemple, et de revenir sur ce fond lumineux en en dimi-
nuant graduellement l'éclat dans les parties plus ou moins
privées de jour, mais en réservant intacte l'œuvre primitive du
pinceau là où il s'agit de laisser en relief les surfaces éclairées.
C'était prendre le contre-pied de la méthode adoptée par Léonard de Vinci qui, on se le rappelle, arrivait progressivement
à l'expression de la lumière, en agissant sur un champ préalablement teinté de couleurs sombres dont il atténuait peu à peu
l'obscurité par la superposition de touches claires, modifiées,
en raison des exigences de l'effet, depuis les demi-tons jusqu'aux tons les plus aigus de la gamme [1]; c'était aussi courir le

---

[1] Si l'on ne savait, par le témoignage de quelques écrivains contemporains du maître, qu'il arrivait souvent à Léonard de dessiner ses études
avec du blanc, et sans le secours d'aucun crayon noir ou gris, sur une
feuille de papier enduite d'une couleur foncée, le tableau ébauché que l'on
voit dans le musée des Offices, à Florence, et qui représente l'*Adoration*

risque de compromettre la solidité apparente du travail et d'ôter en consistance au modelé ce qu'on ajouterait à la vivacité de l'aspect. Peut-être M. Amaury-Duval n'a-t-il pas toujours réussi à éviter ce danger ; peut-être, si habilement traité qu'il soit, si légitime qu'ait été le succès qui l'a accueilli, le portrait de femme exposé au Salon de 1863 n'a-t-il pas, comme morceau de peinture proprement dit, une valeur égale au mérite d'autres portraits peints plus anciennement par la même main. Certaines têtes de femmes dessinées, de grandeur naturelle, sur du papier blanc, et, par conséquent, conformément au mode d'exécution que l'artiste emploie aujourd'hui dans ses tableaux, prouvent que M. Amaury-Duval excelle à définir la forme à peu de frais, à en modeler l'image, monochrome ou succinctement coloriée, sur une surface claire. Suit-il de là néanmoins que les procédés qui conviennent au crayon s'approprient aussi bien à la fonction du pinceau, et n'y aurait-il pas quelque imprudence à prétendre transporter dans le domaine du peintre les ressources techniques forcément un peu grêles et les moyens d'imitation naturellement restreints dont dispose le dessinateur ?

Une autre toile au surplus exposée, comme le portrait que nous venons de citer, au Salon de 1863, et, comme lui, peinte dans ce qu'on pourrait appeler la seconde manière de l'artiste, donnerait jusqu'à un certain point raison à ces tentatives pour rendre par la virginité du coloris et de la touche la radieuse simplicité de la nature. On se souvient de cette svelte *Vénus*, debout au bord de la mer, soulevant de ses mains délicates les ondes dorées de sa chevelure, et se manifestant, tout en s'ignorant pour ainsi dire, dans le pur éclat de la vie à son aurore, de la nudité chaste, de la beauté ingénue. Certes un pareil sujet exigeait, indépendamment de l'élégance idéale des formes, une suavité parfaite, une véritable fluidité dans le ton. A quel-

des Mages, suffirait pour fournir à cet égard les renseignements les plus positifs.

ques procédés qu'il ait cru devoir recourir, il faut louer
M. Amaury-Duval d'avoir su respecter ces conditions nécessaires ; il faut le louer surtout, — au risque de contrarier en
cela les préférences pour d'autres œuvres, témoignées, il y a
deux ans, par la majorité du public, — de ne pas s'être fait le
complice de certaines ambitions assez communes aujourd'hui,
de s'être absolument désintéressé de certains exemples. Son tableau ne rappelle rien ni des coquetteries pittoresques renouvelées du dix-huitième siècle, ni des grâces suspectes que plus
d'un peintre de l'école actuelle propose à nos regards sous une
étiquette antique. Malgré la signification voluptueuse inhérente
au sujet, malgré même l'exagération d'élégance qu'on peut reprocher au dessin de quelques parties, aux proportions et aux
contours des jambes en particulier, il y a ici dans les intentions
une gravité digne de l'art, dans le style une retenue, tout opposée aux confidences inscrites ou aux mauvais propos que
d'autres pinceaux se permettent. La *Source*, de M. Ingres, —
cela va sans dire, — une fois hors de cause, nous ne savons
guère, parmi les compositions sur des thèmes analogues que
nous avons vues se succéder depuis quelques années, celles qui
satisfont mieux, aussi bien même, aux conditions les plus élevées d'une pareille tâche ; nous n'en connaissons pas où l'on
puisse, sous le rapport de la grâce sans afféterie et de la vraisemblance sans excès, signaler des morceaux mieux traités que
la tête, les attaches du cou, la poitrine et, en général, toute la
partie supérieure de la figure peinte par M. Amaury-Duval.

D'où vient pourtant que cette *Vénus* ait été accueillie, lorsqu'elle parut, avec une sorte d'indifférence sinon de défaveur,
tandis qu'une autre figure, — celle-là même dont la *Gazette
des beaux-arts* publie une reproduction gravée, — obtint, au Salon suivant, un succès beaucoup moins douteux ? Nous ne voulons pas médire de ce succès ni contester les mérites de l'œuvre
qu'il a récompensée. Qu'il nous soit permis toutefois, en recon-

naissant ce qu'il y a de délicatesse et de fin savoir dans l'exécution de la seconde figure, de regretter un peu l'intervention
de certains accessoires qui en compromettent le sens ou en diminuent la portée poétique; qu'il nous soit permis de tenir en
estime plus haute une image moins familière, plus vraie par
cela même qu'elle reproduit moins littéralement les menus détails de la réalité, et de préférer à cette jolie petite fille désha-
billée, si pudique qu'en soit l'aspect, la *Vénus* nue, mais d'une
nudité plus naturellement explicable, plus nécessaire même, et
exprimant une grâce sévère plus voisine de la beauté. C'est,
nous le croyons, en continuant de traiter des sujets de ce genre
que M. Amaury-Duval confirmera le plus sûrement ses titres;
c'est en persévérant dans cette voie qu'il achèvera de nous révéler ce que ses *Portraits* nous ont appris déjà de la pureté de
son goût, des délicatesses de sa manière, et qu'il réussira à
rendre manifestes des qualités que ses peintures religieuses
permettent seulement d'entrevoir ou de pressentir.

Quelle qu'ait été, d'ailleurs, dans la carrière de M. Amaury-
Duval l'inégalité des succès, quelque différence qu'il convienne
de constater entre la naïveté un peu trop érudite des peintures
dont il a orné les églises et le caractère non moins savant,
mais plus sincèrement expressif, des travaux que lui a inspirés
l'étude directe de la nature, il est un côté par lequel toutes ses
œuvres se rattachent les unes aux autres et se ressemblent, un
mérite dont elles portent invariablement l'empreinte : je veux
parler de cette recherche ou plutôt de ce besoin obstiné du
mieux dans l'expression des formes une fois choisies, de cette
application constante chez le peintre à aller en toutes choses
jusqu'au bout de sa pensée, à épuiser ce qu'il sait ou ce qu'il
croit être le vrai. Non-seulement M. Amaury-Duval n'a jamais
consenti à interroger les succès de ses voisins pour se comporter en conséquence, à pactiser avec la mode pour acheter
à bas prix les faveurs du public; mais il ne lui est pas arrivé

d'accepter une seule tâche qui ne s'appropriât exactement aux exigences de sa foi esthétique, aux inclinations de son talent, aux préférences particulières de son goût. Tout en faisant ses preuves comme peintre de portraits plus habituellement que comme peintre d'histoire, il n'a pas entendu pour cela sacrifier les conditions de l'art aux accommodements que semble autoriser le métier, s'imposer indifféremment ou se laisser imposer tous les modèles, et convertir sa fonction d'artiste en une profession facile ou lucrative, son atelier eu une officine bien achalandée.

A en juger par le soin qu'il prend de ne se fier qu'à certains types dès longtemps connus de lui et attentivement étudiés, à voir avec quelle sagacité patiente il poursuit jusque dans les plus secrets détails l'imitation de la physionomie et de la forme, avec quels inexorables scrupules il insiste sur le moindre trait caractéristique, sur le moindre élément de vraisemblance ou de beauté, — il semble que, pour M. Amaury-Duval, la représentation du fait n'existe pas en dehors de l'image achevée, et que le sentiment éprouvé par l'artiste en élaborant chacune de ses œuvres est bien moins l'orgueil de sa propre habileté que le tourment même de la perfection. De là, le nombre relativement restreint de ses travaux et l'estime un peu froide qu'ils inspirent aux esprits pressés ou superficiels, à ceux qui, s'extasiant de confiance devant les fantaisies ou les impertinences pittoresques, n'ont ni le pouvoir d'apprécier pleinement le mérite sans faste, ni le loisir d'en étudier de fort près les témoignages. Sans pousser trop loin le parallèle, et tout en tenant compte, sous le rapport de l'imagination, de la valeur inégale des résultats, ne saurait-on reconnaître une certaine parenté entre le talent de M. Amaury-Duval et celui de M. Henri Reber, dans l'ordre de la composition musicale? Ne serait-on pas autorisé à dire que, sauf la différence des moyens employés, ils procèdent l'un et l'autre de principes analogues? Même volonté invariable

chez les deux artistes de se refuser, en face de l'opinion, aux
concessions ou aux sacrifices ; même dédain parfait des modes
d'expression vulgaires ; même souci de la correction absolue,
de la définition exquise. A des talents comme ceux-là, la popularité peut faire défaut par cela même qu'ils semblent d'avance
trop bien déterminés à se passer d'elle : mais ils obtiennent
une considération plus solide que l'enthousiasme, plus durable
que le bruit fait autour de certains noms. Les suffrages de
ceux qui savent sentir et se décider pour leur propre compte
les dédommagent des distractions ou des préjugés auxquels il
nous arrive de céder sur la foi d'autrui, et si la foule semble
quelquefois les oublier ou les méconnaître, les esprits attentifs
du moins, les délicats sont de leur parti.

SCULPTURE.

X

LE TOMBEAU DE L'ARCHEVÊQUE DE PARIS A NOTRE-DAME.

1862.

Lorsque après les journées de juin 1848 l'assemblée nationale décrétait l'érection d'un monument à la mémoire du prélat qui venait de sceller de son sang la fin de l'horrible lutte, elle ne recommandait pas seulement aux respects de l'histoire le souvenir d'un acte héroïque : elle proposait à l'art une tâche digne de lui, sous le rapport pittoresque aussi bien qu'au point de vue moral. Représenter ce combattant sans autres armes que son dévouement et sa foi, ce soldat de la charité s'aventurant, le crucifix à la main, les paroles de l'Évangile sur les lèvres, là où chaque bras ne savait que lancer la mort, et chaque bouche l'imprécation, — voilà certes de quoi émouvoir et tenter le talent d'un artiste; mais encore fallait-il que la réalité fournît des moyens d'expression conformes à la majesté du sujet. On sait par exemple l'importance du costume en pareil cas et quels obstacles souvent insurmontables l'exiguïté ou la coupe bizarre de nos vêtements peut opposer à l'interprétation épique d'un fait. Dans les œuvres de la sculpture surtout, c'est-à-dire dans des travaux où l'harmonie et la beauté résultent absolument de la cadence des lignes et de la structure même des objets, la

vérité contemporaine ne saurait être indistinctement reproduite. A défaut de la forme nue, qui demeure en principe l'élément essentiel de la statuaire, mais qu'il est au moins difficile
d'utiliser en dehors des sujets empruntés à la mythologie ou à
l'histoire antique, l'ampleur et la souplesse des draperies deviendront des conditions nécessaires : si nécessaires même que,
sans ces ressources d'exécution, le thème le mieux pourvu au
fond de noblesse et de vie dramatique peut rester pour le ciseau
une lettre morte.

Qu'on se figure de nos jours un autre Mathieu Molé défiant
en habit de ville les fureurs de l'émeute, ou quelque Vincent de
Paul laïque accomplissant sa charitable tâche dans le costume
étriqué d'un bourgeois du dix-neuvième siècle : il n'y aura là
sans doute rien qui diminue le mérite de l'action et en compromette la beauté morale, rien que la plume d'un historien ou
l'éloquence d'un panégyriste ne puisse faire pressentir à l'esprit sans dommage pour la dignité du héros. En revanche, l'art
qui parle aux yeux s'accommodera malaisément de cette pénu-
rie extérieure : ou il lui faudra travestir le fait en prétendant
l'ennoblir, et renouveler à propos des hommes de notre âge
quelque chose de l'*idéalisme* fâcheux qui avait cours au temps
de Canova, ou bien, en acceptant docilement ce que la réalité
lui offre, il devra se taire et s'effacer devant le costume moderne. Nous insistons sur les dangers d'un choix trop radical
entre ces conditions contraires, parce que, depuis trente années
environ, bien des erreurs ont été commises dans les deux sens,
bien des tentatives se sont succédé, qui, en se démentant les
unes les autres, n'ont réussi qu'à embarrasser l'opinion et à la
laisser aussi peu satisfaite de la poétique idéaliste à outrance
que de la transcription littérale.

Dans l'interprétation des sujets modernes, les sculpteurs de
notre temps ont donc, avec un insuccès à peu près égal, cherché
à faire prévaloir des doctrines opposées. Les uns, à l'exemple

de M. Marochetti, — l'auteur de cette statue équestre du duc
d'Orléans qu'on voyait autrefois dans la cour du Louvre, — se
sont condamnés à reproduire, au lieu de l'ample physionomie
des choses, les détails qui en définissent seulement les apparences secondaires, les caractères tout matériels ; les autres
ont affublé du costume antique des gens dont la vie et la mort
rendent gloire à la civilisation chrétienne. Il en est enfin,
comme Simart dans ses bas-reliefs du tombeau de Napoléon Ier,
qui se sont si bien défiés des artifices du vêtement, qu'ils ont
procédé sur ce point par la négation absolue. De peur de concession à la mode ou de méprise pittoresque, ils ont tout uniment mis en scène leurs modèles sans vêtements d'aucune
sorte. Bien plus : n'a-t-on pas vu des œuvres issues d'un même
atelier donner alternativement raison aux différentes doctrines
qui divisent l'école, et le même artiste attribuer aux personnages dont il avait à retracer l'image tantôt les apparences hé-
roïquement nues des dieux de l'Olympe, tantôt la tenue littéralement prescrite par les règlements militaires, ou le costume
bourgeois que nous portons dans la rue ou dans le cabinet ?
Ainsi, après avoir représenté sur leurs tombeaux Bonchamp et
le général Foy aussi dévêtus qu'hommes puissent l'être, David
d'Angers, ne se rétractant pas à demi, nous montre Drouot
couvert de pied en cap de son uniforme d'officier général. Un
jour David se sera contenté de jeter sur le corps nu de Racine
un lambeau de draperie en guise de pourpoint et de haut-de-
chausses ; quelques années plus tard, il copiera avec une fidélité impitoyable l'habit d'Armand Carrel ou la redingote de
Casimir Delavigne.

Le moyen en effet de tout concilier ? Comment assurer au
portrait une rigoureuse exactitude sans trahir les lois de l'art
lui-même, et d'autre part comment, sans un contre-sens manifeste, sacrifier absolument à ces lois générales l'expression
d'un type individuel, la vraisemblance de l'aspect, de la phy-

sionomie, du costume? Rien de plus difficile que la tâche imposée aux sculpteurs en pareil cas. Quelques-uns d'entre eux ont su l'accomplir, sinon avec une habileté magistrale, au moins avec un louable sentiment des convenances ; on peut dire toutefois que le problème n'a pas été encore complétement résolu. Quant aux tentatives pour réformer de haute lutte la sculpture monumentale et y installer, à titre de principe esthétique, l'imitation sans réserve de la réalité, nous n'avons pas à en faire justice : il suffira d'en rappeler les résultats et de renvoyer ceux qu'une semblable théorie aurait pu séduire à certaines statues érigées sur les places de Nancy, du Havre et de quelques autres villes. En face de ces ouvrages au moins imprudents, ils comprendront que les brutalités du style n'en font pas la force, que la naïveté qui s'affiche devient une grimace ou un mensonge, et qu'en matière d'art la vérité elle-même cesse de paraître telle, lorsqu'elle n'est plus qu'une vérité d'exception et d'accident.

En modelant la statue de l'archevêque de Paris, M. Debay n'avait à craindre ni ces exagérations ni ces pauvretés pittoresques. Sans parler du goût personnel de l'artiste et des habitudes judicieuses qui caractérisent son talent, le programme qu'il s'agissait de remplir était assez fécond en soi, assez noble dans les termes, pour exclure tout recours aux vieilles conventions académiques aussi bien qu'aux exemples, plus *naturalistes* que de raison, donnés par quelque moderne Valentin de la statuaire. La taille régulièrement proportionnée du modèle, les traits de son visage, sans beauté proprement dite, mais non sans charme et sans grâce virile, la forme simple, les lignes aisément souples du costume, — tout, à ne considérer que les éléments extérieurs du travail, venait ici en aide au sculpteur, et ne pouvait manquer d'encourager sa main. Suit-il de là qu'un autre eût aussi sûrement que lui tiré parti de ces ressources? La besogne était-elle si facile qu'il suffît, pour rencon-

trer l'expression juste, de la chercher dans l'assemblage fortuit
de ces éléments une fois donnés? Rien ne serait moins exact
qu'une pareille conclusion. La valeur particulière de l'œuvre de
M. Debay est garantie par les circonstances mêmes qui en ont
précédé l'achèvement, puisque c'est à la suite d'un concours où
figurait l'esquisse de cette œuvre que l'artiste a été choisi de
préférence à ses rivaux. Et d'un autre côté, si l'exécution matérielle n'exigeait que peu d'efforts en raison des ressources of-
fertes, d'où vient qu'avant d'aborder le marbre, M. Debay ait
consacré environ dix années à retoucher son modèle en terre, à le
bouleverser plusieurs fois de fond en comble, à le recommencer
sur place, dans cette humide chapelle où il a, dit-on, laissé sa
santé? Nous ne prétendons tirer ni de cette ténacité, ni de cette
courageuse lenteur, un argument plus décisif qu'il ne convient :
nous savons que, dans le domaine des arts comme dans celui
des lettres, l'estime où il faut tenir un ouvrage ne se mesure
pas aux efforts de patience qu'il a pu coûter ; mais lorsqu'au
mérite même du travail s'ajoutent des souvenirs honorables
pour celui qui l'a mené à fin, lorsqu'un homme en quête du
vrai et du beau sacrifie à cette recherche tout ce qu'il peut
donner de ses facultés et de ses forces, il y a là pour les artistes
une leçon, pour tout le monde un exemple de désintéressement
et de loyauté qu'il n'est pas inutile de noter, au moins en passant.

La composition d'un monument à la mémoire de Mgr Affre
laissait le choix entre deux partis également autorisés par la
religion et par l'art, également conformes au caractère et à
l'esprit du sujet. Fallait-il faire de ce monument une sorte de
châsse sous laquelle le corps du martyr, solennellement proposé à la vénération des fidèles, apparaîtrait dans la calme majesté de la mort, dans tout l'appareil de la dignité épiscopale?
ou bien, au lieu de ce repos déjà conquis et de cette pompe du
lendemain, devait-on figurer le moment de l'action et la lutte

19

même, représenter l'apôtre avant sa canonisation, pour ainsi dire, et nous montrer les pavés de la barricade où il succombe de préférence à son lit de parade? Si la question eût été posée à Florence et au quinzième siècle, nul doute que les émules ou les disciples d'Antonio Rossellino, de Mino da Fiesole, et de tant d'autres maîtres curieux avant tout de l'élégance et de la sérénité linéaires, ne l'eussent résolue dans le premier sens. En France, avec les traditions et les instincts propres de tout temps à notre école, avec ce goût pour l'expression dramatique que le mouvement des idées actuelles a plutôt développé qu'a-moindri, il était naturel que des deux données on n'hésitât guère à choisir la seconde. Nous nous rappelons toutefois, parmi les esquisses présentées au concours de 1848, celle qu'avait exposée M. Baltard, et dans laquelle, par une excep-tion digne de remarque, l'artiste s'était franchement rallié à ces principes italiens que nous indiquions tout à l'heure. A ne considérer que les convenances architectoniques, l'harmonie de l'ensemble et l'accord qu'il importait d'établir entre les lignes du monument et celles de l'édifice où il devait être placé, peut-être ce projet, récompensé d'ailleurs d'un second prix, offrait-il quelque chose de moins prévu dans la forme, de moins épi-sodique dans les intentions qu'aucun autre. Le projet de M. Debay n'accusait pas des qualités du même ordre, il laissait quelque peu à désirer dans l'agencement des parties d'orne-ment et au point de vue de l'invention pure; en revanche, il avait cet avantage de traduire clairement le fait, d'en définir la signification particulière par l'attitude, le geste, la vraisem-blance historique du personnage représenté. A ce titre, il ré-pondait mieux aux exigences de notre goût et aux sentiments qui avaient dicté la décision de l'assemblée nationale en 1848: il méritait donc d'être préféré. Reste à savoir si l'exécution de l'œuvre a donné tout à fait raison aux suffrages des premiers juges, et si, en complétant l'expression de sa pensée, le sculpteur a réussi à conquérir un nouveau et plus vaste succès.

Nous avons dit que dans le tombeau de l'archevêque de Paris, tel que l'avait conçu d'abord M. Debay et tel qu'on le voit aujourd'hui à Notre-Dame, la part faite à l'architecture était bien restreinte, sinon presque nulle. Un sarcophage en marbre décoré, pour tout ornement, d'un bas-relief et supportant la statue, une stèle s'élevant derrière celle-ci et le long de la muraille où elle s'appuie, — voilà en effet à quoi se réduisent les éléments de la composition monumentale. Ni richesse, ni élégance, ni nouveauté dans les profils; peu ou point de diversité dans la couleur des matériaux employés. Je sais que, pour animer l'aspect de l'ensemble et pour en corriger l'aridité ou la lourdeur, M. Debay s'est proposé, dès l'origine, de couvrir de peintures les murs qui avoisinent l'œuvre de son ciseau. Sous le rapport de l'impression morale comme pour la satisfaction des yeux, il y aurait tout avantage à compléter ainsi l'effet du monument, et l'on doit désirer que les intentions de l'artiste sur ce point puissent bientôt se réaliser. En attendant, c'est à un morceau de sculpture, et de sculpture dans la plus stricte acception du mot, que nous avons affaire : car on dirait que M. Debay, qui était peintre avant de devenir sculpteur, a pris à tâche ici de ne rien laisser survivre de ses habitudes passées, et que sa main, accoutumée au luxe et au mouvement pittoresques, a craint, en taillant le marbre, de paraître prodigue ou trop agile. De là cette sobriété excessive dans l'ordonnance des détails décoratifs, cette application systématique à concentrer tout l'intérêt sur la statue; mais de là aussi, dans ce morceau principal, la fermeté du style et l'exacte appropriation des moyens à l'effet qu'il s'agissait de produire.

La statue sculptée par M. Debay permet au regard d'en embrasser les contours sans hésitation ni temps d'arrêt. Pour nous servir d'un terme du métier, les diverses parties qui la composent « font bloc entre elles; » cela veut dire qu'elles se relient de manière à ne morceler ni le modelé intérieur, ni la silhouette, par des saillies ou par des vides trop multipliés : mérite indispensable, mais assez rare aujourd'hui, même dans les travaux de sculpture monumentale, et que, — sans parler des statues dont on a peuplé le Louvre de Pierre Lescot et de Jean Goujon, — on ne rencontrerait pas toujours dans les groupes qui ornent les pavillons du nouveau Louvre. A cette plénitude résultant du jet et de la construction même de la figure s'ajoute, comme élément pathétique, la justesse de l'expression et du geste. Renversé sur les pavés où il était venu conjurer une guerre fratricide, frappé d'un coup qu'il sait mortel, l'archevêque semble disputer aux convulsions de la souffrance les restes de cette vie qui peut empêcher d'autres crimes et désarmer encore les meurtriers. Son bras droit se roidit dans un effort suprême pour élever, pour arborer, en face des fusils qu'on recharge, le rameau d'olivier, tandis que son bras gauche, fléchissant sous le poids du corps, maintient le crucifix en contact avec ce corps qui succombe, avec ce cœur qui va cesser de battre. Les jambes, que la mort envahit déjà, ont glissé l'une sur l'autre et s'allongent sous les plis de la soutane, dont l'effet pittoresque est rehaussé par l'extrémité flottante du manteau que soulève le bras droit. Quant aux traits du visage, ils résument et précisent avec une remarquable énergie ce combat entre la douleur physique et la volonté, ce double cri de l'âme et de la chair qu'ont fait pressentir l'attitude et les intentions générales. Les lèvres entr'ouvertes d'où s'échappe, en même temps que le dernier soupir, une supplication dernière, les muscles contractés du front et de la face, le regard tourné vers le ciel comme pour en appeler à Dieu des fureurs humaines et lui offrir avec le sang de la victime une prière pour les bourreaux, — tout exprime les angoisses de l'agonie aussi bien que l'ardente piété du mourant. Tout atteste ainsi l'émotion qu'a éprouvée l'artiste et la foi que lui a inspirée son sujet ; mais, dans cette partie du travail comme dans le reste, nul excès de zèle ne vient compromettre les droits du goût et agiter outre mesure ou surcharger ce qu'il n'importait pas moins de traduire avec le respect du beau qu'avec le sentiment du dramatique.

Nous le répétons, malgré la vie secrète et la passion qui l'animent, la statue modelée par M. Debay a des dehors rigoureusement conformes aux lois sévères de la sculpture. Rien n'y est donné au hasard de l'inspiration ou à la bonne fortune de la pratique ; partout l'art est présent, et un art qui raisonne et qui calcule. Peut-être même ces calculs, ces procédés presque scientifiques ne laissent-ils pas çà et là de s'accuser un peu trop. Il n'est pas difficile de s'apercevoir, par exemple, que les lignes de la figure ont été combinées en vue principalement du demi-raccourci qu'elles devaient présenter au spectateur placé en dehors de la chapelle. Rien de mieux, puisque, de ce côté, un heureux résultat a été obtenu, et que d'ailleurs la disposition des lieux et de la lumière autorisait les préférences du sculpteur pour ce point de vue un peu oblique. Fallait-il toutefois y subordonner si bien les autres aspects, que certains détails perdissent leur finesse, leur opportunité même, là où ils se modèleraient dans un sens moins explicitement recommandé au regard ? Certains partis pris devaient-ils servir à résoudre la première moitié du problème, au risque de laisser la seconde douteuse ou inutilement compliquée ? Ainsi le grand pli transversal de la soutane qui va de la hanche droite au genou gauche pouvait avoir cet avantage d'aider au raccourci des formes et de définir le mouvement. Vu de la place où nous supposons que M. Debay voudrait surtout qu'on s'arrêtât, c'est-à-dire du bas côté de l'église, il est en parfaite harmonie avec les lignes avoisinantes, parce que celles-ci, en s'enroulant les unes dans les autres, semblent continuer l'intention qu'il exprime et se mouvoir dans une direction analogue ; mais, lorsqu'on examine la statue en face, l'unité de l'aspect n'existe plus, et l'œil s'étonne de cette ligne violente qui s'interpose brusquement entre le haut et le bas du corps. Ailleurs au contraire, — et ce défaut est surtout sensible dans le bras qui agite la branche d'olivier, — le modelé, à force de prétendre à la largeur, s'arrondit jusqu'à la mollesse, ou se simplifie jusqu'au vide. Enfin le bas-relief sculpté sur le devant du sarcophage et représentant le commencement de la scène dont on lit plus haut le dénoûment, ce bas-relief est traité avec une négligence évidemment calculée, mais que n'autorisaient suffisamment, à notre avis, ni plusieurs exemples anciens, invoqués peut-être par le sculpteur, ni certains sacrifices nécessaires pour assurer à la statue une importance principale.

A quoi bon insister au surplus sur ces imperfections de détail? Après les avoir analysées une à une, il faudrait, pour être juste, relever aussi chaque mérite partiel, chacune des qualités qui recommandent tel ou tel fragment du travail ; il faudrait, entre autres morceaux bien traités, signaler la draperie à côté des pieds, le bras reployé qui soutient le corps sans abandonner le crucifix, et surtout les mains, où le sentiment est aussi expressif que l'exécution matérielle est délicate. Un semblable examen toutefois mènerait loin le lecteur et la critique. De peur de n'aboutir qu'à la fatigue ou de s'attarder en chemin, le mieux sera de s'en tenir aux appréciations générales.

Le monument dédié à la mémoire de l'archevêque de Paris, ou plutôt la statue à laquelle ce monument un peu trop simple ne sert guère que de piédestal, est un bon spécimen de ce que la sculpture nous doit et se doit à elle-même dans la représentation des sujets contemporains. Exempt d'ostentation archaïque comme d'affectation à reproduire les vérités vulgaires, le ciseau de M. Debay ne parodie pas plus les formules grecques ou romaines qu'il n'entre en complicité avec les jactances du naturalisme moderne. Sans doute il sait se souvenir des grands exemples, sans doute il sait aussi le respect dû aux enseignements de la réalité ; mais il n'exagère, fort heureusement pour nous, ni cette mémoire du passé jusqu'à la manie des citations pédantesques, ni ce culte du présent jusqu'au fétichisme. Objectera-t-on contre le mérite de l'œuvre les éléments exceptionnellement favorables qu'elle comportait et ce que nous avons dit nous-même des ressources fournies ici par le sujet, par le costume ? Nous reconnaissons de nouveau et nous estimons à son prix l'utilité de pareils secours. Certes il était moins malaisé d'ajuster à souhait les plis d'une robe et d'un manteau que les maigres plis d'un pantalon et d'un habit. Il eût été autrement méritoire, j'en conviens, de trouver les secrets du beau dans les arides contours d'un uniforme ou de nous émouvoir en traitant un sujet moins bien pourvu que celui-ci de signification pathétique. C'est quelque chose pourtant, c'est beaucoup que d'avoir réussi à nous rendre fidèlement cette noble scène, et, traduction pour traduction, mieux vaut après tout l'art, relativement peu coûteux, de conserver à un texte sa richesse propre et son éloquence naturelle que l'effort, même habile, pour en déguiser l'indigence sous les périphrases ou sous les ornements d'emprunt.

GRAVURE ET LITHOGRAPHIE.

XI

L'ÉCOLE FRANÇAISE DE GRAVURE EN 1853.

Il arrive parfois que le mouvement d'un art s'opère dans notre pays en raison inverse du mouvement de l'opinion. Les œuvres sérieuses se produisent au moment où le succès semble exclusivement réservé aux œuvres d'un genre secondaire ou d'un mérite superficiel; les principes et l'idéal académiques sont-ils au contraire acceptés comme l'unique loi du goût, quelque talent indépendant protestera à l'écart contre ces règles absolues et se développera patiemment en attendant le jour de la réaction. Le fait n'est pas rare, du moins dans l'histoire de la gravure. Les planches gravées, sous le règne de Louis XVI, par Bervic et par Tardieu, sont en désaccord formel avec le goût de l'époque pour les vignettes et ces mille croquis à la pointe qui s'honoraient du titre de *griffonnis*, comme, au temps de Louis XV, les travaux de Vivarès d'après les anciens paysagistes démentent avec éclat la mode du paysage galant et des pastorales gravées d'après Eisen et Boucher. Plus tard, lorsque les scènes héroïques captivaient seules l'attention de la foule et qu'on ne jugeait dignes d'être reproduits sur le cuivre que les sujets tirés de l'antiquité grecque ou romaine, Duplessi-

Bertaux, Boissieu et quelques autres osaient choisir ailleurs leurs modèles, et restituaient à la gravure de genre une partie de sa valeur et de son charme. Cette anomalie entre les inclinations du public et le caractère de certaines œuvres de l'art se révèle encore aujourd'hui; seulement, à aucune époque la réaction n'a paru moins prochaine ni la séparation plus radicale. Il ne s'agit plus en effet de froideur momentanée pour un ordre particulier de talents, de prédilection passagère pour telle ou telle nature de sujets. La gravure elle-même, — du moins la gravure au burin, — son opportunité dans le présent, sa signification et sa vie dans l'avenir, voilà ce qui est mis en question, voilà ce que l'on est bien près de condamner comme un obstacle au développement des tendances nouvelles et comme une négation du progrès.

Que quelques graveurs en taille-douce continuent les saines traditions de l'école française et redoublent d'efforts pour lui conserver sa vieille prééminence : nous les regardons faire, non pas même avec la curiosité de gens intéressés par point d'honneur national au succès de l'entreprise, mais avec un sentiment de surprise dédaigneuse. Il semble que l'on doive voir dans ces efforts plus d'entêtement que de vrai courage, dans ces témoignages d'habileté l'indice de croyances en retard sur la marche des idées modernes : nous accueillons les œuvres où se reflètent ces doctrines et cet art d'un autre âge à peu près comme nous accueillerions au théâtre des pièces obstinément conformes à la poétique du dix-huitième siècle et à la règle des trois unités.

En retraçant ailleurs l'histoire des phases diverses que la gravure a successivement traversées, nous avons eu occasion déjà d'indiquer l'état actuel de notre école et d'accuser l'indifférence où nous laisse tant de persévérance et de talent. Certes, rien aujourd'hui n'autoriserait une rétractation à ce propos, et l'on aurait le droit de se plaindre plus vivement encore d'une injustiee qui se généralise et qui grandit d'année en année. Ce qu'il était permis d'entrevoir et de pressentir comme un danger possible est devenu un danger manifeste; jamais conditions aussi défavorables n'ont été faites à la gravure, jamais elle n'a obtenu parmi nous moins d'encouragements ni de crédit, et tandis qu'une sympathie croissante s'attache aux improvisations du pinceau et du crayon, on n'a pour les sévères travaux du burin que de l'éloignement et de l'oubli. Dans le monde, dans la presse même, qui s'occupe de cet art en apparence suranné? Qui songe à rendre hommage au zèle des hommes qui le pratiquent encore, à discuter leur mérite, ne fût-ce que pour blâmer le système où ils s'opiniâtrent? On se contente de réprouver le tout implicitement, quitte à ignorer à la fois la valeur intrinsèque des œuvres, l'habileté relative des artistes qui les ont produites, et jusqu'aux noms dont elles sont signées. A l'exception de M. Henriquel-Dupont, talent hors ligne qui s'est en quelque sorte imposé à l'estime de tous, y a-t-il de notre temps un seul graveur français dont le nom ait acquis une véritable popularité, un seul dont la réputation dépasse, égale même celle du moindre dessinateur de caricatures? Et cependant, malgré les obstacles de tout genre suscités depuis quelques années au développement de la gravure, notre école se maintient comme autrefois au premier rang. Le nombre et le caractère de ses travaux attestent sa supériorité : nous sommes seuls à la méconnaître, car, dans les autres pays, on recherche, on étudie ces estampes auxquelles nous n'accordons ici qu'un regard distrait, et il n'est pas jusqu'aux Américains, oracles peu sûrs d'ordinaire en matière d'art, qui ne nous donnent à ce sujet une leçon d'équité et de goût. Que l'on rapproche des estampes gravées sous l'empire et au temps de la restauration celles qui ont été publiées à partir du dernier règne jusqu'à l'époque où nous sommes, on verra que, durant cette période et dans les circonstances les plus contraires, la gravure a pris, au point de

vue du talent, un développement que, malgré des encouragements de toute espèce, elle n'avait pu acquérir vers le commen-
ment du siècle. Quelle pauvre mine feraient aujourd'hui le
grand ouvrage sur l'Egypte et les planches du *Musée Filhol* en
regard de ce qui a été gravé depuis lors d'après des modèles
analogues!

D'où vient donc qu'un art si loin encore de sa décadence ne
puisse réussir à vaincre nos préventions, et que tant de témoignages de talent passent en quelque sorte inaperçus? La confusion introduite dans nos idées par la découverte de certains
procédés mécaniques, d'ailleurs fort étrangers à la gravure, est
sans doute une des causes de cette insouciance. On pourrait
l'attribuer aussi à l'esthétique frivole que nous avons progressivement adoptée, à l'influence d'habitudes qui ont fini par déterminer complétement nos jugements après avoir abaissé notre
goût. D'une part, l'application indiscrète du daguerréotype à
des objets qu'il n'appartient qu'à l'art d'interpréter à substitué
le culte de l'identité inerte au respect de l'imitation intelligente; de l'autre, le spectacle de l'art facile nous a désaccoutu-
més des travaux sérieux. Ici l'à peu près nous amuse et nous
suffit, et de même que beaucoup de gens se contentent pour
toute nourriture littéraire de vaudevilles et de romans vulgaires,
beaucoup de prétendus amis des arts cherchent et trouvent la
réalisation de leur modeste idéal dans des vignettes ou dans des
recueils de croquis.

Les tendances générales de la nouvelle école de peinture ne
sauraient, il faut bien le dire, nous ramener au culte de l'art
sévère et en particulier à l'étude des œuvres du burin. Les conditions de la peinture telles qu'on semble les comprendre maintenant ne sont-elles pas en contradiction avec les conditions
essentielles de la gravure? La gravure, sans procéder exclusivement de la ligne comme la sculpture, a cependant pour élément principal l'imitation précise de la forme. Or, un dessin

inachevé et flottant est devenu à nos yeux une des expressions
du talent pittoresque, ou tout au moins la plus excusable des
imperfections. Nous faisons bon marché de l'incorrection des
contours et du modelé pour priser avant tout dans un tableau
l'éclat des tons et les tours d'adresse de la brosse : le moyen de
concilier de pareilles inclinations avec le goût pour un art où
l'escamotage de la forme est impossible, où tout est forcément
et rigoureusement accusé? Aussi qu'arrive-t-il? C'est que le
plus souvent les graveurs se trouvent contraints de chercher
leurs modèles ailleurs que parmi les tableaux contemporains.
Sauf M. Scheffer et surtout M. Delaroche, dont les œuvres ont
assez souvent encore, le privilége d'occuper le burin, il n'est
aucun peintre de l'école moderne qui voie ses compositions habituellement reproduites par la gravure. Le pinceau de M. Horace Vernet, il est vrai, n'improvise pas la moindre scène sans
que les éditeurs d'estampes s'en emparent aussitôt pour en
expédier des copies dans toutes les parties de l'Europe et du
monde; mais ces copies, lestement exécutées à l'aqua-tinte, ne
relèvent de l'art que d'une manière fort indirecte. Elles intéressent avant tout le commerce, et l'aqua-tinte réduite, comme
elle l'est aujourd'hui, au rôle d'un procédé rapide et économi-
que, n'a plus dans notre école qu'une importance industrielle.
Il n'en va pas ainsi, tant s'en faut, de la gravure en taille-
douce; par malheur, en s'isolant du mouvement de la peinture
contemporaine, elle contredit d'autant plus formellement les
instincts du public, et cette réserve qu'elle est forcée de s'imposer ne contribue pas médiocrement à dépopulariser ses produits. Les seules estampes sur lesquelles nos regards s'arrêtent
encore sont celles qui, participant ouvertement des tendances
actuelles de la peinture, n'ont d'autre fin qu'une séduction
passagère, d'autre intérêt qu'un intérêt de circonstance; les
estampes gravées, au contraire, en vertu des règles absolues de
l'art et de ses conditions immuables, demeurent sans attrait

pour nous, parce que cette méthode savante n'a plus à nos yeux que le caractère du pédantisme.

Les graveurs français contemporains peuvent donc se diviser en deux groupes distincts. Le premier, c'est-à-dire le plus important par le nombre, est formé de tous les artistes qui se servent de la gravure comme d'un moyen de satisfaire le goût à peu près universel pour les œuvres secondaires, amusantes avant tout et intelligibles sans effort. Ces graveurs, qu'on pourrait appeler les feuilletonistes de l'art, retracent avec plus ou moins de succès, à l'aqua-tinte ou sur le bois, des sujets ordinairement en rapport avec les inclinations de la foule, et font de la gravure un auxiliaire de l'industrie ou un accessoire de la presse. Le second groupe, plus digne de considération à tous égards, se compose des graveurs qui, en dépit de l'indifférence publique, consacrent encore de longues années aux études difficiles, aux rudes travaux, aux investigations patientes, et qui semblent, à côté de ces improvisateurs, des bénédictins attardés dans le dix-neuvième siècle, ou tout au moins des talents dépaysés. L'école française de gravure n'a, on le voit, ni l'unité de physionomie qui la caractérisait autrefois, ni même aucune sorte d'unité. Chacune des classes d'artistes qui la partagent est elle-même subdivisée à l'infini et ne présente qu'un ensemble de talents individuels, sans principe et sans lien communs. On peut toutefois établir entre les graveurs contemporains une ligne de démarcation générale. En regard, ou plutôt à la suite des œuvres du burin, de ces planches d'histoire conformes au passé de l'école, il convient de placer les innombrables produits d'un art inférieur, mais digne aussi de fixer l'attention, ne fût-ce qu'à titre de fait nouveau et de symptôme. S'il est juste de tenir compte de tous les genres d'habileté, il est juste aussi de faire une part inégale entre le résultat des efforts studieux et le résultat d'une adresse superficielle; en un mot, sans méconnaître là où elles peuvent se trouver la grâce facile et la finesse, on doit attacher plus de prix à des qualités d'un autre ordre et réserver une estime principale pour le talent sérieux et pour les travaux qui l'attestent.

I

GRAVURE EN TAILLE-DOUCE.

De tous les procédés de gravure successivement découverts, la gravure en taille-douce est, personne ne l'ignore, celui qui présente le plus de difficultés, mais c'est aussi celui qui a le plus de valeur réelle et d'importance. Les conditions qui régissent l'emploi du burin sont les conditions de l'art lui-même dans son acception la plus haute, et l'on peut dire que cet art se résume tout entier dans un mode d'exécution exigeant plus impérieusement qu'aucun autre l'intelligence profonde du modelé, l'étude de la forme et la science de l'harmonie. Comme les divers genres de gravure, la gravure en taille-douce n'a que deux éléments d'effet, le dessin et le clair-obscur ; deux moyens de coloris, le ton primitif de la surface sur laquelle on opère, et le ton que reçoivent par l'impression les sillons préalablement creusés ; mais, contrairement à l'aqua-tinte et à la manière noire, elle ne peut distribuer les masses d'ombre et de lumière qu'en resserrant plus ou moins les séries de tailles, les lignes diversement entre-croisées, ou, pour parler bref, elle ne procède que par traits. On conçoit ce qu'il faut à l'artiste de goût, de patience et d'habileté pour dissimuler des opérations forcément compliquées sous une apparence conforme à l'aspect simple de la nature, et pour réussir à faire illusion là où peuvent se trahir d'abord les calculs arides et le côté conventionnel du métier. La sagesse de la méthode, le sentiment exact des ressources du genre ont été de tout temps des qualités particulières à notre école, et, sauf quelques erreurs momentanées, les graveurs français, depuis deux siècles, ont fait de la modération dans la manœuvre la marque distinctive de leurs travaux. Aujourd'hui encore, la gravure en taille-douce est pratiquée dans notre pays, sinon avec le même succès qu'au temps de Nanteuil et d'Edelinck, du moins en vertu des mêmes principes, et, parmi les hommes qui défendent ces principes fondamentaux de l'art, il en est quelques-uns dont les noms pourraient être inscrits bien près des noms de nos anciens maîtres.

Deux artistes surtout, MM. Desnoyers et Henriquel-Dupont, semblent appartenir à cette race de talents calmes sans froideur et savants sans ostentation qui, depuis le règne de Louis XIV, se sont perpétués en France. Tous deux méritent une place à part entre les graveurs contemporains, et doivent être considérés comme les chefs de l'école moderne. Ce n'est pas toutefois que leur mérite soit de même nature et que leurs œuvres aient les mêmes titres à l'estime : par le sentiment secret aussi bien que par le choix des modèles, ces œuvres révèlent chez leurs auteurs une certaine différence d'organisation et de goût, et, quoique inspirées au fond par des doctrines semblables, elles laissent voir dans le mode d'interprétation quelque chose de distinctif et de personnel. M. Desnoyers recherche avant tout et réussit le plus souvent à trouver l'ampleur et la noblesse de la forme. Sa manière sobre et large, — très-française en ce sens qu'elle procède de la raison plus encore que de la verve, — est celle d'un dessinateur sévère, n'acceptant le ton que comme moyen complémentaire et non comme élément principal ; ses ouvrages, exécutés pour la plupart d'après les maîtres de l'école italienne, se recommandent par la grandeur de l'expression, la fermeté des contours et du modelé, et par la vigueur de l'aspect. On ne saurait y surprendre une préoccupation très-vive des finesses du coloris et des détails subtils de la réalité. Il arrive même parfois qu'à force d'éliminations pour ennoblir l'ensemble de son travail, M. Desnoyers ne laisse aux diverses parties qui le composent qu'un degré de vérité insuffisant : témoin sa planche de *la Transfiguration*, œuvre fort belle si l'on n'en considère que l'effet général, mais dont l'exécution paraît un peu vide et incomplète lorsqu'on examine isolément chacun des objets représentés. Ailleurs, et surtout dans ses *Saintes Familles* d'après Raphaël, M. Desnoyers a su allier ce sentiment grandiose de l'ensemble à l'étude des beautés partielles ; il faut reconnaître cependant que l'analyse minutieuse des détails est contraire aux habitudes de son talent, et que ses ouvrages ont, en général, plus de majesté que de délicatesse.

Les ouvrages de M. Henriquel-Dupont ne témoignent ni d'un goût aussi exclusif pour la sévérité du style, ni de ces sacrifices systématiques à la force et à la grandeur. Suavité du coloris, élégance du dessin et du faire, tout ce qui peut séduire le regard est accepté par le graveur, aussi bien que ce qui doit intéresser l'esprit : il ne dédaigne rien, depuis l'expression d'un visage jusqu'au ton de la moindre draperie ; il ne s'abstient d'aucune ressource d'effet, qu'elle soit accessoire ou principale, et, sans accorder une égale importance aux diverses conditions de son art, il les aborde toutes avec la même pensée d'éclectisme et la même souplesse d'intelligence. Sa manière, moins magistrale que celle de M. Desnoyers, a plus de finesse et de charme, et s'il est permis de supposer qu'en face des tableaux de Raphaël M. Henriquel-Dupont se fût trouvé un peu mal aguerri, à coup sûr il lui appartenait de se mesurer sans crainte avec les peintres les plus éminents de l'école moderne. A ne juger ici que l'ensemble des œuvres du graveur de *Lord Strafford*, on peut dire que ce qui les distingue, c'est une certaine grâce réservée, une science prudente, quelque chose d'ingénieux et de raisonné qui n'impose pas fortement, mais qui persuade ; en un mot, ce goût pour l'exactitude et la correction qui est le fonds même de l'art français et qui en constitue l'originalité propre.

Les graveurs en taille-douce que l'on pourrait citer à la suite de MM. Desnoyers et Henriquel-Dupont s'inspirent, pour la plupart, des exemples de ces deux artistes ; mais le second semble exercer sur eux une influence principale. Si M. Calamatta s'est conformé le plus souvent dans ses travaux à des doctrines analogues aux doctrines de M. Desnoyers, si M. Forster, tout en faisant une part beaucoup trop large aux séductions de la manœuvre, a cherché quelquefois la noblesse du dessin et la sévérité du style, les graveurs dont les débuts ne remontent qu'à une époque encore peu éloignée ont adopté presque tous la méthode moins austère de M. Henriquel-Dupont. Plusieurs d'entre eux, formés à l'école même du maître, ne font que mettre en pratique les leçons qu'ils ont directement reçues : MM. Jules et Alphonse François, M. Aristide Louis, sont les plus distingués de ces élèves et se montrent capables d'enseigner à leur tour l'art qu'on leur enseignait naguère. D'autres jeunes graveurs, sans être partis du même point, suivent néanmoins une voie à peu près semblable. Parmi les talents diversement remarquables qui soutiennent aujourd'hui l'honneur de notre école, il en est peu que M. Henriquel-Dupont n'ait pas, de près ou de loin, dirigés ; dans toutes les estampes en taille-douce publiées depuis quelques années, on reconnaît non pas un système d'imitation matérielle, mais des tentatives plus ou moins heureuses pour s'assimiler un sentiment, et il n'est pas jusqu'aux planches gravées d'après les tableaux italiens qui ne portent les traces de cette préoccupation et de ces efforts.

D'ailleurs, il peut sembler étrange que les graveurs, — obligés, comme nous l'avons dit, d'interpréter à peu près uniquement les maîtres anciens, — n'apportent pas dans leurs choix un esprit plus investigateur et plus indépendant. Qu'ils fassent des peintures de l'école italienne l'objet ordinaire de leurs travaux, rien de mieux ; mais pourquoi copier invariablement les mêmes originaux ? Les tableaux de Raphaël, par

20

exemple, ont été gravés mille fois par des artistes de tous les pays. Beaucoup de ces reproductions sont fort belles : à quoi bon recommencer une entreprise si souvent et si heureusement menée à fin, et ne vaudrait-il pas mieux mettre sous nos yeux des morceaux inédits ou jusqu'à ce jour traduits infidèlement? Les modèles ne manqueraient pas, depuis tant d'ouvrages exquis des Florentins du quinzième siècle, — école charmante que l'on connaît à peine en France, — jusqu'aux compositions les plus importantes de quelques grands maîtres plus modernes. Ainsi, comment *le Jugement dernier* de la chapelle Sixtine n'a-t-il obtenu encore d'autres traductions que les estampes insuffisantes de Georges Ghisi, de Martin Rota, de Léonard Gaultier et les mauvaises lithographies de Guillemot? Comment ne s'est-il pas rencontré un graveur qui entreprît de venger *la Cène* de Léonard des outrages qu'a subis cet incomparable chef-d'œuvre sous le burin de Morghen? Il est temps pour nos graveurs de réparer beaucoup d'oublis, et de se souvenir en revanche un peu moins de certaines habitudes traditionnelles. En continuant à circonscrire leurs préférences dans les limites imposées par les exemples de leurs prédécesseurs, ils courraient risque de s'immobiliser dans la routine : une méthode moins inflexible, des recherches plus librement dirigées peuvent, au contraire, rajeunir leur talent et triompher de la froideur où nous laissent des redites continuelles et le spectacle des mêmes objets.

Ce reproche de prédilection un peu irréfléchie pour quelques types qui nous sont trop familiers ne saurait, en tout cas, s'adresser à M. Prévost, auteur de la seule planche importante qui ait été gravée jusqu'ici d'après *les Noces de Cana*. Toutefois, en dehors de la virginité du modèle, le choix fait par le graveur était-il fort heureux? Nous ne le pensons pas. Le tableau de Paul Véronèse est un chef-d'œuvre de science et d'harmonie pittoresques : qui songerait à le contester? La splendeur des

tons et la puissance de l'exécution y sont merveilleuses ; mais,
tout beau qu'il est, ce coloris n'a qu'un sens purement matériel.
Il rend avec une fidélité admirable certains caractères physiques,
un certain ordre de nature, sans exprimer, comme le coloris
du Corrége, un sentiment et des idées poétiques ; en un mot,
il a plus d'opulence que de charme, il décore la forme, mais il
ne l'idéalise pas. Or la gravure, qui n'emploie d'autres tons que
le blanc et le noir, peut bien, avec ces seules ressources, reproduire l'œuvre d'un coloriste, pourvu que la beauté de cette
œuvre résulte de la concentration poétique de l'effet et de la
valeur relative des ombres et des lumières : il est au moins difficile qu'elle imite exactement un effet qui procède, comme
dans les *Noces de Cana*, de la diversité infinie des couleurs. En
outre la scène, telle que Paul Véronèse l'a comprise, est-elle en
soi assez intéressante pour qu'une fois transportée sur le cuivre,
elle réussisse encore à nous séduire ? Notre esprit peut-il être
fort touché à la vue de ces convives de toutes sortes, — Turcs,
Espagnols ou Vénitiens, — au milieu desquels le Sauveur, la
Vierge et le miracle lui-même tiennent si peu de place ? Ces
réserves admises sur les conditions de la tâche acceptée par
M. Prévost, il n'y a plus qu'à louer les efforts qu'il a faits pour
l'accomplir, et l'habileté technique qu'il a déployée dans ce long
et difficile travail. La multiplicité des détails, l'apparence variée
des corps à représenter, depuis le poli du marbre et des métaux
jusqu'à la souplesse ou à la rigidité d'étoffes de toute espèce,
nécessitaient de la part du graveur une connaissance profonde
du mécanisme de l'art, une patience à toute épreuve et une
grande intelligence dans le choix des moyens. On sait qu'en
principe tel *grain* convient aux parties transparentes ou reflé-
tées, que telle série de tailles rendra mieux l'aspect d'une matière inflexible, telle autre celui d'un corps soyeux ; mais ces
données générales ne peuvent être converties en règles absolues
de pratique. Souvent même il est nécessaire de s'en écarter

pour éviter la monotonie, et c'est au goût particulier de l'artiste qu'il appartient de diversifier les modes de travail, de les faire valoir les uns par les autres, de les ménager ou de les compliquer, afin que ces lignes, ces points, ces losanges que le burin substitue au coloris de la peinture, suffisent pour exprimer tour à tour des objets de la nature la plus opposée. C'est ce discernement dans l'emploi des moyens qui recommande surtout la planche de M. Prévost. Le graveur, en variant sans cesse sa méthode d'exécution, n'a point altéré l'unité de l'ensemble par l'étalage du procédé, et il a su en même temps conserver à chacun des détails son sens propre et son caractère essentiel. L'aspect de l'estampe est large et harmonieux. L'architecture, le ciel et en général les parties lumineuses sont heureusement traités. En revanche, beaucoup de parties dans la demi-teinte trahissent l'impuissance du burin à rendre ces tons riches, quoique absorbés, à l'aide desquels Paul Véronèse fait ressortir sans sacrifice apparent la magnificence des morceaux vivement éclairés. Ici l'insuffisance des ressources dont la gravure dispose peut être alléguée comme excuse ; certaines négligences de dessin, notamment dans quelques têtes et dans les figures placées aux seconds plans, ne sauraient avoir les mêmes droits à l'indulgence.

Essayer de traduire avec deux tons l'œuvre de peinture où les tons se succèdent avec le plus d'abondance peut-être et dans la plus inimitable progression, c'était, il faut le redire, vouloir lutter contre des obstacles insurmontables. On peut reprocher à M. Prévost de s'être jeté un peu imprudemment dans une telle entreprise ; mais on doit reconnaître aussi qu'il l'a poursuivie avec une rare habileté et une force de volonté plus rare encore. Dans ce temps d'œuvres et de réputations faciles, il est bien de n'ambitionner que l'estime due aux études opiniâtres, et l'artiste assez convaincu pour consacrer dix années de sa vie à un travail que les suffrages de la foule ne récompenseront pas mérite au moins qu'on honore son courage, si l'on ne peut applaudir qu'avec réserve au résultat de ses efforts.

Parmi les ouvrages qui résument le mieux l'état actuel de la gravure en France, et à côté de la planche de M. Prévost, il faut citer une suite d'estampes gravées par divers artistes d'après les *Vierges de Raphaël,* non, certes, que l'analogie soit grande entre le caractère de ces deux publications et que leur mérite soit équivalent, mais parce qu'elles attestent l'une et l'autre la même prédilection pour les grands maîtres. Où trouver d'ailleurs dans l'école italienne des modèles plus dissemblables et plus inégalement appropriés aux conditions de la gravure? *Les Noces de Cana* semblent défier le burin; les *Vierges*, au contraire, l'encouragent et l'invitent. On conçoit donc, sans pourtant les absoudre tout à fait, ces habitudes d'école que nous signalions tout à l'heure et cette persistance de nos graveurs à reproduire des tableaux déjà gravés nombre de fois. Silhouettes exquises, modelé d'une finesse achevée, grâce et profondeur d'expression, tout ce qui relève essentiellement du dessin constitue la beauté intime de ces chefs-d'œuvre, et peut par conséquent se retrouver dans une estampe bien mieux que le genre de beauté inhérent au coloris. Il ne suit pas de là que tout graveur doive aisément réussir en travaillant d'après Raphaël. La perfection d'un tel modèle impose, au contraire, à quiconque entreprend de le copier une fidélité d'autant plus rigoureuse, des devoirs d'autant plus précis : les ruses de la pratique, la science des sacrifices, les partis pris violents deviennent ici des secours inutiles, sinon même des moyens dangereux.

Les auteurs de la publication nouvelle se sont écartés quelquefois de ces devoirs et de cette réserve. Plusieurs de leurs planches ont une exagération de ton propre peut-être à faciliter le tirage et à multiplier les épreuves, mais assurément peu conforme à l'aspect si doux, si harmonieux, des peintures du maître. L'exemple donné en ce sens, il y a quelques années, par M. Forster dans sa *Vierge de la maison d'Orléans* et dans son portrait de *Raphaël* a été malheureusement suivi par les graveurs des *Vierges* et en particulier par M. Pelée dans sa planche de *la Madone à la Chaise*. Rien de plus suave que l'ensemble du tableau ; pourquoi le graveur en a-t-il altéré l'unité par la vigueur excessive des parties privées de lumière et l'âpreté de certains tons? Ainsi, le fond, la draperie jetée sur les épaules de la Vierge et celle que l'on voit entre le dossier de la chaise et les pieds de l'Enfant sont d'une qualité de couleur noire et dure qui serait à sa place tout au plus dans une gravure de *la Transfiguration*, mais qui messied absolument à la reproduction d'une scène toute de grâce et de tendresse. M. Lévy, dans sa planche de *la Vierge aux Candélabres*, ne mériterait pas de semblables reproches, si l'ombre dont il a enveloppé les deux anges était moins opaque, et si l'exécution de ces deux figures avait moins de sécheresse. L'estampe qu'il a gravée en société avec M. Blanchard, d'après *la Madone de saint Sixte*, est d'un ton riche et d'un bon aspect; malheureusement le dessin et l'expression laissent dans plusieurs parties beaucoup à désirer. C'est ce qu'on pourrait dire aussi, et avec plus d'à-propos encore, des deux planches de M. Hetzmacher : *la Vierge de la maison d'Albe* et *la Vierge au Voile*. Les contours de chaque figure sont accusés avec roideur, et le modelé intérieur n'a plus, au lieu de cette délicatesse propre aux œuvres de Raphaël, que la précision grêle et l'aridité des œuvres allemandes.

Les estampes d'après les *Vierges* ne sont pas, on le voit, exemptes de graves défauts. Cependant, tout imparfaites qu'elles sont, elles suffisent encore pour faire pressentir aux uns, pour rappeler aux autres les caractères principaux et les principales beautés des modèles. Serait-il juste d'ailleurs de ne pas tenir compte des difficultés d'une pareille entreprise? En réduisant le format de ces estampes à des proportions médiocres, en fixant

le prix de la publication à un chiffre au-dessous des chiffres ordinaires, on s'interdisait à la fois les ressources qu'auraient pu
offrir des travaux plus développés et le concours des graveurs
les plus éminents. Au lieu d'une traduction accomplie, il n'était
donc possible de donner qu'un aperçu des compositions originales, une sorte d'édition populaire de ces chefs-d'œuvre, et les
sept planches publiées jusqu'ici répondent assez convenablement à ces exigences. Quelques-unes des *Vierges* gravées gardent un reflet de ce charme que respirent les *Vierges* tracées
par la main de l'incomparable maître, et nous ne croyons pas
que, dans des conditions analogues, Raphaël puisse être mieux
interprété aujourd'hui en aucun pays du monde.

Au reste, les graveurs étrangers nous fourniraient à cet égard
peu de termes de comparaison. Depuis longtemps déjà, ils
semblent avoir abandonné à l'école française le privilége de tout
travail d'après Raphaël. En Angleterre, on n'en entreprend
aucun, et cette réserve est au moins prudente. Que devien-
draient le dessin et le style exquis du peintre d'Urbin sous le
burin d'artistes accoutumés à reproduire les œuvres de M. Land-
seer et de ses nombreux imitateurs? Comment une école vouée
à l'étude des chevaux de course et des chiens de chasse, et, en
général, au culte d'une nature fort peu idéale, se départirait-
elle de ses humbles habitudes pour s'essayer dans une lutte
avec ce que l'art a de plus spiritualiste et de plus élevé? Les
graveurs italiens n'ont certes ni les mêmes tendances, ni les
mêmes doctrines, et le talent ne leur manquerait pas pour interpréter dignement Raphaël ; mais c'est à l'étude d'autres modèles que s'attachent la plupart d'entre eux. M. Toschi et ses
élèves ont entrepris de transporter sur le cuivre les immenses
fresques du Corrège à Parme, et un travail de cette importance
ne leur laisse pas le loisir d'y mêler d'autres occupations.
M. Mercurj grave, depuis tantôt vingt ans, une planche d'après
la *Jane Grey* de M. Delaroche; non sans s'interrompre souvent,

à ce qu'il semble. Rien du moins n'est venu témoigner que ces interruptions eussent pour cause la traduction de quelque ouvrage du chef de l'école romaine ou même de tout autre maître. A Florence, les peintures des maîtres primitifs conservées à l'Académie des beaux-arts ou dans les couvents de la ville captivent, depuis quelques années, l'attention assez tardive des graveurs. Comme tous les nouveaux convertis, ceux-ci tiennent à honneur de proclamer leur foi avec un zèle voisin de l'intolérance, et rejettent comme des erreurs tout ce qui ne se rattache pas directement à leurs croyances. Enfin, si l'on jette les yeux sur les estampes d'après Raphaël récemment gravées en Allemagne, on reconnaîtra que ce n'est pas de l'autre côté du Rhin que se trouvent aujourd'hui les plus fidèles interprètes du peintre des *Vierges*. L'influence des peintres contemporains s'exerce sensiblement jusque sur les travaux entrepris d'après les tableaux de l'école italienne, et c'est en se préoccupant du style de M. Overbeck ou du style de M. Cornélius que les graveurs cherchent à idéaliser des œuvres qu'il suffirait sans doute de copier. De là, cette apparence monotone et ce caractère systématique que revêtent les estampes allemandes, quels que soient les modèles d'après lesquels elles ont été exécutées.

En France, on n'a heureusement ni une déférence aussi absolue pour les exemples des peintres contemporains, ni les goûts systématiquement rétrospectifs dont s'honorent aujourd'hui quelques artistes italiens. Les inclinations éclectiques de notre école se prêtent à merveille aux travaux qui nécessitent la perception exacte d'idées diversement exprimées, une grande souplesse d'intelligence, et, jusqu'à un certain point, l'abnégation du sentiment personnel. Voilà pourquoi la gravure a été et est encore pratiquée dans notre école avec plus de succès que partout ailleurs; et, pour ce qui est de Raphaël, peut-être nos graveurs ont-ils mieux réussi à le comprendre qu'aucun maître des écoles étrangères, par cela même que son harmonieux génie résume dans une mesure égale les qualités de toute espèce et les caractères les plus opposés. Il est certain du moins que, dans la série des belles planches gravées d'après Raphaël à partir du dix-septième siècle, on en comptera peu qui ne soient l'œuvre d'artistes français. Depuis Edelinck, que son origine flamande ne saurait exclure du nombre des graveurs appartenant à notre école, ou, si l'on veut, depuis Poilly et Gérard Audran jusqu'à M. Desnoyers, il n'est guère de talent éminent qui ne se soit appliqué à perpétuer parmi nous ces témoignages d'une sagacité particulière et ces traditions de succès. La suite d'estampes intitulée *les Vierges de Raphaël* ne mérite pas, à coup sûr, d'être assimilée à tant d'ouvrages justement célèbres; mais ces planches sont dignes encore d'attention et d'estime, surtout lorsqu'on les rapproche des planches gravées à l'étranger d'après les mêmes modèles et dans des circonstances · à peu près semblables.

Les diverses estampes dont nous avons fait mention jusqu'ici peuvent donner la mesure du talent de nos graveurs appliqué à la reproduction des œuvres de l'art ancien. Les œuvres de l'art moderne rencontrent-elles aujourd'hui des interprètes aussi habiles? C'est ce qui reste à examiner. Constatons d'abord que le nombre des gravures en taille-douce d'après les tableaux de l'école contemporaine tend à se restreindre de plus en plus, et qu'à l'exception de deux estampes dues au burin de MM. Blanchard et François, rien ou presque rien en ce genre n'a paru depuis le *Pic de la Mirandole* et le *Napoléon à Fontainebleau*, d'après M. Delaroche. Sans doute quelques publications prochaines fourniront aux amateurs et aux curieux l'occasion d'envisager sous un aspect plus général l'état actuel de l'art français. Déjà même, M. Henriquel-Dupont a mis la dernière main à son *Hémicycle de l'École des Beaux-Arts*, travail immense et certainement promis à un éclatant succès. M. Pollet grave la *Vénus* et la *Stratonice* de M. Ingres. Quelques autres

artistes encore s'occupent de populariser par le burin les œuvres principales de l'école contemporaine. Il n'en est pas moins
vrai que les honneurs de la gravure en taille-douce sont réservés
à peu près exclusivement aux compositions des anciens maîtres,
et c'est le plus souvent sur les humbles procédés de l'aqua-
tinte que les peintres du dix-neuvième siècle sont réduits à
compter pour la reproduction de leurs tableaux.

M. Scheffer, par la réputation qu'il a depuis longtemps
acquise et par le caractère élevé de son talent, peut sans doute
concevoir une ambition plus haute, et, de tous les peintres
auxquels les graveurs ont coutume de s'associer, il en est peu
dont les titres soient jugés plus solides et les droits plus clairement établis. D'où vient pourtant qu'au lieu de jouir dans
toute son étendue d'un privilége aujourd'hui si rare, il semble
l'amoindrir de plein gré, et n'accepter le concours des graveurs
qu'en vue d'une reproduction appauvrie et systématiquement
incomplète? La plupart des estampes d'après les tableaux de
M. Scheffer ont l'apparence d'estampes inachevées ou faites
d'après des dessins. Des contours rigides, à peine renforcés
d'ombres pâles, peu ou point de demi-teintes et par conséquent
de modelé, un effet général si subtilement indiqué qu'il dégénère en monotonie : voilà ce qui donne à ces planches, participant à la fois des conditions de la gravure au trait et des
conditions ordinaires de la gravure, un caractère indéterminé,
quelque chose du style valétudinaire des artistes allemands uni
au goût plus sain, mais ici volontairement affaibli de l'école française. La méthode imposée, à ce qu'il semble, par M. Scheffer
aux graveurs qui travaillent d'après lui, ne saurait ni favoriser
leurs succès, ni renouveler les succès obtenus par le peintre. La *Marguerite sortant de l'église*, l'une des œuvres les plus
distinguées de cet ingénieux talent, n'a-t-elle pas pris dans
l'estampe qui la reproduisait, il y a quelques années, l'aspect
d'une œuvre bien timide? et M. Henriquel-Dupont lui-même

a-t-il réussi, dans sa planche du *Christ consolateur*, à faire accepter cette méthode d'interprétation négative ?

L'estampe que M. Blanchard a récemment publiée sert de pendant à celle de M. Henriquel-Dupont, et représente le *Christ rémunérateur*. Exécutée en vertu de ces principes un peu confus auxquels se soumettent d'ordinaire les graveurs de M. Scheffer, elle ne reflète ni des qualités fort précises, ni des défauts tout à fait évidents. Est-ce aux imperfections de l'original ou à l'infidélité de la copie qu'il convient d'attribuer la froideur de l'ensemble, l'exiguïté du style et cette impression de menue poésie, ce menu sentiment religieux que fait naître la vue du *Christ rémunérateur ?* Le plus sage peut-être serait de rendre le peintre et le graveur également responsables de l'insuffisance du résultat. Mme Vigée-Lebrun raconte dans ses *Souvenirs* qu'une femme dont elle faisait le portrait, travaillant depuis le commencement de la séance à rétrécir sa bouche par une contraction obstinée des lèvres, l'artiste impatientée finit par proposer à son modèle de supprimer absolument dans la peinture le trait qui était l'objet d'une préoccupation si continue. Les soins excessifs que MM. Scheffer et Blanchard paraissent avoir pris pour réduire les formes de la réalité, ne laissent pas de remettre en mémoire quelque chose du fait rapporté par Mme Lebrun, et l'on est tenté de se demander pourquoi le *Christ rémunérateur*, au lieu de garder ce reste de vérité matérielle, ne nous est pas donné sous des formes encore plus abstraites, sinon même à l'état pur d'idée.

L'irrésolution qu'il est permis de reprocher à l'estampe de M. Blanchard ne se retrouve pas, tant s'en faut, dans la planche gravée par M. Alphonse François d'après M. Delaroche : ce serait plutôt d'un excès de hardiesse, d'une sorte d'âpreté dans le faire, qu'on pourrait accuser le graveur du *Napoléon franchissant le mont Saint-Bernard*. Heureux défaut d'ailleurs, et rare dans les travaux de l'école moderne, que cette énergie poussée jusqu'à la rudesse qui donne nettement à une œuvre sa signification et son accent. La manière de M. Delaroche ne se prête pas d'ordinaire, on le sait, à des interprétations de ce genre. Une application constante à n'omettre aucune des conditions de l'art, un tact supérieur dans le choix des moyens propres à compléter l'expression de sa pensée, et par-dessus tout une fine perception des détails et de l'esprit intime d'un sujet, telles sont les qualités du peintre de *Jane Grey* et de la *Mort du duc de Guise*. On peut donc croire, au premier abord, que l'estampe du *Napoléon*, estampe où dominent le goût de la force et la fermeté de l'exécution, ne reproduit qu'assez inexactement une œuvre de ce talent ennemi des formes absolues, et procédant moins habituellement de l'inspiration spontanée que de la réflexion et de l'étude. Il n'en est pas ainsi cependant. Tout en laissant à la charge du graveur certaines exagérations, une recherche de la précision qui dégénère parfois en dureté, quiconque a vu le tableau original reconnaîtra que l'estampe en rend fidèlement l'aspect général et le caractère. M. Delaroche, lorsqu'il a peint son *Napoléon franchissant le mont Saint-Bernard*, s'est départi de ses coutumes d'annaliste disert et de commentateur des faits historiques. Non-seulement il a craint d'envisager son sujet, comme l'avait conçu David, à un point de vue fastueusement héroïque, mais il a voulu s'interdire même tout développement suggéré par l'imagination, tout détail que n'auraient pas consacré les récits des témoins ou les traditions les plus sûres. Le fait dans sa nudité et sa simplicité presque vulgaire, voilà ce que M. Delaroche, à tort ou à raison, s'est proposé de nous montrer. Or la fermeté de l'exécution et la puissance de l'imitation matérielle n'étaient-elles pas les seuls moyens de racheter ce que cette représentation pouvait avoir en soi de trop contraire aux éléments épiques? Le conquérant de l'Italie monté sur un paisible mulet, et côte à côte avec un guide à la direction duquel il obéit, la plus grande figure des temps modernes dans un rôle purement passif ne devait conserver à nos yeux son importance et sa noblesse, qu'autant qu'elle nous serait rendue avec la force de la vérité et l'autorité de la verve. M. Delaroche, le sujet une fois donné, n'était pas homme à se méprendre sur les conditions que ce sujet comportait, et il a cherché à les mettre en relief avec une vigueur de pinceau et une hardiesse inaccoutumées.

La vigueur de l'exécution est aussi ce qui donne une incontestable valeur au travail de M. François, et peut-être l'estampe du *Napoléon au Saint-Bernard* est-elle, de toutes les planches d'histoire publiées depuis quelques années, celle qui honore le plus notre école de gravure. A voir ces contours et ce modelé accusés avec tant de décision et de savoir, ces tailles largement établies au burin, sans tâtonnements apparents, sans préparation à l'eau-forte, en un mot ce faire robuste qui détermine avec une aisance égale le dessin et l'effet, on dirait que la belle manière des graveurs français du dix-septième siècle a trouvé un continuateur parmi nous, et que cet élève des maîtres de l'art peut devenir un jour leur rival. Que manque-t-il encore à son talent? Un peu plus de modération, nous l'avons dit, dans cet amour excessif pour la fermeté de la forme, un peu plus de souplesse dans la manœuvre et surtout un sentiment plus délicat du coloris. Plusieurs parties de la planche gravée par M. François, et principalement la tête du Napoléon, laissent sous ce rapport quelque chose à désirer. Le ton général même n'est pas exempt d'une certaine uniformité, car, chose étrange, le burin de l'artiste, si résolu lorsqu'il trace un contour ou qu'il dispose des masses d'ombre et de lumière, semble hésiter souvent en face des difficultés de la couleur, et les tourner, en quelque sorte, au lieu de les aborder franchement. Ces imperfections de détail, qui ne permettent pas de ranger l'estampe du *Napoléon* dans la classe des œuvres excellentes, ne sauraient toutefois l'exclure de la classe des œuvres vraiment fortes. Il est juste de voir avant tout dans cette planche incomplète la promesse d'un grand talent, mais il est juste aussi d'y reconnaître l'empreinte d'une volonté déjà puissante et d'une habileté presque magistrale.

Parmi les estampes en taille-douce récemment publiées, il faut citer encore une jolie planche de M. Aristide Louis, *l'Innocence*, d'après Greuze, et un portrait de *Michel Cervantes*, gravé par M. Pascal avec un sentiment remarquable du coloris et de l'effet. L'œuvre de M. Pascal a de plus le mérite d'appartenir à un genre qui fut pendant deux siècles une des gloires de notre école de gravure, et qui semble malheureusement à peu près délaissé aujourd'hui. On sait avec quelle supériorité le portrait a été traité par les graveurs qui se sont succédé en France depuis Morin et Nanteuil jusqu'à MM. Tardieu et Desnoyers, et quels innombrables chefs-d'œuvre contient cette suite, qui commence au *Cardinal Bentivoglio* et au *Président de Bellièvre* pour s'arrêter au portrait du *Comte d'Arundel* et au portrait du *Prince de Talleyrand;* mais à partir du temps de la restauration jusqu'à l'époque où nous sommes, ce genre, autrefois l'objet de tant de travaux, n'a plus dans notre école qu'une importance médiocre. Sauf quelques portraits des souverains ou des princes publiés par l'administration des musées, quelques planches gravées, comme le portrait de *M. Guizot*, aux frais d'un certain nombre de souscripteurs, ou en dehors des entreprises commerciales, comme le beau portrait de *M. Bertin*, que nous ont laissé dans cet ordre d'art les quarante années qui viennent de s'écouler? L'aqua-tinte et la lithographie sont devenues les modes de reproduction ordinaires d'un portrait, et l'image même du chef actuel de l'État est popularisée par ces procédés secondaires. Là comme ailleurs, l'industrie a envahi le domaine de l'art; le crayon, l'aqua-tinte et le daguerréotype ont usurpé le rôle du burin; partout où ce rôle était le plus légitime et consacré par les plus longs succès, il semble qu'on

ait pris à tâche d'en méconnaître l'opportunité. On le réduit
en attendant qu'on le supprime. Tandis que quelques rares
graveurs persévèrent, loin des applaudissements, dans la voie
qu'ont tracée les maîtres, les dessinateurs lithographes de
l'école de M. Grévedon, la foule des disciples de M. Jazet et
les disciples plus nombreux encore de M. Daguerre élargissent
de jour en jour la route facile où ils marchent sous nos regards
indulgents et en s'enhardissant de notre tolérance.

II

GRAVURE A L'AQUA-TINTE, GRAVURE SUR BOIS ET EN FAC-SIMILE.
PHOTOGRAPHIE.

Dans les procédés de l'aqua-tinte, la part laissée à la volonté
et au talent est assurément plus grande que dans les nouveaux procédés mécaniques. Ce mode de gravure, quoique
très-inférieur à la gravure en taille-douce, n'est pas du moins
en opposition formelle avec les conditions de l'art, et, quelle
que soit son insuffisance à bien des égards, il offre en soi des
ressources qu'il serait injuste de dédaigner ; aussi n'est-ce pas
contre l'aqua-tinte elle-même, mais contre l'usage qui en est
fait, qu'on a le droit de s'élever. Il y a un peu moins de quarante ans, lorsque, à l'exemple des graveurs anglais, quelques
graveurs de notre pays essayèrent d'appliquer l'aqua-tinte à la
reproduction des tableaux, ils se gardèrent bien de choisir
leurs modèles ailleurs que dans un ordre de peinture secondaire, autorisant l'emploi de ce moyen assez superficiel. Des
scènes familières, des épisodes de l'histoire contemporaine, re-
tracés le plus habituellement par le pinceau rapide de M. Horace
Vernet, furent pendant plusieurs années les seuls sujets qu'ils
osassent aborder, et les compositions plus graves ou plus laborieusement étudiées demeurèrent l'objet particulier des travaux

du burin. Peu à peu les scrupules diminuèrent, la ligne de
démarcation s'effaça. On tenta quelques incursions sur le terrain qu'on avait d'abord respecté, et, d'empiétements en empiétements, la gravure à l'aqua-tinte a fini par s'installer partout au lieu et place de la gravure en taille-douce. Histoire,
portrait, figures de fantaisie ou de haut style, tous les genres
indistinctement sont traités aujourd'hui par les graveurs à
l'aqua-tinte avec une activité tout industrielle, au grand avantage du commerce sans doute, mais aussi au détriment de l'art
sérieux et du goût. On peut dire sans exagération qu'il y a
entre la gravure en taille-douce et la gravure à l'aqua-tinte,
telles qu'elles sont maintenant pratiquées l'une et l'autre, à peu
près la même différence qu'entre l'art du statuaire et le métier
du mouleur : au lieu de l'interprétation délicate, de l'imitation
châtiée d'un modèle, on ne nous donne qu'une empreinte surprise à la hâte, incomplétement fidèle et ne reproduisant que
les formes générales. A force de voir ces estampes défectueuses,
si propres pourtant à accuser les vices de la méthode, le public
a pris le change sur les vrais éléments de la gravure, sur la
valeur relative des divers procédés, et l'on a fini par confondre
si bien ces procédés entre eux, qu'assez peu de gens peut-être
savent distinguer encore une planche gravée au burin d'une
planche gravée à l'aqua-tinte.

Dans cette multitude d'estampes à l'aqua-tinte qui se succèdent presque de semaine en semaine aux vitres des magasins,
il en est cependant quelques-unes où se révèlent des qualités
d'artiste. La *Mort du duc de Guise*, gravée par M. Desclaux
d'après M. Delaroche, appartient à cette classe d'œuvres particulièrement recommandables, et ressort plus qu'aucune d'elles
au milieu de tant d'œuvres improvisées pour les circonstances
ou pour les besoins du commerce. L'estampe de M. Desclaux
porte les traces d'un travail consciencieux, de l'effort et d'une
habileté en harmonie avec les ressources combinées de l'aqua-

tinte, du burin et de la manière noire ; mais de pareils procédés devaient-ils être choisis pour nous rendre la scène si finement sentie et exprimée par le peintre, et n'était-ce pas le cas
ou jamais de recourir uniquement à la précision, à la délicatesse du burin ? Tout le monde connaît ce tableau, le meilleur
peut-être qu'ait produit M. Delaroche. Dernièrement encore[1],
il frappait les yeux les moins clairvoyants par l'extrême netteté
de la pensée, la finesse du style et cette correction savante sans
pédantisme, scrupuleuse sans minutie, dont bien peu d'artistes
ont le privilége et le secret. Le mode de gravure une fois
adopté, M. Desclaux a lutté de son mieux contre les difficultés
de l'entreprise ; mais, quoi qu'il ait su faire, l'esprit même et le
vif de la peinture originale ne se retrouvent pas dans cette traduction forcément un peu lourde ; elle n'a et ne pouvait avoir
qu'une analogie lointaine avec le tableau de M. Delaroche, et
s'il fallait prouver par un exemple l'insuffisance des procédés de
l'aqua-tinte ou de la manière noire, quand on les applique
même avec talent à la gravure d'une œuvre délicate, ce serait
la *Mort du duc de Guise* qu'il conviendrait peut-être d'indiquer.
Que dire à plus forte raison de tant de planches où l'erreur n'a
pas du moins le talent pour complice, où le métier se substitue
ouvertement à la science et à l'étude? C'est à côté des mille
objets sortis de nos fabriques qu'il faut reléguer ces prétendus
objets d'art, ces produits d'un mode de travail avant tout expé-
ditif. Le mieux est d'envelopper dans un même oubli des œuvres dont la forme et le style sont invariablement les mêmes,
soit qu'elles retracent des scènes bibliques ou des faits d'armes
contemporains, soit qu'elles rappellent des événements de l'histoire ou quelque chose des inspirations graveleuses de Gentil-
Bernard et de Parny.

Tandis que la plupart des graveurs à l'aqua-tinte méconnais-

[1] Lors de l'exposition qui précéda la vente des tableaux appartenant à
Mme la duchesse d'Orléans.

sent les limites de leur art et suppléent au savoir par une trompeuse dextérité, les graveurs sur bois conservent au moins au procédé qu'ils emploient son vrai caractère, en réservant ce genre de gravure pour l'*illustration* des livres de luxe ou des diverses publications périodiques qui couvrent à tour de rôle les tables des salons. Bien que la verve et la finesse de l'exécution distinguent souvent les vignettes qui reproduisent sur le bois l'image ou la satire des événements de la veille, on ne peut y voir en général que d'agréables spécimens de l'art frivole : elles n'ont qu'un attrait éphémère, et, la curiosité une fois satisfaite, on ne songe plus à les regarder; mais les vignettes qui ornent des publications d'un autre ordre sont dignes d'un intérêt plus durable. Beaucoup d'entre elles sont traitées, en dépit de l'aridité du moyen, avec une aisance presque comparable au travail libre et dégagé de la pointe; par la souplesse de ton qu'elle a acquise, la gravure sur bois est devenue une sorte d'équivalent de la gravure à l'eau-forte.

L'*Histoire des Peintres de toutes les écoles* permet mieux qu'aucun autre recueil d'apprécier les récents progrès de la gravure sur bois en France, et les petites estampes qui accompagnent le texte, dû à la plume ingénieuse de M. Charles Blanc, démontrent des perfectionnements que personne, il y a quelques années, n'aurait osé ni soupçonner, ni prédire. Sans doute de pareils ouvrages ne peuvent être mis en regard des planches gravées en taille-douce d'après les mêmes modèles. Quelle que soit son habileté, un graveur sur bois n'arrivera jamais à donner à un paysage, par exemple, ce charme et cette beauté achevée qui n'appartiennent qu'aux planches gravées par le burin d'un Vivarès ou d'un Woollett; mais, toute proportion gardée entre les deux genres de gravure, on peut dire qu'ici l'adresse du travail laisse à peine entrevoir l'insuffisance du moyen. A l'exception de quelques planches d'histoire ou de portrait trahissant certaines préoccupations

ambitieuses, certaine prétention malencontreuse de rivalité avec
la gravure sur cuivre, on ne trouve dans l'*Histoire des Peintres*
qu'une suite de vignettes traitées avec une intelligente réserve
et un sentiment assez exact des ressources du procédé : qualités fort rares dans les ouvrages de même espèce publiés aujourd'hui en Angleterre ou en Allemagne, et précisément contraires aux principes des graveurs à l'aqua-tinte, qui ne travaillent qu'à exagérer la mesure et la portée de leur art.

On sait que la gravure sur bois n'est, à vrai dire, que le
moyen de multiplier par l'impression les épreuves d'un dessin
exécuté préalablement sur la planche même : dessin dont les
traits subsistent en relief après que le graveur a creusé plus ou
moins profondément toutes les parties intermédiaires. Une
épreuve ainsi obtenue doit donc être l'empreinte du sujet tracé
par le dessinateur, et la tâche du graveur sur bois, beaucoup
moins compliquée que la tâche des autres graveurs, se borne à
respecter les contours le long desquels on opère. Au lieu d'établir soi-même ces contours d'après un modèle, d'interpréter un
effet en interrogeant sa propre science et son sentiment, on n'a
simplement qu'à suivre de la main l'empreinte matérielle du
sentiment d'un autre. Ce rôle mécanique et en quelque sorte
passif est aussi celui des graveurs qui, sauf la différence des
procédés, se proposent pour but unique la reproduction littérale d'un croquis au crayon ou à la plume. La gravure en *fac-
simile* consiste à simuler sur le cuivre, — soit par le moyen
de l'eau-forte, soit à l'aide de l'aqua-tinte ou du burin, soit
enfin par le mélange de ces divers modes de gravure, — les
indications incomplètes, les *repentirs* et jusqu'aux altérations
que présentent des originaux rapidement dessinés par quelque
maître. Il ne s'agit plus de rendre par analogie le coloris, la
touche et les formes spéciales de la peinture : il s'agit de décalquer trait pour trait un modèle tracé sur le papier, de s'y conformer de point en point, sans rien ajouter et sans rien omettre,

de façon que l'estampe puisse tromper le regard par un aspect conforme à l'aspect des œuvres du crayon.

Les difficultés matérielles que les graveurs en *fac-simile* ont à surmonter dans certains cas ne laissent pas cependant d'éle- ver au rang des œuvres de l'art quelques-unes de ces œuvres sans vie propre, sans autre physionomie qu'une physionomie absolument d'emprunt. Ainsi la suite récemment gravée d'après les *Dessins de la Collection du Louvre* mérite une estime plus sérieuse que l'estime qu'il convient en général d'accorder aux produits de ce genre. Pour donner si parfaitement aux lentes évolutions d'un instrument rebelle le jeu libre et l'apparence des traits du crayon, il faut avoir acquis une grande expérience de tous les procédés techniques, une connaissance profonde de tous les secrets de la manœuvre. En outre, les *Dessins de la Collection du Louvre*, — dessins esquissés pour la plupart, — ne permettent que de pressentir et d'entrevoir les intentions des auteurs. La pensée qui les a inspirés ne s'y révèle qu'à l'état originel et encore un peu confus. Pour la démêler et la rendre sans en amoindrir le sens, il fallait s'être familiarisé de longue main avec le style et la manière des maîtres; il fallait savoir comprendre ceux-ci à demi-mot pour conserver aux for- mes naissantes de ce style leur caractère intime et comme le suc qui les nourrit. Les *fac-simile* gravés d'après les dessins de Raphaël, du Pérugin et du Corrège prouvent que MM. Buta- vand, Leroy, Bein, Chenay et Dien possèdent à peu près au même degré cette intelligence et ce savoir, et, sauf l'inégalité d'intérêt que comportent les modèles choisis, il serait assez dif- ficile de classer par ordre de mérite les estampes qui composent l'ensemble de la publication. Il serait plus difficile encore de trouver parmi les publications antérieures aucun ouvrage en ce genre dont l'importance soit égale et le mérite équivalent. Les *fac-simile* gravés au dix-huitième siècle par le comte de Caylus ou sous sa direction, les *Original drawings of the Ita-*

lian school, édités en 1823 par Ottley, — recueils intéressants
d'ailleurs et assez satisfaisants au point de vue de l'exécution
matérielle, — sont loin d'avoir cette apparence authentique,
ce caractère de scrupuleuse fidélité. Un seul ouvrage publié de
nos jours pourrait soutenir la comparaison avec les *Fac-Simile
des Dessins du Louvre :* nous voulons parler des *Portraits des
Personnages français les plus illustres du seizième siècle,* portraits qui accompagnent un travail historique de M. Niel et
qu'a gravés M. Riffaud.

Bien que gravés aussi en *fac-simile* du crayon, les *Portraits
des Personnages français* diffèrent, même sous le rapport de
l'exécution, des planches que nous venons de mentionner. On
sait que les *portraitistes* du seizième siècle avaient coutume,
en dessinant aux trois crayons, de corriger par quelques légères
teintes de pastel ce qu'un pareil mode de travail aurait laissé à
leur ouvrage d'un peu uniforme et de monotone. Pour rendre
l'apparence polychrome de ses modèles, M. Riffaud devait donc
vaincre des difficultés matérielles dont les graveurs des *Dessins
de la Collection du Louvre* n'avaient nullement eu à se préoccuper. Les croquis que ceux-ci avaient devant les yeux, — croquis tracés à la plume, au crayon noir, à la sanguine ou tout au
plus lavés au bistre, — n'exigeaient chacun que l'emploi d'un
seul ton, d'une seule encre d'impression, pour être parfaitement imités. Ici, au contraire, il fallait tenir compte des conditions variées du coloris et faire sentir les modifications consécutives d'une gamme de tons plus riche, bien que peu étendue
encore. En recourant à un ancien procédé, abandonné depuis
la fin du dernier siècle, — procédé d'origine française, n'en
déplaise aux graveurs anglais qui en font honneur à leur pays,
— M. Riffaud a trouvé moyen d'accomplir pleinement la tâche
qui lui était imposée : à l'aide de la gravure sur plusieurs planches tirées en couleur, il a réussi à rendre avec une égale exactitude le coloris délicat et le modelé en demi-relief des origi-

naux. Il est à désirer que cette réhabilitation de la gravure en couleur s'achève parmi nous, et que l'exemple donné par M. Riffaud trouve des imitateurs, pourvu toutefois qu'on ait le bon goût de n'user d'un pareil procédé qu'en face de certains modèles, qu'on n'essaye pas d'en forcer les ressources, et qu'on ne retombe pas dans la même erreur que les graveurs du temps de Louis XVI, qui, sous prétexte de rivalité avec la peinture, prétendaient colorier jusqu'à la gravure de paysage, et n'arrivaient ainsi qu'à déshonorer leur art par de lourdes enluminures.

A quoi bon d'ailleurs souhaiter une extension nouvelle à un art qui n'a déjà pris que trop de développement, puisqu'il menace de se substituer à la gravure elle-même? Ne faudrait-il pas plutôt former un souhait tout contraire? sont-ce des vœux ou bien des craintes qu'il est à propos d'exprimer? La gravure en *fac-simile*, quels que soient les modèles qu'elle reproduit et les formes qu'elle emprunte, a déjà assez de chances de succès parmi nous, parce qu'elle s'approprie trop bien à nos goûts actuels pour les vérités positives et l'autorité du fait. Peut-être ce mode de traduction ouvertement littérale convient-il seul à des gens qui font mine d'estimer de moins en moins, en matière d'art, les abstractions et l'idéal, à des esprits pressés qui veulent comprendre au premier coup d'œil. Ce n'est plus ce que l'artiste a senti à propos d'un objet, mais c'est l'objet lui-même que nous voulons voir maintenant dans toute œuvre d'art, tableau, morceau de sculpture ou estampe : ce qui nous touche, ce n'est plus la ressemblance poétisée par l'intermédiaire du talent, c'est l'identité absolue de la copie avec le modèle physique. Contrairement au génie même et au passé de l'art français, nous tendons à sacrifier en toutes choses la forme vraie à la forme réelle, les travaux de l'intelligence aux travaux d'un ordre purement matériel. La gravure en *fac-simile* nous suffit et nous satisfait, quoiqu'elle soit ou parce qu'elle est un procédé presque mécanique. Je me trompe : il nous faut aujourd'hui quelque chose de plus que cette fidélité encore un peu douteuse et sujette en tout cas aux erreurs de la main : la photographie, c'est-à-dire le secret d'attirer l'objet lui-même sur le papier et de l'y fixer tel qu'il se présente, a un bien autre caractère d'infaillibilité, et dès lors ce moyen, qui n'est bon le plus souvent qu'à donner raison à l'art, devient aux yeux de beaucoup de gens un moyen d'en accuser l'insuffisance.

Certes, personne ne sera tenté de contester le mérite et, jusqu'à un certain point, l'utilité de la découverte faite par M. Daguerre en tant que découverte ingénieuse et de progrès scientifique; personne ne voudra méconnaître les avantages de la photographie lorsqu'elle est employée avec discernement et dans les cas où l'exactitude mathématique est la seule condition à remplir. Que la photographie reproduise des monuments, des sites, et en général des objets inertes qui n'ont besoin pour nous intéresser que d'être naïvement rendus, rien de mieux : l'imagination et le sentiment de l'artiste n'ont point affaire en tout cela ; mais partout ailleurs ils sont nécessaires. Lorsqu'il s'agit par exemple de traduire l'expression d'un visage, est-ce assez de l'imitation brute de la réalité? se contentera-t-on d'un résultat forcément conforme au modèle et pourtant en désaccord avec l'idée que nous avons de celui-ci? Le caractère secret et les habitudes d'une physionomie ne viendront pas se fixer comme les contours d'une colonne sur la plaque ou sur le papier photographique; le portrait ainsi obtenu sans le secours et l'entremise de l'intelligence n'aura qu'une ressemblance inachevée, inerte, et s'arrêtant à la forme des traits. Il en sera de même lorsqu'au lieu de la figure humaine on aura pris pour type original un tableau : la photographie nous rendra ce tableau tel qu'il est, et non pas tel qu'il devrait paraître dans des dimensions et sous une forme nouvelles. Un graveur, en les transportant sur le cuivre, aurait su modifier certains détails, atténuer ou accentuer l'effet de certains tons, parce que la réduction des proportions et l'absence du coloris imposaient à la copie des conditions d'interprétation particulières ; l'artiste, sous peine de confusion dans son travail, aurait mis en relief ou sacrifié les éléments divers et les diverses parties dont se compose l'ensemble de la peinture originale. L'image photographique nous montrera le tout avec une imperturbable rigueur, avec une fidélité niaise et une précision qui, à force d'être impartiale, n'a plus ni intérêt ni signification. Il ne manque pas de gens cependant qui placent pour le moins à côté des œuvres de l'art ces œuvres involontaires, ces copies inexactement exactes : bon nombre d'entre nous ne feraient nulle difficulté de condamner à un éternel repos le crayon et le burin des graveurs pour laisser fonctionner seul l'appareil qui parodie leurs travaux, sans réussir jamais à les remplacer.

Le culte de l'identité matérielle, tel est donc un des principaux obstacles suscités de nos jours au développement de la gravure. La gravure en *fac-simile* et la photographie sont au fond les contraires de l'art, parce qu'elles ont pour principe l'anéantissement de tout sentiment individuel, pour objet l'effigie même et non l'apparence de la réalité. Le mieux serait par conséquent de ne leur attribuer qu'une importance fort secondaire, et de les employer l'une et l'autre avec une extrême discrétion. A ne parler que de la gravure en *fac-simile*, rien de plus légitime sans doute que la reproduction par ce procédé de petits portraits dessinés ou de croquis. Dans le cours des vingt dernières années, quelques-uns des plus habiles graveurs français ont donné parfois aux planches qu'ils gravaient d'après des dessins l'aspect même des œuvres du crayon ; mais ils se gardaient bien de faire de cette servilité une habitude, et l'on ne pouvait voir dans ces rares essais qu'une transformation accidentelle et pour ainsi dire un caprice du talent. La gravure en *fac-simile* n'était encore ni admise par l'opinion ni généralisée par la pratique ; aujourd'hui elle a acquis la force d'un principe et les proportions d'un art reconnu. Bien plus, elle semble résumer déjà les conditions de l'art lui-même. C'est là un fait qu'il importe de constater, un symptôme de rénovation au moins partielle de notre école, et en tout cas un péril pour la gravure dans sa plus sérieuse acception.

Est-ce là d'ailleurs le seul danger qui menace l'avenir de la gravure en France? Celui qui résulte de notre goût pour les œuvres futiles n'est ni moins réel ni moins évident. Contradiction singulière en effet : nous accueillons avec un empressement égal les produits exclusivement positifs de l'art mécanique et les produits équivoques d'un art sans conscience et sans foi. D'une part, nous demandons aux images photographiques et aux gravures en *fac-simile* de nous rendre le fait dans sa nudité absolue; de l'autre, nous nous accommodons des enjolivements douteux, des mille ornements de rencontre dont les faiseurs de vignettes et les graveurs à l'aqua-tinte affublent la réalité dans leurs ouvrages. Il semble que l'interprétation à la fois libre et mesurée du vrai soit seule impuissante à nous séduire, et que les travaux du burin gardent pour privilége unique d'être exceptés de la faveur.

Nous le disions en commençant : la gravure en taille-douce ne rencontre plus guère dans notre pays que prévention ou injustice, et les planches d'histoire publiées à Paris obtiennent à l'étranger seulement le succès qui leur est dû. L'administration des Beaux-Arts se montre-t-elle d'ailleurs beaucoup plus préoccupée que l'opinion publique de la gravure et de ses progrès? Par suite d'une vieille habitude ou d'un respect traditionnel pour les exemples du passé, on envoie encore des graveurs séjourner durant quelques années à la villa Médicis; on facilite, il est vrai, par des secours d'argent la publication de quelques grands ouvrages à figures : mais l'administration ne remplit ainsi que le rôle d'un souscripteur plus libéral que les autres, et ne donne qu'une impulsion de seconde main à des

entreprises dont elle se réservait autrefois la pensée et l'exécution tout entières. C'est aux éditeurs de profession qu'elle abandonne presque toujours le soin de publier les estampes, même
les plus importantes, et l'esprit de spéculation tend à se substituer ainsi à sa haute influence. Combien de planches d'histoire
éditées de nos jours aux frais de l'Etat sont venues s'ajouter aux
quatre mille cuivres que possède la chalcographie des Musées, et
qu'aura-t-on fait pour enrichir d'œuvres modernes ce trésor des
œuvres gravées jadis par ordre des souverains qui se sont succédé en France?

Il ne faut voir toutefois dans ce mode de protection un peu
froide rien de plus qu'une cause accessoire du mal, et l'on aurait grand tort d'attribuer à l'intervention administrative une
puissance de guérison qu'en somme elle ne possède pas. Ce qui
fait le mal avant tout, c'est notre propre indifférence ; ce qui le
rend irrémédiable peut-être, c'est le mouvement de nos idées
et de nos goûts. L'époque actuelle, féconde en perfectionnements industriels, et, dans le domaine de l'art, en talents faciles, ne peut s'intéresser à des travaux qui démentent à la fois
l'autorité des progrès mécaniques et le prix d'une habileté superficielle. Las de voir l'admiration dévier, peut-être les graveurs en taille-douce renonceront-ils à protester contre des
erreurs universelles, et finiront-ils par succomber dans la lutte
où ils sont engagés aujourd'hui. Si la gravure au burin est en
effet condamnée à devenir incompatible avec nos mœurs, reconnaissons au moins qu'elle aura péri avant d'être tombée en
décadence. Il est donc juste d'honorer hautement les talents qui
vivifient encore notre école, les hommes qui, même à présent,
en continuent les nobles traditions, dussions-nous saluer en
eux les derniers représentants d'un art qui serait relégué bientôt à côté d'autres témoignages du passé et d'autres souvenirs
de gloire.

Rassurons-nous cependant. Il n'en peut jamais être de la

gravure comme de la peinture sur verre, de la peinture sur
émail ou en mosaïque et d'autres procédés aujourd'hui hors
d'usage. La marche des siècles les a anéantis parce qu'ils ne
satisfaisaient plus, soit aux exigences mobiles de la mode, soit
aux progrès de la civilisation. Chaque recette de fabrication
une fois perdue, ce n'était pas, à proprement parler, un art qui
disparaissait de l'ensemble des connaissances humaines, c'était
un moyen matériel abandonné pour des moyens meilleurs ou
tout au moins équivalents. La gravure ne saurait être assimilée
à des procédés de ce genre. Son existence ne dépend ni d'un
secret bien ou mal transmis, ni d'innovations introduites dans
les formes du travail. Quoi qu'il arrive, elle n'a pas plus à
craindre les découvertes mécaniques à venir que les découvertes déjà faites. La gravure répond à un besoin éternel de
l'intelligence, et non aux besoins passagers d'une époque ; elle
est sûre de vivre, en dépit de notre injustice actuelle et de nos
entraînements, parce que, du jour où on la supprimerait, il
faudrait, pour être logique, supprimer aussi la peinture et la
statuaire, et remplacer les œuvres de l'une par celles du daguerréotype, les œuvres de l'autre par celles du mouleur. Le
burin, comme le pinceau et l'ébauchoir, est avant tout un instrument de la pensée, et, Dieu merci, nous n'en viendrons
jamais dans notre pays à renier absolument l'art pour ne plus
croire qu'au fait, à préférer au sentiment de l'artiste la dextérité de l'ouvrier ou la stérile fécondité d'une machine.

Il ne faut donc pas s'inquiéter outre mesure de la situation
précaire, mais non désespérée, où se trouve aujourd'hui la
gravure. L'attitude même de notre école, les travaux qui s'accomplissent, n'autorisent-ils pas d'autre part un espoir sérieux ? L'école française, si réduite qu'elle soit, est plus riche
en talents qu'aucune autre : trouvera-t-on ailleurs des maîtres
comme MM. Desnoyers et Henriquel-Dupont, des élèves de la
force de M. François ? Elle n'a plus, nous l'avons dit, l'unité

de physionomie qui la caractérisait autrefois ; mais, à défaut
de système unanimement admis, elle a encore la force que lui
donnent l'habitude de l'effort et la conscience de ses progrès.
Qui sait même ? peut-être l'indifférence où nous laissent ces
progrès et ces efforts est-elle pour les graveurs un stimulant
plus vif que ne le serait l'excès de la faveur et du succès. Les
encouragements multipliés ne font pas naître toujours les
belles œuvres, et le talent devient quelquefois plus vivace et
plus sain quand il lui faut conquérir pied à pied la place qu'en
d'autres temps on lui eût accordée de plein droit. La prodigalité des derniers Médicis enfantait la décadence de l'art florentin, tandis que l'aveuglement des hommes du dix-septième
siècle irritait en France le génie de Poussin et lui donnait une
vigueur nouvelle. Il semble qu'à leur tour les graveurs contemporains doivent s'aider de notre froideur même et s'exciter
de notre injustice. Etrange secours pourtant, et dont personne
ne voudrait poser en principe l'efficacité ! D'ailleurs, est-ce
assez que d'opposer à nos préventions une inébranlable constance, et de continuer invariablement les exemples du passé?
Suffit-il d'entreprendre et de poursuivre des travaux de gravure en vertu d'une tradition inflexible, et ne devrait-on pas
songer aussi à leur donner quelque intérêt actuel? Si les graveurs respectaient moins obstinément les limites où ils
circonscrivent leur art; si, au lieu de se renfermer dans des
habitudes, ils entraient dans une voie de recherches nouvelles,
il est probable qu'on ne refuserait plus à leurs ouvrages l'attention et l'estime qu'ils méritent. Que les hommes habiles
qui manient aujourd'hui le burin changent donc, non pas de
méthode d'exécution, mais de modèles ; qu'au lieu de tableaux
gravés déjà par plusieurs générations d'artistes, ils choisissent
pour les interpréter des tableaux moins universellement connus,
moins souvent reproduits. Tout en se rattachant aux précédents
de l'école française par le caractère des intentions et le sérieux

de la manière, ils ne demeureront plus isolés du mouvement de l'époque : on ne leur disputera plus une place légitime parmi les talents qui honorent notre temps et notre pays, et l'art de la gravure, restauré et rajeuni par le succès, triomphera, il faut l'espérer, des obstacles que lui auront momentanément suscités les erreurs du goût, l'abus des procédés mécaniques et les envahissements de l'industrie.

XII

LA GRAVURE DE L'HÉMICYLE DE L'ÉCOLE DES BEAUX-ARTS.

M. HENRIQUEL-DUPONT.

1854.

A aucune époque peut-être, les œuvres de l'art français n'ont paru moins qu'aujourd'hui procéder de la méditation et des longs calculs. L'école du dix-huitième siècle elle-même, qui n'avait pas coutume, on le sait, de s'appesantir beaucoup sur ses travaux, semble presque patiente auprès de l'école moderne. Sauf quelques exceptions illustres et un certain nombre de talents loyalement appliqués à leur tâche, les peintres et les sculpteurs contemporains sont avant tout des improvisateurs. Faut-il toutefois ne rien pressentir, ne rien espérer au delà du présent ? Quand nous serons las de la facilité matérielle, des jongleries de l'exécution, de toutes les contrefaçons du mérite qui nous abusent encore, ne reviendrons-nous pas au culte de nos vieux chefs-d'œuvre, au respect des vraies conditions et du génie même de l'art français ? C'est une question qu'il est assurément permis de poser en présence de quelques œuvres nouvelles, et surtout à propos des derniers travaux de notre école de gravure. Déjà, en examinant les planches publiées dans le cours de l'année qui vient de finir, nous avons eu occasion de constater l'heureuse influence exercée sur plusieurs graveurs français par les exemples de nos anciens maîtres. Aujourd'hui, c'est dans un travail beaucoup plus important à tous égards, c'est dans l'œuvre même du chef de l'école que nous retrouverons les témoignages de cette conversion aux principes que les graveurs du dix-septième siècle ont si bien définis et pratiqués.

L'Hémicycle du palais des Beaux-Arts, gravé par M. Henriquel-Dupont, est à la fois un beau spécimen de l'art contemporain et une étude excellente où l'art ancien se perpétue et se renouvelle. M. Henriquel-Dupont, il est vrai, n'a pas toujours accepté avec la soumission dont il fait preuve aujourd'hui ce rôle d'élève, sinon de continuateur, des Audran et des Nanteuil. Il lui est arrivé quelquefois de consulter d'autres modèles et d'abandonner un peu la vieille école française pour s'inspirer en moins bon lieu ; mais a-t-on le droit de se rappeler ces erreurs passagères, quand celui qui les a commises se décide à les abjurer si ouvertement? Ne faut-il pas voir plutôt dans cette gravure de *l'Hémicycle* un signe éclatant de la renaissance de l'art dans notre pays? Les élèves que M. Henriquel-Dupont a formés, et dont quelques-uns n'hésitent plus à le suivre dans la route où il est rentré depuis quelques années, s'encourageront sans doute du nouveau succès obtenu par leur maître. Vis-à-vis du petit nombre d'artistes restés fidèles aux travaux du burin, *l'Hémicycle* prend une signification particulière : il se présente à notre école de gravure avec l'autorité d'un noble exemple, et il aura pour elle, il faut l'espérer, toute l'efficacité d'un enseignement.

La planche de M. Henriquel-Dupont, bien qu'elle ne soit éditée que depuis quelques semaines, avait paru déjà au Salon de 1853. Entrevue seulement alors et un peu perdue dans ces galeries où les regards se tournent de préférence vers les tableaux, elle n'entre, à vrai dire, que d'aujourd'hui dans le domaine de la publicité. C'est le moment de juger à la fois cet ouvrage et la longue série d'efforts qu'il résume; c'est le moment aussi de jeter un coup d'œil sur l'ensemble des travaux de M. Henriquel-Dupont, en rappelant les plus récentes évolutions de l'école où il a pris place d'abord parmi les disciples d'élite, où il compte aujourd'hui parmi les maîtres.

Il arrive parfois qu'après s'être essayé quelques années dans la gravure, on quitte le burin pour le pinceau. De traducteur qu'on était, on devient auteur de compositions originales. Léopold Robert, les frères Johannot ont ainsi transformé leur talent et suivi l'exemple qu'avaient donné dans le dix-septième siècle Pierre Daret, et, dans le siècle suivant, plusieurs graveurs classés aujourd'hui parmi les peintres de genre. Pour M. Henriquel-Dupont, la transformation a été toute contraire : il étudia d'abord la peinture, et entra, en 1811, dans l'atelier de Guérin, où il eut successivement pour condisciples Géricault, MM. Cogniet, Scheffer, Delacroix et Champmartin.

A en juger par les caractères si divers de leurs travaux, les élèves de Guérin étaient loin d'accepter sans restriction l'influence du maître, et, M. Cogniet excepté, aucun des peintres que nous venons de nommer ne laisserait à coup sûr soupçonner son origine. M. Henriquel-Dupont se trouva donc initié, dans l'atelier même de Guérin, aux secrètes espérances d'un parti qui allait quelques années plus tard se produire au grand jour, se constituer en école, et commencer contre les priviléges académiques cette guerre à demi légitime, à demi injuste, qui a amené quelque bien et engendré beaucoup d'excès, guerre entreprise, comme bien d'autres, au nom d'une réforme et aboutissant à une révolution où bon nombre des réformateurs devaient à leur insu devenir complices des anarchistes et regretter bientôt, en face de trop vastes ruines, leur ardeur d'émancipation première et leur zèle de destruction.

Des regrets de cette espèce n'étaient pas réservés à M. Henriquel-Dupont. Si, à un moment donné, il semble s'enrôler sous la bannière de l'école romantique, c'est en homme qui n'abdique pas son indépendance et qui prétend ne se compromettre qu'à bon escient. Il ne refuse pas de participer au mouvement dans la mesure de ses inclinations et des ses opinions personnelles; mais il n'admet pour cela ni le programme tout entier, ni toutes les prétentions des novateurs. Que si l'on veut absolument voir des gages donnés au parti dans le *Portrait d'Hussein-Pacha*, d'après M. Champmartin, et dans certaines planches où le mélange de l'aqua-tinte, de l'eau-forte et du burin trahit chez le graveur des tendances assez peu classiques, on conviendra du moins qu'un révolutionnaire si modéré appartient tout au plus à la classe des girondins de l'art, et qu'en essayant de propager quelques-unes des idées nouvelles, il ne s'associe à aucun abus.

Une fois entré dans l'école de Guérin, M. Henriquel-Dupont dut croire, d'après ce qui se passait sous ses yeux, qu'une obéissance absolue n'était pas au nombre des conditions imposées aux élèves, et que chacun pouvait chercher librement sa voie, fût-elle en sens contraire de la route indiquée par le maître. Les disciples ou les imitateurs de David, devenus chefs d'école à leur tour, ne réussissaient pas, tant s'en faut, à exercer l'autorité qu'eux-mêmes avaient subie, et l'on peut dire que, dans l'intervalle qui sépare le règne du peintre des *Sabines* de l'époque où M. Ingres ressaisit le pouvoir, les jeunes artistes acceptèrent de leurs maîtres des conseils, mais qu'ils ne consentirent plus à recevoir des lois.

D'où provenait cette différence entre l'attitude des élèves vers la fin de l'empire et ce qu'elle avait été au temps du directoire? De l'immobilité du système d'éducation, opposée à des besoins nouveaux, à des goûts déjà profondément modifiés. Les élèves de David n'avaient, pour la plupart, d'autre ambition que de savoir peindre des académies qu'il leur suffirait de grouper un jour pour en composer quelque bas-relief qualifié alors de tableau. Or, comme l'unique tâche à accomplir pendant les

22

années d'étude était l'exécution de figures isolées d'après le modèle vivant, on conçoit que l'action du maître pût satisfaire à de si modestes désirs et s'exercer sans contrôle sur des œuvres appartenant à un ordre d'art purement matériel; mais plus tard, lorsqu'on s'aperçut que la peinture ne consistait pas tout entière dans l'imitation d'une réalité sans âme, et qu'on rêva quelque chose au delà de cette fidélité textuelle, le mode d'enseignement accoutumé dut paraître et devint en effet insuffisant, parce qu'il n'y entrait rien qui eût trait à la partie morale de l'art.

Il semble que dans l'atelier de Guérin plus qu'en aucun autre lieu, on sentît le vice de cette éducation incomplète et les inconvénients de ces habitudes traditionnelles. On respectait le talent et la parole, d'ailleurs peu impérieuse, du maître, mais à la condition de réviser à part soi les principes qu'il professait, et de demander des leçons aux anciens peintres italiens ou flamands aussi souvent pour le moins qu'au rival de Girodet et de Gérard. Géricault, dont le mâle génie s'annonçait alors dans des essais relativement extravagants, tourmentait par ses exemples l'imagination de ses condisciples, et les entraînait à la recherche d'un idéal que les peintres contemporains, à l'exception de Gros, n'avaient nullement songé à entrevoir. Les idées d'énergie, d'originalité, d'indépendance, qui n'avaient plus cours depuis longtemps, se substituaient dans l'esprit des élèves aux doctrines passives de la génération précédente. En un mot, tout se préparait pour l'espèce de sédition qui allait éclater dès les premières années de la restauration. Trop jeune encore pour jouer un rôle dans ce conflit élevé entre les représentants d'un art suranné et les impatients apôtres d'une foi naissante, M. Henriquel-Dupont écoutait les théories de ses aînés, suivait d'un œil à demi séduit leurs tentatives d'affranchissement, et aspirait au moment où il aurait acquis assez d'expérience pour prendre rang, lui aussi, parmi les peintres

de la nouvelle école. Trois ans s'étaient écoulés depuis qu'il
avait commencé de fréquenter l'atelier de Guérin. Encouragé
par les progrès accomplis durant cette période, il poursuivait
des études au terme desquelles lui apparaissait le succès, lorsque des considérations de famille vinrent brusquement renverser
ses projets et anéantir ses espérances. M. Henriquel-Dupont
accepta donc, non sans de vifs regrets, les nouvelles conditions
qui lui étaient faites, et, mis en demeure de devenir graveur,
il passa en 1814 de l'atelier de Guérin dans celui de Bervic.

La transition était de tous points antipathique aux dispositions du jeune artiste. Non-seulement il lui avait fallu renoncer
à des études de son choix, mais il s'agissait maintenant pour
lui d'un pénible apprentissage technique, d'études arides que
les graveurs de ce temps circonscrivaient dans les limites du
procédé, et qui ne pouvaient inspirer qu'une répugnance profonde à un homme nourri, auprès des élèves de Guérin, dans
l'horreur de la convention et de la manière. Ce qu'on appelait
le *beau grain*, c'est-à-dire la prédominance du moyen matériel
sur la forme même, — la *pratique facile*, c'est-à-dire l'ostentation de la dextérité, — était, aux yeux de tous, l'expression
suprême de la science ; on dédaignait l'art sain et les sévères
exemples des graveurs français du dix-septième siècle pour
l'habileté sans fond et les faux chefs-d'œuvre des graveurs italiens du dix-neuvième. M. Desnoyers, il est vrai, et avant lui,
M. Tardieu, avaient entrepris de restituer à l'école sa vieille physionomie nationale, mais leurs savants efforts étaient demeurés
presque sans influence sur les artistes de notre pays, tandis
que Morghen ne rencontrait parmi eux que des imitateurs. Les
élèves de Bervic n'avaient eu garde de se soustraire à ce détes-
table empire exercé en France par le graveur napolitain. Ils
cherchaient de tout leur cœur dans les évolutions d'un outil ce
qu'il faut demander au goût et aux calculs de la pensée ; ils ne
s'appliquaient qu'à assouplir leur *manœuvre* en faisant bon

marché du sentiment, du style, du dessin, — le tout, il faut le
dire, en dépit des vives remontrances de leur maître, qui se
repentait hautement de ses erreurs, et qui poussait l'abnégation
personnelle jusqu'à recommander expressément à ses élèves de
ne voir dans les œuvres qu'il avait produites que des fautes à
éviter. On le voit, il était dans la destinée de M. Henriquel-
Dupont d'avoir pour maîtres deux hommes qui n'influeraient
sur son talent qu'en sens contraire de leurs propres exemples;
seulement, il ne s'agissait plus ici, comme dans l'atelier de
Guérin, de faire cause commune avec des disciples insurgés :
c'était le maître lui-même qui relevait ses élèves du serment
de fidélité et leur prescrivait de s'écarter de la voie qu'il avait
suivie. M. Henriquel-Dupont usa largement de la permission,
si largement même qu'un autre que Bervic eût été tenté peut-
être d'apporter quelque restriction à ses avis et de trouver un
peu d'excès dans ce nouveau genre d'obéissance. Le digne artiste, au contraire, ne songea pas à se démentir. Il encouragea
jusqu'au bout l'aversion de son élève pour des doctrines surannées, et lorsque, après quatre années d'apprentissage, le jeune
graveur entreprit de produire son talent devant le public, il ne
se trouva ni plus autorisé ni plus libre qu'il ne l'avait été dans
l'atelier même de Bervic.

Les premiers travaux qu'ait signés M. Henriquel-Dupont
sont quelques petites planches gravées pour la librairie. On y
remarque déjà un goût d'exécution plus sobre, un sentiment
plus fin que dans les œuvres du même genre publiées au commencement de la restauration ; toutefois en dehors de ce mérite relatif et de la curiosité qui s'attache aux débuts d'un artiste
éminent, elles ne sauraient avoir aujourd'hui qu'une importance
médiocre et un intérêt assez limité. La première planche, à
vrai dire, de M. Henriquel-Dupont, celle qui ouvre dignement
la série de ses travaux et où toutes les qualités de sa manière s'annoncent clairement, est le *Portrait d'une Dame,*

d'après la toile de Van-Dyck, que possède le musée du Louvre.

Tout le monde connaît ce beau tableau. Quelque insuffisant que paraisse le titre sous lequel il est d'usage de le désigner, on sait que le *Portrait d'une Dame* représente deux figures : celle d'une femme assise, entièrement vêtue de noir, et celle d'un enfant debout à ses côtés. Pour traduire l'œuvre de Van-Dyck, le graveur avait à se décider entre deux partis : ou il devait adopter pour les masses sombres une gamme de tons très-forte et éclairer d'autant plus vivement les chairs que la couleur des vêtements, obscure dans l'original, aurait été plus résolument absorbée ; ou bien il devait atténuer par des dégradations de coloris et par l'emploi des demi-tons le rapport des ombres aux lumières, trouver, par exemple, un mode de transition entre le ton intense des étoffes et le ton clair des linges, des visages, des mains. Il fallait, en un mot, exagérer au profit des parties lumineuses la vigueur des autres parties, ou interpréter le tout en sens contraire et donner à l'ensemble un aspect calme par l'expression adoucie des détails. De ces deux systèmes de traduction, M. Henriquel-Dupont choisit le second. Son *Portrait* d'après Van-Dyck reproduit fidèlement le dessin et le style du modèle ; l'effet seul est quelque peu modifié en vue de l'unité, mais ces modifications ne vont pas jusqu'à altérer le caractère essentiel de l'œuvre flamande. Transportée sur le cuivre, celle-ci n'en demeure pas moins une œuvre de coloriste ; elle ne change pas de signification tout en se transformant à quelques égards ; elle est ingénieusement commentée, mais non dénaturée par le graveur. Ajoutons que rien, dans le travail matériel, ne se ressent du goût, alors presque général, pour cette habileté de mauvais aloi qu'on qualifiait de « belle » pratique. M. Henriquel-Dupont renouait ainsi, dès son premier ouvrage, la sage tradition française ; et, par la sobriété du faire aussi bien que par la pureté du sentiment, il se montrait déjà le digne descendant des savants fondateurs de notre école.

M. Henriquel-Dupont avait trouvé sa voie : il semble qu'il ne lui restât plus qu'à y marcher résolument et à poursuivre sans distraction, sans inquiétude d'aucune sorte, une entreprise si bien commencée. Malheureusement une injuste défiance de lui-même le fit hésiter en face d'un nouveau modèle. Lorsqu'il fut chargé de graver, d'après M. Hersent, l'*Abdication de Gustave Wasa*, il eut la regrettable pensée de négliger en partie les enseignements de l'art ancien et de consulter plus particulièrement, pour l'exécution de ce travail, les exemples de l'école moderne.

Un artiste italien, d'un grand mérite d'ailleurs, M. Toschi, gravait à cette époque l'*Entrée d'Henri IV* d'après Gérard. Quelques épreuves d'essai envoyées à Paris circulèrent dans les ateliers et y produisirent une sensation très-vive. La planche, pour nous servir d'un terme du métier, n'était encore que *préparée*, mais la préparation portait l'empreinte d'une verve si puissante, la masse de l'effet était indiquée avec tant de hardiesse, qu'il n'y avait, disait-on, qu'à s'incliner devant un talent de cette force et à voir dans cette ébauche le présage assuré d'un chef-d'œuvre. M. Henriquel-Dupont, en partageant l'enthousiame de ses confrères, faisait sans doute acte de justice ; ce n'était pas une raison pour pousser l'admiration si loin qu'elle dégénérât chez lui en zèle inconsidéré d'imitation. Nulle analogie en effet entre le tableau de Gérard et celui qu'il s'agissait ici d'interpréter. L'*Entrée d'Henri IV* est un sujet de mouvement qui autorisait de la part du graveur la recherche de certaines qualités brillantes et une certaine fougue dans l'exécution. L'*Abdication de Gustave Wasa* au contraire n'est rien moins qu'une scène tumultueuse. L'entrain et la facilité du faire couraient risque d'introduire quelque incorrection là où une stricte précision était de mise, et d'amoindrir par une apparence d'agitation le sens foncièrement calme du sujet. M. Henriquel-Dupont ne paraît pas avoir suffisamment apprécié, au

moins au début, ces conditions particulières de sa tâche. Un
peu trop séduit par l'exemple de M. Toschi, il voulut à son
tour, dans la préparation de sa planche, faire preuve d'aisance
et d'habileté de main. Lorsqu'il essaya, en terminant, de remé-
dier aux inconvénients de ce premier travail, il ne réussit
qu'incomplètement à le modifier. Peut-être est-ce à la méthode
adoptée pour l'ébauche qu'il faut attribuer le vide et la mollesse
des premiers plans. Traités avec lourdeur, ils sont loin de rappeler le coloris ferme et fin à la fois du *Portrait d'une Dame ;*
ils ne ressemblent pas davantage aux morceaux exécutés ensuite par le graveur dans des cas analogues, et nous sommes
d'autant plus à l'aise pour accuser le ton un peu pesant et le
dessin peu rond des premiers plans de *Gustave Wasa*, que
M. Henriquel-Dupont s'est corrigé depuis longtemps de ce
double défaut.

La préoccupation de la manière italienne qu'il est permis de
reprocher à la planche gravée d'après M. Hersent n'est pas au
reste la seule que révèle ce travail. A l'époque où M. Henriquel-
Dupont entreprit son *Gustave Wasa*, l'importation des estampes anglaises en France était encore un fait assez récent pour
qu'on n'eût pas eu le temps de revenir du premier engouement
et d'apprécier avec sang-froid la portée réelle de pareilles œuvres. Aujourd'hui nous sommes assez blasés sur le charme de
cette manière invariablement futile, sur la coquetterie de cet
art fardé, dont les séductions on été trop souvent renouvelées
pour paraître désormais irrésistibles ; mais avant 1830 les graveurs, comme le public, se laissaient pleinement séduire.
M. Henriquel-Dupont, sans avoir été entraîné aussi loin que
beaucoup d'autres artistes contemporains, ne sut pas se défendre de quelques velléités d'imitation. Déjà, dans son *Portrait
d'Hussein-Pacha*, — le plus *romantique* de ses ouvrages, — il
avait assez franchement adopté la méthode de Cousins et des
autres graveurs anglais. On trouverait dans le *Gustave Wasa*

des indices plus soigneusement dissimulés, mais au fond non moins significatifs, de l'attention trop bienveillante que le graveur accordait aux vignettes venues de Londres. S'est-il reproché depuis cette infidélité aux principes de l'école française? On le croirait, à voir les œuvres mêmes qu'il a successivement produites. Ce qui est certain, c'est que personne, il y a vingt ans, n'aurait songé à la blâmer, et, loin de paraître répréhensible, le goût un peu anglais que décèlent certaines parties du *Gustave Wasa* ne contribua pas médiocrement à l'éclatant succès qu'obtint cette planche en 1831. Hâtons-nous d'ajouter qu'à tous autres égards un pareil succès était parfaitement légitime. Il fallait certes une extrême souplesse de burin, une rare intelligence des procédés, et, par-dessus tout, un sentiment très-délicat du dessin et du coloris pour rendre, sans monotonie comme sans confusion, une multitude d'objets différents quant à l'espèce, mais placés à peu près dans le même milieu. Tant d'étoffes de toutes sortes par exemple, éclairées d'une manière presque uniforme, nécessitaient chacune un mode d'interprétation spécial qui cependant ne vînt pas troubler la limpidité de l'aspect, arrêter le regard et le distraire du spectacle de l'ensemble. Cette variété dans l'unité est sentie et rendue avec une remarquable finesse, et si le *Gustave Wasa* n'est pas tout à fait une œuvre de maître, c'est sans nul doute l'œuvre d'un talent très-ingénieux et une estampe pleine de charme.

Le charme, telle est la qualité principale des travaux de M. Henriquel-Dupont; mais n'y eut-il pas dans la vie de l'habile artiste un moment où cette qualité fut bien près de dégénérer en défaut? Le *Portrait de Mme Pasta*, le *Cromwell* d'après M. Delaroche, le *Louis-Philippe Ier* d'après Gérard, d'autres estampes gravées soit au burin, soit à l'aqua-tinte mélangée de divers procédés, permettaient de craindre qu'à force de prétendre à la souplesse du faire et à la *morbidezza*, M. Henriquel-Dupont ne tombât en définitive dans la mollesse ou dans la recherche. Cette période de transition n'eut heureusement qu'une assez courte durée, et au lieu de justifier par le résultat les craintes qu'on avait pu concevoir, elle aboutit à un progrès. Éclairé par l'expérience sur les dangers de la méthode anglaise, désabusé sur ses prétendus avantages, comme sur les ressources à tirer de la confusion des procédés, M. Henriquel-Dupont revint à sa première manière. Il renonça à l'aqua-tinte, reprit le burin, qu'il allait manier mieux que jamais, et ne voulut plus puiser ses exemples que dans les œuvres des maîtres français. Ainsi les illusions momentanées du graveur tournèrent au profit de son talent. Qui sait même? pour acquérir toute sa vigueur et se développer pleinement, ce talent avait besoin peut-être d'une pareille épreuve. Les croyants les plus fervents sont en général les convertis. Si M. Henriquel-Dupont n'avait pas par lui-même connu et expérimenté l'erreur, aurait-il aujourd'hui autant de zèle pour la vérité? Quoi qu'il en soit, les planches qu'il a publiées depuis une quinzaine d'années attestent une foi entière dans les sains principes de notre ancienne école et une pratique irrévocablement sûre. A peine un de ses ouvrages, *le Christ consolateur*, d'après M. Scheffer, laisserait-il entrevoir encore quelque indécision, explicable d'ailleurs par le dessin un peu vague et le style un peu flottant du modèle. Partout ailleurs on reconnaîtra un esprit guéri du doute et une main qui n'hésite plus.

Cette seconde phase du talent de M. Henriquel-Dupont date de la publication du *Strafford*, gravé d'après M. Delaroche. Jusque-là, M. Henriquel-Dupont avait mérité d'être mis au nombre des graveurs les plus distingués de la jeune école ; à partir de ce moment, sa place fut marquée parmi les maîtres. MM. Tardieu et Desnoyers eurent enfin un rival, et ces deux artistes, qui avaient courageusement résisté aux entraînements de la mode, ces disciples obstinés de la vieille et grande école, ne furent plus seuls à en perpétuer les traditions. La planche de M. Henriquel-Dupont est une des plus belles qui aient été produites en France depuis le commencement du siècle. Toute proportion gardée entre les modèles, elle peut être rapprochée des *Vierges* de M. Desnoyers, et si l'on se rend compte des ressources restreintes qu'offrait, au point de vue du coloris, la traduction de l'œuvre originale, on admire d'autant plus la chaleur de ton que le graveur a su introduire dans son travail.

La toile de M. Delaroche se recommande, on le sait, par l'habileté de la mise en scène, par le goût et l'esprit avec lesquels chaque détail est traité ; mais en dehors de l'intérêt dramatique inhérent au sujet, ce tableau n'intéresse pas aussi vivement que plusieurs autres du célèbre peintre. La verve d'exécution qui distingue le *Cromwel* et le *Charles Ier à White-Hall*, la couleur solide et harmonieuse de la *Mort du duc de Guise*, ne se trouvent pas ou se retrouvent à un moindre degré dans le *Strafford*. Ces personnages vêtus, à l'exception d'un seul, de noir et de blanc, et se détachant sur un fond terne, donnent à l'aspect général une sorte de dureté. En face des conditions qui lui étaient faites, M. Henriquel-Dupont avait donc une tâche difficile. Certes il ne lui appartenait pas de changer absolument les teintes locales choisies par le peintre, mais il était dans son droit, en essayant de les modifier, de les enrichir, et de suppléer par la variété des tons partiels à l'uniformité un peu aride de l'ensemble. Ce que Gérard Audran avait fait quelquefois pour les tableaux de Lebrun, M. Henriquel-Dupont le fit pour le tableau de M. Delaroche : il sut le traduire fidèlement, tout en le complétant au fond, et y ajouter quelque qualité nouvelle sans pour cela le transformer. Le *Strafford* gravé a tous les genres de mérite qui distinguent la peinture originale. Même conscience dans le dessin, même habileté patiente dans l'imitation des détails d'ajustement, même sentiment du relief et de la vérité palpable ; en outre, l'effet est devenu plus souple,

le coloris a acquis une transparence qui n'ôte rien à la fermeté
de l'aspect, et les parties dans l'ombre sont vigoureuses sans
âpreté ou reliées entre elles sans mollesse. Quant à la manœuvre même, elle a ici, selon le cas, tantôt une sobriété sévère,
tantôt une finesse qui atteste l'extrême docilité du burin. A
côté de morceaux largement exécutés, certains autres, —
comme les chairs, les cheveux, les pièces d'armure, — sont
traités si délicatement, que le procédé ne se laisse pas deviner,
et qu'on reconnaît seulement l'apparence d'un corps souple,
soyeux ou inflexible, là où il n'y a que des tailles diversement
entrecroisées, des sillons plus ou moins profonds.

Le *Strafford* révélait dans le talent de M. Henriquel-Dupont
un progrès considérable : le *Portrait de M. Bertin*, d'après
M. Ingres, vint prouver, quelques années plus tard, que ce
progrès ne s'était pas accompli uniquement dans la gravure
d'histoire. On sait que la gravure de portrait a ses lois particulières, que l'étalage du moyen matériel serait déplacé là plus
que partout ailleurs, et qu'il convient de subordonner à la
vérité de l'aspect, au caractère formel de la physionomie, des
accessoires qui, dans d'autres cas, peuvent avoir une importance beaucoup plus grande. Voyez les admirables morceaux
en ce genre qu'ont laissés les maîtres du dix-septième siècle et
même les portraits gravés en France au commencement du
dix-huitième : quelle science discrète, quel sentiment puissant,
et en même temps quelle réserve dans les moyens employés
pour le traduire ! M. Henriquel-Dupont se rappelait sans doute
ces beaux modèles lorsqu'il gravait son *Portrait de M. Bertin*,
et l'on doit avouer que s'il n'a pu égaler tout à fait les maîtres
de notre vieille école, il a réussi du moins à s'assimiler en
partie leur sage et noble manière. La planche de M. Henriquel-
Dupont a d'ailleurs une grande supériorité sur les autres portraits modernes. Elle se soutient, au Cabinet des estampes de
la Bibliothèque impériale, même à côté des chefs-d'œuvre de

l'art ancien : que ne gagnerait-elle pas à être mise en regard du *Portrait de M. Guizot*, par M. Calamatta, — estampe où la fermeté du dessin ne rachète qu'à demi la bizarrerie du faire, — du *Portrait du duc d'Orléans*, par le même graveur, ou de celui de *Pierre le Grand*, gravé d'après M. Delaroche par M. Henriquel-Dupont lui-même ! Dans les travaux de l'école moderne, nous ne voyons à opposer au *Portrait de M. Bertin* que le *Portrait du Prince de Talleyrand*, par M. Desnoyers; encore la comparaison ne devrait-elle s'établir qu'entre les deux têtes, la planche de M. Desnoyers étant, pour tout le reste, fort inférieure à l'œuvre de M. Henriquel-Dupont. La seule imperfection sérieuse qu'il soit permis de reprocher à celle-ci est une certaine exagération dans l'intensité du coloris, une apparence un peu dure et quelque chose de chargé dans l'expression des tons solides. Le dessin et le modelé ont d'ailleurs la vigueur et la finesse de la peinture originale ; les traits du visage, comme la physionomie qui les anime, sont accentués avec une intelligence singulière et une très-remarquable précision.

En analysant les travaux de M. Henriquel-Dupont, nous avons indiqué ceux qui résument le mieux ses premières tendances, puis ses hésitations, enfin ses progrès définitifs. On courrait risque néanmoins de connaître ce talent incomplétement, on n'assoirait pas son jugement sur des preuves suffisantes, si l'on négligeait de rapprocher des estampes déjà mentionnées d'autres productions d'un genre plus humble, mais où le sentiment n'a pas moins de sérieuse élégance, où la main n'est pas moins habile. L'œuvre de M. Henriquel-Dupont contient, à côté de sujets d'histoire et de portraits, — dont quelques-uns d'après des originaux dessinés par le graveur lui-même, — une multitude de pièces à l'eau-forte, à la pointe sèche et au burin. Depuis le charmant *Portrait de M. de Pastoret*, jusqu'au *Mirabeau à la tribune*, d'après M. Delaroche, — vignette que les amateurs à venir rechercheront sans doute comme nous recherchons aujourd'hui les petits chefs-d'œuvre de Saint-Aubin et de Ficquet, — depuis le *Mansard* et le *Perrault*, gravés d'après Rigaud d'une pointe si spirituelle et si alerte, jusqu'aux *fac-simile* de plusieurs dessins de M. Delaroche, jusqu'au *Portrait de M*ᶦˡᵉ *Rachel*, d'après M. Lehmann, toute la partie secondaire de l'œuvre de M. Henriquel-Dupont montre ce qu'un pareil talent a en soi de séduisant, de délicat et de foncièrement aimable. Jamais d'ailleurs, et sous quelque forme qu'elle se manifeste, l'habileté de M. Henriquel-Dupont ne prend le caractère de la prétention. Il semble que le désir de se mettre à la portée de tout le monde l'emporte chez lui sur le désir de se faire admirer : si ferme en certains cas que soit sa manière, si sévères que puissent être son sentiment et son goût, le tout a je ne sais quel extérieur de simplicité et de bonne grâce, qui plaît au regard plus qu'il ne l'étonne et qui persuade sans s'imposer.

L'Hémicycle du palais des Beaux-Arts possède plus qu'aucun autre ouvrage de M. Henriquel-Dupont cette force secrète d'expansion sous une apparence modeste; mieux qu'aucun autre il révèle la science profonde qui cherche à se dérober ainsi. Lorsqu'on jette les yeux sur la belle planche qui vient d'être publiée, on dirait qu'elle est le fruit d'un travail simple, ingénu, facile; lorsqu'on l'étudie de près, on devine ce qu'il a fallu d'observations, de comparaisons et d'efforts successifs pour donner à l'aspect général cette unité, à chaque détail cette correction et cette finesse. Rien de moins absolu au premier aspect que la forme de la traduction; rien au fond de moins équivoque ni de plus résolument senti. Essayons, en rapprochant l'œuvre de M. Henriquel-Dupont de l'œuvre peinte par M. Delaroche, de constater dans l'estampe le genre de mérite qui lui est propre et certains points d'originalité.

Il serait hors de propos de chercher à apprécier, en tant

qu'ouvrage de peinture, la composition qui orne les murs de la salle des prix au Palais des Beaux-Arts; qu'il nous soit permis seulement de rappeler en quelques mots le caractère général de ce travail, pour indiquer les conditions de la tâche imposée à M. Henriquel-Dupont et les difficultés de plus d'une sorte que le graveur avait à surmonter.

L'Hémicycle, on le sait, est un résumé quelque peu allégorique, mais avant tout historique, des progrès de l'art à toutes les époques et dans tous les pays. Il ne nous ouvre pas un olympe peuplé d'artistes à l'état ordinaire des immortels; il nous montre cependant quelque chose de plus qu'une série de portraits des grands maîtres. Placés dans l'atmosphère d'une demi-apothéose et sous la surveillance de cinq génies, dont la gravité s'accommoderait assez mal du laisser-aller de la vie familière, environ soixante peintres, sculpteurs et architectes devisent entre eux, mais avec dignité pour la plupart, avec calme, et de meilleure amitié à coup sûr qu'ils ne feraient s'ils venaient, par miracle, à se rencontrer ici-bas. Deux graveurs figurent dans ce congrès des maîtres illustres : encore se tiennent-ils à l'arrière-plan, comme s'ils craignaient de se fourvoyer en si haute compagnie, et n'ont-ils d'autres interlocuteurs qu'eux-mêmes. Avec quel regret, soit dit en passant, M. Henriquel-Dupont a-t-il dû contre-signer l'espèce d'ostracisme décrété par M. Delaroche, et combien lui en aura-t-il coûté pour laisser à cette humble place des hommes tels que Marc-Antoine et Édelinck, alors qu'il voyait se prélasser à des places d'honneur certains peintres ou statuaires moins inspirés peut-être, moins inventeurs que de pareils copistes !

La composition de M. Delaroche a donc une physionomie complexe. Toute la partie centrale est traitée dans un style héroïque : elle n'implique que des idées de majesté, et n'exprime qu'une immobilité solennelle au-dessus du fait humain et de la vie. Partout ailleurs la vie circule, les figures se meuvent. Il n'y a pas là sans doute les lignes désordonnées et l'agitation de la foule; mais il y a dans la distribution de ces groupes, dans le geste et l'attitude de ces personnages un souvenir très-formel de la réalité. Or, lors même qu'on n'admettrait pas sans réserve le programme de M. Delaroche, lorsqu'on ne souscrirait pas complétement à l'intention qu'a eue le peintre de mélanger ainsi deux éléments contraires, on avouerait du moins que les inconvénients de ce système sont atténués en raison même des dimensions de la peinture et de sa forme circulaire. Comme le regard impuissant à saisir tout l'ensemble est forcé de s'arrêter tour à tour sur chaque fragment, il passe sans trop de secousse du spectacle de la grandeur épique au spectacle de la vérité pure; il se promène du centre aux extrémités de ce vaste panorama, et, chemin faisant, il a le temps d'oublier la diversité des expressions, des costumes, en un mot l'apparence contradictoire des objets représentés. Mais dans une estampe, c'est-à-dire sur une surface dont l'œil embrassera l'étendue d'un seul coup, ces divergences de style ne manqueront pas de se produire avec plus d'évidence, et le graveur devra nécessairement en modifier l'effet, sous peine de morceler le sens de son œuvre, et de nous faire voir une suite de sujets de différents genres là où il avait à nous montrer une seule scène.

Un autre écueil non moins dangereux pour le graveur était la froideur de coloris où il pouvait tomber. Si l'œuvre originale procède à beaucoup d'égards des exemples de la réalité, elle a cependant dans l'aspect général quelque chose d'abstrait et de sagement monotone qui convient à une peinture murale, mais qui, en dehors de la forme, offre peu de ressources aux travaux du burin. Les figures se détachent sur un fond d'architecture en marbre blanc ou sur un ciel lumineux. Éclairées de face et placées presque au même plan, elles se présentent toutes, ou peu s'en faut, dans les mêmes conditions d'effet. Point de grandes masses obscures, point de ces partis-pris violents qui sont à leur place dans les tableaux; mais que n'autorise pas un genre de peinture où l'excès du relief deviendrait un grave défaut. Les seuls contrastes dont l'emploi ne fût pas interdit au peintre étaient les oppositions résultant de l'espèce même des couleurs. Pour rendre ces nuances diverses uniformément éclairées, la gravure, qui ne dispose que de deux tons, avait donc ici plus à faire que dans les cas où la variété des teintes est soutenue par la variété de l'effet. Enfin, si l'on se rappelle avec quelle fermeté la silhouette de chaque figure se dessine dans *l'Hémicycle* peint par M. Delaroche, on comprendra le nouveau danger auquel cette précision rigoureuse exposait le graveur. Le burin pouvait aisément la faire tourner en sécheresse ou l'interpréter à contre-sens. En insistant un peu trop sur les contours, il découpait en formes isolées des formes qu'il importait de laisser reliées entre elles. En creusant, au contraire, ces contours avec trop de réserve, il ôtait au dessin la vigueur nécessaire, il diminuait à la fois la signification du modèle et l'impression qu'il s'agissait de produire; il devenait en même temps infidèle à l'esprit du texte et à l'esprit essentiel de l'interprétation.

La traduction de l'œuvre de M. Delaroche était, on le voit, une des tâches les plus difficiles que la gravure pût accepter. Et d'abord quel mode d'exécution convenait-il de choisir? Suffisait-il, à l'exemple de Marc-Antoine dans son *Parnasse* d'après Raphaël, de tracer un dessin sur cuivre, de soutenir ce trait au moyen de quelques masses de tailles, et de figurer l'effet par des procédés de clair-obscur qui en indiqueraient seulement le principe? ou bien fallait-il, comme Audran dans ses *Batailles* d'après Lebrun, accuser toutes les conséquences de l'effet, tout le relief du modelé? Mais de ces illustres exemples ni l'un ni l'autre ne pouvait être suivi. L'estampe du *Parnasse* et en général les estampes de Marc-Antoine sont gravées d'après des originaux

au crayon ou à la plume. Admirablement appropriée au caractère spécial de pareils modèles, la méthode du maître bolonais
deviendrait insuffisante, si on l'appliquait à la traduction des
œuvres du pinceau. Le maître français, au contraire, n'a interprété que des tableaux ; sa manière énergique, si opportune là
où il s'agirait de rendre le fait dans toute sa puissance, ne saurait
être imitée avec à-propos en face d'une peinture murale dont
l'aspect et le sens intime doivent demeurer un peu abstraits. Le .
meilleur parti à prendre sans doute était une sorte de *mezzo-
termine* entre ces deux systèmes de gravure. Cette méthode
intermédiaire entre la recherche exclusive du dessin et l'emploi de tous les moyens pittoresques, M. Henriquel-Dupont
l'a mise en pratique avec une sûreté de goût et un art infinis.
La planche qu'il a gravée reproduit évidemment non une œuvre
au crayon, mais une peinture, et d'un autre côté la sobriété du
ton, la modération dans les travaux, donnent à cette reproduction une physionomie plus austère, un aspect plus immatériel
qu'il n'appartient d'ordinaire à l'imitation d'un tableau.

Si solennel que soit ce style, si sérieuses que puissent être
les formes de ce travail, rien dans la planche de M. Henriquel-
Dupont n'effarouche le regard par une affectation de gravité.
Tout au contraire le séduit et l'attire, parce que cette gravité
même est empreinte d'élégance et que l'élévation du sentiment
ne revêt nulle part une apparence ambitieuse. Que l'on essaye
cependant de se rendre compte des moyens employés pour arriver à cette simplicité sans maigreur, à cette noblesse sans
faste : on découvrira les hautes qualités qui se dérobent sous un
extérieur si peu arrogant, et l'on comprendra qu'il y a au fond
d'une pareille œuvre autant d'intentions sévères, de fortes combinaisons et de savants calculs, qu'il y a de charme et de science
modeste à la surface.

Une des difficultés principales pour le graveur était, nous
l'avons dit, la concordance à établir entre les diverses parties

de la composition. Il fallait montrer côte à côte des figures nues et des hommes vêtus suivant la mode des époques modernes, des êtres imaginaires et des personnages parfaitement réels, sans pouvoir espérer, comme le peintre, que chaque groupe serait vu isolément ; il fallait enfin donner à des objets de signification différente une apparence à peu près analogue, et créer entre eux une sorte de conformité pittoresque. Pour obtenir ce résultat, M. Henriquel-Dupont a procédé surtout par voie d'élimination, en supprimant ici certains détails d'une vérité un peu trop matérielle, en simplifiant là certaines formes un peu compliquées. D'ailleurs rien d'ouvertement sacrifié à cette largeur de l'aspect; point d'expression inerte et monotone, ni d'exagération dans un sens idéal. Ici, comme sous le pinceau de M. Delaroche, chaque peintre, architecte ou sculpteur garde la physionomie de son temps, chaque détail d'ajustement a son relief et son caractère propres ; seulement, tout en diversifiant les procédés, le burin du graveur a su conserver partout une égale sérénité pour ainsi dire, et grâce à cette réserve constante dans la manœuvre, à ce sentiment de mesure dans l'interprétation des effets partiels, aucune dissonance ne vient troubler l'harmonie générale. Ainsi les deux groupes qui terminent la composition à droite et à gauche, et qui devaient s'isoler quelque peu du reste en raison même de la place où ils se trouvent, se relient cependant aux autres parties par la fermeté dégradée du travail. La figure de Poussin et à l'extrémité opposée celles d'Antoine de Messine et de Van-Eyck sont accusées avec une rigueur qui s'atténue dans le modelé des figures voisines. A mesure que celles-ci se rapprochent du centre, le cuivre est moins énergiquement fouillé, les tailles ont plus de légèreté, plus de souplesse, et, en se modifiant ainsi, les travaux arrivent insensiblement à la délicatesse et à la douceur dans les figures placées au milieu.

L'intensité du coloris et de l'effet est proportionnée partout à

cette vigueur décroissante du procédé. Les tons, à partir des
côtés jusqu'à la partie centrale, passent successivement de
l'apparence solide à la limpidité et se déduisent les uns des
autres comme les modulations consécutives d'une série d'accords. Afin que rien n'interrompît cette marche de l'effet,
M. Henriquel-Dupont, dans l'impuissance où il était d'user des
mêmes ressources que le peintre, a dû changer çà et là quelque
chose aux partis de couleur adoptés par M. Delaroche. Pour ne
citer qu'un exemple, la figure de femme qui lance des couronnes se détache du fond par le vif accent des lumières, au
lieu d'être, comme dans la peinture, plus fortement teintée
que les marches qui s'élèvent derrière elle. Une pareille modification, si radicale qu'elle soit, n'a rien que de louable, parce
qu'en élargissant ainsi la lueur répandue sur la partie centrale
de la composition, M. Henriquel-Dupont a achevé de déterminer
l'effet clair auquel devait se subordonner et aboutir le ton progressivement adouci des deux parties latérales. Néanmoins, tout
en applaudissant au succès de la tentative, nous nous garde-
rons bien d'admettre en général la légitimité de ces infidélités
au modèle. De nos jours, où dans les questions d'art comme
ailleurs on recule si volontiers la limite des droits, quitte à oublier quelque peu de définir les devoirs, il serait moins à propos
que jamais d'approuver à titre de principe ce qui n'est qu'une
licence permise en quelques occasions. Le strict rôle des graveurs est et doit rester un rôle de traducteurs. Il ne leur appartient pas de se substituer aux peintres et de transformer à leur
gré l'œuvre qu'ils ont à reproduire. Ils peuvent seulement, à
l'exemple de M. Henriquel-Dupont, essayer de compléter le
texte et quelquefois en rendre le sens par une expression détournée, faute d'équivalent dans leur propre idiome, mais ils
ne sauraient recourir à ce moyen extrême que dans les cas de
nécessité absolue et oublier jamais que leur émancipation
même doit avoir l'apparence de la soumission.

L'estampe de *l'Hémicycle* résume à merveille ces lois et en même temps ces franchises de l'art. Exactement conforme, quant au dessin et au style, à la peinture qui lui a servi de modèle, elle n'a nullement le caractère servile d'une copie ; d'autre part, la liberté avec laquelle certains détails sont interprétés ne dégénère pas en écarts de sentiment ou en ostentation d'originalité. S'ensuit-il que l'œuvre de M. Henriquel-Dupont soit irréprochable de tous points ? C'est ce que nous n'oserions prétendre. Quelque large que soit la part d'éloges due à ce savant ouvrage, il ne serait pas impossible peut-être de noter çà et là quelques imperfections. Peut-être aurait-on le droit d'accuser le modelé un peu rond de certains morceaux, de trouver un peu vague ou un peu vulgaire dans les têtes de Van-Dyck et de Lesueur l'expression si précise, si noble partout ailleurs. Enfin ce burin, ordinairement si ménager de ses ressources, se laisse aller parfois à quelque abus dans l'emploi des moyens. Plusieurs mains, — la main gauche de Léonard de Vinci entre autres, — sont chargées de demi-teintes et ne prennent qu'un empire douteux sur la valeur des tons environnants. Mais à quoi bon de pareilles chicanes ? A quoi servirait d'arrêter de loin en loin la loupe sur des taches imperceptibles ? Le juge le plus difficile, trouvât-il à reprendre dans l'exécution de quelques détails, ne pourrait marchander la louange à l'ensemble d'un aussi beau travail.

La publication de l'estampe gravée par M. Henriquel-Dupont est donc un fait considérable à tous égards, et ce fait peut avoir plus d'un résultat heureux. En ajoutant beaucoup aux titres de l'éminent artiste, il servira puissamment la cause de la gravure elle-même auprès des indifférents et des incrédules ; car il ne s'agit pas seulement d'avoir raison de notre insouciance pour les louables efforts et les travaux accomplis de nos jours par les graveurs : ce sont nos préventions contre l'art lui-même qu'il faut vaincre, c'est l'existence de l'art qui est maintenant mise en question, c'est elle qu'il faut défendre et assurer. De notre temps, où la gravure semble presque un anachronisme, tant nous sommes habitués à voir se substituer partout les procédés de la mécanique aux spéculations du talent, les raisonnements de la critique ne sauraient suffire pour ramener l'opinion. En dépit de la plus judicieuse dissertation sur l'excellence de la gravure, une épreuve héliographique gardera aux yeux de beaucoup de gens toute son autorité et son prestige : mise en regard d'une estampe comme *l'Hémicycle*, elle laissera voir clairement ce qu'il y a d'insuffisant et de faux au fond des vérités que formule le daguerréotype. Il en est ainsi dans tous les arts ; c'est aux praticiens surtout qu'il appartient de nous convertir. Le beau travail de M. Henriquel-Dupont permet d'apprécier nettement quelle différence sépare l'interprétation volontaire et raisonnée de la fidélité passive. Il nous rappelle ce que nous avions, sinon complétement oublié, au moins à moitié désappris, et mieux que toutes les théories, il terminera, nous l'espérons, l'injuste procès intenté à l'art par les apôtres de la mécanique.

Le succès de *l'Hémicycle* est aussi propre à encourager les vrais artistes qu'à ébranler la confiance de ceux qui se font de l'art un jeu ou une industrie, et la vie même de M. Henriquel-Dupont est un exemple dont chacun peut avoir à profiter. Elle nous montre un grand talent qui, après avoir donné sa mesure et établi sa filiation, se compromet un jour dans des essais qui le dénaturalisent en partie, essais un peu confus, où le mélange des procédés matériels se complique de préoccupations d'un autre ordre ; puis ce talent, en dépit des éloges accordés même à ses erreurs, condamne spontanément ces tentatives d'assimilation de la méthode étrangère ; il revient, pour n'y plus renoncer, aux principes qui l'avaient inspiré d'abord, à cette sage et noble manière française, expression par excellence de la raison dans l'art, et, de progrès en progrès, il arrive à produire non-seulement le *Strafford*, mais cette estampe de *l'Hémicycle*, qui est en même temps un des chefs-d'œuvre de la gravure moderne et le chef-d'œuvre du graveur. N'y a-t-il pas là un enseignement, et les travaux consécutifs de M. Henriquel-Dupont ne prouvent-ils pas une fois de plus que si, dans l'art du burin comme ailleurs, l'adresse ou le caprice peuvent rencontrer un succès éphémère, les succès durables n'appartiennent qu'au savoir, aux efforts patients, et,—nous l'oublions trop, — à la conscience ?

XIII

LA PHOTOGRAPHIE ET LA GRAVURE.

———○───

1856.

Si peu tenté qu'on puisse être d'accepter comme un bienfait ce qui tend à matérialiser l'art et à le rabaisser au niveau d'une industrie vulgaire, on ne saurait cependant nier la portée de certains travaux, fermer les yeux à certains progrès qui caractérisent après tout les inclinations de notre époque. Désirables ou non, dangereux ou utiles, ces progrès accusent un esprit nouveau, un mouvement d'idées qui gagne en activité ce qu'il perd peut-être en prudence : il y a donc lieu de les étudier de près, ne fût-ce qu'à titre de symptômes, et d'en mesurer l'étendue, sauf à réserver ses préférences et à garder ses convictions. Comparée à l'art, la photographie par exemple nous semble insuffisante, vicieuse même, puisqu'elle ne sait produire, au lieu d'une image du vrai, que l'effigie brute de la réalité. Dans son principe et dans ses conditions nécessaires, elle est la négation du sentiment, de l'idéal, et l'on pourrait par conséquent, tout en admirant la découverte, laisser à la science, qu'elle intéresse directement, le soin d'en apprécier les résultats. Cependant la photographie acquiert de jour en jour une telle importance, l'application de ses procédés est devenue si générale que, même au point de vue de l'art, il faut bon gré mal gré compter avec elle et examiner les questions qu'elle soulève en regard des principes qu'elle met en cause.

Avant d'entrer dans cette période de développement et de
fécondité, la photographie a eu d'ailleurs bien des obstacles matériels à surmonter, bien des déceptions à subir, bien des phases
d'insuccès ou de perfectionnements douteux à traverser. Ainsi le
temps n'est pas encore loin où l'on désespérait presque de donner au papier une sensibilité égale à la sensibilité des plaques
préparées suivant la méthode de Daguerre, et l'on put d'abord
regarder comme à peu près stériles les efforts pour multiplier
par le tirage les épreuves d'une planche unique. Nous ne re-
monterons pas à cette époque de tâtonnements et de mécomptes.
Les origines de la photographie sur papier, ses hésitations et
ses premiers progrès ont eu déjà leur historien [1]. Il lui appartenait de déterminer la valeur scientifique des procédés en
usage au début, et pour être jugés en tant que conquêtes de la
physique ou de la chimie, les perfectionnements qui ont suivi
réclameraient aujourd'hui encore une plume habituée à traiter
de pareilles questions. La seule tâche qui puisse nous convenir
est d'apprécier les produits photographiques en les rapprochant
des produits de la gravure. Nous nous bornerons donc, pour l'intelligence même du sujet, à enregistrer quelques faits, quelques
détails techniques indispensables : nous indiquerons en peu de
mots les moyens actuellement employés avant de proposer notre
opinion sur les œuvres et de comparer les résultats.

On se rappelle que les premières recherches photographiques
ont eu pour objet la reproduction de la réalité, non sur le métal, mais sur le papier. Dès le commencement du siècle, le
célèbre Davy avait fait quelques expériences en ce sens. D'autres tentatives plus ou moins heureuses eurent lieu ensuite en
France et en Angleterre, et il est reconnu maintenant que les
travaux de MM. Niepce, Talbot et Bayard sont antérieurs à la

---

[1] Voir dans la *Revue des Deux Mondes* du 1ᵉʳ octobre 1848, *Histoire
et progrès de la photographie,* par M. L. Figuier.

publication des procédés de Daguerre. Néanmoins, au moment où ces procédés furent divulgués, on ne s'enquit ni des essais qui avaient précédé, ni des résultats déjà obtenus par d'autres moyens. Tout l'honneur de l'invention fut attribué à un seul homme, un seul nom conquit la popularité et personnifia la science nouvelle : c'était justice. Daguerre venait de découvrir pleinement ce que l'on n'avait fait qu'entrevoir avant lui : il avait pu compter plus d'un compétiteur, mais il demeurait désormais sans rival, et ceux-là mêmes qui l'avaient devancé dans la voie où il s'était aventuré à son tour s'inclinèrent des premiers devant ses légitimes succès. Grâce à lui, la photographie avait une pratique certaine, un ensemble de lois bien défini. Aussi ne songea-t-on d'abord qu'à se conformer strictement aux prescriptions de Daguerre et à opérer suivant la méthode qu'il avait imaginée. Un peu plus tard on essaya de compléter le progrès en changeant le champ de l'opération. Quelques-unes des anciennes tentatives furent reprises et poursuivies avec le secours de l'expérience actuelle ; mais ces efforts pour obtenir sur le papier des images aussi exactes que les images sur le métal restèrent longtemps infructueux, et vers la fin de 1848, à l'époque même où M. Figuier résumait l'histoire des premiers travaux accomplis, il pouvait dire avec raison que, « sous le rapport de l'art, les produits de la photographie sur papier étaient infiniment au-dessous des planches daguerriennes. » Les choses ont bien changé depuis lors. Des perfectionnements successifs, la découverte ou la combinaison de nouvelles substances ont eu raison de certaines difficultés qui semblaient d'abord insurmontables, et le problème de la reproduction sur papier a si bien trouvé sa solution, que les procédés de Daguerre, c'est-à-dire les reproductions sur plaques métalliques, sont aujourd'hui à peu près hors d'emploi. Il n'est pas jusqu'au mot *photographie* qui n'ait perdu sa signification primitive et générale. L'usage en a limité le sens depuis que les recherches mêmes se sont concentrées sur un seul point : au lieu d'exprimer l'art de fixer par l'action chimique de la lumière l'image des objets extérieurs, il n'exprime plus qu'un des modes d'application de cet art inventé par Daguerre. Qui dit photographie veut dire maintenant photographie sur papier, et nous rappelons le fait afin d'être autorisé à prendre ici ce terme générique dans son acception un peu détournée.

Les reproductions photographiques exigent, on le sait, deux opérations successives. La première a pour résultat l'image inverse ou négative du modèle transcrit au moyen de la chambre noire, c'est-à-dire qu'on voit d'abord se dessiner sur l'épreuve d'où sortiront les épreuves définitives une sorte de silhouette dans laquelle les ombres réelles sont traduites par des blancs et les lumières par une teinte obscure, le tout en vertu des propriétés de la couche sensible étendue à l'avance sur cette première épreuve. La seconde opération consiste dans l'exposition à l'action directe de la lumière solaire d'une feuille de papier introduite sous l'image négative déjà obtenue. Cette feuille, ainsi placée et préalablement imprégnée de substances sensibles comme l'image qui la recouvre, subit à son tour et à travers celle-ci la décomposition chimique provoquée par l'agent lumineux ; mais elle la subit tout différemment, du moins quant à l'effet pittoresque. Les parties blanches dans le négatif ayant livré passage aux rayons du soleil, l'épreuve positive se colore en noir là où ces rayons l'ont atteinte, tandis que, les parties opaques de l'image superposée préservant de la lumière les surfaces correspondantes, le phénomène contraire se produit sur ces surfaces ainsi abritées ; elles gardent, figuré en blanc, tout ce qui était teinté dans l'épreuve négative. Grâce à cette dernière transformation, l'effet juste se trouve rétabli, et le modèle est reproduit sous son véritable aspect.

Tel est le principe général des procédés photographiques, procédés au moyen desquels on peut multiplier à l'infini les épreuves, et qui, plus ou moins compliqués dans la pratique par les travaux de fixation et de lavage, ne diffèrent entre eux que par le choix des substances employées ou par la nature des corps destinés à recevoir les négatifs. Ainsi quelques photographes opèrent immédiatement sur le papier, et s'en servent comme d'un cliché pour tirer les épreuves positives. D'autres, plus nombreux et mieux avisés à ce qu'il semble, — car les résultats obtenus par ce second moyen sont en général les plus précis, — remplacent le papier par une glace à laquelle certaines préparations ont donné une sensibilité égale, et qui a de plus l'avantage de la transparence : qualité précieuse, on le sent de reste, puisque le rôle du négatif est d'entraver le moins possible l'action de la lumière sur les points de l'épreuve positive où elle doit frapper. Enfin un autre mode de photographie, ou plutôt une véritable gravure héliographique, est depuis quelque temps l'objet de recherches assidues, et l'on a pu voir récemment à l'exposition universelle plusieurs spécimens de ce procédé pour réimprimer en creux soit des estampes gravées suivant la méthode ordinaire, soit même des photographies. Il ne s'agit plus ici ni de glace, ni de papier, mais bien d'une plaque d'acier sur laquelle on a appliqué une épreuve positive, et que l'on expose à l'influence des rayons lumineux. En vertu de la préparation qu'a reçue cette planche et des acides que l'on emploie, la morsure s'opère conformément aux travaux de la pièce originale, de telle sorte que celle-ci se trouve reproduite non à l'état de seconde épreuve, mais à l'état même de planche gravée, que l'on peut soumettre au tirage. — Nous ne mentionnerons que pour mémoire les épreuves photographiques directes, c'est-à-dire les positifs obtenus du premier coup, sans résultat négatif préalable, sans inversion momentanée des ombres et des lumières. Si satisfaisantes qu'elles puissent paraître en elles-mêmes, ces épreuves sont des pièces uniques, forcément stériles comme les plaques daguerriennes; or nous n'avons à envisager ici la photographie que relativement à la gravure, et par conséquent au point de vue d'une reproduction féconde.

Quel que soit d'ailleurs le mode d'exécution adopté dans les travaux photographiques, que l'on ait recours à la glace, au papier ou au métal, ces opérations, matériellement différentes, ne s'en accomplissent pas moins toutes d'elles-mêmes et indépendamment, pour ainsi dire, de la volonté de l'opérateur. Il y a place pour l'habileté scientifique de celui-ci, pour la sagacité avec laquelle il usera de tel agent chimique ; il n'y a pas place pour son sentiment en tant qu'artiste, puisqu'il ne lui appartient pas d'interpréter ni de modifier en quoi que ce soit l'aspect des modèles donnés. Les choses se passent à côté de lui et en dehors de lui, dans une sphère d'action purement mécanique, avec une exactitude certaine, mais inintelligente. C'est là un fait qu'il importe de rappeler avant tout, et qui, une fois constaté, nous expliquera les imperfections inévitables et les conditions nécessairement étroites de la photographie.

Les ressources de la gravure sont infiniment plus larges. La gravure est un art, précisément parce qu'elle permet, qu'elle exige même la participation de la pensée et du goût à un travail de reproduction. Soumission sincère à l'autorité du modèle, voilà sans doute la première loi de ce travail ; mais l'imitation sera insuffisante, si elle garde seulement le caractère d'une copie littérale. Pour qu'une estampe rende à souhait le tableau d'après lequel elle a été faite, il faut que le graveur ait su décomposer les intentions du peintre, les proportionner aux moyens dont il dispose, et remplacer par des équivalents propres à son art les termes mêmes du texte original. Il faut, en un mot, qu'il se soit assimilé l'esprit de son modèle, mais que jusqu'à un certain point il en ait modifié la lettre. Sans cela, il aura, par excès de scrupule et par une docilité mal entendue, altéré à la fois la vérité qu'il prétendait respecter et le style dont il avait mission de traduire les formes. Un exemple emprunté d'un autre art pourra rendre sensible cette différence entre la transcription matérielle et la copie par voie d'interprétation. Les procédés actuels pour la réduction des statues et des bas-reliefs donnent, on le sait, des résultats mathématiquement exacts. D'où vient pourtant que ces répétitions, si fidèles en réalité, ne semblent pas avoir à beaucoup près la même beauté que les morceaux originaux ? C'est qu'elles formulent une ressemblance servile au lieu d'une image en correspondance avec le type choisi. Le changement de proportion, la différence des matières nécessitaient quelques variantes en dehors de l'action d'une machine, et qui eussent réclamé la main intelligente d'un artiste. Croit-on que le sculpteur de la *Vénus de Milo* ou le sculpteur du *Moïse* eussent traité leurs ouvrages absolument de la même façon, si ces ouvrages, au lieu de garder leurs proportions colossales, se fussent réduits à ces proportions de statuettes qu'on leur donne aujourd'hui, et si le bronze eût dû être employé au lieu du marbre? Telle forme eût été autrement ressentie, tel détail simplifié ou exprimé avec plus de délicatesse. — Quelque chose d'analogue à ces modifications ou à ces sacrifices doit se passer dans un travail de reproduction par le burin. Il ne suffit pas que le graveur s'attache à rendre de point en point tout ce qu'il voit dans son modèle : il faut qu'il juge et qu'il détermine l'importance relative de chaque objet, qu'il prenne certains partis pour simuler un coloris varié avec deux tons seulement et pour conserver au dessin soit sa grâce, soit sa fierté, en opérant sur un champ très-restreint, où tout détail, s'il n'est atténué, devient aisément hors de propos et de mesure. On comprend dès lors à quel point le discernement et l'intelligence pittoresque sont nécessaires dans un genre de travail qui, tout en reflétant la pensée d'autrui, doit avoir aussi son caractère particulier, sa physionomie distinctive. L'imagination même ne saurait être exclue

du domaine de la gravure, et l'on pourrait dire sans exagération qu'il n'est guère de graveur éminent dans aucun pays ni à
aucune époque dont les œuvres n'attestent une véritable puissance d'invention. Nous ne parlons pas de ces maîtres doublement privilégiés, doublement habiles, qui, comme Albert Dürer,
Lucas de Leyde ou Rembrandt, ont gravé leurs propres compositions et marqué indifféremment du sceau de leur génie tantôt
le cuivre, tantôt la toile ; nous parlons de ceux dont la tâche consiste dans l'imitation d'un modèle qu'ils n'ont pas tracé. Lorsque Marc-Antoine trouve le secret de formuler avec une entière
précision les intentions à demi indiquées par le crayon de
Raphaël, lorsque Jean Morin et Gérard Audran, enrichissant
de leur propre fonds la pensée de Champagne ou de Lebrun,
transforment en chefs-d'œuvre des œuvres imparfaites ou quelquefois décidément faibles, ne faut-il voir que des témoignages
d'adresse matérielle dans ces traductions si heureusement men-
songères? Suffirait-il pour traduire ainsi d'avoir le coup d'œil
juste et la main exercée, et n'est-ce pas plutôt faire preuve
d'imagination que de deviner si bien le génie ou d'amener à
ce point les œuvres incomplètes du talent?

La gravure a donc une double tâche à remplir. Elle doit à la
fois copier et commenter la peinture, sous peine d'abdiquer ses
priviléges et de se dérober aux conditions de l'art. La photographie au contraire, ne procédant que du fait, commence et
finit avec lui. Elle l'accepte tel qu'il se présente, se l'approprie
sans contrôle, sans développement ni restriction d'aucune
sorte ; elle ne peut rien au delà de cette fidélité aveugle. En
dehors de cette assimilation à outrance, elle n'existe pas. De là
l'expression négative, l'aspect éteint de ses produits d'après les
objets que la vie anime ; de là ces portraits sans physionomie et
ces tristes effigies du corps humain qui suffiraient pour dégoûter
de ce qu'on appelle aujourd'hui le réalisme, si tant est que le
réalisme et ses œuvres puissent séduire fort sérieusement per-

sonne : images ressemblantes si l'on veut, mais d'une ressemblance inerte ; images vulgaires et mortes, bonnes tout au plus à être consultées à titre de renseignements sur la lettre même de la nature. Les épreuves d'après le modèle vivant peuvent avoir quelquefois cette sorte d'utilité, et servir aux peintres de genre ou de portrait non de types absolus, mais d'éléments qu'il leur appartient d'ailleurs de modifier. Elles seraient certes d'un pauvre secours pour les peintres qui recherchent l'élévation ou l'élégance du style, l'expression morale, le beau enfin. Leurs aspirations ne rencontreraient là qu'injure formelle et démenti.

La photographie, si inférieure à l'art lorsqu'elle représente directement la vie, est-elle mieux en mesure de lutter avec lui là où cette représentation est indirecte ? Faut-il confondre dans une même réprobation la nature telle qu'elle nous la montre et les œuvres du pinceau telles qu'elle les transcrit ? On ne saurait sans injustice le penser ni le dire. L'emploi du procédé peut avoir, dans le second cas, une véritable opportunité, et si défectueuses que soient, à beaucoup d'égards, les copies de tableaux exécutées ainsi, il leur reste au moins ce mérite, qu'elles procèdent de modèles où les combinaisons de la pensée humaine ont remplacé l'occasion fortuite. L'ordonnance d'une composition, le fond des intentions qu'a eues le peintre, et jusqu'à un certain point le caractère de son style venant pour ainsi dire se déposer sur l'épreuve, celle-ci n'est plus, comme tout à l'heure, le miroir du fait grossier ; elle reflète une nature déjà épurée, choisie par la main d'un artiste, et s'il s'agit de l'ouvrage de quelque grand maître, elle pourra servir de loin, mais avec une utilité certaine, la cause de l'art même et du goût. Multipliés par la photographie, les chefs-d'œuvre de la peinture deviendront plus aisément populaires, et peut-être s'ensuivra-t-il quelque progrès dans les habitudes générales de l'opinion. Malheureusement à ce progrès possible se mêle un danger aussi probable pour le moins. En s'accoutumant à ne voir que ces images niaisement fidèles, on courra le risque de se méprendre non sur le caractère des tableaux, mais sur le caractère des moyens employés pour les reproduire : moyens tout matériels, il faut le répéter, et n'aboutissant par conséquent qu'à une représentation incomplète. Au lieu d'accepter avec réserve, et seulement à titre de document, ce qui n'a et ne peut avoir qu'une vérité chétive et bornée, on ne demandera rien de plus que cette vérité mécanique. L'exactitude purement littérale tiendra lieu de tout le reste, et dès lors on oubliera pour la photographie, qui contrefait l'apparence des tableaux, la gravure, à qui seule appartiennent le droit et le pouvoir d'en donner une imitation achevée.

La différence est grande pourtant, et le mérite bien inégal entre la reproduction photographique d'une peinture et la reproduction de ce même original par le burin. Les exemples ne manquent pas : chacun a l'occasion aujourd'hui de se convaincre de cette inégalité par ses yeux. Il serait donc superflu d'insister sur une comparaison dont on peut à toute minute trouver et rapprocher les termes. S'il fallait choisir un spécimen entre mille, il nous suffirait d'indiquer, — en regard de la belle estampe gravée par M. Desnoyers, — *la Vierge* d'après Raphaël, qui fait partie d'une suite intitulée : les *Maîtres photographiés* [1]. On ne saurait prétendre toutefois que la gravure,

---

[1] Les photographies qui composent cette suite n'ont pas été, il est vrai, exécutées en face des œuvres originales. Des copies peintes ont servi de modèles, l'administration des musées n'ayant pas, — très-sagement d'ailleurs, — autorisé d'opération directe d'après les tableaux que le Louvre possède. Cependant, quelle que puisse être l'imperfection de ces copies, elle n'excuse pas des défauts qui existeraient tout aussi bien sans elle. Les défauts dont nous voulons parler sont inhérents au procédé même. La preuve en est que des photographies obtenues sans intermédiaires, celles, par exemple, qui ont été faites directement d'après quelques tableaux de l'Exposition universelle, ne sont, — au point de vue de l'exécution et toute proportion gardée entre les modèles, — ni meilleures ni pires que les pho-

quelle qu'elle soit, d'un tableau l'emporte nécessairement sur
une épreuve photographique. Tout le contraire peut arriver, et
il va sans dire qu'en accusant l'insuffisance du procédé, nous
n'entendons sacrifier ses produits qu'aux œuvres du talent. A
coup sûr, de bonnes photographies d'après les *Stanze* de
Raphaël ou la *Cène* de Léonard seraient moins comprommet-
tantes pour la gloire des deux maîtres que les estampes de
Volpato et de Morghen, et nous préférerions de grand cœur à
ces imitations trompeuses, à ces travaux d'un burin débile ou
volontairement infidèle, des images qui auraient au moins
l'avantage d'une fidélité mathématique; mais que l'on se pour-
voie ailleurs et en meilleur lieu, que l'on rapproche une belle
planche d'après quelque peinture de Raphaël, — la *Vierge de
François I*er* d'Edelinck, par exemple, — et une photographie
d'après le même tableau : on comprendra que l'exactitude
littérale n'est pas, tant s'en faut, le dernier mot de l'art.
Ce qui demeure ici à l'état de copie servile se montrera
là sous une apparence plus digne du modèle. D'un côté le
fac-simile absolu, sans sacrifices, sans les modifications que
commandaient le changement des dimensions et l'indigence
d'un coloris réduit à deux tons : de l'autre la ressemblance obtenue par un sentiment judicieux des beautés originales et des
moyens laissés à la reproduction ; en un mot l'analogie morale
au lieu de la conformité inerte, un travail d'art au lieu d'un
décalque. Ajoutons qu'en dehors de ces conditions d'infériorité
inhérentes à son principe même et à ses lois générales, la photographie porte en soi des éléments d'imperfection matérielle
dont l'avenir aura raison peut-être, mais contre lesquels on a
jusqu'à présent vainement lutté. Certains tons, tels que l'azur
et les nuances qui en dérivent, se reproduisent sur l'épreuve
photographique dans une gamme si claire, qu'ils semblent

tographies d'après les copies peintes de *la Belle Jardinière*, de *la Vierge*
de Murillo, etc.

                                                    24

en quelque sorte absents, tandis que les tons participant du rouge acquièrent une extrême intensité. De là un désaccord et une dureté qui faussent l'harmonie pittoresque. Le visage d'un homme sanguin se dessinant sur un ciel limpide apparaîtra comme une tache noire sur un fond blanc ; une figure vêtue d'une draperie bleu clair ou lilas deviendra à côté d'un mur en briques une silhouette blanche et sans relief. La gravure n'a ni ces exagérations, ni ces défaillances. Comme elle procède par analogie en traduisant le coloris d'un tableau, comme elle réfléte non les teintes mêmes, mais leur valeur relative et leur aspect plus ou moins lumineux, elle ne dénature pas par des altérations partielles l'ensemble de l'effet. Le blanc et le noir, au lieu d'aboutir à des contrastes heurtés, se proportionnent à la mesure déterminée par la peinture originale ; ils font l'office d'équivalents et rendent dans leurs rapports exacts sinon les couleurs, du moins tous les accidents du clair-obscur. La photographie au contraire, diversement influencée par l'action de ces couleurs, a tantôt trop de délicatesse, tantôt trop de violence. Elle ne sait que ressentir chimiquement l'effet de chaque ton, et, faute de pouvoir coordonner tant d'impressions inégales, elle substitue une succession de dissonances, ou tout au moins une harmonie brisée, à l'harmonie continue qu'avait déterminée le pinceau.

Appliqués à l'imitation des œuvres du crayon, les procédés photographiques donneront sans doute des résultats plus satisfaisants, puisque les difficultés seront moindres et les conditions à remplir beaucoup plus humbles. Plus de différence ou une différence bien moins radicale entre les proportions du modèle et celles de la copie ; plus de tons variés ni par conséquent de ces anomalies que nous signalions tout à l'heure. Une contre-épreuve du dessin original, voilà, dira-t-on, ce qu'il s'agit uniquement d'obtenir ; une similitude absolue dans les formes et dans l'effet, tel doit être le seul objet du travail. Il n'en va pas pourtant tout à fait ainsi. Cette exactitude mécanique ne sau-

rait, même ici, suppléer à tout et tout résoudre. Ce n'est point
assez que chaque détail ait été retracé avec une rigueur impassible, avec une fidélité qui défie le compas. L'accent de la
vie manque à cette ressemblance irréprochable : ce duplicata
d'une œuvre née de l'imagination a échangé l'empreinte ori-
ginelle contre les froids dehors de la fabrication. Il en est de la
photographie comme de ces instruments dont les rouages, une
fois mis en mouvement, déroulent d'eux-mêmes les notes d'un
morceau de musique. Tout vient à point, tout se succède dans
l'ordre établi par le compositeur, tout est conforme à ce qu'il
a écrit : seulement rien ne vient animer cette régularité infaillible. On sent que la main, l'âme plutôt, est absente de ces
accords, et dès lors l'espèce de vibration sympathique que nous
communiquerait le talent d'un artiste reste à l'état de sensation stérile et de surprise sans émotion.

Le mal ne serait pas grand, sans doute, si la photographie
ne faisait que s'emparer de ces dessins moitié art, moitié industrie, que la lithographie et la gravure sur bois reproduisent
d'ordinaire pour satisfaire la curiosité du moment. Qu'une
caricature, un dessin de mode ou le croquis d'une scène de
théâtre soient copiés mécaniquement, aucun intérêt fort grave
ne sera lésé pour cela, et l'avantage d'une publication rapide
compensera d'ailleurs les défauts de l'exécution. Toutefois ces
défauts seront bien autrement apparents, l'inertie du procédé
se montrera sans compensation ni excuse sérieuse, lorsque la
photographie aura choisi ses modèles dans un ordre plus élevé.
Les vignettes de l'*Horace* publié par M. Didot sont, à notre
avis, un témoignage très-significatif de l'insuffisance mécanique en pareil cas. N'y a-t-il pas, en effet, un contraste regrettable, et comme un manque de logique, entre la netteté,
on dirait presque l'animation typographique du texte et l'aspect
engourdi des photographies qui l'accompagnent ? La faute n'en
est pas aux deux artistes auteurs des compositions. MM. Barrias

et Bénouville ont fait preuve de talent et de goût en représentant, le premier les scènes chantées par le poëte, le second les
campagnes qu'Horace a parcourues ou habitées ; mais leur
travail a évidemment perdu son allure individuelle, cette finesse
d'expression dont le burin se fût rendu compte et qu'il eût su
conserver. L'ordonnance générale et les formes matérielles
subsistent : l'intention spirituelle a disparu en grande partie, ce
qu'on pourrait appeler la vive arête du style s'est émoussé. Tout
a pris une physionomie uniforme, tout est monotone, morne,
voilé, et nous trouvons des images presque lugubres là où il fallait nous faire pressentir surtout la grâce, la verve et l'élégance.

Cette apparence de deuil, hors de propos assurément dans les
illustrations d'un livre comme celui d'Horace, est au reste un
inconvénient essentiel de la photographie, et probablement un
défaut invincible. On a eu beau diversifier depuis quelque temps
l'emploi des substances colorantes, essayer tantôt des tons
gris-noir, tantôt des tons sépia ou roux-ferrugineux : les résultats de ces différents essais ont tous la même lourdeur d'effet,
la même tristesse, le même aspect terne et languissant [1]. Cela

---

[1] Il ne sera pas inutile d'ajouter que les recherches n'ont pas eu pour
objet unique, ni même pour objet principal, la découverte d'un ton plus
souple que les tons obtenus jusqu'ici. La durée des épreuves, au point où
se trouve encore la science, est un fait pour le moins douteux. Nombre
d'images photographiques, habituellement exposées à la lumière, se sont
détruites au bout de quelques années. D'autres, renfermées dans des portefeuilles, ont également fini par disparaître. D'autres enfin, tirées sur les
fragments d'une même feuille de papier, obtenues en vertu des mêmes
préparations et placées ensuite dans les mêmes conditions atmosphériques,
ont eu chacune un sort différent : à côté d'une épreuve qui se détériorait
rapidement, une épreuve ne subissait que de lentes altérations ou même
demeurait dans un état d'intégrité complète. De là les efforts de la science
pour prévenir de pareils accidents et pour assurer une longévité égale à
tous les produits de la photographie. Rien de très-péremptoire n'est venu
calmer les inquiétudes que l'on avait pu concevoir sur ce point, et, quant à
présent du moins, la durée incertaine des épreuves photographiques est un
inconvénient de plus à signaler en regard des avantages de la gravure.

s'explique : la photographie, quelle que soit la couleur qu'on lui
livre, n'a qu'une seule manière de la mettre en œuvre. Un seul
mode d'exécution lui sert à rendre les travaux de tous genres, les
caractères multiples et les variétés infinies d'un original. Là
où le pinceau, le crayon, le burin exprimeraient par la diversité
du faire la nature particulière de chaque objet, elle promène
une touche toujours égale. Qu'elle ait à représenter un corps
transparent ou un corps opaque, qu'il lui faille modeler une
draperie légère ou une pierre, elle opérera de la même façon,
et ce procédé immuable, cette uniformité de moyens en face
des types les plus opposés, répandront sur toutes les parties de
l'œuvre la froideur et la monotonie. Dans le fac-simile d'un
dessin, c'est-à-dire d'un modèle où tout est plutôt indiqué que
rendu, cette absence de souplesse est particulièrement regrettable. La langueur de l'exécution contredit formellement l'idée
qu'implique tout travail de ce genre, et s'il est difficile de s'accommoder d'un tel contre-sens dans une pièce de quelque étendue, il est moins aisé encore de le supporter dans une vignette.
A ce titre, les photographies de l'*Horace* ne nous semblent pas
une innovation heureuse. Elles n'offrent pas, tant s'en faut, la
variété et la finesse de la gravure en taille-douce ; elles n'ont
et ne pouvaient avoir l'allure dégagée, l'aisance et la précision de
l'eau-forte. Que leur reste-t-il donc, que restera-t-il à toute
vignette exécutée par des procédés semblables ? Une sorte
d'attrait superficiel, de charme effacé, et cette harmonie négative, qui est à l'harmonie véritable ce que la faiblesse est à la
modération ou la nonchalance à la douceur. Veut-on apprécier
par un exemple contraire la torpeur de la photographie, que
l'on jette les yeux sur la *Vierge* récemment gravée par M. Henriquel-Dupont d'après le dessin de Raphaël que possède le
musée du Louvre. Peut-être le savant graveur a-t-il un peu
trop sacrifié à l'élégance de la manœuvre, peut-être trouvera-
t-on dans sa jolie planche quelque excès d'habileté pour ainsi

dire, quelque chose d'un peu recherché qui tend à raffiner sur la grâce de Raphaël. Au moins cette grâce a conservé en partie son animation ; l'art de la traduction confirme et rajeunit l'art exquis du modèle. Certaines restaurations que nécessitaient les dégradations produites par le temps, certains partis pris d'effet qu'autorisaient l'altération du ton primitif et les moyens particuliers de la gravure, sont venus d'ailleurs revivifier et compléter, jusqu'à un certain point, l'œuvre du peintre. En revanche, que n'eût-elle pas perdu à être mécaniquement copiée ! On peut dire avec certitude qu'en passant par l'appareil photographique, cette délicatesse se fût tournée en mollesse, cette douceur d'aspect en confusion, et que nous eussions eu l'ombre des formes actuelles du modèle au lieu d'un reflet de ses beautés. Or qu'importait-il le plus de transcrire ; lequel des deux semblera préférable, d'un fac-simile équivoque, purement extérieur en tout cas, ou d'un aperçu des intentions intimes que recèle le morceau original ?

Il peut arriver cependant qu'en face de certaines œuvres de l'art, l'extrême abnégation de la photographie soit admissible, ou même que son impuissance à modifier la réalité cesse absolument d'être un défaut. Les monuments de la sculpture, où l'expression se subordonne en général à la pureté de la forme palpable, ont par cela même moins besoin que les tableaux et les dessins d'être reproduits par voie d'interprétation. L'imitation exacte des proportions et du modelé suffit pour leur conserver leur signification et leur caractère propres. Aussi le procédé photographique, précisément parce qu'il s'arrête à l'apparence formelle, peut-il être employé avec à-propos lorsqu'il s'agit d'obtenir l'image d'une statue ou d'un bas-relief,— sauf, nous l'avons dit déjà, les inconvénients attachés à tout moyen de réduction qui ne permettra d'omettre ni d'atténuer aucun détail. A plus forte raison ce procédé semble-t-il approprié aux conditions spéciales de l'architecture. Dans un monu-

ment, l'expression résulte en effet tout entière de la combinaison des lignes ; tout est nettement et définitivement accusé,
toute beauté réside à la surface, tout porte en dehors son élégance ou sa grandeur. A quoi bon dès lors l'intervention de
l'art pour commenter ce qui s'explique de soi? Le meilleur
mode de reproduction sera celui qui laissera le plus complètement intacte la physionomie extérieure du modèle ; l'image la
plus précieuse sera celle où l'on pourra le moins surprendre le
sentiment personnel du traducteur. Il y a donc lieu de louer et
d'accepter à peu près sans réserve les œuvres de la photographie, quand elles ont pour objet la représentation des œuvres de
l'architecture. On ne saurait dire qu'elles inaugurent un art
supérieur à celui d'Androuet Du Cerceau, d'Israël Silvestre ou
de tel autre graveur de monuments ; — l'art, encore une fois,
n'a que faire dans cette fidélité toute mécanique ; — mais il n'y
a que justice à reconnaître ce qu'elles offrent d'incomparable
au point de vue de l'authenticité, et quelles vastes ressources
elles créent aux études techniques, comme à l'archéologie et à
l'histoire. Puissent ce nouveau secours et ces exemples familiers tourner au profit de l'architecture contemporaine ! puisse-
t-elle, dans ce contact de tous les jours avec le passé, puiser,
non pas le goût de l'imitation, mais au contraire une force
d'invention nouvelle ! La photographie, en exerçant cette influence sur l'art de notre époque, ne lui serait pas médiocrement utile.

A ne considérer d'ailleurs les pièces dont nous parlons qu'en
elles-mêmes et sans tenir compte des progrès qu'elles peuvent
déterminer, il est difficile de demeurer indifférent à leurs mérites. Quoi de plus curieux que cette suite d'édifices appartenant
à tous les temps et à tous les pays, qui se déroule sous nos yeux
soit pour nous faire retrouver les impressions ressenties sur
place, soit pour nous renseigner et nous instruire ? Tels que la
photographie les a rendus, les détails de la cathédrale de Char-

tres, par exemple, ne gardent-ils pas le relief, l'apparence même de la réalité ; et les nobles sculptures des portails, — le plus beau spécimen peut-être de la statuaire nationale au moyen âge, — ne revivent-elles pas sur le papier avec toute l'autorité, toute la fermeté de style que leur a données le ciseau ? Les diverses vues du vieux Louvre, photographiées plus récemment et avec une justesse de moyens plus irréprochable encore, attestent à la fois les perfectionnements du procédé et l'admirable talent de nos artistes du seizième siècle. N'eussent-elles d'autre avantage que de populariser au dehors la gloire de l'architecture et de la sculpture françaises à des époques bien différentes, de telles publications mériteraient à ce titre seul les encouragements ; mais elles peuvent avoir une utilité plus immédiate, et réveiller un juste orgueil ou des admirations que le temps a refroidies. Qui sait ? peut-être, à force de voir ces images des grands monuments de l'art dans notre pays, arriverons-nous à mieux apprécier les rares qualités des modèles. Peut-être, en comparant les œuvres de notre école aux œuvres produites ailleurs, — et la comparaison est facile, puisque la photographie fournit de part et d'autre la même somme de documents certains, — serons-nous moins insouciants ou moins modestes, et nous aviserons-nous de penser qu'après tout l'architecture et la sculpture françaises tiennent, depuis le treizième siècle, un rang que l'Italie elle-même n'a pas toujours su prendre ou conserver. Nous ne manquons certes ni de critiques ni d'archéologues tout prêts à discuter des dates, à disserter sur l'âge d'un édifice ou sur les caractères de ses restaurations successives. Par malheur, des travaux de ce genre n'intéressent guère que ceux qui savent déjà à demi, ou quelques érudits de profession chez lesquels le dévouement à la science n'exclut pas toujours un certain espoir de rencontrer l'erreur sous la plume de leurs confrères. La foule n'a rien à voir en tout cela. Elle laisse les initiés achever de s'instruire

mutuellement ou controverser à peu près à huis clos ; faute
d'explication à sa portée, elle néglige trop souvent les réalités
les plus propres à solliciter son attention. La photographie peut
nous donner d'autres habitudes et nous inspirer des convictions
que le plus savant commentaire réussirait difficilement à répandre. Il n'est besoin ni d'expérience technique, ni de très-
profondes réflexions pour comprendre le genre de beautés qu'elle
tend à populariser. Un peu de goût et de clairvoyance suffit ;
car de tous les arts, l'architecture est le moins équivoque, le
moins indéfini dans la forme et dans l'intention. Et comme
l'architecture française, en particulier, garde à presque toutes
les époques le caractère de la raison, comme elle exprime,
même dans la magnificence, une fantaisie judicieuse, il faut
espérer que la représentation vulgaire de ses chefs-d'œuvre
triomphera de notre indifférence, et que nous n'hésiterons plus
à reconnaître le mérite qui leur est propre aussi bien que leur
valeur relative.

La photographie, insuffisante en face de la nature, des
tableaux et des dessins, partout, enfin, où l'exactitude matérielle doit s'allier à l'expression d'un sentiment, — la photographie, on le voit, a une importance et une utilité incontestables dans les cas où le fait seul doit être surpris et consigné.
Il semble, dès lors, que des gravures, c'est-à-dire des
formes irrévocablement définies, pourront, aussi bien que des
monuments ou des statues, être impunément soumises à ce
mode de transcription. Bien plus, certaines imperfections résultant de la différence des proportions ou de la nature des
matériaux employés par l'architecture et par la statuaire, certaines modifications inévitables du coloris ne paraissent pas à
redouter ici. L'épreuve sera d'une dimension égale à la dimension de l'épreuve originale ; les deux seuls tons dont le burin
dispose appartiennent aussi à la photographie. Il n'y aura
donc, il ne devrait y avoir, du moins, aucune dissemblance

entre les copies et les modèles. D'où vient pourtant que cette
dissemblance existe? La faute en est-elle tout entière aux conditions actuelles du procédé, et l'avenir révélera-t-il des secrets
qu'on n'a pas su pénétrer encore? Peut-être. Personne, en
tout cas, ne serait autorisé à dire que ce progrès semble certain. D'ailleurs, la question qu'il s'agit ne résoudre n'est pas,
comme on pourrait le croire, d'un ordre exclusivement matériel. Que l'objet principal soit la reproduction des lignes et de
l'effet déterminés par le graveur, rien de plus vrai ; mais il y a
dans les œuvres de la gravure, comme dans celles de la peinture, une éloquence inhérente à la touche même, un goût d'exécution vivant et personnel qui ne saurait s'isoler du moyen
sans que cette scission dénature forcément l'expression. La
photographie, tout en ne procédant pas comme le burin ou
comme la pointe, pourra sans doute imiter l'apparence générale des travaux qu'auront exécutés ces instruments; elle ne
réussira pas à en rendre l'esprit, à s'assimiler la précision savante ou la grâce qui leur appartiennent.

Il résulte de ce qui précède que, pour copier des estampes,
le plus sûr serait encore de recourir aux procédés mêmes de la
gravure. Tout dépendra, il est vrai, de l'intelligence et du talent des copistes ; mais pour peu qu'ils soient gens habiles, ils
donneront des pièces originales une idée plus juste et plus
complète que ne saurait le faire la photographie. On a entrepris, il y a quelques années, de photographier les œuvres de
Marc-Antoine. Envisagée comme moyen d'ajouter à la popularité de compositions admirables, une telle entreprise n'a
rien que de louable ; mais l'insuffisance de l'exécution nous
laisserait, à d'autres égards, le droit d'être sévère, et nous n'hé-
siterions pas à préférer de beaucoup, aux pièces photographiées
d'après Marc-Antoine, les copies gravées par Marc de Ravenne
et par d'autres élèves du maître. Celles-ci, tout inférieures
qu'elles sont aux chefs-d'œuvre qui leur ont servi de modèles,

gardent au moins quelque chose du faire net et résolu des estampes originales. Dans celles-là, au contraire, la fermeté du travail se traduit par je ne sais quelle lourdeur de touche ; la finesse s'empâte ou disparaît, et, si fidèles qu'elles semblent au premier aspect, ces réimpressions prétendues ne sont rien de plus que des esquisses, et, qui pis est, des esquisses sans verve.

On supposera peut-être que la photographie, incapable de rendre à souhait la manière incisive de Marc-Antoine, doit avec plus de succès s'attaquer à d'autres manières et à des maîtres d'un autre ordre. Si l'extrême délicatesse des contours et du modelé échappe à son action, des effets d'ombre et de lumière accusés non plus par des traits, mais par des teintes, des masses de tons franchement clairs ou veloutés se déposeront sur la glace ou sur le papier plus aisément que des tailles subtiles, parce qu'il existe en pareil cas une analogie apparente entre le procédé photographique et le procédé même de la gravure. La publication de l'*OEuvre de Rembrandt* nous semble un fait beaucoup plus propre à démentir qu'à confirmer cette opinion. Ici encore nous reconnaîtrons volontiers ce qu'il peut y avoir d'utile à présenter dans leur ensemble les créations successives du génie, à montrer réunis des chefs-d'œuvre d'invention et de sentiment disséminés dans les cabinets ou dans les galeries ; mais il faut avouer aussi qu'au point de vue de l'art et de l'habileté technique, ces chefs-d'œuvre n'apparaissent qu'étrangement défigurés. L'imperfection principale des photographies du *Rembrandt* consiste dans le défaut de transparence des ombres. De là une âpreté d'effet directement contraire à l'effet harmonieux qu'a su trouver la main du maître. Dans les pièces originales, les parties obscures sont, malgré l'intensité du ton, pénétrables à l'œil pour ainsi dire. On y entrevoit des reflets, de chaudes lueurs assoupies ; on sent que ces corps voilés d'ombre ont leur relief, leur modelé, leur consistance, et que si un rayon venait à les éclairer, ils se comporteraient comme les corps voisins qui se développent en pleine lumière. Dans les reproductions, au contraire, l'ombre cesse d'être un voile ; elle étreint la forme et l'absorbe. Tout ce qui n'était que mystérieux devient épais ou vide, toute énergie de ton se convertit en noir boueux ou dur. Quelle fausse idée, par exemple, ne se formerait-on pas de l'un des plus beaux ouvrages de Rembrandt, — le portrait en pied du *Bourgmestre Six,* — si l'on se fiait à la triste contrefaçon que la photographie nous en donne ? Deux autres estampes, véritables merveilles d'exécution, — *le Christ guérissant les malades* et le paysage dit *aux Trois Arbres,* — ont subi une transformation qui les rend presque aussi méconnaissables. Qu'est devenue dans la première de ces pièces la merveilleuse souplesse du coloris ? Toute la partie à la droite du spectateur, si transparente malgré sa vigueur, si riche en fines transitions, est ici lourde et violente : lourde, parce que les ombres sont traduites par des noirs opaques ; violente, parce qu'à côté de ces noirs absolus, les morceaux à demi éclairés se dessinent brutalement clairs. Dans le *Paysage aux Trois Arbres,* le ton des nuages d'où s'échappe la pluie a une intensité égale à celle des ombres qui s'étendent sur les terrains et sur les eaux. Les formes des premiers plans ont disparu sous une couche noire si invariablement épaisse, qu'il est au moins difficile de soupçonner l'existence des figures que Rembrandt a mêlées aux détails de la végétation.

On ne finirait pas, s'il fallait relever dans les copies tout ce qui annule ou dénature l'expression primitive et les intentions pittoresques du maître. Les reproches que méritent ces trois pièces, on pourrait d'ailleurs, et à tout aussi bon droit, les adresser aux autres photographies dont le recueil se compose. Les moins défectueuses d'entre elles sont celles qui reproduisent des estampes presque complétement dépourvues d'effet, des scènes esquissées en quelques traits, comme la grande *Chasse aux Lions*, où la gravure n'a guère que le caractère d'un croquis sur cuivre. Encore, là comme ailleurs, ne faut-il guère chercher qu'un aperçu de la composition. La fermeté du travail ne subsiste qu'à demi, les contours que l'eau forte a creusés semblent glisser sur le papier, qu'ils effleurent à peine. Il n'en devait pas être autrement ; il en sera toujours ainsi, en dépit de certains progrès possibles, lorsque la photographie entreprendra de rivaliser avec le burin ou avec la pointe, — l'inégalité de mérite résultant invinciblement de la différence même des procédés. C'est ce que l'auteur du texte, fort instructif d'ailleurs, qui accompagne l'*OEuvre photographié de Rembrandt*, M. Charles Blanc, a quelque peu oublié de nous dire. En admirant, et certes à bien juste titre, les planches originales, il admire avec moins d'à-propos la perfection du moyen employé pour les reproduire. Il s'empresse un peu trop de bénir ce qu'il appelle « le mariage mystique de l'art et de la science. » Mariage, soit, mais mariage de la main gauche, car l'art, en se mésalliant ainsi, abdique une partie de sa dignité et quelques-uns de ses meilleurs priviléges.

Nous avons cherché à démontrer par des exemples successifs et, pour ainsi dire, preuves en main, les inconvénients sérieux et parfois les avantages du procédé photographique. La critique, dans des questions de ce genre, a d'autant plus le droit de parler sans réticence, qu'elle porte sur des faits complétement indépendants du talent, et qu'une machine qui donne de méchants produits ou des produits insuffisants est infiniment moins digne de ménagements que l'auteur, même malhabile, d'un tableau, d'un dessin ou d'une gravure. On n'aura donc blessé aucun amour-propre en signalant les côtés faibles ou les côtés tout à fait défectueux de la photographie ; on n'aura exagéré le mérite de personne en indiquant ce qu'elle offre de réellement utile et d'exactement applicable. Cependant il ne suit pas de là qu'aucune opinion n'ait été contredite, et que les préjugés du plus grand nombre s'accommodent volontiers de celle que nous proposons. Aux yeux de qui n'y regarde pas de fort près, l'art nouveau paraît en mesure de remplacer un art désormais suranné. A quoi bon pâlir de longues années sur une besogne qui peut maintenant s'accomplir en quelques secondes? Pourquoi s'obstiner à transporter péniblement sur le cuivre des modèles qui viennent d'eux-mêmes se décalquer sur le papier? Quelle copie préférable à cette empreinte, quelle main plus sûre que cette infaillible pratique? L'erreur semble assez générale pour qu'il soit nécessaire de préciser en quelques mots le rôle de la photographie.

Non, la gravure n'a trouvé là ni un mode d'exécution supérieur, ni même un équivalent; non, les graveurs n'en seront pas réduits à la condition des maîtres de poste, dont les chemins de fer ont ruiné l'industrie. En fait d'art, c'est peu d'arriver vite, l'essentiel est d'arriver à point, sans avoir trop dépensé en route de ses forces et de ses ressources. La photographie, qui ne sait ni calculer ni attendre, laisse pressentir le dénûment sous la prodigalité, l'irréflexion sous un faux air de patience. Elle peut, il est vrai, étaler un luxe d'ornements, ou plutôt de menus accessoires, que la gravure ne réussira jamais à emprunter; mais il ne faut rien chercher au delà de ces surprenantes minuties, plus propres à contenter une curiosité vulgaire qu'à intéresser l'art et ses progrès. Rien ne vient coordonner tous ces détails, rien n'accuse la réserve, le choix, le sentiment du mieux. Le bien ici n'est que l'expression textuelle de la réalité, et franchement cela ne saurait suffire. L'art a quelque chose de plus beau et de plus important à nous enseigner. Il ne nous montre pas seulement l'extérieur des objets, il donne à la forme une signification particulière, il nous initie à certains secrets que nous n'aurions pas su démêler sans lui, et,—pour ne parler que de la gravure,—il s'approprie, il achève de préciser le fond de la pensée d'autrui, au lieu d'en copier platement les surfaces. Ce sont là des vérités élémentaires sans doute, mais s'il est permis de les rappeler, n'est-ce pas surtout au moment où bon nombre de gens les oublient, et la banalité de pareilles redites ne trouve-t-elle pas son excuse dans la faveur qu'usurpent des principes tout opposés ?

La photographie en effet compte aujourd'hui assez de partisans, et de partisans enthousiastes, pour qu'il ne semble pas superflu de défendre la cause qu'un pareil succès tend au moins à compromettre. On ne considérait, il y a quelques années, la photographie que comme l'héritière présomptive de la gravure; aujourd'hui la succession est ouverte. Tandis que le burin reste trop souvent oisif, les appareils fonctionnent avec une force de production croissante, avec un redoublement d'activité que la mode encourage, et qui n'a plus seulement pour témoins les murs des laboratoires. Dans beaucoup de salons, les prodiges de la photographie ne sont guère moins en honneur que ne l'étaient hier les miracles accomplis par les tables tournantes. Chacun veut mettre la main à l'opération, chacun veut, tant bien que mal, obtenir son négatif et tirer son épreuve, — le tout, non sans une arrière-pensée un peu ambitieuse quelquefois, mais le plus souvent en vue de se procurer un amusement. Aussi ne faut-il voir dans ces occupations, assez innocentes au fond, que le témoignage d'une curiosité passagère et un caprice sans conséquence. Quand la satiété sera venue, quand on aura bien compris qu'après tout d'autres jeux valent celui-là, on laissera de côté, pour n'y plus songer, la chambre noire, le collodion et l'hyposulfite de soude. L'art ne s'en trouvera ni pis ni mieux, car de telles fantaisies ne suffisent pas pour le mettre en péril, ni de tels revirements pour le sauver. Ailleurs cependant le danger est plus grave et le succès plus incertain, puisque les artistes eux-mêmes se font les apôtres de la foi nouvelle et n'hésitent pas à réclamer pour elle un respect qui ne lui est pas dû. « La photographie, écrivait récemment

M. Ziégler dans une brochure sur laquelle le nom de l'auteur appelle une certaine attention [1], la photographie étant essentiellement un art d'imitation, elle pourrait à ce titre réclamer une place parmi les arts d'imitation, aussi bien que la lithographie et les divers genres de gravure. Ceci n'a pas été admis ; il faut toujours, même en fait d'art, un peu de temps pour la naturalisation d'un étranger ; il faut aussi réserver quelque chose au progrès : plus tard cela se fera. » A Dieu ne plaise que cela se fasse ! Sous prétexte de progrès, on n'arriverait ainsi qu'à une confusion organisée. La photographie n'étant, quoi qu'en dise M. Ziégler, ni un art d'imitation, ni un art d'aucune sorte, puisqu'elle ne peut rien par elle-même, puisqu'elle ne formule rien en dehors du fait, qu'a-t-elle à démêler avec l'expression volontaire et personnelle ? A quel titre entrerait-elle en rivalité avec le talent ? quelle sorte d'idéal est-elle en mesure de nous révéler ? Un poète, si poète descriptif qu'il fût, ne saurait comment s'y prendre pour chanter les produits photographiques, tant la signification en est bornée, tant ils matérialisent la réalité même. Et l'on voudrait assimiler ces images obtenues mécaniquement, ces œuvres sans accent et sans portée, aux œuvres qui ont reçu l'empreinte du sentiment, du goût, de la pensée humaine enfin ! Non, la photographie n'est et ne peut être rien de plus qu'un procédé secondaire, très-ingénieux en soi, très-bon pour renseigner la science et quelquefois l'art lui-même ; mais elle ne doit pas lutter avec lui, encore moins le déposséder du rang qui lui appartient. Il y aura toujours entre l'art et la photographie la distance qui sépare la vérité choisie de la réalité brute, ou la différence qui existe entre une belle statue et un moule pris sur la nature.

Il ne faut donc pas, tout en constatant les progrès actuels et les fâcheux succès de la photographie, s'inquiéter outre mesure

[1] *Compte rendu de la photographie à l'Exposition universelle*, par M. J. Ziégler. Dijon, 1855.

des conséquences, ni s'y résigner d'avance comme à un mal irrémédiable. Ces succès peuvent grandir encore, ces envahissements s'étendre et se généraliser : la défaite de la gravure n'en sera pas plus assurée pour cela. Pendant quelque temps peut-être, on continuera de s'abuser sur les prétendus avantages d'un procédé sans valeur sérieuse, sans éloquence au point de vue de l'art; mais la gravure ne deviendra pas pour toujours un luxe d'érudits, une rareté dont les esprits gourmets seront seuls à goûter le mérite. Tôt ou tard elle aura raison de nos dédains, parce qu'elle seule est en mesure de correspondre à des aspirations plus hautes, à des besoins d'intelligence plus durables que la vaine curiosité ou les empressements irréfléchis auxquels nous nous abandonnons aujourd'hui. Suit-il de là qu'elle doive sortir sans aucun préjudice de cette épreuve plus ou moins longue, et se retrouver, les mauvais moments une fois passés, en possession de ses anciens priviléges? Notre pensée ou notre espoir ne va pas aussi loin. Il est très-probable, au contraire, que la photographie ne cédera pas tout le terrain qu'elle a conquis ; et d'ailleurs, ses conquêtes, si injustes qu'elles soient pour la plupart, n'ont pas toujours, nous l'avons dit, le caractère d'usurpations. Rien que de fort légitime dans l'application du moyen photographique à la représentation des monuments et, en général, des objets qui intéressent l'archéologie ou l'histoire. Pour l'étude des sciences naturelles, les avantages sont tout aussi incontestables. L'entomologie, la botanique trouveront là des documents plus sûrs, plus détaillés, plus scrupuleusement exacts que le burin ne pourrait les fournir. Partout donc où l'authenticité absolue est la condition principale, l'unique mérite à rechercher, la gravure pourra être considérée avec raison comme insuffisante, et dans un temps donné se trouver hors d'usage.

Ne craignons pas de faire à la photographie une part plus large encore et de pressentir l'extension que, selon toute apparence, elle prendra ailleurs au détriment de la gravure. Que l'imagerie, les *illustrations* de livres à bas prix, tout ce qu'on pourrait appeler la gravure industrielle, finisse par disparaître à peu près complétement, — cela est vraisemblable ; mais il n'y aura pas là d'atteinte grave portée à l'art. A vrai dire, ce ne sera qu'un genre de métier substitué à un autre, une modification purement matérielle, et peut-être même, sous ce rapport, une amélioration. On ne saurait s'effrayer beaucoup d'une révolution si humble au fond, ni en tirer un argument décisif contre l'avenir de la gravure en général. Les conditions qui lui seraient faites de ce côté, celles qui résultent déjà de l'emploi opportun du nouveau procédé dans d'autres occasions que nous avons indiquées, restent parfaitement indépendantes des conditions essentielles de son existence. Que l'on recoure à la photographie pour transporter sur le papier les œuvres de l'architecture et de la sculpture, les objets d'étude scientifique, et ces menues compositions, ces croquis vulgaires qui servaient de modèles à l'imagerie,—rien de mieux. Il faut admettre sans regret, comme sans inquiétude, la destitution de la gravure en pareil cas ; mais hors de là point de transaction, point d'accommodement. Accepter aux lieu et place des estampes les photographies d'après les tableaux, d'après les estampes mêmes, ce ne serait pas seulement répudier certaines traditions, certaines conventions du goût, ce serait aussi perdre toute notion de l'art et sacrifier de gaieté de cœur l'expression de la pensée à l'expression de la réalité fortuite, la forme intelligente à la forme vide de sens. Un tel revirement ne s'accomplira pas, nous l'espérons bien ; seulement, nos hésitations présentes peuvent aboutir, pour un temps, à des habitudes mauvaises, et ce danger est assez grave pour qu'il importe de le signaler. Quant aux moyens de le conjurer, le plus sage est de s'en remettre, avant tout, aux leçons pratiques et au talent, car il n'appartient qu'aux artistes de nous convertir pleinement, en opposant aux entraînements de la foule le meilleur des arguments, — de belles œuvres.

Qu'ils protestent donc de la sorte, et au plus tôt, contre des erreurs qui menacent de s'accréditer ; qu'ils dirigent tous leurs efforts vers ce que la photographie est précisément le plus impuissante à rendre : l'expression, la physionomie, le style. Le moment est venu pour les graveurs de régénérer l'opinion, et, il faut le dire aussi, l'art, que beaucoup d'entre eux ont laissé s'abâtardir. Aujourd'hui plus que jamais, — puisqu'il s'agit de nous faire sentir les vices de la reproduction mécanique, — ils doivent se tenir en garde contre toute préoccupation excessive de la manœuvre, se défier des recettes, se montrer, en un mot, ouvertement artistes au lieu d'être seulement des ouvriers adroits. Les exemples ne leur manqueront pas dans le passé de notre école. Croit-on que si Jean Pesne, Gérard Audran, Nanteuil ou Edelinck réapparaissaient aujourd'hui, ils n'auraient pas raison de la photographie et de ses succès ? Ils sauraient bien la refouler dans ses limites, et nous convaincre du peu qu'elle vaut par la comparaison avec leurs savants ouvrages. C'est aux héritiers de ces grands maîtres à faire revivre la tradition, à défendre leur propre domaine ; et plus d'un, heureusement, est à la hauteur de la tâche. Sans parler du graveur de l'*Hémicycle du Palais des Beaux-Arts*, que son mérite exceptionnel place à la tête de l'école contemporaine, ne pourrait-on citer parmi les graveurs de notre pays assez de talents sérieux pour rassurer les esprits craintifs ou donner la foi aux incrédules ?

N'exagérons rien toutefois, pas même nos légitimes espérances. Il faudra, pour triompher de l'indifférence ou de l'injustice, que les graveurs artistes fassent preuve d'une grande force de volonté, et que leur mérite personnel soit éclatant ; les talents secondaires se verront condamnés à l'oubli, et les caractères timides à l'inaction ; il n'y aura guère place que pour les organisations robustes et les talents de premier ordre. Où sera le mal, après tout ? En amenant ces efforts nouveaux d'une part et, de l'autre, cette ruine de la médiocrité, en irritant ainsi la force et l'habileté véritables, la photographie, loin d'être nuisible à l'art du burin, pourra, au contraire, tourner à son profit. Toute confusion cessera ; toute différence sera d'autant mieux tranchée, d'autant plus sensible entre les œuvres de la pensée et les œuvres de la mécanique, entre la gravure et sa prétendue rivale. Chacun comprendra par ses yeux une distinction que la parole ne suffit pas à établir : distinction aussi simple pourtant que nécessaire, et que l'on ne saurait méconnaître sans sacrifier du même coup les vieilles gloires de notre école, ses progrès futurs et les lois immuables de l'art. — *et la caisse de l'auteur.*

XIV

L'ÉCOLE FRANÇAISE DE GRAVURE EN 1858.

Nous avons eu plus d'une fois l'occasion de rendre justice à la résistance courageuse que les graveurs contemporains opposent aux envahissements de l'industrie mécanique. Il serait paradoxal sans doute de nier l'importance en tant que découvertes et, à certains égards, l'utilité des procédés de reproduction que le génie du dix-neuvième siècle a mis au service de la science ; mais, sans rentrer dans une question examinée déjà[1], on peut dire qu'au point de vue de l'art et du goût, ces découvertes sont au moins dangereuses. Elles tendent à substituer partout l'effigie brute à l'image, le procès-verbal à l'interprétation du fait. C'est contre nos entraînements en ce sens que la gravure est appelée à réagir ; c'est à elle de rallier à la cause du talent qui exprime le vrai les partisans de cette fidélité matérielle qui réussit tout au plus à le contrefaire : tâche difficile, si l'on considère les habitudes actuelles de l'opinion, non-seulement en ce qui concerne la gravure, c'est-à-dire les traductions de seconde main, mais aussi en ce qui concerne les imitations directes de la nature, — les tableaux ou les dessins que les graveurs doivent prendre pour modèles.

On peut, en effet, constater dans les œuvres de la peinture contemporaine les symptômes du mal qui menace l'art du

[1] Voir plus haut la *Photographie et la Gravure*.

burin, ou qui du moins en compromet les succès auprès d'une certaine partie du public. Le pinceau consent trop souvent à se faire l'esclave du daguerréotype. Au lieu de demander aux produits héliographiques des éclaircissements ou de simples avis, plus d'un peintre y cherche des exemples et imite servilement à son tour ces imitations serviles. De là bon nombre de tableaux où l'habileté de la main se montre à l'exclusion du reste ; de là aussi l'importance que nous attribuons à des talents secondaires, et l'estime excessive où nous tenons ce qui n'intéresse pourtant que le regard. Les succès d'un genre de peinture dont le mérite principal consiste dans l'imitation strictement exacte de la réalité, — succès consacrés d'ailleurs par la bienveillance du jury, qui décernait en 1855 au peintre des *Fumeurs* et des *Joueurs de boule* la même récompense qu'au peintre de l'*Apothéose d'Homère*, — prouvent assez qu'en fait d'invention, de poésie et d'intentions morales, nous sommes devenus bien peu exigeants. La transcription littérale de quelque menue vérité nous suffit. Qui sait même ? peut-être, après nous être laissé séduire par les sujets familiers ou bourgeois, finirons-nous par nous accommoder de certaines scènes rustiques dont nous nous étions effarouchés au début ; peut-être les étranges idylles qui se succèdent depuis quelques années au Salon achèveront-elles de nous convertir à l'humble foi qu'ont propagée d'abord, dans le domaine de la peinture, les petits vaudevilles *réalistes*.

Or, puisque l'on accepte de si bonne grâce la reproduction textuelle du fait par le pinceau, comment se montrer plus difficile là où l'imitation absolue est en apparence l'unique condition à remplir, là où il s'agit non pas d'exprimer une pensée personnelle, mais de copier avec le plus de fidélité possible les formes de la pensée d'autrui ? — Que la brosse ou le crayon ait à garder en face de la nature une certaine indépendance, voilà, dira-t-on, ce qu'il est juste d'accorder. Le peintre, quelle que soit sa soumission aux leçons de la réalité, est tenu du moins

d'agencer des lignes, de combiner des tons, et n'eût-il d'autre
besogne que de choisir entre les divers éléments que cette réalité lui offre, une pareille tâche laisserait encore une part au
goût et à l'imagination ; mais le graveur, qu'a-t-il à faire de
son sentiment propre ? Comment l'imagination interviendra-
t-elle dans un travail qui exige au contraire de la part de celui
qui s'y livre une entière abnégation ? De tous les modes de traduction en pareil cas, aucun ne pourra être aussi désintéressé
que le jeu d'un appareil mécanique ; aucun, dès lors, ne donnera
des résultats aussi rigoureusement exacts, ni plus expressément
empreints des qualités du modèle.

Traduction rigoureuse, soit ; mais cette traduction sera inerte
et forcément emprisonnée dans les limites du mot à mot. On a
publié, il y a environ vingt ans, une version française de *la
Divine Comédie* dans laquelle le traducteur, par un excessif
parti pris de fidélité, avait prétendu rendre jusqu'à la physionomie extérieure, jusqu'au nombre des vers et presque des
syllabes dont se compose le texte original. Qu'est-il résulté de
l'entreprise ? Une copie difforme, où le sens poétique se fausse
et disparaît sous les bizarreries de l'expression, où la recherche
à outrance du littéral n'aboutit qu'à un maigre décalque, à une
ressemblance figée. Les opérations photographiques ont des
effets analogues. En passant par l'objectif, la vérité devient
trop vraie pour ainsi dire, parce qu'elle ne nous livre que ses
caractères matériels. Il faut le burin d'un artiste, il faut un
instrument intelligent pour s'assimiler et contrôler à la fois ces
dehors du réel. Une gravure n'est pas seulement la transcription des formes déterminées dans un tableau ou dans un
dessin, c'est aussi la confirmation par des moyens d'expression
particuliers, c'est quelquefois le développement des intentions
qu'a pu avoir l'auteur de ce dessin ou de ce tableau. Les qualités propres à Lebrun apparaissent moins clairement dans les
toiles mêmes du maître que dans les planches de Gérard Au-

dran, parce que le graveur, pour mettre ces qualités en relief, a su dissimuler ou réviser les erreurs qui les déparaient. Qu'eût fait la photographie en pareil cas, sinon d'appuyer lourdement sur le tout et d'enregistrer avec une impartialité niaise les fautes aussi bien que les témoignages du talent? C'est cette impuissance fatale à discerner, dans un travail de reproduction, entre ce qu'il convient de transcrire et ce qu'il faut interpréter, ce sont ces infirmités radicales, qui condamnent éternellement la photographie au rôle d'une industrie au-dessous et en dehors de l'art. La photographie ne sait et ne peut que parodier l'apparence des modèles qu'on lui propose; la gravure réussit à s'en approprier la physionomie intime. Nous sommes enclins aujourd'hui à nous contenter de la lettre morte, rien de mieux: suit-il de là toutefois qu'elle doive désormais nous suffire? Le sentiment de l'art est-il éteint parmi nous parce que nous faisons une part trop large aux bienfaits des découvertes nouvelles? Je ne voudrais pour preuve du contraire que l'empressement avec lequel on recherche les œuvres de la gravure ancienne; n'y a-t-il pas dans ce fait une sorte de démenti à l'indifférence ou aux prédilections fâcheuses que nous affichons ailleurs?

Contraste singulier en effet: à mesure que les produits photographiques nous distraient de la gravure contemporaine, les spécimens de l'art à ses débuts, l'histoire de ses progrès jusqu'à la fin du dernier siècle, excitent un intérêt croissant. Jamais, dans les ventes publiques, les estampes des vieux maîtres n'ont été disputées avec autant de passion; jamais les documents sur la marche des diverses écoles, les témoignages historiques ou critiques n'ont été plus consciencieusement mis en lumière, ni plus attentivement consultés. Le résumé le plus judicieux des phases qu'a traversées la gravure depuis le quinzième siècle jusqu'à la seconde moitié du dix-septième, — le livre de M. Renouvier sur *les Types et les Manières des Maîtres graveurs*, —

appartient à notre temps. Les notes laissées par des amateurs ou des artistes, les biographies même des maîtres secondaires sont publiées pour la première fois avec un soin scrupuleux, et, depuis l'*Abecedario* du savant Mariette jusqu'au *Journal* simplement anecdotique de Wille, on n'a rien négligé de ce qui se rattache à l'histoire de la gravure et des graveurs. D'où vient donc ce redoublement de zèle chez les érudits et chez les curieux ? S'agit-il seulement de recueillir des débris archéologiques, d'inventorier, à titre de raretés hors d'usage, les travaux de nos devanciers, ou bien l'école de gravure actuelle a-t-elle à ce point démérité qu'il faille, en fait de talent, s'en tenir au passé et ne demander au temps présent que ce qu'il est en mesure de nous donner, — des effigies et des empreintes ? De ces deux suppositions, ni l'une ni l'autre ne serait exacte. Si l'on a tant de goût pour les monuments de l'art ancien et pour les commentaires qui les expliquent, c'est qu'apparemment on en comprend aussi bien que jamais le mérite ou l'utilité. Si d'autre part on n'apporte qu'une médiocre attention aux estampes modernes, ce n'est pas qu'il y ait à cet égard dans le public indifférence ou dédain systématique. C'est plutôt que les travaux sérieux disparaissent sous la multitude des produits d'un autre ordre, et que, faute de loisir pour discerner le bien, on prend le parti de le juger absent. Un coup d'œil sur quelques œuvres récentes nous révélera ce que cette opinion a d'injuste, et quels principes de vie garde encore l'art dont bien des gens annonceraient, sans marchander, la fin prochaine.

Il faut le dire toutefois, les graveurs de notre temps, en s'efforçant de défendre leur terrain et leurs priviléges, semblent trop souvent oublier que ces priviléges consistent beaucoup moins dans la pratique d'un procédé que dans l'expression d'un sentiment pittoresque. Les évolutions adroites du burin, l'habileté de la *manœuvre*, — pour nous servir du terme consacré, — importent sans doute à la beauté d'une estampe ; mais il

importe bien autrement que cette adresse de l'outil demeure
à l'état de qualité secondaire, et que la main qui a creusé les
tailles se montre dans le travail avec moins d'évidence que l'esprit qui les a distribuées. A en juger d'après certaines œuvres
de la gravure actuelle, — les morceaux de concours entre autres exposés à l'École des Beaux-Arts, — on croirait presque
qu'il s'agit d'obtenir le résultat contraire. Or est-ce le moment
de se préoccuper ainsi du moyen, est-il opportun de ruser avec
le métier quand l'art, compromis ailleurs par les procédés mécaniques, exige qu'on fasse prévaloir ses conditions immatérielles ? La belle avance lorsqu'on aura couvert le cuivre de
tailles exactement entre-croisées ou contournées avec je ne sais
quelle aisance impertinente renouvelée de Morghen et des graveurs de son école ! A quoi bon d'ailleurs ces stratagèmes et
ces tours de force ? En ce qui tient à l'exécution seulement, les
plus adroits auront beau s'évertuer, ils n'acquerront jamais
cette sûreté dans le faire, cette dextérité pour ainsi dire inhérente aux fonctions de l'appareil photographique. Le mieux
serait donc de décliner la lutte sur ce terrain et de laisser à qui
de droit les perfections de surface, pour s'attacher à la représentation du vrai dans ses caractères foncièrement expressifs.

Si nous insistons sur les principes en vertu desquels une
œuvre de gravure doit être conçue et exécutée, c'est que ces
principes essentiels semblent quelquefois mis en oubli là même
où les témoignages de talent et l'autorité du nom demeurent le
moins contestables. Les plus éminents entre les graveurs de
notre temps et de notre école ne savent pas toujours se tenir
en garde contre les excès de la pratique. Chez quelques-uns, ce
qui n'apparaissait autrefois qu'à l'état d'inclination dégénère
presque en habitude et en erreur formelle. M. Mercurj par
exemple, — s'il est permis de compter parmi nos compatriotes
un artiste né hors de notre territoire, mais naturalisé Français
en quelque sorte, comme autrefois Edelinck, par un long séjour

en France et par les modèles qu'il a choisis, — M. Mercurj ne vient-il pas de prouver que, depuis l'époque où il gravait *Sainte Amélie*, d'après M. Delaroche, il s'est de plus en plus abandonné aux curiosités de l'exécution, aux artifices de l'outil ? Son burin, inquiet déjà et un peu précieux, ne pousse-t-il pas aujourd'hui le soin des détails jusqu'à la minutie et le culte du procédé jusqu'à la superstition ? Sans doute dans cette planche de *Jane Grey*, qui lui a coûté tant d'années de travail, M. Mercurj se montre, comme dans ses ouvrages précédents, dessinateur correct et délicat ; mais ici la correction, à force de scrupules, aboutit presque à la sécheresse ; la délicatesse est si recherchée, si subtile, qu'elle se distingue à peine de l'afféterie, et qu'en prétendant prouver la finesse de son goût, l'artiste réussit surtout à nous révéler la patience extraordinaire de sa main.

Une des conditions principales de l'expression pittoresque, dans une estampe aussi bien que dans un tableau, c'est la franchise de l'aspect général. Il faut que les tons soient distribués de manière à se déduire les uns des autres, à graviter en quelque sorte autour du foyer lumineux vers lequel le regard doit être tout d'abord attiré. Cette concentration de l'effet est pour la gravure une loi d'autant plus impérieuse que, les ressources dont elle dispose se réduisant à deux éléments, il n'est pas possible de se fier ici, comme dans une œuvre peinte, à la variété des couleurs pour déterminer le rôle des diverses parties. Le blanc plus ou moins éclatant, le noir à ses différents degrés d'intensité et dans ses modifications successives, voilà les seuls moyens de coloration appartenant au burin, ou plutôt ce n'est qu'en tirant parti des dégradations de l'ombre et de la lumière qu'il peut faire pressentir les contrastes résultant ailleurs de la valeur même et de la qualité particulière des tons. De là, pour les graveurs, l'obligation de certains sacrifices au relief des morceaux essentiels et le devoir d'accuser nettement ce qui doit être vu de préférence, d'éteindre ou tout au moins de voiler ce qui n'a qu'une signification accessoire. Je sais qu'en pareil cas la crainte de l'équivoque peut conduire aisément à l'exagération, aux partis pris systématiques, à ces antithèses pittoresques dont l'école anglaise fatigue nos yeux depuis tant d'années, et dont on a justement comparé la violence à l'effet que produirait, dans le domaine du réel, un coup de pistolet au milieu des ténèbres d'une cave. Est-ce une raison toutefois pour tomber dans l'excès contraire? Faut-il, de peur d'outrer les conséquences, répudier absolument le principe, et dissiper en menues intentions, en expressions partielles, le fonds qu'il convenait d'exploiter en vue de l'harmonie et d'une expression d'ensemble?

La nouvelle planche gravée par M. Mercurj se ressent trop de cette propension à l'extrême analyse. Si l'on en examine les détails un à un, nul doute qu'on n'apprécie le soin et le talent avec lesquels chaque objet est rendu, chaque accident de la forme étudié et défini ; mais que l'on cherche, entre ces mille détails, le point qui doit déterminer l'effet et résumer l'esprit de la scène, le regard ne sait où se prendre. Tout le sollicite, rien ne l'arrête. La figure de Jane Grey, dont il fallait accuser l'importance principale par l'unité de l'aspect, est elle-même morcelée et comme interrompue dans sa physionomie générale. Le visage, le cou, les bras, sont chargés de travaux si compliqués, que le modelé disparaît presque sous les demi-teintes, tandis que certaines parties de la robe, — celles qui recouvrent les genoux par exemple, — brillent d'un éclat assez vif pour s'isoler complétement du reste. Ailleurs les corps soyeux ou souples, tels que les cheveux et les fourrures, prennent une apparence laineuse, tant le mode d'exécution est irrésolu, tourmenté, embrouillé; de là aussi dans les corps inflexibles, dans les colonnes et le mur qui servent de fond à la scène, quelque chose de flottant et de mou dont l'esprit et les yeux ne peuvent

s'accommoder. Enfin, — défaut plus grave encore, — tous les
tons sombres ont une intensité à peu près égale, quels que
soient les plans et le milieu où ils sont placés. La draperie en
velours noir du vieillard qui soutient Jane Grey a la même
valeur, ou peu s'en faut, que les vêtements et la coiffure des
deux femmes rejetées au second plan, et cette draperie semble
d'autant plus obscure qu'elle avoisine la robe de satin blanc
dont nous accusions tout à l'heure l'éclat excessif. Dira-t-on qu'il
faut imputer ce manque d'harmonie au modèle, qu'on ne saurait sans injustice rendre le graveur responsable des erreurs
commises par le peintre? L'excuse serait insuffisante. Il appartient jusqu'à un certain point au burin de réparer les torts du
pinceau, puisqu'une estampe doit reproduire l'œuvre originale
sous forme d'interprétation, et non sous forme de copie littérale. En second lieu, le tableau de M. Delaroche n'autorisait
ni ces indécisions, ni ces contradictions dans l'effet. Nous ne
voulons nullement exagérer le mérite d'une toile où l'ampleur
du sentiment fait défaut, mais qui se recommande par la prudence des intentions et la correction avec laquelle ces intentions sont exprimées. La *Jane Grey* n'a pas, si l'on veut, toute
la portée d'un tableau d'histoire, en ce sens que l'auteur y a
laissé une part un peu large aux faits secondaires, aux combinaisons plutôt ingénieuses que hautement inspirées. C'est
au moins un remarquable tableau de genre historique : sous le
burin du graveur, la scène peinte par M. Delaroche n'a plus
que la signification d'une anecdote et le caractère d'une vignette.

Si l'on veut apprécier par un exemple contraire les vices de
la méthode que M. Mercurj a choisie pour traduire une œuvre
de M. Delaroche, il suffira de rapprocher de cette planche à l'aspect tacheté, aux formes amollies, faute de mesure dans la
recherche et dans l'expression des détails, le *Moïse exposé sur
le Nil* que M. Henriquel-Dupont a gravé récemment d'après le

même peintre. Ici point de prétention excessive à la délicatesse, point de ces enchevêtrements de tailles d'un tissu si serré qu'ils donnent à peu près aux travaux du burin l'apparence opaque de l'aqua-tinte ; nulle trace enfin de cette habileté, plus raffinée que de raison, dont nous venons de signaler les dangers. Si le mot pouvait être employé à propos d'une œuvre d'art et par conséquent d'un travail profondément raisonné, on dirait volontiers que, dans le *Moïse*, l'habileté a les dehors de la bonhomie. La limpidité de l'effet, l'élégance de la pratique, la grâce du dessin, tout semble si naturel et si facile qu'on serait tenté de méconnaître, sinon le mérite même de l'ouvrage, au moins les peines qu'il a dû coûter. Que l'on se rende compte pourtant des conditions particulières de la tâche, on comprendra ce qu'il a fallu de comparaisons attentives, de fins calculs et de vraie science pour obtenir cette aisance apparente et ces résultats au premier aspect si peu laborieux.

Le tableau que reproduit la planche de M. Henriquel-Dupont figurait à l'exposition ouverte, il y a près de deux ans, à l'Ecole des Beaux-Arts. Il appartient à la dernière manière du peintre, ou, pour parler plus exactement, à l'époque où M. Delaroche, ayant pris pleine possession de lui-même, demandait à son propre sentiment ce qu'il empruntait autrefois aux récits des chroniqueurs et aux recueils des monuments historiques. Plus simple, quant à la mise en scène, que la plupart des compositions précédentes, le *Moïse* est aussi d'un faire plus libre et d'un coloris beaucoup plus souple. L'enfant, couché dans une corbeille de joncs, glisse sur les eaux du fleuve parallèlement à la base du tableau, tandis que la sœur de Moïse se cache entre les roseaux qui bordent le rivage, et, l'œil au guet, « attend ce qui doit arriver. » Dans le lointain, sur une échappée de ciel et de paysage, se dessinent les figures du père et de la mère qui s'enfuient éperdus de douleur. On le voit, rien de moins compliqué que l'ordonnance des lignes générales. La même

simplicité se retrouve dans le choix des couleurs et de l'effet ;
mais cette réserve même pouvait avoir ses dangers et se convertir aisément dans le travail du graveur en froideur ou en monotonie. Les linges blancs qui entourent l'enfant, le vêtement,
blanc aussi, de la jeune fille, les teintes douces des eaux et de
la végétation, en un mot la sérénité d'un coloris varié seulement dans les nuances, dans les modulations d'un même ton,
imposait au burin une fidélité difficile, parce qu'en cherchant à
maintenir l'unité de l'aspect il courait le risque de n'exprimer
que la fadeur. Ajoutons qu'en insistant un peu trop sur l'imitation de certaines parties, en détaillant par exemple avec trop
de complaisance ces roseaux qui garnissent le fond, on serait
arrivé à faire prédominer la lettre sur l'esprit et à fausser des
intentions qui, pour être très-soigneusement définies par le
pinceau, n'en ont pas moins une portée secondaire.

M. Henriquel-Dupont a su éviter ce double danger d'une
harmonie dans le coloris simplifiée jusqu'à la négation et d'un
dessin maigre à force de prétention à la netteté. Sa planche,
essentiellement agréable, trop agréable peut-être, — car on
pourrait désirer ici un peu plus de gravité dans le style, —
atteste de nouveau les qualités propres à ce talent et la sagacité
avec laquelle il emploie, en face du texte original, tantôt les
équivalents, tantôt des formes de traduction plus libres. Ainsi,
à côté d'une fidélité scrupuleuse dans l'exécution de la figure
principale, un vrai mensonge, mais plus opportun en pareil cas
que la sincérité, attribue à quelques morceaux accessoires un
rôle tout autre que sur la toile. La corbeille de jonc qui sert de
nacelle à l'enfant, avait été peinte d'un ton roux dont la qualité
même corrige l'intensité au milieu des tons clairs environnants ; or, il n'est guère moyen de rendre sur le cuivre cette
couleur chaude de la corbeille sans recourir au noir, et pourtant, si l'on y a recours, l'équilibre pittoresque sera rompu,
une zone obscure viendra mal à propos s'interposer entre les

deux zones de lumière qui éclairent, l'une l'enfant et ses draperies blanches, l'autre les eaux du fleuve. Pour conserver au tout l'harmonie nécessaire, M. Henriquel-Dupont a pris le parti d'éclaircir, au moyen de reflets, ce qu'il était obligé de laisser dans l'ombre, et de substituer un coloris transparent au ton opaque qu'il eût infailliblement rencontré, s'il se fût astreint ici à une reproduction littérale. D'autres interprétations non moins heureuses, d'autres modifications suggérées par une connaissance profonde des ressources de la gravure, correspondent aux intentions que le peintre a exprimées dans sa langue, et les réforment sans en dénaturer le principe. Cette planche, si ingénieusement traitée, est bien l'image exacte du tableau de M. Delaroche ; mais elle porte aussi l'empreinte d'une volonté personnelle, d'un sentiment annexé, pour ainsi dire, au sentiment d'autrui, et gardant, sous l'extérieur de la docilité, sa juste indépendance et son charme particulier.

Le charme, tel est le genre de mérite qui distingue principalement les œuvres de M. Henriquel-Dupont ; telle est aussi l'épreuve périlleuse et comme la tentation habituelle de ce talent. En prenant à tâche de séduire le regard, M. Henriquel-Dupont semble ne pas se souvenir toujours qu'il importe au moins autant de le convaincre. Sa manière attrayante, exempte d'emphase aussi bien que d'aridité, plaît tout d'abord et intéresse par des dehors élégants et singulièrement faciles ; mais l'extrême habileté du praticien ne laisse pas de compromettre quelquefois l'autorité du maître. Plus savant, dans le sens sérieux du mot, qu'aucun des graveurs contemporains, le graveur du *Moïse* craint tellement d'étaler sa science, qu'il lui arrive de l'enjoliver un peu trop et d'amoindrir ainsi l'accent ou la portée de travaux qui pèchent en quelque façon par un excès de modestie. Nous serons plus ambitieux pour M. Henriquel-Dupont qu'il ne veut l'être lui-même. Il n'en est plus à faire ses preuves ; il n'a plus à conquérir le succès. Dans la haute situation qu'il occupe, il lui appartient de donner à l'opinion, non plus des gages, mais des leçons. Qu'il ose donc agir ouvertement en maître; qu'il demande conseil de moins près aux goûts un peu superficiels de son temps, pour interroger en toute confiance ses propres instincts et la belle tradition française, qu'il est mieux que personne en mesure de continuer. Dans cette charmante interprétation du *Moïse* de M. Delaroche, M. Henriquel-Dupont se montre, comme toujours, correct et disert; dans le grand et difficile travail qu'il a entrepris, depuis quelques années, d'après le *Mariage de sainte Catherine* du Corrége, il peut s'élever jusqu'à l'éloquence. Le thème y prête assurément, et ce thème, le traducteur est en fonds pour le développer à souhait.

Tandis que M. Henriquel-Dupont consacre son talent à la reproduction achevée, nous l'espérons, d'un des chefs-d'œuvre du Corrége, un autre graveur très-habile, mais d'une habileté un peu dépourvue de force et de patience, M. Blanchard, nous donne, d'après le même maître, une planche adroitement incomplète, dans laquelle l'ample grâce, les hautes qualités de l'original sont plutôt indiquées que profondément ressenties. Sans doute, il faut faire la part de certaines difficultés à peu près insurmontables que présente la gravure d'un tableau tel que l'*Antiope*. Comment le burin, qui ne procède que par tailles, c'est-à-dire par des traits forcément arrêtés, de quelque façon qu'on les dispose, réussira-t-il à simuler l'effet de cette peinture, où les contours sont en quelque sorte absents et les formes intérieures modelées avec une souplesse insaisissable, avec une morbidesse qui, le plus souvent, défie même l'imitation par le pinceau? En outre, où trouver des ressources pour rendre ce merveilleux coloris, cette atmosphère d'or qui enveloppe les figures et le paysage? On conçoit qu'en face de pareils obstacles, un graveur se sente bien dépourvu, qu'il désespère même d'arriver à les vaincre tous. Est-ce une raison, toutefois,

26

pour prendre aisément son parti de cette impuissance et pour discontinuer avant l'heure les expériences et les efforts? M. Blanchard nous semble s'être résigné un peu vite. Si l'on rapproche l'estampe qu'il a publiée des planches gravées précédemment d'après le même modèle, nul doute qu'elle ne paraisse très-préférable à celles-ci. Les reproductions de l'*Antiope*, si malencontreusement chargées de ton, si lourdement dessinées, qui ont paru depuis le commencement de ce siècle, et qu'ont signées Godefroy, Quéverdo et Massard, ne sont, à vrai dire, que les parodies du chef-d'œuvre dont M. Blanchard nous donne au moins une contrefaçon agréable ; mais si l'on considère, en dehors de cette perfection relative, le mérite intrinsèque du travail, on sera forcé d'en accuser l'insuffisance, et de reprocher à l'artiste, non-seulement de n'avoir pas pleinement réussi, mais même de n'avoir pas tout tenté jusqu'au bout pour réussir. Le talent très-distingué de M. Blanchard nous donne le droit d'être sévère. Parmi les graveurs contemporains, il n'en est pas un peut-être, — M. Henriquel-Dupont excepté, — qui possède mieux que le graveur de l'*Antiope* tous les secrets de la pratique ; il n'en est pas dont le burin ait plus d'aisance, de facilité brillante, d'agilité ; mais sous cette habileté extérieure, une certaine négligence se trahit, qui laisse à l'état d'aperçus les intentions qu'il s'agissait d'exprimer sans réticences ni sous-entendus d'aucune sorte. Cette propension à se contenter des indications rapides et des vérités d'épiderme est, en général, le défaut des œuvres de M. Blanchard. Pour nous en tenir à celle-ci, nous y reconnaissons l'empreinte d'une rare adresse matérielle, d'une main remarquablement intelligente et exercée : nous y cherchons vainement la trace des méditations profondes, des efforts assidus, on dirait presque de la ferveur que commandait un aussi grand modèle.

Le reproche de précipitation dans le travail ou de décourage-

ment prématuré, qu'autorise la nouvelle gravure de l'*Antiope*,
personne, à coup sûr, ne sera tenté de l'adresser à la vaste planche que M. Prévost a gravée d'après Paul Véronèse, et qui sert
de pendant aux *Noces de Cana*, publiées par le même artiste il
y a quelques années. Ici, — l'on s'en aperçoit de reste, — ni le
temps, ni la peine n'ont été épargnés pour obtenir un résultat
conforme à l'aspect du tableau, ou plutôt conforme à l'idée que
permettent d'en avoir les altérations que ce tableau a subies ;
car, en gravant ce *Repas chez Simon le Pharisien*, M. Prévost
a dû, non-seulement s'inspirer de l'œuvre de Paul Véronèse
telle que nous la voyons au Louvre, mais encore en restituer
plusieurs parties perdues ou difficilement intelligibles dans
l'état où la peinture se trouve aujourd'hui. On pourrait dire,
toutefois, qu'en voulant un peu trop faire acte de conscience, le
graveur a donné à son travail une sorte de correction effacée,
quelque chose de fatigué et de raturé outre mesure : à force de
se défier de lui-même, il a fini par rendre en apparence Paul
Véronèse complice de sa propre timidité. Cette franchise dans
les indications de la forme, cette fierté de pinceau qui, à défaut de beauté idéale, caractérisent les œuvres du maître véni-
tien et en constituent la grandeur pittoresque, ont fait place à
des intentions de dessin un peu indécises. Le coloris lui-même,
au moins quant à l'expression des détails, prend trop souvent
un caractère douteux. Si l'effet général de la planche se détermine avec une ampleur remarquable ; si, par la vigueur de la
teinte locale, l'ensemble des figures se détache nettement sur
l'architecture et sur le ciel qui servent de fond à la scène,
l'harmonie qui unit ces figures entre elles est bien près de
se résoudre en monotonie. Rien de moins facile, il est vrai,
que de conserver à chacun des personnages assis à ces deux
longues tables sa physionomie, sa carnation distincte, sans
rompre l'unité de l'aspect ; rien de plus chanceux que d'exprimer la variété infinie des objets accessoires, l'éclat ou le ton

velouté de ces étoffes, sans morceler le tout en échantillons de coloration. Il ne fallait cependant pas, par un sentiment excessif du danger, exagérer à ce point la prudence. M. Prévost a fait depuis longtemps ses preuves d'habileté. On se rappelle ses belles planches à l'aqua-tinte d'après Léopold Robert, — l'*Enterrement* surtout, l'un des meilleurs ouvrages en ce genre qu'ait produits l'école moderne. D'autres pièces gravées au burin ont achevé de donner la mesure de ce talent fort réservé dans la forme, mais au fond bien doué et bien muni. Le tort de M. Prévost est, en général, de ne pas oser tirer un parti complet de ses heureux instincts et de ses études : le *Repas chez Simon le Pharisien*, malgré le mérite sérieux de l'exécution, se ressent un peu trop de cette défiance. Ajoutons que dans la traduction d'une peinture aussi robuste, aussi largement touchée, les délicatesses de procédé ou d'outil, la recherche des petites finesses de la pratique qu'accusent certaines parties, — la figure, par exemple, de la Madeleine agenouillée aux pieds de Jésus-Christ, — ne semblent guère opportunes. On dirait que, pour se faire pardonner à la fois le choix d'un modèle assez contraire aux goûts de l'époque et son propre talent naturellement grave, M. Prévost a voulu présenter çà et là ce qu'on pourrait appeler des circonstances atténuantes, et concilier avec les conditions formelles de sa tâche les secrètes exigences du temps où il l'accomplissait.

Les quatre planches dont nous venons de parler, et que nous avons analysées de préférence, parce qu'elles émanent de talents qui méritent d'être comptés parmi les plus considérables de l'école actuelle, n'expriment pas seulement des inclinations personnelles et des modes de travail particuliers ; elles résument aussi certaines tendances communes à tous les artistes qui manient le burin aujourd'hui. Quelles que soient d'ailleurs l'inégalité de mérite et les différences de manière qui distinguent le *Moïse* de la *Jane Grey*, ou l'*Antiope* du *Repas chez*

Simon, ces œuvres se relient jusqu'à un certain point entre-
elles par le fond des intentions et le principe secret qui en a
dirigé l'exécution : je veux parler de cette recherche de l'agrément à laquelle les chefs de l'école eux-mêmes ne craignent
pas de sacrifier parfois des aspirations plus hautes, de ces enjolivements pittoresques qui seront un jour comme la date et
le signalement des morceaux d'art appartenant à notre époque ;
car les graveurs ne sont pas ici les seuls coupables : ils ne font que
suivre les exemples donnés par les peintres, à quelques rares
exceptions près, et se conformer à des modèles dont ils peuvent,
dans une certaine mesure, contrôler les caractères extérieurs,
mais dont il ne leur appartient de modifier absolument ni les
données premières ni l'esprit. Avant de condamner sur ce
point les graveurs, il faudrait demander compte à ceux qui les
inspirent de leurs propres prédilections, de leurs doctrines, des
obligations qu'ils imposent ou des faiblesses qu'ils tolèrent ; il
faudrait voir si, parmi les peintures modernes, les plus dignes
de publicité sont le plus habituellement reproduites, et, le fait
contraire une fois constaté, si les choix ne résultent pas de certaines conditions assez étrangères à la volonté ou aux préférences des graveurs. Deux peintres contemporains, de beaucoup de
mérite l'un et l'autre, mais d'un mérite facilement intelligible
à tous, — MM. Delaroche et Scheffer, — ont, depuis vingt ans,
le privilége d'occuper le burin presque sans relâche. Rien que
de fort légitime en cela. Pourquoi une pareille faveur a-t-elle
été refusée aux œuvres d'autres artistes plus éminents encore,
si ce n'est à cause de la portée même de ces œuvres, du caractère dont elles sont empreintes et de l'ordre d'idées, très-peu
familier à la foule, dans lequel elles ont été conçues ? A qui la
faute, si *le Vœu de Louis XIII* et le *Virgile*, le portrait de
M. Bertin et le portrait de *M. Molé* sont à peu près les seules
estampes gravées d'après M. Ingres ? Pour populariser tant
bien que mal les autres tableaux du maître, il a fallu recourir

aux procédés incomplets, mais peu coûteux, de la lithographie. Y a-t-il à cet égard, de la part des graveurs, abstention systématique, ou même indifférence ? Nous ne le pensons pas. La rareté ou l'insuffisance des traductions s'explique bien plutôt ici par les risques de l'entreprise commerciale, par l'incertitude du succès, tandis que la fortune semblait assurée à des travaux plus humbles, et par cela même plus opportuns. Le charme un peu dépourvu de grandeur qu'on peut à bon droit reprocher aux œuvres de la gravure contemporaine trouverait donc en partie son excuse dans le caractère des œuvres originales, si celles-ci appartenaient toutes à l'école moderne. Par malheur, faute d'expérience ou d'études persistantes, les estampes gravées d'après les anciens maîtres ont trop souvent les mêmes imperfections, et ne sauraient avoir lès mêmes titres à l'indulgence.

Le goût de l'agréable, du joli, voilà le défaut ordinaire des planches que les graveurs publient de nos jours : telle est l'influence fatale à quelques-uns, à demi combattue par d'autres, dangereuse pour tous, qui se trahit en chaque occasion, et contre laquelle on ne pourrait s'élever avec trop d'énergie, parce qu'elle compromet à la fois le présent et l'avenir, l'autorité actuelle des maîtres et le talent futur des disciples, en un mot, la perpétuité des traditions qui ont été de tout temps la sauvegarde et l'honneur de l'art français.

Pour compléter la revue des œuvres diversement recommandables que l'école française de gravure a mises au jour dans le cours des dernières années, il faudrait mentionner au moins *la Vierge et l'Enfant, Saint Ambroise, Saint Etienne et Saint Maurice*, d'après le tableau de Titien que possède le musée du Louvre, gravés par M. Pascal avec une énergie de ton peu commune et l'intelligence assez vive, sauf dans la figure de l'enfant, des beautés d'une toile dont on n'avait jusqu'ici que des copies insignifiantes ou absolument mauvaises ; — la *Marie-*

Antoinette de M. Alphonse François, d'après M. Delaroche, traduction habile et, à quelques égards, heureusement infidèle, d'un tableau dont l'effet et le coloris opaques exigeaient dans l'interprétation cette sage liberté. Il faudrait citer aussi plusieurs pièces gravées au burin d'après M. Scheffer — *Dante et Béatrice* par M. Leconte, *Saint Augustin et sa Mère* par M. Beaugrand, — bien que la recherche excessive de la délicatesse aboutisse trop souvent ici, comme dans les peintures originales, à l'exiguïté de la forme. Certaines estampes à l'aqua-tinte appelleraient l'examen et l'éloge à côté des œuvres de la gravure en taille-douce, — le portrait, entre autres, de *M. Villemain* par M. Girard d'après M. Scheffer, et surtout *les Girondins*, gravés d'après le tableau de M. Delaroche par M. Girardet : travail remarquable auquel le mélange, bien habile pourtant, des divers procédés donne assurément moins de prix que la fermeté du sentiment pittoresque. Enfin, dans cette multitude de vignettes sur bois qui ornent les publications de la librairie parisienne et les recueils périodiques, on trouverait plus d'un gage de talent. Toutefois, pour indiquer l'état actuel de la gravure en France, nous croyons moins utile d'enregistrer une à une toutes les œuvres récemment publiées que de résumer les tendances de l'école et les efforts qu'elle tente pour faire justice de nouveautés décevantes.

Il faut le répéter, ces efforts, si honorables qu'ils soient, se ressentent encore de l'influence que l'on prétend combattre. Il y a dans les travaux récents du burin comme un hommage implicite, comme une concession, du moins, au goût des choses mécaniques. Chez les jeunes graveurs surtout, l'étude exagérée de la manœuvre amoindrit, au profit du métier, la part — et la part principale — qu'il faudrait attribuer à l'intention morale, à l'expression pittoresque, à l'art enfin. Sans doute, si l'on ne tient compte que de certains travaux et de certains noms, on trouvera dans le présent des compensations plus que suffisantes à la triste fécondité et aux succès de la photographie ; mais ici, comme dans le domaine de la peinture, ce qui continue le passé l'emporte de beaucoup sur ce que promet l'avenir. Nous pouvons à juste titre nous glorifier des maîtres qui nous restent, car ces maîtres maintiennent encore l'école au premier rang : leurs successeurs auront-ils les mêmes droits à notre reconnaissance ? Quels talents s'annoncent dont on puisse espérer autant qu'on espérait, il y a trente années, des talents issus de l'atelier de Bervic ou de l'atelier de M. Desnoyers ? Les élèves devenus aujourd'hui les héritiers de ces deux artistes célèbres, légueront-ils à leur tour la tradition et l'autorité qu'ils ont reçues ? Des intentions agréables, mais superficielles, une pratique habile, mais bien près de dégénérer en dextérité pure, voilà ce qui constitue le plus souvent le mérite et les défauts des planches publiées par les graveurs de la génération nouvelle. Encore quelques progrès en ce sens, encore quelques sacrifices aux inclinations vulgaires, et l'art sévère de la gravure se réduira dans notre pays aux proportions d'une industrie futile. L'école qui, depuis Nanteuil et Gérard Audran, a vu se succéder tant de savants graveurs d'histoire et de portrait, ne comptera plus que des artisans adroits et des graveurs de vignettes.

Le danger est imminent : comment le prévenir ? Le mal une fois pressenti, où chercher le remède ? Se fier sur ce point à quelque retour spontané de l'opinion serait un acte de résignation facile, mais singulièrement imprudent. Nous nous sommes trop bien désintéressés de la gravure, — de la gravure moderne du moins, — pour que notre indifférence se réforme d'elle-même, et il n'appartient à personne de décréter à cet égard une révolution dans le goût. Un grand artiste se révélant tout à coup pourrait seul opérer ce miracle ; mais, en attendant que ce maître surgisse, ne faudrait-il pas lui préparer la voie et d'avance lui recruter des disciples ? Je sais qu'on est trop enclin d'ordinaire à en appeler à l'état des défaillances de l'art, comme s'il dépendait de l'état de faire éclore les talents qu'il lui appartient seulement d'encourager. Cependant, sans pousser les exigences au delà du possible, il est permis de souhaiter dès à présent pour la gravure un mode de protection plus efficace et des occasions de progrès plus continues. Le régime de l'enseignement par exemple, le programme des conditions faites aux jeunes graveurs, réclameraient, ce semble, quelques modifications, sinon même une révision complète. Est-ce assez que la quatrième classe de l'Institut envoie tous les deux ans un lauréat à Rome, où, soit dit en passant, les grands monuments de la peinture et de la sculpture ne manquent certes pas, mais où les beaux spécimens de la gravure sont infiniment plus rares qu'à Paris? L'École des Beaux-Arts a-t-elle simplement pour mission de récompenser le talent, quels qu'en soient d'ailleurs les précédents et l'origine, et ne conviendrait-il pas aussi qu'elle contribuât à le former? Or non-seulement il n'existe pas de classe de gravure dans cette école, mais, même avant l'époque où s'ouvrent les concours préparatoires pour le grand prix, les pensionnaires futurs de l'Académie de France à Rome n'ont aucune épreuve préalable à subir, aucun gage à donner de leur habileté naissante, par conséquent aucun conseil à recevoir au moment où les conseils leur seraient le plus profitables. Les élèves, peintres, architectes ou sculpteurs, admis à l'École des Beaux-Arts y trouvent au moins des professeurs spéciaux, des tâches définies qui, en leur fournissant graduellement l'occasion de faire leurs preuves, leur permettent d'acquérir dans une certaine mesure l'expérience de l'art. Pourquoi les graveurs seraient-ils privés des mêmes ressources et se verraient-ils exceptés des lois libérales qui régissent en France l'éducation des artistes? En souhaitant que cette exception ne subsiste plus, nous ne faisons au reste que nous associer au vœu qu'exprimaient assez récemment les juges les plus autorisés et le mieux placés pour poser la question. L'Académie, consultée par le gouvernement sur les changements à introduire dans l'organisation actuelle des Beaux-Arts, a demandé à titre d'amélioration urgente la création d'une école de gravure [1]. Espérons qu'un avis venu de si haut lieu sera favorablement accueilli, et que des mesures seront prises pour combler au plus tôt une regrettable lacune dans les encouragements actuels et dans l'enseignement.

Nous ne voulons pas cependant exagérer l'efficacité du moyen. Si l'éducation des graveurs est désormais moins hasardeuse, il ne suivra de là pour eux, j'en conviens, ni la certitude complète du succès, ni la possession de ressources suffisantes pour lutter contre les difficultés matérielles de la vie, bien que sur ce dernier point peut-être il ne soit pas impossible de secourir leurs talents en les utilisant presque au début [2]. Ceci d'ailleurs est

---

[1] *Rapport de l'Académie des Beaux-Arts sur l'ouvrage de M. le comte de Laborde : De l'union des arts et de l'industrie*, 1858, p. 23.

[2] Un établissement existe, — la Chalcographie du musée du Louvre, — dont l'organisation se prêterait assez aisément, à ce qu'il semble, à une réforme, ou plutôt à des développements en ce sens. On sait que cet établissement, fondé par Louis XIV, est le dépôt où se conservent les planches gravées par les ordres et aux frais des souverains qui se sont succédé sur le trône de France depuis le dix-septième siècle. Augmenté, au temps de la Révolution, des cuivres qui avaient appartenu à l'ancienne Académie de peinture, le fonds de la Chalcographie a reçu peu d'accroissements nouveaux sous les trois derniers règnes. Aujourd'hui, quelques graveurs choisis entre les plus expérimentés, ont été chargés de l'enrichir de leurs œuvres. C'est très-bien : mais, dans cette collection qui résume l'histoire de la gravure en France, ne saurait-on aussi donner place de temps à autre aux essais des jeunes graveurs? Les élèves qui se seraient le plus distingués à l'École des Beaux Arts ne pourraient-ils recevoir, à titre de récompense, la commande de quelque travail dont l'importance et la rémunération seraient proportionnées d'ailleurs aux premiers témoignages de leur talent? — En appelant sur cette question l'attention de qui de droit, nous ne prétendons nullement exposer un projet formel. Nous voulons seulement indiquer une voie qui nous semble tout ouverte, un champ de travail qu'on féconderait peut-être plus facilement qu'aucun autre.

une question que nous n'avons pas à examiner, parce qu'elle ne se rattache qu'indirectement à notre sujet. Le fait essentiel à établir, c'est l'opportunité d'une direction en quelque manière officielle. A défaut de grands travaux collectifs comme ceux que les deux derniers siècles ont vus naître et qui ne seraient plus en rapport avec nos besoins et nos mœurs, à défaut de ces vastes entreprises de gravure qui occupaient autrefois, sous l'autorité d'un maître, toute une génération d'artistes, — les principes que l'on professerait à l'École des Beaux-Arts prémuniraient au moins les élèves contre les séductions du dehors ; ils pourraient servir de correctif aux exemples vicieux, aux dangereuses leçons que donnent ailleurs l'industrie mécanique et l'art facile. L'on renouerait ainsi, à quelques égards, la tradition du dix-septième siècle, de cet âge d'or de la gravure en France, où les maîtres graveurs établis aux Gobelins vivaient entourés d'élèves auxquels ils transmettaient, en même temps que leurs secrets techniques, leur foi sévère et leur doctrine. Nous n'avons aujourd'hui, je le sais, ni des Edelinck, ni des Audran ; mais la France compte encore des artistes à l'expérience desquels on peut se fier, des maîtres qui, en combinant leurs efforts, seraient en mesure à la fois d'affermir dans le droit chemin la marche de l'école, de rappeler à celle-ci les exemples qui l'obligent et d'éclairer le public sur les faux progrès qui l'abusent.

Le salut de la gravure semblerait aussi mieux assuré, si les peintres consentaient plus souvent à prendre non pas le burin, dont le maniement exige un apprentissage spécial, mais la pointe des graveurs à l'eau-forte. A toutes les époques et dans toutes les écoles, c'est par des peintres que ce genre de gravure a été traité avec le plus de succès. Pour ne citer que quelques noms entre mille, combien Rembrandt, Van Dyck, les Carrache et Ribeira n'ont-ils pas ajouté aux perfectionnements de l'art et à leur propre réputation, en transportant sur le cuivre les œuvres qu'ils avaient ébauchées ou menées à fin sur le papier ou sur la toile ? En France, depuis Callot et Claude le Lorrain jusqu'aux *petits maîtres* des règnes de Louis XV et de Louis XVI, la liste est longue des artistes qui ont fait preuve, comme graveurs, d'une habileté égale et parfois supérieure à leur talent de peintres. Ce n'est guère qu'à partir des dernières années du dix-huitième siècle que la scission s'établit entre les deux ordres de travaux : scission complète, si radicale même que les graveurs essayent à peine de tenir un crayon, et qu'il y a quarante ans encore, on citait presque comme des exceptions ceux qui, à l'exemple de M. Desnoyers, savaient tracer une forme ailleurs que sur le cuivre. Les choses sans doute ont bien changé depuis lors. Aujourd'hui les graveurs dessinent, et quelques-uns avec un vrai talent ; mais les peintres ne gravent plus, et cette abstention de leur part ne laisse pas seulement dépérir une tradition glorieuse pour notre école : elle permet aux apôtres de l'habileté matérielle et à leurs disciples d'étaler impunément leur maigre savoir. Il serait temps que ce double abus cessât, et que les hommes habitués à manier le pinceau s'aidassent aussi de l'eau-forte pour maintenir l'art dans son juste domaine. La nature particulière du procédé commande jusqu'à un certain point le dédain des petits moyens et des petites ruses : de tous les modes de gravure, la gravure à l'eau-forte est celui où l'instinct peut le plus aisément tenir lieu d'une longue expérience technique. En vertu de ces conditions mêmes, la main d'un peintre, loin d'être dépaysée devant la tâche qu'il s'agit d'accomplir, saura, mieux qu'aucune autre, l'aborder avec décision et en définir les vrais caractères, sans préoccupation malencontreuse, sans recherche trop attentive de la subtilité du faire et des tours d'adresse de l'instrument.

Certaines précautions administratives, certains efforts poursuivis par d'autres artistes que les graveurs de profession, pourraient donc avoir une influence salutaire sur l'avenir de la

gravure en France. Pour nous en tenir au présent, le champ
de l'art, fort menacé il est vrai, n'est cependant ni aussi réduit qu'on le suppose, ni même très-sérieusement entamé.
Certes, les tentatives d'envahissement ne manquent pas : assez
de gens se vouent à la facile besogne de contrefaire, au moyen
de l'appareil photographique, les modèles jusqu'ici réservés au
burin ; assez d'autres, se méprenant sur l'office et sur la portée
de cette industrie, y verraient presque un perfectionnement de
la gravure, ou tout au moins un équivalent ; mais, en dehors de
ces usurpations ou de ces erreurs, la confiance dans le droit, le
respect des hautes vérités subsistent. Au-dessus de l'atmosphère où s'agitent les partisans de l'industrie à outrance et
des progrès de rencontre, la région de l'art et des travaux in-
telligents n'est pas inhabitée encore. En dépit des circonstances
contraires, l'école française de gravure persévère avec une
obstination digne d'éloges dans la voie, chaque jour moins
suivie, des efforts studieux. Comparée aux autres écoles, elle
représente l'art dans son acception la plus élevée, dans son
expression la moins incomplète. Qu'y a-t-il ailleurs en effet?
En Allemagne, une école savante à certains égards, mais d'une
science rétrécie par l'esprit de système et circonscrivant son
action dans le cercle de la précision linéaire, du style sobre
jusqu'à l'aridité. Qu'on ne nous accuse pas pour cela de méconnaître la valeur des principes hautement spiritualistes, des
sévères doctrines qui régissent l'art allemand depuis que
M. Overbeck et ses disciples ont accompli dans leur pays
une révolution légitimée de reste par les abus du dernier
siècle. Ce que nous voulons dire seulement, c'est que ces doctrines, très-dignes de respect quant au fond, manquent, dans
l'application, de puissance et d'étendue. A ne parler que de la
gravure, il semble qu'elle n'ait d'autre objet, au delà du Rhin,
que le dessin sur cuivre de quelques contours soutenus à peine
par des indications d'ombres pâles : dessin ferme plutôt que

pur, rigoureux plutôt que choisi, et d'où, en tout cas, la vie est absente, comme le ton et l'effet sont partout supprimés. Dans les Pays-Bas et en Italie, au contraire, les œuvres peintes par les grands coloristes semblent seules l'objet des études et de la prédilection des graveurs ; toutefois, en reproduisant ces modèles, ni les élèves de M. Calamatta, ni même les élèves qu'a laissés M. Toschi ne font preuve, au point de vue de l'harmonie et du ton, d'un mérite assez éclatant pour racheter les erreurs très-positives auxquelles ils s'abandonnent en matière de goût et de dessin. L'affectation de la facilité, une sorte de turbulence systématique, quelque chose de ce faire à la fois vide et surchargé dont Morghen a fourni les regrettables exemples, — voilà ce qui caractérise le plus souvent la manière actuelle des graveurs, dans deux écoles qu'ont dirigées autrefois de si fermes principes et que tant de maîtres ont illustrées. Les travaux même les plus importants par la beauté des modèles ou le talent des interprètes se ressentent de ces habitudes générales. Depuis le recueil des *Fresques du Corrége*, — dont la publication, interrompue par la mort de M. Toschi, a été reprise par les disciples du maître et se poursuit aujourd'hui à Parme, — jusqu'à la *Commémoration de la Paix de Munster*, gravée à Amsterdam par M. Kaiser d'après le célèbre tableau de Van der Helst, il n'est pas d'œuvre considérable qui ne reproduise les témoignages plus ou moins apparents de cette verve factice et de cette facilité voulue. En Angleterre, que trouve-t-on ? Très-peu d'art véritable et beaucoup d'artifice, quelques graveurs d'histoire ou de portrait, une multitude de praticiens s'immobilisant dans la routine et ne demandant à la gravure qu'un moyen de multiplier, sous des formes dès longtemps convenues, des sujets de chasse ou des illustrations pour les *keepsakes*.

Notre école de gravure garde donc encore aujourd'hui sa vieille prééminence. Néanmoins est-ce assez pour elle que cette supériorité sur l'art, tantôt étroit, tantôt stérilement fécond, qui se pratique dans les pays étrangers ? Qu'elle choisisse des termes de comparaison plus rapprochés, qu'elle se rappelle ses antécédents, qu'elle étudie sa propre histoire : elle ne trouvera dans le présent ni des titres aussi sûrs, ni des sujets d'orgueil aussi légitimes. A ne la considérer que comme fait général, sans tenir compte d'exceptions honorables, la déchéance de la gravure en France s'explique par notre indifférence ou nos erreurs actuelles ; mais n'y a-t-il pas dans cette indifférence même un stimulant pour les graveurs, une occasion de progrès plutôt qu'une cause de découragement ? Ne doivent-ils pas s'exciter de nos injustices, concéder d'autant moins au faux goût que ce goût semble devenir plus impérieux, en un mot, marquer plus nettement que jamais la limite entre le talent et l'adresse, entre les œuvres de l'art et les produits de la méca- nique ? De tels efforts ne resteront pas longtemps sans succès. Ils triompheront de nos entraînements, de la mode, qui fait pa- raître surannés aujourd'hui des principes auxquels nous nous rallierons peut-être demain, après une expérience suffisante des principes contraires. Les modes passent, le bon sens de- meure : dans notre pays surtout, si ami des nouveautés qu'il se montre, si prompt qu'il soit aux enthousiasmes, la raison finit toujours par reprendre crédit, parce que la raison est la con- dition nécessaire et le génie même de l'art français.

XV

LA LITHOGRAPHIE EN FRANCE DEPUIS SON ORIGINE.

Un demi-siècle ne s'est pas écoulé encore depuis que les procédés de Senefelder ont été importés en France, et déjà la lithographie semble avoir traversé toutes les phases qui précèdent ou qui marquent dans la vie d'un art la période d'affaiblissement et de déclin. Ce moyen d'expression pittoresque, si plein de promesses au début, si rapidement populaire parmi les artistes, ne sert plus guère aujourd'hui qu'à défrayer une industrie vulgaire et à multiplier des produits où la dextérité se substitue à la verve, la jactance dans la pratique aux témoignages discrets du talent. Nous ne parlons pas de ces mille croquis sur pierre, griffonnés et publiés au jour le jour pour nous dénoncer quelque chose des extravagances de la mode, des menus scandales ou des ridicules frais éclos,—sorte de chronique en images dont nos yeux peuvent chaque matin s'amuser tant bien que mal, mais qui, en raison de son principe et de sa destination même, n'intéresse ni le goût ni l'art proprement dit : nous voulons parler d'œuvres moins futiles en apparence, bien que tout aussi étrangères aux conditions originelles du procédé, et constater malheureusement la décadence de la lithographie, là où elle affiche le plus de prétentions au progrès, à la certitude, à la possession absolue de ses ressources. Les fâcheux *exemples de dessin* où l'indication sincère de la forme est sacrifiée à la symétrie des hachures et à d'inutiles tours d'adresse, les reproductions de tableaux où le crayon cherche à simuler dans le ton, dans le modelé, une intensité et un relief qu'il n'appartient qu'au burin d'exprimer, — toutes ces banalités, ces contrefaçons, ces équivoques, ne servent qu'à fausser la notion et l'usage d'un moyen fort net en soi pourtant, fort exactement approprié à certaines conditions de l'art.

La lithographie ne saurait prétendre à une rivalité sérieuse avec la gravure. Quoi qu'on tente en ce sens, la gravure gardera toujours les priviléges que lui assurent ses éléments mêmes et ses lois nécessaires ; mais si la lithographie est forcément impuissante à nous expliquer le fond des choses, s'il lui est interdit de reproduire rien de plus que des apparences un peu sommaires et des formes un peu flottantes, il ne s'ensuit pas qu'elle n'ait, dans les limites qui lui sont assignées, ni une action utile à exercer, ni une part d'honneur à conquérir. Les beaux dessins sur pierre publiés en France, depuis les premiers ouvrages de Charlet et de Géricault jusqu'aux derniers travaux de Raffet et de Gavarni, sont à cet égard parfaitement significatifs. Ils prouvent de reste que le crayon, lui aussi, peut être pour l'art un instrument de progrès, qu'en pareille matière tout dépend des intentions auxquelles l'artiste s'arrête et des ambitions qu'il écarte ; qu'enfin le procédé lithographique judicieusement employé devient quelquefois plus favorable qu'aucun autre au développement et à la popularité de certains talents. Si secondaires qu'ils paraissent, des succès ainsi obtenus ne laissent pas de compléter la gloire d'une école et d'ajouter un contingent considérable à des titres plus solennels, à des succès plus laborieusement acquis.

L'école française en particulier devait adopter avec empressement et pratiquer bientôt, sans effort ni méprise d'aucune sorte, un moyen si naturellement conforme à quelques-uns de ses instincts. La lithographie, en vertu même de sa simplicité ou, si l'on veut, de son insuffisance pittoresque, s'adresse à

27

l'intelligence au moins autant qu'aux regards du spectateur;
elle laisse à celui-ci le soin d'achever par la pensée ce que le
crayon n'a exprimé qu'à demi. Soit qu'elle reproduise sans
commentaire un fait ou un trait de mœurs, soit qu'elle en
esquisse l'image au-dessus d'une légende explicative, elle
suffit pour contenter cet esprit littéraire que nous apportons en
général dans l'examen des œuvres de l'art, ou du moins elle
l'intéresse assez directement pour avoir raison d'autres exigences de l'imagination et du goût.

Il y aurait quelque injustice d'ailleurs à ne voir, dans la lithographie, qu'un art et des procédés absolument frivoles, une
sorte d'équivalent du vaudeville. La lithographie serait plutôt à
la gravure et à la peinture d'histoire ce que l'opéra-comique est
à la grande musique; — quelque chose de mixte, de tempéré,
où les inspirations du sentiment se concilient avec des formes
d'expression familières, où l'imitation de la réalité sert de
laisser-passer à la fantaisie, et l'humilité apparente des moyens
à la grâce ou à l'énergie des intentions. En faisant de la musique l'auxiliaire et le complément de la parole, les composi-
teurs français ont excellé souvent à les définir l'une par l'autre
et à rendre vraisemblable une association toute factice. Ceux
de nos maîtres qui se sont servis du crayon lithographique
pour écrire l'histoire contemporaine ont su à leur tour dissimuler les côtés artificiels de l'entreprise et nous ôter le droit
de remarquer ce qu'il y a, dans ce récit pittoresque, d'éléments
empruntés à l'ordre littéraire ou au domaine de la convention.

Par quelle singulère défiance des entraînements de l'esprit,
les successeurs de ces maîtres s'appliquent-ils si bien aujour-
d'hui à démentir les premiers exemples et à faire prévaloir sur
le reste le travail de la main, de l'outil? D'où vient cette transformation de la lithographie, c'est-à-dire d'un art qui n'existe
qu'à la condition d'effleurer les choses et d'en esquisser l'image,
en une contrefaçon des moyens matériels exigeant le plus d'in-

sistance dans l'étude et dans la pratique? Les artistes qui, les premiers dans notre pays, ont fait usage du crayon lithographique, ont bien su se préserver de ces erreurs. Leurs œuvres, véritables croquis où tout est nettement résumé, mais où rien n'accuse la prétention au travail achevé et à la définition explicite, leurs œuvres ne visent pas à nous donner le change sur la nature des moyens employés. Ces moyens au contraire apparaissent dans leur juste simplicité; les intentions qu'il convenait d'exprimer franchement et de premier jet ne se dérobent pas sous les lenteurs ou les stratagèmes de la pratique. Tout a le caractère de la bonne foi, de l'aisance, de l'adresse naïve. Si modestes qu'ils soient, de pareils travaux méritent donc une estime sérieuse, surtout lorsqu'on les rapproche des travaux tout différents qui ont suivi, et qu'on met en regard de cette manière sans ambition et sans détours l'habileté recherchée ou les formules laborieuses qui compliquent aujourd'hui l'aspect et la signification des produits de la lithographie.

Il semble au surplus que l'opinion hésite de moins en moins à donner sur ce point raison au passé. Les lithographies publiées il y a trente ou quarante ans ont acquis déjà l'importance qu'on n'attache d'ordinaire qu'aux œuvres anciennes. On se les dispute dans les ventes avec une passion presque égale à celle qu'excitent les gravures les plus célèbres des vieux maîtres, et il n'est pas rare de voir telle humble feuille de papier sortie autrefois, avec plusieurs centaines d'autres, des presses de l'imprimeur, atteindre un prix beaucoup plus élevé que le chiffre primitivement accepté par l'artiste pour la cession de la pierre originale [1]. En outre, des écrivains spéciaux

---

[1] Pour ne citer que ces exemples, une épreuve des *Deux Chevaux se battant dans une écurie* par Géricault a été adjugée en 1861, à la vente de la collection Parguez, au prix de 560 francs, et une autre pièce du même maître, trois *Soldats du train à cheval*, au prix de 235 francs. Plus récemment, à la vente de la collection formée par M. de Lacombe, telle vignette

recueillent et décrivent les pièces dont se compose l'œuvre complet de chaque maître lithographe. Ils en dressent le catalogue, en signalent les *états* successifs avec le soin qu'ont apporté Bartsch et les iconographes les mieux famés dans leurs recherches sur les anciens peintres graveurs. Depuis le livre consacré par M. de Lacombe à l'histoire du talent de Charlet jusqu'à celui où M. Giacomelli dénombre et apprécie avec une sagacité remarquable les travaux de Raffet, jusqu'aux utiles *catalogues* publiés en diverses occasions par M. Burty, on pourrait citer plusieurs ouvrages attestant de nos jours des préoccupations et des efforts de zèle que, fort récemment encore, les monuments de l'art du burin avaient seuls le privilége de susciter.

Que conclure de tout ceci? Que signifient ce mouvement du goût public et cette inclination générale à se détourner du présent pour regarder avec un surcroît d'attention en arrière? Est-ce donc que la lithographie a si bien fait son temps parmi nous qu'il ne reste plus désormais qu'à en honorer les reliques? Est-ce qu'après s'être implantée dans le domaine de l'art, elle y a porté ses fruits une fois pour toutes? Est-ce, enfin, qu'en succombant sous les agressions du métier, sous les tristes progrès mécaniques dont la manie des *fac-simile* a été l'origine et la photographie le dernier mot, la lithographie ne laisse à la critique d'autre tâche qu'un résumé purement historique à faire ou une oraison funèbre à prononcer? Nous ne le pensons pas. Il nous semble plutôt que retracer quelque chose des faits qui se sont succédé jusqu'au moment où nous sommes, ce sera travailler en même temps à ranimer des désirs légitimes, à stimuler les progrès à venir.

servant de tête de lettre à une romance et lithographiée par Horace Vernet, par Decamps ou par Delacroix, a été échangée contre une somme d'argent dont on aurait cru amplement payer, il y a quelques années, l'acquisition d'un dessin unique.

I

Nous disions tout à l'heure que les débuts de la lithographie, en France, ne remontent pas au delà des premiers temps de la Restauration. C'est, en effet, entre les années 1816 et 1820 que les ressources du nouveau procédé commencent à être exploitées par des artistes habiles et que les premières imprimeries lithographiques s'établissent. Il ne suit pas de là néanmoins qu'avant cette époque personne, dans notre pays, ne se fût préoccupé de la découverte faite de l'autre côté du Rhin. Quelques expériences isolées avaient eu lieu déjà, quelques tentatives s'étaient succédé, dont on peut suivre la série dans certains témoignages, assez chétifs d'ailleurs, depuis les pâles croquis tracés en 1804 par un élève de David, Bergeret, jusqu'à une *Sainte Famille* lithographiée en 1809 par Denon. Bien plus, dès l'année 1802, des essais de dessin sur pierre avaient été faits par M. André, et un brevet avait été pris par lui pour s'assurer la propriété légale du procédé. La demande de ce brevet, soit dit en passant, et les dessins dont elle était accompagnée accusent-ils simplement de la part du signataire l'intention de mettre à profit, tant bien que mal, les procédés inventés par Senefelder, ou bien faut-il y voir l'indice d'un fait indépendant des progrès qui s'accomplissaient ou qui allaient s'accomplir en Allemagne? De ces deux suppositions, la seconde peut-être ne serait pas inadmissible, puisque les premiers résultats publics des essais de Senefelder à Munich sont à peine antérieurs à cette année 1802. De pareilles coïncidences, au surplus, pour peu qu'on y regarde de près, se produisent assez souvent dans l'histoire des grandes découvertes industrielles ou scientifiques. L'invention de la peinture à l'huile, celle de la gravure ou celle de l'imprimerie, et de nos jours l'invention des procédés photographiques, n'ont pas été le résultat de sug-

gestions toutes spontanées, d'inspirations absolument personnelles à Van Eyck, à Finiguerra, à Gutenberg et à Daguerre.
Ces noms célèbres consacrent et personnifient à bon droit les
succès définitifs, ils marquent chacun la conclusion d'une période de tâtonnements et d'aventures; mais d'autres noms plus
obscurs pourraient être rattachés à ceux-là, et représenter dans
l'ensemble des faits le souvenir de quelque conquête partielle,
de quelque effort préalable. On dirait en effet que, par une
sorte de concert secret et sous la mystérieuse influence d'un
besoin commun, les intelligences s'accordent à un moment
donné pour être travaillées des mêmes ambitions, préoccupées
des mêmes problèmes; on dirait que, l'heure venue, telle
question se pose de soi, ou que l'atmosphère porte et dissémine
certaines semences qui germeront simultanément çà et là. Il
ne serait donc pas impossible, en ce qui concerne les origines
de la lithographie, que de notre temps quelque chose se fût
renouvelé des faits qu'on rencontre à d'autres époques et dans
l'histoire d'autres découvertes. Tandis qu'un pauvre musicien
du théâtre royal de Munich réussissait à multiplier par l'impression les séries de notes qu'il avait tracées avec un crayon
gras sur une pierre plus propre qu'une autre à en retenir
l'empreinte, peut-être trouvait-il le dernier mot d'un secret
qu'on avait cherché à deviner ailleurs en vue d'une application
différente; peut-être ne faisait-il que compléter à son insu les
recherches tentées par autrui et formuler en termes décisifs ce
que de moins habiles avaient seulement pressenti ou indiqué
à demi. Le document que nous avons mentionné ne laisse pas
d'autoriser quelque doute à ce sujet; il témoignerait au moins,
chez un de nos compatriotes, d'un empressement singulier à
s'informer du moyen nouveau et d'un louable désir d'en divulguer au plus tôt les bienfaits.

Quoi qu'il en soit, et les questions strictement chronologi-
ques une fois réservées, la lithographie n'existe, à vrai dire, en

France et n'y fait ses preuves qu'à partir du moment où les deux
Vernet, Géricault, Charlet entreprennent de l'approprier aux
exigences de l'art et aux conditions particulières de leur talent ;
encore quelques années s'écoulent-elles avant que ces premiers
instigateurs du progrès aient achevé de répudier leurs propres
incertitudes pour se fier pleinement à un procédé interrogé
d'abord par les uns avec une prudence excessive, par les autres
avec une sorte d'imprévoyance et de rudesse voisine de la brutalité. On sait que la lithographie ne permet ni les repentirs,
ni les retouches, celles du moins qui auraient pour objet la
transformation radicale des contours ou du modelé. Chaque
trait, une fois indiqué sur la pierre, y reste et se reproduira
sur le papier ; chaque forme, défectueuse ou non, que le crayon
aura figurée gardera sa signification première, son apparence
indélébile. De là, sans doute, les caractères contraires, mais
résultant au fond des mêmes inquiétudes, que présentent les
œuvres où des artistes bientôt célèbres en étaient encore à ex-
périmenter le moyen. De peur de commettre, dans la valeur
relative des tons ou dans l'effet, quelque erreur matérielle qu'il
ne pourra réparer, Horace Vernet, par exemple, se condamne
à n'esquisser que de maigres silhouettes à peine renforcées
d'ombres pâles ; de peur de traduire incomplétement les intentions énergiques qu'il lui aura fallu accuser du premier coup,
Géricault en exagère l'expression jusqu'à la violence et, sans
prendre même le temps d'affiner son crayon, il trace d'une
main emportée, il charbonne plutôt qu'il ne dessine quelque
groupe à l'aspect emphatique comme le *Cuirassier aveugle
guidé par un Grenadier manchot*, ou comme ce *Convoi de
blessés* dont la belle ordonnance pittoresque disparaît presque
sous la grossièreté de la pratique et sous l'ostentation de la vigueur. Les deux maîtres toutefois ne tarderont pas à faire justice eux-mêmes des entraînements ou des craintes qu'ils auront
subis au début. La fougueuse inexpérience de celui-ci cessera

de s'afficher pour laisser voir seulement les témoignages d'une verve que la science conseille et qu'elle règle sans la régenter : sous le crayon de celui-là, la sécheresse et la timidité primitives aboutiront à une manière un peu grêle encore; mais où l'esprit, la grâce facile, la clarté des intentions et du style rachèteront ce qui pourra manquer du côté de la force ou de la grandeur.

L'esprit, la netteté dans le choix et dans la forme des expressions, ne sont-ce pas là, en effet, les qualités qui distinguent en général les œuvres d'Horace Vernet et particulièrement les lithographies qu'il a laissées ? Serait-on fort bien venu d'ailleurs à regretter ici des qualités d'un autre ordre, et la nature des sujets traités ne justifie-t-elle pas de reste, n'excuse-t-elle pas tout au moins, ces inspirations modestes, ces familiarités de l'exécution ? Si, en dessinant des scènes militaires contemporaines, l'artiste eût prétendu surtout en dégager la signification héroïque, certes, on aurait le droit d'être plus exigeant envers lui ; on pourrait souhaiter à juste titre que son talent eût des allures moins lestes, des coutumes moins expressément spirituelles et, pour tout dire, une physionomie moins gaie ; mais, le plus souvent, Vernet ne veut que nous raconter les anecdotes de la vie militaire, nullement en écrire l'épopée. Nos soldats, au moment où il nous les montre, ont quitté le champ de bataille pour la caserne ou la guinguette, les rudes labeurs pour le repos, quelquefois même pour les galanteries de rencontre ou les ruses de la maraude. Quoi de plus naturel, quoi de plus opportun dans la représentation de scènes semblables, qu'un art léger et de bonne humeur ? Le difficile seulement pour l'artiste sera de savoir s'arrêter à temps, de ne pas trop insister sur le sens et sur l'apparence comiques des choses, de laisser percer la pointe d'ironie qui convient en se gardant, aussi bien dans les intentions que dans les formes, de l'excès et de la caricature. Ces petites pièces, connues de tout le monde, qui reproduisent tantôt les premières aventures et les délassements ingénus du conscrit, tantôt les mœurs du soldat rompu de longue main aux bons tours de garnison comme aux exigences du service, ces croquis tracés d'un crayon si rapide, si finement expressif pourtant et si net, prouvent assez qu'Horace Vernet excelle, en pareil cas, à observer la mesure entre l'insuffisance et l'abus.

Mince talent, dira-t-on, que celui qui, se dépensant ainsi en menus propos, n'a d'autre fin que de nous intéresser un moment à des souvenirs de corps de garde ou à des épisodes de chasse, à l'image plus ou moins vraisemblable d'un fait frivole, d'un accident, d'un ridicule ; soit. N'est-ce rien toutefois, pour parler avec Molière, que « de faire rire les honnêtes gens, » et dans « cette étrange entreprise » en compte-t-on beaucoup qui aient réussi ? Entre ceux qui l'ont tentée en se servant de la langue pittoresque, Horace Vernet, par la date comme par l'agrément de ses ouvrages, mérite de figurer au premier rang. Il est, dans un ordre de travaux secondaire, un des représentants les mieux doués, les plus diserts, de cet art avant tout ingénieux, où le crayon n'exprime guère, il est vrai, que ce qu'aurait pu exprimer aussi bien la parole écrite ; où l'exactitude judicieuse de la narration prévaut sur l'imagination personnelle du narrateur et la préoccupation ou l'instinct littéraire sur le sentiment pittoresque proprement dit : art tout français d'ailleurs, dont il ne faut pas faire trop généreusement bon marché, de peur de sacrifier en même temps une partie des titres qui appartiennent le plus sûrement à notre école, et de répudier certains priviléges intellectuels qui, depuis la raison souveraine de Poussin jusqu'à l'alerte sagacité d'Horace Vernet, se succèdent chez nous sans se contredire, se continuent sous toutes les formes et s'accusent à tous les degrés.

Le genre de mérite qui caractérise les lithographies de Géricault lui-même n'est pas, malgré l'indépendance de la manière, un démenti à ces traditions du génie national. Sans doute on ne rencontrera plus ici les témoignages de cette facilité aimable, de cette élégance d'esprit d'où le talent d'Horace Vernet tire sa signification principale et son charme. Vainement aussi l'on y chercherait l'empreinte des longs calculs, des combinaisons patiemment élaborées ; mais le fond de bon sens, commun aux artistes de notre pays, et qu'on démêle à l'état d'instinct, même sous les dehors les plus capricieux, se retrouve dans les inspirations et dans les œuvres de Géricault. Il n'est pas jusqu'aux premiers essais du maître, jusqu'à ces impétueux croquis dont nous accusions les exagérations tout à l'heure, où l'on ne puisse surprendre parfois les indices d'une docilité involontaire aux aptitudes et aux coutumes de l'art français. Qu'on jette les yeux par exemple sur cet *Artilleur* qui, du haut d'un caisson ouvert et démonté où il s'est réfugié pour trouver la mort, menace une dernière fois l'ennemi, ou, préférablement encore, sur le *Factionnaire suisse au Louvre* : on sentira dans ces deux compositions une vraisemblance intime, une vie morale, dont la nouveauté du moyen matériel employé ne fait en réalité que rajeunir les termes, et qui, malgré les incorrections ou les témérités du style, révèle chez l'artiste une certaine conformité naturelle avec ses devanciers. Suit-il de là que nous prétendions mettre en question l'originalité du talent de Géricault, et discuter de gaieté de cœur une des gloires les moins contestables de l'art moderne? Nous n'avons pas un aussi malencontreux dessein. Ce que nous voulons dire seulement, — et cela, à l'honneur de ce talent autant qu'à l'honneur de notre école, — c'est que la physiónomie qui le distingue, si personnelle qu'elle soit, reproduit quelque chose des caractères généraux de la race, et que, dans la hardiesse même de ses aspirations, dans la libre fierté de ses progrès, il semble garder le souvenir du milieu où il est né, des exemples qui lui ont été légués et des traditions qui l'obligent. Un autre qu'un peintre français n'aurait pas mis en scène les naufragés de la *Méduse* avec cette application à faire ressortir surtout le sens drama- tique et, pour ainsi parler, la moralité du sujet. Seul aussi, un Français pouvait, en crayonnant des groupes de soldats, d'hommes du peuple, ou simplement de chevaux, donner au tout un intérêt indépendant de la représentation absolument pittoresque, et trouver, sans fausse recherche, sans niaise sen- siblerie, le secret de nous attendrir presque sur le sort de trois *Chevaux conduits à l'Abattoir* ou sur celui d'un *Cheval mort* au milieu d'une campagne déserte, et déjà convoité par les corbeaux.

Fallût-il d'ailleurs, dans l'examen des lithographies de Géri- cault, — j'entends celles qu'il fit après ses deux ou trois années d'apprentissage, — n'envisager que les côtés extérieurs du tra- vail et les mérites de l'exécution, l'attention, en se concentrant ainsi, trouverait là un champ vaste encore et de très-précieux enseignements. Où rencontrera-t-on notamment des leçons plus sûres, des exemples plus précis de l'art de dessiner les chevaux, d'en reproduire avec une savante véracité les types et les mou- vements variés, la beauté élégante ou robuste, la docilité ou les colères? L'excellence du talent de Géricault en ce genre est trop bien et trop universellement reconnue, pour qu'il ne suffise pas d'y faire allusion en deux mots, et de rappeler, sauf à n'en citer que le titre, les célèbres *Suites* publiées à Londres et à Paris. Peut-être serait-il moins superflu de louer dans ces beaux ouvrages le discernement avec lequel les conditions particu- lières du procédé sont appréciées et mises en pratique. Les *Suites de Chevaux* en effet ne révèlent pas seulement, chez celui qui les a faites, l'étude et la connaissance profondes de ses mo- dèles, une habileté rare à ennoblir le vrai, à le revêtir d'une majesté épique, sans pour cela le déguiser : elles attestent aussi, à un point de vue tout technique, les intentions les plus judi- cieuses, l'intelligence la plus exacte de la tâche qu'il s'agissait d'accomplir. Le crayon lithographique n'est, entre les doigts de Géricault, ni un rival malavisé du burin, ni un improvisateur prolixe, ni un interprète de la pensée pittoresque plus réservé que de raison : c'est un instrument ayant son office spécial, son champ d'action bien défini, mais qui, sans dépasser aucune limite, sans rien usurper sur autrui, n'en veut et n'en sait pas moins atteindre les confins du domaine où il s'exerce, et user de ses droits jusqu'au bout. La plupart des lithographies de Géricault ont en ce sens une valeur très-considérable, parce que l'accent de la verve et les caractères spontanés d'un croquis y laissent néanmoins pressentir l'information scrupuleuse, la science, tous les éléments d'une imitation achevée. Parmi les œuvres de même espèce appartenant à notre école, les premières lithographies de Charlet seraient les seules peut-être qu'on pût impunément rapprocher de celles-ci, et comparer sans désavantage à ces modèles de sobriété et de puissance, d'abondance dans les inspirations et de juste mesure dans l'emploi du moyen.

Les premières lithographies de Charlet, avons-nous dit : est-ce donc qu'il faille tenir en estime médiocre les autres travaux du maître? Est-ce que l'admiration due aux énergiques images que traçait son crayon au début nous laissera pour cela indifférents ou insensibles à la véracité délicate, à la verve railleuse, à toutes ces qualités charmantes dont il a pendant tant d'années épuré de plus en plus l'expression et multiplié à l'infini les témoignages? Autant vaudrait, dans un ordre d'art tout différent, supprimer la moitié des œuvres de Moreau, de Saint-Aubin, ou de tel autre fécond dessinateur du dix-huitième siècle, et, parmi les pièces si variées que nous a léguées chacun d'eux, n'avoir d'yeux que pour celles qui appartiennent à une certaine classe de sujets, à un genre de talent une fois déterminé. Comme il arrive d'ordinaire aux artistes éminents, Charlet a eu plusieurs manières. Sans renouveler absolument le fond

et les principes de ses inspirations, il s'est appliqué du moins à
en diversifier les résultats. Tout en demeurant jusqu'à la fin
l'historien éloquent de notre armée, il en a retracé tour à tour
les hauts faits et les mœurs familières dans un style et suivant
des procédés d'exécution conformes soit aux caractères propres
des scènes, soit aux exigences successives de son esprit en quête
du mieux. Voilà ce qui explique, en en limitant d'ailleurs les
conséquences, la distinction que nous avons voulu établir. On
peut, dans le riche ensemble des lithographies qu'a signées
Charlet, faire son choix, et un choix légitime; on peut préférer,
— et nous préférons, quant à nous, — aux œuvres si spi-
rituellesde la seconde époque, les œuvres moins piquantes,
mais plus vigoureusement originales, qui attirèrent sur ce
talent les premiers regards de la foule, et sur ce nom, bientôt
populaire, les commencements de la célébrité. Il serait très-
injuste toutefois que ces prédilections pour quelques morceaux
d'élite aboutissent au dédain pour le reste, et ces sympathies
pour le poëte héroïque à des rigueurs envers l'auteur de tant
de fines comédies. A quoi bon insister au surplus? L'éloge de
Charlet n'est plus à faire, surtout depuis qu'un juge deux fois
autorisé en pareille matière s'est acquitté de cette tâche avec
toute l'indépendance d'esprit qu'exige la critique, et la haute
compétence que donne une longue expérience personnelle de
l'art et du succès[1]. Nous n'avons, quant à nous, qu'à essayer de

[1] Voir, dans la *Revue des Deux Mondes* du 1er janvier 1862, *Charlet*,
par M. Eugène Delacroix. — Qu'il nous soit seulement permis de noter
dans le travail de l'éminent artiste que notre école vient de perdre une
erreur bien légère en elle-même, mais qui ne se propagerait pas sans
quelque dommage peut-être pour l'honneur d'un grand établissement public. « Il y a peu d'années encore, disait Delacroix, la Bibliothèque ne
contenait que de rares échantillons d'un maître qui honore la France à si
juste titre; nous apprenons que cette lacune a été comblée en partie... » Or,
non-seulement à toutes les époques et au fur et à mesure de la publication,
le dépôt légal a introduit dans les collections de la Bibliothèque toutes les
pièces que Charlet livrait au commerce; mais du vivant même de Charlet,

glaner le peu qui a été laissé, et, sans revenir sur une question générale désormais épuisée, à proposer quelques observations partielles, à recueillir quelques détails.

Lorsqu'en parcourant d'après l'ordre chronologique les onze cents lithographies de Charlet, le regard s'arrête aujourd'hui sur celles qui ouvrent la série, ne lui arrive-t-il pas, au premier aspect, d'être un peu déconcerté par l'extrême simplicité de l'exécution, et, en même temps, trop bien prémuni contre l'effet pathétique des intentions et de la scène ? D'une part, le contraste entre cette apparente aridité dans le faire et les progrès matériels qui ont suivi, nous porte peut-être à méconnaître ce que de pareils essais ont en eux-mêmes de hardiesse et d'autorité véritables ; de l'autre, une longue habitude, des souvenirs continuellement entretenus rendent ici au moins difficile la candeur ou la vivacité des émotions. *Le Drapeau défendu, l'Aumône, les Français après la victoire*, vingt autres compositions du même genre, si bien connues de notre enfance, et que, depuis lors, nous n'avons cessé de voir reproduites par tous les procédés, dans toutes les dimensions, sous toutes les formes,—de telles scènes, quelle qu'en soit au fond l'éloquence, ont fini par nous toucher assez peu. Il en va de ces lithographies devenues classiques, comme de certains tableaux dont la beauté nous échappe à force d'avoir été recommandée à nos yeux, comme des figures des *Horaces* ou des *Sabines*, que nous n'entrevoyons plus qu'à travers nos souvenirs de collège et le ressentiment des fatigues qu'elles nous ont coûtées. Le talent de David est-il pour cela moins sain en soi, moins bien pourvu, et parce que chacun de nous s'est vu condamné autrefois à recopier d'année en année la tête du vieil *Horace* ou celle de

la Bibliothèque a acquis une grande quantité de pièces inédites ou d'épreuves exceptionnelles. Elle n'a cessé, depuis lors, d'augmenter sur ce point ses richesses, si bien que l'œuvre de Charlet conservé à la Bibliothèque impériale est un des plus complets, le plus complet peut-être qui existe.

Romulus, s'ensuit-il que les peintures originales aient perdu quelque chose de leur dignité propre et de leur mérite? Parce que les premières lithographies de Charlet, pourrait-on dire aussi, ont servi de modèles aux fabricants de devants de cheminée et de papiers peints, faudra-t-il imputer au texte les vices ou les banalités de la traduction, n'apporter, en face de ces modèles mêmes, qu'une sorte de satiété systématique, des regards distraits d'avance et comme la volonté de ne pas voir? On relit, pour les goûter mieux et de plus près, des vers que l'on sait par cœur; on écoute, avec une attention fertile en découvertes, telle composition musicale entendue cent fois déjà : le talent de Charlet a des ressources et une portée assez vastes pour qu'on puisse, en ce qui le concerne, tenter utilement une expérience analogue, et certes, il mériterait d'y être soumis.

Aussi bien, parmi ces pièces appartenant à la première manière du maître, tout n'offre pas les mêmes caractères de consécration, le même intérêt prévu, la même apparence surannée. Si, en raison des sujets choisis et des souvenirs patriotiques qui s'y rattachent, beaucoup d'entre elles ont acquis dès l'origine une immense popularité, nombre d'autres, et des plus belles, sont demeurées à peu près ignorées de la foule, parce que, au lieu de représenter quelque grand drame de notre histoire militaire, elles nous en montrent simplement les acteurs hors des rangs et au repos. Et cependant, nulle part mieux qu'ici, Charlet n'a prouvé la vigueur de son sentiment, la pénétrante justesse de son coup d'œil, la singulière habileté de sa main. Plus d'une fois, en célébrant l'intrépidité de nos soldats à l'heure de la lutte ou leur héroïque fierté dans les revers, il lui est arrivé de donner au panégyrique des dehors un peu véhéments, une grandeur un peu théâtrale. Pour ne citer que cet exemple, dont le théâtre d'ailleurs n'a pas manqué de faire son profit, une des lithographies qui ont le plus profondément ému

nos pères, — la lithographie intitulée *Les Grenadiers de Wa-*
terloo, — nous apparaît aujourd'hui comme un ensemble de
groupes répartis sur la scène au moment de la chute du rideau,
comme une sorte de *tableau final.* Là au contraire où Charlet
se propose seulement de résumer dans un type, dans l'imitation sincère d'un mouvement ou d'une attitude, la physionomie générale et les mâles coutumes de notre armée, il trouve,
pour traduire sa pensée, un style aussi éloigné de l'emphase que
de la sécheresse. Veut-on des preuves et des preuves irrécusables?
Qu'on examine ces deux figures dessinées en 1822 et représentant, dans d'assez grandes dimensions, l'une un *Voltigeur,*
l'autre un *Carabinier,* de l'infanterie légère. Géricault n'aurait
pas exprimé en termes plus saisissants l'énergie de l'âme et
la force physique ; Horace Vernet n'aurait pas surpris avec
plus de clairvoyance, ni rendu avec plus de finesse certaines
habitudes héroï-comiques, certaines allures à la fois gauches et
martiales de ces deux corps faits pour l'action, et qui s'en sou-
viennent jusque dans le calme. En tout cas, ni Vernet, ni Géricault, ne se seraient trouvés en mesure d'établir une harmonie
aussi complète entre des éléments qni semblent s'exclure, de
mélanger aussi bien l'arrière-pensée spirituelle et l'intention
grandiose, l'ampleur dans le sentiment de l'ensemble et l'extrême délicatesse dans l'exécution des détails. Vérité du geste,
imitation achevée de la forme, expression sans équivoque d'habitudes naturelles ou acquises, tout se concilie, tout se retrouve
dans les différentes parties de l'œuvre, comme dans la figure de
Carabinier qui sert de pendant à celle-ci : figures réellement
admirables l'une et l'autre, qu'il ne convient pas seulement de
mettre au nombre des meilleurs ouvrages de Charlet, mais qu'il
faut compter aussi parmi les spécimens les plus importants de
la lithographie, parmi les témoignages les plus propres à nous
renseigner sur cet art spécial et sur l'étendue des moyens pittoresques dont il lui appartient de disposer.

Les lithographies successivement publiées par Charlet à partir de l'époque où il eut commencé de modifier sa manière et d'ajouter de nouveaux titres à ceux qu'il avait conquis ou qu'il allait continuer d'acquérir comme dessinateur de sujets militaires, ces nombreuses scènes empruntées aux écoles d'enfants ou aux échoppes, aux mœurs des barrières ou aux événements de la rue,—toutes ces pièces si neuves dans les intentions et dans les formes achèveraient de prouver, s'il en était besoin, ce qu'il y a dans le talent de l'artiste de naturellement inspiré, de foncièrement original. Au point de vue de l'exécution proprement dite, elles attestent aussi une profonde expérience de l'art, et, —dût le mot paraître un peu solennel,—une science de plus en plus sûre. Seulement, au lieu de se révéler, comme dans les œuvres précédentes, sous des dehors avant tout énergiques, cette science choisira dorénavant pour se produire des moyens d'expression délicats, raffinés même jusqu'à la subtilité. Je m'explique : en aucun cas assurément on ne saurait accuser le crayon de Charlet de timidité ou d'afféterie. Il excelle au contraire à s'assimiler bravement le fait, à le définir, sans incertitude comme sans préjugé d'aucune sorte sur le sens que ce fait recèle ; mais en insistant un peu trop sur la définition, en travaillant avec quelque excès de soin à en aiguiser les termes, il ne laisse pas d'afficher parfois la sagacité, ou tout au moins d'en compliquer les résultats d'une certaine apparence de recherche. Pourtant, à côté d'imperfections, assez rares après tout, et résultant chez l'artiste du désir même du mieux [1], que

---

[1] Charlet avait si bien ce besoin du mieux et ces exigences envers lui-même, qu'il lui est arrivé souvent de biffer un travail complétement achevé et de le recommencer sur nouveaux frais, soit pour modifier seulement quelques détails de la composition, soit pour transformer celle-ci d'un bout à l'autre. D'autres fois la pierre était sacrifiée après avoir fourni deux ou trois épreuves ; d'autres fois enfin, des épreuves tirées en grand nombre et déjà mises dans le commerce, étaient, au bout de quelques jours, soustraites par l'artiste à la publicité : le tout, au grand désappoin-

de témoignages ne faudrait-il pas relever où l'on ne rencontrera dans l'expression que de la justesse et de la franchise, dans le dessin qu'une exactitude sans abus, dans les formes du style qu'une délicatesse sans minutie! Encore une fois, louer la verve et l'imagination de Charlet, ce serait s'imposer la plus inutile des tâches et perdre le temps à découvrir ce qui, depuis plus de quarante ans, frappe les yeux de tout le monde. Nous aurons assez fait si nous réussissons à rappeler d'autres mérites peut-être moins généralement reconnus, à indiquer sur quelques points, si l'on veut, secondaires, les innovations que ce talent a introduites dans notre école et les bons exemples qu'il a donnés.

Ainsi parmi les qualités qui caractérisent la manière et les travaux de Charlet, ne faut-il pas apprécier particulièrement l'intelligence avec laquelle le paysage est traité dans ces ouvrages et l'habileté de l'artiste à se conformer, en pareil cas, aux exemples de la nature aussi bien qu'aux strictes conditions du procédé lithographique? Nulle prétention à l'extrême intensité du ton, à la complication des plans et des lignes, à toute cette opulence d'emprunt que la lithographie devait étaler plus tard et dont elle fait montre surtout aujourd'hui; rien non plus de ce sentiment exigu, de cette avarice dans le faire qui réduisent presque à l'apparence de dessins au trait les paysages lithographiés par Bourgeois, par Bacler d'Albe et par quelques autres contemporains de Charlet. Dans la plupart des œuvres de celui-ci, le paysage, il est vrai, n'est qu'un complément plus ou moins orné, une sorte de cadre pour les figures auxquelles il donne un surcroît de relief et dont il assure la prédominance. Mais souvent aussi le paysage a dans la compo-

tement des éditeurs et au préjudice très-réel des intérêts matériels de Charlet. De là l'extrême rareté de certaines pièces passionnément recherchées aujourd'hui, et les prix élevés qu'elles atteignent lorsqu'elles viennent par hasard à figurer dans une vente publique.

sition une importance principale : témoin, entre autres, cette
pièce charmante intitulée *Le Voilà !* où quelques paysans,
groupés au premier plan et hauts à peine d'un centimètre,
suivent de leurs regards avides le passage d'autres personnages
plus microscopiques encore, traversant, Napoléon en tête, une
vaste plaine qui demain peut-être sera devenue un champ
de bataille. Ailleurs, ce sont des lisières de bois le long desquelles se glisse quelque garde-chasse ou quelque rôdeur de
mauvaise mine, des défilés dans les montagnes où serpente
une troupe en marche, des campagnes à perte de vue où ma-
nœuvrent des corps d'armée. Tout cela, — terrains, arbres,
rochers, — est indiqué avec une telle légèreté de crayon,
avec une grâce si facile, qu'il semble qu'une imitation plus
littérale n'ajouterait rien ici à la vraisemblance des choses et
qu'elle ne ferait guère qu'en appesantir les formes au détriment de l'unité. Sans doute, parmi les paysagistes de profession qui de nos jours travaillent avec tant de succès à
transporter sur la toile la nature inanimée, plusieurs ont
étudié plus obstinément leur modèle et en ont plus savamment reproduit les traits partiels. Ont-ils toujours réussi mieux
que Charlet à en faire pressentir l'esprit, à en déterminer la
physionomie générale? Dans tous les cas, quel rival trouverait-on à opposer au maître parmi ceux qui se sont servis du
crayon lithographique? Si remarquables en ce genre que soient
certains travaux de Bonington et de Decamps, ils diffèrent
trop par le caractère des paysages de Charlet, pour ne pas
laisser à ceux-ci leur valeur tout entière, sans compter d'ailleurs le mérite de la priorité.

N'est-ce pas aussi à Charlet que revient l'honneur d'avoir
osé le premier choisir des sujets dont les enfants sont les seuls
héros et d'avoir su nous intéresser à des scènes aussi humbles
en elles-mêmes? On n'objectera pas, je suppose, ces guirlandes
de petits Amours ou de Génies que Boucher et ses pareils

avaient coutume, au dix-huitième siècle, d'enrouler autour d'un plafond ou sur le champ d'un dessus de porte, ni même les figures enfantines, nullement mythologiques d'ailleurs, auxquelles Greuze et surtout Chardin ont donné un rôle charmant, mais accessoire, dans plusieurs de leurs tableaux. Sous le crayon de Charlet, les enfants ont plus que ce rôle épisodique, mieux qu'un intérêt de surface et qu'une grâce de convention. Soit que le dessinateur nous les représente au moment des jeux ou aux heures si lentes de la classe, soit qu'il retrace leurs élans d'indocilité ou leurs ruses, leurs amitiés ou leurs querelles, partout l'expression est aussi complète que la donnée même est piquante. Quelque chose d'imprévu et de profondément vrai tout ensemble, un mélange d'invention spirituelle et d'observation ingénue, voilà ce qui donne un charme exquis à ces petites scènes où la naïveté courait le risque d'aboutir à la niaiserie, l'humilité des éléments à l'indigence de l'aspect, et que peut-être à cause de cela même, aucun artiste n'avait abordées. Et cependant, à en juger sur les résultats de la tentative, quelles ressources n'offraient pas d'aussi modestes données, au point de vue du fait pittoresque et des souvenirs ou des idées qu'il implique ? N'eût-il laissé que cette série de scènes enfantines, Charlet n'en demeurerait pas moins un des artistes les plus ingénieux, un des mieux doués de notre temps. Mais lorsqu'on voit la même force de talent, la même séve circuler dans les autres parties de son œuvre et les vivifier une à une, lorsqu'on se rappelle tout ce que cet esprit a démêlé, tout ce que cette main a su définir, il faut saluer dans Charlet un véritable initiateur, le maître lithographe par excellence, ou plutôt l'inventeur même de la lithographie ; car il en est des inventions en matière d'art comme de toutes les découvertes, à quelque objet qu'elles s'appliquent. Une vérité, on l'a dit avec raison, appartient bien moins à celui qui la trouve qu'à celui qui la prouve. Charlet, à ce titre, est un possesseur légitime, et l'ensemble des ouvrages qu'il a produits la plus claire des démonstrations.

Les premiers efforts de Charlet pour naturaliser la lithographie en France et ceux que tentaient, en même temps que lui, Vernet et Géricault, avaient trouvé, d'ailleurs, l'opinion bien préparée et, à part la question de talent personnel, les encouragements et le succès faciles. On sait le mouvement qui s'accomplissait dans les esprits vers le commencement de la restauration et les inclinations, franchement libérales chez les uns, mélangées de quelques arrière-pensées chez les autres, en vertu desquelles certaines innovations étaient avidement accueillies et se répandaient avec une rapidité singulière. C'est à ce besoin général de réforme et de progrès que l'enseignement mutuel avait dû, dès l'origine, le patronage d'hommes diversement influents, et bientôt une faveur décidée auprès de toutes les classes ; c'est de là encore que procédaient ou que devaient procéder ces associations pour propager des méthodes d'instruction musicale à l'usage du peuple, pour approvisionner celui-ci de livres à bon marché, pour multiplier partout les occasions d'étude, de développement intellectuel, d'initiation aux conquêtes de l'esprit moderne.

La lithographie ne pouvait manquer d'attirer sur elle quelque chose de cette attention universelle à interroger les signes du temps, quelques effets de ce zèle que suscitait, à tort ou à raison, la moindre promesse, la moindre apparence de progrès. Aussi, même en dehors des artistes, recruta-t-elle tout d'abord bon nombre de partisans. Plusieurs, il est vrai, se contentaient d'applaudir à la découverte et d'en célébrer hautement les bienfaits, sauf à circonscrire leur enthousiasme dans les limites de la théorie ; mais d'autres, au premier rang desquels il n'est que juste de citer M. le comte de Lasteyrie, n'hésitaient pas, pour favoriser l'essor de l'art nouveau, à joindre la pratique et les exemples aux préceptes, à user de leur propre talent aussi activement que de leur crédit, à hasarder même une partie de leur fortune dans des publications dispendieuses ou dans l'établissement d'une imprimerie. Ajoutons que parmi ceux qui travaillaient alors à populariser la lithographie en France, comme parmi ceux qui en accueillaient avec le plus d'empressement les produits, tous n'étaient pas exclusivement préoccupés de l'art et de ses intérêts. Pour beaucoup d'entre eux même, l'art semblait ici bien moins en cause que le patriotisme, dont les fiertés ou les rancunes devaient trouver un aliment quotidien dans les œuvres de la lithographie.

Quel meilleur moyen, en effet, que celui-là d'entretenir au jour le jour les glorieux souvenirs ou les regrets ardents de la foule? Quelle manière plus sûre d'écrire, à l'usage de tous, l'histoire des grands événements qui venaient de s'accomplir, ou la satire des faits qui se produisaient dans le nouvel ordre politique? La gravure, avec ses procédés lents et coûteux, n'eût pu tenter une pareille entreprise; et d'ailleurs, la gravité un peu solennelle des moyens dont elle dispose lui interdisait de viser à l'expression railleuse et à l'épigramme, sous peine de se contredire elle-même. C'est ce qu'elle a pourtant essayé de faire quelquefois, mais avec un insuccès qui s'explique. Rien de moins piquant qu'une caricature tracée avec le burin; rien de plus déplaisant que ce désaccord entre un mode d'exécution inflexible et la souplesse présumée des intentions, entre ces formules laborieuses et la légèreté des pensées qu'elles traduisent. Là où il s'agissait de se faire entendre à demi-mot, de résumer en quelques traits une fantaisie comique, on n'aura réussi qu'à l'affubler de précision, pour ainsi dire, et à immobiliser le sarcasme sous des apparences rigides. Avec le procédé lithographique, point de ces contre-sens ni de ces méprises. La rapidité même et la facilité du travail laissent ici à l'intention satirique le caractère d'improvisation qui convient; la verve, au lieu de venir se heurter contre les difficultés et les lenteurs de la pratique, trouve pour s'épancher une voie où tout l'invite, où nul obstacle matériel ne se rencontrera pour la détourner du but, pour la décourager par quelque retard.

On conçoit donc l'empressement des artistes à essayer de cette voie nouvelle et, les passions politiques aidant, l'immense succès qu'obtinrent, au temps de la Restauration, les lithographies où les crayons d'Horace Vernet et de Charlet dénonçaient, souvent avec plus d'entrain que de justice, les habitudes surannées ou les secrètes ambitions des survivants de l'ancien régime. Il y avait là, dans ces épigrammes dessinées sur les *Voltigeurs de Coblentz*, en regard des héroïdes tracées par les mêmes mains en l'honneur des *Soldats laboureurs* ou des proscrits du *Champ d'asile*, un commentaire et comme un renouvellement, sous une forme plus populaire encore, des *Chansons* de Béranger et des *Pamphlets* de Paul-Louis Courier. La route une fois ouverte, on s'y précipita, sauf à la côtoyer un peu plus tard et à se frayer quelque sentier en dehors du terrain politique. Tandis que M. Bellangé et plusieurs autres se contentaient de suivre de point en point les exemples de Charlet, et d'insister, après le maître, sur les grands souvenirs de l'époque impériale ou sur l'image plus ou moins partiale des infortunes de l'heure présente, MM. Pigal, Henri Monnier, Eugène Lami, cherchaient et trouvaient dans la lithographie un moyen de publicité et de succès pour des scènes de mœurs au-dessous de la dignité du pinceau ou du burin, mais bien en rapport, par leur agrément même, avec les conditions du nouveau procédé. Enfin, au bout de quelques années, un talent doué au fond d'une rare pénétration bien que dépourvu dans les formes d'aisance et de vivacité, Grandville, traçait sur la pierre cette série d'apologues tirés mi-partie de la vie des animaux, mi-partie de la vie humaine, où, sous le titre des *Métamorphoses du jour*, il raille si finement nos travers et châtie si résolûment nos vices : œuvre étrange, mélangée de compassion et d'amertume, d'enjouement voulu et de très-sincère mélancolie ; mais en réalité œuvre remarquable, plus considérable même, sous ses humbles dehors, que tel grand tableau un moment célèbre, et destinée, nous le croyons, à survivre longtemps à l'époque qui l'a inspirée.

Cependant, aux yeux de quelques artistes habitués à traiter de tout autres sujets, la lithographie ne devait pas avoir et n'avait pas pour objet unique la représentation des scènes militaires ou une allusion satirique aux faits et aux mœurs du moment. Pourquoi ne serait-elle pas appelée à populariser des scènes ou des idées plus voisines du beau ? Pourquoi les peintres d'histoire n'interviendraient-ils pas à leur tour et ne mettraient-ils pas à profit le moyen qui leur était offert de multiplier l'expression de leur pensée sans recourir au talent d'autrui ? L'épreuve les tentait d'autant mieux que ce moyen semblait plus simple. Jusque-là les seules ressources dont ils pussent disposer, en dehors des interprétations confiées aux graveurs de profession, consistaient dans les procédés de la gravure à l'eau-forte : procédés admirables sous une main expérimentée, mais d'un emploi relativement difficile, et exigeant, dans la pratique, une certaine science préalable, une certaine habitude technique. La lithographie n'imposait aux peintres rien de semblable. Ils pouvaient maintenant, sans apprentissage spécial, sans autre expérience que l'expérience même de leur art, faire acte de graveurs, en quelque sorte, et tracer sur la pierre, presque aussi aisément qu'ils l'eussent crayonné sur le papier, un dessin dont l'impression se chargerait ensuite de multiplier à l'infini les exemplaires.

Beaucoup d'anciens élèves de David, et des plus éminents, n'eurent garde de méconnaître de pareils avantages. Les uns, il est vrai, comme M. Ingres, s'en tinrent à cinq ou six tentatives diversement importantes, quelquefois même, comme Gros, à un nombre d'essais plus restreint encore ; mais d'autres, et

Girodet fut un de ceux-là, y mirent plus de persévérance et de zèle, soit qu'ils fissent paraître sous leur propre nom des œuvres absolument originales, soit qu'ils aidassent de leur crayon le travail d'un interprète. C'est ainsi qu'après avoir lithographié plusieurs sujets mythologiques et plusieurs portraits, le peintre d'*Ossian* et d'*Atala* participait activement à la reproduction, entreprise par son élève Aubry-Lecomte, des figures qu'il avait groupées dans ces deux tableaux. Vingt grandes pièces, dues à cette collaboration, venaient signaler dans la lithographie des ressources nouvelles, sans empiéter pour cela sur le domaine de la gravure, sans rien usurper de ses priviléges ni rien contre-faire de ses procédés : limite nécessaire, mais, en pareil cas, difficile à observer, réserve délicate dont Aubry-Lecomte, con-seillé de près par Girodet, avait su ne pas se départir, et que, vers la même époque, M. Sudre devait garder avec plus de certitude encore dans l'exécution de sa belle lithographie, l'*Oda-lisque*, d'après le tableau de M. Ingres. Enfin, à l'exemple des chefs de l'école, des peintres moins avancés dans la carrière, des talents à peine consacrés par le succès, demandaient à la lithographie de se faire l'auxiliaire de leur réputation naissante. M. Léon Cogniet, entre autres, achevait de justifier par les œuvres élégantes de son crayon la faveur qui avait accueilli les premières productions de son pinceau; le nom du peintre de *Marius sur les ruines de Carthage* se gravait d'autant mieux dans la mémoire que les yeux le rencontraient plus souvent inscrit au bas de ces petites *Scènes italiennes* qui, indépendam-ment de la grâce du faire, avaient alors le mérite de la nou-veauté.

Survint, pour parler le langage du temps, la révolution *romantique*, et avec elle un surcroît de crédit attribué à la litho-graphie par les artistes de la nouvelle école. Rien de plus naturel au surplus. Les innovations introduites à cette époque n'étaient pas de celles dont la gravure s'accommode. Le moyen de rendre

avec le burin, c'est-à-dire avec un instrument ayant pour objet
principal la définition de la forme, comment figurer sur le
cuivre à l'aide de traits seulement, de tailles plus ou moins
profondes, ces teintes opulentes sous lesquelles les contours se
dérobent, ce modelé souvent incertain, ces corps de toute espèce brillamment coloriés, mais plutôt touchés que construits et
trop souvent chiffonnés jusqu'à la confusion des lignes? Nous
n'avons pas à apprécier ici, en tant que réforme pittoresque,
les mérites ou les côtés défectueux de l'entreprise que l'on tentait, il y a près de quarante ans; nous n'essayons pas de la
juger, au point de vue des ruines ou des conquêtes qu'elle a
faites, des progrès qu'elle a déterminés ou compromis. Ce que
nous voulons dire simplement, c'est qu'elle ne devait attendre,
pour confirmer ses succès, aucun secours de la gravure, et que
là où la pointe d'un Rembrandt eût réussi à peine, le burin des
élèves de Bervic ou de Desnoyers ne pouvait, à plus forte raison, s'essayer. Il fallait donc que les chefs du mouvement ne
comptassent en ceci que sur eux-mêmes. Aussi n'hésitèrent-
ils pas à se mettre à l'œuvre. Le plus éminent d'entre eux,
Eugène Delacroix, avait quelquefois déjà quitté le pinceau pour
le crayon à l'époque où il entreprenait, d'après le *Faust* de
Goethe, cette suite de lithographies qui devait être, dans le domaine de l'art, une sorte de pendant à la préface du *Cromwell*,
un manifeste, à l'adresse de la foule, des croyances et des
ambitions du parti.

Lorsque aujourd'hui, — à la distance où nous sommes de
ces luttes ardentes, mais généreuses après tout de part et d'autre, et très-préférables à l'extrême quiétude intellectuelle où
nous vivons, — on examine le recueil publié par Delacroix au
plus fort de la querelle, il semble qu'il ait perdu beaucoup de
l'autorité qu'on lui attribuait alors. Le regard s'étonne de ces
violences dans la pratique, de ces témérités, pour ne rien dire
de plus, dans le dessin, plutôt qu'il ne devine ce que le tout pou-

vait avoir d'excusable, d'opportun même, à un moment donné.
Nous craignons d'autant moins d'exprimer nos doutes à ce sujet que le maître lui-même a paru vouloir modifier plus tard
et, jusqu'à un certain point, désavouer les formules excessives
dont il s'était servi d'abord pour traduire sa pensée ou pour
plaider sa cause. En lithographiant, quelques années après la
publication de son *Faust*, une seconde série de scènes empruntées cette fois à Shakspeare, Delacroix usait de son talent avec
une tout autre prudence, avec une volonté beaucoup plus ferme
de ne sacrifier aux hasards de la verve ni l'expression vraisemblable des choses, ni les justes exigences du procédé. La scène,
entre autres, qui représente *Hamlet* en face du spectre de son
père errant le long des murailles de la ville, n'est pas seulement remarquable par le caractère imprévu de la composition
et par l'énergie pathétique du sentiment qui l'a inspirée, il
y a là aussi un exemple de cette modération dans le faire, dans
l'indication de l'effet et du ton, qui est l'élément même, la
condition nécessaire de la lithographie, tandis que le burin a
pour tâche au contraire de préciser jusqu'aux moindres apparences et de tout expliquer jusqu'au bout.

Plusieurs autres pièces, et notamment une jolie vignette
intitulée *la Fuite du Contrebandier*, achèveraient de nous renseigner sur la manière de Delacroix à son meilleur moment,
et mériteraient au moins d'être citées, si deux de ces pièces,
d'une importance à tous égards exceptionnelle, ne suffisaient
pour faire pressentir les caractères du reste, et n'en résumaient
hautement les qualités. Nulle part, à notre avis, le crayon de
Delacroix n'a mieux prouvé sa certitude et sa souplesse, nulle
part il n'a plus exactement approprié les formes de l'exécution
au sujet que dans ces deux grandes lithographies représentant,
l'une un *Lion de l'Atlas* au fond d'une caverne formée par des
rochers, l'autre un *Tigre royal* couché dans un pli de terrain
au delà duquel on aperçoit les lignes sinistres du désert. Tout

est en proportion ici, tout est d'accord, — le sombre aspect du paysage et la majesté farouche des hôtes qui s'y sont installés, le ton riche sans faste du pelage et le dessin facile sans négligence des muscles et des os, la vigueur en un mot des intentions générales et l'expression savante des détails. Quelle que soit d'ailleurs la différence entre la nature des inspirations, des talents, des manières propres à chacun des trois maîtres, c'est à côté des plus belles lithographies de Charlet et de Géricault que celles-ci méritent d'être placées. Il n'y aura que justice à les compter, sans distinction d'école ni de drapeau, parmi les meilleurs ouvrages que le crayon ait produits dans notre pays depuis l'époque où la lithographie y a été importée. Que sera-ce si l'on ne prend pour terme de comparaison que les œuvres appartenant à l'école dont Delacroix était le chef? Malgré l'ardeur de leur zèle et leur extrême fécondité, la plupart de ceux qui, à l'exemple du maître, travaillaient à commenter sur la pierre la nouvelle doctrine, à en propager les formules et l'esprit, — presque tous ces disciples d'un art qu'ils croyaient si bien promis à la vie n'ont laissé que des témoignages à peu près oubliés aujourd'hui, ou qu'on ne revoit plus qu'avec ce triste sourire qui accueille les modes en retard et les audaces surannées.

N'est-ce pas toutefois à ce groupe quelque peu turbulent des anciens romantiques que se rattachent par certains côtés deux talents plus calmés en apparence auxquels la lithographie est redevable de progrès notables dans des genres différents, — progrès dont on aurait sans doute à tenir un compte plus sérieux encore, si l'un des deux artistes qui les ont déterminés n'eût succombé avant les dernières années de la jeunesse, si l'autre, après avoir brillamment conquis sa place, ne se fût vu condamné, pendant une grande partie de sa vie, à se consumer dans des travaux au-dessous de lui, et à dépenser en menue monnaie une somme de qualités considérable? Nous voulons parler de Bonington et d'Achille Devéria.

Bonington, que son origine anglaise ne saurait exclure du nombre des peintres dont les noms appartiennent à l'histoire de la lithographie en France, puisque c'est dans notre pays qu'il est venu s'instruire et qu'il a ensuite fait ses preuves, Bonington est le représentant le plus remarquable d'un genre bien souvent exploité de son vivant ou après lui, — la reproduction par le crayon des monuments de l'architecture au moyen âge. Dès le début au reste, une occasion précieuse s'était offerte au jeune artiste de révéler à cet égard ses aptitudes. Au moment à peu près où il achevait son apprentissage dans l'atelier de Gros, c'est-à-dire vers 1823, les premières livraisons des *Voyages pittoresques et romantiques dans l'ancienne France* venaient de paraître, et le temps était loin encore où cette grande publication, si heureusement commencée, si profitable d'abord aux progrès de la lithographie, deviendrait ce que nous la voyons aujourd'hui, une interminable série de pièces dessinées vaille que vaille, entremêlées même d'épreuves photographiques et n'intéressant plus l'art, à vrai dire, que par les modèles choisis. Enrôlé de bonne heure parmi les dessinateurs qui devaient reproduire les vieux édifices de la Normandie et de la Franche-Comté, Bonington contribua plus qu'aucun de ses collaborateurs au succès qu'obtint dès l'origine et que mérite encore la partie de l'ouvrage consacrée à ces deux provinces. Les lithographies où il a représenté la *Rue du Gros Horloge* à Rouen, l'*Eglise de Saint-Gervais et de Saint-Protais* à Gisors, les églises de Brou et de Tournus, d'autres monuments encore, sont, dans cet ordre d'art et de travaux, de véritables petits chefs-d'œuvre : non pas qu'on y reconnaisse, comme dans une *élévation* qu'aurait tracée un architecte, l'étude patiente de chaque forme, l'imitation achevée de chaque détail, mais parce qu'on y sent le goût et la main d'un peintre habile à saisir et à rendre la physionomie générale de son modèle, à la présenter sous son meilleur jour, à voiler, s'il le faut, des beautés secondaires pour mettre d'autant mieux en lumière celles qu'il importe surtout de montrer. Cette science des sacrifices, si adroite déjà là où Bonington n'avait à interpréter que les œuvres de l'architecture ou les données d'un paysage, on la retrouve, et peut-être sous des dehors plus délicats encore, dans les lithographies où il a groupé quelques personnages, vêtus la plupart du temps à la mode vénitienne du seizième siècle, et portant ces étoffes chatoyantes chères aux coloristes de tous les pays. D'ailleurs ne cherchez ici ni des intentions morales très-ingénieuses ou très-profondes, ni des sujets fort imprévus. Il s'agira simplement d'une conversation entre gens assis ou se promenant sur quelque terrasse aux balustres et aux escaliers de marbre ; il s'agira d'un concert, d'un repas ou de telle autre scène aussi peu dramatique. Les lithographies de Bonington ont une signification absolument pittoresque, un charme tout extérieur ; mais ce charme résulte d'une harmonie si facile entre les diverses parties du travail, la valeur relative des tons est indiquée avec une telle légèreté dans la pratique, avec un si vif instinct de l'effet, qu'on passe aisément condamnation sur le reste, et que l'on n'a pas le courage de reprocher à ces gracieuses petites pièces ce qui leur manque du côté de l'invention proprement dite et de la variété dans le choix des sujets.

L'uniformité des thèmes, qui suffisait à Bonington pour donner la mesure de son habileté, n'est pas, tant s'en faut, une habitude caractéristique de la manière d'Achille Devéria. Il semble au contraire que cet infatigable artiste ait pris à tâche de ne laisser hors de la portée de son crayon rien de ce qui pouvait servir d'occasion ou de prétexte à une composition achevée ou à un croquis. Sujets de sainteté, de mythologie et d'histoire, portraits, scènes de mœurs, monuments archéologiques, et jusqu'aux lettres historiées, jusqu'aux ornements de fantaisie pour l'*illustration* des livres, il a tout abordé, tout interrogé, tout traduit : bien souvent, nous l'avons dit, au préjudice d'un talent qui ne laissait pas de se compromettre en se prodiguant ainsi, mais souvent aussi avec une élégance remarquable dans le sentiment et dans la mise en œuvre. Toute proportion gardée entre la différence des époques et les ressources si inégales des moyens employés, on peut dire que le genre d'habileté propre à Achille Devéria continue ou rappelle en quelque chose les traditions de la vieille école de Fontaine-bleau, et s'il fallait retrouver les ancêtres de ce brillant talent, ce serait surtout, à ce qu'il semble, parmi les disciples du Primatice qu'il conviendrait de les chercher. Devéria n'a-t-il pas hérité de ceux-ci l'abondance, sinon la profusion des intentions pittoresques, le don des agencements faciles, l'inclination à la grâce même immodérée, même empruntant, sous le prétexte de s'affirmer davantage, les formes de la convention ?

Triste et singulier contraste toutefois ! ces facultés qui semblaient exiger pour se produire à souhait les grandes tâches et les grands espaces, ces qualités qui, en d'autres temps, auraient pu se manifester avec éclat dans des travaux de décoration monumentale, on est réduit à les pressentir, à en surprendre çà et là des indices dans une multitude de petites œuvres publiées au jour le jour pour les besoins du commerce ou pour l'amusement des oisifs. A l'exception d'un certain nombre de lithographies sur divers sujets appartenant à la jeunesse de l'artiste, c'est même en dehors des scènes de pure invention, c'est parmi des travaux où l'imagination n'a qu'un rôle et une part secondaire qu'on trouvera les témoignages les moins équivoques, les meilleurs spécimens d'une manière si bien faite en apparence pour les inspirations de la fantaisie. Les portraits en pied ou en buste, dont le nombre est considérable dans l'œuvre de Devéria, nous semblent en effet résumer les mérites principaux et constituer la partie la plus remarquable du recueil. A ne juger que les qualités communes aux œuvres dont s'est successivement composée la série, ces portraits se recommandent par l'adresse de l'exécution, et là où les personnages sont représentés en pied, par une véritable hardiesse dans le jet, dans l'expression générale des figures. Ils ont en outre cela de particulier qu'ils nous transmettent, dans une suite sans lacune, les images de ceux qui, à quelque rang que ce soit, ont participé vers la fin de la Restauration aux entreprises de l'armée romantique, depuis les chefs de corps jusqu'aux simples porte-drapeau et aux sous-officiers, depuis les hommes dont la plume ou le pinceau passionnait les salons et les ateliers jusqu'aux acteurs chargés de porter la lutte sur un autre terrain et d'intéresser la foule au succès de la nouvelle cause.

Est-ce tout néanmoins, et la facilité de crayon, la signification historique une fois constatées, les portraits lithographiés par Devéria ne sauraient-ils réclamer l'attention à d'autres titres? Beaucoup d'entre eux, et ceux-là mêmes bien souvent que ne signale à la curiosité ni un nom célèbre, ni quelque souvenir appartenant au public, beaucoup attirent le regard et le captivent par les seuls mérites du travail, par la finesse avec laquelle chaque forme est indiquée, chaque détail caractéristique de la physionomie, du tempérament, des habitudes morales du modèle aperçu et exprimé. Des nombreuses œuvres de même espèce qu'a produites la lithographie, on n'en citerait aucune, — sauf peut-être quelques *portraits* dessinés par M. Belliard, ou, à une époque plus récente, par M. Gigoux, ceux entre autres de *Gérard* et des *Frères Johannot*, — on en trouverait bien peu en tout cas qu'on pût rapprocher sans désavantage des portraits dessinés par Devéria, surtout dans la première moitié de sa carrière. C'est lui qui est le créateur, le maître du genre, et s'il fallait, pour apprécier la valeur de ses travaux, chercher des termes de comparaison parmi les œuvres contemporaines, quelle pauvre mine feraient, à côté de cette manière à la fois souple et précise, les molles gentillesses du crayon de

Grévedon ou les lourdes insistances du crayon de M. Maurin !

Les premiers travaux d'Achille Devéria marquent à peu près, dans l'histoire de la lithographie en France, la fin de la période d'initiation et de progrès. On a vu la lithographie, après quelques courts moments d'hésitation, entrer en pleine possession d'elle-même et de ses ressources, arriver bientôt à l'excellence dans tous les genres qu'il lui appartenait d'aborder, et préparer pour l'avenir une tradition et des exemples dont on pourra diversifier les formes, mais dont il serait au moins imprudent de répudier l'esprit. Reste à savoir dans quel sens cette tradition s'est modifiée, à quelles variations du goût ces enseignements ont été soumis et comment ils sont peu à peu devenus stériles. L'âge d'or pour l'art qu'avaient pratiqué Charlet et Géricault n'est pas, il est vrai, si bien clos encore que quelque chose ne se continue dans la phase qui va suivre des faits ou des souvenirs de la première époque. De nouveaux talents pourront surgir et, parmi ceux-ci, trois surtout d'une trempe assez forte pour résister aux envahissements d'un vulgaire esprit d'industrie et pour en retarder les succès. Mais si Decamps, Raffet et Gavarni réussissent, chacun à leur manière, à maintenir la lithographie sur le terrain de l'art, combien d'autres la font progressivement dévier, jusqu'au jour où, de déception en déception, de faux pas en faux pas, elle semble avoir renoncé même au désir de se relever de ses chutes et s'être installée dans la décadence comme dans un état conforme à ses forces découragées, au peu qui lui reste de vie extérieure et de relation apparente avec le passé. C'est donc à la période dont nous avons essayé de résumer la physionomie générale et l'histoire que se rattachent les conquêtes principales, les progrès les plus importants de la lithographie. Jusqu'ici ces progrès se sont accomplis avec ensemble et, bien que dans des voies différentes, avec la même sûreté, avec un succès à peu près égal. Il n'en sera plus ainsi désormais. Quelle que soit la valeur des talents qui

29

apparaissent après les quinze ou vingt premières années, il n'y a plus, à partir de ce moment, que des témoignages isolés, des artistes plus ou moins habiles, là où s'étaient produits d'abord des travaux simultanément inspirés et les efforts heureux de toute une école.

II

A l'époque où le gouvernement de juillet succédait au gouvernement de la restauration, la révolution commencée depuis quelques années dans le domaine de l'art venait aussi de s'achever. Elle assurait au parti de l'opposition, au parti romantique, sinon un pouvoir sans contrôle, au moins une autorité assez généralement reconnue pour qu'il pût maintenant prendre la direction des affaires et exercer sur la marche de l'école une influence décisive. On sait toutefois ce qui arriva. Ce parti si entreprenant naguère, si hardi dans l'attaque, parut, en face de la victoire, embarrassé de son nouveau rôle et comme décontenancé par le succès. A l'exception d'Eugène Delacroix qui, une fois le terrain conquis, s'y installa et s'y comporta en maître, ceux qui avaient le plus activement coopéré à la défaite de l'ennemi hésitèrent si bien à profiter de leurs avantages qu'ils négligèrent même de se prémunir contre un retour agressif : aussi le moment ne tarda-t-il pas à venir où ils durent à leur tour se défendre tant bien que mal et lâcher pied. Ce qui, à partir de 1830 à peu près, survit dans la peinture des doctrines et des entreprises récentes n'a donc, en dehors des tableaux de Delacroix, qu'une importance contestable, un éclat qui n'est déjà plus qu'un reflet, des audaces trahissant au fond la lassitude. Il n'en va pas autrement de la lithographie au lendemain du jour où la révolution a eu gain de cause. Même inertie dans les talents et dans les œuvres, même défiance apparente succédant à des témoignages de confiance excessive, à des tentatives intrépides jusqu'à la témérité.

En apparaissant à ce moment, Decamps arrivait avec autant
d'à-propos pour ses propres succès que pour l'honneur d'un art
qui menaçait de dépérir là même où la séve avait été d'abord
le plus abondante et la vie le plus active. Bien des talents en
effet, applaudis par tous au début, s'étaient arrêtés en route;
bien des vides s'étaient faits dans les rangs de ceux qui avaient
le plus sûrement contribué aux premiers progrès de la lithographie. Géricault et Bonington étaient morts; Horace Vernet,
tout entier à ses travaux de peinture, ne devait plus reprendre
le crayon que dans quelques rares occasions [1]. Seul entre les
maîtres appartenant à l'époque primitive, Charlet allait continuer de travailler pendant quinze années encore, mais, nous
l'avons dit, non sans modifier assez sensiblement sa manière,
non sans la compliquer de quelque recherche dans le style, de
quelque coquetterie dans l'exécution. Decamps, au contraire,
— c'est là son mérite principal, — entendait subordonner
l'adresse de la pratique à l'énergie du sentiment, et, tout en
interrogeant de fort près le procédé, en ne négligeant, quant
au maniement de l'outil, aucun stratagème ni aucune recette,
laisser aux choses rudes leur caractère exprès de rudesse, aux
formes imprévues leur aspect exceptionnel, bizarre même, s'il
le faut, mais strictement vrai.

Que ce parti pris d'accentuer la physionomie distinctive de
chaque objet se traduise parfois en exagérations voisines de la
caricature, qu'il y ait au fond de ce respect pour la réalité une

[1] A l'époque où il remplissait les fonctions de directeur de l'Académie
de France à Rome, Vernet lithographia un *Guarda bovi* à cheval qui figure
dans un *Album* publié à Paris en 1831, trois ou quatre vignettes ou portraits et une pièce, dont il ne fit tirer que quelques épreuves, représentant
la *Découverte de la sépulture de Raphaël dans le Panthéon*. Hormis ce
petit nombre de croquis faits à Rome entre les années 1830 et 1835, Horace Vernet n'ajouta rien aux deux cent cinquante lithographies environ
qui composaient déjà son œuvre et dont les dernières portent la date
de 1828.

certaine insuffisance du goût, une sorte d'impuissance à distinguer entre les exemples d'élite et les faits seulement curieux, — c'est ce qu'il faut bien reconnaître. Decamps avait peut-être le besoin de la fermeté dans l'expression plutôt qu'il n'en avait reçu le don naturel et l'instinct. De là, sous sa véracité même, sous l'originalité et les hardiesses de son style, quelque chose d'un peu pénible, de prémédité outre mesure, de systématiquement voulu ; de là aussi, en haine de la banalité, ces excès pittoresques dont nous avons parlé, et cette inclination à confondre avec les éléments du beau les apparences tout accidentelles ou de pures singularités ethnographiques. S'agit-il de représenter des personnages bibliques ou des chasseurs, des Turcs et leurs coutumes farouches ou des animaux parodiant les mœurs humaines, l'artiste apportera dans l'imitation de ces modèles si divers les mêmes efforts studieux, le même zèle, on dirait presque les mêmes émotions, — si bien que les résultats de cette application uniforme auront entre eux un certain air de parenté, et qu'on courra le risque parfois, en face de telles figures d'hommes, de se souvenir un peu trop des singes que l'on aura vus ailleurs. Le talent de Decamps manque de laisser aller et de souplesse. Chacune de ses œuvres, depuis les compositions les plus importantes jusqu'aux moindres croquis, est certainement caractéristique, en ce sens qu'elle laisse deviner à première vue la main qui l'a faite; mais ce caractère tout personnel demeure indépendant du sujet traité. Au lieu de se modifier conformément à la variété des données, cette manière garde en toute occasion une fixité opiniâtre : elle s'immobilise, pour interpréter La Fontaine ou Cervantes, dans les procédés employés la veille pour traduire la Genèse ou pour nous initier aux mœurs modernes de l'Orient. Là est en général le défaut des travaux qu'a laissés Decamps, et, s'il fallait justifier notre opinion par un exemple, nous rappellerions l'espèce de déception qu'éprouvèrent même les plus fervents admirateurs du maître en voyant ses tableaux de toutes les époques placés côte à côte à l'exposition universelle de 1855. La monotonie de l'aspect semblait faire de cette série de scènes différentes une simple collection de redites ; afin de restituer à chaque toile sa signification propre, on dut, au bout de quelques jours, disséminer ce qu'on avait d'abord réuni avec plus de respect pour un grand talent que de véritable prudence.

Les lithographies de Decamps, pour être appréciées à leur valeur, auraient de même besoin de n'apparaître qu'à une certaine distance les unes des autres. Lorsqu'on en examine l'ensemble, lorsque le regard parcourt sans intervalle la suite des pièces composant le recueil, il est difficile de ne pas se lasser assez vite de cette méthode immuable, de cette vigueur dans l'exécution manifestée à tout propos et comme attristée par une volonté inflexible. Mais si, au lieu d'embrasser d'un seul coup d'œil ces dessins ou ces croquis très-peu dissemblables dans les formes malgré la diversité des thèmes choisis, on prend le temps de les étudier séparément, nul doute que les mérites de chaque série ou de chaque pièce ne produisent sur l'esprit un effet contraire à l'impression qu'auraient laissée le rapprochement et l'examen du tout. Parmi les suites sur différents sujets publiés par Decamps, il en est une pourtant qu'il ne suffirait pas d'isoler du reste et qu'on voudrait, pour l'honneur du maître, pouvoir absolument retrancher. Tâchons au moins d'oublier ces tristes caricatures où le crayon d'un artiste, mieux inspiré d'ordinaire, n'a pas craint d'outrager la vieillesse d'un roi, d'insulter aux malheurs d'un proscrit : mauvaises œuvres à tous égards, d'où le talent est aussi formellement absent que le plus vulgaire sentiment de respect, de pitié même, et dont aucun juge, si indulgent qu'il soit, ne saurait excuser la brutalité pittoresque, encore moins absoudre l'esprit. En tenant pour non avenues les regrettables satires crayonnées par Decamps pendant les premiers mois qui suivirent la révolution de juillet, on ne ferait au surplus que s'associer à un désaveu dont il semble de son côté avoir senti la convenance, puisque, après s'être fourvoyé un moment dans cette voie indigne de l'art et de lui-même, il en sortit pour n'y plus rentrer.

On le voit, le talent de Decamps qui devait, pendant tant d'années, s'obstiner dans la pratique de certains principes une fois adoptés, ce talent s'était d'abord méconnu lui-même ou, tout au moins, il avait hésité sur l'emploi à faire de ses propres forces. Avant de demander aux violences de la caricature politique une popularité de mauvais aloi, il s'était essayé, assez timidement il est vrai, dans la représentation des scènes militaires[1], puis dans ce genre sentimental et doucereux que Duval Le Camus et quelques autres n'avaient que trop mis à la mode. *Le Petit Savoyard et le Singe*, *Une Visite à l'Hôtel-Dieu*, *Pauvre Noir !* plusieurs élégies du même ordre insérées dans un recueil périodique, *l'Album*, n'annonçaient rien de plus que les ambitions d'un esprit en quête du succès et les tâtonnements d'un crayon qui cherche à se donner confiance, tout en agissant à l'aventure. C'est seulement dans une série de lithographies publiées un peu plus tard et représentant, chacune sur une même feuille, des figures ou des fragments de figures, des animaux ou des détails de paysage capricieusement rapprochés, c'est seulement dans ces macédoines qu'on dirait transcrites, comme autant de notes pittoresques, d'un cahier de croquis sur la pierre, que la manière de Decamps se définit pour la première fois et que l'originalité de ce style devient manifeste. Je ne parle pas d'autres preuves récemment faites en dehors de la lithographie. A l'époque où il crayonnait ces pièces pour le recueil intitulé *Croquis par divers Artistes*, Decamps avait déjà exposé au salon *l'Ane et les Chiens savants*, *Une Patrouille à*

---

[1] L'ouvrage d'Arnault, *Vie politique et militaire de Napoléon*, contient deux grandes lithographies de la main de Decamps : la *Bataille de Mondovi* et la *Bataille d'Aboukir*.

Smyrne, et le succès qui venait d'accueillir les œuvres du peintre avait dû enhardir le dessinateur. Celui-ci néanmoins réussirait-il, sans le secours des empâtements et des retouches, à transporter sur le papier le mode d'exécution solide que sa main avait su pratiquer sur la toile; la simplicité même du moyen ne paraissait-elle pas lui interdire ici jusqu'au souvenir des innovations tentées ailleurs avec le pinceau? En changeant de procédés, Decamps a eu ce privilége de les ramener tous à une apparente unité et de soumettre à une même méthode, aux exigences d'une même volonté, les conditions les plus diverses et les moyens les plus rebelles. Ses aquarelles n'ont ni moins de relief ni moins de vigueur dans le coloris que ses tableaux : comme ses dessins, les lithographies qu'il a faites ne diffèrent guère de ses œuvres peintes que par leur aspect monochrome. Elles ont dans le modelé une consistance, une épaisseur en quelque sorte qui semble résulter de la pâte même plutôt que des travaux du crayon, et qui étonne le regard au point de laisser soupçonner quelque fraude matérielle là où il n'y a, en réalité, qu'un art et des combinaisons légitimes.

En traçant ses *croquis* sur différents sujets, Decamps avait prouvé que, dans la lithographie comme ailleurs, il n'entendait rien démentir, rien sacrifier de la manière et des doctrines que son nom avait commencé de personnifier. A cet égard toutefois, ses intentions n'allaient pas au delà des caractères extérieurs du travail et l'on ne pourrait, en effet, attribuer une signification plus sérieuse à ces petites scènes morcelées, à ces formes interrompues comme les inspirations qu'elles traduisent, ou diversifiées, au courant de la fantaisie, suivant l'espace qu'il s'agissait de remplir. Le moment était venu pour le jeune maître de grouper dans des ouvrages achevés, dans de véritables compositions, les éléments qu'il avait jusqu'alors recueillis un à un : il fallait que, tout en continuant un style et un faire particuliers, il les consacrât à l'expression d'idées complètes et

de faits vraisemblables. Quelques beaux dessins représentant
des scènes ou des paysages de l'Orient, de nombreux *sujets de
chasse* et jusqu'à de simples vignettes pour des romances montrent qu'en cédant à ces préoccupations nouvelles, Decamps n'y
perdit pour cela ni sa verve primitive, ni l'indépendance de son
sentiment. Le tout, au contraire, achève de mettre en relief les
qualités que les essais précédents permettaient déjà de pressentir. Plus correctes dans les formes, mais d'une correction
sans pédantisme, plus raisonnablement ingénieuses dans l'invention, ces lithographies l'emportent également sur les croquis
que nous avons mentionnés par l'habileté avec laquelle le procédé lui-même est manié en vue du ton et de l'effet. Les deux
collections de *sujets de chasse* surtout attestent à cet égard un
progrès remarquable ; elles caractérisent aussi nettement la
manière de l'artiste qu'elles nous font comprendre jusqu'où
vont, en matière de coloris, les droits du crayon et quelles réserves lui sont imposées.

A ne l'envisager que comme lithographe coloriste, — s'il est
permis d'employer ce mot à propos d'œuvres d'où la couleur
proprement dite est absente, — Decamps mérite d'occuper une
des premières places dans l'école à laquelle appartiennent Bonington et Delacroix. Moins délicat, il est vrai, que le premier
de ces deux maîtres, moins instinctivement inspiré que le second, il a de commun avec l'un et l'autre, le goût des partis
francs, des harmonies ou des contrastes sans équivoque. Il sait
vouloir jusqu'au bout ce qu'il veut, dire tout ce qu'il pense,
exprimer hardiment ce qu'il a senti. Que ce soit chez lui affaire
d'âme ou de cerveau, qu'il y ait sous cette franchise même un
fonds de calculs plus ou moins laborieux, dans ce besoin d'être
soi plus d'efforts peut-être que d'entraînements naturels, c'est
ce que nous ne prétendons pas décider. Toujours est-il qu'innées ou acquises, de pareilles aptitudes suffisent pour honorer
un artiste et que, en face des résultats obtenus, on aurait mau-

vaise grâce à regarder de préférence aux origines et aux causes secrètes. Le talent de Decamps vit dans des témoignages assez sûrs pour qu'on les consulte à l'exclusion du reste, dans des œuvres assez notables pour qu'on s'en tienne à ce qu'elles expriment. On pourrait faire montre de sagacité en s'aventurant au delà : on se rendrait coupable d'injustice en récusant comme incomplètes les preuves que l'on a sous les yeux, ou en tenant un compte médiocre du surcroît d'honneur qu'elles ajoutent à l'histoire de notre art national.

Tandis que Decamps introduisait dans la pratique de la lithographie des réformes conseillées à la fois par son sentiment personnel et par le souvenir des récentes tentatives de l'école romantique, un artiste tout autrement inspiré, Raffet, ne travaillait encore qu'à continuer pieusement, à imiter presque sans modification les exemples et la manière de Charlet. Que quelques années s'écoulent, il est vrai, et cette docilité aura fait place à certaines velléités d'affranchissement, puis à des essais d'émancipation de moins en moins timides, enfin à l'indépendance absolue ; vers 1830, rien ne faisait soupçonner dans le talent de Raffet une transformation aussi prochaine, ou plutôt ce talent, s'ignorant lui-même, ne semblait ambitionner d'autre rôle, à côté des maîtres du genre, que le rôle modeste de suppléant. Volontairement ou non, il lui fallut se départir de sa réserve et s'élever, de progrès en progrès, au premier rang ; mais, à mesure que ces succès lui vinrent, à mesure que sa réputation grandit, il n'en usa que pour redoubler d'attention à se surveiller et pour se comporter dans la situation qu'il s'était faite comme s'il avait encore à la conquérir. Un homme qui a bien connu Raffet et qui a résumé en quelques pages touchantes cette vie si probe et si simple, M. Auguste Bry, nous montre l'honnête artiste aussi étranger à tout sentiment de vanité, lorsque son nom est devenu célèbre, qu'à l'époque où il recevait les premières leçons de Charlet ou les encouragements bien

vifs, bien flatteurs pourtant, de son second maître Gros. « Raffet, dit-il, possédait la plupart des dons qui font les hommes
illustres, et, chose qui rendait les relations avec lui charmantes,
lui seul avait l'air de ne pas s'en douter [1]. » On pourrait ajouter
que cette candeur du caractère se retrouve dans tous les travaux du dessinateur, depuis les croquis frivoles jusqu'aux compositions héroïques, depuis les groupes de deux ou trois figures
jusqu'aux scènes les plus compliquées. Certes, au point de vue
de l'originalité et de la science, la différence est grande entre
les œuvres publiées par Raffet à ses débuts et celles qu'il fit paraître dans la seconde moitié de sa carrière ; il y a loin sans
doute du disciple et de l'imitateur de Charlet au maître à qui
l'on doit le *Voyage dans la Russie méridionale*, le *Siège de
Rome* et tant d'autres lithographies traitées avec une habileté
consommée. Toutefois, si inégaux qu'en soient les mérites, les
divers ouvrages de Raffet se relient entre eux par une expression continue de sincérité, de bonne foi, et là même où l'imitation d'autrui est le moins équivoque, il y a dans cette soumission aux exemples jugés les meilleurs une défiance de soi
si ingénue qu'on ne saurait l'accuser bien sévèrement, ni confondre de pareils actes de déférence avec les contrefaçons banales et les larcins.

Il ne serait pas tout à fait juste au surplus de ne voir que
l'aveu de l'inexpérience ou une abnégation absolue dans les
lithographies où Raffet s'applique le plus soigneusement à reproduire la manière de Charlet. Quelque chose de personnel se
fait jour sous ces dehors d'emprunt ; un souvenir assez franc
parfois de la réalité vivifie ces formules apprises, ce mode d'expression de seconde main, et mêle au moins une promesse
pour l'avenir aux témoignages de la docilité actuelle. Du reste,
quant aux sujets choisis et aux procédés de la mise en scène,

---

[1] *Raffet, sa Vie et ses Œuvres*, par M. Auguste Bry, p. 112.

rien que de strictement renouvelé des exemples du maître. Un
recueil intitulé, fort modestement d'ailleurs, *Croquis pour l'a-
musement des enfants*, n'offre guère, à la grâce et à la finesse
près, qu'une seconde édition des lithographies de Charlet sur
les mêmes thèmes. D'autres *Albums*, composés, de scènes exclusivement militaires, nous montrent sans variantes très-sen-
sibles ces *Grognards* dont le crayon n'avait pas cessé depuis
quinze ans de multiplier les types, ces *Conscrits* dont il avait
tant de fois déjà raconté les premières émotions guerrières ou
les mésaventures, en un mot tout ce qui avait été rappelé, décrit, retracé jusqu'au moindre épisode, de la vie passée ou présente de deux générations de soldats. C'est seulement à partir
du moment où il remonte, pour le choix de ses sujets, au delà
de l'époque impériale que Raffet, sans affranchir encore très-
résolûment sa manière, commence du moins à y faire la part
plus large aux intentions personnelles et à l'invention.

En transcrivant sur la pierre les faits les plus récents de
notre histoire militaire, Charlet, Horace Vernet et, après eux,
M. Bellangé, s'étaient contentés de reproduire ce qu'ils avaient
vu de leurs propres yeux ou ce dont ils avaient pu être directement informés par les héros mêmes de cette histoire. Venu le
dernier, Raffet s'était d'abord imposé une tâche semblable, et,
à l'exemple de ses aînés, il s'était à peu près cantonné dans la
glorieuse période qui commence et qui finit avec Napoléon.
Obéit-il à quelque séduction involontaire de l'esprit, ou bien y
eut-il chez lui un parti pris d'innovation et un calcul, lorsqu'il
essaya de raviver les souvenirs d'une époque antérieure ? Ce
qui est certain, c'est qu'il s'attacha et qu'il réussit le premier à
retrouver, à restituer, avec un singulier mélange d'orgueil patriotique et de fine ironie, la physionomie complexe des vieilles
troupes de la république. Est-il besoin d'insister et de citer ces
lithographies connues de tous, où l'artiste a si vivement célébré
la grandeur misérable et la gloire en haillons de l'armée de

Sambre-et-Meuse? Chacun se souvient d'avoir vu, dans les énergiques et spirituels dessins de Raffet, ces représentants du peuple haranguant, la tête empanachée et le corps affublé d'un costume de théâtre, quelques régiments aux pieds nus, aux habits mal rapiécés, aux visages amaigris par les fatigues et par le jeûne. Qui de nous a regardé sans un sourire et en même temps sans une admiration attendrie ce *Bataillon de Loire-Inférieure*, dont un ordre du jour récompense la belle conduite sur le champ de bataille en accordant à chaque homme une paire de sabots? On n'a pas oublié non plus ces deux scènes héroï-comiques représentant, l'une des soldats républicains prêts à s'élancer sur l'ennemi qu'un officier monté sur un cheval étique leur recommande d'aborder *franchement à la baïonnette*, — l'autre, des fantassins embusqués dans un marais où ils ont de l'eau jusqu'à mi-jambe, tandis qu'un sergent les exhorte en ces termes au respect de la discipline et à la patience : *Il est défendu de fumer, mais vous pouvez vous asseoir*. Combien de pièces du même genre ne devrions-nous pas citer s'il fallait recueillir ici tous les témoignages de cette aptitude à concilier l'appréciation critique avec une émotion sincère, l'intelligence des graves enseignements de l'histoire avec des arrière-pensées de plaisanterie et presque d'épigramme!

Contraste singulier toutefois! C'est seulement dans l'interprétation de ces sujets si peu plaisants en eux-mêmes, c'est quand il a eu à reproduire les hommes et les choses de nos temps révolutionnaires, que Raffet a rencontré l'expression de raillerie délicate, les vraies formes de la comédie. Partout ailleurs sa bonne humeur a je ne sais quoi de dissonant et de forcé, et les lithographies, entre autres, où il a prétendu tourner en ridicule les faits ou les personnages politiques contemporains prouvent bien qu'une pareille besogne ne convenait ni aux habitudes de son esprit ni à ses instincts. On peut dire qu'en général, Raffet ignore l'art d'égayer pleinement la pensée, et que s'il lui est arrivé parfois de la récréer en glissant quelque fin commentaire à côté d'un texte sérieux, il a le plus souvent échoué là où ce point de départ ou d'appui lui faisait défaut. Contrairement à Charlet, qui n'est jamais mieux à l'aise qu'en face des sujets exigeant dans le style de la rondeur et une verve rabelaisienne, Raffet hésite ou se déconcerte quand il lui faut demander ses inspirations aux scènes de cabaret, aux vulgaires événements de la rue. Ce qui sied à ce talent ami de la beauté morale et des nobles sentiments, ce qui en résume bien les inspirations naturelles, c'est l'image de quelque lutte vaillamment provoquée ou soutenue, d'un acte de dévouement, ou bien encore, de quelque congrès idéal des morts ignorés ou illustres dont les champs de bataille gardent les ossements. Sans parler du *Réveil*, du *Défilé nocturne*, du *Cri de Waterloo*, et de quelques autres compositions où la réalité des apparences se combine avec le caractère fantastique de la donnée, une pièce justement célèbre, — cette *Revue* d'héroïques fantômes que passe dans la région des nuages l'ombre de Napoléon, — montre assez quelles fortes pensées hantaient l'imagination de l'artiste, et de quelles formes poétiques il savait les revêtir.

Les traces de l'influence que Charlet avait exercée sur son élève achèvent de s'effacer non-seulement dans cette scène, d'un caractère tout idéal, mais aussi dans une suite de lithographies publiées vers la même époque, et consacrées à l'histoire de l'*Expédition de Constantine*, par conséquent à la pure représentation du fait. Raffet pourtant, quelque indépendante que fût devenue sa manière, n'avait pas encore osé, quant au choix des sujets, agrandir le cercle où ses premiers essais semblaient devoir le confiner. Il avait largement fait ses preuves d'habileté dans un certain ordre de travaux, mais était-il de force à réussir ailleurs? N'y avait-il en lui que l'étoffe d'un peintre de batailles et de scènes militaires? Les cent lithographies dont il a enrichi l'ouvrage de M. Demidoff, *Voyage dans la Russie méridionale et la Crimée*, sont une réponse péremptoire à cette question. Qui sait même? peut-être ces beaux dessins ne serviraient-ils pas uniquement à démontrer la transformation imprévue d'un talent, à révéler des progrès tout personnels ; peut-être pourrait-on y reconnaître encore les symptômes, sinon les origines, d'autres talents plus voisins de nous, et, sans se méprendre beaucoup sur la filiation, rattacher, par exemple, à la seconde manière du maître les inspirations ethnographiques et jusqu'aux procédés de M. Bida. En tout cas, et quelle qu'ait été leur influence sur les œuvres qui ont suivi, les pièces dont se compose le *Voyage dans la Russie méridionale* se distinguent très-ouvertement, par la franchise du sentiment et la justesse des expressions, de tous les recueils du même genre qu'on avait jusqu'alors publiés dans notre pays.

Nous ne voudrions pas médire de certains grands ouvrages conçus dans des intentions généreuses, et dont l'utilité scientifique rachète, au moins en partie, l'insuffisance pittoresque. Il y aurait de l'ingratitude à ne nous souvenir de l'*Ouvrage de la Commission d'Égypte*, ou de telle autre série de documents sur des pays étrangers, que pour accuser l'exécution compassée, l'exactitude conventionnelle des types reproduits ici par le burin. A ne parler que des œuvres de la lithographie, on ne saurait méconnaître le vif intérêt que présentent des recueils comme le *Voyage autour du monde*, par Choris, ou comme le *Voyage à Athènes* de Dupré. N'est-il pas permis néanmoins de regretter que les artistes qui, dans la première moitié du siècle, se sont consacrés à de pareils travaux, aient subi en général l'empire d'anciennes habitudes et le joug de la tradition plus docilement encore que l'action directement exercée par leurs modèles ? Pendant combien d'années a-t-on cru qu'une contrefaçon de l'antique était la caution nécessaire et le passeport dans le domaine de l'art de toutes les nouveautés qu'il s'a-

gissait d'y introduire ! Que de gens eussent pensé trahir leur
devoir s'ils n'eussent pieusement dessiné le masque du *Jupiter*
sous le turban d'un pacha ou les formes de l'*Apollon du Bel-
védère* sous la fustanelle d'un pallikar ! Les types que Raffet
avait à retracer autorisaient, il est vrai, moins que d'autres,
ces préoccupations de la beauté classique, et peut-être, en face
des Tatars et des Tsiganes, était-il médiocrement méritoire
d'oublier les exemples consacrés ailleurs par le ciseau grec ou
romain. La difficulté consistait plutôt dans la mesure à garder
entre une imitation superficielle et une copie trop scrupuleuse,
entre l'expression incomplète du vrai et la transcription littérale de l'extrême réalité. Or, c'est ce point intermédiaire que
Raffet a su discerner avec une bien rare clairvoyance ; c'est ce
mode de traduction à égale distance de la servilité et de l'indépendance, c'est ce style familier sans bassesse, exact sans pauvreté, qui donnent au *Voyage dans la Russie méridionale* une
importance exceptionnelle, et qui font de ce beau livre un spécimen considérable de la lithographie, aussi bien qu'un trésor
de révélations curieuses et de sûrs renseignements.

Veut-on d'autres témoignages de l'art avec lequel Raffet trouvait les secrets du style dans la véracité même de son crayon ?
Que l'on examine le dernier ouvrage et peut-être le plus émou-
vant qu'il ait produit, cette histoire du *Siége de Rome* interrompue par la mort de l'artiste, mais dont plus de trente pièces,
publiées à partir de 1850, nous ont raconté les phases successives et les principaux épisodes. Quelle vérité dans les types,
et, bien souvent, quelle éloquence dans l'expression, depuis la
physionomie si fièrement calme de ces soldats *prêts a partir
pour la ville éternelle* ou de ces *travailleurs allant à la tranchée*,
jusqu'à la vaillante charité qui brille sur les traits de ces prêtres
protégeant, au péril de leur vie, des prisonniers et des blessés !
Quant aux lithographies représentant les travaux mêmes du
siége ou les luttes engagées dans les bastions qui environnent

la ville, qu'en dire, sinon qu'elles rivalisent avec ce que Vernet et Charlet ont laissé en ce genre de plus vraisemblable, de plus ingénieux, de plus animé? Peut-être, à ne tenir compte que des procédés et du faire, y a-t-il çà et là quelque excès d'insistance sur la définition des détails, quelque lourdeur dans cette pratique un peu trop bien informée, un peu trop convaincue, pour ainsi dire : en revanche, comment ne pas admirer la grandeur facile de l'ordonnance, la certitude avec laquelle le sens général de chaque scène est saisi, le fait d'ensemble aperçu et exprimé? C'est le privilége du talent de Raffet de faire sentir la présence de la victoire ou l'imminence d'un échec là même où les yeux ne voient d'abord que des bataillons en marche ou des corps d'armée qui se heurtent. Nul mieux que le dessinateur du *Siége de Rome* n'a réussi à donner à un mouvement collectif la signification d'une action individuelle, à une foule en armes l'unité morale et presque les apparences d'un être vivant de sa vie propre ; nul non plus n'a mieux honoré ni résumé avec plus de justesse les qualités que les soldats de notre temps apportent sur les champs de bataille, dans les camps ou dans les fossés des tranchées, et l'on peut particulièrement appliquer à l'image de leurs efforts si patients ou si hardis devant Rome ce que M. Giacomelli dit avec raison de « cette expression d'impétuosité ardente et disciplinée qui se retrouve dans la plupart des dessins que Raffet a consacrés à la gloire des armes de la France [1]. »

Depuis l'époque où Vernet et Charlet avaient fait paraître leurs premières lithographies jusqu'au jour où Raffet était devenu un maître à son tour, la représentation par le crayon des scènes militaires avait donc suscité dans notre pays des talents et des succès non interrompus. En allait-il ainsi des scènes de mœurs proprement dites ? L'art qui réussissait si bien à décrire

[2] *Raffet, son OEuvre lithographique et ses Eaux-fortes*, p. XII.

les mâles coutumes et les hauts faits de nos soldats trouvait-il en soi les mêmes ressources pour retracer les incidents de la vie civile, les joies ou les misères de la mansarde, l'oisiveté élégante ou les menus drames du salon ? En un mot, quelque artiste avait-il surgi qui, en traitant des sujets tout différents, méritât d'être considéré comme un rival des trois maîtres que nous venons de nommer ? Si les lithographies de Gavarni n'existaient pas, la réponse serait négative. On a vu que, même avant les années qui suivirent la révolution de juillet, plusieurs dessinateurs avaient essayé, — et parfois avec une certaine habileté, — de transporter sur la pierre quelque chose des occupations ou des habitudes de la société contemporaine. Leurs ouvrages toutefois se recommandaient par des intentions agréables plutôt que par une grande force d'observation ; l'esprit, mais un esprit assez superficiel, enjolivait ces petites scènes où le crayon, de son côté, ne trouvait guère qu'un prétexte à des indications presque arbitraires, à des lazzis plus ou moins adroits. Il appartenait à Gavarni de pénétrer beaucoup plus avant dans l'étude et dans l'explication des faits, d'agrandir aussi bien le cercle des observations morales que le champ même de l'interprétation pittoresque ; il lui était réservé de trouver les inspirations et le ton de la comédie là où ses devanciers n'avaient su rencontrer que les gentillesses du vaudeville, et l'on peut dire, par exemple, de la *Vie de château* de M. Eugène Lami, ou des *Grisettes* d'Henri Monnier, que ces amusants recueils sont aux œuvres successivement produites par le dessinateur des *Fourberies des Femmes*, des *Masques et Visages*, et de tant d'autres séries de pièces pleines de pensée, ce que, dans l'ordre littéraire, les *Proverbes* de Théodore Leclercq sont aux œuvres de l'auteur de *la Comédie humaine.*

On ne saurait d'ailleurs pousser fort loin la comparaison entre Balzac et Gavarni. S'ils ont l'un et l'autre le don et le goût de l'analyse, la verve, la fécondité, sur d'autres points les

différences sont notables. Quelque bonne envie qu'il ait de faire
acte de moraliste, bien souvent Balzac est au fond du parti des
passions ou des travers qu'il condamne, des fausses grandeurs
dont il semble vouloir nous montrer le néant. Il a pour les
triomphes de l'argent une déférence instinctive, pour les éner-
gies, quelles qu'elles soient, une admiration si peu scrupuleuse
qu'il qualifiera sans marchander du même mot, — le mot « sublime, » — l'impudence du fripon et l'obscure probité du
pauvre, l'effronterie de la courtisane et le dévouement de
l'épouse ou de la mère de famille. Ce qu'il peint, il le peint
au vif, mais en curieux que toutes les singularités touchent au
moins autant qu'en artiste épris de certaines vérités qu'il sait
utiles. Ce sont au contraire ces vérités, non pas étrangères, mais
supérieures au fait, qui préoccupent Gavarni et qu'il nous
laisse pressentir jusque dans l'image des difformités de l'âme ou
de l'esprit, jusque dans le tableau des joies cyniques ou des si-
tuations équivoques. Il serait fort téméraire sans doute, il serait
ridicule d'attribuer l'austère éloquence et l'autorité d'un ser-
monnaire à qui ne veut et ne fait après tout que nous donner
un conseil détourné, que soulever en passant un coin du voile
sous lequel se dérobent nos lâchetés ou nos vices, en un mot
qu'entre-bâiller la porte d'où se répandrait pleinement la lumière. Toujours est-il que le rayon qui en jaillit suffit pour
accuser la physionomie morale aussi bien que la saillie matérielle des choses, et qu'au lieu d'analyser, comme Balzac, la
réalité pour le seul plaisir de l'analyse, Gavarni semble surtout
avoir à cœur d'en dégager et d'en résumer le sens. N'est-il pas
juste d'ajouter que le style net et concis de l'artiste ne continue
ou ne rappelle rien des formules embarrassées, des entortille-
ments de langage où se complaît le célèbre romancier? Mais
laissons là des questions sur lesquelles il serait hors de propos
d'insister davantage, et que d'ailleurs il ne nous appartient pas
de traiter. Les côtés littéraires du talent de Gavarni exigeraient,

pour être bien mis en relief, le tact et l'expérience d'un maître
en matière de littérature. Peut-être y aurait-il dans un pareil
sujet de quoi tenter une plume habile entre toutes à nous révéler chez autrui les plus secrètes délicatesses et à y ajouter
l'influence de ses propres exemples [1] : qu'il nous suffise d'indiquer quelque chose des caractères extérieurs de ce talent en
isolant, autant qu'il se pourra, les mérites du dessinateur des
leçons proposées par le moraliste, et la grâce dans l'exécution
des hardiesses ou des finesses de la pensée.

Pour les premières œuvres de Gavarni, on n'a pas à établir
cette distinction. Il ne s'agit en effet ici que de pures fantaisies
pittoresques, d'une suite de *travestissements* imaginés avec
goût, tracés d'un crayon élégant, beaucoup plus spirituel et
plus leste que le burin des graveurs employés alors à l'*illustration* des journaux de modes ; mais ce crayon ne fait encore que
traduire des intentions absolument frivoles, qu'esquisser des
formes tout artificielles et fort étrangères assurément à l'expression d'une idée philosophique, si modeste qu'elle soit. Peu
à peu cependant ce qui n'était qu'une image presque inanimée,
la simple effigie d'un costume, prend l'accent de la vie et d'une
vie aussi fidèlement reproduite dans ses habitudes intimes que
dans ses dehors. Au lieu d'apparaître isolément et de servir de
prétexte à des ajustements capricieux, les figures se groupent
et participent à des scènes dont quelque souvenir de carnaval
fera encore les frais, il est vrai, mais qui auront du moins une
signification définie. Cette veine une fois trouvée, Gavarni l'ex-
ploitera avec une intelligence des sujets de plus en plus profonde, avec un mélange singulier de curiosité et de compassion
pour les tristes folies, pour les misères fardées de joie qu'il a
entrepris de retracer. Pendant plusieurs années, il déroulera

---

[1] Depuis que ces lignes ont été écrites, la publication de l'*Etude sur
Gavarni*, par M. Sainte-Beuve, a donné une pleine satisfaction au vœu
que nous nous étions hasardé à exprimer.

dans une série d'épisodes expressifs l'histoire des aberrations de tout genre, des amours vénales, des gaietés malsaines dont un travestissement est la livrée et l'atmosphère d'un bal public, l'aliment. Puis, quand le lendemain sera venu pour ces faux plaisirs ou ces orgies, quand le silence aura succédé à tout ce bruit, la première ride à cet épanouissement éhonté de la jeunesse, nous retrouverons l'enfant prodigue sous les verrous d'une prison pour dettes ou l'héroïne amaigrie des bals masqués parmi les comparses de quelque théâtre. Un jour enfin il n'y aura plus pour les complices de tant de fautes lointaines que le regret amer, l'isolement ou l'ignominie, les infirmités ou la faim, et le même crayon qui nous avait raconté les commencements du roman nous en donnera la conclusion dans deux suites parallèles, — les *Invalides du sentiment* et les *Lorettes vieillies*. Sévère enseignement sous des formes familières, plaisantes même, que cette image en partie double de la vie faite aux hommes qui n'ont pas su se préparer une vieillesse, et aux pauvres créatures tombées du haut de leur luxe dans le ruisseau! Vivante galerie où ne manque le portrait d'aucun de ces vétérans du vice, depuis le Faublas ou le Valmont édenté supputant, au coin de son foyer solitaire, le nombre des « malheureuses » qu'il a faites jadis, jusqu'à la vieille courtisane mendiant dans la rue le pain de la journée et répondant à l'aumône qu'un passant lui jette par ce cri de gratitude sinistre : « Que Dieu préserve vos fils de mes filles! » Et quelle judicieuse diversité dans les types, quelle franchise dans l'exécution, quelle vive expression de la physionomie, du mouvement, du geste, de tous les éléments extérieurs du vrai!

Le crayon de Gavarni n'a guère de ruses, et il n'a pas de tromperies. S'il revise, comme c'est son droit, la réalité pour l'assouplir au sentiment et la mettre d'accord avec ses propres inclinations, il n'escamote rien des enseignements qu'elle lui a fournis, des exactes conditions qu'elle lui impose. Sans doute,

Gavarni a une « manière, » c'est-à-dire un mode personnel et
choisi de définir ce qu'il a imaginé ou de représenter ce qu'il
a vu ; mais cette manière, si facilement reconnaissable qu'elle
soit, résulte bien moins du procédé systématique que de la
sincérité même, de la justesse avec laquelle chaque attitude
est indiquée, chaque forme résumée, chaque trait caractéristique aperçu et reproduit. Les séries de lithographies que nous
avons mentionnées suffiraient pour démontrer cette habileté
de l'artiste à concilier l'extrême vraisemblance dans la mise en
scène avec la délicatesse imprévue ou l'audace de l'invention :
combien de preuves nouvelles n'en rencontrera-t-on pas si l'on
parcourt, d'un bout à l'autre, la collection des scènes qu'il a
dessinées sur tous les sujets, des mille figures qu'il a tracées
d'hommes, de femmes, d'enfants appartenant à toutes les
classes, animées de toutes les passions, convoitant tout ce que
la vie promet et gaspillant tout ce qu'elle donne ! Dans ce tableau
complet de nos mœurs, dans ce livre où chaque genre de fraude
ou de folie a son chapitre, chaque ridicule au moins une page,
que de types franchement comiques ou mélancoliquement expressifs, que d'observations tour à tour piquantes ou sérieuses,
mais aussi quelle certitude et quelle grâce dans les moyens employés pour les traduire ! Peut-être même ces qualités de l'exécution sont-elles ici plus remarquables encore que la souplesse
et la fécondité de la pensée ; peut-être l'originalité et les vives
allures de ce style exercent-elles sur l'esprit une séduction au
moins égale à l'influence qu'on croirait devoir attribuer surtout
au fait représenté, au sujet ; car, en matière d'art bien souvent,
ce qui nous intéresse, ce n'est pas tant la chose qu'on dit
qu'une certaine manière de la dire. Dans les œuvres de Gavarni,
au surplus, la connexité est si étroite entre l'intention morale
et le procédé pittoresque, ces heureuses et rares trouvailles de
l'imagination se produisent sous des formes si neuves elles-
mêmes, si bien appropriées au sujet, qu'on ne saurait guère

apprécier les unes sans tenir compte en même temps des autres, et que le plus facile comme le plus juste sera de se tenir au plaisir indivis que le tout réussit à nous donner.

Gavarni n'est donc pas seulement un homme d'esprit, un littérateur qui dessine, c'est aussi un artiste dans la stricte acception du mot, un imitateur clairvoyant de la nature, aussi bien en garde contre la copie à outrance que contre les formules incomplètes, pédantesques ou convenues. Vraies avant tout par le caractère général, par la physionomie dominante, par l'accent et l'harmonie de l'ensemble, ses œuvres ont aussi cette vérité qui résulte de la ressemblance matérielle, de l'expression exacte des détails. De là l'incontestable supériorité de ce talent sur l'habileté factice des dessinateurs satiriques qui se sont succédé depuis quelques années. Parmi ceux dont les noms sont aujourd'hui populaires, quel rival trouverait-on à opposer à Gavarni ? Ce serait faire injure à ses travaux si délicatement inspirés, si variés et si élégants dans la pratique, que de les rapprocher des âpres et monotones croquis de Daumier ou des espiègleries crayonnées à tout propos par Cham. Que le besoin de gaieté et le rire prompt, que le goût pour les épigrammes burlesques trouvent leur compte dans ces dessins, je le veux bien ; mais l'art et l'instinct de l'art n'y ont que fort peu affaire, et ce n'est pas là sans doute qu'il conviendra de chercher des exemples d'atticisme pittoresque. Pour rencontrer, sinon des équivalents, du moins des témoignages à peu près analogues aux preuves fournies par Gavarni, il faudrait consulter des œuvres qui n'appartiennent ni à la lithographie ni à notre époque, et peut-être remonter jusqu'à Hogarth. Encore le peintre du *Mariage à la mode,* de la *Vie d'une Courtisane,* de tant d'autres tableaux de mœurs diversement intéressants, a-t-il dans le style une tension et dans le faire une recherche dont la manière du dessinateur français est exempte. Aussi dramatique à ses heures, aussi ingénieux d'habitude que le talent du maître anglais, le talent de Gavarni s'exprime en termes plus clairs et plus faciles. Au lieu de compliquer une scène de mille allusions partielles, de détails laborieusement assortis, il demande seulement au jet d'une figure ou aux rapports de celle-ci avec les figures qu'elle avoisine ce que, bien souvent, Hogarth s'épuise à chercher dans le rapprochement de certains objets inanimés. En un mot, il rend sensibles au premier aspect les intentions qu'il a eues, les formes qu'il a entendu retracer : chez Hogarth au contraire, les apparences ont quelque chose d'embarrassant pour les yeux comme pour l'esprit, et ce n'est pas sans de longs efforts d'attention qu'on parvient, — si même on y réussit toujours, — à démêler le sens caché sous ces dehors énigmatiques.

A n'envisager les œuvres de Gavarni que dans le milieu où elles se sont produites et relativement aux autres travaux de notre école moderne, ces modestes œuvres, osons le dire, méritent d'être comptées parmi les meilleures et les plus durables. Qu'on réduise aussi rigoureusement que l'on voudra le nombre des artistes contemporains dont la postérité aura probablement à s'occuper ; que, dans ce petit groupe de talents et de noms promis à l'avenir, on refuse une place à tel nom un moment célèbre, à tel talent aujourd'hui en faveur, — il nous semble difficile, impossible même que l'exclusion atteigne Gavarni. Il n'a traité qu'un genre secondaire, soit ; mais il y a excellé, et en fait d'art, l'excellence des résultats est un brevet de longévité plus sûr que la dignité même des principes et des sujets. Il n'a, j'en conviens, voulu ou su manier que le crayon, et il s'est ainsi affranchi de certaines conditions, de certaines difficultés considérables imposées aux peintres proprement dits : est-ce une raison toutefois pour tenir en estime médiocre ce qu'il a fait et pour lui reprocher de n'avoir pas fait autre chose ? Depuis quand faut-il dédaigner les tableaux de genre ou les comédies de mœurs, parce qu'il y a des tableaux d'his-

toire et des tragédies ? Que la comédie d'ailleurs soit écrite avec
la plume, le crayon ou le pinceau, peu importe, pourvu qu'elle
soit bonne, que la scène de mœurs soit bien rendue. Voilà
pourquoi, sans prétendre, certes, exhausser l'habile dessinateur
au niveau de quelques peintres qui sont l'honneur principal de
notre école, on est autorisé à dire que ses œuvres doivent survivre et, le genre une fois admis, que celui qui les a faites est
un maître.

Le nom de Gavarni est, dans l'ordre chronologique, le dernier de ceux qui personnifient les faits principaux de l'histoire
de la lithographie en France, le seul qui représente aujourd'hui
la vie de l'art en dehors de l'activité stérile et des faux progrès
de l'industrie. Depuis un quart de siècle environ, Gavarni est
en possession d'un succès que chaque jour presque a renouvelé.
Or tandis qu'il multipliait ainsi les témoignages de son talent, et
qu'il en confirmait de plus en plus les titres, de plus en plus
aussi le vide se faisait autour de lui, non-seulement dans le
cercle des travaux auxquels il s'était voué, mais dans le champ
même de l'invention, occupé d'abord par tant d'ingénieux artistes, et, quelle que fût la nature des recherches, si bien exploité par chacun d'eux. A l'exception de M. de Lemud, qui,
en publiant, il y a vingt ans, *Maître Wolframb* et plusieurs
autres lithographies remarquables, semblait nous promettre
un œuvre dont les premiers feuillets seuls ont paru, — pourrait-on citer, dans cette période, un dessinateur de quelque
mérite ayant fait du crayon lithographique un moyen d'expression pour ses propres pensées ? En revanche, le nombre est
grand de ceux qui se sont contentés d'interpréter les pensées
d'autrui ; et, depuis les *portraits* lithographiés par M. Léon
Noël d'après M. Winterhalter, jusqu'aux reproductions des
tableaux de Decamps ou de M. Robert Fleury par MM. Mouille-
ron et Eugène Leroux, on rencontrera sans doute plus d'une
œuvre adroite, plus d'un témoignage matériel d'habileté. Le

malheur est seulement que cette adresse soit employée ici à dissimuler l'insuffisance du procédé bien plutôt qu'à nous en faire pressentir les vraies ressources, que cette habileté se dépense en efforts ou en ruses pour donner au travail une apparence décevante de précision et d'achèvement.

La lithographie, nous le disions en commençant, ne saurait essayer de rivaliser avec la gravure sans abdiquer par cela même les priviléges qui lui sont propres, le genre d'autorité modeste, mais réel, qui lui appartient. Sa fonction principale est de traduire directement une idée pittoresque, de l'inscrire sur la pierre au moment même où elle vient d'éclore dans l'esprit, avec toute la fraîcheur d'une inspiration première, sinon avec le laisser-aller de l'improvisation. Rien de plus aisément admissible dès lors, rien de plus légitime qu'une vraisemblance succincte, qu'une sorte d'à peu près dans les formes de l'expression. En se tenant aux indications sommaires, le crayon trouve mieux qu'une excuse pour cette définition incomplète dans les conditions naturelles du procédé ; mais s'il prétend tout rendre, tout dire, tout expliquer, si, par un malencontreux calcul ou sous un faux semblant de précision, il vise à s'approprier les moyens dont le burin dispose, il ne réussit qu'à divulguer son impuissance secrète et à faire ressortir les mérites particuliers à la gravure aussi sûrement que les imperfections innées et les côtés faibles de la lithographie.

Suit-il de là que nous refusions à la lithographie le droit de retracer quoi que ce soit en dehors de l'invention immédiate et de la fantaisie personnelle du dessinateur ? Notre opinion n'est pas aussi absolue. Tout en croyant que l'office de l'art qu'ont pratiqué Charlet et Géricault, Vernet et Raffet, Decamps et Gavarni, est surtout de nous transmettre des pensées de premier jet et un travail original, nous n'entendons pas circonscrire toujours dans ces limites l'action d'un instrument qui a fait ailleurs et qui peut faire encore utilement ses preuves. Que le crayon interprète quelquefois les œuvres de la peinture, que, comme la pointe du graveur à l'eau-forte, il résume en quelques traits, il reproduise à sa manière l'aspect et les caractères principaux d'un tableau, — rien de mieux. Ce que nous demandons seulement en pareil cas, c'est que la traduction soit discrète, conforme à l'esprit du texte plutôt qu'à la lettre, à la réserve prescrite par le moyen plutôt qu'à des arrière-pensées ambitieuses et au souvenir de ce que le burin a pu et dû faire d'après des modèles semblables. M. Hippolyte Flandrin donnait à cet égard un excellent exemple lorsque, en lithographiant, il y a quelques années, la *Frise de la nef de Saint-Vincent de Paul*, il extrayait, pour ainsi dire, avec autant de sobriété dans la pratique que de certitude dans le goût, la substance des vastes travaux que son pinceau avait exécutés sur les murailles de l'église.

La fausse ambition dont les dessinateurs lithographes semblent aujourd'hui tourmentés, n'est-elle pas, après tout, un tort qu'ils partagent avec la plupart des autres artistes, et ne pourrait-on appliquer aux arts de notre époque, comme à beaucoup de ceux qui les pratiquent, le mot de La Rochefoucauld sur ses contemporains : « Chacun veut être un autre et n'être pas ce qu'il est ? » Au lieu de faire simplement de la peinture pour les yeux et de la musique pour les oreilles, on a, suivant une esthétique nouvelle, attribué au pinceau je ne sais quelle vertu mélodique ; la musique à son tour a affiché des prétentions pittoresques, et l'on a entrepris de représenter avec des sons jusqu'à la lumière. Comment la contagion de pareils exemples n'aurait-elle pas glissé des hauts lieux pour aller envahir les régions inférieures de l'art ? Par quelle exception la lithographie aurait-elle résisté à cette manie générale d'usurpation ou de déguisement ? Hélas ! elle ne demande même plus à la gravure de vêtir ce qu'elle croit être son indigence. La voilà devenue maintenant la cliente de la photographie : c'est en ramassant les tristes bienfaits de celle-ci qu'elle cherche à alimenter les restes d'une existence humiliée et le peu qui a survécu de son activité d'autrefois.

Il y a quelques années encore, les *portraits* qu'on lithographiait bien ou mal avaient au moins ce mérite d'être exécutés sans le concours préalable d'un appareil mécanique, sans autre intermédiaire que le crayon entre l'original et la copie. Ils pouvaient être, et ils étaient souvent en désaccord avec les strictes conditions du procédé : toutefois, ce démenti même résultait d'un effort volontaire, d'un calcul erroné, mais d'un calcul ; il y avait un souvenir enfin, et une trace de l'art jusque dans la dextérité excessive du dessinateur. Dans les *portraits* dont une machine a fourni les exemplaires à la lithographie, tout se réduit à une contre-épreuve plus ou moins fidèle de l'effigie ainsi obtenue ; tout garde et doit garder cette apparence figée, cette physionomie équivoque, n'exprimant ni la mort, ni la vie, que la photographie impose comme un masque à la réalité. Franchement, mieux valaient encore, en ce qui intéresse l'intelligence, les formules apprêtées et les coquetteries du crayon. La même préférence n'est-elle pas due aux paysages lithographiés naguère avec une préoccupation un peu trop vive des vignettes anglaises, lorsqu'on rapproche de ces petites œuvres, si artificielles qu'elles soient, les *vues* froidement exactes qui ne viennent aujourd'hui se fixer sur la pierre qu'après s'être déposées une première fois sur la plaque du daguerréotype ? qu'ont de commun d'aussi inertes produits avec les combinaisons même imparfaites de l'art, avec les moindres opérations du talent ?

Sous d'autres formes, et sans avoir d'ailleurs la photographie pour complice, les prétendus *Principes de dessin* qu'on inflige aux regards des commençants ne sont guère de nature à inspirer plus de confiance, à raviver de meilleures traditions. Quel progrès espère-t-on stimuler, quelle doctrine pense-t-on accréditer en proposant ces modèles mensongers où l'adresse de la main est seule en cause, où l'expression naïve des contours et du modelé est remplacée par l'entre-croisement symétrique des hachures et l'instructive habileté de l'artiste par l'inutile savoir-faire du calligraphe? Faut-il enfin parler, même en passant, de l'indigne emploi que font de la lithographie certaines mains salariées dans l'ombre pour renouveler, au talent près, l'entre-prise autrefois tentée par Pierre Arétin, Jules Romain et Marc-Antoine, pour enchérir même sur ces honteux exemples? Qu'il nous suffise d'indiquer de loin de pareils méfaits. Il n'est pas besoin sans doute de descendre jusque-là pour recueillir les preuves de l'abaissement de la lithographie. Cette décadence ne ressort que trop bien de l'examen des œuvres qu'on peut du moins interroger en face et des témoignages de divers genres que nous avons essayé de rappeler.

Les artistes qui, après avoir suscité ou confirmé les progrès de la lithographie en France, ont, sauf Gavarni, disparu de la scène, n'ont pas laissé de successeurs parmi nous. L'art lui-même, sans être tout à fait tombé en désuétude, n'a plus aujourd'hui qu'un semblant de vie, un rôle subalterne, soit qu'il se fasse l'auxiliaire de la photographie, soit qu'il approvi-sionne de ses produits directs les écoles d'enfants ou les maga-sins d'éventails, de cartonnages, d'autres objets ayant une des-tination plus humble encore. Un nouveau procédé, il est vrai, la chromo-lithographie, — c'est-à-dire la lithographie coloriée sans le secours du pinceau et par le seul fait des contacts suc-cessifs d'une épreuve avec plusieurs pierres préalablement tein-tées, — a pu dans quelques occasions restituer une certaine importance aux travaux du crayon, ou tout au moins en relever les caractères industriels par la dignité même des modèles. Des ouvrages recommandables ont été exécutés au moyen de ce procédé, et il n'est que juste de citer parmi les meilleurs spécimens chromo-lithographiques les *fac-simile* des minia-tures qui ornent quelques manuscrits célèbres ou d'autres

monuments archéologiques, la reproduction par M. Keller-
hoven des peintures sur la *Légende de Sainte-Ursule* à Cologne,
et surtout la copie par le même artiste du tableau de Memling
conservé à l'académie de Bruges, le *Baptême de Jésus-Christ*.
Il s'agit toutefois ici de tentatives et de découvertes ne se
rattachant qu'indirectement au mouvement que nous cherchons
à indiquer, d'une diversion plutôt que d'un progrès. Avec ses
conditions et sa fonction toutes spéciales, la chromo-lithographie ne fait qu'apporter un surcroît de ressources à l'art d'interpréter les œuvres d'autrui. Elle ne pourrait que par exception nous transmettre les résultats immédiats de l'invention
personnelle, et dans ce cas-là même la complication des moyens
d'exécution donnerait au travail une physionomie à part, une
signification indépendante du sens et des formes d'expression
rapides propres à la lithographie.

La régénération de celle-ci ne saurait donc être la conséquence des modifications quelles qu'elles soient, des perfectionnements introduits ou à introduire dans la pratique du
procédé. Elle ne peut s'accomplir que par un mouvement de
retour vers les doctrines originelles et les traditions de l'art
lui-même, par une étude plus scrupuleuse des lois particulières
qui le régissent, des exemples qui l'ont consacré. Est-ce à dire
que nous demandions aux dessinateurs lithographes d'imiter
systématiquement la manière de tel ou tel de leurs prédécesseurs, et de ne rien admettre dorénavant, de ne rien chercher
en dehors de ce qui a été fait avant eux ? La diversité des talents qui se sont succédé depuis Vernet jusqu'à Gavarni prouve
assez que, tout en respectant certains principes d'où la lithographie emprunte son caractère même et sa raison d'être, on
peut suivre ses inspirations propres et donner carrière à son
sentiment. Aussi souhaiterions-nous seulement que les artistes
se souvinssent de ces exemples pour concilier à leur tour la
liberté dans les intentions personnelles avec les exigences et les

conditions nécessaires du moyen. Où trouveraient-ils d'ailleurs, si ce n'est dans notre école, de sûrs enseignements sur ce double devoir ? Sans doute, depuis que la lithographie a été découverte, aucun pays de l'Europe n'a refusé pour un objet ou pour un autre d'en utiliser les procédés. Combien y en a-t-il qui revendiqueraient à juste titre une part d'influence considérable sur la marche de l'art ? Quel est celui où des artistes se sont produits qu'on puisse, non pas opposer comme des rivaux aux maîtres français, mais seulement citer après ceux-ci pour l'originalité de la manière, pour la grâce ou la vigueur de l'imagination ? Quel nom étranger enfin, sauf le nom de Senefelder, est si étroitement lié à l'histoire de la lithographie qu'il soit impossible de le supprimer sans anéantir en même temps le souvenir d'un fait significatif, d'un progrès ?

En Italie, — et cela s'explique par les coutumes et le génie d'une école qui, de tout temps, a proscrit du domaine pittoresque l'expression familière, les intentions et le style de *mezzo carattere*, dont se sont accommodées pourtant dans le même pays la poésie et la musique, — en Italie, le rôle de la lithographie est demeuré jusqu'ici à peu près nul. Dans l'école espagnole, hormis Goya, qui lithographia vers la fin de sa vie quelques pièces d'ailleurs bien inférieures par l'exécution à celles qu'il avait gravées autrefois en mélangeant les procédés de l'eau-forte et de l'aqua-tinte, on ne compterait guère d'artistes pour lesquels le crayon ait été rien de plus qu'un instrument d'opérations commerciales. Des portraits de personnages politiques dessinés tant bien que mal à mesure que les modèles attiraient sur eux l'attention ou la curiosité publique, des *vues* topographiques, quelques scènes de l'histoire contemporaine grossièrement retracées, comme cette série d'épisodes de l'*Expédition dans le Maroc*, publiée en 1861, — tel serait à peu près le résumé des travaux lithographiques entrepris de l'autre côté des Pyrénées, si un grand ouvrage, exécuté il est vrai avec

la collaboration de plusieurs dessinateurs français, l'*Icono-
grafia española*, par M. Valentin Carderera, n'était venu récemment démentir dans une certaine mesure ces humbles coutumes de l'art espagnol et dénoter de plus sérieux efforts. C'est
ce qu'on pourrait dire aussi, par opposition aux vulgaires produits de l'imagerie russe, de l'intéressante collection chromo-
lithographique éditée à Moscou sous ce titre : les *Antiquités de
la Russie*.

En Angleterre, la lithographie a été souvent employée avec
succès, mais dans un but archéologique ou scientifique plutôt
qu'en vue de l'art lui-même et des ressources qu'il peut offrir
à l'expression de la fantaisie. Les recueils où l'on trouve soigneusement reproduits des monuments de l'architecture, des
costumes anciens, des spécimens de botanique ou de zoologie,
ne sont pas rares chez nos voisins, et depuis les lithographies
que M. Owen Jones a insérées, à côté de planches gravées, dans
son beau livre sur l'*Alhambra*, jusqu'à celles dont se composent
les ouvrages publiés par M. Gally Knight sur *l'Art ecclésias-
tique en Italie*, ou par M. John Gould sur les *Oiseaux de
l'Australie*, on pourrait citer bien des témoignages de ce concours prêté par le crayon aux travaux de l'érudition anglaise.
Il serait plus difficile de rencontrer aux mêmes lieux des œuvres
vraiment remarquables dans l'ordre des sujets de mœurs ou de
paysage, dans la caricature même : non pas, certes, que l'école
anglaise dédaigne aucun de ces trois genres, mais parce que,
au lieu de les traiter à l'aide du procédé lithographique, elle a
recours en pareil cas à la gravure sur bois ou à ce mode de
gravure bâtard, dont les vignettes des keepsakes offrent de si
nombreux échantillons.

Enfin, depuis l'époque des premiers essais lithographiques
jusqu'aux temps où nous sommes, l'Allemagne a vu se succéder
deux générations de dessinateurs habiles, mais d'une habileté
vouée tout entière à la traduction des œuvres du pinceau ; en-

core a-t-il fallu, pour le plein succès de l'entreprise, que les modèles fussent choisis parmi les monuments de l'art national. En essayant d'interpréter, par exemple, les tableaux flamands ou hollandais, le crayon allemand n'a pas réussi à se départir de ses habitudes un peu roides, à s'assouplir aux conditions imposées par cette peinture à la fois précise et facile. Pour n'invoquer que ce témoignage entre beaucoup d'autres, la partie consacrée à l'école des Pays-Bas dans le grand ouvrage, la *Galerie de Dresde*, par Franz Hœnfstaengl, donnerait une assez fausse idée du mérite des originaux si l'on en jugeait seulement sur les copies. Il n'en est pas ainsi des recueils où ne figurent que des lithographies d'après les tableaux ou les dessins de peintres nés de l'autre côté du Rhin. Dès l'année 1821, M. Strixner lithographiait avec fidélité, avec une sorte de piété patriotique, la *Collection d'anciens tableaux allemands* appartenant alors aux frères Boisserée et acquise depuis par le roi de Bavière, Louis Ier. Plus tard les *fac-simile* publiés par MM. Mansfeld et Forster, des dessins de Martin Schoen, d'Albert Durer et de plusieurs autres vieux maîtres, venaient dignement rappeler les titres de l'école primitive, comme les lithographies d'après les compositions de M. Overbeck ou de ses disciples achevaient de populariser quelques talents éminents de l'école moderne. C'est dans ce genre de travaux surtout, c'est lorsque l'interprétation du modèle n'exige ni un instinct très-vif de la couleur, ni un sentiment de l'harmonie en dehors de la pure cadence des lignes, que les dessinateurs allemands prouvent leurs aptitudes et qu'ils accusent nettement leur manière. Ils semblent dépaysés partout ailleurs, ou plutôt la lithographie n'existe pas pour eux en tant que procédé indépendant d'un type fixe et de formes déjà définies.

La lithographie est donc, à vrai dire, un art français, puisque c'est dans notre pays qu'elle a eu les plus brillantes origines, l'activité la plus féconde, les succès les plus variés. En

France seulement, elle a été mieux qu'un moyen de reproduction pour des exemplaires fournis par les autres arts ou par la science, mieux aussi qu'un procédé au service des caprices chétifs ou des vulgaires fantaisies. Grâce aux talents d'élite qui ont profité de ses ressources sans en forcer l'emploi ni la portée, elle a acquis de bonne heure et elle a gardé longtemps une importance d'autant plus sûre qu'elle se renfermait plus strictement dans son domaine. Tout cela désormais n'intéresserait-il que le passé? Ne saurions-nous, autrement que par le souvenir, ressaisir quelque chose des priviléges que nous avons possédés, des progrès qui se sont accomplis à une époque si près de nous et sur notre sol? Il semble impossible que notre école consente en ceci à se démentir elle-même et à s'abstenir, de gaieté de cœur, d'efforts conformes au fond à ses facultés naturelles, à son génie. Nous espérons qu'elle ne répudiera pas pour toujours un héritage qui lui appartient, des traditions qui l'obligent, des exemples qu'elle seule serait en mesure de renouveler : elle sait trop bien et par une trop longue expérience qu'à côté de la gloire qui récompense les hautes entreprises, une part d'honneur est réservée aussi à des travaux d'un caractère moins grave, à des œuvres n'ayant pour objet que l'amusement de l'imagination. Ce n'est pas sans doute dans la patrie de Callot, de Chardin, de Moreau, de cent autres ingénieux artistes dont les maîtres lithographes de notre siècle ont fait revivre à leur manière le goût délicat et le fin bon sens, ce n'est pas dans le pays de l'art spirituel par excellence qu'on pourrait craindre sur ce point une disette de quelque durée ou qu'il serait nécessaire de plaider une cause qui, de tout temps, a eu parmi nous tant de juges intéressés et tant de charmants talents pour défenseurs.

1863.

31

TABLE

—

PEINTURE.

SCULPTURE.

GRAVURE ET LITHOGRAPHIE.

FIN DE LA TABLE.

Paris. — Typographie HENNUYER ET FILS, rue du Boulevard, 7.